Sur l'auteure

Née en 1976, Laura Shepherd-Robinson est diplômée de sciences politiques de l'université de Bristol, spécialisée en philosophie politique du XVIIIe siècle. Elle a travaillé en politique pendant près de vingt ans avant de reprendre ses études, en écriture créative cette fois. *Blood & Sugar*, son premier roman, est lauréat du Historical Writers' Association Debut Crown 2019. Il a paru aux éditions 10/18 en 2021.

De la même auteure
aux Éditions 10/18

BLOOD & SUGAR, n° 5759
VIES ET MORT DE LUCY LOVELESS

LAURA SHEPHERD-ROBINSON

VIES ET MORT DE LUCY LOVELESS

Traduit de l'anglais
par Pascale Haas

10
18

Titre original :
Daughters of Night

ISBN 978-2-264-07787-5
Dépôt légal : mai 2022

*À mon père, pour l'*Orestie *et tellement plus*

Le vice, sous son vrai jour, paraît si déformé qu'il nous choque à première vue, et il ne nous séduirait point s'il ne portait le masque de la vertu.

Lord Chesterfield,
Lettres à son fils, 1748.

LISTE DES PERSONNAGES

LA MAISON DES CORSHAM

Caroline Corsham (Caro) – *« Connue pour ses opinions ».*

Capitaine Henry Corsham (Harry) – *son mari, membre du Parlement, actuellement en voyage en France.*

Gabriel Corsham – *le jeune fils de Harry et Caro.*

Miles – *un valet.*

LES APPARTEMENTS DE PEREGRINE CHILD

Peregrine Child – *attrape-voleurs, ancien magistrat de Deptford.*

Sophie Hardcastle – *femme d'un marin, mère de deux enfants, partage parfois le lit de Child.*

LE BEAU MONDE

Lord March (Octave) – *héritier du comte d'Amberley, poète.*

Lieutenant Edward Dodd-Bellingham (Neddy) – *héros de guerre.*

Simon Dodd-Bellingham – *demi-frère du lieutenant, antiquaire et marchand d'objets d'art de l'époque classique.*

Jonathan Stone – *usurier auprès du beau monde.*

Nicholas Cavill-Lawrence – *sous-secrétaire d'État au ministère de l'Intérieur.*

LE CLUB DES PROSTITUÉES

Lucy Loveless – *prostituée à cinq guinées.*
Kitty Carefree – *prostituée à dix guinées, amie de Lucy Loveless.*
Hector – *messager, secrétaire du Club des prostituées.*

LA MAISON DES AGNETTI

Jacob Agnetti – *peintre de portraits et de scènes de l'Antiquité.*
Theresa Agnetti – *sa femme, qui l'a quitté.*
Cassandra Willoughby – *son assistante.*

LA MAISON DES TABLEAUX DE COMPTON STREET

Maria Havilland – *la propriétaire.*
Pamela – *« La jeune fille vertueuse ».*
Cecily – *« Artémis, déesse des vierges ».*

LA MAISON DES CRAVEN

Mordechai Craven – *frère benjamin de Caro, banquier.*
Louisa Craven – *sa femme et la mère de ses enfants.*
Ambrose Craven – *frère aîné de Caro, banquier.*

BOW STREET

Sir Amos Fox – *magistrat de Bow Street.*
Orin Black – *Coureur de Bow Street, ami de Peregrine Child.*

LA RUE

Jenny Wren – *prostituée et voleuse, informatrice de Peregrine Child.*

Finn Daley – *usurier.*

Nelly Diver – *connue antérieurement sous le nom d'Annie Yearley, prostituée et voleuse, autrefois amie de Lucy Loveless.*

DIVERS

Ezra Von Siegel – *allumeur de lanternes aux jardins des plaisirs du Vauxhall.*

Solomon Loredo – *joaillier dans le quartier juif.*

Érasme Knox – *homme d'affaires au service de Jonathan Stone.*

Richmond Baird – *agent du ministère de l'Intérieur.*

Hester Rainwood – *directrice de l'hospice Magdalen pour les prostituées repentantes.*

Ansell Ward – *marchand et échevin de la City, ancien client de Simon Dodd-Bellingham.*

Humphrey Sillerton – *marchand de Clapham.*

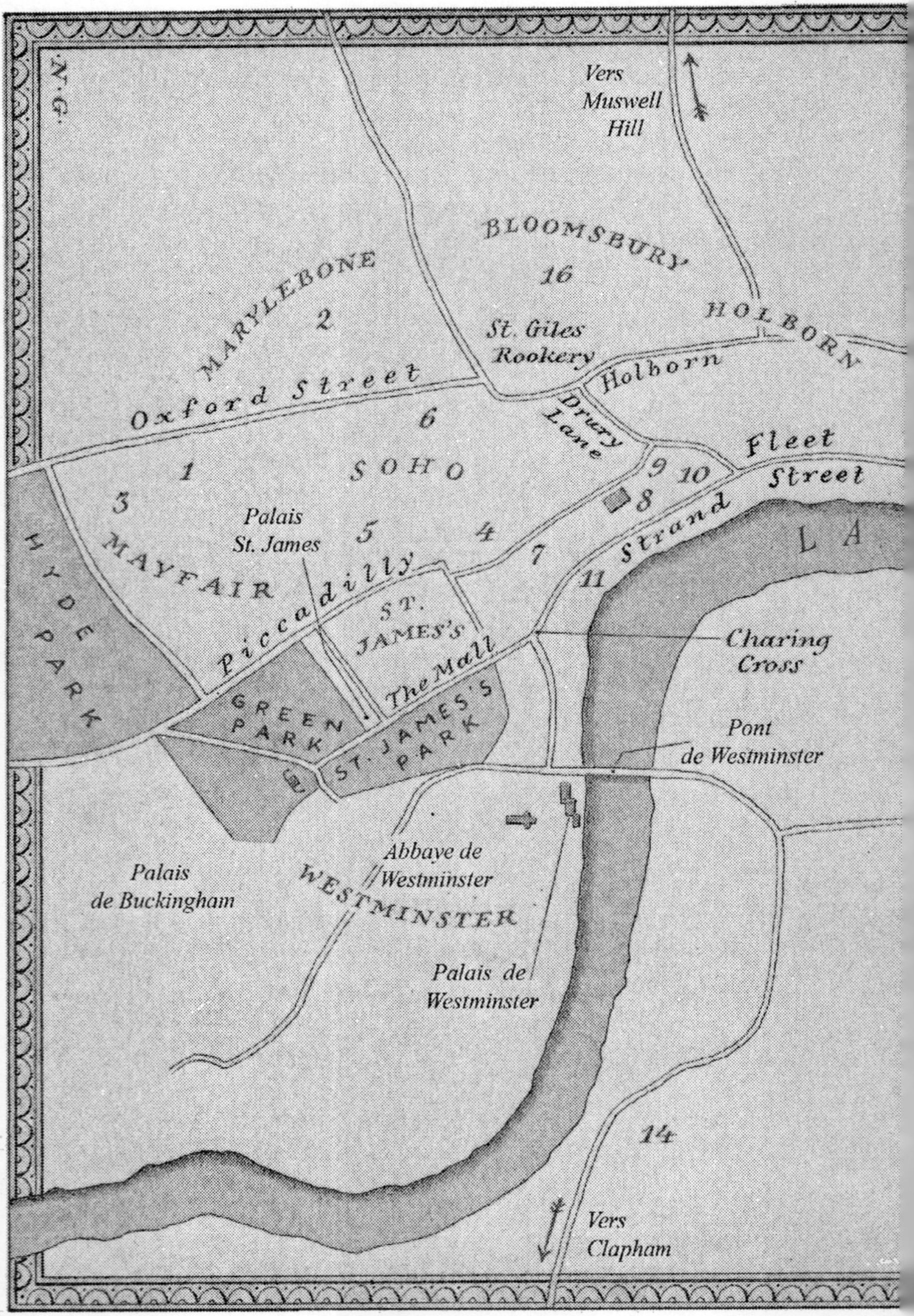

N.G.
Vers
Muswell
Hill
BLOOMSBURY
16
MARYLEBONE
2
HOLBORN
St. Giles
Rookery
Holborn
Oxford Street
6
Drury
Lane
Fleet
Street
1
SOHO
9
10
3
8
Palais
St. James
5
4
Strand
LA
HYDE
PARK
MAYFAIR
7
Piccadilly
11
ST.
JAMES'S
Charing
Cross
The Mall
GREEN
PARK
ST. JAMES'S
PARK
Pont
de Westminster
Abbaye de
Westminster
Palais
de Buckingham
WESTMINSTER
Palais de
Westminster
14
Vers
Clapham

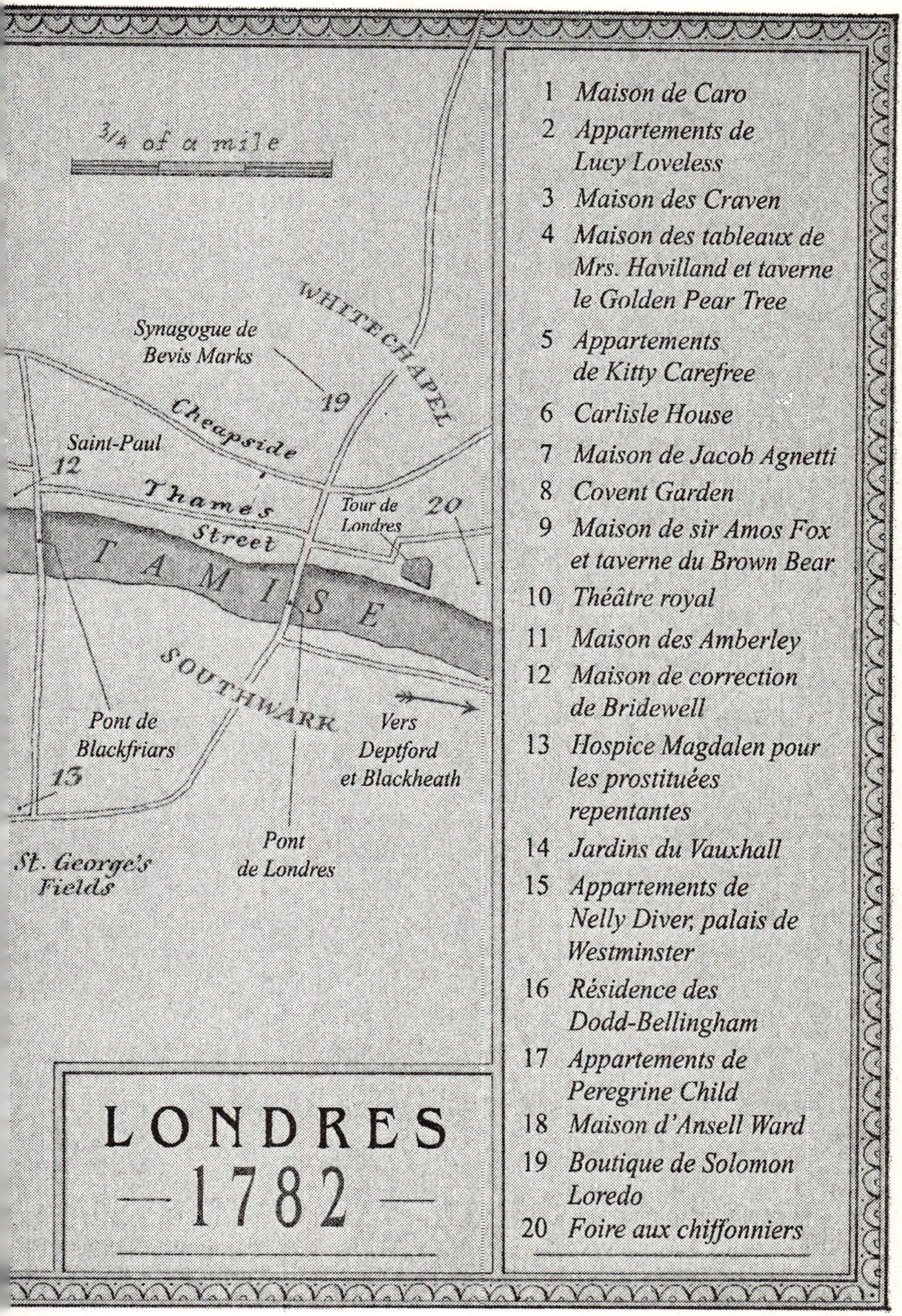

3/4 of a mile
WHITECHAPEL
Synagogue de Bevis Marks
19
Cheapside
Saint-Paul
12
Thames Street
Tour de Londres
20
TAMISE
SOUTHWARK
Pont de Blackfriars
13
Vers Deptford et Blackheath
Pont de Londres
St. George's Fields
LONDRES
— 1782 —
1 Maison de Caro
2 Appartements de Lucy Loveless
3 Maison des Craven
4 Maison des tableaux de Mrs. Havilland et taverne le Golden Pear Tree
5 Appartements de Kitty Carefree
6 Carlisle House
7 Maison de Jacob Agnetti
8 Covent Garden
9 Maison de sir Amos Fox et taverne du Brown Bear
10 Théâtre royal
11 Maison des Amberley
12 Maison de correction de Bridewell
13 Hospice Magdalen pour les prostituées repentantes
14 Jardins du Vauxhall
15 Appartements de Nelly Diver, palais de Westminster
16 Résidence des Dodd-Bellingham
17 Appartements de Peregrine Child
18 Maison d'Ansell Ward
19 Boutique de Solomon Loredo
20 Foire aux chiffonniers

PREMIÈRE PARTIE

30 août-4 septembre 1782

Et elle était pareille à un tableau qui voudrait tant parler.

Eschyle, l'*Orestie*, 458 av. J.-C.

1

Placé entre de mauvaises mains, un secret est une arme.

Caroline Corsham avait conscience du danger, de la vulnérabilité de sa situation – depuis la soirée désastreuse de la veille, elle ne pensait qu'à cela. Mais, maintenant que la vérité était connue, son secret deviné, et la lame aiguisée, quel autre choix avait-elle sinon de garder confiance ? *Un dernier lancer de dés. Qui ne tente rien n'a rien.* Ces banalités la rassuraient. *Mon Dieu, donnez-moi du courage !*

Sentant monter la nausée, Caro prit un morceau de gingembre confit dans son pilulier en émail et le glissa dans sa bouche. Des flots de mousseline, de dentelle et de brocart l'entouraient ; les boutons précieux brillant sur les gilets brodés ; les teintes pastel des perruques et des gants en chevreau ; les boucles en argent scintillant dans la lumière des mille bougies en cire d'abeille qui répandaient une odeur mielleuse sous le dôme de la Rotonde. Ce soir, on inaugurait l'exposition de tableaux représentant des scènes classiques de Jacob Agnetti, où la moitié de la bonne société de Londres était venue pour voir le malheureux homme. Caro salua vaguement quelques connaissances : des alliés de son mari à la Chambre des communes et des clients de la banque Craven, des beautés rivales, des mères de famille à l'air soucieux et des gentilshommes admiratifs. Les rires étaient stridents, et les visages rosis se fondaient en une masse faussement complaisante. *Ils sourient en montrant les dents avant de te dévorer.*

Un jeune baronnet, dont elle doutait qu'il eût jamais tenu un pinceau, était en train de lui expliquer certains aspects techniques des tableaux. Elle promena son regard sur les murs, encerclée par un spectacle sanglant : des hommes casqués qui s'entretuaient, tuaient des monstres ou des femmes ; le viol de Lucrèce ; Médée massacrant ses enfants. *C'est ainsi que l'histoire se souvient de nous*, songea Caro. *Elle ne retient des femmes que la mort, le déshonneur ou les péchés.*

Sa peau était aussi brûlante que des braises. Ses peurs l'assaillaient tel un chœur grec. Elle jeta un coup d'œil sur la pendule.

Il était l'heure.

*

Dehors, depuis la tombée de la nuit, le tempo de la musique s'était accéléré. Un monde de rêve s'étendait face à elle : des milliers de lanternes suspendues dans les arbres, ornant les salons particuliers et le pavillon chinois. Pour une soirée d'août aussi chaude, les jardins d'agrément du Vauxhall étaient très fréquentés. Des dames et des gentilshommes déambulaient à la belle étoile dans les allées de tilleuls. Caro remonta la capuche de sa pèlerine beige sur son haut chignon avant de se diriger vers un sentier à l'écart, où sa robe en satin bleu paon et le fait qu'elle n'était accompagnée d'aucun domestique attireraient moins l'attention.

L'air était imprégné des odeurs du Vauxhall : les parfums entêtants des fleurs, des tourtes et de la poudre à canon. Les feux d'artifice pétaradaient comme des coups de pistolet, éclairant les visages des noceurs de lueurs vertes, rouges et dorées. Un groupe de jeunes gens affublés de masques de carnaval fanfaronnaient près d'une statue de Vénus. Quand ils tentèrent de retenir Caro en lui proposant du vin, elle accéléra le pas.

Le chemin s'assombrit à mesure qu'elle s'enfonçait dans les jardins. Des couples roucoulaient dans l'ombre : de jeunes gentilshommes s'efforçaient de persuader des boutiquières de leur céder leur vertu douteuse en leur susurrant de tendres promesses ; des employés et des apprentis se faisaient alpaguer par les filles de joie du Vauxhall. Cette partie des jardins n'était pas inconnue de Caro. Cependant, si Dieu voyait tout, ce n'était pas le cas des maris, surtout lorsqu'ils séjournaient en France en négligeant leur femme et leur enfant. Son pouls n'en battait pas moins à toute allure. Le danger était désormais à son comble. Quiconque la verrait ici supposerait qu'elle allait rejoindre un amant.

Des écharpes de brume dérivaient en provenance de la Tamise. Les feux d'artifice retentissaient telles des salves de canon. De chaque côté, les arbres se refermaient sur le chemin désert. Lorsque Caro s'engagea dans le Dark Walk, l'allée longeant le mur d'enceinte à l'est des jardins, elle faillit heurter un homme qui arrivait dans l'autre sens. Elle recula en poussant un cri horrifié. Deux yeux exorbités la fixèrent au-dessus d'un long bec grotesque, le reste du visage dissimulé sous un grand chapeau. À moitié paralysée de terreur, elle se plaqua contre un arbre, mais l'homme masqué passa près d'elle en vitesse sans dire un mot.

Quelque peu secouée par l'incident, elle se ressaisit et se remit en marche. Au mur des jardins étaient adossées des charmilles : une dizaine de petites grottes creusées dans la végétation, invisibles depuis le sentier. Des rires légers flottaient dans la brise, une voix murmurait de vagues mots doux. Devant chaque entrée, les gens accrochaient un chapeau ou attachaient un mouchoir sur les lanternes. Caro chercha le signal convenu : une plume d'autruche. Lorsqu'elle l'aperçut, elle jeta un regard inquiet alentour. Le risque était immense, mais elle était maintenant allée trop loin pour renoncer.

À la seconde où elle s'engouffra sous la charmille, elle se figea sur place. La lanterne, le banc en pierre, les bouleaux frémissant sous la brise, elle s'était attendue à tout cela. Mais pas à voir une femme gisant sur le sol, le corps recroquevillé, une tache rouge sombre s'étalant sur le rose de sa robe. Une de ses mains gantées était crispée sur la blessure qu'elle avait à la gorge, l'autre reposait dans l'herbe, inerte, à côté d'un document couvert de sang. Troublée, Caro dévisagea la femme, espérant plus ou moins la voir se relever en riant de sa bonne blague. C'était comme si elle venait d'entrer dans une peinture de Jacob Agnetti.

La femme émit un gémissement, un son rauque, inhumain. Plusieurs détails se gravèrent dans l'esprit de Caro : le sang sur la chevelure châtaine ; un pied dans une chaussure, l'autre nu ; le visage blême, à la fois étrange et familier. *Oh, mon Dieu, non ! Oh, Lucia !*

Elle continua à contempler la bouche tordue, les flots de sang… *Ne reste pas là sans rien faire. Aide-la. Remue-toi !* Se laissant tomber à genoux, elle ôta sa pèlerine afin d'endiguer le flux rougeâtre qui jaillissait de plusieurs plaies profondes au niveau du ventre mais, très vite, l'épais tissu trempé pesa dans ses mains. « Qui vous a fait ça ? s'écria-t-elle, désespérée. Qui a fait ça ? »

Les doigts de Lucia trouvèrent les siens, et tandis que celle-ci la regardait comme si elle était déjà ailleurs, ses lèvres s'entrouvrirent en murmurant : « Il sait. »

2

Va-t'en et ne te retourne pas.

Peregrine Child quitta la table et traversa la salle. Les yeux rivés sur le plancher jonché de sciure, il s'éloigna en comptant les secondes dans sa tête. Une… deux… trois…

« Treize guinées ! » proposa Jenny Wren.

C'était déjà mieux que quinze, mais encore beaucoup trop. Child s'immobilisa. « La montre n'en vaut que vingt. Mon client ferait aussi bien de s'en racheter une neuve.

— Sept guinées, c'est une grosse somme d'argent, Perry ! »

Cette fois, il pivota, mais uniquement pour qu'elle voie qu'il était sérieux. « Non, pas pour lui. Si je lui rapporte treize guinées, il me rira au nez. Son orgueil est en jeu. Quelqu'un l'a dépouillé ! »

Jenny se renfrogna, et le grain de beauté sur sa joue tremblota, telle une verrue sur la face d'un crapaud. Sa perruque poudrée d'un mauve délicat était haute de soixante centimètres au moins – une cache commode pour y placer les objets dérobés, supposa Child. Assis près d'elle, deux de ses soupirants à la tignasse hirsute ne le quittaient pas du regard. N'importe où ailleurs, ils seraient passés pour des voyous, mais ici, au Red Lion, les clients étaient tous du même acabit. La taverne était un repaire de voleurs depuis des temps immémoriaux : un dédale de salles biscornues, de portes dérobées et d'issues secrètes par où s'échapper en cas de besoin. La pestilence de la rivière Fleet imprégnait les murs au plâtre craquelé.

« Je vais te dire ce qui est du vol, rétorqua Jenny. C'est d'en réclamer dix !

— Onze, mais ça m'est douloureux.

— Une fois que j'aurai payé le type qui a volé ton homme, il me restera que dalle... Allez, un petit effort, Perry, c'est tout ce que je demande ! »

Tous deux savaient pertinemment qu'il n'y avait pas de type. Jenny savait où était la montre parce qu'elle l'avait prise elle-même, sans doute pendant qu'elle déshabillait l'intéressé. Néanmoins, négocier avec les voleurs était moins difficile que de les arrêter, et le seul moyen sûr de récupérer ce qui appartenait à son client.

Quatre... cinq... six... Child arriva devant l'escalier et commença à en descendre les marches.

« Douze ! cria Jenny.

— Une guinée pour chaque apôtre, commenta Child, qui déjà revenait sur ses pas afin de conclure l'accord. "*Voluntas Dei*, Jenny... C'est la volonté de Dieu !" »

*

Il aurait mieux fait de s'en tenir là. Après avoir payé Jenny, il aurait dû terminer son verre, régler sa note et filer chez son client. S'en aller sans se retourner. Au lieu de quoi il avait choisi de fêter son succès.

Et quatre heures plus tard, il le fêtait toujours, au milieu d'un petit groupe d'admirateurs avides de partager sa bonne fortune.

« C'est vrai, vous avez été magistrat ? » demanda l'un d'eux en lorgnant sa vieille perruque de juge d'un air narquois. Celle-ci était longue et pleine de crans aussi gros que des saucisses. Bien qu'elle eût connu des jours meilleurs, il ne parvenait pas à se résoudre à la remplacer.

« Si je vous avais croisé du temps où j'officiais à Deptford, vous auriez rampé de la chapelle à l'église en priant le Ciel que l'œil de Peregrine Child ne se pose jamais sur vous !

— Qu'est-ce qui s'est passé ? » Le vaurien qui venait de parler avait deux sourcils marron qui se rejoignaient au-dessus de son nez, et des chicots guère plus nombreux de la même couleur.

« Les aléas de la politique, répondit Child en s'efforçant de ne pas paraître aigri. Le maire en place n'a pas été réélu, et le nouveau avait quelqu'un d'autre en tête pour mon poste. »

À la vérité, les choses étaient un peu plus compliquées. L'élection avait mal tourné à la suite d'allégations de malversations. Des prostituées et des vagabonds, à qui on avait promis qu'il leur serait distribué du gin gratuit, n'avaient cessé d'interrompre les réunions de l'adversaire du maire. Qui plus est, l'entreprise d'importation de cet alcool avait fait l'objet d'inspections d'une fréquence soudaine de la part du service des douanes – cela, Child ne le niait pas. En revanche, bien qu'il n'eût été pour rien dans la disparition des urnes de bulletins retrouvées enfouies sous une haie, c'était lui qu'on avait accusé. Lorsque le maire avait pris ses fonctions, sa première décision avait consisté à le démettre de sa charge. Et la seconde, à promulguer un décret non écrit : personne ne devrait proposer un emploi à Child ni commercer avec lui ; même ses tavernes favorites lui avaient fermé leurs portes.

« Ah, les magistrats… » Le voyou cracha sur la table. D'après moi, les attrape-voleurs sont un cran au-dessus ! »

D'après toi seulement, songea Child avec amertume. Sa situation était à pleurer. À Deptford, il avait eu un statut et avait été respecté, sans parler de ses revenus réguliers, gagnés en grande partie honnêtement. Désormais, il en était réduit à courir de-ci de-là pour récupérer des biens volés, arrêtait parfois un malandrin qui abusait de sa patience, et il passait beaucoup trop de temps dans des tavernes aussi minables que le Red Lion.

Le serveur apporta un nouveau pichet. Au moment où il le posa sur le comptoir, Child sentit une main se faufiler dans son vieux pardessus bleu en y cherchant sa bourse. Pour un homme de quarante-cinq ans, surtout doté d'une telle bedaine, il réagit promptement. Son poing s'abattit sur le crâne du jeune homme qui se cogna au mur. Quand celui-ci s'écroula par terre, tout le monde éclata de rire.

Child secoua la tête. « Si j'étais toi, fiston, je choisirais une autre vocation… ou tu finiras au bout d'une corde ! »

Le serveur, piqué dans son orgueil, se frotta l'oreille. « J'ai cru que vous étiez ivre…

— Et je le suis sans doute, seulement, j'ai trente ans de pratique ! L'assiduité, mon gars, c'est ça, la clef ! »

Une heure plus tard, alors que le clair de lune jetait un éclat cuivré sur les pavés glissants des rues proches de la Fleet, Child sortit du Red Lion, manifestement content de lui. Il n'avait pas parcouru trois pas qu'il tomba sur Finn Daley et ses deux cerbères. Il dégaina son pistolet, mais le coup de poing que l'un des deux lui flanqua dans le ventre lui coupa la respiration. Après l'avoir tiré au bord de la rivière, ils lui écartèrent les bras et le penchèrent en avant, de sorte qu'il se retrouva en équilibre précaire au-dessus des eaux boueuses.

Daley, un gnome musclé au visage aussi grêlé qu'une pierre ponce, s'approcha si près que Child sentit son haleine puante de tabac. « Tu sais nager, Perry ? » demanda-t-il avec son doux accent de Dublin.

Child se dévissa le cou pour chercher de l'aide dans la rue mais, dans ce quartier de bandits, les gens passaient sans s'occuper de rien ni de personne.

« Je suis né à Deptford… Évidemment, que je sais nager ! »

Daley sortit une hache de sous son manteau. « Même sans les bras ?

— Attends ! s'écria Child. J'aurai ton argent bientôt… Je t'assure, je vais l'avoir ! »

Daley sourit. « J'ai déjà entendu cette rengaine, Perry… Ça devient lassant ! »

Child opta pour le premier mensonge qui lui traversa l'esprit. « Je travaille sur une affaire qui va me rapporter cinquante guinées. Puisque je t'en dois seulement quarante, la semaine prochaine, je te rembourserai la totalité. Bon sang, Daley, je te le jure !

— Quel genre d'affaire ?

— Quelque chose de spécial. Laisse-moi une semaine, et l'argent sera à toi. Si je ne suis pas venu te voir plus tôt, c'est uniquement parce que j'ai été débordé. »

Daley plissa les yeux, l'air indécis. La hache se leva, mais il était avant tout un homme d'argent – la raison l'emporta.

« Sept jours, dit l'usurier. À une guinée chacun. Mais c'est compter sans le mal que je me suis donné à te trouver… » Il prit la bourse que Child avait au fond de sa poche et en vida le contenu dans sa paume. « Voilà qui couvrira ma peine. Tu me dois donc quarante-sept guinées. Ne songe surtout pas à t'enfuir… je me ferais un plaisir de te traquer. Je commence à prendre la chose très à cœur, Perry, et personne n'a envie de ça ! »

3

Sir Amos Fox, le magistrat de Bow Street, était un homme squelettique aux jambes et aux bras immenses avec de longs cheveux blancs. Le rose de son teint couperosé jurait avec le rouge de son gilet, et il n'arrêtait pas de croiser et décroiser ses mains, au-dessus desquelles il souriait à Caro d'une façon qu'il devait juger rassurante.

Elle devança ses excuses en lui adressant un sourire pincé. « Je vous en prie, sir Amos, cela ne me dérange pas du tout. Depuis l'autre soir, je suis incapable de penser à autre chose qu'à cette pauvre Lucia ! »

Le souvenir de ces instants sous la charmille la hantait. Elle avait passé les dernières heures à les revivre en se rappelant les gémissements de Lucia et l'odeur du massacre. Quand les agents de Bow Street l'avaient interrogée sur place, elle avait à peine été en mesure d'articuler un mot. Pour finir, lord March était intervenu et les avait priés de la laisser tranquille. Une fois rentrée chez elle, il lui avait fallu une heure pour se débarrasser du sang incrusté sous ses ongles. Et, deux jours plus tard, elle était persuadée qu'ils en conservaient l'odeur.

Ils étaient assis autour du bureau en acajou du magistrat. D'innombrables portraits décoraient les murs : le roi George III et sa reine ; le prince de Galles ; d'éminents politiciens, à la fois whigs et tories, étant donné que sir Amos orientait son allégeance politique en fonction du vent dominant.

Mordechai avait insisté pour accompagner Caro. Il se tenait assis très droit, les doigts serrés sur le pommeau de sa canne, les jointures blêmes autour de sa chevalière en or. De profil, il ressemblait de plus en plus à leur père : les mêmes yeux aux paupières tombantes, le nez proéminent entre les rouleaux gris acier de sa perruque courte, la même protubérance de chair au milieu du front. Il lui lança un regard noir, toujours aussi furieux.

« Sir Amos, ma sœur aimerait savoir si vous avez appréhendé le meurtrier, dit Mordechai. Rien dans les journaux ne semble aller dans ce sens. »

Le magistrat les gratifia d'un énième sourire inquiet. « Pas encore, Mr. Craven... Mais j'offre une récompense de dix guinées, qui, je l'espère, incitera quelqu'un à se manifester. »

Caro se rembrunit. Elle avait cru qu'elle trouverait la maison de sir Amos en plein tumulte – après tout, une dame d'importance avait été tuée ! –, or elle n'avait aperçu que deux de ses serviteurs, lesquels n'avaient pas eu l'air de s'agiter du tout. La récompense dérisoire qu'il proposait l'étonna.

« Dix guinées ? Savez-vous que Lucia était une cousine du roi de Naples ? A-t-on prévenu sa famille ? Je dois moi-même leur écrire. »

Sir Amos s'agita dans son fauteuil en la regardant avec compassion. « Ne vous tracassez pas, madame, je m'occupe de toutes les formalités. Et maintenant, si vous permettez, j'aimerais vous poser quelques questions concernant les liens que vous entreteniez avec la défunte. Je crois que vous avez dit à mes agents que vous la considériez comme une amie ?

— Pas une amie proche. Nos relations étaient assez espacées, soupira Caro. Mais je l'aimais énormément... Nous nous sommes rencontrées à un dîner, il y a environ deux ans. Lucia venait pour la première fois en Angleterre. Son mari était décédé quelques mois plus tôt, et elle cherchait à se distraire de son chagrin en voyageant. Nous nous sommes tout de suite appréciées. Je suis certaine que nous

nous serions revues si elle n'avait pas dû repartir à Naples de façon inattendue. »

Du vin, de l'esprit et des rires. C'était au cours d'une joyeuse soirée de printemps que Caro avait cru qu'elles deviendraient de véritables amies. Elle avait ressenti le même vertige que pour un nouvel amour, suivi d'un sentiment d'abandon écrasant lorsque Lucia avait quitté Londres sans lui dire adieu.

« Puis-je savoir qui vous a présentées ?

— Mon frère Ambrose. Il a fait la connaissance de la famille de Lucia durant son Grand Tour, lorsqu'il a visité les ruines de Pompéi. Mais… quel rapport avec le meurtre de Lucia ?

— S'il vous plaît, un peu de patience, Mrs. Corsham… L'avez-vous revue récemment ?

— Il y a trois jours, à l'occasion d'un bal masqué à Carlisle House. Lucia s'est excusée de ne pas m'avoir écrit, et je lui ai pardonné. Nous avons discuté de choses et d'autres pendant un moment, mais j'avais dû manger une mauvaise huître et ai été contrainte de rentrer chez moi. Le lendemain, je me suis sentie mieux et je suis allée à l'exposition au Vauxhall, comme je l'avais prévu. Alors que je passais devant les charmilles, j'ai entendu une femme gémir de détresse… Vous n'imaginez pas quelle a été mon horreur quand je me suis rendu compte que c'était Lucia ! »

Caro avait la bouche sèche. Elle avait beau avoir anticipé ces questions et préparé ses réponses, elle était consciente de l'œil de fouine du magistrat et du regard furibond de Mordechai. Néanmoins, elle voulait dire la vérité – enfin, dans la mesure du possible.

Sir Amos hésita. « Puis-je vous demander pourquoi vous étiez dans ces parages ?

— Je me sentais un peu nauséeuse et étais sortie prendre l'air. Il se trouve que je ne m'étais pas remise de cette indigestion aussi bien que je le croyais. »

Le mensonge lui était venu avec plus de facilité que la veille, quand Mordechai l'avait questionnée durant des heures en l'observant comme un chasseur de sorcières. *Je ne suis pas idiot, Caro, et ton mari non plus. Qui allais-tu retrouver sous les charmilles ?*

Le magistrat grommela, l'air tout aussi sceptique, et sans doute en tira-t-il la même conclusion. Toutefois, mieux valait leurs soupçons que la vérité.

« Ma sœur ignorait tout de ce qui se passe dans cette partie des jardins, ajouta Mordechai – resserrer les rangs familiaux était son plus grand talent. J'imagine que, étant italienne, Lucia également.

— Sur ce dernier point, je suis au regret de devoir vous contredire, répliqua sir Amos. D'ailleurs, c'est la principale raison pour laquelle je vous ai convoqués aujourd'hui. Je n'ai aucune envie d'accroître votre détresse, Mrs. Corsham, pourtant je crains de ne pouvoir faire autrement. La femme que vous avez trouvée mourante n'était pas une dame de la noblesse italienne… et elle ne s'appelait pas Lucia di Caracciolo. Les charmilles du Vauxhall ne lui étaient nullement inconnues, pas plus que les tavernes et les cafés de Londres… Vous comprenez sûrement où je veux en venir. »

Ils le dévisagèrent d'un air atterré, et la stupéfaction de Caro était bien réelle.

« Vous voulez dire que cette femme était une *prostituée* ? » Mordechai avait détaché chaque syllabe de ce dernier mot afin de bien signifier l'ampleur de son dégoût.

Sir Amos s'inclina. « Je tenais à vous en informer en personne, monsieur, par égard pour votre famille. Que vous l'appreniez dans les journaux eût été inconvenant. »

Caro secoua la tête. « Si j'avais conversé avec une prostituée, je m'en serais aperçue… Lucia parlait de Naples en toute connaissance… Nous avons discuté de politique, d'art et de mode… »

Le magistrat s'exprima d'un ton aimable, mais ferme. « Vous ne devez pas vous reprocher d'avoir été dupée par cette prostituée, tout comme l'a probablement été votre frère Ambrose. Ces femmes savent très tôt comment imiter les dames en vue. Et nombre d'entre elles ont déjà joué sur une scène… Leurs ruses sont légion !

— Mais ses robes étaient splendides, dit Caro, qui refusait toujours d'accepter l'évidence. Elle portait des plumes d'autruche, de la soie, des gants en chevreau…

— Vous imaginez que les courtisanes meurent de faim sous les porches ? Permettez-moi de vous ôter vos illusions, Mrs. Corsham… La moisson de Satan engrange de grosses récompenses, je suis navré de le dire. Une belle Jézabel peut gagner cinq ou dix guinées par soirée auprès de ses clients gentilshommes. Elles dînent en ville, réservent des loges au théâtre, certaines s'y rendent même dans leur propre carrosse, accompagnées de leur propre valet. »

Mordechai le foudroya du regard. « Ma sœur ne devrait pas entendre de telles choses, monsieur !

— J'ai vu une femme mourir sous mes yeux, lui rappela Caro. Je t'assure que c'était beaucoup plus choquant ! Sir Amos, puisque distinguer une femme ordinaire d'une dame est si difficile, comment pouvez-vous en l'occurrence en être sûr ?

— Après lui avoir retiré ses gants, nous avons découvert que, à un moment de sa vie, elle avait été marquée sur la main du sigle des voleurs. Et bien qu'elle n'ait pas porté d'alliance, des marques sur son corps attestaient du fait qu'elle avait enfanté. Dès lors, j'ai été relativement certain de ce à quoi nous avions affaire… J'ai demandé à mes hommes de venir voir le cadavre, et ils sont plusieurs à l'avoir reconnue. Elle s'appelait Lucy Loveless, du moins est-ce sous ce nom qu'on la connaissait dans les tavernes. Son logeur l'a identifiée ce matin. »

Caro se tut un instant, le temps de digérer la nouvelle. Cela paraissait incroyable, mais expliquait plusieurs contradictions qui l'avaient troublée : la disparition soudaine de Lucia l'année précédente, les précautions qu'elle mettait à préciser l'adresse où elle séjournait à Londres, la connaissance qu'elle avait de certains sujets qui auraient dû être très éloignés de l'expérience d'une comtesse italienne.

« D'après ce qu'on raconte, enchaîna sir Amos, Lucy a été pendant un temps la coqueluche de la ville, bien qu'elle ait déjà approché la trentaine et que son étoile ait quelque peu pâli. Le propriétaire de son logement dit que cet artiste, Agnetti, aimait la peindre. Savez-vous si Mr. Ambrose Craven l'avait revue récemment lui aussi ? »

Caro se redressa vivement. « Notre frère est en voyage à l'étranger, depuis près d'un an. »

Le magistrat en prit note. « Et, en dehors de celles que vous avez décrites, vous n'avez pas eu d'autres relations avec la défunte ? »

Les yeux de fouine la scrutaient. Elle sentit sa peau s'enflammer. « Non, sir Amos. Aucune. »

Il inclina la tête. « Dans ce cas, je ne vois pas de raison de vous embêter davantage. Les journaux du soir révéleront la véritable identité de la victime. Ma récompense incitera peut-être quelqu'un à parler… ou pas ! La mort d'une catin n'inspire pas vraiment la pitié », conclut-il avec un geste de la main.

Caro s'efforçait toujours de faire coïncider les révélations que venait de leur faire le magistrat avec les souvenirs qu'elle gardait de Lucia. Ces deux derniers jours, elle s'était consumée de chagrin et de culpabilité. En dépit des manquements de Lucia – ou de Lucy, comme elle devait apparemment l'appeler désormais –, ces émotions ne se chassaient pas d'un simple revers de main. Elle se figurait les Coureurs de Bow Street faire la queue pour examiner le corps. Des hommes grossiers badinant et se bousculant en riant, le regard implacable.

« Quel âge a l'enfant ? demanda Caro. Quelles que soient les circonstances, perdre une mère est une tragédie. J'aimerais aider comme je peux.

— Votre compassion est tout à votre honneur, Mrs. Corsham… Malheureusement, nous n'avons trouvé aucun enfant chez Lucy, et son logeur dit qu'elle n'a jamais mentionné en avoir un. Je suppose qu'elle l'aura confié à un orphelinat… ou qu'il est mort en bas âge. Je suis désolé si je vous heurte, mais certaines prostituées affament leurs enfants dès la naissance.

— On devrait les pendre ! » s'indigna Mordechai en frémissant.

Caro lui lança un coup d'œil agacé, regrettant qu'Ambrose ne soit pas ici à sa place. À cette pensée, les larmes lui montèrent aux yeux. Elle détourna le regard.

« J'imagine qu'elle était sous les charmilles pour rencontrer un client, reprit Mordechai. Vous pensez qu'il l'a tuée ?

— Les clients de Lucy étaient des hommes qui ont de la fortune et un statut, répondit sir Amos. Compte tenu de la sauvagerie du crime, et du nombre de blessures, il paraît très improbable que le coupable soit un gentilhomme. Sans doute attendait-elle un de ses habitués quand l'envie lui a pris de héler un voyou de passage. Il aura voulu essayer la marchandise sans rien débourser et, comme vous l'avez constaté, les choses ont mal tourné.

— Non, dit Caro en le regardant en face. Je suis sûre qu'elle connaissait le tueur. Lucy m'a parlé, elle a dit : "Il sait." »

Le magistrat réfléchit une seconde. « "Il sait." Elle aurait pu faire allusion à n'importe qui… À Dieu, peut-être ? Dans un tel instant, ses péchés ont dû lourdement lui peser.

— Tout comme ils doivent peser à son meurtrier. Vos agents vous ont-ils parlé de l'homme que j'ai vu avec un masque ? »

Sir Amos feuilleta son dossier et en sortit un papier. « Long manteau noir, chapeau noir, taille moyenne ou un peu plus grand, un masque de médecin de la peste… Malheureusement, de nombreuses échoppes proposent ces masques et ces costumes à l'intérieur du Vauxhall. Vous pourriez avoir vu un innocent fêtard. Et si c'était le meurtrier, il pourrait être l'un des trois mille messieurs qui profitaient des jardins ce soir-là. » Il lécha la paume de sa main et se lissa les cheveux en s'efforçant, sans grand succès, de couvrir les parties chauves de son crâne.

« Avez-vous parlé à lord March ? Quand il m'a entendue crier, il est accouru à mon secours. Un autre homme était là également, petit, barbu, l'allure miteuse. Lord March lui a ordonné d'aller chercher les agents du jardin, je crois.

— Oui, j'ai parlé à lord March. Il ne se souvient pas d'avoir vu quoi que ce soit à signaler. » Sir Amos consulta ses notes. « L'autre homme que vous avez mentionné s'appelle Ezra Von Siegel. Un juif, employé dans les jardins comme allumeur de lanternes. Ce Von Siegel vous a-t-il paru suspect ?

— Non. Il était sous le choc, mais très gentil. » Caro se rappelait qu'il avait apporté des couvertures, une pour couvrir le corps, une autre pour la réchauffer. Elle n'avait pas pu s'arrêter de trembler.

« Soupçonnez-vous ce juif d'être impliqué ? demanda Mordechai.

— Il n'avait pas de trace de sang sur ses vêtements. Je n'exclus néanmoins aucune hypothèse... Cet homme est un sujet étranger, un Allemand.

— Et la lettre ? s'enquit Caro. Le tueur aurait-il pu la laisser tomber ?

— La lettre, Mrs. Corsham ?

— À côté de Lucy, sous la charmille... Enfin, ça ressemblait à une lettre. Un document, en tout cas. J'ai aperçu un sceau en cire. Elle était tachée de sang. »

Sir Amos se tourna vers la fenêtre. Il avait rempli ses obligations auprès des Craven en menant une affaire délicate avec tact et discrétion. Caro sentit qu'il était las de cette conversation. « Nous n'avons retrouvé aucune lettre, madame. Peut-être l'avez-vous imaginée ? Cela arrive, en pareils moments. »

L'avait-elle imaginée ? Non, elle était sûre que non.

« Est-ce Guildford qui va mener l'enquête ? interrogea Mordechai.

— En effet, le Vauxhall dépend de la juridiction des magistrats du Surrey, toutefois, eu égard au caractère sensationnel du crime et de l'éloignement géographique, j'ai proposé de m'en occuper moi-même. »

Mordechai plongea sa main sous sa redingote. « Le mari de ma sœur, le capitaine Corsham, séjourne actuellement en France, où il dirige la mission diplomatique que conduit Mr. Hartley à Versailles. Mais je sais que je parle pour lui en vous priant de faire en sorte que le nom de Mrs. Corsham n'apparaisse pas dans les journaux. »

Sir Amos inclina de nouveau la tête. « Soyez rassuré, Mr. Craven, je ferai tout ce qui est en mon pouvoir pour éviter un scandale. »

Ils se serrèrent la main. Caro vit passer un billet de banque plié en quatre.

« Que va devenir le corps de Lucy, si personne ne le réclame ? demanda-t-elle.

— Son logeur dit qu'elle a laissé des dettes considérables. Ces femmes ont beau très bien gagner leur vie, elles dépensent leur argent comme des paniers percés. J'ai autorisé cet homme à disposer de ses effets personnels de manière à solder ses comptes mais, une fois qu'il l'aura fait, je doute qu'il reste grand-chose… Ce qui signifie qu'elle finira dans la fosse commune, je le crains. Une bien triste histoire, en somme, mais dont la victime elle-même aura été l'auteur. Souhaitons que cela fasse réfléchir les jeunes filles de ce royaume… » Il se leva et tendit une main à Caro pour l'aider à en faire autant. « J'espère que vous parviendrez à oublier cette sordide affaire, madame. »

Elle se força à esquisser un sourire tout en revoyant les derniers instants de Lucy. Ses doigts agrippant les siens. Ce regard de mort implorant. *Il sait*.

Caro chassa l'image d'un battement de cils. « Je l'espère moi aussi. »

PAMELA

5 janvier 1782
Huit mois avant le meurtre de Lucy Loveless

C'était le jour de l'Épiphanie. Les cloches de Sainte-Anne sonnaient quatre heures de l'après-midi. La neige recouvrait Soho comme un manteau d'hermine. Sur les gouttières des magasins et des maisons, des stalactites scintillaient tels des diamants dans la lumière blafarde.

Son sac en toile pesait si lourd que la jeune fille avait mal aux bras. Ses bas dans ses bottines étaient trempés. Le froid transperçait son manteau léger et sa robe en coton lui donnait la chair de poule. Elle sortit un papier de sa poche afin de vérifier l'adresse, puis regarda le numéro inscrit au-dessus de la porte noire.

Pendant des mois elle avait imaginé cet instant. En traversant Londres, elle avait tout juste osé accepter que, enfin, elle le faisait. Mais, maintenant qu'elle y était, tous les doutes qui l'avaient assaillie les semaines précédentes lui revinrent en prenant la voix de Rachel, la cuisinière : *Ce sont des mensonges, pauvre petite imbécile ! Il n'y a ni lits en plume ni beaux habits... Seulement des ruses pour duper les filles vaniteuses et paresseuses comme toi !*

Elle pouvait encore rentrer. Rien n'était jamais définitif. C'est alors qu'elle repensa à son matelas trop fin en crin de cheval, à la glace qui se formait sur le carreau de la fenêtre et à la froideur des dalles quand elle s'agenouillait pour allumer le feu dans la cuisine, à ses doigts gercés en train de faire la vaisselle, ou d'éplucher les choux quand elle avait de la chance. Et de vider les pots de chambre.

Prise d'une soudaine résolution, elle souleva le lourd heurtoir en fer.

*

La propriétaire de la maison s'appelait Mrs. Maria Havilland. D'après la jeune fille, elle devait avoir une soixantaine d'années, et elle était encore aussi mince qu'une liane. Ses gestes étaient languides et réfléchis, tout comme sa façon de parler. Assise sur un divan vert et or, elle portait une robe en satin vert d'eau à demi-traîne et un tour de cou en émeraudes – des signes prometteurs, songea la jeune fille. Dans l'immense édifice de saindoux, de pommade et de poudre que formait le chignon de la dame rampaient trois araignées argentées. Ses bagues brillaient dans la lumière de la lampe, ainsi que ses petits yeux.

La jeune fille était entièrement nue et, en dépit de la chaleur du feu et des épais rideaux en velours indigo, ses tétons étaient aussi durs que des grêlons. Espérant que sa poitrine n'avait pas l'air trop minuscule, elle résista à l'envie de la couvrir. Elle se concentra sur le salon richement meublé, la harpe installée entre les fenêtres et les flammes des multiples chandelles qui brûlaient dans des bougeoirs en argent. Au-dessus de la cheminée trônait le portrait d'une Mrs. Havilland plus jeune à l'œil vif, aux lèvres boudeuses et au teint crémeux, que la femme assise sur le divan avait tenté de recréer à l'aide de blanc de plomb et de rouge à joues. Celle-ci était en train de l'évaluer de la même façon que le faisaient les hommes dans la rue : d'abord ils regardaient votre visage, puis vos seins, vos jambes et de nouveau votre visage, avant de finalement se retourner pour reluquer vos fesses.

Le parquet était doux sous ses pieds nus. Lorsque Hannah, la première bonne, s'était présentée ici le mois dernier, elle n'avait pas passé l'inspection, mais il est vrai qu'elle avait une tache de naissance sur un sein et qu'il lui manquait une dent.

« Dans quel domaine travailles-tu ? demanda Mrs. Havilland. Tu es modiste, domestique ?

— Domestique, madame.

— Ici, à Londres ?

— Oui, madame. À Cheapside.

— Tu as de la famille auprès de toi ?

— Je n'ai pas de famille, madame. Enfin, aucune que je connaisse. »

Mrs. Havilland sourit. « Ah, chez nous, on aime bien les orphelines... Et ton employeur ? Est-il du genre à vouloir te chercher ou à nous causer des problèmes ?

— Non, madame. Je pense qu'il s'en moque. »

Mrs. Havilland jouait avec un long crochet en argent. Elle le planta dans son chignon pour se gratter le crâne. La jeune fille se demanda si ce qui la démangeait était des poux ou des souris.

« Quel âge as-tu, petite ?

— Quinze ans, madame.

— Tu pourrais passer pour en avoir treize, ou même douze. Mais jamais moins. On ne voudrait pas que Bow Street nous fasse des ennuis, tu comprends ?

— Oui, madame. » La question signifiait-elle qu'elle avait réussi le test ? « Les hommes disent que j'ai la langue bien pendue. Je sais comment les embobiner.

— Je ne veux pas de ça chez moi ! rétorqua Mrs. Havilland d'un ton sec. Reste comme tu es. “Oui, madame. Non, madame”. » Son regard s'attarda de nouveau longuement sur le corps nu de la jeune fille. « Tu sais ce qu'on fait, ici ?

— Oui, madame. Je crois.

— Et tu serais capable de le faire ?

— Oui, madame.

— Alors, on va te prendre à l'essai. Mais ton nom n'ira pas. Voyons si on trouve quelque chose de mieux... » Son œil s'arrêta sur le livre posé sur un guéridon en marqueterie. « Tu sais lire ?

— Oui, madame. On m'a appris à l'orphelinat. Même que j'étais bonne en lecture. »

Mrs. Havilland pointa le livre du bout de son grattoir. « Tu as lu celui-ci ?

— Non, madame, mais j'en ai entendu parler. La fille dans le livre est domestique elle aussi, non ?

— Pamela Andrews. Son maître, un nobliau de la campagne, la désire ardemment, mais elle refuse de lui céder. » Mrs. Havilland passa son ongle manucuré sur le sous-titre du livre. « *La Vertu récompensée*. Es-tu vertueuse, petite ? »

L'idée n'était-elle pas justement de ne pas l'être ? Soudain perdue, la jeune fille répondit en bégayant : « Oui, madame… Non, je n'en suis pas sûre. »

Mrs. Havilland sourit, comme si elle venait de dire quelque chose d'intelligent. « Prends ce livre. Apprends ton rôle. Joue-le à la perfection. Et, pendant que tu seras ici, tu répondras uniquement au nom de Pamela. »

4

« Ambrose savait, maugréa Mordechai. Il savait quand il t'a présentée à cette prostituée… Il devait bien le savoir ! Mon Dieu, qu'est-ce qui lui a pris ? »

Ils étaient dans son attelage étincelant à six chevaux qui les ramenait à Mayfair. Mordechai avait allumé une pipe. Caro abaissa la vitre d'un geste brusque. Son gingembre confit n'aidait en rien à la soulager. Elle s'adossa à la banquette en cuir en agitant son éventail.

« Bien sûr, qu'il savait ! Ça l'a probablement amusé de nous présenter une de ses catins en la faisant passer pour une dame de la noblesse… et de nous voir l'aduler !

— Faire ça à sa propre sœur, c'est inadmissible ! »

Le carrosse fit une embardée afin d'éviter une chaise à porteurs. Le Strand était encombré, les trottoirs bondés. Derrière les vitrines des chapeliers et des gantiers, de jolies vendeuses faisaient de l'œil aux gentilshommes qui passaient. Ici et là, entre les boutiques, se dressait un immense rescapé des vieux palais en brique qui s'étaient succédé autrefois sur cette portion de la Tamise. Ils venaient de dépasser la maison des Amberley, où vivaient lord March et ses parents, le comte et la comtesse d'Amberley.

« Quand nous avons parlé l'autre jour, tu ne m'as pas dit que lord March était là, reprit Mordechai. Est-ce lui que tu allais rejoindre sous les charmilles ?

— Je n'allais rejoindre personne… Je prenais l'air, je te l'ai dit.

— Harry l'apprendra. Je peux faire en sorte qu'on n'en parle pas dans les journaux, mais la chose finira par se savoir. Et quand on découvrira que la femme assassinée était une prostituée, les comparaisons s'imposeront d'elles-mêmes… Tu ne dois plus retourner au Vauxhall jusqu'au retour de Harry. »

Caro dévisagea son frère d'un air outré. « Je ne vais tout de même pas me cloîtrer ! Je n'ai rien fait de mal… Il serait temps que tu me croies ! »

Il grommela dans sa barbe. « Espérons qu'on ne dise pas que tu allais retrouver ce juif allumeur de lanternes ! »

Si seulement tu savais, songea Caro – *d'ailleurs, peut-être sais-tu déjà. Tu comprendras alors ce qu'est un scandale familial.*

Elle se retourna et regarda la foule qui se pressait autour de Charing Cross. Trois heures sonnaient au clocher de Saint-Martin. Les prostituées, déjà nombreuses, exhibaient leurs chevilles et penchaient les plumes de leurs chapeaux vers les officiers de cavalerie qui sortaient et entraient des écuries royales. Elle repensa à sa rencontre avec Lucia à Carlisle House, trois jours auparavant, à ses petits yeux bruns écarquillés à l'air sincère. *Je peux vous aider, très chère Caro. À condition que vous me laissiez faire.*

Et Caro avait accepté sa proposition en toute bonne foi. D'une certaine manière, bien qu'elles ne se fussent que rarement vues, elle lui avait fait confiance. Sauf que Lucia n'était pas Lucia mais Lucy Loveless, une prostituée – pourquoi lui avait-elle proposé son aide ? Par charité humaine. Elle ne trouvait pas d'autre réponse, ce qui la troublait plus encore. Car si ça n'avait pas été par gentillesse, jamais Lucy Loveless ne serait venue sous cette charmille. Quoi qu'elle se dise, Caro se sentait en partie responsable.

« Quelqu'un à l'exposition a-t-il posé des questions sur Ambrose ? demanda Mordechai, l'arrachant ainsi à ses pensées.

— Naturellement. Personne ne l'a vu depuis près d'un an. Tout le monde veut savoir où il est.

— Et qu'as-tu répondu ?

— Qu'il était en Suisse, comme nous en étions convenus. J'ai laissé entendre qu'il pourchassait une femme.

— De quoi susciter davantage de commérages ! se lamenta Mordechai, la mine sombre.

— Ce n'est pas pareil... Ambrose est un homme. Rien ne l'oblige à avoir un comportement irréprochable. Mais surtout, connaissant notre frère, les gens le croiront. » Une pensée lui vint tout à coup. « Sir Amos a dit que Lucy Loveless posait pour Jacob Agnetti. Est-ce chez lui qu'Ambrose l'a rencontrée ?

— Ça n'a plus vraiment d'importance.

— Le magistrat a-t-il interrogé Agnetti ?

— Aucune idée.

— J'imagine que non. Il a l'air de se moquer totalement de ce crime... Si Lucy avait été une vraie comtesse, il serait à cet instant en train de ratisser les rues au peigne fin ! »

Mordechai ferma les yeux, lui faisant bien comprendre que, sur le sujet, sa patience était limitée.

« Les prostituées assassinées doivent se compter par dizaines !

— N'en méritent-elles pas moins qu'on leur rende justice ? »

Il s'abstint de répondre. Caro continua à réfléchir tout haut avec hargne. « Je sais que j'ai vu une lettre sous la charmille... Et Lucy connaissait son assassin, j'en suis certaine. Elle a essayé de me dire quelque chose, mais elle est morte avant de l'avoir pu.

— Caroline, ta petite soirée au Vauxhall aurait pu coûter très cher à ta famille, lui rappela Mordechai de ce ton condescendant que, là encore, il tenait de leur père. Ton mari a bien failli être la risée de tous... et quelque chose de pire t'aurait attendue ! Si tu tiens tant à t'inquiéter, c'est de cela que tu devrais te soucier ! »

*

Dès que Caro rentra dans son hôtel particulier à Mayfair, Gabriel lui sauta au cou. En dépit de son humeur, elle éclata de rire et le serra dans ses bras en le faisant tournoyer en l'air.

« Le chien, maman... » Il aboya. « Le chat, maman... » Il miaula.

« Oh, tu es si *malin* ! » Ignorant les serviteurs qui s'empressaient dans le vestibule, elle l'embrassa une, deux, trois fois, comme pour le garder plus longtemps auprès d'elle. L'enfant, qui n'aimait pas les baisers, gigota dans tous les sens jusqu'à ce qu'elle le repose par terre, puis fila vers le petit salon en appelant sa nourrice, Mrs. Graves.

Caro retira sa pèlerine et ses gants qu'elle remit à son majordome. « Où est le courrier, Pomfret ?

— Sur votre secrétaire, Mrs. Corsham. Anna peut-elle servir le thé ?

— Je le prendrai avec Gabriel dans la nurserie un peu plus tard. »

Elle entra dans le salon et referma la porte. Enfin seule pour la première fois de la journée, elle inspira profondément en luttant contre la nausée. Dans sa tête, tout se mélangeait. Lucia di Caracciolo, Lucy Loveless... Diverses émotions tourbillonnaient en elle sans qu'elle parvînt à leur donner du sens. *Tu ne peux pas te permettre de penser à ce crime maintenant*, se réprimanda-t-elle. *Tu as toi-même suffisamment de problèmes*.

Se précipitant vers son secrétaire, elle prit le petit paquet de courrier qui lui était adressé, dans lequel elle ne trouva que des lettres d'amis, des factures de commerçants et des cartons d'invitation. Son désespoir s'accentua, comme il n'avait cessé de le faire au fil des jours ces deux dernières semaines. Il n'y avait toujours pas de lettre de son mari lui annonçant son retour. *Pourquoi ne m'a-t-il pas écrit ?*

Cela faisait cinq mois que Harry avait fait ses bagages pour partir sur le continent, en promettant qu'il resterait absent trois mois au plus. Ils s'étaient quittés en termes cordiaux et, au début, il lui avait écrit de façon assez régulière. Mais, à présent, il n'y avait plus que le silence. Caro n'en comprenait pas la raison.

Était-il malade ? Elle avait envisagé plusieurs fois cette possibilité mais, dans ce cas, pourquoi ne l'avait-on pas prévenue ? Quand elle s'était renseignée auprès de Nicholas Cavill-Lawrence, le supérieur de Harry au ministère, elle avait eu la très nette impression d'avoir été éconduite. « Les Américains se reposent sur leurs lauriers. » « Les Français se montrent entêtés. » « La paix ne s'est pas construite en un jour, Caro, ces choses prennent du temps. »

Sauf que, du temps, c'était la seule chose qu'elle n'avait pas.

Se refusant à laisser couler ses larmes, elle ferma les yeux. Aussitôt, le meurtre du Vauxhall revint s'immiscer dans ses pensées, et elle revit tous ces détails troublants : la lettre sous la charmille, le masque de médecin de la peste, les dernières paroles de Lucy…

Une main pressée sur sa bouche, Caro réprima un sanglot déchirant et murmura : « Harry, je t'en supplie, reviens à la maison ! »

5

Le ragoût d'agneau était pâlot et aqueux, des perles de gras et des nerfs luisaient sur la viande. D'un air indolent, Peregrine Child le tritura du bout de sa fourchette, puis repoussa son assiette.

« Je suis désolé, ma chérie, répéta-t-il pour la dixième fois.

— Je te l'ai dit, Perry. Ça va. »

Sophie Hardcastle lui fit un petit sourire pincé. Une de ses boucles épaisses s'était échappée de son chignon. Elle attrapa une des épingles piquées en haut de son corset et la planta dans sa chevelure d'un geste décidé. Child approcha sa main pour lui caresser la joue, mais elle se déroba. Non, décidément, ça n'allait pas.

Il avait prévu de l'emmener dans un restaurant de côtelettes à Covent Garden, où officiait un nouveau chef français, et ensuite d'aller voir une pièce à Drury Lane. Cependant, Finn Daley avait coupé court à tout cela, de sorte qu'ils étaient là, dans cette gargote minable de Holborn, entourés de soldats ivres et de tapineuses à un penny. Child résista à l'envie de prendre sa tête entre ses mains. Il avait caché la montre rachetée à Jenny dans sa chaussure, raison pour laquelle elle avait échappé aux griffes de Daley. La veille au soir, il l'avait rapportée à son client, en échange d'une commission de deux guinées et demie, mais l'argent fondait comme neige au soleil, et il n'avait pas d'autre travail en vue. Et puis, il y avait le problème des quarante-sept guinées qu'il devait à Finn Daley. Deux jours s'étaient déjà écoulés. Il n'en restait plus que cinq.

Child avait essayé de manœuvrer quelques personnes, d'emprunter à Pierre pour payer Paul, mais ses créanciers étaient si nombreux que personne ne voulait avoir affaire à lui. Et quand il avait demandé un prêt à Sophie, elle avait refusé tout net. « L'argent brouille les amants, Perry… Crois-en mon expérience. »

Et le pire était que rien de tout cela n'était sa faute. Tout était allé très bien quand il s'était installé à Londres. Il avait contracté une petite dette, juste de quoi se remettre sur pied, mais rien qu'il ne fût pas capable de rembourser en temps et en heure. Ses relations à Londres lui avaient envoyé ses premiers clients et, petit à petit, le bruit avait couru que Child était l'attrape-voleurs auquel s'adresser lorsqu'un gentilhomme rencontrait des difficultés. Des lettres compromettantes égarées ? Un collier en diamants volé ? Une fille qui s'était enfuie dont vous vouliez retrouver la trace ? Perry Child était votre homme. Sans grande surprise, ses concurrents n'avaient guère apprécié. Child empiétait sur leur territoire, et ils s'étaient ligués contre lui en faisant circuler des rumeurs sur son ivrognerie et les activités douteuses qu'il avait menées à Deptford. Très vite, le nombre de ses clients s'était réduit à peau de chagrin, tandis que ses dettes devenaient un problème qu'il ne pouvait plus ignorer.

Cinq jours. Au bout desquels Finn Daley reviendrait le trucider.

Il adressa un pauvre sourire à Sophie. « Dès que je me serai refait un peu, je t'emmènerai à Drury Lane, je te le promets.

— Non, Perry, ça ne marchera pas. » Elle resserra son châle en soie sur son ample poitrine. Il la regarda d'un œil inquiet. Être rancunière n'était pas son genre.

« Dis-moi ce que je peux faire pour que tu me pardonnes.

— Ce n'est pas ça… soupira Sophie. Je comptais t'en parler plus tard, mais je ne voulais pas nous gâcher la soirée… Hier, j'ai eu des nouvelles du bateau de mon Sam. On l'a aperçu au large de Southampton. »

Son mari était premier officier sur un navire marchand qui partait plusieurs années d'affilée. Et la paie avait beau être bonne, Sophie se sentait seule. D'où Peregrine Child.

« Combien de temps va-t-il rester à Londres ?

— Six mois, peut-être plus. » Elle lui donna une tape sur le bras. « Allons, ne fais pas cette tête-là… Tu savais bien que ça arriverait un jour. »

Child ne pouvait le nier. C'était même ce qui avait contribué au charme de leur histoire. Ils s'attardèrent encore un moment en essayant de faire la conversation, mais le cœur n'y était plus. Sophie finit par se lever et remit sa cape.

« Je ferais mieux d'aller retrouver les enfants… Prends soin de toi, Perry. » Pendant qu'elle nouait son bonnet sous son menton, il s'efforça de lui sourire. « Et doucement avec le vin ! ajouta-t-elle. Avec ce que tu bois, tu seras mort avant d'avoir cinquante ans ! »

Va-t'en et ne te retourne pas. Child la regarda s'en aller, puis appela le serveur. Prenant au sérieux le conseil de Sophie, il passa au gin. Tout en le buvant, il se demanda ce qu'aurait pensé de lui sa défunte femme, Liz, si elle l'avait vu à cet instant. Pas grand-chose, songea-t-il, mais, au moins, il n'aurait pas déçu ses attentes. Elle aussi lui avait dit d'arrêter de boire, pourtant, ce n'était pas comme s'il ne le savait pas. Pourquoi fallait-il toujours que les femmes remuent le couteau dans la plaie ?

Beaucoup plus tard, il rentra chez lui par les rues de Holborn. Les chansons des soldats avinés lui parvenaient des tavernes de Fetter Lane : *À bas les Américains ! À bas les Français !* Tout cela était fort bien, seulement, personne ne savait que la guerre était perdue, que les colonies avaient disparu, que les Britanniques avaient été battus et humiliés par leurs ennemis. Child décréta qu'il était une parfaite métaphore de son pays jadis si fier.

Il habitait dans une impasse près de Gray's Inn Lane, au premier étage d'une haute et étroite maison en bois aux balcons branlants et aux armatures rouillées. Un carrosse stationnait à l'entrée de la ruelle. Le cocher lui lança un regard méprisant tandis qu'il cherchait ses clefs. Ses voisins – des clercs de notaire et autres scribouillards – se couchaient à des heures respectables, et le propriétaire était trop avare pour laisser les lampes allumées dans l'entrée au-delà de dix heures du soir. Obligé de monter à tâtons l'escalier d'une raideur invraisemblable, Child se figea lorsqu'il arriva sur le palier et aperçut deux silhouettes devant sa porte.

À l'époque où il avait été magistrat, il avait envoyé de nombreux hommes à la potence. Il ne savait jamais qui pouvait surgir de son passé pour venir lui réclamer des comptes. Sa main agrippa son pistolet dans la poche de son pardessus. « Que voulez-vous ?

— Mr. Child ? » Une voix de femme, dans laquelle se devinaient l'éducation, l'argent et tout ce qu'il détestait à ce moment-là.

« C'est en effet mon nom. Je ne connais pas le vôtre, madame. »

L'inconnue s'avança dans une bouffée de parfum onéreux. Il vit dans la pénombre qu'elle était très belle, et qu'elle le regardait avec une légère déception. *Toi, ma jolie, tu tombes à pic*, songea-t-il.

« Je suis Caroline Corsham. Je crois que vous connaissez mon mari, le capitaine Henry Corsham. Une femme a été tuée. J'ai besoin de votre aide. »

6

Child remarqua le regard perplexe qu'elle promena sur ses appartements : les sièges élimés, les bouteilles vides, les toiles d'araignées entre les poutres, la pile de vaisselle sale. Il avait ouvert la fenêtre pour aérer, ce qui eut pour seul résultat de mêler la puanteur qui s'élevait des eaux de la Fleet aux odeurs de transpiration et d'alcool. Ils s'installèrent autour de la petite table ronde, sur laquelle il s'était empressé de débarrasser les restes d'une tourte aux rognons datant de trois jours. Aussi incongru qu'un mendiant à un bal, le valet rouquin costaud de la dame planté devant la porte ne le quitta pas des yeux un seul instant.

Mrs. Corsham venait de lui parler de la prostituée avec qui elle s'était liée d'amitié sans rien avoir su de sa véritable identité et qu'elle avait découverte mourante dans les jardins du Vauxhall. Child avait lu un article sur le meurtre dans les journaux. La révélation dans les éditions du soir que la victime était une catin réputée avait donné lieu à un changement de ton. On soupçonnait un mobile charnel. Les braves gens pouvaient dormir tranquilles ; aucune femme respectable n'était en danger.

« D'après mon mari, vous êtes compétent dans votre domaine, dit Mrs. Corsham, comme si elle cherchait à s'en persuader. Il m'a conseillé de venir vous voir si jamais j'avais besoin d'aide dans une affaire délicate durant son absence. »

Les yeux bleu glacé s'attardèrent sur ses bas jaunis et

son gilet maculé de taches. Child avait très envie d'un verre pour pouvoir réfléchir, mais il ne lui restait plus que du gin, ce qui ne ferait pas bonne impression. Voyant qu'elle l'observait, il l'observa lui aussi.

Pas encore la trentaine mais pas loin. Des cheveux aux reflets acajou, d'une incroyable brillance, enroulés en un chignon. Une robe en soie rose, brodée de perles et de mètres de dentelle dorée, qui devaient coûter davantage que l'ensemble de ses dettes. Une taille menue, un visage fin et anguleux qui lui donnait un air de fragilité – une impression démentie au bout de trois secondes passées en sa compagnie. Child se méfiait toujours des belles femmes. D'instinct, il voulait leur plaire, ce à quoi elles s'attendaient, or l'expérience lui avait appris qu'elles pouvaient devenir féroces si vous les déceviez. En outre, elles avaient cette façon singulière de regarder les hommes, de les réduire à la somme de ce qui chez eux n'allait pas. Cependant, les Corsham étaient riches et, quelles que soient les mystérieuses raisons de cette femme de s'intéresser à une putain morte, si un peu de son argent pouvait atterrir dans la poche de Peregrine Child, il n'allait pas faire le difficile. À cheval donné on ne regarde pas les dents.

« J'ai été magistrat à Deptford pendant plus de dix ans, dit-il. En comparaison, vos coquins de Londres sont une promenade de santé !

— Y compris les assassins ? »

Child pencha la tête. « Un meurtre est plus complexe qu'un vol, certes, mais j'ai attrapé ma part de criminels.

— Pouvez-vous retrouver celui qui a tué Lucy Loveless, et faire en sorte qu'on le pende ?

— Je peux essayer. Si elle le connaissait, ainsi que vous le soupçonnez, la tâche sera plus simple. Je dois juste découvrir qui avait une raison suffisante pour l'assassiner.

— Le magistrat dit que ça ne peut pas être un de ses clients, qu'il s'agit d'un crime trop sauvage pour avoir été commis par un gentilhomme. C'est également votre point de vue ?

— On croise autant de monstres qui se cachent derrière un masque d'homme dans les clubs de St. James que dans les bouges de St. Giles. Il est trop tôt pour savoir à qui on a affaire. »

Apparemment satisfaite par sa réponse, Mrs. Corsham acquiesça. « Comment procéderiez-vous ?

— Je me rendrais chez la victime, je parlerais à ses amis, à ses clients, si toutefois je parvenais à les trouver. J'irais au Vauxhall, je poserais des questions à Bow Street, ainsi qu'à toutes les personnes qui se trouvaient au Vauxhall ce soir-là. Mais, sans la force de la loi avec moi, il me faudrait de quoi inciter les gens à parler. »

La réponse de la dame fusa, aussi directe que celle d'un Turc dans un bazar.

« Combien voulez-vous ? »

De quoi me débarrasser définitivement de Finn Daley – plus un petit quelque chose pour me consoler de l'absence de Sophie.

« Cent guinées au moment de l'arrestation, vingt d'avance.

— Me prendriez-vous pour une imbécile, monsieur ? Vous aurez dix guinées d'avance, et soixante une fois le coupable inculpé. »

Seigneur, cette femme était aussi coriace que Jenny Wren ! À eux seuls, ses gants en chevreau devaient coûter plus de dix guinées. Il se souvint que son père avait fondé la banque Craven. Assurément, le vieux grigou lui avait appris à apprécier la valeur d'un sou.

« Quinze et quatre-vingts, contra Child.

— Dans ce cas, inutile de discuter davantage. » La dame se leva en faisant signe à son valet. Child fut tenté de lui dire d'aller se faire voir, avec son ton impérieux, seulement, les attrape-voleurs ne manquaient pas, et aucun ne se trouvait dans une situation aussi désespérée que la sienne.

« Douze et soixante-quinze, dit-il. Mais après arrestation, pas après inculpation. Ce que coûtera le fait de porter l'affaire devant un tribunal devra vous revenir à vous seule.

— Très bien. » Sans un sourire, elle sortit une bourse de sous ses jupons et compta les guinées en les empilant sur la table comme de vulgaires pennies.

Cinq jours pour retrouver le meurtrier. Cinq jours avant que Finn Daley ne vienne réclamer son dû. Un crime sans témoin, et très peu de pistes prometteuses, hormis un homme aperçu avec un masque de médecin de la peste qui aurait pu être un simple fêtard passant là par hasard. Child attrapa son registre et un encrier pour prendre des notes en s'efforçant d'avoir l'air sûr de lui.

« Vous souvenez-vous d'avoir vu quelqu'un à proximité des charmilles, en dehors de l'allumeur de lanternes et de lord March ?

— Personne qui ait attendu l'arrivée des agents, lesquels semblaient plus s'intéresser à ce pauvre allumeur de lanternes qu'à qui que ce soit d'autre ! Il leur a dit qu'il n'avait rien remarqué de suspect.

— Et lord March ?

— Pareil.

— J'irai leur parler à tous les deux, ainsi qu'à votre frère, celui qui vous a présentée à Lucy.

— Non ! s'exclama vivement Mrs. Corsham. Parlez autant que vous le voudrez à l'allumeur de lanternes, mais je ne saurais vous laisser questionner sur leurs faits et gestes des gentilshommes que je connais !

— Si vous voulez qu'on attrape le meurtrier, je ne peux pas me permettre de telles délicatesses. Ces hommes sont des témoins.

— Mon frère Ambrose n'a été témoin de rien. Il est en Suisse et voyage à l'étranger depuis près d'un an.

— Et lord March ? S'il avait un rendez-vous sous les charmilles, il aurait toutes les raisons d'avoir menti au magistrat. » Child imaginait de quelle manière sir Amos aurait interrogé un jeune noble fortuné – avec déférence et courtoisie. « Il pourrait même avoir commis le crime quelques instants plus tôt.

— Impossible. Je connais lord March depuis l'âge où je portais des couettes ! »

Child se demanda si son attitude avait à voir avec ce qu'elle-même était allée faire sous les charmilles. Les histoires du couple Corsham ne le regardaient pas, cependant, cela risquait de compliquer les choses. « Je ne suis pas totalement dépourvu de subtilité, madame... J'ai déjà interrogé des gentilshommes. Même à supposer que lord March soit innocent, il pourrait détenir des informations importantes pour mon enquête.

— Eh bien, j'irai lui parler. Pour savoir ce qu'il a vu... si toutefois il a vu quelque chose ! »

Pensait-elle que cette enquête allait être une collaboration ? « Madame, ce n'est pas ainsi que je travaille. Il s'agit d'une affaire criminelle, pas d'une énigme de salon.

— Lord March est un pair du royaume, l'héritier du comté d'Amberley. Vous imaginez qu'on vous laissera vous présenter à Amberley House et l'interroger ? Ses valets vous claqueront la porte au nez ! Tandis que, à moi, il parlera.

— Les hommes mentent, madame. Deviner leurs mensonges requiert une certaine expérience.

— C'en est une que j'ai acquise, je vous l'assure ! s'esclaffa Mrs. Corsham.

— *Barba non facit philosophum*, marmonna Child.

— La barbe ne fait pas le philosophe, non, rétorqua-t-elle avec vivacité. Pas plus qu'un peu de latin ne fait de vous un Cicéron ! Nous ferons les choses à ma manière... ou pas du tout.

— Très bien », dit Child, qui repensa soudain à Sophie Hardcastle avec un pincement de tristesse.

Pour y remédier, il alla devant l'armoire où il rangeait ses livres et ses papiers, prit une brochure sur une étagère et la feuilleta jusqu'à ce qu'il trouve ce qu'il cherchait.

« Tenez, dit-il en la tendant à sa cliente. Lucy Loveless. »

Mrs. Corsham regarda la page, puis retourna la brochure pour en voir la couverture. « Qu'est-ce que c'est ?

— La *Harris's List*. Une sorte de guide qui répertorie les prostituées de Londres les plus en vue. »

Elle fronça les yeux et lut à haute voix :

<u>*Miss L—e—s, n° 9 Harley Street*</u>
Les ruses trompent sans réserve le débauché

La phrase précédente décrit précisément Miss L—y L—e—s, une belle fille aux cheveux châtains d'environ vingt-neuf ans. Sa beauté est certes considérable : peau claire, poitrine généreuse et voix rauque agréable ; ses yeux, en revanche, n'offrent pas un grand avantage, ils sont petits, bruns et quelconques. Un grain de beauté gâte sa lèvre supérieure, qu'elle ne se donne pas la peine de dissimuler, mais son sourire est plutôt séduisant et, concédons-le, peut se révéler contagieux.

Bien que peu instruite, elle est très vive d'esprit, ce que ses compagnons découvriront aisément. Elle connaît bien son métier, et il est rare qu'elle déplaise, mais, lorsque c'est le cas, son principal défaut est de ne chercher en rien à dissimuler son mécontentement. Tout comme une dame du monde devrait s'efforcer de peindre et d'arranger son visage, elle devrait déguiser ses imperfections de caractère, notamment l'ennui et la consternation. Comment une telle marchandise est arrivée sur le marché, nous avons de la peine à le deviner, car elle aime à cultiver un air énigmatique. Elle accepte de prendre part à tout, à l'exception du vice grec. Sachant cela, pas moins de cinq guinées la contenteront.

« On dirait la critique d'une pièce de théâtre, commenta Mrs. Corsham en grimaçant. Ou la description d'un meuble dans le catalogue d'un ébéniste.

— Je me rendrai d'abord à Harley Street, déclara Child. J'irai ensuite parler à mon homme à Bow Street.

— Son enfant… Le magistrat a dit qu'aucun ne vivait chez elle. D'après lui, il a dû mourir, ou être adopté. J'aimerais en être certaine. »

Child observa sa cliente avec circonspection, comme si elle était une nouvelle espèce exotique, et tâcha de la situer quelque part dans son étude du genre humain. Arrogante, gâtée et beaucoup trop intelligente, telle fut sa conclusion. Pourtant, il percevait quelques notes discordantes, à commencer par la question de ses motivations.

« Est-ce pour cette raison que vous faites cela ? Parce qu'il y a un enfant dans l'histoire ?

— La raison a-t-elle de l'importance ?

— J'aime comprendre quel est l'objectif de mes clients. Vous avez connu cette femme, et vous l'avez appréciée, je l'ai bien saisi. Elle vous a néanmoins menti. »

Mrs. Corsham contempla la brochure dans sa main. « Je ne nie pas que j'en ai été blessée. Pendant deux jours, j'ai pleuré Lucia di Caracciolo, avant d'apprendre que cette personne n'avait jamais existé. Le magistrat, mon frère, les journaux, tout le monde ne voit en elle qu'une prostituée, or les prostituées ne comptent pas. Cependant, une femme est morte dans ces jardins… J'ai tenu la main de Lucy alors qu'elle rendait son dernier soupir. Ils voudraient tous que j'oublie l'avoir jamais rencontrée, mais je m'aperçois que je ne peux pas. »

Child l'observa d'un œil perplexe en se demandant s'il n'y avait pas autre chose. Puis il repensa à la hache de Finn Daley, aux soixante-quinze guinées de Mrs. Corsham, et décida de ne pas chercher plus loin.

7

Un peu après midi, Child prit un petit déjeuner, puis partit à pied à travers la ville dans l'espoir de se débarrasser de son mal de tête. Au nord de Londres, le ciel était menaçant de pluie mais, quel que soit le temps, Harley Street était toujours animée. Des portiers et des domestiques en train de faire des courses se mêlaient aux résidents sortis prendre l'air et aux clients se rendant chez les avocats, les architectes et les médecins du beau monde qui avaient élu domicile dans le quartier de Marylebone. Il observait les femmes qu'il croisait en essayant de distinguer les prostituées des épouses respectables. La tâche n'avait rien d'aisé. Elles achetaient leurs soies et leurs satins chez les mêmes couturières, leurs chapeaux à plumes chez les mêmes modistes et, naturellement, elles couchaient avec les mêmes hommes.

Le numéro neuf était une maison en brique jaune à cinq étages de construction récente. Child dut frapper plusieurs fois avant d'entendre des pas derrière la porte. Celle-ci s'ouvrit sur un homme d'âge moyen en bonnet de nuit, vêtu d'une robe de chambre orientale qui laissait entrevoir un torse vigoureux. Son menton était hérissé d'un chaume blanc, son visage aussi rond et rouge qu'un chou mariné.

Child se présenta. « Êtes-vous le propriétaire de cette maison ? »

L'homme sortit un cornet de sa poche et l'approcha de son oreille. « Qu'avez-vous dit, monsieur ? demanda-t-il avec un accent des Cornouailles.

— Le propriétaire ? répéta Child plus fort.

— Vous l'avez devant vous… Boscastle, pour vous servir !

— J'aimerais que vous me parliez de Lucy Loveless. »

Boscastle soupira. « Elle est morte, monsieur… Là-bas, dans le bordel de St. Peter. Mais sa mémoire vivra dans l'esprit de nombreux jeunes gentilshommes… » Il toisa Child de haut en bas. « Et de plus vieux également. Mais j'ai une autre fille là-haut capable d'inspirer d'aussi beaux souvenirs ! »

Child comprit que, en plus d'être le propriétaire de Lucy, cet homme avait été son « garde » – à la fois portier, protecteur et apte à chasser les importuns – en échange d'une partie de ses bénéfices.

« Je ne veux pas une fille. Je suis attrape-voleurs, et je suis ici au sujet du meurtre de Lucy. » Il lui tendit sa carte de visite. « J'aimerais vous poser quelques questions, si vous permettez.

— J'ai déjà raconté aux agents du magistrat tout ce que je savais.

— Ma cliente trouve qu'ils ne sont pas aussi consciencieux qu'ils le pourraient. Je voudrais aussi jeter un coup d'œil à sa chambre. »

Boscastle lui adressa un sourire compatissant. « Confondriez-vous cet établissement avec une entreprise philanthropique, monsieur ?

— Vous ne voulez pas qu'on arrête l'homme qui a tué votre locataire ?

— Si, naturellement… Mais si vous tirez un profit de cette affaire épouvantable, je ne vois pas pourquoi je n'en profiterais pas ! »

Réfuter une telle logique eût été compliqué. Une pièce d'une couronne en argent se révéla satisfaire Boscastle, après quoi il fit entrer Child dans un vestibule qu'éclairait un lustre poussiéreux et l'emmena dans un escalier au mur peint de bacchanales. Au premier étage, il ouvrit une porte avec sa clef. Child le suivit dans une chambre spacieuse où trois fenêtres en forme d'arche donnaient sur la rue. La pièce était meublée avec ostentation : un lit à baldaquin avec des tentures en soie ; un paravent chinois ; une coiffeuse de style français au miroir pivotant ; deux gros fauteuils devant la cheminée ; et une pièce attenante, recelant quantité d'armoires et de tiroirs. À la lueur des chandelles, la soie ivoire du papier peint devait étinceler, et le jaune des lourds rideaux parer la chambre d'un éclat chatoyant. Un décor fait pour l'amour, ou ses faux-semblants.

« Depuis quand Lucy vivait-elle ici ?

— Environ trois ans, répondit Boscastle. Mais elle était arrivée à Londres bien avant. Elle était originaire du Norfolk. Quand venait la saison, elle envoyait le garçon de courses chercher des limandes et de la salicorne. Ça lui rappelait son pays.

— Et aucun enfant n'a jamais vécu ici avec elle ?

— Ni chiens ni enfants. Je suis très strict là-dessus. Lucy n'a jamais fait allusion à un gosse devant moi.

— À un moment de sa vie, elle a été marquée sur la main du sigle des voleurs. Savez-vous quelque chose à ce sujet ?

— Oui, elle m'a raconté qu'elle s'était fait prendre peu après son arrivée à Londres, il y a de cela des années. Avant de trouver leurs marques, pas mal de filles se prostituent et font les poches des clients. Tant qu'elles paient le loyer et ne créent pas de problèmes, je ne les juge pas. »

Lucy avait assurément trouvé ses marques. Les étagères et les armoires regorgeaient d'un arc-en-ciel de corsages en satin, de jupes en brocart, de combinaisons en dentelle, de bas en soie, de manteaux en laine douce et de pèlerines bordées de fourrure, le tout impeccablement repassé, plié et rangé dans du papier de soie. Le linge était blanc, les corsets en os de baleine, et les ombrelles en soie peinte avaient des manches en ivoire. Des boîtes à chapeaux et à perruques étaient empilées au sommet des armoires, et une commode en laque renfermait des éventails, des plumes et divers accessoires indispensables.

« Lucy adorait ses habits, observa Boscastle. Elle vendait des affaires pour payer ses factures, mais je crois que ç'aurait été la dernière chose dont elle se serait séparée. Et maintenant, tout ça va devoir partir… Elle me devait trois mois de loyer, sans parler des nombreux commerçants mécontents à régler.

— Ne gagnait-elle pas assez d'argent ? D'après la *Harris's List*, elle demandait cinq guinées pour une nuit.

— Oui, mais c'était avant qu'elle ait tous ses ennuis.

— Quels ennuis ?

— D'abord, quelqu'un lui a flanqué une raclée – elle a eu des bleus qui sont passés par toutes les couleurs. Après ça, elle s'est fait virer par cet artiste pour lequel elle posait, Jacob Agnetti. Et ensuite, elle s'est mis à dos le Club des prostituées, qui l'a fichue dehors. À ce moment-là, elle avait déjà perdu la moitié de ses clients, à cause de quelqu'un qui faisait courir le bruit qu'elle avait attrapé la vérole. Cette rumeur a été un nouveau clou enfoncé dans son cercueil, si vous me pardonnez l'expression. Elle a vécu sur ses économies jusqu'à ce qu'elle en ait plus, après quoi elle a été obligée de vendre ses affaires.

— Quand l'a-t-on agressée ?

— En mars dernier. La pauvre est restée couchée pendant des semaines… Elle a pas voulu me dire qui lui avait fait ça mais, comme c'est mon boulot de protéger mes locataires, j'ai insisté. La seule chose qu'elle m'a répondue, c'est que c'était pas un de ses clients, qu'il s'agissait d'une histoire d'ordre personnel, pas professionnel.

— Si ce n'était pas un client, alors qui ? Un amant ?

— Peut-être, mais je ne crois pas. Lucy ne s'intéressait pas aux hommes de cette manière. Elle ne voulait ni de quelqu'un qui l'entretienne ni d'un mari. C'est de là qu'elle tenait son nom, Lucy Loveless. Elle me disait : "Les hommes aiment vous dire quoi faire, Boscastle, mais moi je n'aime pas qu'on me le dise." Elle voulait juste devenir riche avant de prendre sa retraite.

— Vous pensez que c'est la même personne qui l'a frappée et qui a fait courir ces rumeurs ?

— Je n'en sais rien. Je sais seulement que le loyer était en retard ! »

Child referma un dernier tiroir puis revint dans la pièce principale, où il passa les dix minutes suivantes à fouiller ici et là pendant qu'ils parlaient. Sur une table de toilette, il y avait un broc et une bassine, des éponges, des onguents, du savon et un pot de chambre. Les tiroirs de la coiffeuse contenaient un fer à friser ; des pots de saindoux, de poudre, de pommade, de peinture blanchissante et de fard rouge ; une boîte à mouches ; du parfum ; et de la lotion cosmétique. Child, pour qui se laver était une corvée qu'il valait mieux éviter, se dit que, visiblement, être une putain célèbre exigeait un sacré travail.

« Pouvez-vous me donner la liste de ses clients ?

— Seriez-vous fou, monsieur ? C'est une maison confidentielle… Je ne vous laisserai pas embêter mes clients sans avoir la preuve qu'ils ont commis un méfait !

— Comment puis-je trouver une preuve si je ne sais pas qui ils sont ?

— C'est votre boulot, pas le mien ! Du reste, je pense que vous vous trompez. Je vous l'ai dit, l'homme qui l'a molestée n'était pas un de ses clients. Je crois d'ailleurs qu'il est revenu dans l'intention de recommencer.

— Qu'est-ce qui vous fait dire ça ?

— Quelques jours avant que Lucy ait été tuée, mon autre locataire l'a vue se disputer dans la rue avec un soldat. Et c'était pas un homme qu'elle avait déjà croisé ici. Ni un client.

— Pourrais-je lui parler ?

— Du moment que vous la dédommagez pour le temps passé, vous pouvez faire ce que vous voulez ! »

Tandis qu'il fouillait toujours, Child se fit une idée de la femme qu'était Lucy derrière son maquillage et tout cet apparat. Une aquarelle des Norfolk Broads – sa région d'origine, d'après Boscastle. Un médaillon renfermant une mèche de cheveux châtains – la preuve que son enfant était mort ?

Dans un tiroir de la table de nuit, il trouva une boîte d'amandes caramélisées, ainsi que plusieurs intestins de porc enroulés et entourés d'un ruban, pour se prémunir contre la grossesse et la maladie. Et aussi un petit flacon en verre. Child le déboucha et le renifla. Une odeur de vieux fromage, instantanément reconnaissable, lui agressa les narines : de la valériane, un somnifère.

« Lucy recevait-elle d'autres visites, des amies ou de la famille ?

— Ces filles ne voient plus leur famille, monsieur, à moins qu'elles ne paient pas les factures. J'ai eu l'impression que Lucy avait coupé les ponts avec la sienne depuis longtemps.

— Et des amies ?

— Sa meilleure amie était une fille qui s'appelle Kitty Carefree, une ravissante rousse du Club des prostituées. Ces deux-là s'entendaient comme larrons en foire, mais elles ont dû se brouiller, parce qu'elle avait arrêté de venir depuis quelques mois.

— Croyez-vous que leur dispute ait eu un lien avec ses autres ennuis ?

— C'est possible… Vous devriez demander au Club des prostituées.

— Avait-elle d'autres amies dont vous vous souvenez ?

— De temps en temps, la femme du peintre, Mrs. Agnetti, venait de la part de son mari. Avec Lucy, et parfois Kitty, elles discutaient, et je les entendais souvent rire. Mais vous connaissez l'histoire des Agnetti, j'imagine… C'est peu après que Mrs. Agnetti a quitté Londres que Lucy et Kitty ont eu cette dispute. Pour vous dire la vérité, je crois que Lucy se sentait très seule. Elle a alors renoué avec une vieille camarade, mais pas du genre de celles qu'on trouve au Club des prostituées.

— Poursuivez.

— J'ai jamais su le nom de la dame, mais elle est venue plusieurs fois ces derniers temps, jusqu'à ce que je m'y oppose. Elle donnait une mauvaise image à une maison comme celle-ci. Les clients de mes locataires s'attendent à ce qu'il y a de mieux, pas à croiser une poule des bas quartiers dans l'escalier !

— Pouvez-vous me la décrire ?

— Oh, c'est pas une fille à un penny, mais pas loin ! Des cheveux bruns bouclés, aussi sauvage qu'une gitane, toute maigre, les joues vérolées, les dents jaunes… Elle aussi était marquée au fer à la main, même que je me suis demandé si c'était pas une amie de Lucy du temps où elle chapardait. Et elle boitait – pas étonnant que les agents de Bow Street l'aient attrapée ! Après que je lui ai expliqué le fond de ma pensée, elle a cessé de venir. Sans doute qu'elles se retrouvaient ailleurs… Pendant les semaines qui ont précédé sa mort, Lucy rentrait très tard. Elle se faisait parfois déposer par une voiture de louage. Et, malgré ses dettes, elle continuait à dépenser sans compter. Je lui ai dit un mot là-dessus. »

Près du lit, un nécessaire à écrire et des livres étaient rangés sur une étagère : Samuel Richardson, Tobias Smollett, plusieurs romans, des brochures pornographiques et, à la surprise de Child, un volume des pièces de théâtre d'Eschyle. L'écritoire en noyer était vide, à part une carte pliée des environs de Londres.

« N'avait-elle pas des papiers, des lettres, ce genre de choses ?

— Les agents de Bow Street ont tout emporté. Ainsi que les dessins.

— Les dessins ?

— Ceux de Jacob Agnetti. »

Child vérifia si des documents n'étaient pas cachés entre les pages des livres. Il ne trouva que quelques fleurs séchées et une carte de visite de l'hospice Magdalen pour les prostituées repentantes. Il la montra à Boscastle.

« Lucy songeait-elle à arrêter le métier à cause de tous ses ennuis ?

— Lucy ? Jamais de la vie ! Elle disait que c'était ce qu'ils voulaient, mais qu'elle allait leur faire payer.

— Ils ?

— Je suppose qu'elle parlait de ceux qui avaient essayé de la priver de son gagne-pain. Et quand elle disait qu'elle le leur ferait payer, je la croyais ! Lucy pouvait être rancunière. »

Au dos de la carte, d'une écriture élégante, il était écrit : *50-60 ananas, 2g 1f.*

Child fronça les sourcils. Il aurait pu s'agir d'un reçu. Les ananas coûtaient une petite fortune, quatre-vingts ou quatre-vingt-dix livres la pièce. Et, compte tenu de leur prix et de leur rareté, cinquante ou soixante ne paraissait pas une quantité plausible. Lui-même ne pensait pas avoir vu plus de cinq ou six ananas au cours de sa vie.

« Est-ce l'écriture de Lucy ? »

Boscastle plissa les yeux, puis hocha la tête.

« Je peux garder cette carte ?

— Si vous avez un shilling, vous pouvez. »

Child sortit une pièce de sa poche en soupirant. Alors qu'il jetait un dernier regard sur la chambre où les clients avaient profité des faveurs de Lucy, il regretta que les murs ne pussent pas parler. Boscastle l'emmena au deuxième étage voir son autre locataire.

La fille s'appelait Emma et, visiblement, ils l'avaient tirée de son lit. Elle était jeune, avait de grandes dents blanches et des cheveux châtains à la mode aux racines jaunâtres. Pour quatre shillings, elle accepta de raconter à Child ce qu'elle avait vu.

« Il y a environ une semaine, un après-midi, je revenais de faire des courses. Lucy est sortie de la maison et allait monter dans une voiture de louage quand un soldat en tunique rouge l'a interpellée. Une femme était avec lui, sûrement une autre prostituée. Lucy et lui ont échangé quelques mots, puis il l'a poussée.

— Avez-vous entendu de quoi ils parlaient ?

— Non, au moment où je lui ai demandé si elle voulait que j'aille chercher Boscastle, le soldat et sa poule se sont sauvés.

— À quoi ressemblait cet homme ? Ça pourrait avoir son importance.

— Grand, blond, des cheveux courts, des favoris… Il portait une tunique d'officier à épaulettes dorées. Quand il est parti, il est passé près de moi et m'a lancé un vrai regard de haine. J'ai vu qu'il avait une cicatrice, là, dit-elle en se touchant la tempe. Une blessure de duel, je parie !

— Et la fille ?

— Je ne me souviens pas. Je regardais Lucy et le soldat.

— Lui, l'aviez-vous déjà vu, avec Lucy ou ailleurs ?

— Pas avec Lucy, non, mais je crois l'avoir aperçu près de Covent Garden. Si c'est le même gentilhomme, il est de ceux qui aiment se soûler avec des amis et qui posent des problèmes aux taverniers.

— Vous voyez bien, monsieur, intervint Boscastle. Ce n'est pas un client. »

Child interrogea encore la fille, mais Lucy et elle ne s'étaient pas vraiment fréquentées. Il la remercia, puis Boscastle le raccompagna en bas.

L'hypothèse de Mrs. Corsham selon laquelle le meurtrier de Lucy n'était pas une rencontre de hasard gagnait du crédit aux yeux de Child. L'homme qui l'avait agressée. La personne qui avait entrepris de lui gâcher la vie. Le soldat qui l'avait accostée dans la rue. Et celui qui l'avait tuée. Étaient-ils une seule et même personne, ou Lucy avait-elle eu le don de se faire des ennemis ? Quoi qu'il en soit, il avait désormais plusieurs pistes à explorer. Il se dirigea d'un pas décidé vers Covent Garden.

PAMELA

10 janvier 1782

Un roulement de tambour semblable à un coup de tonnerre interrompit la danse des dryades. Aussitôt, les filles se figèrent dans une variété de poses, une main en coque sur l'oreille, au beau milieu d'une clairière d'arbres faits de bouts de bois et de feuilles en papier. Des guirlandes de soie savamment disposées ornaient les nymphes quasi nues, qui portaient dans les cheveux des couronnes de fleurs artificielles.

Le cœur battant et le souffle court, Pamela regardait la scène depuis les coulisses. Cette soirée était la sixième qu'elle passait dans l'établissement de Mrs. Havilland, et elle connaissait déjà les pièces par cœur. La scène fortement éclairée occupait le fond de la salle de bal. Devant, dans la pénombre, Pamela voyait les lueurs des pipes et l'éclat des montres à gousset des gentilshommes. Elle sentait leur odeur.

Entre les arbres, une fille vêtue d'une peau de chèvre et portant un carquois de flèches dans le dos se promenait en tenant un arc. Cecily, un peu plus âgée que Pamela, venait de Dagenham, un village à l'est de Londres. Ses cheveux étaient aussi jaunes qu'un coing, ses longues jambes saupoudrées d'or. Les nymphes accoururent pour l'entourer en s'agenouillant de chaque côté.

Dans les coulisses, près de Pamela, se tenait George, un ancien crieur. « Et voici la déesse Artémis ! » rugit-il.

Cecily se pencha ostensiblement pour cueillir une fleur en soie, offrant une vision qui suscita des exclamations gaillardes de la part des spectateurs. Puis elle pointa son arc sur plusieurs membres de l'assistance tour à tour, lesquels hurlèrent des compliments grivois.

Dès que les acclamations retombèrent, Mrs. Havilland fit son entrée sur la scène, grande et royale dans une robe en soie violette, sur des jupons en crêpe jaune bordés de dentelle noire. Ce soir-là, son immense chignon était agrémenté de fleurs en émail reliées par une chaîne dorée.

« Messieurs, je vous demande de rendre hommage à Artémis, la chasseresse de la forêt ! » Elle attendit que cessent les applaudissements. « Nombreux sont ceux qui ont tenté de prendre la forteresse Artémis, pourtant, elle est là devant vous, vierge, aucun homme ne l'a jamais touchée. Dans trois semaines, nous verrons si un cerf parmi vous est digne de cette biche bondissante ! »

Cecily, l'air effrayé, s'accroupit dans une pose défensive, prête à tirer sa flèche. Des gloussements appréciateurs s'élevèrent dans la salle.

George poussa Pamela du coude. « Prête ? »

Oh, prête, elle l'était ! Son costume n'avait pas nécessité une longue préparation. Son visage frotté de près brillait, ses joues rayonnaient d'un bel éclat. Sa fine robe, en coton marron, n'était pas très différente de celle qu'elle avait eue sur elle à son arrivée. Elle était pieds nus. Ses cheveux d'un noir ébène, pas lavés, étaient tout emmêlés.

Le premier soir, elle avait cru qu'on se moquerait de son allure de souillon. Pourquoi ne pouvait-elle pas être la déesse Artémis ? Quand elle s'en était plainte auprès de Mrs. Havilland, elle avait eu droit à une réponse cinglante. Mais, à la fin de son passage sur scène, à sa grande surprise, la salle avait résonné des acclamations enthousiastes des gentilshommes présents.

Mrs. Havilland elle-même s'était adoucie : « Tu as fait un bon début, petite, mais tu peux encore t'améliorer. Si tu travailles comme il faut, à la fin du mois prochain, ils feront la queue jusqu'à Ealing Common ! »

Depuis, Pamela n'avait fait que progresser. Elle recula au moment où Cecily sortit de scène et lui donna une petite tape sur l'épaule pour lui souhaiter bonne chance. Les valets de Mrs. Havilland s'empressèrent de mettre en place le nouveau décor : un poêle, une table en chêne, une planche à découper, une chaise ; un sol parsemé de farine et d'épluchures de légumes, en grand besoin d'une bonne.

Le rideau se leva. Un murmure impatient parcourut la salle.

« Et voici la servante, Pamela Andrews ! cria George. Sa beauté n'a d'égale que sa vertu ! »

Lorsqu'elle entra sur la scène, les applaudissements jaillirent tel un chœur. Prenant son balai, elle balaya le plancher, tandis que le flûtiste interprétait une mélodie enjouée et que les spectateurs tapaient des mains en rythme. La bizarrerie de tout cela la ravissait. Elle avait quitté la maison de Cheapside pour refaire les mêmes corvées devant une foule qui payait ! Sauf que, à Cheapside, elle n'avait jamais été appréciée comme ça.

Sur un signal de George depuis les coulisses, Pamela s'approcha de la table. Soudain, la musique se fit menaçante.

« Et voici l'écuyer débauché, Mr. B. ! »

Des huées et des sifflements retentirent. Peter Jakes allait arriver en rampant derrière elle, portant une immense perruque et un costume de velours marron, un oreiller attaché sous sa veste le faisant paraître plus gros. Pamela trancha une carotte alors que les cris augmentaient de volume.

À présent, Peter était juste derrière elle. Elle sentait l'oignon et la bière que dégageait son haleine. Elle se tétanisa à l'instant où il la saisit en pressant ses lèvres contre les siennes et lui fourra sa langue dans la bouche, bien qu'elle lui eût interdit de le faire. Ses bras battirent l'air, puis elle le frappa avec le couteau, un peu plus fort qu'elle ne l'aurait dû. Dès qu'il la relâcha en poussant un hurlement, elle s'avança en titubant sur le devant de la scène.

Pendant un instant, bien qu'elle se fût couchée tard pour apprendre son texte, son esprit se brouilla. Le soulagement l'envahit quand tout lui revint d'un coup.

« Monsieur, vous devez être Lucifer qui a pris les traits de mon maître… sans quoi vous ne me traiteriez pas ainsi ! »

Jakes l'attrapa par le bras et la serra pour lui faire mal. « Si tu me prends pour le diable, comment peux-tu attendre du bien de ma part ? »

Pamela baissa la tête. « J'endurerai avec patience tout ce que vous m'infligerez, quitte à y perdre la vie ! Mais je ne saurais être patiente ou passive si ma vertu est en jeu ! »

Les applaudissements fusèrent, plus intenses que les soirs précédents. Jakes grimaça et agrippa sa robe à deux mains. Le corsage, sur lequel une fausse couture était tenue par des épingles, se déchira en gracieux haillons qui dévoilèrent ses tétons.

L'assistance retint son souffle. Un coup de cymbales claqua. Aussitôt, Pamela rabattit sa robe sur sa poitrine, leur laissant juste le temps de jeter un regard qui leur mettrait l'eau à la bouche. Tout en observant les gentilshommes entre ses cils, elle laissa couler une larme, puis lança sa réplique : « Je suis vraiment désolée de mon audace, mais il ne me traite pas comme un gentilhomme ! Je suis sûre que Dieu me délivrera de ce philistin ! »

Les spectateurs s'exclamèrent et tapèrent des pieds, faisant vibrer la salle. Tout en se délectant de leur désir, Pamela soutint le regard des messieurs qui paraissaient les plus fortunés, comme Cecily le lui avait conseillé. C'est alors qu'elle aperçut un homme et, bien qu'il n'arborât aucun signe extérieur de richesse, elle fut incapable d'en détacher les yeux.

Sa tunique rouge indiquait que c'était un soldat. Elle en connaissait plusieurs, mais celui-ci n'avait rien des fantassins en permission qu'elle avait croisés à Cheapside. Grand, élancé et bien mis, c'était un officier. Un gentilhomme.

Il lui sourit – un sourire d'une blancheur éclatante. Ses cheveux blonds étaient coupés court, comme le voulait la nouvelle mode qu'elle appréciait. Il avait belle allure et un beau visage. Ce qui ressemblait à une cicatrice de duel barrait l'extrémité d'un de ses sourcils. *Un diable séduisant... et il le sait !* C'était l'une des expressions favorites de Rachel, la cuisinière. Elle le disait comme si c'était mal, et pourtant, le fait même qu'il l'ait su, et que Pamela elle-même savait qu'il le savait, fit battre son pouls un peu plus vite.

Mrs. Havilland s'avança afin d'énumérer ses vertus, la tâche de Pamela se résumant dès lors à rester muette en fixant le plancher. Cependant, elle ne put résister à l'envie de regarder encore le soldat et, cette fois-ci, quand il lui sourit, elle lui sourit en retour. Au moment où elle quitta humblement la scène sous un nouveau tonnerre d'applaudissements, elle adressa une prière à Artémis, la déesse des vierges : *Faites que ce soit lui !*

8

La pluie brouillait les couleurs éclatantes des jardins du Vauxhall, creusait les allées, lavait les flaques de vin et de vomi, se déversait en cascades sur les toits des pavillons recouverts de bâches. À la lumière du jour, l'endroit perdait de sa magie. Sans les lampions et la musique, les jardins avaient un côté tape-à-l'œil et sordide.

« Un petit gardien trop zélé », murmura Caro à son valet, Miles, en désignant le portier de l'entrée qui les précédait.

Elle était venue ici dans l'intention d'aller directement aux charmilles pour y chercher le document qu'elle avait la certitude d'avoir vu près du corps de Lucy. Mais les jardins étant fermés au public jusqu'au soir, le portier n'avait pas voulu les laisser passer. Ayant aperçu le phaéton jaune de Jacob Agnetti, reconnaissable entre tous, dans le parc des carrosses, Caro avait prétendu avoir un rendez-vous. Mais le portier avait tenu à les accompagner jusqu'à la Rotonde.

« Il paraît que le prince de Galles va bientôt venir au Vauxhall, dit Miles en inclinant l'ombrelle en papier huilé au-dessus de sa maîtresse. J'imagine qu'ils doivent redoubler de vigilance. »

Son large visage parsemé de taches de son était étrangement gonflé, et son accent gallois dénué de toute légèreté. Caro se dit que Miles lui en voulait encore de lui avoir faussé compagnie l'autre soir. Mordechai avait dû le réprimander vertement.

Sans doute lui en voulait-il également de l'avoir obligé à rester si longtemps la veille dans l'appartement miteux et nauséabond de Mr. Child. Engager cet attrape-voleurs avait-il été une erreur ? Elle ne savait plus. Dans son pardessus mal coupé et avec sa perruque ridicule, le nez boursouflé de si nombreuses veines qu'on aurait dit une prune, Mr. Child était une créature peu avenante. Cependant, il avait parlé de l'affaire avec assurance, et ses petits yeux noirs en boutons de bottine étaient d'une extrême vivacité. Elle n'arrêtait pas de se répéter que Harry avait apprécié ses talents.

La pluie tambourinait sur la coupole de la Rotonde. La salle semblait déserte, pourtant quelqu'un avait manifestement été là au travail. Sur une table à tréteaux étaient étalés plusieurs tableaux, pas tous encadrés. Il y avait également des carnets de croquis, des dossiers, des couteaux, des crayons et divers accessoires, ainsi que d'autres toiles et des cadres appuyés contre la table.

« Je vais attendre que Mr. Agnetti revienne », dit Caro.

Le portier plissa les paupières d'un air suspicieux. « J'attends avec vous. »

Caro fit les cent pas dans la pièce, ses souliers résonnant sur le carrelage. Bien qu'elle n'eût jamais été une admiratrice du travail d'Agnetti, son talent était indéniable, tout comme son flair pour les opportunités commerciales. Depuis la controverse qu'avait suscitée sa version du *Viol d'Europe*, tout le monde voulait un Agnetti dans son salon – le meurtre et la débauche s'accordaient assez bien avec un verre de brandy. Le tableau qu'elle était en train de regarder en offrait un parfait exemple.

On y voyait un paysage verdoyant parsemé de colonnes brisées, avec, au premier plan, un autel en pierre sculptée. Allongée sur celui-ci, une fille brune, à peine plus âgée qu'une enfant, se débattait tandis que la maintenait de force un homme plus vieux, un soldat. Sa robe avait glissé, exposant un sein très blanc sur lequel était pointée l'épée de l'homme et d'où jaillissait du sang. La terreur déformait le visage de la fille, ses yeux implorants fixaient l'abîme de la mort. *Le Sacrifice d'Iphigénie.* Caro repensa à la scène sous la charmille. Elle s'empressa de passer à la peinture suivante.

Une minute plus tard, elle était toujours en train de la contempler lorsque Jacob Agnetti arriva. Dès qu'il l'aperçut, il s'immobilisa, et ses sourcils noirs se rapprochèrent au-dessus de son nez busqué. « Bonjour, Mrs. Corsham ! »

Il parlait avec un fort accent italien, connu pour rendre folles les dames de la haute société. Cet homme massif avait un air d'ours mal léché, ses cheveux bruns grisonnants étaient ramenés en arrière de façon théâtrale, sa cravate dénouée autour de son cou. Dans la lumière de cathédrale de la Rotonde, sa redingote en velours prune élimé rappela à Caro la cape d'un cardinal : un Médicis mangé par les mites – l'analogie semblait d'autant plus appropriée concernant Jacob Agnetti que le scandale lui collait à la peau.

Il s'inclina. « J'espère que vous allez bien. Et votre frère Ambrose ? Il y a longtemps que je ne l'ai pas vu en ville. »

Caro murmura son histoire habituelle sur la Suisse et la saison de la chasse, attendant qu'Agnetti en sourie, comme s'il imaginait parfaitement le genre de gibier à plume que poursuivait Ambrose Craven. Mais il demanda simplement, selon elle, avec une certaine impatience : « Que puis-je faire pour vous, ma chère ?

— Cette dame dit qu'elle a rendez-vous, monsieur, intervint alors le portier.

— Pas précisément rendez-vous, mais… J'aimerais vous parler d'une affaire personnelle. »

Agnetti se tourna vers le portier. « Vous avez entendu la dame, monsieur. »

Maugréant entre ses dents, l'employé s'éclipsa. Miles recula et se posta près de la porte.

« Une affaire personnelle ? répéta Agnetti. Vous m'intriguez ! »

Caro montra le tableau. « C'est elle, n'est-ce pas ? C'est la femme qui a été tuée, Lucy Loveless. »

La scène représentait un autre meurtre : une femme, une hache à la main, se tenait debout au-dessus d'un homme nu à l'agonie. Il était sorti en rampant d'une baignoire en pierre, et son sang tachait le sol en mosaïque. Les cheveux de la femme étaient dénoués, ses jupons en désordre, sa peau soyeuse. Elle avait un haut front bombé, un regard brûlant et un petit grain de beauté sur la lèvre supérieure. Caro imagina ses cheveux châtains enroulés sous une coiffe de dentelle noire ornée de plumes d'autruche, ses joues empourprées par la chaleur de la foule, son sourire malicieux : Lucia di Caracciolo, éblouissante de splendeur, telle qu'elle l'avait vue à Carlisle House. Puis elle imagina la peau blafarde, les lèvres grises cherchant désespérément à parler : Lucy Loveless se mourant sous les charmilles des jardins du Vauxhall.

« Oui, c'est Lucy, confirma tout bas Agnetti. Une de mes autres modèles m'a appris la triste nouvelle ce matin… Je suis profondément peiné. Lucy était une véritable muse, pour moi.

— C'est moi qui l'ai trouvée, alors que je prenais l'air du côté des charmilles. »

Il écarquilla les yeux. « C'est révoltant… Je l'ignorais. Je suis désolé que vous ayez eu à endurer une telle épreuve.

— Laquelle n'est rien comparée à ce qu'a enduré Lucy… » Caro reprit sa respiration. « La connaissiez-vous depuis longtemps ?

— Depuis que je suis arrivé à Londres, il y a environ trois ans. Vous la voyez ici en Clytemnestre tuant son mari, Agamemnon. Lucy adorait ce tableau… Je lui avais donné un volume du théâtre d'Eschyle pour qu'elle lise la pièce. Compte tenu des circonstances, peut-être ferais-je mieux de le décrocher…

— Si elle l'adorait, il devrait rester là. Je l'avoue, je ne parviens pas à me sortir Lucy de la tête… Vous voulez bien me parler d'elle, du genre de femme qu'elle était ? »

Agnetti réfléchit tout en regardant le tableau. « Souvent, quand elle posait pour moi, nous parlions, en général de mon travail. Elle aimait les mythes et l'histoire dont s'inspirent mes peintures, elle avait toujours un tas de questions, au point parfois de me distraire… Et aussi sur ma ville de Naples, où elle disait qu'elle aurait aimé aller un jour pour marcher là où avaient marché les Romains, voir les monuments… Comme la plupart de mes modèles, elle avait l'esprit très vif, mais également une sorte de tristesse… Elle n'avait sans doute pas toujours eu la vie facile.

— J'imagine que non, étant donné son métier. »

Agnetti lui jeta un regard appuyé. « Ne la plaignez pas outre mesure. Son métier lui offrait la liberté qu'elle désirait…

— Comment ne pas la plaindre ? Elle est morte dans d'atroces souffrances !

— Je parlais de sa vie, pas de sa mort. » Il observa l'expression de Caro, le rouge affluant à ses joues. « Moi aussi, je plaignais mes modèles mais, par la suite, j'en suis venu à les admirer. Elles portent leurs péchés ouvertement et, bien que la bonne société les condamne, elles gardent la tête haute. Il faut pour cela un certain courage, vous ne pensez pas ? »

L'admiration qu'Agnetti vouait à ses modèles était un sujet rebattu au sein de la société londonienne. Les journaux aimaient s'étendre longuement sur ce qui se passait dans sa vieille et triste demeure de Leicester Fields, sur le défilé de prostituées dans son salon, laissant entendre que, pour manger, celles-ci ne se contentaient pas de poser. Les artistes avaient beau bénéficier d'une certaine tolérance en matière de mœurs, Mrs. Agnetti avait connu son lot d'humiliations. À en juger par l'attitude de son mari depuis qu'elle l'avait quitté, il ne semblait guère s'en soucier.

« Lucy n'avait aucune envie d'être domestique ou modiste, reprit Agnetti. Ou de faire quoi que ce soit de mal payé pour vivre à Londres. Je crois que son travail lui plaisait. C'est le cas de plusieurs de mes modèles. Quoi qu'il en soit, elle prenait plaisir à dépenser l'argent qu'elle gagnait.

— J'ai du mal à imaginer qu'une somme d'argent, quelle qu'elle soit, vaille les risques auxquels ces femmes font face !

— Comment juger, tant qu'on n'a pas connu la pauvreté ?

— Faut-il avoir connu la pauvreté pour déplorer la situation dégradante qui est la leur ?

— N'est-ce pas dégradant de faire le ménage chez les autres pour un salaire de misère ? C'est ce que pensait Lucy. Ses options étaient limitées, et elle a fait les choix qu'elle estimait lui convenir. »

La colère qui animait Caro depuis qu'elle était allée chez le magistrat s'enflamma brusquement. « Elle était un objet pour ses clients, achetée et vendue comme une livre de sucre ! Vous préférez croire qu'elle n'était pas broyée par son quotidien... pas moi ! »

Agnetti inclina la tête. « Pardonnez ma franchise, madame... Vous êtes bouleversée, et ce n'est pas étonnant. »

Caro inspira en s'efforçant de maîtriser ses émotions. S'en prendre à Agnetti ne servait à rien. « Puis-je vous demander quand vous avez vu Lucy la dernière fois ?

— Il y a quelques mois. Je suis au regret de dire que j'ai été obligé de renoncer à l'employer.

— Et pourquoi ? »

Il soupira. « Elle m'a dérobé des dessins, et elle a également volé un gentilhomme de ma connaissance. Je ne pouvais plus la laisser venir chez moi. Pourtant, de tous mes modèles, elle était la dernière que j'aurais soupçonnée de trahir ma confiance.

— D'après le magistrat, elle a laissé des dettes considérables. Peut-être était-elle aux abois.

— Vous me surprenez. Ses meilleures années étaient derrière elle, mais ce n'est qu'à partir de la quarantaine que ces femmes entrent dans une période périlleuse. Lucy avait le projet d'acheter un lopin de terre à Hampstead et d'y construire des maisons qu'elle revendrait avec un profit pour financer sa retraite. Et, quelles qu'aient pu être ses difficultés présentes, je ne doute pas qu'elle l'aurait fait. Elle était ingénieuse et déterminée.

— Le magistrat a mentionné qu'elle avait eu un enfant. Je me dis que je pourrais faire quelque chose pour l'aider… Lucy vous a-t-elle jamais parlé d'un fils ou d'une fille ? »

Agnetti esquissa un sourire désolé. « Malheureusement, je crois que vous n'avez pas à vous en inquiéter. Lucy n'a jamais parlé de cet enfant. Il a dû mourir il y a plusieurs années.

— Mais… vous saviez qu'elle en avait eu un ? » Tout en posant la question, Caro se tourna vers les peintures. « Oh, je comprends… » Le peintre avait vu Lucy toute nue.

Sans chercher à combler le silence étrange qui suivit, Agnetti sembla se perdre dans une contemplation intime du tableau.

« Le magistrat pense qu'elle a été tuée par un inconnu de passage, enchaîna Caro. Mais je suis persuadée qu'elle connaissait son meurtrier. Juste avant de mourir, elle a essayé de me dire quelque chose. »

Agnetti se retourna d'un geste brusque. « Qu'a-t-elle dit ?

— Elle a murmuré : "Il sait." Je me demande si un de ses clients pourrait l'avoir tuée. »

À la seconde où elle le dit, Caro se rendit compte que le peintre aurait pu profiter des faveurs de Lucy. Ils s'étaient séparés en mauvais termes, il venait de l'admettre. Aurait-il pu la tuer ? Cette possibilité la glaça, à tel point qu'elle se félicita de la présence de Miles.

« C'est très possible, convint Agnetti. Bien souvent, mes modèles viennent me voir en ayant des bleus ou un œil au beurre noir… Elles le prennent comme un des risques de leur métier. Peu de temps avant que je ne renvoie Lucy, quelqu'un l'avait agressée. Elle ne m'a rien dit, mais j'ai supposé que c'était un client. »

La voix de Caro faiblit. « Mon frère Ambrose la fréquentait. Je me demandais s'il aurait pu rencontrer Lucy chez vous. Il vous a commandé une peinture, n'est-ce pas ? »

Si Mordechai avait su qu'elle parlait ainsi de Lucy et d'Ambrose, il aurait succombé à une attaque. Agnetti parut surpris. « *La Castration d'Uranus*. Oui, je m'en souviens, ça remonte à deux étés… Mr. Craven est venu plusieurs fois discuter de sa commande et, souvent, Lucy était là. Ils auraient très bien pu se parler. »

C'était à cette même époque que son frère lui avait présenté Lucia lors d'un dîner. Après ses conversations avec Agnetti, pas étonnant qu'elle ait pu discourir sur Naples à son aise ! Ambrose et Lucy s'étaient-ils moqués d'elle ? Avaient-ils ri de la voir si crédule ? Caro tenta de juguler sa colère, mais elle se sentit simplement abattue.

Des pas qui approchaient firent se retourner Agnetti. Une jeune femme entra dans la Rotonde. Caro vit avec étonnement qu'elle tenait un couteau à la main. Très grande et mince, le teint pâle, elle était âgée d'environ dix-neuf ans, et ses cheveux, si blonds qu'ils paraissaient presque blancs, étaient coupés outrageusement court. Avec sa longue robe en mousseline blanche et ce couteau, elle aurait pu sortir tout droit d'un des tableaux du peintre. Sans doute était-ce son assistante, songea Caro ; celle qui avait donné lieu à tant de scandale.

La jeune femme la toisa d'un œil glacial avant de s'adresser à Agnetti : « Mr. Tyers vous demande, monsieur.

— Veuillez m'excuser, Mrs. Corsham. Il y a un petit problème de billetterie pour ce soir dont je dois m'occuper. Mais peut-être vous verrai-je d'ici peu à Carlisle House... J'espère que vous vous serez entièrement remise de votre épreuve. »

Il lui fit un baisemain, puis s'éclipsa en compagnie de la jeune femme. Caro attendit quelques minutes avant de s'approcher de la table et feuilleta un des carnets de croquis en y cherchant un dessin de Lucy.

Elle reconnut la plupart des sujets, des gentilshommes et des dames du beau monde, et d'autres, pas du tout, essentiellement des femmes, en général jeunes et jolies. Dans un deuxième carnet, Caro trouva un portrait de Lucy au fusain. Une boucle de cheveux sombres retombait sur sa joue. Ses yeux fixaient l'artiste, intrépides et impénétrables.

Avoir un portrait de Lucy serait utile à Mr. Child, décida-t-elle. Un de plus ou un de moins, quelle importance, pour

Agnetti ? La jeune femme avait laissé son couteau sur la table. Indifférente au regard inquisiteur de Miles, Caro s'en servit pour découper le dessin dans le carnet. Après l'avoir roulé et caché sous sa pèlerine, elle sortit dans les jardins trempés de pluie.

9

« C'est pas moi, espèces de salopards ! » hurlait la femme. Les hommes qui la tiraient dans la rue portaient le gourdin rouge distinctif des agents de Bow Street. Un vieil homme chétif en manteau miteux courait derrière eux. Child devina que ce devait être une prostituée qui s'était fait pincer en flagrant délit de vol à l'encontre de son client.

Ils entraînèrent la femme à l'intérieur du Brown Bear, juste en face de la maison du magistrat. Depuis des années, la taverne servait de quartier général aux Coureurs de Bow Street ; il leur arrivait même de transformer en cellules de fortune les chambres où ils logeaient à l'étage. Child se fraya un passage parmi la foule agglutinée à l'extérieur et entra dans la salle de bar bondée.

Plusieurs Coureurs assis derrière des tables écrivaient dans des registres, l'air de s'ennuyer. Les files devant eux s'étiraient jusque dans la rue : des mères tenant dans leurs bras des enfants en pleurs, des gens qui vociféraient qu'on leur avait dérobé un objet, des hommes venus faire un faux témoignage sous serment en échange d'un peu d'argent. La femme que les agents emmenaient dans une cellule continuait à donner des coups de pied et à cracher. Au fond de la salle, des Coureurs de Bow Street prenaient leur pause, installés autour de longues tables où ils buvaient et jouaient au crib en pariant quelques pennies. Child aperçut son ami, Orin Black, originaire comme lui de Deptford et, comme lui, exilé à Londres.

Orin lui fit signe et se leva pour lui serrer la main. Child apprécia qu'il le regardât droit dans les yeux, alors qu'il aurait pu s'éclipser par une porte latérale. Les autres Coureurs le surnommaient « le jockey », ce pour quoi Child leur aurait volontiers envoyé son poing dans la figure, mais Orin semblait accepter ce sobriquet sans broncher. Le visage rond creusé de fossettes, il avait un léger bec-de-lièvre, et des cheveux épais attachés en catogan avec un ruban jaune assorti à son gilet.

« J'allais justement commencer ma ronde, dit Orin. Tu viens faire un tour avec moi ? »

Ils s'éloignèrent dans Bow Street en direction du marché.

« Lucy Loveless. Qu'est-ce que tu peux me dire à propos de son meurtre ? » demanda Child.

Depuis qu'il s'essayait au métier d'attrape-voleurs, tous deux étaient convenus d'un arrangement qui leur serait mutuellement bénéfique. Orin lui donnait le nom des victimes de vols que les efforts déployés par Bow Street en vue de retrouver leurs biens laissaient insatisfaites ; en retour, Child lui indiquait où dénicher les voyous dont la tête était mise à prix et qu'il estimait mériter la corde.

Un pouce enfoncé dans la poche de son gilet, Orin haussa un sourcil tout en balançant son gourdin. « Je ne me suis pas rendu sur place mais, au Brown Bear, on ne parlait que de ça… Qui est ton client ?

— Ça reste entre toi et moi ? La dame qui a découvert la fille sous la charmille. Elle s'est mis en tête de savoir qui l'avait tuée.

— Elle est bien la seule ! maugréa Orin. Personne n'est venu réclamer le corps. Que le Club des prostituées ne l'ait pas fait m'étonne… En général, elles s'occupent de leurs filles.

— Il paraît qu'elles l'avaient flanquée à la porte. Je passerai les voir tout à l'heure. »

Orin se fendit d'un sourire. « Eh bien, je te souhaite bonne chance ! »

Covent Garden baignait dans les odeurs du plaisir : la fumée du bois qui chauffait l'eau dans les établissements de bains, les tourtes en train de cuire, le vin chaud, et une centaine de variétés de parfums ordinaires que les filles qui travaillaient sur la place laissaient dans leur sillage.

Des vendeuses de fleurs en haillons se mêlaient à des chiffonnières ratatinées ; des prostituées plantureuses regardaient par les fenêtres des bordels et des maisons de bains ; les spectateurs sortant du théâtre se baladaient bras dessus bras dessous avec les filles légères qu'ils avaient levées dans les cafés et les gargotes ; des courtisanes maquillées jetaient un œil depuis les carrosses de leurs protecteurs. Orin et Child déambulèrent entre les étals de fruits et de légumes, dont les marchands observaient le ciel menaçant d'un air anxieux. Child s'acheta une pomme pendant que son ami surveillait des vagabonds et des galopins qui cherchaient des ennuis.

« Tu connaissais Lucy ? lui demanda Child.

— Pas vraiment mais, comme tout le monde, je sais qui elle était. Il y a quelques années, tu aurais vu son nom dans le journal – des apparitions au théâtre au bras d'un duc, un duel pour gagner ses faveurs, ce genre de choses… Je la voyais entrer et sortir du café Bedford. Seulement, elle a vieilli, comme toutes les autres, et il y a toujours des filles plus jeunes pour intéresser la presse. Le niveau en dessous du Bedford, c'est le Club des prostituées. Elle aurait eu encore environ dix ans de carrière devant elle. Ensuite, avec un peu de chance, ç'aurait été la retraite ou, plus probablement, elle aurait joué les maquerelles ou les entremetteuses. » Il montra du doigt une ancienne prostituée misérable appuyée sur une canne qui boitillait au milieu de la place en s'offrant pour un sou à des commerçants dégoûtés.

« D'après ma cliente, sir Amos est convaincu qu'il s'agit d'une rencontre malencontreuse sous les charmilles, que la fille s'est trouvée au mauvais endroit au mauvais moment.

— Il a sûrement raison. Un crime pareil ne se prévoit pas. Il y a trop de monde autour, trop de risques d'être dérangé… Le tueur a eu de la veine. Il a poignardé Lucy une dizaine de fois, principalement au ventre. C'est un crime de folie pure, Perry… Soit le type a perdu la tête, soit il y a pris du plaisir. Un dingue ou un pervers, c'est ce qu'en ont conclu les gars qui se sont rendus sur les lieux.

— Ou quelqu'un qui avait des raisons de la détester. D'après son logeur, elle avait un ennemi, voire plus d'un. Elle a été sérieusement frappée il y a quelques mois, et quelqu'un cherchait à lui rendre la vie dure. Juste avant de découvrir le corps, ma cliente a vu un homme qui portait un masque de médecin de la peste. Un bon moyen d'éviter d'être reconnu. »

Orin réfléchit un instant. « S'il avait prémédité son crime, pourquoi le commettre là plutôt que dans un endroit tranquille ?

— Parce qu'il était fou de rage ? » Child continua à réfléchir à haute voix. « Peut-être que ce n'était pas prévu, peut-être qu'il venait d'apprendre quelque chose au sujet de Lucy qui ne lui a pas plu… Les dernières paroles qu'elle a prononcées ont été : "Il sait." Ma cliente est persuadée qu'elle parlait du tueur.

— Tu penses à quoi, un crime passionnel ?

— Un amant éconduit… Un client jaloux… Elle devait avoir rendez-vous avec *quelqu'un*.

— Ou une dispute entre voleurs ? » Orin passa un doigt sur son bec-de-lièvre.

« Donc, tu admets qu'il est possible qu'elle ait connu le tueur ?

— Pourquoi pas. Il n'y a pas de témoins, pas de suspects, à part cet allumeur de lanternes juif qui semble incapable de faire du mal à une mouche. Et il n'y a aucun mobile, sinon celui qui tombe sous le sens, sauf que, d'après le légiste, elle n'a pas été violée.

— Et l'arme ?

— On ne l'a pas retrouvée. Le tueur a dû l'emporter.

— Avec tous ces gardes, franchir la grille en ayant sur soi un couteau plein de sang serait un peu risqué.

— Le type prend des risques, c'est la seule chose qu'on sait de lui. »

Child fit la moue. « Est-ce qu'ils ont vraiment cherché ? Je pose la question parce que ma cliente affirme avoir vu une lettre à côté du corps, mais sir Amos dit qu'il ne l'a pas. D'où mes interrogations quant à l'efficacité de ses agents… Tu pourrais parler à ceux qui sont allés là-bas, pour savoir s'ils ont vu cette lettre ?

— J'éviterai de mentionner leur efficacité ! »

Child sourit. « En tout cas, ils n'en ont pas manqué dans l'appartement de la fille… D'après ce que je sais, ils ont pris des papiers et des dessins. Tu peux te renseigner sur ce que c'était et me laisser les consulter ?

— Ils voudront être payés.

— Naturellement. »

Ils s'arrêtèrent un instant, le temps qu'Orin surveille une bande de gamins qui traînaient devant un étal de fruits en attendant que le vendeur tourne le dos. Dès qu'ils le repérèrent, les gosses détalèrent, en quête d'un chapardage plus facile.

« J'ai eu un meurtre comme ça, l'année dernière, reprit Orin. Une prostituée qu'on a retrouvée battue à mort. La mère du tueur est venue le dénoncer après qu'il est rentré à la maison couvert de sang. La seule défense du type a consisté à dire qu'il ne comprenait pas ce qui lui avait pris. Peut-être que la récompense offerte par sir Amos déclenchera une prise de conscience du même genre… Pour être franc, on n'a pas grand-chose d'autre à se mettre sous la dent.

— Pourquoi est-ce que sir Amos n'a pas laissé l'affaire à Guildford ? demanda Child. Étant donné ce que tu viens de dire, ça ne lui ressemble pas.

— La politique, à mon avis. Il doit sans doute une faveur à Guildford, ou il veut qu'il lui en doive une. Sir Amos lorgne un siège au Parlement. À moins que le Surrey ne lui plaise… Quoi qu'il en soit, la seule chose qui est certaine, c'est que ce sera tout bénéfice pour sir Amos ! »

Devant le café Bedford, un homme jouait du sifflet en essayant de faire danser son chien pour qu'on lui donne une pièce, mais l'animal n'arrêtait pas de renifler des restes de nourriture. Un groupe de jeunes gentilshommes installés dehors à l'une des tables ricana.

« Et lord March, ça pourrait être lui ? demanda Child en les regardant d'un œil méprisant.

— Il n'avait aucune trace de sang sur ses habits. Si c'est lui qui l'a tuée, il y en aurait eu.

— Ma cliente dit que le médecin de la peste portait un long manteau noir. Lord March aurait très bien pu s'en débarrasser avant de revenir aider Mrs. Corsham quand il l'a entendue crier.

— Tu sais que c'est l'héritier du comte d'Amberley, et le mentor du prince de Galles. Tu ferais mieux de faire attention à ce que tu dis… et à qui ! Écoute, on n'a aucune raison de le soupçonner. D'après nos gars, il s'est montré serviable et courtois. Ce n'est pas si souvent qu'ils ont l'occasion d'interroger un pair du royaume ! »

Child grommela dans sa barbe. « Quelques jours avant la mort de Lucy, une de ses voisines l'a vue se disputer avec un officier en tunique rouge, et elle pense l'avoir vu créer des ennuis du côté de Covent Garden. » Il lui décrivit l'homme, la cicatrice de duel.

« Je vais le chercher, dit Orin. Par ici, on a pas mal de gentilshommes comme lui. Ils trouvent très drôle de s'enivrer et de tout casser dans les tavernes, après quoi ils remboursent les dégâts. Ou ils déclenchent une bagarre dans un bordel. Il y a deux ans, un groupe de ces messieurs a fait rouler une vieille dame en bas d'une colline, juste histoire de rigoler. La malheureuse s'en est sortie avec les deux bras fracturés. Si on les arrête, ils paient pour être relâchés, ou bien leurs pères interviennent. La moitié d'entre eux ont des dettes qui te feraient pleurer, mais ça ne les empêche pas de dépenser. » Orin lui jeta un regard en biais. « À propos, il paraît que Finn Daley te cherche.

— Et il m'a trouvé. Mais je suis encore là.

— Prends garde à toi, Perry… Je n'ai pas envie de repêcher ton cadavre dans la Tamise…

— Si je coince ce meurtrier, tu n'auras pas à le faire. Tu parleras aux agents qui sont allés sur le lieu du crime et à ceux qui ont pris les papiers de Lucy ?

— Deptford, à la vie, à la mort ! s'exclama Orin en lui donnant une bourrade sur l'épaule. Repasse me voir demain. Je te dirai ce qu'il en est. »

10

Lorsque Caro s'engagea dans le Dark Walk, son souffle se fit plus court. Des images revinrent l'assaillir : les agents de Bow Street, le sang, Lucy, lord March, l'homme au masque de médecin de la peste… Devant la charmille, la pluie et les multiples allées et venues avaient formé des sillons dans le sol boueux. Elle prit sur elle et entra dans la grotte de verdure.

Les saules ployaient sous l'averse, le banc en pierre, lisse et noir, miroitait. À l'exception d'une plaque d'herbe plus sombre, toute trace de Lucy avait été éliminée. L'odeur minérale du sang lui agressait les narines, mais le souvenir s'était infiltré dans la réalité. Les doigts de Lucy agrippant les siens… *Il sait.*

« Que cherchons-nous, Mrs. Corsham ? demanda Miles.

— Une lettre… ou un document. »

Ensemble, ils scrutèrent le sol. Caro se dit que, dans la confusion, cette lettre aurait pu être poussée sous les broussailles. Elle s'accroupit, ses jupons trempant dans la boue, sans tenir compte des protestations de son valet. En avançant plus loin sous les arbres, ses manches s'accrochèrent aux branches tandis qu'elle explorait à tâtons le sol moussu. Après avoir cherché un moment, ses doigts effleurèrent quelque chose de petit et dur : une bague, incrustée de terre. En or, avec une pierre d'un rouge cireux, elle paraissait très ancienne.

« Que faites-vous là dans la gadoue ? »

Caro leva vivement les yeux en reconnaissant la voix. Tel un oiseau exotique au milieu des feuillages, lord March se tenait à l'entrée de la charmille dans un manteau en soie moirée bleu ciel brodé d'un fil d'argent. Elle referma son poing sur la bague et se redressa. « Miles, attendez-moi devant le carrosse. »

Le valet commença à protester, mais elle l'en dissuada d'un regard. Il lui tendit son ombrelle et s'en alla.

« Que faites-vous ici ? » demanda Caro à lord March.

Dans la demi-pénombre, il avait l'air plus vieux – les traits tirés, le teint pâle, les joues creusées. Trop de fêtes avec Neddy Dodd-Bellingham, supposa Caro. Depuis quelque temps, il portait les cheveux courts – encore une influence de Dodd-Bellingham – et ébouriffés sur le dessus, avec de longs favoris. Au moment où il s'approcha en la fixant d'un regard noir intense, une bouffée de son parfum à la civette lui parvint.

« J'étais passé voir Agnetti, dit lord March. Et comme j'ai aperçu votre carrosse dans la cour, je vous ai cherchée. Que faisiez-vous ? Vous êtes venue cueillir des champignons ? Enfouir un trésor ?

— Je cherche un document, une lettre qui était par terre à côté de la femme morte. Sir Amos ne l'a pas et croit que je l'ai imaginée, mais vous l'avez bien vue, vous aussi ?

— Non, je n'ai fait que jeter un coup d'œil sous la charmille. Nous étions sur le sentier, rappelez-vous. »

Affligée de ne rien avoir trouvé, Caro scruta de nouveau les alentours. « C'était là… Je le sais.

— En quoi est-ce si important ? Vous n'avez pas lu les journaux ? Cette femme n'était pas la dame que vous imaginiez mais une prostituée. »

Caro avait le visage et les cheveux trempés, ses jupons et ses chaussures couverts de boue. Tout à coup, elle prit conscience de l'apparence qu'elle devait avoir. « La lettre pourrait avoir un lien avec le meurtre… Le tueur aurait pu la laisser tomber…

— C'est au magistrat de s'en soucier.

— C'est ce que vous pensez, n'est-ce pas ? » Caro cessa de chercher pour le regarder. Depuis deux semaines, elle avait guetté une occasion d'être seule avec lui et, là, elle était si perturbée par Lucy Loveless et son meurtre qu'elle faisait tout de travers... « Comment allez-vous ? L'autre soir, je n'ai pas eu le temps de vous le demander.

— Assez bien. Et vous ? Vous vous êtes remise, j'en suis sûr... Caroline Corsham est faite en acier trempé !

— Pas toujours. Je me suis inquiétée, Octave... Vous n'avez répondu à aucune de mes lettres.

— Pardonnez-moi. J'ai été très occupé.

— Par Catulle, ma rivale ? » Elle se força à sourire. « Maintenant que vous êtes là, je dois vous parler de quelque chose.

— Moi aussi. C'est d'ailleurs pour cette raison que je vous cherchais. » Il la regardait si étrangement qu'elle eut soudain un mauvais pressentiment. « Ce soir, Clemency Howard portera les diamants de ma mère à l'opéra. Je ne voulais pas que vous l'appreniez par quelqu'un d'autre. »

Clemency Howard ? Caro le dévisagea. Tous les mots qu'elle avait préparés moururent sur sa langue.

« J'ai passé la trentaine, poursuivit lord March. Je me suis dit qu'il était sans doute temps de me marier. Je le dois à mes ancêtres. Mon père a réglé mes dettes et m'a redonné mon allocation. Ma mère est enchantée. Par conséquent, si vous le voulez bien, plus de lettres... Je sais que vous comprendrez. Et dorénavant, mieux vaudrait que je sois pour vous lord March. »

Elle l'entendit de façon lointaine, la bague lui entamant la paume. Il lui sourit pour faire passer la nouvelle. Les yeux de Caro s'enflammèrent, et elle parla très vite pour ne pas pouvoir revenir en arrière : « Octave, je suis enceinte. »

Lord March la dévisagea un très long moment. « Pourquoi me dites-vous cela ?

— Parce que l'enfant n'est pas de Harry. C'est impossible. Et bientôt, il sera trop tard pour lui faire croire que c'est le sien !

— Vous voulez dire que... qu'il est de moi ? »

Caro redressa la tête. Il haussa un sourcil. « Vous ne pouvez pas m'en vouloir de vous poser la question... Je ne vous ai même pas demandé ce que vous faisiez l'autre soir sous les charmilles...

— Rien de tel, je le jure ! » Elle le regarda d'un air désespéré. « Quand Harry l'apprendra, j'ai peur qu'il ne veuille divorcer.

— Vous croyez vraiment que les choses en arriveront là ? » Son regard s'adoucit, et il lui tendit les bras. « Ma pauvre, par quoi vous avez dû passer ! »

Caro enfouit son visage dans son manteau, sentit les boutons en argent frappés du blason des Amberley s'enfoncer dans sa joue. *Si les mariages pouvaient être brisés, les fiançailles également*, se dit-elle. *S'il la soutenait, lui, le fils d'un comte, elle survivrait au divorce*. Mais déjà il s'écartait.

« Vous convaincrez Harry, reprit-il tendrement en la prenant par les épaules. Personne ne divorcera, Caro... encore moins un homme aussi sensé que lui ! Il vous enverra prendre les eaux dans un endroit tranquille en Allemagne, où une bonne famille voudra un bébé. J'ai entendu dire que c'était ainsi que les choses se faisaient.

— Mais si je ne parviens pas à le convaincre ? » Sa voix se brisa. « Je devrai quitter Londres, vivre comme une paria... Je perdrai Gabriel...

— Ne parlons pas de ça, dit lord March avec fermeté. Car rien de tout cela n'arrivera. » Il se rembrunit. « Quelqu'un est-il au courant ? Il ne faut surtout pas que mon père le découvre... Nos relations ne sont pas encore très solides. Quant à Clemency... mon Dieu, l'apprendre lui briserait le cœur !

— Non, murmura Caro. Je ne l'ai dit à personne.

— Eh bien, continuez à vous taire. Et tâchez de ne pas vous inquiéter. Les choses s'arrangeront d'elles-mêmes. Elles finissent toujours par s'arranger. »

11

On remballait les étals du marché de Covent Garden. Dans les cafés, les tavernes, les bains et les bordels, un flux constant de clients entrait et sortait. Alors que Child se frayait un chemin au milieu de la cohue, une vendeuse de fleurs maigrichonne au teint blafard l'agrippa par la manche. « Vous m'emmenez dîner pour une demi-guinée, monsieur ? Votre amour me rendrait très heureuse ! »

Si c'était le cas, tu serais l'exception qui confirme la règle, se dit Child en pensant à son épouse, à Sophie Hardcastle et à toutes les femmes qui avaient croisé sa route.

La porte du Shakespeare's Head était gardée par deux hommes corpulents chargés de chasser la populace. Ils adressèrent un regard appuyé à Child, mais le laissèrent passer. Dans la salle tapissée d'acajou, des gentilshommes bien habillés buvaient, riaient, fumaient et discutaient, la plupart avec des filles assises sur leurs genoux ou pendues à leur cou. C'était ici qu'était rédigée et distribuée la *Harris's List*, dont on vendait des exemplaires derrière le comptoir. C'était également là que le Club des prostituées se réunissait dans une salle à l'étage.

Alors que Child montait l'escalier, le bruit des rires rauques des femmes devint de plus en plus fort. Sur le palier se pressaient les retardataires qui agitaient leurs éventails tout en buvant du punch au ratafia. Il les écarta en s'excusant, ce qui lui valut des remarques indignées et quelques commentaires salaces.

La salle était remplie de femmes. Des blondes, des brunes, des rousses, les unes aux formes plantureuses, les autres aussi menues que des enfants, d'autres encore aussi grandes que des reines amazones. Plusieurs visages plus exotiques sortaient du lot : deux jolies Indiennes, une beauté à la peau d'ébène et une fille au teint très blanc qui devait venir du Japon. Les yeux de Child se perdirent dans les rubans, les ruchés et la dentelle, la peau soyeuse, les seins rebondis, les joues et les lèvres rougies. *Seigneur !* songea-t-il. *Toute une sacrée tribu !*

À la seconde où une femme assise sur un trône en velours agita une clochette en argent, la salle fit silence. Elle avait les tresses noires et le teint ivoire d'une madone italienne, et l'œil perçant d'un maquignon de Smithfield. Sur la table à côté d'elle, un écureuil avec un collier doré picorait des amandes enrobées de sucre dans une assiette en porcelaine. Quand elle tira longuement sur sa pipe, des volutes de fumée de haschich s'enroulèrent autour de son visage. « Je suis Amy Infamy, la présidente du Club des prostituées. Nous sommes en pleine réunion. Que voulez-vous ?

— Je suis attrape-voleurs. J'enquête sur le meurtre de Lucy Loveless. »

Un murmure parcourut l'assistance. La présidente actionna sa cloche, faisant sursauter son écureuil. « Lucy Loveless n'était pas membre de ce club.

— Elle l'avait été, rétorqua Child. Avant que vous ne l'ayez mise dehors. »

Les yeux de la présidente flamboyèrent. « C'est ce qui arrive quand on enfreint les règles !

— Quelles règles Lucy avait-elle enfreintes ? »

La présidente se tourna vers le seul homme présent, un garçon d'environ seize ans, assis derrière un bureau. « Hector, passons au sujet suivant. » Puis elle pointa sa pipe vers Child. « Il est temps pour vous de vous en aller.

— Sujet six : répartition du fonds de secours ! » lut Hector d'une voix pétulante sur le registre relié de cuir. Avec son visage angélique et sa tignasse de cheveux blonds, il avait l'air d'un messager. Souvent, les prostituées les plus riches employaient des garçons comme lui afin d'éclairer leur chemin la nuit, et ils leur offraient une certaine protection en échange de quelques pennies et de la possibilité de rencontrer des pédérastes fortunés.

« Écoutez-moi ! s'écria Child en s'adressant à l'assemblée. Lucy a été poignardée une dizaine de fois. Elle est morte en s'étouffant dans son sang. Un monstre sévit là-dehors ! N'importe laquelle d'entre vous pourrait être sa prochaine victime ! Vous ne voulez pas qu'on l'arrête ? »

Nouveau murmure dans la salle. Cette fois encore, la présidente agita sa cloche.

« Lucy connaissait les risques, dit-elle. À quoi d'autre s'attendre quand on se vend pour deux sous au Vauxhall ? »

Hector fit un sourire en biais à Child. « On ne sait jamais avant de savoir, monsieur l'attrape-voleurs, et, quand on sait, il est trop tard !

— Lucy se vendait en prenant des risques parce qu'elle avait perdu tous ses clients, rétorqua Child. Et vous n'y étiez pas pour rien… Belle façon de traiter vos membres ! C'est ce que disent les gens de la rue, et ils ne comprennent pas pourquoi le Club des prostituées ne paie même pas ses funérailles. Je m'étonne que les journaux ne soient pas encore au courant du rôle qui a été le vôtre… Ce serait dommage que quelqu'un les en informe. »

Child supposait qu'Orin Black comptait comme une personne de la rue, même s'il exagérait un peu. Le Club des prostituées tenait à sa réputation, toutefois, s'il espérait leur en imposer avec sa menace, il se trompait.

La présidente se rembrunit. « Le Club a agi comme il le devait. Lucy avait purgé une peine à Bridewell. Et pas parce qu'elle volait dans les poches, mais parce qu'elle avait joué au jeu de la bague. »

Hector forma un cercle avec son pouce et un doigt, puis le fit glisser sur l'index de son autre main. « Vous connaissez ce jeu, monsieur l'attrape-voleurs ? Une triste histoire racontée dans une sombre taverne, une bague en or à vendre…

— Et qu'on remplace au dernier moment par une autre de pacotille ou en similor. Oui, je connais. À Deptford, on appelle ça le coup de la veuve éplorée.

— Ici, à Londres, on appelle ça de l'escroquerie ! s'emporta la présidente. Et tout crime allant au-delà du simple fait de fouiller dans les poches est contraire à nos règles. Nos bonnes relations avec Bow Street en dépendent.

— Comment avez-vous su que Lucy avait fait ça ?

— Par une lettre anonyme de la personne concernée. Lorsque nous l'avons interrogée, elle a avoué. Un vote a été organisé, le verdict a été unanime.

— Hé, elle avait déjà eu assez de chance comme ça ! » cria quelqu'un.

Child se tourna vers la femme qui venait d'intervenir, l'une des jolies Indiennes. « Pourquoi dites-vous cela ? »

Elle se contenta de lui sourire.

La présidente caressa son écureuil en pointant sa pipe vers Child. « Racontez ce que vous voulez aux journaux. Nous n'avons fait que protéger le public d'une menteuse et d'une intrigante. Faites venir Crispin ! Cet homme doit partir.

— Encore une seconde, dit Child. Si elle est là, j'aimerais parler à une dénommée Kitty. Elle a été amie avec Lucy autrefois et, quels que soient leurs différends, je suis certain qu'elle voudra aider à trouver celui qui l'a tuée. » Il scruta les rangs des prostituées. Ses yeux s'arrêtèrent sur une catin avec des taches de rousseur aux cheveux flamboyants. « C'est vous ? »

La fille agita son éventail en soie. « Pour cinq guinées, vous pouvez bien m'appeler comme vous voulez ! »

Il n'arrivait à rien, et les filles s'en réjouissaient. « De-hors ! commencèrent à scander certaines. De-hors ! De-hors ! De-hors ! »

Les joues en feu, Child éleva la voix. « Et un soldat en tunique rouge avec une cicatrice, quelqu'un l'a-t-il vu avec Lucy ? Il l'a accostée dans la rue. Il pourrait l'avoir agressée précédemment. »

La salle sembla se hérisser. Des lèvres boudeuses, des regards furieux… Elles connaissaient cet homme, Child en était convaincu. Les cris reprirent, plus fort : « De-hors ! De-hors ! De-hors ! » Quelqu'un lança un abricot qui l'atteignit en pleine poitrine. Il se baissa pour esquiver une volée d'amandes sucrées. De nouveau, il s'adressa à la rousse : « C'est vous, Kitty ? »

Pour toute réponse, elle éclata de rire. La présidente agita sa cloche avec plus de vigueur. L'écureuil sauta de la table en renversant son verre de punch. La chaîne dorée attachée à son collier était reliée à un bracelet sur le bras de sa maîtresse, laquelle n'avait pas vu que l'écureuil était tombé et pendait dans le vide en suffoquant. D'un bond, Hector se leva pour venir à la rescousse de l'animal et se cogna à Child au passage, pile à l'instant où le géant à l'oreille déchiquetée franchissait la porte.

« Crispin, j'ai prié cet enquiquineur de partir. »

Child s'adressa aux femmes une dernière fois. « Ce soldat pourrait avoir tué Lucy… Elle a été des vôtres… Je ne comprends pas pourquoi vous refusez de m'aider ! »

Alors qu'il regardait leurs visages hostiles, le géant le saisit par le col et l'entraîna sans ménagement, puis il le poussa dans l'escalier et le mit à la porte, non sans lui donner un petit conseil : « Tu sais comment on fait le vin ? On écrase les grappes avec les pieds. Si tu reviens ici, je transforme ton visage en clairet ! »

12

Un bol d'eau tiède était posé sur le secrétaire en marqueterie de Caro. Elle nettoyait la bague trouvée au Vauxhall à l'aide d'un pinceau. Miles avait tiré les rideaux derrière lesquels le crépuscule tombait sur les rues de Mayfair, mais un courant d'air faisait danser les flammes des chandelles. Gabriel jouait par terre sur le tapis turc, où il construisait des tours instables avec des cubes.

Sur la pierre rouge et ovale – un grenat, trancha Caro – était gravé un profil de femme. La pierre bougeait sous le pinceau, comme si elle allait se détacher mais, en l'examinant de plus près, elle comprit que celle-ci était montée de façon à pivoter sur une attache dorée. Elle la retourna et vit une tête de bouc gravée sur le verso. C'était extraordinaire. Elle n'avait jamais rien vu de tel.

Les flammes des chandelles vacillèrent. Gabriel sursauta en voyant danser les ombres. « Le monstre… Maman, le monstre ! »

La bague, lourde et froide dans sa main, avait un aspect exotique et semblait dater de plusieurs siècles. Néanmoins, l'un des sceaux à l'intérieur de l'anneau, une silhouette de Britannia, indiquait que le bijou avait été fabriqué sur les rivages britanniques. Les autres, qui précisaient le nom du joaillier et la date de fabrication, demeuraient un mystère pour Caro. Elle décida d'apporter la bague à son bijoutier le lendemain matin.

Brusquement, les chandelles se brouillèrent devant ses yeux. Lord March allait épouser Clemency Howard. Ce n'était pas sur lui qu'elle pleurait, mais sur elle-même, et sur sa situation. Quelle idiote elle avait fait d'avoir cru qu'il la soutiendrait ! Il s'était davantage inquiété de son père que d'elle ou de l'enfant. Son humiliation n'avait d'égale que sa colère, cependant, ni l'une ni l'autre ne lui serviraient à rien. Caro se força à affronter la cruelle réalité.

Aucune lettre de Harry n'était arrivée au courrier du soir. Bientôt, elle n'aurait plus tellement d'options. Attendre en comptant sur sa pitié lorsqu'il reviendrait de France… ou bien agir.

Je peux vous aider, très chère Caro. À condition que vous me laissiez faire.

Les paroles de Lucy, ou plutôt de Lucia, telle qu'elle s'était présentée quatre soirs auparavant au bal masqué de Carlisle House. Caro se rappelait les airs qu'avait interprétés l'orchestre, le brouhaha des conversations, le bruit des dés qui s'entrechoquaient… À ce moment-là, comme à cette seconde même, elle n'avait pensé qu'à Harry et à lord March. La mystérieuse absence de son mari, ainsi que le refus de son amant de répondre à ses lettres, lui ayant coupé toute envie de danser ou de jouer, elle avait écouté les discussions d'une oreille distraite tout en observant d'énormes Cupidon faire tournoyer des paysannes vieillissantes autour de la salle de bal. Des Arlequin et des dominos, des sultans et des vierges vestales et, marchant parmi eux, une dame masquée d'un loup noir et doré qui attirait le regard de tous les gentilshommes présents. Mystérieuse, empreinte d'un sombre exotisme, l'inconnue portait une coiffe en dentelle noire piquée de plumes de la même couleur et des jupons en crêpe doré sous des flots de broderies noires. Curieuse de savoir qui elle était, Caro l'avait observée s'avancer dans la salle quand soudain la femme avait baissé son masque, comme pour chercher quelqu'un dans la foule, et elle avait reconnu Lucia. Partagée entre l'indignation et le ravissement, elle avait failli lui envoyer son valet. Mais elle s'était souvenue de ce qu'elle avait ressenti quand Lucia était repartie à Naples sans lui dire adieu, et avait commandé un autre verre de punch.

Un peu plus tard, quelqu'un lui avait tapé sur l'épaule, et quand elle s'était retournée en voyant Lucia lui faire un grand sourire, elle avait été incapable de ne pas lui sourire elle aussi.

« Très chère Caro, me pardonnerez-vous de vous avoir abandonnée comme je l'ai fait ? avait dit Lucia avec cet accent rauque italien qu'elle savait désormais être faux. Oh, vous m'avez tellement *manqué* ! »

Et les choses en étaient restées là. Pendant une heure, elles avaient bu du vin en parlant des événements survenus à Naples, du voyage de Harry en France et des projets de Lucia pendant son séjour en Angleterre. « Ce bruit, cette chaleur… Si nous allions dans un endroit plus calme ? avait fini par proposer Lucia. Pourquoi pas les jardins ? »

Caro, qui ne se sentait pas très bien, avait accepté volontiers. Mais, dès qu'elles étaient sorties de la salle, la nausée l'avait brusquement reprise de plus belle. La main plaquée devant sa bouche, elle s'était précipitée dans un couloir et était arrivée aux toilettes juste à temps. Lucia, qui l'avait rejointe, l'avait vue à l'instant où elle se sentait au plus mal et, en dépit de ses protestations embarrassées, elle avait pris la situation en main : elle lui avait délacé son corset, caressé le dos et les cheveux. Un peu après, Lucia l'avait emmenée dans un vestiaire où elle l'avait fait asseoir sur une chaise, puis avait disparu un moment avant de revenir avec de l'eau et une éponge. Quelque peu secouée par l'incident, et submergée par la gentillesse de Lucia et son propre désespoir, Caro avait fondu en larmes.

« Allons, que vous arrive-t-il ? s'était inquiétée Lucia en la prenant dans ses bras. Vous pouvez tout me dire, chère Caro. »

Ses sanglots n'avaient fait que redoubler.

« Serait-il possible que vous attendiez un heureux événement ? Ma sœur est toujours comme ça, en pleurs en permanence, mais les nuages s'en iront… Triste dans le ventre, joyeux dans le monde ! »

Caro s'était reculée en la regardant d'un air horrifié. Comment Lucia avait-elle deviné ? Sa grossesse n'était pas très avancée, à peine un mois et, hormis un léger ballonnement, rien ne trahissait son état. À ce stade, certaines femmes n'en auraient même pas encore reconnu les signes. Et pourtant, Caro en était sûre, aussi sûre qu'elle l'avait été pour Gabriel.

« J'ai dû manger une huître qui n'était pas fraîche... S'il vous plaît, n'en parlez pas !

— Veuillez me pardonner. » Et pendant que Caro arrangeait sa robe, Lucia l'avait observée d'un long regard perspicace. « Avec votre mari à l'étranger ces derniers mois, vous devez vous sentir très seule... Peut-être est-ce ce qui a contribué en partie à votre détresse ? » Un nouveau regard, celui-là lourd de sous-entendus. « N'aimeriez-vous pas vous débarrasser de ce sentiment de malaise, de cette anxiété ? Dites-le, et je tiendrai ma langue à tout jamais ! Mais je peux vous aider, très chère Caro. À condition que vous me laissiez le faire. »

En scrutant ses petits yeux bruns, Caro avait été frappée par leur sincérité – ce qui, compte tenu de ce qu'elle savait maintenant, ne manquait pas d'ironie. Et, sans doute à cause du vin, ou de la gentillesse de Lucia, ou simplement de son désespoir, un seul mot avait jailli de ses lèvres. « Comment ?

— Un apothicaire que je connais prépare une teinture spéciale. Ce n'est pas sans risque, les réactions à cette herbe peuvent être très variables mais, le plus souvent, c'est efficace. Je pourrais vous en apporter demain soir. Où serez-vous ? »

Caro inspira profondément. Ce que proposait Lucia était tout autre chose que de prendre des bains brûlants et de boire du gin. « J'ai encore le temps. Harry devrait revenir d'un jour à l'autre.

— Par précaution, alors... En cas de catastrophe. »

Une catastrophe, c'était ce que Caro redoutait chaque minute de chaque jour qui passait. Et là, Lucia lui offrait une lueur d'espoir. « Je serai aux jardins du Vauxhall, dit-elle en vitesse. Je pourrais vous retrouver à la Rotonde à dix heures.

— Non, pas à la Rotonde. Rejoignez-moi sous les charmilles, ce sera plus discret. Entre amies, il faut se soutenir. »

Et bien que Caro eût un peu hésité, Lucia s'était montrée si insistante que, de peur de la contrarier, elle avait accepté. À présent, elle se demandait pourquoi Lucy Loveless, une prostituée, avait pris la peine de l'aider. Cet acte de gentillesse – d'une femme envers une autre en vue de lui éviter la ruine – avait conduit Lucy vers sa mort.

Caro revoyait le visage blême de la femme mourante, leur détresse mutuelle. *Il sait*. Un bref instant, le soir du meurtre, elle avait eu la crainte terrible que ces mots n'eussent fait allusion à son propre secret. Toutefois, après coup, en se remémorant très précisément la scène, elle avait écarté cette hypothèse. Les mots prononcés par Lucy, elle en était certaine, n'avaient pas été une mise en garde, mais une dernière tentative désespérée de transmettre une information sur son meurtrier. Le secret de Caro était à l'abri, du moins pour le moment, pourtant chaque seconde qui passait la rapprochait de sa perte.

Dieu sait que Harry se faisait peu d'illusions sur leur couple… Cependant, quelles qu'eussent pu être les conventions tacites qui gouvernaient leur union tourmentée, tout cela reviendrait à les transgresser. Le simple fait de penser aux conséquences qu'entraînerait un divorce lui nouait la gorge et lui soulevait l'estomac. Elle perdrait sa maison. L'argent de sa rente serait confié à Mordechai et, si son frère ne la laisserait pas mourir de faim, il exigerait qu'elle parte, qu'elle soit bannie de Londres et reste cloîtrée à la campagne jusqu'à la fin de ses jours. Son nom ne serait plus jamais prononcé en société, son existence comme effacée.

Prenant un trousseau de clefs dans ses jupons, Caro ouvrit le tiroir supérieur de son secrétaire et le retira complètement. Dans la cavité, elle chercha la rainure en chêne située sur le côté, derrière laquelle apparut un second tiroir caché. Dans le petit compartiment était rangé le flacon en verre qu'elle avait récupéré sur le corps mourant de Lucy – alors même que, au comble de l'horreur, elle s'était servie de sa pèlerine pour endiguer les flots de sang.

Ce flacon serait-il son salut ou sa fin ? Impossible de le savoir. Lucy avait évoqué les risques sans détour : un ictère, des tremblements, les deux pouvant durer une vie entière ; d'autres complications du foie ; une hémorragie ; ou la mort. Ce pouvait être un suicide aussi bien qu'un meurtre.

Et il y avait le problème moral. L'Église affirmait qu'un tel acte était le plus grave des péchés. Mais l'Église disait des tas de choses, qui toutes n'étaient pas fondées. C'était une question de survie, se dit Caro. Une nécessité, pas un choix. Pour se défendre, une femme devait être sans pitié.

Mais Harry pouvait encore rentrer à temps. Des bébés naissaient avant terme et, souvent, ils survivaient. La date ferait jaser, mais elle pourrait toujours nier.

Encore une semaine, décida Caro. Pas plus. Après avoir remis le flacon dans le compartiment, elle le referma et replaça le tiroir. Gabriel mâchouillait un de ses cubes. Elle s'accroupit pour le lui enlever de la bouche. « Maman, quand je serai mort, est-ce que j'aurai les yeux fermés ? »

Sa peau était aussi sombre qu'un noyau de prune. Il avait le teint de son père et le sourire des Corsham. *Harry ne voudra pas t'arracher à moi*, songea Caro, *mais il n'acceptera jamais d'être séparé de toi*. L'idée de perdre son fils en plus de tout le reste lui était insupportable. Elle le serra très fort contre sa poitrine en appuyant sa joue sur ses douces boucles brunes.

13

Child passa la fin de la soirée à écumer les tavernes, les cafés et les salons de thé de Covent Garden en posant des questions sur Lucy Loveless. La plupart des gens tenaient à se vanter d'avoir connu la prostituée dont le meurtre faisait sensation. Child paya et but de nombreux verres à sa mémoire sans que personne lui apprît rien d'utile. Les messieurs estimaient que gaspiller ainsi une belle catin était une honte. Les femmes pleuraient, ou se montraient ravies d'avoir une concurrente en moins. Il reconnut plusieurs filles du Club des prostituées mais, quand il les approchait, elles refusaient de lui parler.

Il se renseigna également sur le soldat balafré et, là, il eut plus de chance. Le patron d'un restaurant de Chandos Street hocha la tête avant même qu'il ait fini de le lui décrire. « C'est le lieutenant Edward Dodd-Bellingham, Neddy pour les intimes… et un sale connard pour ceux qui comme nous doivent nettoyer derrière lui ! Avec ses amis, ils viennent dîner ici pour noyer leur chagrin après avoir joué au hasard et perdu au Golden Pear Tree. Ils aiment bien faire de la casse, tantôt c'est des tables, tantôt c'est des têtes… Mes serveuses se retrouvent souvent en larmes à cause de leurs avances. Pour eux, toute employée est à vendre, et ils acceptent pas qu'on leur dise non. Bow Street vient quand je les appelle, seulement, ils les enferment jamais. Ils doivent avoir des amis haut placés. De temps en temps, je leur interdis l'entrée, mais ils restent devant la porte et malmènent mes clients.

— Avez-vous déjà vu le lieutenant en compagnie d'une prostituée nommée Lucy Loveless ? » Child la lui décrivit.

« Je connaissais Lucy. Je ne crois pas les avoir vus ensemble, pourtant Dodd-Bellingham est toujours entouré de femmes. Ne me demandez pas comment il en a les moyens ! Il paraît qu'il est endetté jusqu'au cou. Mais, apparemment, les règles ne s'appliquent jamais à des hommes comme lui. »

Les portiers refusèrent de laisser entrer Child au café Bedford, où les filles étaient des actrices et des courtisanes, et les hommes qui les entretenaient des comtes et des ducs. Une petite foule de curieux et de journalistes s'était rassemblée devant, espérant entendre une histoire salace ou apercevoir une beauté célèbre. Child atterrit au Lamb and Flag, où il but un verre en regardant un spectacle de marionnettes : George Washington sodomisait le roi George sous les yeux de la reine.

Il eut tôt fait de terminer son pichet de vin et en commanda un autre au serveur. Alors qu'il cherchait son porte-monnaie dans sa poche, il y trouva une carte noire d'environ sept centimètres sur dix, bordée d'un filet d'or. On aurait dit un faire-part, ou un carton d'invitation, à cela près que rien dessus n'était écrit ; il y avait juste la silhouette dorée d'un homme à cornes de bouc. Child n'avait pas le souvenir d'avoir déjà vu une telle chose.

Avait-il ramassé cette carte un soir où il était ivre ? Non, c'était peu probable. Quelqu'un la lui aurait-il glissée dans la poche ? Il se rappelait que Hector l'avait bousculé au Club des prostituées. Mais pourquoi ce garçon l'aurait-il mise là ?

Un satyre, mi-homme, mi-bouc. Child tâcha de se remémorer ses connaissances rudimentaires sur l'Antiquité. Les compagnons de Bacchus, resté tristement célèbre pour ses beuveries, qui ravissaient des femmes, que celles-ci fussent consentantes ou non.

PAMELA

10 janvier 1782

Après le spectacle avaient lieu les entretiens privés.

Il en coûtait une guinée aux gentilshommes pour examiner Pamela de près – et détecter les signes éventuels d'une maladie, une vilaine peau ou autre chose qui leur déplairait. À ce moment-là, elle était habillée. L'entrevue, placée sous la haute surveillance de Mrs. Havilland, durait trois minutes. Ce qui ne faisait qu'accroître leur désir.

Ainsi que le stipulait le contrat qu'elle avait signé le premier jour avec Mrs. Havilland, Pamela percevait la moitié de la somme. Elle s'était déjà acheté une nouvelle robe en soie rose, brodée de feuilles et de fleurs argentées sur le corsage. Elle était autorisée à sortir faire des emplettes, à la stricte condition qu'un des valets l'accompagne – les autres filles les appelaient « les gardiens », lesquels n'avaient pas pour mission de les protéger, mais de garder un œil sur l'investissement de Mrs. Havilland. Livrées à elles-mêmes, les jeunes filles risquaient de tomber amoureuses ou de se vendre pour seulement quelques sous.

Ici, rien ne coûtait seulement quelques sous. Pas même le temps.

Après être sortie de scène, Pamela avait à peine cinq minutes pour reprendre son souffle avant qu'un valet ne l'emmène à toute allure dans le salon des entretiens. Jusqu'à ce jour, les gentilshommes s'étaient révélés décevants. Le nez couperosé, ou corpulents, ou le teint gris, ou cadavériques, rarement moins de quarante ans, certains avec des fausses dents, empestant le porto, le tabac à priser et la sueur de vieux. *C'est juste un travail*, se disait-elle tandis que leurs yeux s'attardaient sur son corps. *Comme vider un pot de chambre. Sauf que ce pot de chambre te donnera une bonne situation.*

Elle écarta le rideau et entra dans le petit écrin de velours rouge. Quand une des filles lui avait expliqué que cette couleur était censée rappeler aux hommes le sang virginal, Pamela avait eu un rire gêné, sans trop savoir si elle plaisantait. Sous l'éclat des lampes, la pièce ressemblait à une boîte à bijoux. Mrs. Havilland l'attendait à l'intérieur en tapant du pied avec impatience. Ce soir, elle rencontrait deux messieurs. L'un n'avait pas plus de vingt-cinq ans mais était affublé d'un lorgnon et grassouillet, l'autre était un peu plus vieux… Soudain, elle eut le souffle coupé et sentit son estomac se tordre.

C'était le soldat. Son souriant Adonis.

À la lumière des lampes, certains hommes paraissaient encore pires, mais pas lui. La mâchoire carrée, avec une fossette au menton. D'épais cheveux blonds, très légèrement poudrés. Un regard bleu glacial, et une cicatrice au-dessus du sourcil, comme un pirate. Et bien qu'il sente le porto derrière son parfum à la civette, elle se dit que ça ne la dérangeait pas vraiment.

Mrs. Havilland l'observait d'un œil noir. Pamela se rendit compte qu'elle avait oublié de lancer sa réplique. Elle s'avança en regardant les deux hommes entre ses mèches de cheveux, puis écarta les bras comme si elle s'offrait à eux : « Bonsoir, messieurs, je suis enchantée de faire votre connaissance !

— Moi de même », rétorqua l'Adonis au manteau rouge. Sa voix était grave, ses voyelles sonnaient claires. Elle aurait pu l'écouter toute la journée.

« Bien, dit Mrs. Havilland. Ce que vous voyez vous plaît-il, messieurs ? »

Le soldat promena son regard sur elle. « Oui, beaucoup ! »

Le gros gentilhomme assis près de lui s'agita sur le tabouret en velours. Sous sa perruque jaunie, il avait un visage rond constellé de taches de son et des yeux pâles qui papillonnèrent derrière ses lunettes à monture d'écaille.

« Elle est trop jeune, Neddy... Il suffit de la regarder ! »

Un gros bêta aux yeux vitreux, conclut Pamela. Bien qu'elle ne fût pas censée dire autre chose, elle ne voulait pas que le soldat s'en aille. Spontanément, elle se déhancha.

« Assez vieille pour savoir ce que je veux, monsieur ! Et pour satisfaire un homme ! »

Le soldat éclata de rire. « En effet ! N'écoutez pas mon frère, mademoiselle. »

Ils étaient frères ? Elle dut avoir l'air étonnée, car il partit d'un nouvel éclat de rire.

Mrs. Havilland lui donna un coup dans le dos avec son grattoir en argent. Timidement, Pamela baissa les yeux. Comme tous les autres messieurs venus la voir, le soldat lui posa plusieurs questions. Sur ses parents. Sur sa vie de domestique à Cheapside. Si elle avait un amoureux ou avait déjà embrassé un garçon. Elle avait répété les réponses à toutes ces questions avec Mrs. Havilland.

Dès que les trois minutes furent écoulées, cette dernière brandit sa montre. « La mise aux enchères de cette demoiselle se tiendra à la fin du mois prochain. Les offres commenceront à cent guinées. Vous verrai-je ce jour-là, messieurs ? »

De nouveau, le soldat regarda Pamela de cette façon qui lui enflammait les sens. « Assurément ! C'est un trésor rare ! »

Ils se levèrent. Le soldat baisa la main de Mrs. Havilland, puis souleva le rideau en adressant un dernier sourire à Pamela. Son gros crapaud de frère la regarda à peine. Le rideau retomba, et Mrs. Havilland redonna un petit coup à Pamela, qui s'aperçut qu'elle continuait à sourire.

« Je te l'ai dit, pas de boniment !

— Qui est-ce ?

— Le lieutenant Edward Dodd-Bellingham. Ne va surtout pas te faire des idées, petite ! Il est beau comme le vice, mais pauvre comme Job. Les Dodd-Bellingham ont vu défiler plus de juifs dans leur salon que la grande synagogue… S'il a une centaine de guinées à dépenser, moi, je suis la duchesse du Devonshire ! »

Bien que Mrs. Havilland soit une vieille bigote méchante, songea Pamela, elle ne se trompait pas sur les dettes du lieutenant. Néanmoins, lorsqu'elle se coucha sous son édredon en plume ce soir-là, son sourire ne la quitta pas.

C'est un trésor rare. Elle se repassa la scène dans la tête d'innombrables fois. La Pamela du livre aurait eu là-dessus un avis tranché. Comment disait-elle ? *Ne laisse pas les gens te dire que tu es jolie, ça te bouffit d'orgueil.*

Un excellent conseil. Sauf que la bonne du roman n'avait jamais rencontré un homme comme le lieutenant Dodd-Bellingham. Elle se rappela qu'elle n'était pas Pamela. Enfin, pas vraiment.

14

Autour de la synagogue de Bevis Marks flottaient les odeurs du quartier juif – le pain en train de cuire, les épices exotiques, le café noir épais. Accompagnée de Miles, Caro marchait au milieu des langues qui se confondaient dans leur sillage : du russe, du néerlandais, du portugais, de l'espagnol, et les langues plus mystérieuses des juifs allemands et séfarades. La plupart des hommes portaient des barbes soigneusement taillées.

Ils tournèrent dans une rue en forme de coude qu'avaient colonisée les artisans des métiers de la joaillerie : orfèvres, bijoutiers, horlogers, tailleurs d'ambre, polisseurs de diamants et autres négociants de pierres précieuses. À mi-chemin de la rue, Caro aperçut la boutique qu'elle cherchait : *Solomon Loredo, emporium de bijoux anciens et de pièces modernes*. D'après son propre joaillier, qu'elle était passée voir plus tôt dans la matinée, le sceau du fabricant gravé sur la bague était celui de Loredo. L'intérieur de la boutique évoquait une boîte de confiseries : vert pâle et or, avec des étagères, des vitrines et des casiers dans lesquels étaient exposés divers articles – des colliers et des bracelets ; des épées d'apparat et des tabatières ; une cravate, un chapeau et des épingles à cheveux ; des bagues, des breloques et des peignes. Le joaillier sortit de derrière son comptoir et s'inclina respectueusement devant Caro. « Bonjour, madame ! Solomon Loredo, à votre service… Que cherchez-vous aujourd'hui ? »

Costaud et trapu, l'homme portait un costume à rayures rouges et jaunes. Des bagues en or scintillaient sur ses grandes mains. Son crâne chauve et brun brillait comme un œuf de poule au-dessus d'un large cou qui semblait couler de ses oreilles. Son anglais avait un léger accent, ses yeux noirs étaient très vifs.

« J'ai un collier en saphirs qui mettrait parfaitement vos yeux en valeur, madame… Ou quelque chose de plus discret ? Un camée ?

— En fait, Mr. Loredo, j'ai quelque chose à vous montrer.

— Que vous souhaitez vendre, madame ?

— Pas exactement. Hier, j'ai trouvé cette chevalière et je voudrais la rendre à son propriétaire. Mon joaillier me dit qu'elle a été faite dans votre boutique. Comme c'est un modèle singulier, j'espère que vous vous souviendrez de la personne qui l'a achetée. »

Loredo brandit la bague vers la lumière. « Comment pourrais-je l'oublier ? Elle a été fabriquée sur commande. C'est la copie d'une pièce beaucoup plus ancienne.

— Je n'ai jamais rien vu de semblable.

— L'original est extrêmement rare… et extrêmement précieux ! C'est une bague d'origine romaine qu'a rapportée d'Italie un antiquaire de ma connaissance, Mr. Simon Dodd-Bellingham.

— Je le connais, dit Caro, qui se rappelait avoir vu Simon et son frère, Neddy, au Vauxhall le soir du meurtre.

— Il a vendu la bague à un collectionneur privé, lequel a voulu faire reproduire trois copies de l'original. Mr. Dodd-Bellingham a eu l'amabilité de me recommander.

— Pourquoi son client voulait-il quatre bagues identiques ?

— Vous devrez lui poser la question, madame. Je me suis contenté d'honorer la commande.

— Puis-je vous demander son nom ? Je suis persuadée qu'il aimerait récupérer son bien.

— Hélas, j'ai pour règle de ne jamais donner d'informations personnelles sur mes clients… Si vous me confiez la bague, je me ferai un plaisir de la lui remettre. Sinon, vous pourriez vous adresser à Mr. Dodd-Bellingham. »

Caro le ferait, s'il le fallait, mais elle n'avait pas dit son dernier mot. « J'avoue que l'affaire est quelque peu délicate, monsieur... J'ai trouvé cette bague sur le lieu d'un crime. La prostituée tuée aux jardins du Vauxhall... peut-être en avez-vous entendu parler ? »

Loredo se rembrunit. « Oui. Cette malheureuse fille... Une histoire choquante...

— En principe, je devrais apporter ce bijou au magistrat. Il est possible que votre client ait été témoin de quelque chose qui faciliterait l'enquête. Cependant, l'idée m'est venue qu'il pourrait ne pas avoir envie que l'on sache qu'il s'était rendu sous les charmilles. Et encore moins Bow Street, qui, bien que ce soit regrettable, n'agit pas toujours avec autant de discrétion qu'on le souhaiterait. Je m'en voudrais de nuire inutilement à la réputation d'un gentilhomme. »

Loredo acquiesça d'un air songeur. « Je vois quel est votre dilemme...

— Aussi ai-je pensé que nous pourrions régler cette affaire entre nous. Je rapporterais la bague à votre client et, en même temps, je lui demanderais s'il a vu quoi que ce soit qui pourrait nous éclairer sur le meurtre. Auquel cas j'en informerais le magistrat sans lui révéler son nom. »

Loredo se frotta le menton, visiblement soucieux de la réaction qu'aurait son client.

« Mais si vous vous sentez tenu par l'honneur de refuser, j'apporterai simplement la bague au magistrat, poursuivit Caro. J'imagine qu'il viendra vous voir et vous obligera à révéler le nom de votre client. Celui-ci comprendra certainement que vous n'avez pas eu d'autre choix. »

Loredo contempla la bague un instant. « Compte tenu des circonstances, votre solution est sans doute la meilleure, madame. Mon client est Jonathan Stone.

— Le prêteur d'argent ?

— Lui-même. Il habite au nord de Londres, près du village de Muswell Hill. »

Souvent aperçu dans les arrière-salles des bals et des assemblées, Jonathan Stone avait d'abord fait fortune en Inde, se souvint Caro. Après quoi, contre toute attente, il s'était enrichi plus encore en prêtant de l'argent à de jeunes gentilshommes. De sorte qu'il était invité partout et se mêlait au beau monde sans en faire réellement partie – souvent distant, il souriait en général par-devers lui comme si tout cela n'était qu'une bonne blague. Ce grand bienfaiteur des arts était l'un des mécènes de Jacob Agnetti. Elle l'avait vu prononcer un discours à la Rotonde le soir du meurtre.

Caro remercia Loredo et remit la bague dans ses jupons. « Je veillerai à expliquer à Mr. Stone que vous n'avez eu que ses intérêts à cœur en me donnant son nom. »

Loredo inclina la tête, l'air toujours aussi inquiet. Caro se demanda si c'était à cause des rumeurs qui circulaient au sujet de Stone. On racontait qu'il avait de mystérieux antécédents, sur lesquels nul n'avait pu apporter la moindre lumière, bien que de nombreuses personnes s'y fussent essayées. D'aucuns prétendaient qu'il était juif, d'autres qu'il avait tué un homme et ensuite changé de nom. D'après Mordechai, Stone était un libertin notoire, propriétaire d'une ribambelle de maisons de campagne, dans chacune desquelles vivaient l'une de ses maîtresses et ses rejetons. Mais Mordechai désapprouvait toujours tout et tout le monde.

Il n'en demeurait pas moins que, s'il avait fallu citer un gentilhomme de la bonne société londonienne susceptible d'être suspecté d'un meurtre obscène, Jonathan Stone aurait figuré en toute première place sur la liste.

15

Felix qui potuit rerum cognoscere causas. Heureux qui a pu saisir la cause des choses.

Pour des raisons qui lui paraissaient inconcevables, Child savait que les femmes aimaient confier leurs problèmes à leurs amies. Lucy avait eu de nombreux malheurs à partager : l'agression subie six mois plus tôt ; la perte de son emploi de modèle chez le peintre Agnetti ; le mot anonyme et les rumeurs qui l'avaient privée de ses moyens de subsistance ; les dettes qui par la suite s'étaient accumulées. Or, comprendre cet enchaînement de catastrophes était selon lui la clef pour coincer l'homme qui l'avait tuée. Il décida que retrouver les amies de Lucy serait sa prochaine priorité.

Boscastle en avait identifié trois : Kitty, la rousse du Club des prostituées ; Theresa Agnetti, l'épouse de l'artiste ; et la prostituée boiteuse qui avait la vérole, marquée à la main du sigle des voleuses. Ni Kitty ni Mrs. Agnetti n'étaient venues voir Lucy depuis plusieurs mois, en revanche, la fille dont il ignorait le nom lui avait rendu visite récemment. Le propriétaire avait supposé que toutes deux s'étaient connues à l'époque où Lucy volait, ce avec quoi Child était d'accord. Après avoir pris un petit déjeuner tardif à base de boudin dans une gargote de Holborn, il se dirigea vers la toute proche maison de correction de Bridewell où, à en croire le Club des prostituées, Lucy avait été incarcérée pour escroquerie.

Construit au bord de la Fleet, le vaste bâtiment sinistre se composait de deux quadrilatères avec une cour au milieu. Une moitié de la prison abritait des vagabonds et des enfants sans domicile ; l'autre des petits délinquants, parmi lesquels un grand nombre de prostituées. Child les aperçut en passant : des files de femmes en train de battre du chanvre dans la cour, sous l'œil d'un surveillant qui aboyait des ordres. Dans une autre partie de la cour, une prostituée à demi nue était fouettée, tandis que des spectateurs regardaient du haut d'une galerie.

Souvent, Child venait ici pour s'entretenir avec des détenus susceptibles de l'aider dans ses enquêtes, ou pour recueillir des preuves avant que ne se réunisse la Cour des gouverneurs. Oswald Babbage, le secrétaire de la Cour, était un homme disgracieux et avachi, doté de plusieurs mentons et dont les fines lèvres rouges évoquaient l'ouverture d'un porte-monnaie. En échange d'une somme modeste, il fut heureux de lui montrer le livre du bureau des enregistrements.

« Si elle a franchi un jour ces portes, elle est sûrement là, affirma Babbage en se tournant vers les rangées d'armoires en bois. N'oublie pas qu'elles aiment bien changer de nom pendant qu'elles vivent dans la rue, et même souvent plusieurs fois. »

À chaque année calendaire correspondait un registre des détenus. Lucy avait dit à son logeur qu'elle avait été marquée du sigle des voleurs peu après son arrivée à Londres, où, d'après Boscastle et Orin Black, elle vivait déjà depuis de longues années. Il commença par conséquent par l'année 1775, puis remonta en arrière.

N'ayant trouvé aucune Lucy Loveless, Child se dit que, comme le lui avait rappelé Babbage, elle avait dû donner un autre nom lorsqu'elle avait eu affaire à la justice. Il s'attela à la tâche plus ardue qui consistait à consulter les minutes de la Cour des gouverneurs, chargés de juger les mécréants qu'on leur présentait. Là encore, il commença par l'année 1775 et remonta dans le temps, à l'affût du moindre détail qui viendrait corréler le peu qu'il avait appris au Club des prostituées.

Il lui fallut trois heures avant de la trouver, dans l'un des comptes rendus des minutes de l'année 1767. Lucy n'avait alors que quatorze ans.

Lucy Redfern, 14 ans, et Annie Yearley, 18 ans, après déclaration sous serment de Mr. Jonah Warren, un gentilhomme de Red Lion Square, pour avoir détourné la somme de dix livres en échange d'une bague de contrefaçon dans la Sun Tavern de Milk Street, et pour être de vulgaires créatures de la nuit qui se promènent à des heures indues et entraînent des hommes.

Lucy Redfern : condamnée à être marquée au fer sur la main et à six mois d'emprisonnement.

Annie Yearley : condamnée à être marquée au fer sur la main, flagellée, puis libérée.

Child emporta le registre dans le bureau de Babbage. « Tu te souviens de cette détenue, Lucy Redfern ? »

Babbage lut la sentence et secoua la tête. « Annie Yearley, oui, je la connais. Elle se fait maintenant appeler Nelly Diver. Elle collectionne les séjours à Bridewell depuis des années !

— Si Lucy Redfern avait amené un enfant, est-ce qu'il serait enregistré ici ?

— Oui, il y aurait une note. »

Child se demanda s'il fallait en conclure que l'enfant de Lucy était né après son incarcération à Bridewell, ou qu'il était alors déjà mort, ou qu'elle l'avait confié à quelqu'un le temps de purger sa peine.

« Cette Nelly Diver, est-ce qu'elle est brune, boiteuse et a le visage vérolé ?

— Ses cicatrices datent de 1775, au moment de l'épidémie. Quant à sa claudication, elle a expliqué à la Cour qu'elle la devait à son souteneur. »

Parfois, songea Child, la chance vous souriait.

16

La chance ne dura pas. Le registre de Bridewell n'indiquait aucune adresse correspondant à Nelly Diver, bien que celle-ci eût séjourné là seulement un an plus tôt. Babbage avait précisé que la plupart des putains présentées devant la Cour prétendaient ne pas avoir de domicile fixe pour que les autorités ne retrouvent pas leur trace. C'était frustrant, néanmoins, Child avait un nom.

Il comptait plusieurs informatrices parmi les ribaudes, notamment celles qui, en plus, s'essayaient à voler. Mais elles seraient en train de cuver les excès de la veille et n'apprécieraient pas d'être dérangées avant un bon moment. Ce soir-là, il devait voir Orin Black, qui peut-être serait tombé sur Nelly de son côté. Il décida de remettre cette piste à plus tard et de chercher entre-temps la rousse, Kitty Carefree. Dans une taverne non loin de là, Child consulta la *Harris's List* devant une bouteille de bordeaux. Trouver Kitty Carefree ne se révéla guère difficile.

Miss Ca—ee, n° 31 Golden Square
Ses yeux flambent et pétillent ;
Ses joues ont la nuance du lys et de la rose ;
Son nez est aussi droit que son maintien,
Ses lèvres sont plus rouges que le corail ;
Sur ses seins, deux petits monts neigeux,
Brillent deux rubis éclatants.

Cette jeune dame convenable et bien éduquée, K—ty Ca—ee, âgée d'environ vingt-huit ans, a grandi dans le

Hampshire, où feu son père était un marchand dont l'ambition a provoqué la ruine. Tous les biens du père ayant servi à régler ses dettes, elle s'est retrouvée sans aucun moyen de subsistance et s'est engagée chez une de ces vieilles femmes habiles à procurer aux gentilshommes les plus fraîches marchandises. Après avoir perdu sa virginité en échange d'une belle somme, elle a été entretenue par un certain pair du royaume, jusqu'à leur séparation par consentement mutuel. Depuis, elle a eu recours à un commerce plus général et a gagné ces derniers temps de quoi mener une vie décente.

Miss Ca—ee possède une bonne dose de vivacité, mais peut se montrer parfois un peu irritable. Elle a un petit nez fort plaisant, des joues creusées de fossettes et d'excellentes dents. Une Vénus de Titien lui envierait sa magnifique crinière de feu, et sa pilosité est de la même couleur à l'endroit enchanteur de l'amour. Il est fréquent de l'apercevoir aux premières loges des théâtres, ainsi que, durant la saison, au Ranelagh ou au Vauxhall. Elle a une calèche et un serviteur. Elle a reçu une éducation libérale ; sa conversation est agréable et sans affectation ; son goût pour la littérature ne déshonorerait pas le plus grand génie de l'époque. La harpe et l'aquarelle viennent compléter la liste de ses talents. Si l'on pouvait passer sous silence son mode de vie actuel, elle dispose de toutes les qualifications pour faire d'elle un ornement dans le monde féminin. Rares sont celles qui lui sont supérieures dans son domaine. Elle a une merveilleuse façon de réveiller ceux de ses amis masculins qui auraient tendance à s'endormir en sa charmante compagnie. Il n'est pas exagéré de dire qu'elle est l'une des plus belles femmes de Londres. Son tarif est de huit à douze guinées.

Quarante minutes plus tard, après avoir traversé la ville, Child frappa à la porte du 31, Golden Square. Soho, tout autant que Covent Garden, était dévolu aux plaisirs. Derrière nombre de fenêtres donnant sur la place, des femmes pomponnées s'exposaient au regard des passants. Le robuste valet africain en livrée bleu et or qui vint ouvrir toisa Child d'un air surpris. « Êtes-vous certain d'être au bon endroit ? Une maison de bains de Carnaby Street à une demi-guinée vous conviendrait mieux.

— Je cherche Kitty Carefree.

— Vous n'êtes pas le seul ! Elle a déménagé en mai dernier. Si vous avez cinq guinées à débourser, on a ici d'autres filles.

— A-t-elle laissé une adresse où la joindre ?

— Non. Elle a dû se trouver un protecteur. Quand elles partent comme ça brusquement, c'est en général le cas. J'imagine qu'elle ne voulait pas que ses anciens clients viennent l'embêter ! »

Donc, la rousse qui avait refusé de lui parler au Club des prostituées n'était pas Kitty. « Employait-elle un serviteur ?

— Oui, Hector, qu'elle a congédié après lui avoir réglé ses gages. »

Le jeune garçon du Club des prostituées, celui dont Child était convaincu qu'il lui avait mis la carte du satyre dans la poche.

Le valet le fixa soudain avec un nouvel intérêt.

« Vous êtes avec eux ? Eux aussi, ils ont parlé d'Hector.

— Qui ça ?

— Deux hommes qui sont passés hier en posant des questions, comme vous.

— Quel genre d'hommes ? »

L'Africain haussa les épaules. « Des gentilshommes. Du genre officiel. Ils ont parlé de Kitty avec ma maîtresse. J'ai même cru qu'elle s'était attiré des ennuis… Vous n'êtes pas avec eux ?

— Vous rappelez-vous à quoi ils ressemblaient ? Je paie », ajouta Child en sortant une demi-couronne.

Le valet lui jeta un regard glacial. « Je n'accepte pas d'argent. Allez-vous-en !

— Puis-je parler à votre maîtresse ?

— Non.

— Vous pourriez au moins lui demander. »

Le valet se pencha vers lui de toute sa hauteur en le fusillant des yeux. « Elle n'aime pas voir des petits foutriquets décatis encombrer son vestibule… Et maintenant, filez avant que je vous y aide ! »

Comprenant qu'il avait offensé le dernier serviteur encore honnête à Londres, Child s'en alla. Il aurait bien aimé savoir si la visite de ces hommes « du genre officiel » avait un rapport avec le meurtre de Lucy. Cependant, ces « gentilshommes » ne pouvaient pas être des agents de Bow Street, et puis, Kitty avait déménagé plusieurs mois avant que Lucy ne soit tuée. Il était très possible que cela n'ait rien à voir.

Child se doutait qu'il n'aurait aucune chance avec la troisième amie de Lucy, Mrs. Agnetti. Comme tout le monde à Londres, il avait eu vent des déboires du couple Agnetti par les journaux, et de la manière dont Theresa Agnetti avait quitté son mari, le célèbre artiste, ce que, à tout bien considérer, il avait mérité. Personne ne savait où elle était partie. On avait même laissé entendre qu'elle n'était plus en Angleterre. Il décida qu'il pouvait faire un meilleur usage de son temps que de tenter de résoudre cette énigme, d'autant que la disparition de cette femme avait largement précédé les ennuis de Lucy.

Child vit sur sa montre à gousset qu'il disposait encore d'une heure avant d'aller rejoindre Orin Black à Bow Street. Il se rendit au Golden Pear Tree, dans Compton Street. Comme pour tout dans la capitale, il existait toutes sortes de clubs de jeu adaptés à toutes les bourses. Le Golden Pear Tree était un de ces établissements où les tables de jeu étaient en ivoire, et où, sur un simple coup de dés, des hectares de champs de maïs changeaient de mains. Il s'adressa au portier qui montait la garde devant l'entrée.

« Le lieutenant Dodd-Bellingham est-il passé aujourd'hui ?

— Pas encore… Il vous doit de l'argent ?

— Quelque chose comme ça. »

Le portier sourit. « Alors vous feriez mieux de faire la queue !

— A-t-il déjà semé le trouble chez vous ? J'ai entendu dire qu'il l'avait fait ailleurs.

— Il se tient sage comme une image, sans quoi on l'empêcherait de jouer ! Mais, si vous attendez un peu, vous êtes certain de le voir. Aujourd'hui, il est en retard.

— Est-il déjà venu avec une prostituée dénommée Lucy Loveless ?

— Celle qui s'est fait tuer ? Elle est venue ici quelques fois. Je ne me souviens pas de l'avoir vue avec le lieutenant, mais c'est possible. En général, s'il est avec ses amis, il amène une ou deux filles, voire plus.

— Qui sont ses amis ?

— Tantôt son frère, tantôt des collègues officiers. Plusieurs fois, il a amené lord March, l'héritier du comte d'Amberley. »

Child nota l'information avec intérêt. Le lieutenant Dodd-Bellingham, le soldat qui avait accosté Lucy dans la rue, était un ami de lord March, lequel avait été présent au Vauxhall le soir du meurtre.

Le portier le poussa du coude. « Tenez, vous avez de la veine… Justement, le voilà ! »

Deux gentilshommes en uniforme rouge arrivaient dans la rue. Child reconnut le lieutenant à sa cicatrice.

Lorsqu'ils approchèrent, il se recula pour ne pas attirer l'attention. Les gentilshommes pouvaient se révéler des clients fuyants, et les prendre par surprise n'était possible qu'une seule fois. Avant d'interroger Dodd-Bellingham, il préférait en apprendre davantage sur lui et ses relations avec Lucy Loveless.

En observant sa proie un long moment, Child sut aussitôt que c'était un queutard de premier ordre. Et pas seulement parce qu'il était grand et séduisant, deux qualités qu'il détestait chez un homme, mais à cause de ce regard dédaigneux, de ce rire mugissant, de cette façon de marcher comme si la rue lui appartenait. Les deux officiers entrèrent dans le Golden Pear Tree sans donner une pièce au portier. Child se demanda si c'était pour cette raison que celui-ci s'était montré si coopératif.

« Vous ne vouliez pas lui parler ? s'étonna l'intéressé.

— Pas tout de suite… Il ne va pas s'envoler ! »

17

La route filait au nord de Londres, serpentant à travers un patchwork de champs verts et jaunes et de villages prospères. Le carrosse ralentit alors que les chevaux peinaient à gravir la pente. D'un air absent, Caro regarda les épouvantails semblables à des gibets, les voiliers blancs sur la Fleet, une nuée d'étourneaux hurlants qui se déployait dans le ciel d'un gris de cendre froide. *Une fois que je serai exilée à la campagne, ce sera mon univers*, songea-t-elle. *Si Harry ne rentre pas à temps, ou si j'ai trop peur d'avaler la potion, il n'y aura plus rien d'autre que le silence, les arbres, les marches revigorantes, et chaque jour sera un purgatoire.*

Au-delà de Highgate, la route devenait plus raide, les maisons plus grandioses et plus espacées. Le village de Muswell Hill, à la lisière de la forêt de Hornsey, était une retraite rurale appréciée des marchands et des agioteurs de la City. C'était là que Jonathan Stone, à qui appartenait la bague qu'elle avait trouvée au Vauxhall, avait construit son domaine. Le cocher, Sam, fit passer les chevaux au pas lorsqu'ils approchèrent de la grille. Au portier surgi du pavillon de garde, Caro déclara d'un ton impérieux qu'elle connaissait Mr. Stone et désirait le voir. Il insista pour aller transmettre le message à son maître et l'obligea à patienter dans le carrosse pendant près d'une demi-heure. De temps à autre, un garde-chasse portant une pièce de gibier sur l'épaule les observait derrière la grille. Manifestement, Stone était soucieux de sa sécurité.

Le portier réapparut enfin et leur ouvrit. La propriété s'étendait sur un plateau au sommet d'une colline ondoyante. Quand ils remontèrent l'allée, Caro admira la vue sur Londres : un ruban d'activité humaine gris pâle sous une couronne de brume jaune, une centaine de clochers disparaissant dans le ciel. Stone avait abattu la vieille maison en brique qui s'était élevée là autrefois, mais il avait conservé les chênes majestueux de part et d'autre de l'allée, ainsi qu'un ancien bois du côté nord. Entre ce bois et la maison, il y avait un lac, sur la berge opposée duquel se dressait un bâtiment blanc flambant neuf aux allures de temple classique. Visiblement adepte des paysages de style naturel, Stone avait planté autour du lac de multiples bosquets d'arbres que reliaient des sentiers. Ils passèrent devant des jardiniers en train de soigner cet Éden en miniature, ainsi que d'autres gardiens armés qui patrouillaient dans le domaine.

La demeure immense et blanche, de style palladien, était coiffée d'un dôme en verre et flanquée de deux petits pavillons. Un majordome et plusieurs valets attendaient leur arrivée sur l'aire de gravier. Dès que le carrosse s'immobilisa, Miles sauta à terre et déplia le marchepied pour aider Caro à descendre. Un majordome lui souhaita la bienvenue avant de l'escorter dans un vestibule grandiose.

Sous la coupole vitrée, deux escaliers en courbe s'élançaient vers le *piano nobile*. Des statues en plâtre de nymphes et de jeunes gens jouant de la lyre dansaient le long des murs peints en bleu coquille d'œuf, en alternance avec des fresques représentant un paradis arcadien. Dans l'espace ovale entre les escaliers trônait un énorme sarcophage en pierre, à l'intérieur duquel Caro put regarder lorsqu'ils montèrent à l'étage. Sur le palier que prolongeait une galerie, le majordome frappa à une double porte en bois sculpté. Ayant reçu l'ordre d'entrer, ils pénétrèrent dans une vaste pièce où d'immenses fenêtres donnaient sur la verdure savamment organisée. Jonathan Stone et Simon Dodd-Bellingham discutaient près d'une urne posée sur une table. Un peu plus loin s'affairait un troisième gentilhomme, que Caro ne connaissait pas. Le maître de maison vint à sa rencontre et s'inclina. « Mrs. Corsham, quel plaisir inattendu ! »

Son accent ne laissait rien deviner de sa classe sociale ou de son pays d'origine. On disait de Mr. Stone qu'il savourait le mystère qu'il inspirait, et qu'il en jouait. Âgé d'une quarantaine d'années, l'allure svelte, il ne présentait aucun signe de la vie de débauche qu'on lui prêtait. Son visage de lutin semblait rayonner de plaisir de la voir chez lui. Il portait un costume en velours de soie, qui soulignait sa silhouette comme une peau grise et lisse, une perruque argentée et des bas de soie dans des chaussures à boucles en argent. À sa main droite brillait une bague rouge sang, comme celle que Caro avait ramassée sous la charmille.

« Ma collection ! » dit Stone, embrassant d'un geste du bras plusieurs sculptures grandeur nature sur des socles en marbre : un athlète prêt à lancer un disque ; un cheval cabré ; un homme barbu avachi dans un fauteuil ; un autre tenant une grappe de raisin ; et une femme aux robes si finement ciselées qu'elles semblaient couler telle de l'eau. Entre les statues, divers objets plus petits étaient exposés dans des vitrines en verre : des fragments de poterie, des pièces de monnaie et des figurines. Des tableaux de scènes classiques, signés pour la plupart Agnetti, complétaient l'ensemble.

Simon Dodd-Bellingham les avait rejoints et s'inclina en lui baisant la main. « Mrs. Corsham…

— Dois-je comprendre que ce superbe ensemble est votre œuvre, Mr. Dodd-Bellingham ?

— C'est mon plus grand privilège, bien que ce soit une tentative commune, répondit-il. Mr. Stone voue une véritable passion à l'Antiquité classique. Sa collection est la plus belle du pays… pour ne pas dire du monde ! »

Peu avenant, replet, pâlot et bigleux, Simon avait un gros nez constellé de taches de rousseur, tout comme l'était de brins de tabac son gilet à rayures que tendait sa bedaine. Sa perruque était de la même couleur jaunie que ses bas reprisés et ses vilaines dents. Le genre d'individu qui rasait les murs d'une pièce plutôt qu'il ne la traversait.

Le troisième gentilhomme, demeuré en retrait en arborant un air de déférence servile, avait un visage blanc quelconque et un nez cassé qui paraissaient incongrus avec son costume élégant et sa perruque marron attachée en catogan. Ses grosses mains étaient maculées d'encre, ses yeux clairs et perçants.

Stone le présenta. « Mon homme d'affaires, Érasme Knox. »

Ce dernier s'inclina, avant de se retirer discrètement vers la table, où il remplit des papiers tandis qu'ils discutaient.

« Vos frères vont bien, j'espère ? » s'enquit Stone.

Caro acquiesça. « Mordechai dirige la banque pendant qu'Ambrose passe l'été en Suisse où il en profite pour chasser. »

Stone sourit. « Il doit mettre de nombreuses renardes dans sa besace, je n'en doute pas ! »

Caro sortit la bague de ses jupons. « Je suis venue vous parler d'un objet perdu. Le vôtre, pas le mien. J'ai trouvé cette bague, et on me dit qu'elle vous appartient. »

L'usurier la prit entre le pouce et l'index. « Mon Dieu, quel fin limier vous faites ! Oui, cette bague est à moi, du moins ai-je payé pour la faire faire. C'est très aimable à vous de la rapporter.

— Je vous ai retrouvé grâce à un joaillier, Mr. Loredo. Il m'a expliqué qu'il s'agissait de la copie d'une bague beaucoup plus ancienne.

— Dont vous voyez ici l'original, précisa Stone en levant la main. Mr. Dodd-Bellingham l'a découverte en effectuant des fouilles à Pompéi. Elle reposait là sous la cendre depuis près de deux mille ans ! Je considère cette pièce comme l'une des plus belles de ma collection.

— J'exhumais un squelette des ruines d'une maison de bains, expliqua Simon. La bague était encore sur le doigt de ce pauvre homme… Personne n'avait posé les yeux dessus depuis que l'éruption volcanique l'avait enseveli.

— Une découverte accidentelle, commenta Caro. Comme la mienne.

— Cette bague a une provenance intéressante, renchérit Stone. Mr. Dodd-Bellingham spécule que ces thermes faisaient également office de bordel, et que porter cette bague signifiait qu'on était membre de l'établissement. La femme gravée sur le grenat est sans doute l'épouse du propriétaire de la bague. Et le bouc au verso de la pierre représente Pan, le dieu de la fornication. Quand ce monsieur allait au bordel, il lui suffisait de retourner le grenat ! »

Stone avait pour habitude, Caro le savait, de pousser la conversation au-delà des limites du convenable, dans le seul but de mettre ses interlocuteurs mal à l'aise et de s'amuser. Elle ne se sentait nullement offensée par son franc-parler, en revanche, elle l'était par les raisons qui l'incitaient à se comporter de cette manière.

« Mr. Stone, vous vous adressez à une dame, lui rappela Simon, une horrible plaque rouge s'étalant sur un côté de son cou.

— Allons, Mrs. Corsham n'est pas un de vos vases qu'il faut envelopper de coton de peur qu'il ne se brise ! rétorqua Stone. La société serait beaucoup plus distrayante si on autorisait les femmes à discourir librement sur les mêmes sujets que les hommes, je l'ai toujours pensé. Qu'en dites-vous, Mrs. Corsham ?

— Oui, je suis d'accord sur le principe. Pour ce qui est de votre Romain et de sa bague, je crains que l'hypocrisie de votre sexe ne soit que trop souvent le sujet de nos conversations. »

Stone éclata de rire. « Vous voyez, Simon, Mrs. Corsham ne s'offusque pas aussi facilement que vous le supposiez !

— J'avoue pourtant que les circonstances qui m'ont amenée à ramasser cette bague me choquent profondément, reprit Caro d'un air sombre. Elle était sous la charmille des jardins du Vauxhall où cette femme a été assassinée l'autre soir. C'est moi qui ai trouvé son corps alors que j'étais sortie prendre l'air. Dans la confusion, j'avais perdu un gant, que je suis retournée chercher hier. Et là, par terre au milieu des broussailles, j'ai aperçu cette bague. »

Érasme Knox leva les yeux. Le visage de Simon exprimait la consternation. Stone se contenta de hausser un sourcil. « J'avais entendu dire que c'était vous qui aviez découvert la pauvre catin agonisante… Cela a dû être pénible. Et ensuite, vous avez trouvé la bague… C'est incroyable ! »

Comme l'avait prédit Mordechai, l'histoire avait circulé. « J'espère que vous n'en voudrez pas à ce pauvre Mr. Loredo de m'avoir révélé votre nom. C'était soit cela, soit j'apportais la bague au magistrat. Nous avons finalement pensé que la discrétion était la voie la plus sage.

— Vous avez voulu m'épargner la honte ? C'est très aimable. Mais vous ne devriez pas avoir trop de scrupules. Ma réputation est exécrable, je suis navré de le dire !

— Avez-vous perdu la bague le soir de l'exposition ?

— Me demandez-vous si j'ai tué la femme sous la charmille ? » Stone semblait trouver l'idée fort amusante.

« Pas du tout, répondit Caro, bien que cette pensée l'eût traversée. Je me suis dit que vous auriez pu voir quelque chose qui aiderait le magistrat dans son enquête.

— Hélas, si j'avais été sous les charmilles ce soir-là, je l'avouerais volontiers ! Je vis ma vie au grand jour… en bon pécheur que je suis !

— L'auriez-vous perdue un autre soir ?

— Je ne l'ai pas perdue du tout. J'ai fait fabriquer trois copies de cette bague et les ai offertes à des amis. Mr. Dodd-Bellingham en a une, mais je vois qu'il ne la porte pas. L'auriez-vous laissée tomber dans les bosquets, vilain garçon ? »

Le cou de Simon s'empourpra de plus belle. « Non, elle est chez moi. Je ne l'ai pas mise aujourd'hui parce que je comptais nettoyer la statue de Mercure dans votre fontaine. »

Caro les observa d'un œil perplexe. « La femme qui est morte s'appelait Lucy Loveless, dit-elle en se tournant vers Stone. La connaissiez-vous ?

— C'est possible. J'ai rencontré à Londres de nombreuses femmes…

— Je vous pose la question parce qu'elle est là, sur un de vos murs. »

Caro avait remarqué le tableau dès qu'elle était entrée. Le rater eût été difficile étant donné qu'il devait mesurer trois mètres sur quatre. Au premier plan, Lucy gisait, dévêtue, sur le sol, le visage tordu de douleur, une flaque de sang étalée sous elle. Dans un lit à l'arrière-plan, un homme nu se mourait. Le reflet du clair de lune sur le casque de celui qui venait de les poignarder éclairait d'un éclat doré son visage angoissé.

« Ma Clytemnestre, dit Stone. Agnetti m'a présenté six modèles, et j'ai choisi celle que je préférais. La pauvre... Toute cette beauté gaspillée ! »

Qu'il s'agisse d'une coïncidence paraissait peu probable. « Puis-je vous demander à qui vous avez donné les autres bagues ? »

Stone pencha la tête. « Sans doute êtes-vous curieuse de savoir pourquoi j'ai commandé trois copies. Si vous venez faire un tour avec moi, je m'efforcerai de vous l'expliquer. »

Érasme Knox les regarda s'éloigner dans la galerie. Depuis que Caro avait précisé à quel endroit elle avait ramassé la bague, il ne l'avait pas quittée des yeux. Simon les suivit, leurs pas résonnant sur le sol en marbre. Stone s'arrêta devant un tableau, une autre œuvre d'Agnetti, mais qui représentait une scène contemporaine.

Quatre messieurs étaient réunis autour d'une table recouverte d'un tapis sur lequel était posé un livre, ouvert sur une page où figurait le dessin d'une colonne ionique. Au bout de la table présidait Stone, la main levée dans un geste curieux, le pouce et l'index pressés l'un contre l'autre. Près de lui, Simon Dodd-Bellingham examinait par-dessus ses lunettes un bijou ovale qu'il brandissait dans la lumière. À sa droite était assis son frère, le lieutenant Edward Dodd-Bellingham, dont le rouge de l'uniforme avait la même nuance que le grenat qui brillait sur la main de chacun de ces messieurs. Le dernier gentilhomme, Caro le constata avec étonnement, était lord March.

« Le Club Priapus, dit Stone. Une société de gentilshommes qui partagent un même intérêt pour la civilisation antique. Vous voyez ici un portrait de ses quatre fondateurs. Nous sommes désormais plus nombreux, mais seuls les fondateurs ont une bague. Est-il vrai, comme je l'ai entendu dire, que lord March vous a trouvée sous les charmilles après que vous avez découvert la femme morte ? J'imagine que c'est à ce moment-là qu'il a dû perdre sa bague. »

Devant l'étendue de ce que savait Stone, Caro se demanda s'il s'était entretenu avec lord March. Apprendre qu'ils étaient amis la surprenait, d'autant qu'il n'avait jamais fait allusion à Stone autrement que comme à une vague connaissance. Et il n'avait jamais parlé de ce club. Ni du tableau peint par Agnetti. Cependant, jusqu'à très récemment, ses dettes s'étaient accumulées – on disait qu'elles s'élevaient à plus de vingt mille livres –, or Stone était connu pour travailler de cette manière : en mêlant les affaires et le plaisir.

« Lord March m'a croisée sur le sentier. Il a à peine mis un pied sous la charmille. Et la bague était enfouie sous les broussailles, tout près de l'endroit où avait été étendu le corps de Lucy. »

Ce soir-là, présumant qu'il l'avait suivie en la voyant sortir de la Rotonde, Caro n'avait pas demandé à lord March ce qu'il faisait là. À présent, elle s'interrogeait. Il avait courtisé Clemency Howard dans son dos, mais avait-il eu d'autres maîtresses ? Des prostituées ? Des femmes que Stone connaissait ? Lucy Loveless ? Aurait-il pu revenir chercher sa bague hier après l'avoir perdue le soir du meurtre ? Aurait-il pu tuer Lucy ?

Pendant près d'un an, lord March avait été son amant par intermittence et, durant tout ce temps, elle l'avait rarement entendu prononcer un mot désagréable, encore moins vu avoir un geste violent. Certes, lorsque son désir n'était pas assouvi, il avait tendance à montrer une certaine rudesse, ce dont elle ne s'était jamais plainte, au contraire. Il buvait et se comportait avec insouciance, mais il était cultivé et intelligent. Elle avait du mal à l'imaginer coupable d'un acte aussi sanglant. Cependant, que savait réellement une femme d'un homme ? Le mariage lui avait appris qu'il ne fallait pas sous-estimer leurs mensonges ni leur part d'ombre.

Simon s'exprima avec un léger bégaiement : « Mon frère ne peut pas avoir perdu sa bague... en tout cas, pas ce soir-là. Je suis resté avec lui tout le temps… et nous sommes partis de bonne heure pour aller souper. D'ailleurs, nous n'avons appris le meurtre que le lendemain. »

Il avait le front en sueur. Quelque chose clochait. La nervosité de Simon… le regard scrutateur de Mr. Knox… et, surtout, le fait que Jonathan Stone avait connu Lucy Loveless.

« Je sais que lord March a une passion pour les poètes classiques, reprit Caro avant de se tourner vers Simon. Je n'ai jamais entendu dire que votre frère était féru d'histoire ancienne. »

Simon regarda son client. « Mr. Stone l'a convaincu de ses mérites.

— Il doit donc avoir de grands talents de persuasion ! » Caro se retourna vers le tableau. « Que signifie ce geste que vous faites avec la main ? »

Stone agita un doigt réprobateur. « Vous ne pouvez attendre de moi que je vous révèle *tous* mes secrets, Mrs. Corsham !

— Je croyais que vous viviez votre vie au grand jour.

— Tout le monde a des secrets. Demandez à votre frère Ambrose. »

Il ponctua sa phrase d'un large sourire, comme si ce n'était qu'une de ses remarques scandaleuses de plus, que Caro interpréta néanmoins comme une réelle menace.

« J'irai voir lord March et le lieutenant. » Elle tendit la main pour qu'il lui rende la bague. « Ce mystère finira bien par être résolu… Merci pour votre aide, Mr. Stone. Je suis désolée d'avoir abusé de votre temps. »

Stone sembla hésiter, mais il lui rendit la bague avec un sourire distant. « Vous n'en avez abusé en rien, Mrs. Corsham. Transmettez mes chaleureuses salutations à vos frères.

— Je n'y manquerai pas, du moins à Mordechai. Ambrose est en Suisse. »

Cette fois, la fourberie du sourire de Stone ne laissait aucun doute. « Oui, c'est ce que vous avez dit. »

18

À la seconde où Child franchit la porte du Brown Bear, Orin l'empoigna par le bras, puis l'entraîna dans une ruelle le long de la taverne.

« Dans quoi tu m'as embarqué, Perry ?

— De quoi parles-tu ? Qu'est-ce qu'il y a ?

— J'ai fait ce que tu m'avais demandé. J'ai essayé de regarder ces papiers et ces dessins qu'ils ont récupérés dans la chambre de la fille morte. Mais les gars qui ont fouillé chez elle ne les avaient pas. Ils les ont remis à sir Amos Fox, conformément aux ordres.

— Pourquoi Fox les voulait-il ?

— Comment veux-tu que je le sache ? Je me suis également renseigné sur ce document que ta cliente dit avoir vu sous la charmille. Et, juste après, voilà qu'on me fait traverser la rue pour me soumettre à l'Inquisition ! Sir Amos m'a cuisiné… Ils voulaient tout savoir, ce que j'avais appris sur le meurtre, sur ce document, sur Lucy Loveless, qui étaient ses amis… Je leur ai juré que je ne savais rien, que je rendais juste un service à un ami. Et là, ils ont commencé à me questionner sur toi !

— Qui ça, “ils” ?

— Un autre gentilhomme était présent. Gros, la cinquantaine, des sourcils blancs de chouette… Quelqu'un d'important. Sir Amos lui obéissait, pas le contraire.

— Tu leur as donné mon nom ?

— Évidemment ! Ils m'ont menacé de me renvoyer ! Le type aux sourcils blancs voulait savoir si tu avais trouvé des papiers appartenant à Lucy. Et il m'a aussi interrogé sur ta cliente. Je ne leur ai pas donné son nom, j'ai prétendu que tu n'avais pas voulu me le dire... mais j'aurais mieux fait ! »

Du genre officiel, songea Child en repensant à la description des hommes qui cherchaient Kitty Carefree. Les seules personnes auprès de qui sir Amos était susceptible de prendre des ordres travaillaient à Whitehall. Mais pourquoi le ministère de l'Intérieur se serait-il intéressé à Lucy Loveless ? Apparemment, il y avait un lien avec ses papiers. Sir Amos avait-il envoyé ses agents chez Lucy récupérer quelque chose de précis ? Quoi qu'il en soit, d'après les questions qu'ils avaient posées à Orin, ils ne l'avaient pas trouvé. Des lettres personnelles ? Qui auraient pu compromettre la réputation d'un gentilhomme important ?

« Je n'aurais jamais cru que ça se passerait comme ça, s'excusa Child. Je suis désolé. »

Son ami se contenta de soupirer en levant les bras au ciel.

« As-tu du nouveau concernant le meurtre ? reprit Child. Ou le soldat au manteau rouge ? J'ai appris que c'était le lieutenant Edward Dodd-Bellingham.

— Tu ne m'as donc pas écouté, Perry ? Je ne veux plus rien avoir à faire avec ton foutu meurtre ! » Il tourna les talons et s'éloigna dans la ruelle.

« Et Deptford, à la vie, à la mort, qu'est-ce que tu en fais ? » lui cria Child.

Orin ne se retourna pas. « Dorénavant, on est à Londres ! »

*

Child s'en voulait d'avoir attiré des ennuis à Orin, cependant, il ne voyait pas en quoi c'était sa faute. En temps normal, Whitehall ne s'intéressait pas aux prostituées assassinées. Le tour que prenait cette affaire l'inquiétait. S'il y avait bien une chose qu'il détestait plus encore que les gentilshommes séduisants et les belles femmes, c'était la politique. Néanmoins, en dépit de ces craintes, il n'était pas prêt à renoncer. La mission que lui avait confiée Mrs. Corsham était l'unique espoir qui le séparait de Finn Daley et de sa hache.

Il passa le reste de la soirée à chercher Jenny Wren, qu'il finit par trouver dans une taverne minable au fin fond de St. Giles. Le Ape and Apple était si enfumé qu'on avait de la peine à respirer. Un homme au manteau rapiécé jouait une gigue irlandaise au violon, tandis qu'une femme au visage couvert de verrues tapait en rythme sur un bodhrán. Child demanda Jenny au comptoir et fut dirigé vers une arrière-salle, devant laquelle ses deux soupirants aux cheveux ébouriffés montaient la garde. L'un tenait à la main une brique qu'il caressait avec tendresse comme si c'était un enfant. L'autre avait l'allure d'un gars qui torturait les animaux juste pour s'amuser.

« Vous allez me laisser passer ?

— Pas d'affaires ce soir. Va enculer le cheval de ta grand-mère ! »

Child sourit placidement. Il ne savait pas pourquoi ces deux-là ne l'aimaient pas, et il s'en fichait. « Avec moi, elle voudra bien.

— T'as pas entendu ? Pas d'affaires. Pas avec les types au nez cassé. »

Bien qu'il sût déjà ce qui allait suivre, Child tourna son visage vers la lumière. « Le mien ne l'est pas. »

Celui qui tenait la brique s'avança en souriant, mais le pistolet que Child lui pointa sur le ventre effaça de son visage hirsute toute envie de rigoler.

« Je ne veux pas d'ennuis, l'ami, je veux seulement la voir. »

Les deux hommes échangèrent un regard. Celui avec la brique haussa les épaules, jugeant sans doute qu'il ne valait pas la peine de s'obstiner. Ils s'écartèrent. Child entra. Jenny et ses comparses, diverses filles de joie et autres vide-goussets, étaient assis autour d'une table sur laquelle étaient éparpillées des cartes à jouer et des timbales de gin. Au milieu trônait le butin : un amas de pièces de monnaie, tabatières, bagues, mouchoirs, perruques, livres et boutons acquis de façon malhonnête. Les prostituées sourirent à Child, les voyous se renfrognèrent. Jenny eut un rictus. « Perry Child, ce vieux poivrot ! Je te manquais déjà ? Planquez vos bouteilles, les gars, sans quoi faudra qu'on le roule jusque chez lui !

— Il paraît que tu n'es pas d'humeur à discuter affaires ?

— Je le suis toujours, Perry ! Viens dans mon bureau. »

Le bureau en question se résumait à une simple table au fond d'une alcôve dans le bar, un recoin tapissé de graisse de chandelle.

« Je cherche une prostituée qui s'appelle Nelly Diver. Tu la connais ?

— Cette salope de pute vérolée ? Oui, malheureusement !

— Tu sais où je peux la trouver ?

— Je ne l'ai pas vue depuis un bon moment… Peut-être qu'elle est morte ! s'esclaffa Jenny avec un air ravi.

— Tu pourrais te renseigner, et rapidement ? »

Elle s'adossa à la chaise et le toisa avec un petit sourire. « Il est temps qu'on ait une nouvelle conversation concernant ces fameux apôtres, Perry… Tu avais dit quoi, sur la volonté de Dieu ? »

Child leva les yeux au ciel, mais, ce soir, le temps était plus précieux que l'argent. « Combien tu veux ? »

PAMELA

12 janvier 1782

De nouveau le salon des entretiens, où un seul gentilhomme cette fois était présent. Pamela regardait Mrs. Havilland, qui regardait le gentilhomme, qui regardait Pamela.

Il était plutôt vieux. Pire, il avait un côté vieillot. Bedonnant, l'habit miteux, des cheveux encore épais mais grisonnants, un nez de corneille. Et des yeux injectés de sang, qui la transperçaient.

« Vous voulez bien vous tourner, s'il vous plaît ? » demanda-t-il avec un fort accent étranger. Pamela avait entendu Hannah, la première bonne, parler longuement des Italiens et de leurs perversions. Elle réprima un frisson et fit volte-face en supposant qu'il voulait voir ses fesses.

« Non, j'aimerais vous voir de profil. »

Ne comprenant pas, elle resta plantée là comme une imbécile jusqu'à ce que Mrs. Havilland, à bout de patience, la prenne rudement par les épaules et la place dans la position désirée. « Alors ? Elle vous ira ? » fit-elle.

L'homme l'observa un long moment. « Je pourrais parcourir le pays une centaine d'années sans jamais trouver un visage qui convienne aussi parfaitement.

— Je vous l'avais bien dit ! rétorqua Mrs. Havilland d'un air satisfait.

— Même tarif que d'habitude. Vous la ferez conduire chez moi demain matin, à dix heures. »

Pamela tourna vivement la tête. Était-ce décidé ? Ce serait lui ? Sa mise aux enchères ne devait pourtant avoir lieu qu'à la fin du mois suivant.

L'expression de Mrs. Havilland ne laissait rien transparaître. Pamela regarda le gentilhomme. « Ce sera vous mon premier, monsieur ? » l'interrogea-t-elle, le cœur serré.

Visiblement offensé, l'homme plissa ses yeux fatigués face à la lumière. « Je vous en prie, rien de ce genre… Je ne vous toucherai pas, pas plus que ne le fera quiconque sous mon toit. Je veux simplement vous peindre. »

*

C'était un grand honneur, expliqua Cecily ce soir-là à Pamela. Elles étaient en chemise de nuit sur le lit de cette dernière et regardaient par la fenêtre les gentilshommes qui sortaient de chez Mrs. Havilland, pointant ceux qu'elles espéraient voir remporter leur virginité aux enchères. Un peu plus tôt, pendant le spectacle, Pamela avait cherché son soldat dans la salle, mais il n'était pas venu.

« Mr. Agnetti est un artiste célèbre. Un jour, il sera peut-être aussi grand que Mr. Reynolds, reprit Cecily. Ton portrait sera accroché dans la maison d'un personnage illustre. Plusieurs générations le verront, longtemps après que les asticots t'auront bouffée. »

Cecily disait souvent des choses comme celles-là. Fille d'un homme de lettres désargenté, elle-même nourrissait des ambitions littéraires. Elle faisait croire à son père qu'elle était à la campagne, au chevet d'une cousine mourante du côté de sa mère, et elle comptait faire passer pour un héritage ce que lui rapporterait sa vente aux enchères.

« Il te croit ? » avait demandé Pamela.

Cecily avait laissé échapper un petit rire amer. « Il s'est sans doute convaincu qu'il le croit, mais il sait très bien où je suis. Seulement, si on le disait tout haut, il serait obligé de m'en empêcher. Alors, on dit ça.

— Tu es inquiète ?

— Ce sera bientôt fini. »

Elle donna un coup dans les côtes de Pamela. « Là, regarde ! »

Du Golden Pear Tree, le club de jeu situé en face de la Maison des tableaux, venaient de sortir quatre personnes qui marchaient dans la neige vers un carrosse. Deux gentilshommes et deux dames. À part leurs beaux habits, les hommes, crâne dégarni et menton fuyant, n'avaient pas grand-chose d'autre d'attrayant. Pamela commençait à être habituée à ce genre de messieurs.

Les femmes étaient en tout point différentes. La plus grande, ses boucles châtaines encadrant un visage rieur, portait une robe couleur canari et un grand chapeau brodé de roses jaunes. L'autre, chignon roux et robe en soie blanche dont les volants délicats ondoyaient tel un nuage, essayait d'attraper un flocon de neige dans sa bouche, mais elle riait trop fort.

« C'est Kitty Carefree, la plus belle femme du Club des prostituées, dit Cecily. Un jour, un baronnet et un membre du Parlement se sont battus en duel pour obtenir ses faveurs. Et on raconte qu'un de ses amants a voulu se tuer parce qu'elle refusait qu'il soit son protecteur. Elle trouve l'amour ennuyeux, du coup, ils ne l'en aiment que davantage. »

Les deux femmes s'accrochaient l'une à l'autre en riant comme des folles. Un des gentilshommes dans le carrosse leur cria de se dépêcher. Kitty tournoya sur elle-même en faisant un dessin dans la neige, puis elle courut vers la voiture d'où sortirent des mains qui la tirèrent à l'intérieur. Lucy la suivit, un peu plus lentement, et leva les yeux vers la fenêtre. Lorsqu'elle aperçut les filles le nez pressé contre la vitre, elle leur adressa un signe de sa main gantée. Puis des bras l'agrippèrent à son tour, et le carrosse démarra dans un claquement de portière.

19

Elle ne les laisserait pas enterrer Lucy dans une fosse commune. Caro avait pris cette décision la veille en revenant de chez Jonathan Stone. Ce matin, elle était allée voir sir Amos auquel elle avait proposé de payer les funérailles. Après avoir passé le reste de la journée à prendre les dispositions nécessaires, elle avait emmené Gabriel au parc.

S'occuper ainsi lui permettait d'oublier quelque peu ses angoisses. Même au parc, lorsqu'elle avait regardé Gabriel courir derrière son cerceau, elle avait plus pensé à Lucy et à Stone qu'à l'enfant qui grandissait en elle comme un chancre. Elle ne parvenait pas à se débarrasser de l'impression que Stone lui avait menti et que, d'une certaine manière, Simon Dodd-Bellingham et l'homme d'affaires de Stone, Érasme Knox, étaient complices de ce mensonge.

Toutefois, quand elle constata en rentrant chez elle qu'il n'y avait toujours pas de lettre de Harry, ses craintes la reprirent de plus belle. Elle songea à la disgrâce qui l'attendait, et au petit flacon rangé au fond de son secrétaire.

Un coup frappé à la porte l'arracha à ces lugubres pensées. Espérant que c'était le garçon de la poste, elle se précipita dans le vestibule, où elle eut la surprise de voir son frère Mordechai, accompagné du supérieur de Harry au ministère, Nicholas Cavill-Lawrence.

Caro les reçut au salon. On servit le thé, que personne ne prit la peine de boire. Il apparut très vite qu'il ne s'agissait pas d'une visite de courtoisie.

« Il n'est pas dans mes habitudes de ménager les sentiments, commença Cavill-Lawrence. Nous nous connaissons depuis assez longtemps désormais pour que je vous parle avec franchise. Hier, vous êtes allée chez Jonathan Stone. J'aimerais savoir dans quel but. »

Le ton sur lequel il l'avait dit fit se cabrer Caro ; elle avait l'impression qu'il l'espionnait. « Comment êtes-vous au courant ?

— Peu importe... Contentez-vous de répondre à ma question. »

La voix de Cavill-Lawrence trahissait une tension inhabituelle. Caro l'observa avec curiosité. Son manteau, sa culotte et son gilet étaient du « vrai » bleu tory, signe de sa fidélité au roi George, à l'Église anglicane et à sa nation. Cependant, en matière de politique, l'homme était pragmatique, ce qui expliquait qu'il eût échappé à la dernière saignée imposée au gouvernement, dont il était sorti renforcé en étant nommé au ministère de l'Intérieur nouvellement créé. Les mains croisées sur sa bedaine, il fronçait ses étonnants sourcils blancs, semblables à deux araignées albinos guettant leur proie. Un de ses yeux était voilé par la cataracte, l'autre d'un bleu très pâle, mais vif. Mordechai disait que Cavill-Lawrence espérait intégrer les services secrets du royaume. Ses motivations étaient souvent opaques, et ses méthodes impitoyables.

« Si Stone t'a compromise d'une manière ou d'une autre, nous devons le savoir, dit Mordechai.

— Compromise ? En quoi ? Que veux-tu dire ?

— Stone était au Vauxhall pour l'exposition d'Agnetti. Nous connaissons tous sa réputation en ce qui concerne le sexe faible... Tu as bien dû rejoindre quelqu'un, sous cette charmille !

— Tu penses que... » Caro éclata de rire. « Avec Jonathan Stone ?

— Il n'y a pas de quoi rire ! tonna Cavill-Lawrence. Si vous engagez une relation d'amitié avec Jonathan Stone, je veux en connaître la raison. Caroline Corsham ne fait rien sans en avoir une.

— Il n'y a aucune amitié entre nous. J'ai trouvé une bague que quelqu'un avait perdue et je l'ai apportée chez mon bijoutier, lequel a identifié le joaillier qui l'avait fabriquée grâce au poinçon gravé à l'intérieur. Ce joaillier m'a informée qu'il l'avait faite pour Jonathan Stone. Je suis simplement allée la lui rendre.

— C'est se donner beaucoup de peine pour une bague perdue ! » observa sèchement Cavill-Lawrence.

Les deux hommes paraissaient sceptiques. Il fallait à tout prix qu'ils la croient. Qu'ils aillent fureter plus avant dans sa vie privée était la dernière chose qu'elle voulait.

« La bague était sous la charmille, là où la femme a été tuée. J'y suis retournée l'autre jour pour chercher le document que je pensais avoir vu. Et je ne l'ai pas trouvé, mais je suis tombée sur cette bague. »

Mordechai inspira profondément. « Pourquoi as-tu fait ça ? »

Caro lui lança un regard noir. « Une femme est morte ! Il m'a semblé que c'était la bonne chose à faire.

— Pourquoi ne pas avoir apporté la bague au magistrat ? s'enquit Cavill-Lawrence. Pourquoi être allée voir Stone vous-même ?

— Parce que sir Amos se contrefiche de cette affaire ! Pour lui, cette femme n'est qu'une prostituée ! »

Cavill-Lawrence échangea un regard avec Mordechai. « Stone ne vous a pas posé de questions ? Sur la mission de Harry, la politique ou la banque ?

— Non, pourquoi l'aurait-il fait ?

— Tu ne verras plus Stone, décréta Mordechai. Occupe-toi plutôt de ta maison… et de ton fils ! »

Caro fut tentée de lui répondre ce qu'elle en pensait, néanmoins, voyant qu'elle avait l'occasion de soutirer des informations à Cavill-Lawrence, elle adopta une pose et un ton contrits. « Quand on est une femme, il est très difficile d'être privée des conseils de son mari… Tant de semaines ont passé depuis la dernière fois que j'ai eu des nouvelles de Harry… Je vous en prie, dites-moi dans combien de temps il va rentrer… »

L'expression de Cavill-Lawrence était dépourvue de toute sympathie. « Je suis au regret de vous faire savoir qu'il va vous falloir encore un peu de patience. » Il tamponna son mouchoir en soie sur son mauvais œil en la fixant de l'autre d'un regard intense. « Ce que je vais vous expliquer est hautement confidentiel. Je le fais uniquement dans l'espoir que vous compreniez la situation précaire qui est la nôtre. Il ne faudrait pas grand-chose pour que cet équilibre fragile soit rompu.

— *A fortiori* un scandale ! précisa Mordechai avec aigreur.

— Harry n'est pas en France, reprit Cavill-Lawrence. Il est à Philadelphie, où il se pourrait qu'il reste plusieurs mois encore. »

Caro le regarda d'un air éberlué. En Amérique ? Dans le meilleur des cas, la traversée prenait six ou sept semaines. Soudain, tout espoir lui fut arraché comme si on lui arrachait une couche de peau.

« Tout le monde est las de la guerre, enchaîna Cavill-Lawrence. Les Français n'ont quasiment plus d'argent, les Américains, bien qu'elle n'en ait pas le nom, ont gagné leur indépendance, et moins on en dira sur notre situation, mieux ce sera. Mais les pourparlers qui se sont tenus à Paris ont été favorables aux Français dès le départ. Tout a été décidé selon leurs conditions, Vergennes a usé de son influence… Cependant, ils se rendent compte à présent qu'ils sont allés trop loin. Les Américains eux-mêmes, qui ont été leurs alliés durant la guerre, sont furieux de ce qu'ils exigent… Ce en quoi les membres les plus avisés de notre délégation ont flairé une opportunité. »

Caro avait beau avoir la tête qui tournait, elle était encore capable de suivre son raisonnement. « Vous voulez dire, offrir aux Américains de meilleures conditions que les Français ?

— Vous devriez la faire siéger au comité de la banque ! dit Cavill-Lawrence à Mordechai, sans que cela le fasse sourire. On écarte la France et l'Allemagne, poursuivit-il. On donne à l'Amérique tous les territoires qu'elle veut au sud du Canada. On obtient le retour des biens des loyalistes, ainsi que de tous les clients américains pour nos marchandises manufacturées. Et s'ouvre alors à nous un avenir pacifique en tant que partenaires commerciaux. C'est parfaitement sensé, si on y réfléchit ! »

Caro songea que cela paraîtrait loin d'être sensé à ceux qui avaient attaché une si grande importance au patriotisme anglais, de même qu'à tous ceux qui avaient perdu un ami, un frère ou un fils en combattant les rebelles ces sept dernières années, ou qui considéraient chaque avancée de la nation américaine naissante sur la scène mondiale comme une humiliation.

« Et qu'en dit le roi ? demanda-t-elle. Il ne sera jamais d'accord !

— Sa Majesté s'est rangée à notre opinion, faisant ainsi preuve d'une immense sagesse. Ce ne sera pas le cas de tout le monde, certainement pas à la Chambre des communes ni dans les campagnes... Tout ce patriotisme agité durant la guerre, si seulement on pouvait le remiser pour de bon ! Or c'est impossible. Nous œuvrerons en vue de les convaincre, et nous chargeons Harry de cette tâche. Un héros de la guerre prêt à envisager la paix. Vous en comprenez la logique, j'en suis sûr.

— Ce qu'il cherche à te dire, c'est que tu ne dois plus aller sous les charmilles du Vauxhall, renchérit Mordechai. On ne doit plus se poser de questions quant à ta réputation. Il y a bien plus en jeu que l'honneur de ton mari ! »

Mordechai l'avait su, songea Caro. *Il savait que Harry était en Amérique et ne m'a rien dit.* Son frère et Cavill-Lawrence devaient avoir un accord, comme Cavill-Lawrence en avait passé un avec leur père ; vous veillez sur mes intérêts, je veille sur les vôtres. Nul doute qu'une entente avec l'Amérique offrirait son lot d'opportunités à la banque Craven.

Cavill-Lawrence la regarda d'un air grave. « Et ne vous mêlez plus de ce qui ne vous concerne pas... À commencer par le meurtre de cette prostituée. »

Caro, qui s'efforçait encore de digérer ce qu'elle venait d'apprendre, ne l'entendit que de façon lointaine. Harry ne serait jamais rentré à temps. Elle n'avait plus qu'une solution.

Cavill-Lawrence se leva du canapé et la salua en s'inclinant, puis serra la main à Mordechai. *Jonathan Stone leur pose un problème*, se dit distraitement Caro. *J'aimerais bien savoir pourquoi.*

Elle attendit que la porte d'entrée se soit refermée. « Jonathan Stone m'a fait une remarque étrange. Il m'a dit : "Tout le monde a des secrets. Demandez à votre frère Ambrose." Est-ce qu'ils étaient amis ? »

Mordechai lui lança un regard las. « Je n'ai jamais tenu le compte des amis d'Ambrose… Mais qu'il ait des goûts en commun avec Stone ne me surprendrait pas !

— Tu crois possible qu'il soit au courant, au sujet d'Ambrose ?

— Ils pourraient en avoir discuté… Comment le savoir ?

— La façon qu'il a eue de me le dire ressemblait à une menace, dit Caro d'un air songeur. Tout ça parce que je lui avais posé des questions sur Lucy Loveless et la bague… Pourtant, s'il n'y a aucun lien, pourquoi a-t-il éprouvé le besoin de me menacer ?

— N'est-ce pas une autre bonne raison d'oublier toute cette histoire ? Je ne comprends pas ce qui t'a pris, Caro ! »

20

Le palais de Winchester, situé dans Borough High Street près de la Tamise, avait été abandonné depuis longtemps par les évêques de Winchester. Ravagés par les intempéries et les vandales, la plupart des bâtiments avaient été reconvertis en logements de fortune. Child passa sous la porte à moitié effondrée au moment où la cloche de Saint-Georges-le-Martyr sonnait neuf heures. Plus tôt dans la soirée, il avait retrouvé Jenny Wren au Red Lion. Comme promis, elle avait passé la journée à se renseigner sur Nelly Diver et découvert que celle-ci exerçait son métier au Tabard, une taverne dans Borough High Street. Child en sortait et, bien qu'il n'eût vu aucune femme correspondant à la description de Nelly dans la salle, il avait joué aux dés avec des habitués et appris qu'elle habitait ici, dans l'ancien palais.

La rosace de l'entrée médiévale dominait les jardins du palais qu'entouraient des cuisines, des écuries et des ateliers délabrés. La végétation sauvage empiétait sur les bâtiments. Les chemins au milieu des broussailles étaient plus sombres que le capuchon d'un bénédictin. Child, l'œil aux aguets, garda la main sur son pistolet. Quelque part, un couple se querellait, un bébé hurlait, et une femme passablement ivre chantait son désespoir comme une mélopée. Un chien aboyait au loin en continu.

Une fille maigre aux cheveux en bataille passa la tête à une fenêtre et invita Child à la rejoindre en lui susurrant des promesses salaces. Les oies de Winchester : c'était ainsi qu'on appelait les putains. Autrefois, les évêques avaient autorisé la prostitution, jugeant que, dans la mesure où éliminer le vice était impossible, mieux valait en tirer profit. Child avait appliqué ce même raisonnement du temps où il avait été magistrat à Deptford. Il demanda à la fille où habitait Nelly Diver, mais elle refusa de répondre, avant qu'il ne l'amadoue en lui donnant deux pennies. Elle lui dit de chercher une bâtisse rouge avec une porte verte près de la fosse aux ours.

Partant dans la direction indiquée, Child traversa un jardin clos à l'abandon, puis entra dans une cour où des constructions basses ressemblaient à des hangars. La forte odeur de levure qui s'en échappait laissait penser qu'on les avait transformées en brasserie. Dans le mur du fond, une porte ouvrait sur une cour pavée avec une fosse aux ours au milieu. En face se trouvait une maison en brique de la taille d'une petite grange, avec une double porte d'un côté, de l'autre une plus étroite à la peinture verte écaillée.

Celle-ci était entrouverte, et le bois autour de la serrure éclaté, comme si on l'avait défoncée à coups de botte. Child sentit son pouls s'accélérer. Pistolet au poing, il appela Nelly. Pas de réponse. Tout doucement, il poussa la porte et jeta un coup d'œil à l'intérieur. Les dernières braises d'un feu qui se mourait dans la cheminée éclairaient vaguement la pièce à haut plafond. Il aperçut une grande cage rouillée contre le mur. La grange avait dû abriter autrefois le montreur d'ours et ses animaux. Child préféra ne pas imaginer pourquoi Nelly avait conservé la cage.

Il buta contre quelque chose et jura. En se concentrant, il distingua une table renversée. Alors qu'il s'accoutumait peu à peu à la pénombre, il aperçut un matelas en crin éventré, un coffre dont le contenu était éparpillé sur le sol et, à côté, une femme étendue par terre.

Child se précipita près d'elle. Elle respirait encore, mais on l'avait frappée, et, sous son visage couvert de sang, il vit que sa peau était affreusement vérolée. Il la secoua doucement par les épaules. Elle sembla se ranimer.

« Mon nom est Child… N'ayez pas peur, Nelly, je suis là pour vous aider. »

La fille écarquilla de grands yeux affolés. Child chercha à la rassurer avant de comprendre, trop tard, qu'elle fixait quelque chose derrière lui. À l'instant où il se retourna, une corde lui enserra le cou, et sa tête bascula contre son assaillant. Il n'arrivait plus à respirer. De sa main libre, il agrippa désespérément la corde, ce qui ne servit qu'à l'étrangler davantage. Son pistolet, qu'il tenait dans l'autre main, ne lui était d'aucune utilité étant donné qu'il ne voyait pas son agresseur.

Ses yeux s'exorbitèrent, sa vision se brouilla. Nelly referma les paupières. « Allez, abandonne ! » dit une grosse voix avec un accent de l'Ulster.

Son assaillant essaya de le forcer à se mettre à genoux, mais Child était plus massif et refusa de se baisser. Ils titubèrent un instant, puis Child cessa de tirer sur la corde et se propulsa en arrière, prenant l'homme par surprise. Tous deux se cognèrent violemment contre les barreaux de la cage. Pesant de tout son poids, Child le poussa à l'intérieur. L'inconnu grogna de douleur, mais les forces de Child s'amenuisaient. Faisant appel aux dernières qui lui restaient, il plaqua son assaillant contre la cage. Un des barreaux céda, et ils basculèrent tous deux à travers la brèche.

Ils atterrirent lourdement, Child au-dessus de son agresseur. Dès que la corde se relâcha autour de son cou, il roula sur le côté en aspirant une grande goulée d'air. Soudain, un éclat métallique brilla dans la pénombre tandis que la main de l'homme descendait au niveau de sa ceinture. Child leva son arme et tira.

Il y eut un éclair blanc, accompagné d'une détonation qui résonna dans la grange. La balle atteignit l'inconnu en pleine figure, lui arrachant la moitié du crâne. Child ferma les yeux.

Il demeura étendu là un long moment, le temps que la peur et l'émotion s'estompent. Mais il avait du mal à respirer. Sa gorge lui donnait l'impression d'être remplie de gravier. Quand enfin il se ressaisit, Nelly se tenait debout devant lui, une chandelle à la main, et il vit qu'elle tremblait. Elle cracha sur le cadavre de l'inconnu. « Sale type ! »

Le corps endolori d'avoir lutté, Child se redressa tant bien que mal en position assise. Nelly approcha la chandelle en le scrutant de ses yeux tuméfiés. « De quelle partie du ciel vous avez surgi ? »

Child avait lu dans le registre de Bridewell qu'elle avait trente-trois ans, mais elle en paraissait beaucoup plus. Elle avait le dos voûté, les joues balafrées, une tignasse de cheveux bruns emmêlés et pleine de poux. Sa robe, qui avait dû être jaune autrefois, était tachée de sang et de la semence de ses clients.

« Je m'appelle Peregrine Child. Je suis attrape-voleurs et j'enquête sur le meurtre de Lucy Loveless. Je voulais vous poser quelques questions sur les relations que vous entreteniez avec elle. »

Nelly rit d'un rire sans joie. « Vous allez me frapper, vous aussi ? »

Child se tourna vers le cadavre, comprenant tout à coup l'énormité de ce qu'il venait de faire. Ce n'était pas la première fois qu'il tuait quelqu'un, en revanche, c'était la première fois qu'il le faisait sans être protégé par la loi. « Cet homme vous a posé des questions sur Lucy Loveless ? »

Nelly avait le visage enflé. « Il voulait savoir tout ce qu'elle m'avait dit, ce qu'elle m'avait donné à garder… Il a pas cru un mot de ce que je lui ai raconté. Il arrêtait pas de me frapper !

— Savez-vous qui il était ? »

À la lueur de la chandelle, Child constata que l'homme était corpulent et avait à peu près son âge. Et il était vêtu comme un gentilhomme, d'un habit simple mais de qualité.

« Je l'avais jamais vu de ma vie ! répondit Nelly. Son allure m'a pas plu, et quand j'ai voulu refermer la porte, il est entré de force ! »

Elle s'accroupit et se mit à fouiller les poches du mort, d'où elle sortit une bourse, une blague à tabac et une liasse de papiers, puis elle marmonna entre ses dents en semblant chercher autre chose. Child ramassa un des documents qu'elle avait jetés par terre. Une lettre de mission attestant que le porteur, Richmond Baird, officiait en tant qu'agent du ministère de l'Intérieur. Child se figea. « Et merde ! »

Nelly avait fini par trouver ce qu'elle cherchait : une feuille pliée en quatre, qu'elle examina tout en adressant au cadavre un sourire satisfait.

« Qu'est-ce que c'est ? demanda Child.

— C'est à moi. Il me l'a pris. Comme ce salopard voulait tout ce que Lucy m'avait donné, je lui ai filé ça pour qu'il arrête de me frapper, mais c'était pas ce qui l'intéressait. »

Sur le papier taché de gras et d'empreintes de doigts était dessiné le portrait d'une jeune fille qui avait l'air d'avoir environ treize ans, avec des cheveux bruns bouclés et des yeux sombres expressifs aux longs cils. En bas dans le coin figurait la signature de l'artiste : Agnetti.

« Qui est cette fille ? » bredouilla Child, la voix enrouée.

Nelly le regarda de haut. « Vous enquêtez sur le meurtre de Lucy et vous le savez pas ? C'est Pamela. Lucy la connaissait. Moi, je l'ai jamais rencontrée. »

Child secoua la tête sans comprendre. « Qu'a-t-elle à voir avec le meurtre de Lucy ? »

Nelly laissa échapper un soupir, puis appuya sa main sur sa joue meurtrie. « Cette fille, Pamela, c'est à cause d'elle si Lucy a eu tous ses ennuis. »

21

La maison des Craven étincelait au clair de lune. Les vingt mètres de façade en pierre de grès, au sud de Grosvenor Square, avaient été achetés aux enchères par le père de Caro, avec le mobilier, la bibliothèque et les tableaux, après qu'un marquis ruiné s'était tiré une balle de pistolet dans la bouche. C'était là qu'elle avait vu le jour, là qu'elle était revenue se réfugier pendant les premières années de son mariage. Puis, quand son père était mort, Mordechai et Louisa s'y étaient installés. Petit à petit, la maison des Craven avait cessé d'être la sienne.

Cependant, à ce moment-là, elle avait encore eu Ambrose. Pendant un an après le décès de leur père, elle était souvent passée à la banque, ou dans les appartements d'Ambrose à l'Adelphi, chaque fois qu'elle ressentait le besoin de rire, de pleurer ou d'être de nouveau une Craven. À présent, elle n'avait plus aucun endroit où se cacher, où oublier un temps son mariage malheureux, même plus les chambres que lord March louait dans Duke Street.

Les domestiques avaient ciré les meubles ; la maison embaumait l'huile de lin. Dans le vestibule, Caro s'attendit à être assaillie par les enfants, Mordechai ou le chien, mais seul le vieux Kendrick vint l'accueillir en boitillant. « Mr. Mordechai travaille tard à la banque, Mrs. Corsham. Et Mrs. Craven dîne chez les Heneker.

— Et Ambrose ? »

De ses yeux gris larmoyants, Kendrick fit signe à l'un

des valets. « Aujourd'hui, il a été calme. Mais vous feriez mieux de garder un serviteur près de vous. »

L'escalier impérial de l'entrée, le joyau de la maison, s'élevait telle une tour vers le plafond peint en forme de coupole. Caro suivit le valet jusqu'au deuxième étage où il ouvrit une porte à l'aide d'une clef. En dépit de ses protestations, elle lui ordonna de l'attendre sur le palier.

Cette chambre avait été celle d'Ambrose lorsqu'il était enfant. Trois mois plus tôt, lorsque Mordechai avait résilié son contrat de location à l'Adelphi, ils avaient fait venir ses affaires. Ambrose était assis de biais dans sa chaise à porteurs préférée.

Sa bouche était sèche, comme si elle avait une boule d'étoupe dans la gorge. « Ambrose, c'est moi... Caro. »

Au son de sa voix, il se tourna, et elle enfonça ses ongles dans ses paumes. Il cligna des yeux comme si la lumière l'agressait. Les médecins disaient qu'il serait bientôt aveugle. Décharné, l'air hargneux, sa robe de chambre flottait sur lui comme sur un épouvantail, ses mains jaunies et rabougries percluses de plaies étaient entourées de pansements. Le nez en argent qu'il portait la préservait du pire : l'absence de chair, rongée par l'avancée inexorable des lésions qui couvraient tout son corps. Le regarder avait beau lui être insupportable, il était toujours son Ambrose. Deux fois par semaine, elle s'obligeait à venir passer un moment avec lui ou à lui faire la lecture, à l'affût du moindre petit signe qu'il l'aimait toujours.

Selon les médecins, la syphilis lui avait également rongé le cerveau. Il souffrait parfois d'hallucinations et de violentes crises de rage. Il se débattait alors tel un diable en grognant jusqu'à ce que les valets viennent le maîtriser. Et ensuite, il pleurait. Caro se demandait ce qui de son frère était encore là, persuadée que le silence dans lequel il se murait était volontaire, parce que tous les mots étaient désormais trop insupportables à prononcer. Elle s'accroupit et lui prit la main.

« Il faut que je te parle de Lucy Loveless. Tu me l'as présentée sous le nom de Lucia. Ce n'était pas gentil de ta part… Mais oublions cela pour l'instant. Était-elle une de tes femmes ? Je vois bien pourquoi tu l'aurais appréciée… Elle est morte, Ambrose. Lucy a été tuée. Elle a rendu l'âme dans mes bras. »

Caro guetta sa réaction, mais son frère se contenta de la dévisager. D'après les médecins, il était atteint d'une forme virulente de la maladie, l'infection s'étendait vite. Un an auparavant, quand les plaies étaient devenues trop profondes pour les dissimuler sous du maquillage, il lui avait confié de quoi il souffrait, la voix pleine d'une fausse assurance. Contraint rapidement de renoncer à toute vie sociale, il avait prétexté un voyage à l'étranger pour y chercher de nouveaux clients. Il avait d'abord refusé de démissionner de la banque, qu'il continuait à diriger depuis ses appartements en passant par l'intermédiaire de secrétaires en qui il avait confiance, et il recevait encore quelques vieux amis en privé. Caro se demanda si Stone en avait fait partie.

« As-tu rencontré Lucy chez Agnetti ? Il la peignait pour Jonathan Stone, que je suis allée voir à Muswell Rise. Je crains qu'il ne soit au courant de ton état… Étiez-vous amis ? »

Le tableau d'Agnetti que possédait Ambrose était accroché au-dessus de la cheminée. *La Castration d'Uranus*. Mordechai l'avait jugé de fort mauvais goût, peint trop peu de temps après que leur père était mort et qu'Ambrose avait repris la direction de la banque. Caro se demanda si c'était pour cette raison qu'il avait commandé cette peinture, pour contrarier Mordechai. Mais celui-ci avait eu le dernier mot et obligé Ambrose à quitter la banque, arguant du fait qu'il n'avait plus toute sa tête et avait accordé des prêts ridicules. « Comment peux-tu lui enlever ça aussi, l'humilier de cette façon devant le comité ? lui avait-elle reproché. Qu'est-ce que ça t'aurait coûté d'attendre encore un peu ? » Mordechai lui avait répondu en la traitant comme une enfant. « Tu n'as aucune idée de ce dont tu parles ! »

La main d'Ambrose se resserra autour de la sienne, et son visage se tordit, comme s'il voulait parler. Lorsqu'il ouvrit le trou béant auquel se réduisait sa bouche – ses dents n'avaient pas résisté au traitement au mercure qui s'était révélé impuissant à le guérir –, seul en sortit un filet de bave.

« As-tu déjà entendu parler du Club Priapus ? C'est Jonathan Stone qui l'a fondé, avec lord March et les frères Dodd-Bellingham. Ils prétendent étudier la civilisation antique, mais j'ai l'impression qu'il y a autre chose... Le seul Grec que connaisse Neddy Dodd-Bellingham est son négociant en vin ! »

Le temps où Ambrose pavoisait en compagnie d'hommes tels que Stone était désormais révolu. Depuis de longs mois, il n'était plus capable de marcher sans aide – et Dieu sait qu'aucune femme ne l'aurait plus regardé ! Mais les vieux amis qu'il recevait auparavant auraient pu lui parler du club, lui raconter des histoires sur toutes les choses qu'il n'était plus en mesure ni de faire ni de ressentir.

« L'un d'eux a perdu une bague sous la charmille où Lucy a été assassinée. Peux-tu me dire quelque chose qui m'aiderait à retrouver l'homme qui l'a tuée ? »

La bouche d'Ambrose se tordit et, de nouveau, il bava. Caro aurait dû se douter qu'il était vain d'espérer quoi que ce soit. Submergée par la lassitude, elle ravala ses larmes. Pourtant, son frère était là, quelque part. Ayant plus que jamais besoin de ses conseils, elle chercha à percevoir un signe sur son visage ravagé.

« Je suis enceinte, lui confia-t-elle dans un murmure. L'enfant n'est pas de Harry. Un jour, tu m'as dit que, si jamais une telle chose m'arrivait, je devrais sauter avec lui dans le lit, mais il est en Amérique et ne sera pas rentré à temps. »

Le silence d'Ambrose la ramena à une autre conversation au sujet d'un autre amant dans une autre vie. Dans les appartements de son frère à l'Adelphi, où elle était passée le voir, et où ils avaient joué aux cartes dans la lumière grisâtre d'un après-midi de novembre.

« Es-tu amoureuse de ce jeune architecte qui te regarde avec des yeux de veau ? » l'avait interrogée Ambrose.

Caro avait prétendu ne pas comprendre, jusqu'à ce qu'il la fasse taire d'un regard. De ce regard d'un frère à sa sœur – leur langage privé.

« Parfois... sur le moment », avait-elle répondu.

Mais le moment finissait toujours par passer.

Puis elle avait levé un sourcil étonné. « Est-ce qu'on te demande à toi si tu es amoureux d'une de tes conquêtes ? »

La question avait fait rire son frère, et elle avait ri avec lui. Mais lorsque leur rire était retombé, et qu'elle avait observé son beau visage aimable, son sourire s'était évanoui. « Il m'arrive de penser que nous, les Craven, nous sommes incapables d'aimer... Même Mordechai semble considérer que le mariage est plus un devoir qu'un plaisir.

— Lui, Harry, tu l'aimais. Tu rayonnais comme la lune dans son orbite ! Tous les hommes dans la salle rêvaient d'une femme qui les aurait regardés comme tu le faisais... Que s'est-il passé, ma vieille, pour que tout aille de travers ? Allons, tu peux me le dire ! »

Mais Caro ne voulait pas en parler, à personne, pas même à lui.

« Est-ce pour cette raison que tu fréquentes tes jolis messieurs, dans l'espoir de reconquérir Harry ? avait ajouté son frère après avoir attendu en vain une réponse.

— Peut-être que ça me plaît, tout simplement. Tu n'y as jamais pensé ?

— Oh, je n'en doute pas ! Tu es une Craven. Mais l'un n'empêche pas l'autre. »

Caro avait laissé le silence s'étirer et s'était contentée de contempler ses cartes.

Là, accroupie à côté de son frère, elle lui donna la réponse : « Mon mari aime quelqu'un d'autre, depuis toujours. »

Le formuler à haute voix conféra à ces mots une nouvelle force, susceptible de la blesser de nouveau. Les cœurs brisés se réparaient, on le prétendait souvent. Mais les gens racontaient des tas de mensonges, tout comme les maris. Savoir qu'elle allait perdre totalement Harry ravivait la douleur de ces fractures anciennes. *Pauvre imbécile !* se dit-elle. *Tu pleurerais sur lui ?*

Et elle pleura, en pressant la main bandée de son frère contre son visage. Ambrose aurait plaidé en sa faveur auprès de Harry et, si ça n'avait pas marché, il serait allé le faire auprès de Mordechai. Comment un Corsham oserait-il divorcer de sa sœur ? D'ailleurs, qui étaient les Corsham ? Des bourgeois parvenus du Wiltshire. S'il l'avait fallu, il lui aurait acheté un nouveau mari. Quand une famille soutenait sa brebis galeuse, le scandale pouvait être étouffé. Cependant, Mordechai tenait désormais les cordons de la bourse, et il n'y verrait que du déshonneur.

« Je te raconte tout ça pour que tu comprennes que je n'ai pas le choix. Lucy m'a proposé une potion. Je crois que je vais devoir la prendre. Mais, comme c'est très dangereux, je ne peux pas prédire ce qu'il adviendra. Par conséquent, si je ne viens plus te voir, ce ne sera pas parce que je ne t'aime pas. On se reverra très vite, je te le promets ! »

Si Ambrose était en mesure de comprendre, il n'en manifesta aucun signe. Caro laissa tomber sa tête sur les genoux de son frère – comme dans une pièce de théâtre de moralité, ou une gravure de Hogarth dénonçant les excès de la vie londonienne. Quand enfin ses sanglots s'apaisèrent, elle n'éprouva pas davantage de courage, comme elle l'avait espéré. Seulement une terrible et douloureuse solitude.

*

De retour chez elle, Caro monta à pas de loup embrasser son fils endormi. Puis elle redescendit lui écrire une lettre pour le supplier de lui pardonner, lui dire tout son amour de mère. Elle la cacheta et inscrivit son nom. *Fasse le Ciel qu'il n'ait jamais à la lire !*

Une tranche de citron flottait dans le bol en porcelaine remplie d'eau chaude. Caro la retira avec un taille-plume et la posa sur son secrétaire, à côté du petit flacon en verre. Après avoir vérifié du bout du doigt que l'eau était à la bonne température, elle déboucha la fiole et en versa le contenu dans le bol. La potion ne sentait quasiment rien, juste une très légère odeur de menthe. Ce qui ne concordait pas avec les mises en garde effrayantes de Lucy.

Elle pensa à Harry et à Gabriel, puis à l'enfant qu'elle portait dans son ventre. Dieu regardait-Il ce qu'elle faisait ? Nombre de femmes perdaient leur bébé après quelques semaines de grossesse. Était-ce vraiment si mal de donner un petit coup de pouce à la nature ? Si elle avait un devoir en tant que mère, n'était-ce pas envers Gabriel, qui était bel et bien en vie ? Si on lui arrachait son fils, comment s'en sortirait-il sans l'amour de sa mère pour le guider ? C'était inconcevable.

Moite de peur, Caro marmonna une brève prière. Puis elle porta le bol à ses lèvres et but la potion d'un seul trait.

22

Child tira le cadavre et le fit rouler dans la fosse aux ours, puis sauta dans le fond tapissé d'une couche de feuilles mortes et d'eau stagnante. Après avoir traîné le corps devant la porte rouillée qu'il ouvrit d'un coup de pied, il aperçut devant lui un long tunnel noir. Nelly lui avait expliqué que celui-ci menait à un escalier désaffecté sur la Tamise. Sans doute était-ce par là qu'on avait amené les ours autrefois.

Il dut traîner le corps à deux mains. Obligé de procéder dans l'obscurité, il sentait contre ses bottes des rats détaler et n'arrêtait pas d'avaler des toiles d'araignées. Au bout de cinq minutes de ce sinistre labeur, il distingua une lueur à l'extrémité du tunnel. Peu à peu, le noir laissa place à l'encre bleu sombre du fleuve, sur lequel se reflétaient les lumières de la rive nord. Arrivé à la sortie du tunnel, la gorge à vif d'avoir été garrotté, il s'appuya sur la corniche en brique et fit une pause pour respirer.

En voyant passer un batelier penché à la proue de son bachot, Child recula dans l'ombre, d'où il ne ressortit que lorsque la voile blanche fut de nouveau engloutie par les ténèbres. Puis il tira le corps au bord des marches et le poussa dans l'eau. Bien qu'ils eussent rempli ses poches de pierres, le cadavre mit un temps fou à sombrer. Finalement, ce qui restait de la tête de l'homme disparut dans les profondeurs boueuses. Adieu, Richmond Blair, agent du ministère de l'Intérieur.

*

« Des gens vont venir le chercher, dit Child lorsqu'ils s'assirent chez Nelly devant le feu. Avez-vous quelque part où aller en dehors de Londres, au moins pendant un temps ? »

Les raisons pour lesquelles il lui posait la question n'étaient pas totalement altruistes. À cause du rôle qu'il avait joué dans la mort de Baird, Child pouvait être pendu. Invoquer la légitime défense ne passerait pas auprès du ministère, lequel tiendrait à se venger.

Nelly s'était lavé la figure, mais deux vilaines entailles continuaient à saigner. Elle les tamponna avec une serviette. Son nez était tout enflé et, d'après lui, cassé. Comme si cette fille avait eu besoin de ça !

« Ce salopard avait dix guinées dans sa poche, dit-elle. Si je paie ma part, j'ai des amis dans le Shropshire qui m'hébergeront.

— Partez demain dès l'aube. » Child but une gorgée de l'eau-de-vie qu'elle leur avait servie dans des timbales en étain. « Baird n'a rien dit d'autre sur la chose qu'il cherchait ?

— Juste qu'il voulait tout ce que Lucy m'avait confié. Je lui ai filé le dessin, mais il a dit qu'il lui fallait le reste. Et quand j'ai répondu qu'il y avait rien d'autre, il a continué à me frapper. »

Baird avait sans doute cherché les mêmes papiers que les agents de sir Amos Fox chez Lucy, et probablement, là encore, sur ordre du ministère de l'Intérieur. Ces papiers avaient-ils un lien avec la lettre que Mrs. Corsham pensait avoir vue près du corps de la prostituée ?

« Vous voulez bien me parler de Lucy, me dire tout ce qui pourrait m'aider à retrouver son meurtrier ? »

Nelly poussa un soupir. « Je n'arrive toujours pas à croire qu'elle est morte… » Elle fourragea dans sa bouche avec sa langue et cracha une dent au milieu des braises. Puis elle lui raconta comment elles s'étaient connues, à l'époque où Lucy Loveless vivait à Whitechapel.

« C'était un endroit horrible... Un penny pour passer la nuit, quinze pour une chambre. Il y avait là des Irlandais, des voleurs... vous voyez le genre ! Un soir où une dispute a éclaté dans l'escalier, je suis descendue voir quelle était la cause de tout ce raffut. L'homme criait, le bébé pleurait, des gens leur hurlaient de se taire... Lucy avait à peine quatorze ans et, comme nous toutes, elle vendait son corps. Son client exigeait qu'elle laisse le bébé sur le palier pendant qu'il faisait son affaire, mais elle voulait pas. Pour finir, il l'a giflée. C'est à ce moment-là que j'ai sorti un couteau. Ce salopard est parti, Lucy a gardé son fric... et c'est comme ça qu'on est devenues amies pour la vie ! » Nelly haussa les épaules. « Enfin, pendant presque un an, ce qui est ce qu'on peut espérer de mieux dans ce quartier-là !

« Lucy débutait. Elle avait besoin de quelqu'un qui lui apprenne les ficelles du métier. Elle savait pas repérer les types cruels... ou ceux qui vous tabassent et vous piquent vos sous. Mais son plus gros problème, c'était sa fille, Olivia. Avec l'allure qu'elle avait, Lucy aurait pu gagner une fortune dans les quartiers ouest ! Seulement, les bordels de luxe veulent pas d'une fille avec un marmot.

— Qui était le père ?

— Un riche marchand de la ville. Quand Lucy avait douze ans, sa mère l'avait amenée à Londres, où elle la croyait apprentie chez une modiste, sauf que la vieille patronne était de celles qui font le commerce de filles vierges. Lucy avait un frère, que leur mère voulait faire entrer en apprentissage chez un avocat, mais pour ça, il lui fallait de l'argent. C'est là que Lucy est intervenue. Le marchand l'a installée chez lui à St. James, ça a marché pendant un moment, et quand elle est tombée enceinte, il l'a fichue dehors...

« Je lui ai expliqué qu'y avait des solutions, que le Foundling Hospital prendrait Olivia, mais elle refusait d'en entendre parler. On s'est débrouillées quelques mois comme on a pu et on a fini par jouer au jeu de la bague. » Nelly sourit, puis fit une grimace, comme si ce souvenir lui était pénible. « Dès le départ, Lucy a été douée. On faisait semblant d'être trois sœurs orphelines d'une bonne famille, elle, moi et le bébé. Les histoires qu'elle racontait sur nos malheurs tiraient des larmes aux gens. On avait une bague en or à quarante guinées que j'avais chipée à un client, et on cherchait des messieurs d'un certain genre, des petits rusés prêts à profiter d'une dame qui leur faisait confiance. Lucy prétendait ne pas connaître la valeur de la bague et proposait de la vendre dix guinées. Elle se chargeait de tout le bla-bla, moi de l'échange. Et quand le gentilhomme rentrait chez lui, tout fier de sa bonne affaire, il s'apercevait qu'il avait déboursé dix guinées pour de la camelote... » Elle gloussa. « Cette bague, on a bien dû la vendre une trentaine de fois !

« On vivait plutôt bien, jusqu'au jour où quelqu'un nous a dénoncées, et Bow Street nous a arrêtées. Je m'en suis sortie avec une peine légère, mais pas Lucy. Cette imbécile n'a rien trouvé de mieux que d'insulter les gouverneurs de Bridewell ! Comme elle voulait pas emmener Olivia en prison, elle l'a confiée à une nourrice. La vieille garce a gardé l'argent pour le lait, et la petite est morte. » Nelly se rembrunit. « C'était pas ma faute... Et en fin de compte, c'était mieux pour Lucy. Ce bébé la gênait, tout le monde le voyait...

— Et est-ce ainsi que Lucy voyait les choses ? »

Nelly se tourna, une ombre passa sur son visage. « Elle était brisée, dévastée... Dès qu'elle est sortie de Bridewell, elle a engagé un faux prêtre pour qu'il dise une prière au cimetière. Le bébé avait été enterré dans la fosse commune depuis plusieurs semaines. Lucy est restée là à regarder sans pleurer, avec juste cette expression terrible sur le visage... aussi blanche qu'un linge, comme si chaque mot était pour elle une torture. À la fin, quand je l'ai emmenée boire du brandy histoire de la soûler, elle arrêtait pas de répéter : “Je suis Lucy !” Elle voulait dire par là que le monde pouvait baiser qui il voulait, mais pas elle. Elle survivrait, comme elle avait survécu à tout le reste.

— Quand l'avez-vous revue ?

— Il y a environ quatre mois. Elle a débarqué ici avec un culot monstre en me disant qu'il fallait que je l'aide, que je lui étais redevable. Je lui ai répondu que j'avais pas un radis, qu'elle avait qu'à fouiller partout, si elle me croyait pas. Mais elle voulait pas d'argent. » Nelly montra le portrait de la jeune fille brune. « Lucy voulait que je la retrouve elle, Pamela. »

Child se pencha en avant. Ils en arrivaient à la partie intéressante de l'histoire. « Qui est cette fille ? Et qui était-elle pour Lucy ?

— Elle était ce qu'on appelle une poulette de gibier, pas encore une prostituée, mais en bonne voie. D'après Lucy, la gamine avait été domestique et venait de vendre sa virginité pour une coquette somme. Elle l'avait rencontrée chez cet artiste, qui peignait aussi Pamela. Un mètre soixante-cinq, pas bien épaisse, la fille avait quinze ans, mais elle faisait plus jeune… D'après Lucy, elle était plus maligne qu'elle en avait l'air. Celles qui croient tout savoir sont souvent les pires… Elles se jettent tout droit dans la gueule du loup !

— Elles étaient amies ?

— Pas au sens où vous l'entendez. Pamela posait pour le peintre depuis seulement quelques semaines. Et quand elle a disparu brusquement, Lucy a parcouru tout Londres pour tenter de la retrouver.

— Si elles se connaissaient à peine, pourquoi s'est-elle donné autant de mal ? »

Nelly lui jeta un regard de pitié. « C'est pas très difficile à deviner ! Pamela avait à peu près le même âge qu'aurait eu Olivia si elle avait vécu. On voyait bien que ça rongeait Lucy… Elle pouvait pas renoncer. Elle voulait que je parle aux filles dans les bas-fonds, au cas où Pamela serait tombée en mauvaise compagnie, que j'aille dans les gargotes de Bankside, ce genre de choses. »

Child fronçait les sourcils, s'efforçant de donner un sens à tout cela. « Avez-vous déjà vu Lucy avec d'autres dessins de cet artiste ? »

Nelly acquiesça. « Elle en avait quatre. Des portraits de plusieurs gentilshommes. Lucy disait qu'ils étaient membres d'une sorte de club.

— Est-ce que l'un d'eux était bel homme, avec des cheveux courts et une balafre sur la tempe ? »

Nelly hocha la tête. « D'après Lucy, lui aussi connaissait Pamela. Ils la connaissaient tous. J'ai voulu en savoir plus, mais elle m'a pas raconté grand-chose. Elle prétendait que c'était trop dangereux… De toute façon, j'ai cherché partout dans Londres sans trouver aucune trace de la fille. Quand je l'ai dit à Lucy, je croyais qu'elle serait embêtée, mais comme elle a pas eu l'air surprise, je lui ai demandé pourquoi. C'est là qu'elle me l'a dit. »

Child fut pris d'un sombre pressentiment. « Qu'elle vous a dit quoi ?

— Qu'elle avait jamais cru que je retrouverais Pamela, parce qu'elle était nulle part où on pourrait la trouver. Lucy était persuadée que la gamine avait été tuée. Par un des quatre types qu'on voyait sur ses dessins. »

DEUXIÈME PARTIE

5-9 septembre 1782

Car elle reste encore, la redoutable en la demeure,
prête à s'élancer à nouveau, la perfide intendante,
Colère sans oubli exigeant le prix d'une enfant.

Eschyle, l'*Orestie*, 458 av. J.-C.

23

Les crampes débutèrent trente minutes plus tard. Elles arrivèrent d'abord par vagues, prenant Caro au dépourvu. Chaque fois, une sueur glacée la recouvrait de la tête aux pieds. Elles empirèrent peu à peu, au point que sa femme de chambre Emelie, qui avait dû l'entendre gémir, vint taper à la porte avec inquiétude jusqu'à ce que Caro lui dise de partir.

Les crampes étaient accompagnées de nausées – intenses, viscérales, qui lui remontaient du ventre dans la gorge. Elle lutta en prenant de profondes respirations, mais les crampes redoublèrent, la laissant haletante. Tout à coup, son estomac se souleva, et un flot de bile lui emplit la bouche. Elle se pencha au bord du lit pour vomir dans le pot de chambre.

Caro en contempla le contenu avec consternation. Cette légère odeur de menthe… Les paroles de Lucy lui revinrent en mémoire : « Si vous vomissez dans l'heure après avoir avalé la potion, il est probable que ça ne marche pas. »

Prise d'une nouvelle crise de crampes violentes, elle s'affala sur son lit, incapable de penser à autre chose qu'à la douleur qui lui déchirait les entrailles. Toute la nuit, elle resta là recroquevillée à trembler, sombrant de temps à autre dans un sommeil fébrile. Elle rêva de la Médée d'Agnetti, rejetée par son amant, Jason, qui massacrait ses enfants pour se venger. Médée s'enfuyait dans un chariot que lui avaient envoyé les dieux apitoyés, sauf que, là, il n'y avait ni chariot ni salut.

La douleur s'apaisa un peu avant l'aube. Étourdie et affaiblie, Caro repoussa les couvertures et examina le drap, sur lequel elle vit quelques taches de sang, mais rien de comparable à ce que lui avait décrit Lucy. Envahie par la peur et le désespoir, elle se mordit le poing pour ne pas hurler.

*

L'ombre du vieil hospice en brique s'étendait sur le cimetière. Caro resserra sa cape en frissonnant. Les croassements des corbeaux perchés dans les platanes se mêlaient aux chants des enfants pauvres de l'école. Les fossoyeurs descendirent le cercueil de Lucy dans la terre.

Il y avait deux jours qu'elle avait pris la potion. Bien qu'elle se sentît un peu plus vaillante ce matin, son ventre continuait à gargouiller. Sa peau ne présentait aucun signe de jaunisse, elle ne souffrait ni d'engourdissements ni de tremblements, mais ses seins étaient durs et lourds, et elle avait un goût de ferraille dans la bouche, comme si elle avait sucé des pennies. Elle avait eu cette même sensation pendant ces longs mois pénibles où elle avait attendu Gabriel. Et elle savait avec la certitude d'une mère que son enfant était toujours vivant.

Le soir où elle avait avalé la potion, elle avait eu très peur. Elle avait cru passer de vie à trépas. Elle ignorait où s'en procurer davantage. Elle ne voulait pas s'en procurer, elle ne voulait pas mourir.

Ce qui signifiait qu'elle devait assumer la situation. *Peut-être qu'il reste encore une chance*, songea-t-elle. *Peut-être que la pitié de Harry l'emportera. Comme lord March l'a suggéré, il pourrait me laisser partir à l'étranger, où j'accoucherai en secret et donnerai l'enfant à adopter.* Les visées politiques de son mari, son argent à elle, Gabriel, tout cela pèserait lourd dans la balance. Harry prétendait l'aimer, et sans doute qu'une part de lui l'aimait vraiment. Ils parviendraient à arranger les choses. Peut-être que Mr. Child l'aiderait. Les jambes flageolantes et glacée d'une sueur froide, elle espéra que Harry finirait par se rendre à la raison.

Le pasteur, un homme maigre au nez busqué et aux yeux enfoncés, lut les prières d'un ton laconique qui soulignait son mécontentement. Il avait refusé de célébrer les funérailles dans l'église de sa paroisse, Saint-George, et paru offensé qu'elle ait même osé le lui demander. Seules les généreuses et régulières donations des Craven à la paroisse l'avaient convaincu d'accepter. Malgré l'avis que Caro avait fait publier dans les journaux, en dehors d'elle et de Miles, une seule personne était venue à l'enterrement : Jacob Agnetti, qui se tenait un peu en retrait. Il salua Caro sans s'approcher de la tombe.

Le pasteur termina les prières au galop avant de refermer son livre d'un coup sec. Caro le remercia, puis il s'en alla et s'arrêta un instant devant la grille du cimetière pour laisser entrer une silhouette à l'allure négligée.

« Je suis passé chez vous hier, dit Peregrine Child en la rejoignant. On m'a informé que vous étiez souffrante.

— En effet. » Caro mit un morceau de gingembre confit dans sa bouche. Les coups assourdis des fossoyeurs en train de pelleter de la terre sur le cercueil résonnaient alentour. Agnetti salua de nouveau Caro avant de se diriger vers la sortie.

« Qui est-ce ? demanda Child.

— Jacob Agnetti, l'artiste pour qui posait Lucy. »

Child la regarda d'un air inquiet. Non que lui-même semblât aller mieux. Un bleu s'étalait sur sa joue, et il empestait le gin.

« Compte tenu de ce que j'ai appris, j'aimerais parler à Agnetti, déclara-t-il.

— Je l'ai déjà fait. Il m'a expliqué qu'il avait congédié Lucy il y a quelques mois, après qu'elle lui avait volé des dessins.

— J'en ai trouvé un. » Child sortit de sa poche un carré de papier sale et le déplia. « Cette fille s'appelle Pamela. Je pense qu'elle a un lien avec toute cette histoire. »

Caro l'écouta lui raconter qu'il était passé chez Lucy, et comment il avait remonté la piste de Nelly Diver. Il lui parla ensuite de Lucy et de Nelly autrefois, de la mort d'Olivia, la fille de Lucy, de la réapparition de celle-ci dans la vie de Nelly et de sa quête pour découvrir ce qui était arrivé à Pamela.

« J'ai déjà vu cette fille, dit Caro. Agnetti l'a peinte dans l'un de ses tableaux. Il a fait d'elle son Iphigénie.

— D'après Nelly, Lucy a rencontré Pamela chez lui. J'ai passé la journée d'hier à me renseigner sur elle, mais je n'ai pas été plus chanceux. Aucun des souteneurs et des prostituées que j'ai interrogés ne la connaissait.

— Vous avez raison. Nous devrions reparler à Agnetti. »

Child hésita. « Cette affaire est plus dangereuse que nous ne l'avions tout d'abord pensé. » Caro l'écouta avec étonnement évoquer les hommes « du genre officiel » qui étaient à la recherche de Kitty Carefree, le gentilhomme important qui avait interrogé Orin Black chez le magistrat, ainsi que l'agent du ministère de l'Intérieur qui avait tenté de le tuer.

— Qu'est-il arrivé à cet agent ?

— Je vous assure qu'il vaut mieux ne pas le savoir. »

Caro se rembrunit. « Le gentilhomme aux sourcils blancs est sûrement Nicholas Cavill-Lawrence, le sous-secrétaire d'État au ministère de l'Intérieur. L'autre jour, il est venu me mettre en garde. Parce que j'étais allée voir Jonathan Stone.

— Stone ? Le prêteur d'argent ? »

Elle lui parla de la bague découverte sous la charmille, puis lui expliqua comment celle-ci l'avait conduite jusque chez Stone. « Cavill-Lawrence voulait savoir s'il m'avait posé des questions d'ordre politique. Je pense que Stone *est important* pour eux. »

Child secoua la tête. « Vous auriez dû me laisser m'en charger… L'affaire est grave, madame !

— Cet agent du ministère, que cherchait-il ?

— Des papiers que Lucy aurait confiés à Nelly, mais que celle-ci n'a pas. C'est sûrement pour cette raison que sir Amos a envoyé des hommes fouiller chez Lucy…

Je soupçonne que c'est également pour cela qu'il a proposé à Guildford de diriger l'enquête lui-même, sauf qu'il œuvre pour le compte du ministère, pas pour le sien. D'après ce qu'on sait, ses agents interrogent tous les amis et connaissances de Lucy. Ils sont persuadés qu'elle a confié ces papiers à quelqu'un. »

Caro se souvint du regard scrutateur de sir Amos pendant le seul moment de l'entretien où il avait manifesté un peu de curiosité. *Et vous n'avez pas eu d'autres relations avec la femme morte que celles que vous avez décrites ?*

Des menteurs, ils n'étaient tous que des menteurs. Elle leur avait d'abord reproché leur indifférence, mais apparemment, et pour une mystérieuse raison, leur crime était de protéger le meurtrier de Lucy.

« Cette lettre que j'ai vue sous la charmille, sir Amos ne s'y est pas intéressé. Pourquoi, s'il cherche des documents ?

— Probablement parce qu'il l'a déjà. Un de ses agents pourrait très bien l'avoir ramassée... Non, ce doit être autre chose, qui a sans doute un lien. »

Caro secoua la tête, s'efforçant de comprendre. Deux documents ? Deux meurtriers ? Et de deux prostituées, ou quasiment, qui étaient deux modèles de Jacob Agnetti.

« Lucy était convaincue qu'un des quatre gentilshommes avait tué Pamela, reprit Child. Elle a dit à Nelly qu'ils étaient tous membres de je ne sais quel club. L'un d'eux est le lieutenant Dodd-Bellingham. J'ignore le nom des autres. Dodd-Bellingham a accosté Lucy devant chez elle juste avant sa mort. Elle avait des portraits de ces quatre hommes, certainement ceux volés à Agnetti, mais Bow Street les a emportés.

— Le Club Priapus. Je connais les noms des fondateurs : Jonathan Stone, lord March, le lieutenant et son frère, Simon. » Elle lui parla du tableau vu chez Stone et des quatre bagues.

« Stone portait l'original. Il faut qu'on découvre lequel des autres a perdu sa copie au Vauxhall. »

Child lui lança un long regard appuyé. « Vous ne croyez plus que lord March est aussi pur que de l'eau bénite ?

— Je garde l'esprit ouvert à toutes les hypothèses », répondit Caro en rougissant.

Le sourire de Child s'effaça. « Cette histoire nous réserve bien des surprises… Baird a tenté de me tuer. Le ministère de l'Intérieur est impliqué.

— Auriez-vous quelque appréhension, Mr. Child ?

— Il serait anormal de ne pas en avoir… Mais je suis là, non ? Contrairement à vous, j'ai besoin de cet argent. »

Caro regarda les mottes de terre tomber des pelles des fossoyeurs. *Lucy aurait pu être tuée n'importe quand*, songea-t-elle. *Si cette Pamela est la cause de ce crime, le tueur a simplement profité de l'occasion sous la charmille. Ce n'était pas ma faute.*

Une longue file de gentilshommes se déroula devant ses yeux : les quatre membres du Club Priapus, sir Amos, Cavill-Lawrence, ainsi que d'autres sans visage : les hommes qui avaient acheté et vendu Lucy, celui qui l'avait tuée et avait tué cette gamine, Pamela.

« Lucy n'est pas partie, dit Caro. Comment l'aurait-elle pu ? Pamela était sa façon à elle d'expier en souvenir d'Olivia. La laisser tomber une seconde fois aurait été impensable. Je suppose que c'est pour cette raison qu'il l'a tuée, parce que rien de ce qu'il faisait pour l'en empêcher n'avait marché… » Elle détourna le regard de la tombe et fixa Child. « Il croit qu'il a gagné, que personne ne s'intéresse à ses crimes, mais il se trompe… et il le saura très bientôt ! »

PAMELA

13-20 janvier 1782

Dans la maison de Mr. Agnetti, il y avait beaucoup de choses qu'elle adorait et beaucoup qu'elle détestait.

Pamela détestait rester immobile pendant des heures sur l'autel en bois, le cou raidi, les bras et les jambes de plus en plus glacés. Dans l'atelier, une pièce octogonale au premier étage qui donnait sur Leicester Fields, Mr. Agnetti ouvrait souvent les quatre grandes fenêtres pour disperser les odeurs d'essence de térébenthine et de peinture. Allongée sur l'autel peint en simili-marbre, Pamela portait une robe blanche. Ce qu'elle faisait ici n'était pas très différent de ce qu'elle devait faire sur la scène chez Mrs. Havilland, sauf que les yeux qui l'observaient étaient ceux de déesses et de monstres dans des cadres dorés. Agnetti ne semblait pas souffrir du froid, mais lui n'était pas là à demi nu avec les seins à l'air !

Elle détestait quand elle devait poser avec Peter Jakes ; il portait un casque et un pagne, son haleine empestait l'oignon, et il lui effleurait le téton de la pointe de son épée en bois dès qu'Agnetti avait le dos tourné. Seulement, le peintre payait une guinée l'heure, la moitié pour Mrs. Havilland, l'autre pour elle.

Elle détestait marcher dans la neige pour venir à l'atelier jour après jour, sous le regard vigilant de son gardien qui ne se privait pas de lui adresser des remarques lapidaires. Agnetti avait dit qu'il lui faudrait au moins trois mois avant de terminer son portrait, et de longues semaines encore pour peindre les drapés et le paysage. Il avait laissé entendre qu'il l'emploierait de nouveau comme modèle. La prochaine fois, elle espérait qu'il la représenterait en déesse.

Elle adorait apprendre des choses sur ses tableaux, écouter le son de sa voix pendant qu'il les lui expliquait, aussi suave que du chocolat. Bientôt, il commencerait à peindre, mais il disait qu'il continuerait à faire des croquis. D'abord à la craie et au fusain, puis avec du noir, de l'outremer et du blanc. Ensuite, il ajouterait de l'ocre jaune, de la laque de garance rose et du vermillon. Même les noms des couleurs étaient romantiques.

Elle adorait l'idée que, sous peu, son portrait décorerait la demeure d'un noble. La Pamela du livre disait que la vertu était la seule véritable beauté. Mais un duc ne vous accrochait pas à son mur parce que vous récitiez vos prières le soir !

Et surtout, elle adorait passer du temps en compagnie de Lucy Loveless et Kitty Carefree.

*

Pamela les rencontra la troisième fois qu'elle vint chez Mr. Agnetti. Comme souvent, il fit une pause de deux heures au milieu de la séance pour se reposer, mais, cette fois, il lui dit de se rhabiller.

« Ma femme souhaiterait faire votre connaissance. Elle vous invite à prendre le thé avec ses amies. »

Un peu nerveuse, Pamela le suivit au rez-de-chaussée, d'où leur parvenaient les notes cristallines d'une harpe. Des applaudissements retentirent alors que la personne qui jouait égrenait les derniers accords.

Le salon des Agnetti était encore plus magnifique que celui de Mrs. Havilland. Les fenêtres en forme d'arche drapées de lourds rideaux donnaient sur un petit jardin enseveli sous la neige. Le papier peint en soie jaune emplissait la pièce d'une lumière de miel. Et en plus, il régnait là une délicieuse chaleur ! Dans un grand feu étaient empilés des morceaux de charbon. Pamela sentit son corps gelé reprendre vie. Deux dames étaient assises autour d'une table, sur laquelle il y avait une chocolatière en argent et des tasses en porcelaine. Une troisième femme avec une cascade de boucles rousses était installée devant la harpe.

« Mon épouse, dit Agnetti en lui présentant une des femmes à la table. Ma chère, voici Pamela, mon nouveau modèle. »

Mrs. Agnetti se leva, et toutes deux s'observèrent. Beaucoup plus jeune que son mari – elle n'avait pas plus de trente ans –, elle était aussi grande que Pamela mais n'avait que la peau sur les os. Elle portait une robe en satin rose à volants et un extraordinaire turban en soie ivoire, piqué d'une broche en rubis qui n'aurait pas déparé dans la scène du sérail du sultan à la Maison des tableaux. Sous le turban, le petit visage blafard était creusé, les yeux verts enfoncés, la bouche acariâtre et les dents minuscules.

« Appelez-moi Theresa, mon enfant. Venez vous asseoir. »

Des mots de bienvenue, même si la voix, distante, manquait de chaleur. Agnetti lui présenta les autres femmes. « Voici deux autres de mes modèles, Lucy Loveless et Kitty Carefree. »

Les célèbres catins qu'elles avaient aperçues la veille avec Cecily depuis la fenêtre de leur chambre. Pamela les regarda avec un enthousiasme redoublé, auquel s'ajoutait une certaine curiosité. Le fait que Mrs. Agnetti fréquente des prostituées aussi librement semblait insolite. N'avait-elle pas peur pour sa réputation ?

Lucy lui adressa un grand sourire en agitant devant elle un éventail en soie. Pamela admira sa robe en satin indigo et ses cheveux châtains relevés en un haut chignon, duquel une longue mèche bouclée retombait sur sa poitrine rebondie. Assise derrière la harpe, Kitty lui souffla un baiser. Elle avait un teint ivoire, quelques taches de rousseur, un nez ravissant et des lèvres corail. « Regarde-la, Boleyn ! Te souviens-tu de ce que c'était d'être jeune et belle ? »

Lucy, à qui cette remarque était apparemment destinée, leva les yeux au ciel. « Même pour une nuit à vingt-cinq guinées, je n'échangerais pas ma jeunesse contre ce que je sais aujourd'hui !

— Moi si ! »

Mrs. Agnetti servit une tasse de chocolat à Pamela. Le peintre regarda sa femme avec tendresse. Quand elle revint s'asseoir, il alla l'embrasser, mais elle s'empressa de tourner la tête, de sorte que ses lèvres ne firent qu'effleurer sa joue.

Il cessa de sourire. « Bien… je vous laisse, mesdames. »

Kitty joua un arpège. « Vous avez dit que, si je jouais du Haydn, vous nous parleriez de l'Inde, vous vous rappelez ? »

Mrs. Agnetti jeta un coup d'œil vers la porte que venait de refermer son mari. « D'accord, mais si vous allez chercher le madère. »

Lucy lança un regard étonné à Kitty. « Il n'est pas encore midi…

— Vous avez le choix, dit Mrs. Agnetti. C'est soit le madère et l'Inde, soit le chocolat et Londres.

— Oh, Boleyn, ne sois pas bête ! » Kitty alla prendre une carafe sur une console, remplit des verres qu'elle leur distribua, puis retourna se lover sur le sofa. Pamela but une gorgée. Bien qu'elle préférât le goût du chocolat, elle était ravie de boire du bon vin dans cette pièce magnifique avec ces belles femmes qui la traitaient sur un pied d'égalité.

« J'ai grandi en Inde, lui expliqua Mrs. Agnetti. Mon père siégeait au Conseil du Bengale. Lucy et Kitty adorent que je leur raconte des histoires de l'époque où je vivais là-bas.

— J'aimerais les entendre moi aussi, Mrs. Agnetti.

— Je vous ai dit de m'appeler Theresa ! » Le ton était sec.

« Pardonnez-moi, Theresa. »

Mrs. Agnetti ferma les yeux. Cette fois encore, Lucy et Kitty échangèrent un regard. « L'Inde ! » s'exclama Lucy avec une gaieté exagérée.

Les mots jaillirent de la bouche de Mrs. Agnetti comme les dés d'un cornet. « C'est étrange de penser à l'Inde alors qu'on est à Londres sous la neige… Au Bengale, il fait tout le temps chaud, y compris en hiver, même quand on ne porte qu'une robe de mousseline légère et qu'un serviteur actionne l'éventail suspendu au plafond… Notre maison était un palais de marbre blanc en haut d'une colline, mon père possédait une écurie d'éléphants dont les selles étaient ornées de pierreries… Et jamais vous n'avez vu de tels jardins ! Des grenades, des ananas, des fleurs semblables à des têtes de dragon… Souvent, je m'asseyais sous un banian où je m'amusais avec le bébé tigre que mon père m'avait offert… »

Elle poursuivit ainsi un bon moment, Lucy et Kitty prenant la parole de temps à autre pour lui poser des questions. Des singes, des serviteurs mahométans, des pipes à eau, des chevaux arabes, du riz épicé, des dieux hindous… Pendant qu'elle parlait, Mrs. Agnetti se resservit deux fois de madère.

Sentant qu'elle devait apporter sa contribution, Pamela attendit que Mrs. Agnetti fasse une pause : « Pourquoi êtes-vous partie, Theresa ? Moi, je serais restée là-bas pour toujours !

— Mon père a été nommé consul du royaume de Naples.

— C'est là que Theresa a rencontré Mr. Agnetti, précisa Kitty. Il était venu peindre son portrait chez son père… et ils sont tombés amoureux !

— Si cela vous intéresse, vous verrez le portrait qu'il a fait de moi dans l'entrée. » Mrs. Agnetti jeta un regard sur la montre attachée à sa châtelaine.

« Une fois, avant la guerre, mon duc m'a emmenée à Paris, dit Kitty. Nous avons visité la cathédrale et dansé au Palais-Royal. Vous êtes déjà allée à l'étranger, Pamela ?

— Non, j'ai grandi dans un orphelinat et, ensuite, j'ai été placée comme domestique dans une maison de la City. » Elle avait douloureusement conscience de paraître ingénue.

« Il n'y a aucune honte à cela, dit Lucy. Moi-même, je ne suis jamais allée plus loin qu'en Irlande. Un acteur dont je m'étais éprise m'a persuadée de le suivre là-bas. Pendant deux mois en continu, il a plu… et il était plus difficile de trouver une cruche de vin buvable que la pierre philosophale !

— Avez-vous connu vos parents ? demanda Kitty à Pamela avec un sourire de compassion.

— Non, j'ai été abandonnée à ma naissance. »

Mrs. Agnetti baissa les yeux sur son verre de madère. « C'est très mal d'abandonner un enfant... Une telle idée m'est insupportable...

— Ma mère n'était pas mauvaise, s'empressa de dire Pamela. Mon père n'était pas resté. Elle l'a écrit dans son mot. Elle a seulement fait ce qu'elle croyait être le mieux.

— Naturellement », opina Lucy avec gentillesse.

Mrs. Agnetti se resservit une troisième fois avant de regarder de nouveau sa montre. Qu'attendait-elle ? Le retour d'Agnetti ?

Elles passèrent encore une quinzaine de minutes à discuter de manière guindée, puis un coup frappé à la porte d'entrée sembla apporter une réponse à la question de Pamela. Mrs. Agnetti vida son verre d'un trait et le reposa en lissant ses jupes. Elles entendirent les pas d'un serviteur dans le vestibule. Quelques instants plus tard, le lieutenant Dodd-Bellingham entra dans le salon. Pamela se redressa bien droite en lui retournant son sourire.

Pendant qu'il les saluait chacune leur tour, elle vit qu'il tenait une boîte noire entourée d'un ruban. Était-ce pour elle ? Pamela osait à peine l'espérer, mais lorsqu'il la tendit à Kitty, la déception la dévasta.

« Si vous voulez, il y en a une également pour vous, dit-il à Lucy.

— Vous me l'avez déjà donnée, lieutenant.

— C'est vrai. » Il se tourna vers leur hôtesse. « Je viens de la part de Stone, mais pourrais-je d'abord vous emprunter un encrier et une plume ? Je dois écrire une lettre de toute urgence. »

Mrs. Agnetti inclina la tête en esquissant un sourire. « Bien sûr, lieutenant... Laissez-moi vous emmener à mon bureau dans le grand salon. »

Elle se leva, et il la suivit hors de la pièce. Sans se retourner, cette fois. Sans lui faire ce sourire qui l'enflammait. Pamela, mal à l'aise, regarda la boîte dans les mains de Kitty. *Mais il en a offert une à Lucy, ce qu'il n'aurait pas fait si Kitty représentait quelque chose pour lui.*

Dès que Mrs. Agnetti fut partie, l'atmosphère s'allégea. Kitty sortit de la boîte une carte qu'elle posa sur la table – une carte gravée d'une silhouette dorée qui représentait un homme à tête de bouc. L'intérieur de la boîte était rempli de plusieurs rangées de macarons aux pétales de rose entourés d'un papier doré.

« Ne vous inquiétez pas du ton de Theresa, dit Lucy. Il lui faut un certain temps avant de se montrer chaleureuse... mais ça viendra ! »

Pamela sourit, pas vraiment convaincue. Elle n'aimait pas les gens qui changeaient subitement d'humeur. Comme Miriam la Folle, à l'orphelinat, capable de passer du sourire à la hargne en une fraction de seconde.

Kitty fit circuler les friandises en leur demandant si elles avaient vu *Le Stratagème de la belle* au théâtre de Haymarket.

Lucy et Kitty bavardèrent un moment – de théâtre, de mode, de Londres – pendant que Pamela mangeait un macaron à la rose en se demandant quand le lieutenant reviendrait. Il y avait tant de noms qu'elle ignorait, tant d'endroits qu'elle n'avait jamais vus... *Un jour, j'aurai mes histoires à moi*, se promit-elle. *Je prendrai un bateau pour l'Espagne avec mon lieutenant.*

« Aragon, la pauvre ne peut pas suivre un mot de ce que tu racontes ! » finit par s'exclamer Lucy.

Kitty adressa un sourire radieux à Pamela. « Pardon, je m'emballe... Tout semble flou, quand on arrive à Londres. J'étais comme ça, moi aussi... Une vraie dinde ! Lucy vous le confirmera. »

Le regard de Lucy s'arrêta sur la carafe. « Range ça, tu veux ? » Elle se frotta la hanche en grimaçant. « Hier soir, je crois bien que je me suis froissé quelque chose... Allez demander à Agnes de nous apporter du café. »

Pamela sortit dans le vestibule, où elle appela une domestique avec un peu d'appréhension, mais, lorsqu'elle lui réclama du café, la fille répondit poliment et lui fit une petite révérence. Émerveillée par la hiérarchie qui régnait dans cette maison, Pamela s'apprêtait à retourner au petit salon lorsqu'une porte s'ouvrit un peu plus loin.

Mrs. Agnetti apparut, suivie du lieutenant, qui lui murmura des paroles que Pamela ne saisit pas, puis elle leva des yeux énamourés vers lui en souriant. Il lui caressa la joue, avant de laisser sa main descendre lentement et de lui empoigner un sein.

Le ventre noué, Pamela les observa à la dérobée. Quand Kitty lui cria de se dépêcher, elle s'éloigna aussitôt, ne voulant pas qu'on la surprenne en train d'espionner. De retour dans le salon, elle alla s'asseoir et but une longue lampée de madère pour éteindre les flammes qui brûlaient en elle.

Ici, il y avait beaucoup de choses qu'elle adorait, et beaucoup qu'elle détestait.

24

Tel le maquillage d'une douairière vieillissante, la peinture blanche qui recouvrait les maisons de Bloomsbury Square ne parvenait à masquer ni les fissures ni les imperfections. Un siècle auparavant, ce quartier de Londres avait été à la mode, mais le beau monde avait depuis longtemps décampé vers l'ouest, à Mayfair, et il ne restait plus ici que quelques vieilles familles. Les Dodd-Bellingham en faisaient partie, Mrs. Corsham l'avait dit à Child lorsqu'ils étaient revenus du cimetière. De sang bleu mais à court d'argent, ils appartenaient à l'une des lignées ancestrales qui avaient rempli les bancs de la Chambre des communes et les rangs de prestigieux régiments durant des générations.

« Le défunt colonel s'est distingué dans les guerres autrichiennes et en Inde, lui dit Mrs. Corsham alors qu'ils descendaient de son carrosse. À son retour, il a dilapidé l'héritage de ses fils en le dépensant avec des femmes et en jouant aux dés, et le lieutenant a la même réputation que son père.

— Des femmes *très jeunes* ?

— Peut-être. D'après ce qu'on raconte, il n'est pas difficile… Le colonel l'avait envoyé en Amérique parce qu'il s'était lassé de devoir payer ses frasques, mais, à la surprise générale, le lieutenant s'est montré vaillant. On dit que le roi pourrait le récompenser de l'ordre de Bath.

— Et son frère Simon ?

— Son *demi*-frère. Sa mère était l'une des maîtresses du colonel. Il l'a épousée après le décès de sa première femme, et Simon a pris son nom. La chose a fait scandale, à l'époque !

— Comment le lieutenant a-t-il réagi ?

— Mieux qu'on n'aurait pu s'y attendre. Là encore, ça a été une surprise. »

Les balustrades de la maison étaient rouillées, et les cuivres en grand besoin d'être frottés. Ils frappèrent à la porte, que finit par venir ouvrir un serviteur décrépit, vêtu d'une livrée bleue qui paraissait avoir vécu autant que lui.

Mrs. Corsham demanda à voir le lieutenant. On les fit patienter dans un vestibule sinistre aux plâtres craquelés où régnait le froid propre aux vieilles demeures. Des voix masculines leur parvenaient de l'une des pièces. Child jeta un regard à sa cliente, un peu inquiet de constater sa pâleur et la façon qu'elle avait de se tenir.

Le serviteur revint et les invita à entrer dans une salle à manger. Sur le papier peint bordeaux, on distinguait des carrés plus sombres aux endroits où avaient été jadis accrochés des tableaux. Un lustre jauni surplombait la table en acajou, une tête de tigre mangée par les mites les fixait au-dessus de la cheminée. Le lieutenant Dodd-Bellingham et un gentilhomme étaient attablés devant un plat de harengs. Des odeurs de sueur et de cognac se mêlaient à celle du poisson. Child eut l'impression que ces messieurs n'étaient pas réveillés depuis très longtemps.

« Mrs. Corsham ! » Le lieutenant se leva en lui adressant un sourire d'une blancheur immaculée. « Vous êtes telle une apparition pour des yeux fatigués ! » Il lui fit un baisemain.

« Lieutenant… Lord March », dit-elle en saluant l'autre gentilhomme.

Child observa ce dernier avec intérêt. Comme le lieutenant, lord March avait une trentaine d'années, un long visage fin et des traits élégants. Des cheveux bruns épais, coupés court comme le lieutenant, de beaux yeux noirs et un fin sourire. Child regarda sa main mais, comme le lieutenant, il ne portait aucune bague.

« Permettez-moi de vous présenter Mr. Child, enchaîna Mrs. Corsham. Il est attrape-voleurs. Je l'ai engagé pour enquêter sur le meurtre de Lucy Loveless. »

Lord March se rembrunit. Le lieutenant haussa les sourcils. « Quelle drôle d'idée !

— Vous n'ignorez pas que c'est moi qui ai découvert le corps, lieutenant. Peut-être savez-vous également que, lorsque je suis retournée sous la charmille, j'y ai trouvé une bague. Jonathan Stone me dit qu'il en existe trois autres semblables, et que ni lui ni votre frère n'ont perdu la leur. Nous avions prévu d'aller voir ensuite lord March. C'est donc une chance qu'il soit chez vous ! »

Le lieutenant inclina la tête. « J'avais justement l'intention de vous rendre visite aujourd'hui. La bague est à moi. On me l'a volée il y a plusieurs semaines. Nous n'en avons rien dit à Stone, sans quoi mon frère vous en aurait parlé l'autre jour. Comme cette bague est un cadeau qu'il m'a fait, il aurait été contrarié d'apprendre que j'avais été aussi négligent... Vous êtes mon Galaad, Mrs. Corsham ! Je vous suis infiniment reconnaissant. »

Ils le dévisagèrent d'un œil dubitatif. « Volée ? répéta Child.

— Oui, par la prostituée qu'on a retrouvée morte, Lucy Loveless. Je vous raconterais volontiers l'histoire, mais Mrs. Corsham préférera peut-être attendre à côté. Je crains que ce ne soit quelque peu indélicat...

— Je suis une femme mariée, lieutenant, je devrais supporter !

— Vous ne pourrez pas vous plaindre que vous n'aviez pas été prévenue... Mais asseyez-vous, je vous en prie. Voulez-vous du hareng ? Non ? Je vous comprends... Je vous aurais volontiers proposé du café, seulement le gruau mahométan que Grimmond juge bon de nous servir est exécrable ! »

Mrs. Corsham posa la bague sur la table. Le lieutenant la passa à son index. Child vit qu'elle lui allait parfaitement.

« J'ai connu Lucy chez Agnetti, reprit Dodd-Bellingham. J'y vais souvent pour les affaires de Stone, et elle était l'un de ses modèles.

— Quel genre d'affaires ? s'enquit Mrs. Corsham.

— Apporter des esquisses ou en rapporter à sa maison de Muswell Rise. Stone évite de venir en ville s'il le peut. Quand je ne suis pas chez son marchand de vin ou chez son relieur, je suis chez Agnetti.

— Je ne vous aurais jamais imaginé en garçon de courses ! »

Il haussa les épaules, nullement décontenancé. « Nous n'avons pas tous des pères fortunés qui règlent nos dettes comme lord March. Stone me laisse rembourser de cette façon les intérêts que je lui dois. Ce système nous convient à tous deux, en tout cas pour l'instant. J'espère que ma situation se rétablira d'ici peu...

— Lucy Loveless, l'interrompit Child en le ramenant au sujet qui l'intéressait.

— Nous nous sommes rencontrés chez Agnetti et, un soir, elle m'a demandé de l'emmener souper. J'avais loué un salon privé au Prince of Wales, où elle comme moi avons passé un moment très agréable... avant que je me réveille quelques heures plus tard en constatant que la fille s'était envolée ! La tête me tournait – je crois qu'elle avait versé un somnifère dans mon vin –, et ce n'est qu'une fois rentré chez moi que je me suis aperçu que je n'avais plus ma bague. » Il admira celle-ci en tournant sa main vers la lumière. « Je m'étonne que Lucy ne l'ait pas vendue... Sans doute est-ce ce qui explique qu'elle était sous cette charmille, pour conclure l'affaire avec un voyou qui ensuite l'aura tuée... Mon frère dit que Stone a payé chacune de ces bagues soixante-dix guinées. En ce moment, ma foi, je serais prêt à tuer pour une telle somme !

— Avez-vous déclaré le vol de la bague ?

— Non. J'ai une réputation à préserver. Mes supérieurs tolèrent qu'un gentilhomme ait certains besoins, mais qu'il subsiste une trace officielle de ses fredaines est tout autre chose... Cette petite intrigante a dû compter là-dessus !

— Étiez-vous en colère ?

— Vous ne l'auriez pas été ? Elle a nié, mais je savais que c'était elle.

— Je vous pose la question parce qu'on vous a vu vous disputer avec Lucy devant chez elle, quelques jours avant son meurtre. Puis-je savoir à quel sujet ?

— Je passais par là quand je l'ai aperçue dans la rue. Je l'ai interrogée à propos de la bague, mais elle a refusé d'avouer.

— Il paraît que vous l'avez bousculée.

— Il est possible que je me sois laissé emporter sur l'instant... Du reste, elle le méritait !

— Vous êtes-vous également querellé avec elle au Vauxhall ?

— Non, j'ignorais qu'elle y était.

— À aucun moment vous n'êtes allé du côté des charmilles ? » insista Child.

Le lieutenant serra les poings. « Quelqu'un prétend-il m'y avoir vu ? Ce que vous sous-entendez ne me plaît pas du tout, monsieur ! »

Lord March posa une main sur son bras. « Il fait seulement son travail, Neddy... Laisse-le poser ses questions. Ce n'est pas comme si tu avais des choses à cacher. »

Dodd-Bellingham regarda Child d'un œil maussade. « Si les relations qu'avait Lucy avec les autres étaient semblables à celles qu'elle avait avec moi, qu'on l'ait tuée ne me surprend pas ! Mais si vous me demandez si je l'ai tuée, la réponse est non. Je suis parti du Vauxhall de bonne heure pour aller dîner avec mon frère au Prince of Wales.

— D'après le logeur de Lucy, quelqu'un cherchait à la priver de ses moyens de subsistance en répandant la rumeur selon laquelle elle avait la vérole. Une lettre anonyme a été envoyée au Club des prostituées, qui immédiatement l'a exclue. Avez-vous quelque chose à voir avec ça ? »

Le lieutenant sourit. « J'aurais pu... pour lui apprendre à me voler !

— Comment avez-vous appris qu'elle avait purgé une peine à Bridewell ?

— Je ne sais plus… Quelqu'un a dû me le dire.

— Par ailleurs, il y a environ six mois, Lucy a été sérieusement battue.

— Pas par moi ! Je ne frappe jamais les femmes…

— Vous vous contentez de les bousculer. » Child eut droit à un regard impénitent. « Avez-vous une idée de qui aurait pu la frapper ?

— Quand j'ai vu ses bleus, j'ai pensé que c'était Agnetti. Ils avaient eu une sorte de dispute.

— Savez-vous pourquoi ?

— Une histoire avec son épouse, je crois… Elle et Lucy étaient amies.

— Voilà qui paraît improbable, n'est-ce pas ? intervint lord March. Une prostituée et une fille de diplomate ! Pourtant, je vous assure que c'est la vérité. J'ai moi-même vu les deux femmes discuter et rire ensemble.

— Vous aussi, vous connaissiez Lucy, monsieur ?

— Oui. Jonathan Stone a commandé un portrait des membres d'un club dont je fais partie et, comme j'ai posé plusieurs fois pour Agnetti, nous sommes devenus amis. Il y avait souvent des filles, chez lui. Lucy était l'une d'elles. »

Mrs. Corsham réagit. Depuis qu'ils s'étaient assis, elle avait soigneusement évité de croiser le regard de lord March mais, cette fois, elle se tourna vivement vers lui.

« Quoi qu'elle ait fait à Neddy, elle ne méritait pas de mourir de cette manière, reprit lord March. Je vous souhaite bonne chance dans votre enquête pour retrouver le tueur. »

Le sang bleu se divisait en deux camps, se dit Child : les séducteurs arrogants comme le lieutenant, et ceux qui dissimulaient leur arrogance sous un vernis de charme condescendant. Au moins les séducteurs ne s'attendaient-ils pas à ce qu'on leur soit reconnaissant.

« Puis-je vous demander ce que *vous* faisiez près des charmilles ce soir-là, monsieur ?

— Une simple promenade. J'ai tout expliqué au magistrat. Malheureusement, j'ai eu beau me creuser la tête, je n'ai rien remarqué qui aurait pu lui être utile.

— Avez-vous dit à sir Amos que vous connaissiez la victime ?

— Non. À ce moment-là, j'ignorais encore qui elle était.

— Vous ne l'avez pas reconnue ?

— J'ai à peine jeté un coup d'œil sous la charmille. Mrs. Corsham pourra en témoigner. »

Caro le dévisagea avec froideur. « Oui, ça, c'est vrai. »

Le ton sur lequel elle l'avait dit intrigua Child, tout comme sa volte-face concernant l'innocence de lord March. *Il y a quelque chose entre eux*, songea-t-il. *Ou il y a eu quelque chose. S'étaient-ils donné rendez-vous sous les charmilles ?*

« Voilà qui fait beaucoup de coïncidences, observa Child. Vous connaissiez tous les deux Lucy. Vous étiez tous les deux présents au Vauxhall. Vous êtes allé sous les charmilles. La bague du lieutenant...

— Ce soir-là, tout le monde était au Vauxhall. Et pour ce qui est de la bague, Neddy vous a déjà expliqué.

— Si vous ne me croyez pas, demandez à Agnetti, dit ce dernier. Je lui ai parlé du vol.

— Et puis, il y a l'intérêt que portait Lucy au Club Priapus, poursuivit Child.

— L'intérêt ? répéta lord March en soutenant son regard.

— Elle était en possession de dessins qu'elle avait dérobés à Agnetti, des portraits des quatre fondateurs.

— Vous voyez, je vous le disais bien, que c'était une voleuse !

— Je serais curieux de savoir pourquoi elle a commis ce délit. »

Lord March écarta les bras dans un geste d'impuissance. « Nous l'ignorons tout autant que vous, monsieur !

— Vous voulez bien m'en dire plus sur ce club, sur ce que vous y faites ?

— Volontiers, bien que je ne voie pas le rapport... Nous partageons un intérêt commun pour la Grèce et la Rome antiques, et nous nous réunissons une fois par mois afin d'en discuter. Simon Dodd-Bellingham donne en général une conférence sur un thème historique ou philosophique.

Souvent, Mr. Stone nous montre une nouvelle acquisition pour sa collection. Il m'arrive de réciter un poème. Je travaille sur une traduction de Catulle, et j'écris moi-même un peu de poésie dans la veine classique.

— Combien de membres compte le club ?

— Nous devons être à présent une bonne dizaine.

— Pouvez-vous me fournir la liste des noms ?

— Pour quelle raison voudriez-vous les connaître ? Lucy Loveless avait-elle des portraits d'eux aussi ?

— Par simple curiosité.

— Je crains que la réponse ne soit non. Pas sans une raison valable. Aucun gentilhomme n'apprécierait de voir son nom mêlé à une enquête criminelle ! »

Child envisagea un instant d'insister, mais il doutait d'obtenir quoi que ce soit. « La poésie est-elle également votre passion, lieutenant ?

— Pour tout vous dire, la poésie m'ennuie à mourir ! Ne le prenez pas mal, March… En revanche, je trouve la philosophie du club très instructive.

— Et quelle est-elle ? »

Le lieutenant agita la main dans le vague. « L'Église ne détient pas toutes les réponses. Les Anciens ont eux aussi des leçons à nous donner.

— Quel genre de leçons ? »

Lord March sourit, mal à l'aise. « Neddy dit les choses de manière un peu brusque. Notre pensée n'a rien d'hérétique, je vous l'assure ! Le club cherche simplement à comprendre l'homme à l'état naturel, tel que Dieu l'a conçu. Nous nous inspirons de Rousseau et de divers penseurs, mais aussi de nos propres études sur le monde antique. Stone s'intéresse particulièrement à la lumière que les fouilles de Pompéi ont permis d'apporter sur la société romaine. Si vous voulez en savoir plus, vous devriez parler avec le frère du lieutenant. Il est une référence en la matière.

— Simon est-il là ? s'enquit Mrs. Corsham.

— Il est dans le Hampshire pour les affaires de Stone, répondit le lieutenant. Il installe une statue dans l'une de ses demeures. Stone en possède six, avec une maîtresse dans chacune. Il fait parcourir la campagne à mon frère pour y installer de précieuses antiquités. Ici, nous sommes tous des suppliants devant le trône de Stone. »

Child sortit de sa poche la carte avec le satyre. « Cela vous dit-il quelque chose ? »

Lord March fronça les sourcils en secouant la tête. Le lieutenant y jeta à peine un coup d'œil. « Non, répondit ce dernier d'un air las. Cela devrait ?

— Ça m'a tout l'air d'un satyre, qui me rappelle le bouc gravé sur vos bagues. C'est malin, cette pierre qui pivote... *Alitur vitium, vivitque tegendo*. Le vice prospère dans le secret. C'est une phrase de Catulle, non ?

— De Virgile », rectifia lord March sans un sourire. Puis il sortit sa montre. En or, incrustée de rubis. D'après l'œil exercé de Child, elle valait au moins deux cents guinées. « En avez-vous encore pour longtemps, monsieur ? Nous sommes attendus à cinq heures au Golden Pear Tree.

— Une dernière chose, dit Child en dépliant le dessin que lui avait remis Nelly. Cette fille s'appelle Pamela et posait pour Agnetti. La connaissez-vous ? »

Le lieutenant regarda le portrait, puis leva les yeux d'un air agressif. « Je connais la plupart des filles d'Agnetti, mais je n'ai pas vu celle-ci depuis un bon moment. Quel rapport a-t-elle avec le reste ?

— Elle a disparu depuis environ six mois. Lucy cherchait à découvrir ce qui lui était arrivé.

— Oh, ces filles tombent tout le temps amoureuses et n'écoutent que leur cœur ! Ou elles repartent furtivement dans leur famille affronter la tempête... Ou elles emménagent chez un protecteur... Ou elles se font enfermer un certain temps à Bridewell...

— Ou elles se font assassiner. Lucy pensait que c'était ce qui était arrivé à Pamela. Et, apparemment, elle soupçonnait les quatre fondateurs du Club Priapus. Vous a-t-elle jamais parlé de cette fille ? »

Le lieutenant tapa du poing sur la table, faisant trembler la vaisselle. « J'ai déjà remis des hommes à leur place pour moins que ça ! Si vous étiez un gentilhomme, je n'hésiterais pas… misérable insolent ! »

Lord March regardait toujours le portrait. « Vous la connaissez, monsieur ? » demanda Child.

Il dut répéter sa question avant que lord March ne lève les yeux, le teint livide, tout son charme soudain évanoui. « Cette fois, je partage les doutes du lieutenant. Ces questions sont au mieux insultantes, au pis diffamatoires. Si vous vous avisez de les répéter publiquement, sachez que vous aurez affaire à mon avocat ! Vous me surprenez, Mrs. Corsham… Un tel manque de jugement est de fort mauvais goût. Je vous suggère de prendre congé avant que votre homme ne vous discrédite davantage. »

*

« Vous avez vu sa tête ? dit Child lorsqu'ils furent dans la rue. Quand je lui ai montré ce dessin, lord March est devenu tout pâle. »

Mrs. Corsham n'avait guère meilleure mine. Elle faillit chanceler et dut se retenir au carrosse.

« Oui, j'ai vu. Cette fille signifie quelque chose pour eux, c'est certain.

— Vous ne vous sentez pas bien, madame… Si je vous raccompagnais chez vous ? »

Caro lui lança un regard noir. « Et maintenant, qu'avez-vous l'intention de faire ?

— Continuer à me renseigner à Soho et à Covent Garden, voir si je trouve où logeait Pamela… Et chercher l'amie de Lucy, Kitty, mais aussi Hector, le jeune garçon du Club des prostituées qui a été son serviteur. Je suis convaincu que c'est lui qui a glissé la carte du satyre dans ma poche. Demain, j'irai aux jardins du Vauxhall parler à Ezra Von Siegel, l'allumeur de lanternes. Et je passerai chez le joaillier qui a fabriqué les bagues, Solomon Loredo. J'ai des accords avec de nombreux joailliers de la City, et Loredo est un homme sage. S'il a déjà eu affaire à Simon Dodd-

Bellingham, il se sera sûrement renseigné sur lui. Peut-être que je l'inviterai à dîner.

— Avez-vous cru à l'histoire du lieutenant concernant la bague ?

— Je ne sais pas trop... Lucy avait un flacon de valériane dans sa chambre. Ce pourrait être le somnifère qu'elle a versé dans le vin du lieutenant.

— D'après lui, Agnetti était au courant du vol de la bague depuis plusieurs semaines. Si c'est vrai, qu'il ait inventé cette histoire paraît peu probable. Je passerai ce soir chez Agnetti lui poser la question.

— Est-ce bien raisonnable, madame ? Le nom d'Agnetti revient fréquemment. Il connaissait Lucy et Pamela. Et il était au Vauxhall le soir du meurtre.

— C'est précisément pour cette raison que je dois aller lui parler.

— Le lieutenant a mentionné que le peintre s'en était déjà pris à Lucy. Nous n'avons aucune certitude que tout cela ait un lien avec le Club Priapus. Agnetti pourrait l'avoir tuée.

— Compte tenu des soupçons qu'avait Lucy et de tout ce qui se passait dans sa vie, ce serait une étrange coïncidence si Pamela et ces quatre messieurs n'avaient rien à voir dans cette affaire. »

Child dut lui concéder ce point. « N'avez-vous pas dit que Jonathan Stone était le mécène d'Agnetti ? Même si on part du principe qu'il est innocent, les réponses qu'il vous fera risquent de ne pas être tout à fait sincères.

— Eh bien, je ne le serai pas non plus quant à mon véritable objectif. Je lui dirai que je veux qu'il fasse mon portrait. Il demande quatre-vingts guinées pour une commande. Cette somme devrait lui délier la langue ! »

Child grommela par-devers lui. Cette femme était plus têtue qu'une mule. « Soyez tout de même prudente. »

25

Sur la grande place de Leicester Fields, une statue équestre représentant le premier roi George trônait au milieu de la pelouse. Alors que son carrosse en faisait le tour, Caro aperçut plusieurs artistes installés sur l'herbe qui dessinaient le portrait des passants en échange de quelques pennies. Le quartier était depuis longtemps réputé pour ses activités artistiques. Elle se souvenait d'être venue ici étant petite, lorsque son père avait posé pour le grand peintre Joshua Reynolds. Son rival de toujours, William Hogarth, habitait juste en face, de l'autre côté de la place, ce qui obligeait littéralement leurs confrères à choisir leur camp.

Le carrosse s'arrêta à l'angle devant la maison d'Agnetti, à laquelle la façade en brique rouge et la tour octogonale donnaient l'allure d'un château de conte de fées. Aussitôt, des vendeurs à la sauvette vinrent les entourer : « Un penny la tourte toute chaude ! », « Achetez mon piège à rats ! Avec mon piège, fini les rats ! », « Elles sont bonnes et belles, mes boulettes ! » Miles les repoussa et accompagna sa maîtresse sur le perron.

Un domestique les fit entrer dans un vestibule décoré de plusieurs immenses toiles d'Agnetti. Une des plus grandes représentait son épouse : une Theresa plus jeune et plus heureuse, avant qu'elle ne fût devenue aussi menue qu'une ablette et n'eût caché ses longs cheveux noir de jais sous des turbans bizarres, qui regardait le peintre avec adoration. Caro se demanda si cette femme avait compris son erreur – son propre bonheur n'avait même pas duré jusqu'à l'autel.

À moins que Mrs. Agnetti ne l'eût jamais regardé ainsi et que ce portrait dût tout autant à l'imagination de son mari que ses scènes antiques.

Le mot « commande » eut l'effet escompté. Le domestique s'empressa d'aller prévenir son maître, puis redescendit tout aussi vite et emmena Caro à l'étage, en expliquant que le *signor* Agnetti préférait que les serviteurs de ses clients attendent au rez-de-chaussée. Au moment où ils arrivèrent sur le palier de la galerie, une porte s'ouvrit sur une femme qui sortit précipitamment et adressa un sourire effronté à Caro avant de disparaître par une autre porte un peu plus loin. Une des muses tristement célèbres d'Agnetti, sans doute.

Les hautes fenêtres du grand atelier octogonal donnaient sur la place. Des œuvres à moitié terminées étaient exposées sur quatre chevalets, et une toile en cours beaucoup plus grande appuyée contre un mur, entourée d'un échafaudage. Sur un bureau s'entassaient des dessins, plusieurs tables accueillaient le matériel habituel des artistes : poches remplies de peinture, pilons et mortiers, couteaux à découper la toile, essence de térébenthine, chiffons, pinceaux, palettes, pots de mastic et huile de lin. Agnetti s'avança pour l'accueillir, et ils échangèrent les politesses d'usage.

« J'admire depuis longtemps la scène que vous avez peinte pour mon frère Ambrose, dit Caro. Et l'autre jour, j'ai eu la chance de voir plusieurs de vos œuvres à Muswell Rise. Avoir un Agnetti est mon désir le plus cher. Je pensais à un portrait… J'aimerais faire une surprise à mon mari pour quand il reviendra de France.

— Sage décision, madame… Permettez-moi de vous faire part des diverses possibilités. »

Il lui fit faire le tour de l'atelier et de ses peintures. Des portraits de dames et de gentilshommes. D'autres scènes classiques : le suicide de Didon ; le viol de Perséphone ; Ariane allongée nue et endormie pendant que Thésée prenait la fuite. Caro chercha la jeune Pamela sans la reconnaître nulle part. D'après Nelly Diver, Lucy avait fréquenté peu de temps la jeune fille. Le tableau d'*Iphigénie* était peut-être le seul pour lequel elle avait posé.

« Certains de mes clients choisissent un portrait conventionnel, enchaîna Agnetti. Mais la plupart préfèrent que je les intègre à une de mes scènes classiques. Aux dames les plus jeunes, je propose la figure d'une déesse ou d'une nymphe.

— Une déesse, oui… Autant viser haut ! »

Il lui adressa un sourire poli, puis attira son attention sur un tableau qui représentait trois femmes dévêtues dans une clairière. Un jeune homme leur tendait une pomme qu'elles regardaient avec convoitise.

« *Le Jugement de Pâris*, précisa Agnetti. Je vous peindrais habillée, bien sûr, mais les dames veulent en général incarner l'un des trois principes : Héra, la reine des déesses. Aphrodite, la déesse de la beauté. Ou Athéna, la déesse de la sagesse, celle qui tient la lance. »

L'Aphrodite d'Agnetti avait des cheveux roux bouclés. Ses tresses entouraient habilement un de ses seins et s'enroulaient autour de sa hanche, tandis que sa main reposait délicatement sur son pubis. Caro se demanda s'il s'agissait de l'amie de Lucy, Kitty Carefree.

« Je choisis Aphrodite », dit-elle.

Le peintre l'observa avec intérêt. « Vous me surprenez…

— Pourquoi ?

— La plupart de mes clients optent pour un sujet en rapport avec ce qui leur fait défaut. Une femme quelconque choisit Aphrodite, or vous avez assez belle allure. Et, d'après la conversation que nous avons eue à la Rotonde, vous ne doutez en rien de votre sagesse. Toutefois, étant donné que la fortune de votre famille est récente, j'aurais plutôt penché pour Héra. »

Caro le regarda d'un air offensé. *Vous avez assez belle allure.* Et quelle présomption ! Son père avait beau être comte, en Italie, ils donnaient des titres même à leurs chevaux !

« Mon raisonnement est tout autre, rétorqua-t-elle d'un ton sec. Aphrodite est celle qui a obtenu la pomme. »

Agnetti semblait indifférent à son mécontentement. Sans doute pensait-il qu'être un artiste lui donnait le droit de faire passer son impertinence pour de la franchise. « C'est gentil à vous d'avoir payé l'enterrement de Lucy, dit-il. Car je suppose que c'est vous. »

Caro s'était demandé comment aborder le sujet. « Il m'a semblé normal de le faire.

— J'ai été attristé que ses amis ne soient pas venus.

— *Vous* étiez là.

— Je ne peux pas vraiment dire que j'étais son ami, vu la façon dont les choses se sont terminées entre nous... » Il soupira. « À la vérité, mes raisons étaient plus égoïstes. J'ai pensé qu'il était possible que mon épouse ait lu l'avis paru dans les journaux et ait décidé de venir. J'espérais la convaincre de rentrer à la maison.

— J'ai entendu dire que votre femme et Lucy étaient proches. »

Il la dévisagea. « Cela vous étonne ?

— Oui, je l'avoue.

— Les gens racontent que ma femme n'appréciait pas mes modèles. Les journaux ont même laissé entendre que c'était à cause de cela qu'elle était partie, ce qui ne saurait être plus éloigné de la vérité. Theresa comprenait la valeur de mon travail. Et elle aimait beaucoup Lucy, ainsi qu'une dénommée Kitty. Ce ne serait en rien mentir que de dire qu'elles étaient ses compagnes les plus intimes. »

Compte tenu de la rapidité avec laquelle le peintre avait installé chez lui sa nouvelle assistante, qu'il joue les maris abandonnés semblait un peu exagéré, songea Caro. Miss Cassandra Willoughby, c'était son nom, venait prétendument d'une bonne famille, mais elle était tombée en disgrâce. Caro se souvenait de son entrée à la Rotonde, un couteau à la main. Elle s'était demandé si elle la verrait aujourd'hui, mais il n'y avait aucune trace de la jeune femme nulle part.

« Il se trouve que j'ai vu le lieutenant Dodd-Bellingham cet après-midi, dit-elle. Il m'a raconté qu'il connaissait Lucy et qu'elle l'avait volé. J'avoue que l'apprendre m'a peinée… Était-ce lui le gentilhomme que vous avez mentionné lorsque nous nous sommes vus à la Rotonde ?

— Oui, il y a quelques semaines, il est venu m'informer du fait que Lucy lui avait dérobé une bague. Il s'inquiétait que j'aie involontairement introduit une voleuse dans ma maison. C'est à ce moment-là que j'ai parlé à Lucy des dessins disparus. Elle a tout de suite reconnu les avoir pris. »

Donc, le lieutenant avait dit la vérité. Caro dut admettre qu'elle était déçue. Pourquoi Lucy avait-elle volé cette bague ? Ses difficultés financières étaient survenues plus tard – précisément *à cause* de ce vol et de la revanche du lieutenant –, et pourtant, bien qu'elle eût eu des ennuis, elle ne l'avait pas vendue. Étant donné le lien qu'avait la bague avec le Club Priapus, il devait y avoir autre chose.

« Lucy vous a-t-elle expliqué pourquoi elle avait pris les dessins ?

— Elle avait une histoire toute prête à me servir, mais je n'y ai guère accordé d'attention… D'autres choses me préoccupaient. Sa mort vous perturbe ?

— Sa mort me met en colère ! Personne ne se soucie le moins du monde du sort de cette pauvre fille !

— Vous songez à sir Amos ?

— Entre autres.

— Lucy parlait de lui comme de l'incarnation même de l'hypocrisie. Elle disait qu'il condamnait la prostitution en public mais qu'il la laissait prospérer, parce que trop de gentilshommes de renom appréciant les tavernes auraient été contrariés. Et elle avait raison. Sir Amos fait juste ce qu'il faut pour éviter un tollé de la part des moralistes au Parlement, guère plus ! »

Caro promena son regard sur les tableaux. « Où recrutez-vous vos modèles ? Allez-vous dans les tavernes vous-même ?

— Parfois. Un Club de prostituées se réunit à Covent Garden. Je laisse des annonces là-bas. Et quand j'ai besoin d'un sujet plus âgé, je me balade sur la place en cherchant une femme qui me convienne. En général, elles sont contentes de se faire un peu d'argent. J'aime à penser que ça les aide.

— Et les plus jeunes, comme votre Iphigénie ?

— Il existe des endroits où l'on vend de très jeunes filles. Je le regrette, mais c'est ainsi.

— Vous n'éprouvez jamais de scrupules à les peindre nues ?

— Mes scènes s'inspirent de la mythologie, mais je peins mes modèles comme ils sont, pas comme ils devraient être. Pour l'utopie, adressez-vous aux barbouilleurs sur la place ! »

Caro l'avait vexé et, après les remarques qu'il avait osé lui faire, elle n'en fut nullement désolée. Cependant, elle se rappela qu'elle n'était pas venue ici pour se chamailler. « Vous la peignez toujours, votre Iphigénie ?

— Elle s'appelle Pamela, c'est en tout cas le nom qu'elle utilisait. Elle est partie de façon assez brusque il y a plusieurs mois. Un autre de mes modèles m'a dit qu'elle s'était trouvé un protecteur fortuné. Ce travail n'est que temporaire. Mes modèles finissent toujours par disparaître. Mais quand leur protecteur les met dehors, elles reviennent et franchissent cette porte comme si elles n'étaient jamais parties. J'imagine que Pamela en fera autant un de ces jours… » Il montra du doigt un autre tableau. « Vous voyez ici Aphrodite surgir de la mer dans une coquille Saint-Jacques. Si vous le souhaitez, je vous peindrai comme ça, mais habillée, naturellement. Sinon, il existe d'autres légendes. À moins que vous ne préfériez une composition plus simple, en position debout, la main sur une colonne.

— Oui, ce serait bien. »

Agnetti acquiesça d'un air approbateur. « En laissant le sujet parler de lui-même.

— J'ai vu un de vos tableaux chez Jonathan Stone, *Le Club Priapus*. Je dois reconnaître que ce portrait de groupe m'a intriguée.

— Un tableau affreux ! s'exclama Agnetti en frémissant. J'abhorre ce genre de peinture, mais Mr. Stone est un client important, et il a insisté.

— Êtes-vous membre de son club ? Il dit que celui-ci rassemble des gentilshommes qui s'intéressent à la civilisation antique.

— Il a eu l'amabilité de me proposer d'en faire partie. J'y suis allé une fois, mais je n'y suis pas retourné.

— Ah, pour quelle raison ? »

Agnetti réfléchit un instant. « Je n'ai pas l'esprit de club. Qu'avez-vous pensé de la collection de Mr. Stone ?

— C'est un très bel ensemble. Sa passion laisse pantois.

— Simon Dodd-Bellingham lui a déniché les plus belles pièces à travers le monde. Il a dû dépenser des dizaines de milliers de livres. Stone a la conviction, et je la partage, que la civilisation a connu son apogée à l'âge classique. C'est ce qui explique que nous placions les canons grecs et romains au-dessus de tout dans notre architecture, notre mobilier ou notre art. » Il regarda l'horloge à côté du bureau. « Pardonnez-moi, Mrs. Corsham, mais j'ai ce soir un rendez-vous. Peut-être pourrions-nous discuter des conditions ? »

Agnetti refusa de baisser son prix habituel de quatre-vingts guinées. Ils convinrent que le portrait serait peint sur plusieurs mois, et que la première séance aurait lieu dans quelques jours.

« Mon avocat établira le contrat que mon assistante vous apportera à signer. Mais peut-être préférez-vous que j'envoie un serviteur ?

— Non, pourquoi le voudrais-je ?

— Miss Willoughby n'a pas toujours bonne presse. Certains de mes clients exècrent le scandale… mais pas au point toutefois de renoncer à un Agnetti ! » Il retroussa les lèvres. « Je suis heureux d'entendre que vous n'êtes pas comme eux ! Miss Willoughby connaît bien les conditions légales et pourra répondre à toutes les questions que vous auriez. »

Déçue de ne pas lui avoir soutiré davantage d'informations, Caro se laissa raccompagner à la porte. Elle s'arrêta devant la plus grande toile, celle entourée d'un échafaudage. On y voyait un homme nu recroquevillé d'angoisse, entouré de trois femmes ailées à la poitrine dénudée et au visage démoniaque de chouette. Dans le coin supérieur gauche, pas encore peint, une femme esquissée à la craie et au fusain semblait sortir d'un nuage : Lucy, le regard brûlant, la main pointée vers l'homme en signe de condamnation.

« *Le Tourment d'Oreste*, dit Agnetti. C'est le tableau final du quartet de Stone, le dernier pour lequel a posé Lucy. Elle apparaît ici en fantôme de Clytemnestre, que tue son propre fils, Oreste, pour venger le meurtre de son père. Elle en appelle aux Érinyes, les Furies. » Il tendit le doigt vers les trois visages concupiscents. « Connaissez-vous la légende ? Les Furies sont les filles de Nyx, la déesse de la nuit. Certains les appellent des démones, mais Cicéron les décrit comme des déesses qui détectent et vengent les crimes impunis et le mal. Elles poursuivent Oreste pour avoir commis le crime de matricide et le rendent fou. »

Caro soupira. « Mais les dieux ont tenu procès et déclaré Oreste non coupable. Ce récit ne m'a jamais semblé satisfaisant… Si Clytemnestre méritait de mourir, il le méritait lui aussi.

— L'issue a beau être injuste, le thème n'en est que plus intemporel. C'est ce que pensait Lucy. » Agnetti esquissa un sourire peiné. « Elle me disait que, si les Furies survolaient Londres pour y chercher les injustices à réparer, aucun homme dans cette ville ne dormirait en paix. »

26

Les conversations désinhibées et les rires masculins rugissaient dans la salle à manger. Child plongea sa cuillère dans sa pseudo-soupe à la tortue. Au Prince of Wales, non loin de Drury Lane, les alcôves tendues de velours jaune et bleu étaient remplies de clients venus dîner à la sortie du théâtre. Dans chacune était accroché un portrait du jeune prince George et, de temps en temps, quelqu'un d'un peu ivre se levait en portant un toast à « Prinny ». Aucune femme n'était présente – l'établissement tenait à sa respectabilité – mais, au fond de la salle, un escalier menait à des chambres où un gentilhomme pouvait distraire une dame en toute discrétion. À en croire la rumeur, le prince lui-même y retrouvait parfois des actrices autour d'un plateau d'huîtres – des rendez-vous que lui organisaient des amis plus âgés tel lord March. Child observa les visages poudrés des clients, avec trop de mentons ou pas assez, encadrés de jabots de dentelle et de perruques parfumées. Il en conclut que l'incendie d'un tel lieu n'aurait pas été une grande perte.

« Alors, dites-moi, qu'est-ce qui me vaut cette générosité ? demanda Solomon Loredo. Je dois admettre que c'est inhabituel. »

Child était passé voir le joaillier qu'il avait invité à souper aux frais de Mrs. Corsham. Chacun d'eux occupait plus qu'amplement une banquette de part et d'autre de la table. La vapeur qui s'élevait de son potage faisait luire le crâne chauve basané de Loredo.

« Simon Dodd-Bellingham, répondit Child. Je crois savoir que vous avez été en affaires. Que pouvez-vous me dire sur lui ? »

La question parut étonner Loredo. « Il est antiquaire, spécialisé dans la période classique. Des gentilshommes l'emploient pour qu'il leur constitue une collection d'objets romains, ou qu'il les aide à composer une bibliothèque. Si une pièce plus ancienne entre dans ma boutique – des monnaies, des médaillons, des sceaux ou ce genre de choses –, je fais appel à lui pour qu'il y jette un œil. Comme je vous l'ai dit, il connaît les collectionneurs et, en général, il obtient un bon prix. La commission qu'il perçoit est tout à fait méritée.

— Que savez-vous de ses antécédents ? On dit que c'est un bâtard.

— Un bâtard chanceux ! Son père a bien fait les choses. Il lui a payé une bonne éducation et, après la mort de sa première femme, il a épousé la mère et adopté le fils. Malheureusement, le père avait autant de dettes qu'il avait le cœur généreux. Il paraît que le garçon est lui-même très endetté. Il vit dans la maison familiale avec son demi-frère, aucun des deux n'ayant les moyens de racheter sa part à l'autre pour qu'il s'en aille.

— Est-il digne de confiance ?

— Autant qu'il est possible de l'être dans ce métier. J'ai pris des renseignements sans rien découvrir de fâcheux… En tout cas, je n'ai jamais eu aucune raison de regretter notre collaboration.

— Avez-vous eu vent d'histoires concernant ses rapports avec les femmes ?

— Non, mais j'ai parlé à ses clients et à la guilde des orfèvres, pas à sa catin. » Loredo plissa le nez. « Qu'est censé avoir fait Dodd-Bellingham ?

— Il est suspect dans une affaire de meurtre. La prostituée tuée au Vauxhall. »

Loredo haussa les sourcils. « Une dame qui est passée à la boutique l'autre jour a évoqué ce meurtre. Elle avait trouvé une de mes bagues sur le lieu du crime, une bague qui avait un lien avec Dodd-Bellingham.

— Cette dame est ma nouvelle cliente. » Child lui parla de Stone et du Club Priapus. « La prostituée tuée au Vauxhall pensait que l'un de ses membres avait tué une autre fille. Une gamine de quinze ans, une domestique devenue putain. »

Les yeux de Loredo, qui était père de trois filles, s'embuèrent de larmes. « Ah, c'est bien triste… Les pauvres, les voir dans la rue me serre le cœur… Même les braves filles juives succombent à la tentation, ce qui n'a rien d'étonnant. Elles gagnent cinq livres par an en se plaçant comme bonne, et cinq livres par nuit en se couchant sur le dos ! Ma femme a du mal à garder une domestique plus de six mois… » Il secoua la tête. « Mais Dodd-Bellingham est un érudit, un penseur. Et vous l'avez vu ? Il n'est pas taillé pour la violence.

— J'ai rarement rencontré un homme qui ne serait pas capable de tuer une femme à mains nues. Et celui qui a tué la prostituée au Vauxhall avait un couteau. Pourriez-vous vous renseigner sur les rumeurs qui circuleraient dans la City à propos de femmes ou d'actes violents ?

— Offrez-moi un billet pour assister au combat des Mascarenhas, et je me renseignerai sur ce que vous voudrez ! Mais je vais être franc, à mon avis, vous vous engagez dans une impasse. »

Ils se serrèrent la main. Child grimaça sous la poigne de Loredo, qui lui-même avait été lutteur dans sa jeunesse. Les journaux l'avaient surnommé « le Balaise hébreu ».

Apercevant l'homme qui semblait être le patron, Child lui fit signe. Emperruqué et un peu épuisé, il était vêtu comme ses clients d'un élégant habit bleu à brandebourgs dorés. Child lui glissa une couronne en argent. « Connaissez-vous le lieutenant Dodd-Bellingham ?

— Il vient quand il en a les moyens.

— Était-il ici il y a une semaine, vers dix heures du soir ? »

L'homme réfléchit une seconde. « Je ne crois pas… Non, je m'en souviendrais.

— Vous en êtes sûr ?

— Chaque fois qu'il vient, je le surveille du coin de l'œil… C'est un fauteur de troubles.

— Vous l'avez déjà vu avec son frère ?

— Oui, mais lui, ça va. Il essaie de calmer le lieutenant quand il cherche la bagarre.

— Le frère est-il venu ce soir-là ?

— Je ne me rappelle pas l'avoir vu, mais ça ne veut pas dire qu'il n'était pas là. On était aussi débordés que ce soir, et il n'est pas le genre d'homme qu'on remarque dans une foule. »

Child le remercia et le patron fila s'occuper d'une autre table.

Loredo repoussa son assiette. « Un soldat bagarreur me semble être un meilleur candidat au meurtre qu'un antiquaire.

— Négliger l'improbable peut se révéler une erreur. Parfois, les gens nourrissent d'étranges ressentiments… Être resté un secret honteux pendant tant d'années a forcément marqué Simon. » Child racla ce qui restait de soupe dans le fond de son bol – la spécialité de la maison, même si la cervelle de veau ne valait pas la vraie tortue. « Que pouvez-vous me dire au sujet de Jonathan Stone ? Ce qu'on raconte est-il vrai, c'est un juif caché ? »

Loredo eut un rire un peu amer. « À en croire les journaux, tous les prêteurs d'argent le sont ! Si un gentilhomme anglais est dans l'embarras financier, ce n'est jamais à cause de sa sottise mais parce qu'un israélite sournois l'a floué !

— Donc, c'est faux ?

— Oui, je pense. Et puis j'ai connu Stone autrefois… Avant de partir en Inde, il prêtait de l'argent dans la City. Je lui en ai emprunté une fois, et j'ai maudit ce jour. À cause de ça, j'ai failli ne pas accepter le travail que me proposait Dodd-Bellingham, mais j'ai sauvé ma conscience en réclamant à Stone quarante guinées de plus.

— Ses affaires sont-elles légales ?

— On ne bâtit pas une fortune comme la sienne en prêtant à cinq pour cent. Il y a quelques mois, des échevins de la City ont demandé au ministère de l'Intérieur d'enquêter sur des prêts illégaux qu'il aurait faits, mais leur démarche n'a abouti à rien. Stone doit avoir des amis haut placés. »

Sourcils blancs ? songea Child. *Nicholas Cavill-Lawrence ?*

« Autrefois, le taux d'intérêt de Stone était de douze pour cent : cinq sur le contrat, les sept autres par accord tacite. Je ne crois pas que sa façon de faire ait changé. »

C'était exactement ainsi que Daley aimait faire des affaires. Child prit douloureusement conscience que le délai qu'il lui avait accordé prendrait fin dans quelques heures.

« Les accords tacites sont faciles à briser, dit-il. Tout autant que les jambes, ce qui est un autre moyen de procéder. Sauf que ça ne marcherait pas avec de tels gentilshommes, ajouta Child en englobant la salle. Stone finirait au bout d'une corde.

— Même à ses débuts, Stone n'a jamais recouru à la violence. Il aimait bien dire que c'était indigne de lui, ce qui ne manque pas d'ironie, car peu d'autres choses le sont à ses yeux !

— Mais, si ce n'était pas légal, comment se faisait-il rembourser ?

— Je vais vous raconter ma propre expérience. Mais avant, jurez-moi que vous n'en parlerez à personne.

— Sur la tombe de mon fils ! »

Loredo posa sa main sur le bras de Child en témoignage de sa sincérité. « C'était un peu après que ma carrière de lutteur eut pris fin. Je débutais dans le métier de la joaillerie, je venais de me marier et… j'ai pris de mauvaises décisions. J'ai emprunté de l'argent à Stone, d'abord une petite somme, mais il m'a encouragé à emprunter davantage, de sorte que mes dettes ont augmenté. Le rembourser à douze pour cent n'étant pas facile, j'ai proposé de baisser le taux à cinq pour cent, le temps que ma situation s'améliore. Peu après, son homme d'affaires, Érasme Knox, est passé me voir… » Loredo poussa un soupir. « Une de mes mauvaises décisions avait pour nom Eliza. Je croyais avoir été discret, mais Knox, je ne sais comment, avait découvert notre liaison. Mon insouciance aurait détruit le bonheur de ma femme… et j'ai frôlé la faillite en essayant d'arranger les choses. Cette période a été la pire de ma vie, je vous l'assure !

— J'en suis désolé.

— Stone utilise toujours les mêmes méthodes, et Knox est toujours son homme. Si un client est trop lent à rembourser, ou s'il parle d'appliquer le taux légal, Knox vient toquer à sa porte avec un argument – un enfant illégitime, un chèque impayé, une femme maltraitée… À moins qu'un gentilhomme ne veuille voir ses frasques exposées dans les journaux, il paie.

— Stone a prêté de l'argent aux frères Dodd-Bellingham. Je me demande s'il sait quelque chose à leur sujet.

— Avoir des secrets n'est pas un crime. Mon cas en est la preuve.

— Tout dépend du secret. »

Ils se turent le temps que le serveur débarrasse les bols et apporte la suite – une tourte à l'oie pour Child ; un ragoût d'agneau à la turque accompagné de cardons au beurre pour Loredo. « Votre cliente est une belle femme, observa ce dernier lorsque le serveur fut parti. Amenez-la au combat de boxe, si vous voulez.

— Elle est mariée à l'un de mes amis.

— Le meilleur genre d'ami que l'on puisse souhaiter ! »

Loredo s'essuya la bouche. Et soudain, son sourire s'effaça. « Cette enquête que vous menez, va-t-elle vous opposer à Stone ?

— C'est probable.

— Un de nos dictons juifs me revient à l'esprit : “La pierre tombe sur la cruche ? Malheur à la cruche ! La cruche tombe sur la pierre ? Malheur à la cruche !”

— Dois-je comprendre que je suis la cruche ? »

Loredo le regarda d'un air grave. « Restez loin de Jonathan Stone. C'est un conseil que je vous donne. »

27

La lettre arriva dans la soirée. Caro ne reconnut pas la belle écriture ronde qui avait rédigé l'adresse, et il n'y avait aucun sceau sur le cachet de cire jaune. Elle vit en l'ouvrant que l'épais papier en lin servait d'enveloppe et que rien n'était écrit au verso. Quelque chose de plus petit placé à l'intérieur tomba sur le bureau.

Une salière en papier. Elle la regarda avec surprise. Quand elles étaient jeunes, Caro et ses amies s'en étaient fabriqué mutuellement – des carrés de papier ingénieusement pliés, à l'intérieur desquels on glissait des poèmes proclamant une amitié éternelle. Sur celui-ci étaient peints une bordure raffinée et un grand cœur rose, avec un message écrit tout autour à la plume : *Ma chère, quand ces feuilles vous aurez dépliées, ce cœur que vous tenez sera brisé.* Venait-il de lord March ? Aurait-il changé d'avis ?

Elle souleva les triangles imbriqués et ouvrit la salière, qui ressemblait maintenant à une étoile à quatre branches. Elle la regarda, consternée. D'ordinaire, l'étoile était décorée d'illustrations évoquant l'amour courtois ou l'amitié dévouée, or ce qui était peint là d'un pinceau délicat relevait d'une tout autre nature. Sur la première, un couple s'embrassait. La femme avait des cheveux châtains comme les siens et une robe du même bleu paon que celle qu'elle avait portée aux jardins du Vauxhall. Sur la deuxième, l'homme et la femme s'accouplaient de façon lascive, lui la prenant par-derrière, tels des animaux dans l'herbe. Sur la troisième, la femme, penchée sur un homme avec un masque de médecin de la peste, arborait une expression de terreur. La dernière illustration était entourée d'une guirlande de feuilles, qui sans doute représentaient les charmilles. La femme aux cheveux châtains se tenait debout au-dessus d'une dame en robe rose, avec de multiples blessures au ventre qui saignaient.

Parvenant tout juste à se résoudre à la toucher, Caro déplia entièrement la salière pour lire le message caché au centre.

ARRÊTEZ DE FAIRE CE QUE VOUS FAITES
OU VOUS LE REGRETTEREZ

*

Plus tard, après avoir couché Gabriel, elle examina de nouveau la salière en papier. L'artiste qui avait peint les illustrations n'était pas dépourvu de talent. Agnetti ? L'idée du grand maître s'adonnant à une activité aussi puérile semblait ridicule, en revanche, la lubricité et la violence des images ne l'étaient en rien. Pas plus que la menace.

Pourtant, Agnetti avait parlé de Lucy avec regret, et il était venu à son enterrement, ce dont personne d'autre n'avait pris la peine. Et pourquoi aurait-il envoyé ce message de menace qui d'emblée désignait un artiste ? Plus probablement, un de leurs quatre suspects cherchait à détourner les soupçons sur quelqu'un d'autre, et à effrayer Caro. Elle s'en voulut qu'il y soit parvenu. Cherchant à se distraire de ses peurs, elle ferma les yeux et se surprit à penser à cette malheureuse femme étrange, Theresa Agnetti.

Trois ans plus tôt, lorsque le couple s'était installé à Londres, Caro avait fait un effort pour accueillir Theresa dans la bonne société londonienne. Elle avait toujours apprécié la compagnie des femmes cultivées, et on disait de Theresa qu'elle était érudite et lisait couramment le grec. Mais, au cours des conversations, elle s'était révélée si distante et si peu intéressée par quoi que ce soit que Caro l'avait jugée froide et ingrate. Un jugement que partageaient d'autres personnes de son cercle. Seule Louisa, l'épouse de Mordechai, avait persisté à mieux la connaître, persuadée que l'attitude réservée de Theresa dissimulait une profonde timidité.

Mais, de temps en temps, quand elle avait bu, Theresa perdait son air maussade et pouvait se montrer pleine de vie, voire flirter. Elle riait avec les maris d'autres femmes, sans doute pour rendre le sien jaloux. Lottie Heneker l'avait même entendue adresser des compliments à l'un de ses valets ! Tout le monde voyait bien que le couple n'était pas heureux. Au moment où les premiers articles sur les modèles d'Agnetti étaient parus dans les journaux, Louisa avait été chargée par les dames d'une mission de soutien auprès de Theresa. « Bien m'en a pris ! avait-elle rapporté. Elle a failli me mordre en me disant que tout cela n'était qu'un tissu de mensonges ! »

À la suite de cet épisode, personne ne s'était plus embêté avec Theresa Agnetti. Les invitations avaient cessé, et il était rare de la voir seule dans le beau monde. Puis le scandale avait éclaté lorsqu'elle avait quitté son mari – un soir, elle était sortie de chez elle et n'était jamais revenue. Certains affirmaient qu'elle était repartie à Naples ou en Inde, d'autres qu'elle s'était enfuie avec un amant. Mordechai, qui se méfiait toujours des femmes cultivées et malicieuses, pensait que Theresa était une ivrogne et qu'elle avait dû se jeter du haut d'un pont. On disait Agnetti effondré, néanmoins, à cause sa réputation de don Juan, personne n'avait manifesté beaucoup de sympathie à son égard. Le peu de compassion qu'on aurait pu encore avoir pour lui s'était évaporé trois mois plus tard quand il avait installé sa nouvelle assistante sous son toit. Ce scandale avait éclipsé le premier et, depuis, il était rare que l'on prononçât le nom de Theresa Agnetti en dehors de ce contexte.

Caro but lentement son vin. La nausée commençait enfin à diminuer, mais ses seins, toujours aussi lourds, étaient douloureux, et la tête lui tournait chaque fois qu'elle se levait. *Ne pense pas au bébé*, se dit-elle. *Ça va te rendre folle. Ne pense pas à Harry*. C'était cependant plus facile à dire qu'à faire. Elle se força à regarder de nouveau la salière. *Concentre-toi plutôt sur ça.*

28

Après avoir quitté Solomon Loredo, Child retourna dans les lieux de plaisir de Covent Garden. Personne n'avait de nouvelles de Pamela, en revanche, tout le monde connaissait Hector.

« Le petit Ganymède roule sa bosse ! lui dit une fille dans un café.

— Vous savez où je peux le trouver ?

— Je vous l'ai dit, il roule sa bosse… C'est votre truc, les jeunes garçons ?

— Jamais de la vie ! »

La fille lui sourit. « Emmenez-moi dehors, et pour une guinée, je vous montrerai des trucs que ne pourrait pas vous faire une vierge !

— Je pourrais être votre père !

— Ça me dérange pas. Et j'aime bien les hommes avec un peu de gras ! »

C'était la chose la plus aimable qu'on avait dite à Child de la soirée.

Dans une maison de posture de Southampton Street, où des filles dansaient en se contorsionnant sur des plateaux en argent, là encore, le portrait de Pamela ne rappela rien à personne.

« Si j'étais vierge et si je lui ressemblais, je me serais vendue aux enchères, on gagne davantage ! lui dit une fille qui regarda fixement son entrejambe. Essayez au Horseshoe. Les gens y laissent des cartes.

— En avez-vous déjà vu une comme celle-ci ? » lui demanda Child en montrant celle avec le satyre.

La fille écarquilla tout grands les yeux. « Vous aviez pas précisé que vous étiez riche ! Vous voulez bien m'emmener là-bas, monsieur ?

— Où ça ?

— Une grande maison à la campagne, où ils organisent des mascarades. Les filles doivent avoir une carte pour y entrer.

— Et on y fait quoi ?

— Tout ce qui est imaginable ! Enfin, c'est ce qu'on m'a raconté… J'ai jamais été invitée.

— Qui lance les invitations ? »

Elle haussa les épaules. « Tout ce que je sais, c'est qu'on se fait pas mal de fric ! »

Après l'avoir remerciée, Child se dirigea vers Drury Lane en pensant au libertin notoire qu'était Jonathan Stone et à sa maison de campagne à Muswell Rise. Lucy ou Pamela étaient-elles allées à l'une de ces soirées ? Était-ce pour cette raison qu'Hector lui avait glissé la carte dans la poche ? Il se demanda si ces mascarades avaient un lien avec le Club Priapus, et si c'était ce qui avait convaincu Lucy qu'un de leurs quatre suspects avait tué Pamela.

Au Horseshoe, il lut les annonces punaisées sur le mur de la taverne. Une carte attira son œil. Il la décrocha et la lut :

Une ravissante BEAUTÉ de QUATORZE ans,
NOUVELLE en ville, se présente chaque soir
dans l'établissement de MRS. HAVILLAND,
au 16 COMPTON STREET, en princesse vierge TAPOA
des ÎLES DES MERS DU SUD. LE 17e jour de
SEPTEMBRE, elle vendra sa COMPAGNIE à tout
GENTLEMAN désireux de la LIBÉRER de sa présente
CONDITION.

Compton Street, la rue où se trouvait le Golden Pear Tree, le repaire favori de lord March et du lieutenant Dodd-Bellingham.

Cependant, à plus de trois heures du matin, l'endroit serait fermé. Child rentra chez lui en regardant par-dessus son épaule s'il n'apercevait pas Finn Daley. Les sept jours étaient écoulés.

Quand cet Irlandais vérolé viendra me chercher, je l'abattrai, se dit-il en palpant son pistolet. *Un homme doit laisser son empreinte. Ce sera la mienne.* Toutefois, et il s'en étonna, il arriva devant son domicile sans encombre.

Sa tranquillité d'esprit dura vingt bonnes secondes, soit le temps que lui prit le fait de monter l'escalier et de déverrouiller sa porte. Le clair de lune éclairait le chaos qui régnait dans ses appartements. Les tiroirs avaient été arrachés, le contenu éparpillé sur le sol, les meubles retournés, comme chez Nelly.

Son pistolet en main, Child alluma une lampe, puis vérifia s'il y avait des intrus dans la chambre, où il ne découvrit que le même spectacle de désolation. Ils avaient ouvert tous les placards et les tiroirs, jeté les affaires par terre, déchiré les pages de ses livres et éventré son vieux matelas en plume. Il ramassa ce qui restait du pichet à bière que Sophie Hardcastle lui avait offert à Noël. La tristesse qu'il ressentit en constatant que l'anse et le bec étaient cassés le surprit.

Finn Daley ne se serait jamais donné autant de peine. Il se serait contenté de le torturer pour savoir où il cachait son argent. Ses derniers doutes sur le fait que l'Irlandais y soit pour quelque chose s'envolèrent à l'instant où il souleva la latte du plancher sous laquelle il avait mis trois des guinées de Mrs. Corsham. Au lieu d'être dans la bourse en cuir, les pièces étaient posées dessus. Les hommes venus fouiller chez lui n'étaient ni des usuriers ni des voleurs mais des agents du ministère de l'Intérieur. Et ils tenaient à ce que Child le sache.

PAMELA

21 janvier 1782

Une paire de nouveaux gants ne la soulagerait pas de sa migraine, mais ça aiderait un peu.

En repartant de sa séance de pose chez Mr. Agnetti, Pamela demanda à son gardien de l'emmener à Newport Alley, où Lucy lui avait dit qu'elle trouverait la dernière mode de Paris à des prix très inférieurs à ceux que proposait le Strand. La rue sinueuse avait été entièrement colonisée par des commerçants français : des bronziers, des horlogers, des joailliers, des perruquiers, des modistes, des couturières, des bonnetiers, et la Maison Bertin, une mercerie où une dame, pourvu qu'elle ait de l'argent, pouvait s'acheter une garde-robe complète.

Alors qu'elle admirait les vitrines, son argent bien rangé dans son porte-monnaie, Pamela se sentait comme une grande dame avec sa nouvelle robe rose et son chapeau gansé de soie bleu pâle. Toutefois, ce qu'elle avait vu dans le vestibule d'Agnetti revenait s'immiscer par moments dans ses pensées, lui gâchant son plaisir. Le lieutenant et Mrs. Agnetti en train de murmurer, sa main à lui sur sa poitrine.

Arrivée devant la porte de la Maison Bertin, Pamela pria son chaperon de l'attendre à l'extérieur. Elle entra et se promena dans les allées en caressant les métrages de calicot, de velours et de brocart. Le propriétaire de la boutique était occupé au fond avec un gentleman, mais une jeune Française, qui aurait pu être sa fille, lui montra les échantillons de cuir sur le comptoir des gants. Tout un arc-en-ciel de couleurs. Pamela palpa avec envie une pièce en chevreau bleu pâle d'une souplesse incroyable. *Bientôt*, se promit-elle.

Kitty lui avait expliqué comment distinguer un vrai gentilhomme d'un imposteur : les gants en chevreau ou en cuir, les boucles des chaussures en or ou en cuivre. Il fallait également observer les mains, et les effleurer au plus vite pour voir si elles étaient douces. Aucune fille ne voulait gaspiller ses meilleures années à culbuter des employés qui économisaient pour la prochaine saison. Elle aurait pu louper un protecteur. Voire un mari.

Impatiente de s'essayer à l'art de l'apparence, Pamela jeta un coup d'œil au gentilhomme au fond de la boutique. Un manteau marron usé, une perruque jaunie, des chaussures élimées à boucles en cuivre – elle n'avait pas besoin de lui effleurer les mains pour savoir qu'il valait mieux passer son chemin. Mais tandis qu'elle observait son profil, elle eut l'impression qu'il ne lui était pas inconnu. Il lui fallut quelques instants avant de se rappeler où elle l'avait vu. Médusée, elle le dévisagea de plus belle.

Simon Dodd-Bellingham, le frère du lieutenant, qui ressemblait à une grenouille. En plein jour et sans ses lunettes, il avait une allure différente.

Le jeune homme leva les yeux et, voyant qu'elle le regardait, la salua en s'inclinant. « Madame… »

Pamela s'approcha et lui sourit. « Vous ne vous souvenez pas de moi ? »

Il plissa le front d'un air confus. Il l'avait seulement vue habillée en bonne, étant donné que, dans le salon des entretiens, même après le spectacle, elle avait gardé la vieille robe marron qui lui tenait lieu de costume. Qu'il ne l'ait pas reconnue et l'ait prise pour une dame lui plut. Déjà, elle laissait son ancienne vie derrière elle.

« Mais si… vous êtes la demoiselle de chez Mrs. Haviland. » Il paraissait un peu consterné – d'être aussi bigleux, sans doute !

« Je sors de chez Mr. Agnetti. Je pose pour un de ses tableaux. Votre frère vous en a peut-être parlé ?

— Non. »

Un brin vexée que le lieutenant n'en ait rien fait, Pamela tripota un des rubans étalés devant Simon. En soie rayée française. Très cher.

Le propriétaire revint en apportant deux autres rouleaux de ruban. « J'ai également du bleu et or ou du rose et or, monsieur.

— J'aimerais que la teinte soit parfaitement assortie à l'or de la bague », dit Simon.

Il tenait dans sa main une petite boîte rouge. Pamela regarda la bague qu'il montra au marchand : deux cœurs en rubis et diamants, entre deux autres plus petits diamants. Elle savait reconnaître une belle pierre quand elle en voyait une, or celles-ci étaient très belles, et devaient bien valoir cinquante guinées.

« Plutôt celui-ci », suggéra Pamela en touchant le ruban vert et or.

Simon lui sourit, puis se tourna vers le vendeur : « Je vais suivre le conseil de la dame.

— Très bien, monsieur. » Le Français attrapa un registre. « Faut-il faire porter les vêtements de la dame à la même adresse que la dernière fois ?

— Oui, s'il vous plaît. Mais je vais prendre le ruban tout de suite. »

Le marchand retourna le couper dans l'arrière-boutique. Simon remit la boîte dans sa poche.

Pamela voulut arquer un sourcil, comme elle avait vu le faire Lucy, mais elle ne réussit qu'à loucher. « Cette dame a de la chance ! »

Simon se renfrogna. « Vous n'en parlerez pas à Agnetti, n'est-ce pas ?

— De la bague ? Pourquoi ? »

Il hésita. « Dernièrement, j'ai eu une petite rentrée d'argent – un legs d'une tante du côté de ma mère. Mais je suis en dette auprès d'un prêteur d'argent auquel, si je respectais strictement les conditions, j'aurais dû remettre cette somme. Et comme il est le mécène de Mr. Agnetti, je ne voudrais pas qu'il soit mis au courant de cette dépense. »

Pamela enregistra l'information. « Pour qui est la bague ?

— Une cousine que cette tante a oubliée dans son testament… J'ai pensé que lui offrir un bijou la consolerait. »

Son teint avait tourné au rouge cramoisi. *Menteur !* songea Pamela. Simon entretenait-il une femme ? Encore un secret des Dodd-Bellingham… et nettement plus savoureux, celui-là !

Le jeune homme la regarda d'un œil anxieux. « Vous ne direz à personne que nous nous sommes croisés ? »

Elle lui sourit. « Ce sera notre petit secret. »

29

Lorsqu'il sortit de chez lui le lendemain matin, Child chercha de nouveau s'il voyait Finn Daley, mais la cour et la rue étaient désertes. Il prit un petit déjeuner – du pain, du fromage et du bordeaux – dans sa taverne habituelle, s'attendant à chaque instant à apercevoir une des brutes épaisses de Daley au milieu du mélange coutumier de soldats avinés et de filles de joie assoupies. Puis il descendit vers la Tamise, en gardant la main sur son pistolet. Ce fut seulement lorsqu'il fut installé dans un bachot et que le passeur l'amena à la rame en aval du fleuve qu'il s'autorisa à se détendre. À force de surveiller ses arrières, il souffrait d'un méchant torticolis. Il fit rouler sa nuque en savourant la sensation du soleil sur son visage. Après être passés devant les Chambres du Parlement, Lambeth Palace et les marais de Pimlico, ils accostèrent au ponton du Vauxhall.

Une petite somme glissée au gardien lui permit de franchir la grille des jardins. Child se dirigea tranquillement vers le pavillon de l'Orchestre, aussi blanc et orné que de la dentelle de Chantilly, où des musiciens en veste bleue répétaient *Water Music* de Haendel sur les balcons. Il n'était pas venu au Vauxhall depuis des années, mais il y avait un jour emmené Liz, avant la naissance de leur fils Arthur. Ils avaient regardé un automate jouer aux échecs, mangé du poulet grillé en crapaudine, puis bu du vin sur un banc au-dessus de la cascade. Ces souvenirs étaient un supplice ; et les meilleurs étaient les pires. *Trêve de sentiments*, se réprimanda Child. *Fais ce que tu as à faire.*

Les jardins étaient grouillants d'activité ; des ouvriers réparaient des auvents, remplaçaient les mèches des lanternes et tondaient la pelouse. Les marchands installaient leurs échoppes. Dans le pavillon du Prince de Galles, dont le faîtage était décoré de plumes, des charpentiers et des peintres s'affairaient. Il demanda à un homme qui poussait une brouette remplie de fleurs où trouver Ezra Von Siegel.

« Par là-bas, indiqua le jardinier en tendant le bras. C'est celui qui a une barbe. »

Trois arcs de triomphe en bois encadraient la Grande Allée du Sud, au bout de laquelle un panneau en trompe-l'œil représentait les ruines de Palmyre. Child jeta un regard à la pagode chinoise et aux statues disséminées entre les arbres. Après avoir parcouru une centaine de mètres, il aperçut un homme barbu hissé en haut d'une échelle.

« Mr. Von Siegel ? »

L'employé avait un couvre-chef rouge, un visage émacié et mat au-dessus de sa barbe noire. Il était en train de vider l'huile d'une lanterne, sans doute pour en remplacer la mèche.

Child se présenta. « J'enquête sur le meurtre de Lucy Loveless. On peut discuter ? »

L'air inquiet, Von Siegel descendit de l'échelle. Il était encore plus petit que Child et devait peser encore moins lourd qu'Orin Black. « Vous agent de Bow Street ? Vous pensez j'ai tué pauvre dame ?

— Je suis attrape-voleurs, répondit Child en lui tendant deux shillings. Je veux seulement savoir ce que vous avez vu. »

Von Siegel fixa les pièces. « Je veux pas argent. J'ai une fille. »

Child sourit. « Vous pouvez me raconter ce qui s'est passé ?

— Vous trouver le *Mörder* ? Vous dire agents de Bow Street me laisser tranquille ?

— Je ferai de mon mieux. »

Von Siegel lui fit signe de le suivre et l'emmena plus loin sur un chemin, devant une autre lanterne à l'orée des jardins. « J'étais ici, en haut échelle. Je coupe la mèche. Je vois la dame. Après elle passe et elle crie. Je vais voir. »

Ils continuèrent vers le Dark Walk. Von Siegel compta les charmilles et s'arrêta devant la sixième. « La dame crie ici, dans bras d'un gentilhomme. Après, ils disent c'est lord March. Je vois la dame morte en robe rose… Beaucoup de sang !

— Avez-vous vu quelque chose par terre qui ressemblait à une lettre ?

— *Ja, hier* », répondit Von Siegel en montrant le sol.

Ce qui confirmait l'hypothèse de Child qu'un des agents l'avait ramassée et remise au magistrat. Il entra sous la charmille, où il passa plusieurs minutes à chercher dans les broussailles, sans rien trouver.

« Comment vous a paru lord March ? Ses vêtements étaient-ils en désordre ? Avait-il l'air contrarié ?

— *Nein*. Lui essaie de… » Von Siegel fit des gestes d'apaisement de la main. « La dame bouleversée. Il dit son nom.

— Mrs. Corsham.

— Non, son *Vorname*. Il dit “Caro”. »

Child prit le temps de se féliciter de son intuition. Lord March avait-il prévu de rejoindre Mrs. Corsham sous les charmilles et rencontré Lucy par hasard ? Sachant qu'elle était une menace pour lui parce qu'il avait tué Pamela, il avait saisi l'occasion et l'avait poignardée. L'hypothèse semblait plausible, toutefois, il en avait d'autres.

« Mrs. Corsham a dit que, quand elle s'est approchée de la charmille, elle a failli se heurter à un homme avec un masque de médecin de la peste. Il a dû passer devant vous pendant que vous étiez sur l'échelle, non ? »

Von Siegel secoua la tête. « Pas vu. J'ai dit agents.

— Avez-vous vu quelqu'un d'autre se comporter de manière suspecte, avant le meurtre ou après ? »

L'allumeur de lanternes réfléchit une seconde. « Un peu avant *Frau* Corsham, je vois le gentilhomme et la dame aller vers charmilles. Un peu après, la dame revient, et elle, bouleversée… Pas très rare, ajouta-t-il avec un haussement d'épaules.

— Le gentilhomme l'a-t-il suivie ?

— *Nein*, je revois pas lui. »

Donc, le gentilhomme aurait été seul sous les charmilles à l'heure du meurtre. « Vous vous rappelez comment il était ?

— Grand, *jung*, uniforme rouge de soldat, mais avec doré, là, répondit l'employé en se touchant les épaules. Et cheveux courts.

— Avait-il une cicatrice ici ? » Child traça une ligne sur sa tempe.

Von Siegel haussa de nouveau les épaules. « Pas lanterne. Très sombre.

— De quelle couleur étaient ses cheveux ?

— Blonds, comme fille. Elle aussi, cheveux courts. Très jolie. Très grande. » Il leva la main au-dessus de sa tête.

L'homme aurait pu être le lieutenant Dodd-Bellingham. « Quand vous avez vu la fille la deuxième fois, vous dites qu'elle avait l'air bouleversée ?

— Elle pleurer. Elle marcher vite. »

Child lui posa encore quelques questions, mais il ne réussit qu'à effrayer davantage le pauvre homme. Il l'autorisa à retourner à ses occupations, puis s'éloigna sur le sentier, vers l'endroit où Mrs. Corsham avait croisé le médecin de la peste. En regardant du côté de la Rotonde, il repéra l'endroit où Ezra Von Siegel avait été juché sur son échelle. Si l'homme masqué n'était pas passé devant lui, par où était-il parti ?

Il continua à avancer en scrutant les buissons de part et d'autre. Apercevant un carré d'herbe aplati, il s'arrêta. La végétation était touffue, mais pas au point de ne pas pouvoir passer au travers. Child écarta les branches et s'enfonça dans les broussailles, puis arriva bientôt devant le mur d'enceinte, hérissé à son sommet de tessons de verre. Le tueur n'aurait pas pu l'escalader sans l'aide de quelqu'un. Alors qu'il longeait le mur tout en scrutant la verdure, il dérangea un geai qui s'envola des buissons, l'air de ne pas apprécier. Un gros massif de troènes bloquait le passage.

Child s'apprêtait à faire demi-tour lorsqu'il aperçut quelque chose coincé entre des racines enchevêtrées au pied d'un arbuste. Après avoir enfilé un de ses gants, il s'accroupit pour le ramasser.

Un couteau long d'une vingtaine de centimètres, le manche entouré d'une ficelle rouge, la lame couverte de sang séché.

Le tueur est venu s'en débarrasser ici, songea Child. *Il n'a pas voulu prendre le risque de l'avoir sur lui pour sortir par la grille. Il a sans doute en même temps changé de costume, mais il l'a emporté. Et comme Ezra Von Siegel s'est précipité au secours de Mrs. Corsham dès qu'il l'a entendue crier, il n'a pas vu repasser le meurtrier.*

Revenant sur ses pas, Child s'engagea sur le chemin dans le sens inverse de celui qu'aurait suivi Mrs. Corsham. Par-delà les pavillons et les fontaines, il apercevait la Rotonde, dont la coupole lui évoquait un de ces petits choux français à la crème. Voyant la porte entrouverte, il entra, content de se retrouver à l'ombre après la chaleur du jardin. Il fit le tour de la salle en observant les tableaux sur les murs. Pamela, allongée sur une dalle en pierre, un soldat s'apprêtant à la transpercer de son glaive. Lucy Loveless en Clytemnestre, massacrant son époux et sa concubine.

Toutes deux avaient posé pour Agnetti. Comme l'avaient fait les membres du Club Priapus. Le peintre semblait être le pivot qui reliait les différents éléments de son enquête.

Sur une table à tréteaux étaient entassés des carnets de croquis, des toiles sans cadre et divers instruments. Child prit l'un des couteaux à découper la toile. Un couteau identique à celui qu'il avait dans la poche, entouré de la même ficelle rouge. Ce qui signifiait que le meurtre avait été prémédité. Le tueur savait que Lucy serait sous la charmille. Il avait pris un des couteaux d'Agnetti et était allé la retrouver. Mais pourquoi là ? Pourquoi à ce moment précis ? Pourquoi encourir un tel risque ?

Entendant des voix et des pas qui approchaient, il reposa le couteau et s'éloigna de la table. Jacob Agnetti pénétra dans la salle, suivi d'une jeune femme très grande aux cheveux blonds coupés très court – comme celle décrite par Ezra Von Siegel. Child se demanda s'il s'agissait de l'assistante du peintre dont avaient parlé les journaux. Tous deux semblaient être en train de se quereller. Agnetti arborait un air sombre, la fille était au bord des larmes.

Le peintre s'immobilisa en apercevant Child. « Que voulez-vous ?

— Je regardais les peintures…

— Dans la journée, cette salle est privée. Si vous voulez voir l'exposition, revenez ce soir. »

Sentant le couteau peser dans sa poche, Child jeta un dernier regard aux scènes sanglantes étalées sur les murs et hocha la tête. « C'est ce que je compte faire. »

30

Caro assortit sa robe en satin gris à des plumes de paon et aux saphirs de sa mère. Elle appliqua du blanc de céruse, une touche de rouge carmin, puis passa un bouchon brûlé sur ses sourcils. Entre les vomissements intempestifs, elle avait dormi, mais Gabriel avait pleuré parce qu'elle n'avait pas eu la force de l'accompagner au parc avec Mrs. Grave. Dans la soirée, comme elle se sentait un peu mieux, elle se força à aller à Carlisle House, sachant que ses suspects seraient là.

Dans la salle de bal, semblable à une tapisserie mouvante de damas et de brocarts, l'orchestre jouait une contredanse, au rythme de laquelle les danseurs tissaient et détissaient des fils invisibles. Le lieutenant Dodd-Bellingham fit son effet lorsqu'il se pavana en tête de file au bras d'une jeune fille pataude, l'héritière d'une fortune acquise dans le commerce de l'huile de baleine et de l'ambre gris. Son frère Simon, manifestement revenu de la campagne, était entouré d'un groupe de messieurs à l'air sérieux qui semblaient peu portés sur la gaudriole. Jonathan Stone rôda autour de la salle, avant d'entraîner un gentilhomme dans un coin, sans doute pour lui rappeler l'état alarmant de ses finances. Quant à lord March, il tenait à son bras Clemency Howard, une jeune fille souriante et fraîche comme la rosée, issue d'une longue lignée de barons normands et d'une branche mineure des Plantagenêts. Il buvait trop, et, par moments, Caro sentait son regard furieux la fixer.

D'autres regards la dévisageaient, des gens se retournaient sur elle dans la foule. Susciter une telle attention l'intrigua. La rumeur sur sa mésaventure au Vauxhall s'était-elle répandue aussi vite ? Ne supportant plus d'être scrutée ainsi, et en mal d'un peu d'air frais, Caro alla chercher refuge dans les toilettes du vestiaire.

Lorsqu'elle en ressortit, lord March l'attendait. Il la saisit par le poignet et l'entraîna dans une salle de billard déserte.

« C'était quoi, hier, cette façon de pousser votre attrape-voleurs à nous interroger ?

— J'ai trouvé la bague de Neddy à l'endroit où Lucy Loveless a été tuée. Vous ne pensez pas que cela méritait quelques questions ?

— Non, pas comme ça. Les Dodd-Bellingham sont des nôtres. Vous ne pouvez pas débarquer chez nous pour nous soumettre à un interrogatoire comme de vulgaires criminels ! »

L'un des nôtres – ah, les vieilles familles ! Même dans le beau monde, il y avait des catégories dans les catégories. Ceux qui occupaient le haut de la pyramide ne vous laissaient jamais l'oublier.

« Encore une fois, c'était quoi ? La vengeance d'une Craven, à cause de Miss Howard ?

— Si vous croyez que je me servirais du meurtre d'une femme dans le but de vous reconquérir, vous vous surestimez, mon cher ! »

Caro ne l'avait jamais vu dans cet état. On aurait dit qu'il voulait la frapper.

« Que faisiez-vous ce soir-là sous les charmilles ? reprit-elle.

— Vous le savez.

— Ah oui ? L'autre jour, quand nous avons discuté, vous ne m'avez pas dit que vous connaissiez Lucy Loveless.

— Je la connaissais à peine. Elle était parfois chez Agnetti. Vous imaginez quoi ? Que je l'ai tuée et que, ensuite, je vous ai attendue ?

— Mais alors, qu'y faisiez-vous ?

— Je vous ai vue sortir de la Rotonde et je vous ai suivie, parce que je voulais vous parler de Miss Howard. Je regrette à présent de m'être donné cette peine ! » Il sortit de la poche de son manteau une page de journal pliée. « Avez-vous lu le *London Hermes* ? Peut-être que cela vous donnera à réfléchir ! »

Caro sentit un filet de sueur lui dégouliner dans le dos. Ce journal à scandale était très lu dans la bonne société londonienne, et l'identité de ceux qui avaient le malheur d'apparaître dans les articles tout juste voilée par des pseudonymes. Une partie du jeu consistait à deviner qui était qui, ce qui n'était jamais bien sorcier. Un sport cruel.

Ceux qui étaient présents au Vauxhall le soir du meurtre sensationnel de Lucy Loveless ont remarqué la disparition de Mrs. Wiltshire. Nous avons appris que cette vaillante dame était sortie prendre l'air, et que c'est ainsi qu'elle est tombée sur la scène macabre sous les charmilles. Où se trouvait le capitaine Wiltshire, on s'interroge, au moment où sa femme était en détresse ? La réponse est : en France, et les expéditions arcadiennes de Mrs. Wiltshire ne sont pas moins intrépides que solitaires. Quelle chance, par conséquent, qu'un certain gentilhomme ait été là pour rendre sa sérénité à Mrs. Wiltshire en lui témoignant sa tendresse ! On nous dit que, comme la dame, ce gentilhomme aime aller faire un tour du côté des charmilles. En se livrant tous deux à de tels exercices, ils nous obligent à nous demander s'il reste de l'air à respirer !

Consternée, Caro contempla l'article scandaleux. Voilà qui expliquait pourquoi les gens l'avaient dévisagée dans la salle de bal : ils se livraient à des commérages, spéculaient, portaient un jugement. Quand il l'apprendrait, Mordechai serait fou de rage. Sans compter que ces médisances ne faciliteraient pas les choses avec Harry.

« Vous devez mettre un terme à tout cela, Caro. Pensez à la situation qui est la vôtre... Pourquoi chercher à attirer l'attention dans un moment pareil ? »

Flairant le danger, Caro plissa les yeux. « Si vous soufflez un mot de ma situation à qui que ce soit, je ferai savoir à votre père que l'enfant est de vous. Je lui donnerai le nom de vos ancêtres, ce sera un petit Fitzmarch… Harry vous traînera en justice pour adultère, et je témoignerai en sa faveur au tribunal. Comment croyez-vous que réagiront Clemency Howard et ses parents ?

— Calmez-vous… Je ne dirai rien à personne. Pourquoi le ferais-je ? »

Parce que tu n'aimes pas que j'enquête sur le meurtre de Lucy. Parce que, bien que je ne sache pas encore lequel, tu as joué un rôle dans toute cette histoire. Cependant, lord March ne dirait rien. Il ne prendrait pas le risque de perdre Clemency Howard et, avec elle, les faveurs de son père. Pas si son héritage était en jeu.

« Mais ma question vaut toujours, reprit plus posément lord March. Pourquoi cherchez-vous à vous faire des ennemis de toux ceux qui comptent à Londres ?

— Vous et vos amis n'êtes pas tout le monde, mon cher ! Et si je me fais des ennemis simplement en engageant un homme pour enquêter sur un meurtre sordide, il y a de quoi se poser des questions !

— Je ne vous le fais pas dire. Je ne comprends pas pourquoi vous vous entêtez… Personne ne le comprend. »

Caro n'avait pas de réponse à lui donner, du moins aucune qu'il serait susceptible d'admettre. « Parce que, si Lucy n'avait pas tenté de m'aider, elle ne se serait jamais retrouvée sous cette charmille. Parce que, lorsque nous pensions qu'elle était *l'une des nôtres*, elle comptait, et que, ensuite, elle n'a plus compté du tout. Parce que la mort d'une enfant jette une ombre durable sur le monde. Parce que, là où il y a de la culpabilité, il y a de la colère. Parce que même ceux qui sont en haut de la pyramide ne restent pas impunis s'ils ont commis un meurtre, et que, lorsque advient la chute, elle est la pire de toutes. »

« Cette fille sur laquelle nous vous avons interrogés, Pamela, vous la connaissiez, ne le niez pas ! dit-elle plutôt.

— Celle sur le dessin ? Je l'ai croisée une ou deux fois chez Agnetti. Je ne m'en souvenais pas, mais Neddy me l'a rappelé. »

On aurait dit une phrase répétée et apprise par cœur. « Non, j'ai bien vu votre tête… Vous savez ce qui lui est arrivé. Vous le savez tous ! »

Lord March s'exprima avec froideur : « Je ne me soumettrai plus à vos questions, madame. Votre enquête est malvenue, vos spéculations relèvent de la pure fantaisie. J'ai l'intention d'aller parler à sir Amos Fox, ainsi qu'à votre frère. Espérons que, contrairement à moi, ils parviendront à vous faire entendre raison ! »

*

Dès que Caro retourna dans la salle de bal, Jonathan Stone apparut à ses côtés. Il arborait son sourire entendu et un costume en velours de soie tape-à-l'œil.

« Il paraît que vous avez rendu la bague à son propriétaire et que vous avez engagé quelqu'un pour enquêter sur le meurtre du Vauxhall. Votre enquête avance comme vous le souhaitez, j'espère ?

— Elle nous a menés à une jeune fille nommée Pamela. Je suis sûre qu'on vous en aura également informé.

— Mon Iphigénie ! Lucy s'était prise pour elle d'une étrange obsession… Je vous conseille de ne pas en faire autant.

— Lucy pensait qu'elle avait été tuée. Et elle vous soupçonnait, parmi d'autres.

— Les gens voient souvent en moi ce qu'il y a de pire… C'est une croix qu'il me faut porter.

— Et que vous ne semblez pas trouver particulièrement pesante ! »

Stone observa les danseurs sans ciller. « Les apparences sont parfois trompeuses. Oh, ne vous méprenez pas sur ce que je veux dire… Je ne crains pas d'être pendu, mais aucun homme n'aime être accusé d'un crime qu'il n'a pas commis. Avez-vous parlé à votre frère Ambrose, comme je vous l'avais suggéré ?

— Comment l'aurais-je pu ? Ambrose est en Suisse. »

Il la regarda d'un air réprobateur, puis son sourire s'accentua. « Parlez-lui. Interrogez-le sur Jonathan Stone. Je vous garantis que vous verrez alors les choses très différemment ! »

Caro lui jeta un coup d'œil, incertaine, ne voulant pas reconnaître qu'elle ne pouvait rien demander à Ambrose ; elle n'aimait pas les allusions de Stone, ne savait pas ce qu'elles sous-entendaient. « Je suis tout à fait capable de me forger une opinion par moi-même, monsieur.

— Tout le monde en fait autant. » D'un geste du bras, il engloba la salle. « On dit que je suis un homme avide de sexe, comme si je devais en avoir honte, comme si eux-mêmes n'avaient jamais goûté au fruit défendu ! Remarquez, ça ne les empêche pas de prendre mon argent en laissant leur morale à la porte… Certains viennent même à mes soirées – demandez à votre frère Ambrose. Cependant, une femme avide de sexe, c'est autre chose, et je le regrette. Ses indiscrétions ne sont pas seulement un scandale, mais un outrage à la morale. Elle n'est pas seulement condamnable, elle doit être bannie ! »

Son ton la fit réfléchir. « Un article sur ma découverte dans les charmilles a trouvé sa place dans les pages du *London Hermes*.

— Vous comprenez maintenant à quel point il est déplaisant que les gens dénigrent votre nom. Comme moi, vous devez espérer que cela se termine. »

Caro, l'air tout aussi sérieux que lui, soutint son regard. « Vous me menacez, Mr. Stone ?

— Pardon, n'ai-je pas été clair ? Ça a toujours été un de mes défauts… » Il désigna encore une fois le beau monde en train de papoter. « Cette fosse à serpents ne me plaît pas. J'exècre leur hypocrisie, mais l'idéaliste que je suis cache un pragmatiste éhonté… Sachez que j'utiliserai tous les moyens à ma disposition. »

31

Child acheta son dîner à un vendeur de tourtes dans Dean Street. Pendant que l'homme enfonçait son pouce dans la croûte pour y faire un trou et y verser de la liqueur, Child jeta des regards inquiets alentour. Le fait que Finn Daley ne soit toujours pas venu lui réclamer son dû le perturbait. Un tel laisser-aller, si contraire aux habitudes de l'Irlandais, paraissait peu vraisemblable.

Il mangea sa tourte en se dirigeant vers Compton Street. Le Golden Pear Tree était plein de gentilshommes qui entraient et sortaient, la plupart de ceux qui s'en allaient se rendant juste en face, à la Maison des tableaux. Child les suivit et donna une demi-guinée au portier en grimaçant.

Dans la salle, sombre et immense, une quarantaine de messieurs étaient assis à des tables devant la scène. Un joueur de violon interprétait une mélodie orientale sur laquelle dansaient plusieurs filles brunes. Des coquillages couvraient leurs seins, leurs pagnes en paille se balançaient. « Voici les vierges des mers du Sud ! » annonça le crieur depuis les coulisses.

Une femme d'une soixantaine d'années, la seule à être âgée de plus de vingt-cinq ans parmi l'assistance, était attablée dans le fond. Des filles blondes l'entouraient – sans doute celles qui n'avaient pas été retenues pour jouer dans la scène des mers du Sud –, les valets obéissaient promptement à ses ordres et les clients la traitaient avec respect. *Mrs. Havilland*, présuma Child.

Lorsqu'il s'avança vers elle, les filles le toisèrent d'un air las. Dans la chevelure savamment rehaussée de Mrs. Havilland brillaient des coquillages argentés et une étoile de mer dorée. Son regard circonspect, que démentait un fin sourire rouge vif, se posa sur le manteau de Child.

« La beauté s'achète par le jugement de l'œil, monsieur, dit-elle en agitant un grattoir en argent en direction des filles. Mais, dans cette maison, le jugement de l'œil ne suffit pas.

— Je ne viens pas acheter, je cherche une fille, une dénommée Pamela, rétorqua Child en lui montrant le portrait. Elle a vendu sa virginité il y a environ six mois. L'a-t-elle fait ici ? »

Le sourire s'effaça, laissant place à un regard glacial. « Toutes mes filles sont ici de leur plein gré. Elles n'apprécient pas que des hommes posent des questions. Et moi non plus !

— Je ne suis pas là pour vous créer des ennuis. Vous voulez bien regarder ce dessin, s'il vous plaît ? Cette fille a disparu et, à mon avis, elle ne l'a pas fait de son plein gré. » Il fit passer le portrait à toutes les prostituées.

Mrs. Havilland pointa son grattoir sur Child. Quelques secondes plus tard, deux paires de mains énormes l'empoignèrent, l'entraînant hors de la salle, et le jetèrent à la rue. L'un des valets lui flanqua un coup de pied dans le derrière. Child atterrit de tout son long sur les pavés.

« Je peux récupérer ma demi-guinée ? » leur lança-t-il.

La porte claqua. Il ne reviendrait pas ici ce soir. Il décida de retenter sa chance le lendemain, après avoir essayé de soudoyer une fille ou un domestique. Maudissant Mrs. Havilland, il partit en boitant vers Covent Garden dans l'intention de continuer à chercher le messager Hector. Alors qu'il attendait pour traverser à l'angle de Greek Street, il sentit quelqu'un lui toucher le bras. Aussitôt, il sortit son pistolet et se retourna. La personne qui l'avait attrapé recula en poussant un cri affolé. Ce n'était pas Finn Daley, mais une des filles blondes de la Maison des tableaux. Le cœur battant, Child rengaina son arme. « Pardonnez-moi... Je ne voulais pas vous faire peur. »

Elle le regarda d'un air indigné. « Eh bien, c'est raté ! » Puis elle jeta un coup d'œil derrière elle et dit plus bas : « Je m'appelle Cecily. Pamela était mon amie. Offrez-moi un café, et je vous parlerai, mais je n'ai pas beaucoup de temps. »

*

Dans le café tranquille, seules quelques prostituées étaient assises dans la salle en boiseries, devant des tasses de capucin, appelé ainsi parce que la couleur du café ressemblait à celle du capuchon d'un moine. En boire un signalait aux clients que la fille était à vendre.

Cecily but le sien avec délicatesse tout en souriant par instants à Child afin qu'on le prenne pour son client. Les épaules larges, des sourcils exagérément épilés qui lui donnaient une expression étonnée, elle parlait avec éloquence et avait un léger accent de l'Essex.

« Pamela et moi avons été vendues en même temps. Nous partagions une chambre. Après ma mise aux enchères, je ne l'ai plus vue pendant un moment, mais j'ai eu quelques problèmes dans ma famille et je suis revenue chez Mrs. Haviland juste avant qu'elle ne parte pour de bon.

— Quand Pamela a-t-elle été vendue, vous vous en souvenez ?

— À la fin du mois de février. Mais, comme le gentilhomme qui l'a achetée ne la voulait pas tout de suite, elle est restée encore une semaine à la Maison des tableaux. Et puis, un soir, il est venu et l'a emmenée dans un carrosse. Pamela avait promis qu'elle reviendrait me voir, mais elle ne l'a jamais fait.

— Vous vous rappelez quel jour c'était ?

— Le 1er mars. Elle m'a dit que c'était le début de sa nouvelle vie.

— Savez-vous qui était le gentilhomme qui l'a achetée ?

— Un officier en uniforme rouge qui s'appelle Dodd-Bellingham. Je l'avais vu à la Maison des tableaux de temps à autre. Pamela parlait beaucoup de lui. Elle posait pour un peintre, Mr. Agnetti, chez qui elle le croisait aussi.

— Le jour où il est passé la chercher, le lieutenant était-il seul ?

— Non, avec un autre gentilhomme, dont quelqu'un a dit que c'était son frère. Ils sont arrivés dans un fiacre rempli de filles du Club des prostituées. Pamela a dit qu'ils se rendaient à une mascarade privée à la campagne.

— Avez-vous reconnu l'une ou l'autre des filles ? »

Cecily esquissa un sourire timide. « Je connais toutes celles du Club des prostituées. J'espère qu'elles me laisseront en faire partie un jour. » Elle énuméra quatre noms sur ses doigts aux ongles manucurés. « Rosy Sims, Ceylan Sally, Kitty Carefree et Becky Greengrass. Pamela connaissait Kitty. Elles étaient devenues amies chez Agnetti.

— Cette femme n'était pas avec elles ? » Child lui montra un dessin.

« C'est Lucy Loveless. Non, pas ce soir-là. Mais, quelque temps plus tard, elle est venue poser des questions, comme vous.

— C'était quand ?

— En avril. Mrs. Havilland l'a renvoyée, mais je l'ai suivie, comme je viens de le faire avec vous. » Cecily touilla son capucin en le fixant d'un regard intense. « J'ai lu dans les journaux que Lucy avait été tuée. Vous croyez que sa mort a un lien avec Pamela ?

— Oui, je le crois.

— Je le savais ! Même avant que Lucy ne soit venue, j'étais sûre que Pamela était morte. Mrs. Havilland nous a raconté qu'elle avait trouvé un protecteur, mais je me doutais bien que ce n'était pas vrai…

— Pourquoi ?

— Parce que Pamela n'est jamais revenue récupérer son argent. Mrs. Havilland a affirmé que si, mais elle a menti. C'est pour ça qu'elle ne veut pas vous aider. Cet argent, elle l'a gardé pour elle. Cent vingt-cinq guinées, moins les frais. Personne ne renoncerait à une telle somme ! »

Child était plutôt d'accord avec elle. Il n'en posa pas moins d'autres questions. « Serait-il possible que Pamela soit retournée dans sa famille ? Ou qu'elle ait repris du service comme domestique parce qu'elle ne s'habituait pas à cette vie ?

— Pamela n'a jamais connu ses parents. Elle a grandi dans un orphelinat. Et elle détestait être domestique. C'est pour cette raison qu'elle était venue ici, pour avoir une chance de vivre une vie meilleure. Il lui est arrivé quelque chose de grave, Mr. Child, j'en suis certaine. »

Il lui montra la carte avec le satyre. « Avez-vous déjà vu Pamela avec une de ces cartes ?

— Elle en avait une le soir où elle est partie. C'était une invitation à la mascarade. Quand je l'ai interrogée sur le satyre, elle m'a répondu que c'était le symbole de leur club.

— Le Club Priapus ?

— Oui, c'est ça. Pamela était inquiète à l'idée d'y aller, et en même temps impatiente. C'est qu'elle avait le béguin pour ce soldat, vous comprenez... Il lui avait offert un petit bouquet qu'elle a conservé jusqu'à ce qu'il tombe en poussière. Et il n'était pas riche, mais ça ne l'empêchait pas de se morfondre pour lui ! »

Le lieutenant, qui avait prétendu la veille ne pas reconnaître la carte d'invitation. « S'il n'était pas riche, comment a-t-il pu acheter Pamela ?

— Peut-être qu'il n'était pas aussi pauvre qu'elle le croyait... Il ne devait pas l'être, puisque sa virginité s'est vendue à deux cent cinquante guinées. Pamela avait l'air très jeune, ce qui fait toujours grimper les prix.

— Vous a-t-elle dit autre chose sur lui ? »

Cecily réfléchit un instant. « Elle m'a dit qu'elle avait une rivale, une autre femme, sans préciser qui. »

Cassandra Willoughby, l'assistante d'Agnetti ? se demanda Child. Il soupçonnait très fort la jeune femme et Dodd-Bellingham d'être le couple qu'Ezra Von Siegler avait vu se diriger vers les charmilles.

« J'ai appris que le club comptait une bonne dizaine de membres. Vous n'avez pas vu d'autres carrosses ou d'autres filles ?

— Non, il n'y en avait pas d'autres. Seulement cinq filles pour cinq messieurs. Pamela m'a expliqué que c'était une soirée spéciale, où seules les meilleures filles étaient invitées. Mais, quand j'ai répété ça à Lucy, elle a secoué la tête. »

Child fronça les sourcils. « Qui vous a dit qu'il y avait cinq hommes ?

— Lucy. Elle m'a demandé si je savais qui étaient les autres. Je lui ai répondu que je n'avais vu que le lieutenant et son frère. »

Un cinquième suspect, donc. Nelly avait cru que Lucy en avait quatre à l'esprit, parce qu'il y avait eu quatre portraits. Le cinquième homme n'avait sans doute jamais posé. À moins que ce ne soit lui qui ait tenu le pinceau.

« Pamela vous avait-elle parlé d'Agnetti ? » Child pensait au couteau trouvé dans l'après-midi, et à la scène à laquelle il avait assisté ensuite dans la Rotonde.

« Elle disait qu'il était gentil. Je crois qu'elle l'aimait bien, mais pas de cette façon. Il était vieux.

— A-t-il tenté quoi que ce soit avec elle ?

— Je ne pense pas. Elle me l'aurait dit.

— Et le frère du lieutenant, Simon, vous a-t-elle parlé de lui ? Ou d'un gentilhomme dénommé Jonathan Stone ? Ou d'un ami du lieutenant qui s'appelle lord March ? »

Cecily acquiesça. « De lord March, oui. Pamela aimait nous parler des gens bien qu'elle rencontrait chez Agnetti. On levait les yeux au ciel, mais elle s'en fichait. Elle était fière comme un paon !

— A-t-elle évoqué une dispute avec l'un ou l'autre de ces messieurs ? Ou quelque chose qui l'aurait mise mal à l'aise ?

— Pamela racontait que lord March avait un faible pour elle. On se moquait en lui disant qu'elle voulait être la prochaine comtesse d'Amberley. À l'entendre, il n'y avait pas un seul homme sur cette Terre qui ne s'intéressait pas à elle ! Mais ça ne la dérangeait pas, ça lui plaisait, et elle en jouait. »

Peut-être que l'un de ces messieurs n'avait pas apprécié, qu'il avait voulu garder le monopole. Certains hommes étaient ainsi faits.

Il fallait absolument qu'il retrouve Hector. Ainsi que Kitty Carefree et les filles qui avaient été dans ce fiacre. *Mais je progresse, Lucy, je suis sur ta trace.*

32

Lord March discutait avec le lieutenant Dodd-Bellingham. Caro, qui les observait de l'autre bout de la salle, devina à leur expression tendue qu'ils ne se livraient pas à leur badinage habituel. Clemency Howard les regardait elle aussi. À ses côtés, Jacob Agnetti s'entretenait avec la mère de lord March, la comtesse d'Amberley, sans doute dans l'espoir de lui arracher une commande. Caro chercha Simon Dodd-Bellingham, mais elle ne le trouva pas. Elle regrettait que la menace de Jonathan Stone l'eût à ce point ébranlée.

Nicholas Cavill-Lawrence riait avec le comte d'Amberley, mais, chaque fois qu'elle se déplaçait, Caro sentait son œil de poisson froid qui la suivait. Elle repensa au document disparu sous la charmille, à l'intérêt de Cavill-Lawrence pour Jonathan Stone, aux agents du ministère de l'Intérieur à la recherche des amies de Lucy… *Quel est votre rôle dans tout ça ?*

Lord March et le lieutenant traversèrent la salle en se faufilant au milieu des danseurs. Caro les suivit à bonne distance dans le jardin de la cour, puis dans la Star Room. Ils passèrent entre les tables de jeu et disparurent par une porte qui menait aux cuisines.

Caro attendit un petit moment, mais elle ne les vit pas ressortir. Elle finit par franchir la porte à son tour et recula juste à temps pour laisser passer un serveur chargé d'un plateau de rognons grillés. Les deux hommes n'étaient nulle part. Elle voyait mal ce qu'ils auraient eu à faire dans les cuisines. C'est alors qu'elle aperçut une autre porte qui semblait donner sur l'extérieur.

Elle s'empressa de l'ouvrir et se retrouva dans une petite cour sombre. Il n'y avait pas grand-chose d'intéressant : un tas d'ordures, de vieilles palettes, des nappes en train de sécher sur un fil et un seau rouillé. Par-delà la musique de l'orchestre, Caro entendit des voix d'hommes murmurer tout près.

Du fond de la cour partait une ruelle. Elle longea le mur et s'arrêta à l'angle pour jeter un coup d'œil. Lord March et le lieutenant étaient là, à quelques mètres. Et bien qu'elle n'entendît pas ce qu'ils disaient, à en juger par leurs gestes, la discussion n'avait rien d'amical.

Le lieutenant leva le poing – l'espace d'une seconde, Caro crut qu'il allait frapper lord March. Un objet qu'il serrait dans sa main gantée brilla dans le clair de lune. Lord March le lui arracha et le lança au loin. Le lieutenant dit une phrase, puis lord March le poussa et revint dans la cour d'un air furieux. Caro recula dans l'ombre en priant le Ciel qu'il ne la voie pas, mais il semblait uniquement occupé à marcher droit devant lui et rentra d'un pas titubant dans Carlisle House.

Elle se retourna vers le lieutenant, qui faisait les cent pas en cherchant quelque chose par terre, sans doute ce que lord March avait jeté. Il arpenta la ruelle encore un instant, puis déboutonna sa culotte et se mit à uriner, longuement et bruyamment. Après quoi, semblant renoncer à chercher davantage, il revint lui aussi vers Carlisle House en marmonnant dans sa barbe. Caro recula de nouveau dans l'ombre.

Devant la porte, le lieutenant s'immobilisa et promena un regard alentour, puis il lissa ses cheveux blonds, épousseta son uniforme et entra. La porte se referma derrière lui. Caro s'autorisa de nouveau à respirer.

Elle alla à l'endroit où ils avaient discuté dans la ruelle, qui empestait l'urine de chat et la pourriture. Au bout de l'allée, elle apercevait les carrosses qui roulaient lentement sur la place de Soho Square. À propos de quoi s'étaient-ils disputés ? La chose que le lieutenant avait tenue à la main ? Elle regarda autour d'elle en s'efforçant d'évaluer à quelle distance celle-ci aurait pu atterrir.

Caro explora la ruelle tout en soulevant des détritus du bout de sa chaussure. Après avoir passé dix minutes à chercher ainsi, elle aperçut un éclat métallique sur un tas d'épluchures de légumes et de chiffons. Agressée par la puanteur, elle retint son souffle et ramassa l'objet avec son mouchoir. Un pendentif sur une chaîne en argent – une main minuscule, avec une perle turquoise de chaque côté. Le bijou avait un aspect exotique. Elle se demanda s'il était ancien, comme ceux qu'elle avait vus dans la collection de Stone.

La musique s'arrêta. Caro entendit des applaudissements et des pas qui approchaient. Glissant le collier sous ses jupons, elle se retourna. Un homme qui venait de sortir de Carlisle House s'engagea dans la ruelle. Sous son chapeau à large bord, elle distingua le long bec d'un masque de médecin de la peste. La peur lui tordit le ventre. Elle fit volte-face et partit en courant.

Caro entendait le halètement rauque et le pas pesant de l'inconnu derrière elle. Ses pieds glissaient sur les pavés, ses muscles la brûlaient. Devant, elle voyait les lumières et les passants. Elle voulut appeler au secours, mais elle était trop essoufflée. C'est alors que l'homme la rattrapa et la tira en arrière, refermant un bras sur sa gorge. Elle se débattit en agrippant le masque. Elle redoutait qu'il ne lui plante un couteau dans les côtes à tout instant, mais il lui retourna simplement le bras en la forçant à avancer vers les lumières.

L'espoir la reprit. Que faisait-il ? Pourquoi l'emmenait-il en lieu sûr ? Des fiacres passaient en cahotant, leurs lanternes brillaient. Elle continua à se débattre, mais il était trop fort et l'entraîna sur la place. Caro aperçut son carrosse et ses valets en train de discuter avec d'autres devant Carlisle House. Alors qu'elle prenait une inspiration pour les appeler à l'aide, l'homme la relâcha brusquement et la poussa en avant avec une force colossale.

Caro atterrit durement par terre, l'air jaillit de ses poumons, et un fracas énorme lui emplit les oreilles. Soudain, elle vit un carrosse foncer sur elle, vit les naseaux écumants des chevaux, les fers de leurs sabots… Des relents de sueur animale l'assaillirent. Elle roula sur le côté.

Son visage heurta les pavés. Elle sentit le goût du sang dans sa bouche et poussa un cri lorsqu'une des roues lui écorcha la jambe. Puis l'attelage s'éloigna. Reprenant sa respiration dans un sanglot, elle n'entendit plus qu'une chose : la voix affolée de Miles qui l'appelait.

PAMELA

23 janvier 1782

Pamela regardait la toile. Les traits tracés à la craie et au fusain. Les lumières et les ombres. Elle distinguait des bras, des jambes, un nez – le sien – et Peter Jakes. La ligne de son glaive. Le muscle gonflé de son biceps tandis qu'il la maintenait de force.

« Qui est celle que je suis censée incarner, Mr. Agnetti ?

— Elle s'appelle Iphigénie, elle est la fille d'un roi grec, Agamemnon. Les Grecs partaient guerroyer contre le royaume de Troie et, avant de s'embarquer, la veille, un de ses soldats a tué accidentellement une biche qui appartenait à la déesse Artémis. »

L'Italien, malgré ses bajoues grisâtres, sa bedaine et ses cheveux poivre et sel, commençait à l'apprécier. Il aimait bien qu'elle lui pose des questions et réfléchissait avant de lui répondre. Celle-là, elle la connaissait.

« Artémis est la déesse des vierges.

— À proprement parler, c'est plutôt Hestia. Mais Artémis était connue elle aussi pour sa virginité, et sa capacité à se venger. Affolés, les Grecs ont consulté un oracle, lequel a déclaré que, pour apaiser Artémis, Agamemnon devait sacrifier Iphigénie.

— Sa fille ?

— Il lui a raconté qu'elle allait se marier. Elle a cru que l'autel était pour ça.

— Quelle ordure ! » Aussitôt Pamela plaqua ses deux mains sur sa bouche. « Pardon… je suis désolée. »

Agnetti sourit. « Non, c'est une assez bonne description de ce qu'il était… Qu'a-t-elle ressenti, d'après vous ? De la peur, de l'espoir, du trouble ? Autre chose ?

— De la colère, répondit Pamela. Son père aurait dû la protéger !

— La colère ne ferait pas changer d'avis son père. La pitié l'aurait pu, les larmes et tout ça… Est-ce que ce ne serait pas le calcul que ferait une femme ?

— On ne décide pas de ses sentiments, pas de ceux qui bouillonnent en vous. La colère est le pire de tous.

— C'est vrai. » Agnetti réfléchit une seconde. « Mais je crois que la peur est ce que les gens attendent. Je vais peut-être faire encore deux ou trois croquis… Vous pourriez penser à quelque chose d'effrayant, pendant qu'on travaille ? »

Retournant sur l'autel, Pamela pensa au placard de l'orphelinat, à l'obscurité, à l'odeur de moisi et aux araignées. C'était là que Mrs. Rosell l'enfermait quand elle refusait de réciter ses prières. Elle essaya de se rappeler sa terreur, mais elle ne se souvenait que de sa rage : contre ses parents qui l'avaient abandonnée, contre les autres orphelins si dociles, contre Mrs. Rosell, avec sa voix grinçante et ses vieux souliers rapiécés.

Fais semblant, se dit-elle. *Fais comme la Pamela sur la scène à la Maison des tableaux, à l'instant où Mr. B. lui déchire sa robe. Prends un air soumis, comme ils aiment.*

*

Deux heures plus tard, Mrs. Agnetti entra dans l'atelier. Elle portait un autre de ses turbans ridicules, celui-ci d'un rouge écarlate.

« Jacob, Greyling prétend que tu lui as dit que je ne devais pas prendre le carrosse aujourd'hui.

— Le Dr Latimer estime qu'il ne serait pas raisonnable que tu sortes. Je m'étais dit qu'on pourrait dîner ensemble. On mangera des *vermicelli* en souvenir de Naples !

— Mais il était convenu que j'irais ! J'ai accepté cette invitation ! » Mrs. Agnetti se tourna vers Pamela, qui prit soudain conscience de sa poitrine dénudée. « Laissez-nous. Je voudrais parler à mon mari en tête à tête. »

Agnetti se rembrunit. « Parle-lui gentiment, Theresa...

— Je lui parlerai comme il me plaît de le faire dans ma maison ! »

La salope. Pamela lui sourit. « Ça ne me dérange pas. »

Agnetti posa son pinceau. « Allez rejoindre Lucy et Kitty. J'enverrai quelqu'un vous chercher dans un petit moment. »

Au rez-de-chaussée, elle trouva Kitty en train de jouer au solitaire, la boîte de macarons du lieutenant posée près d'elle sur la table. Lucy était allongée sur le sofa.

« Mr. et Mrs. Agnetti se disputent, leur dit Pamela.

— La dernière fois, il voulait sortir et elle ne voulait pas, rétorqua Kitty. Quoi qu'il veuille faire, elle veut le contraire. » Ses yeux s'arrêtèrent sur la carafe. « Il a raison. Theresa ne devrait pas sortir. Elle ferait mieux de prendre soin d'elle.

— Si elle boit, c'est parce qu'elle est malheureuse, observa Lucy. Et il en est en partie responsable.

— Il est gentil avec elle, rétorqua Kitty. Il essaie de la faire sourire. Il pourrait avoir toutes les catins de Londres, et il n'en fait rien. Si seulement je pouvais être aussi malheureuse !

— En étant prisonnière dans ta propre maison ? Avec lui pour geôlier ?

— Depuis quand est-ce un crime qu'un mari prenne soin de sa femme ?

— Le crime n'existe pas entre mari et femme, à moins qu'il ne lui tranche la gorge. C'est le problème du mariage. »

Lucy et Kitty semblaient avoir oublié les Agnetti au profit d'un débat plus vaste, déjà maintes fois abordé.

« Tous les mariages ne sont pas malheureux, fit valoir Kitty. Certains sont pleins d'amour.

— Et d'autres de haine !

— Le lieutenant Dodd-Bellingham sera-t-il au dîner où Theresa veut aller ? » s'enquit Pamela.

Lucy plissa le front. « Elle a dit qu'il n'y aurait que des dames. Pourquoi veux-tu le savoir ?

— Oh, juste comme ça… » Pamela se servit un bol de chocolat chaud tout en se demandant si Agnetti soupçonnait son épouse de fricoter avec quelqu'un. « C'est vrai qu'il ne culbute jamais ses modèles ? Ce n'est pas ce que laissent entendre les journaux.

— Jamais, même si pas mal d'entre elles auraient bien voulu. Il n'a d'yeux que pour sa femme.

— Quand il ne l'ignore pas durant des jours et ne reste pas enfermé là-haut à peindre ! » ajouta Lucy.

Kitty soupira. « Un jour, tu rencontreras l'homme qu'il te faut, Boleyn. Il sera séduisant, riche, gentil, et il *t'adorera*, comme Mr. Agnetti adore Theresa. Mais toi, tu tourneras le dos au bonheur parce que tu n'es qu'une entêtée !

— Et cet homme arrivera sur une licorne ?

— Pourquoi vous vous appelez par ces noms, Aragon et Boleyn ?

— On s'est connues dans un bordel de St. James, le Hampton Court Palace, répondit Kitty. On était six filles, qui chacune avait le nom d'une des femmes du roi Henri. Et comme personne n'avait envie d'être la pauvre Anne de Clèves, elles ont changé le nom. » Elle prit un macaron. « Il n'en reste plus que deux. Vous en voulez un ?

— C'était quoi, la carte que t'a donnée le lieutenant ? » La question taraudait Pamela depuis des jours. « Celle avec l'homme-bouc.

— Une invitation à une mascarade à la campagne.

— Chez le lieutenant ?

— Mon Dieu, non ! Les Dodd-Bellingham n'ont plus de maison de campagne depuis trente ans !

— Mais il sera là ?

— Avec plein d'autres gentilshommes mieux que lui. C'est le genre de soirée où une fille peut trouver un mari fortuné.

— On peut toujours rêver ! ironisa Lucy.

— Mais si, ça arrive ! protesta Kitty. Tu te souviens de Lavinia Fenton, devenue la duchesse de Bolton ?

— Le jour où tu seras duchesse, tu pourras dire : “Je te l'avais dit !”

— Le jour où je serai duchesse, je vous trouverai à toutes de bons maris.

— Très peu pour moi ! dit Lucy. Achète-moi plutôt une maison à la campagne.

— Si tu n'arrêtes pas d'être aussi cynique, je ne t'achèterai rien du tout ! s'emporta Kitty. En tout cas, ça paie bien. Vingt guinées la soirée.

— Et il n'y a pas un seul agent. Personne pour te voir, personne pour t'entendre hurler… »

Kitty lança le dernier macaron à la tête de Lucy. « Arrête d'effrayer la petite ! Mr. Stone ne laisserait jamais faire du mal à une catin. »

Une porte claqua à l'étage.

« Elle va pleurer », commenta Lucy.

Des larmes… Le calcul que ferait une femme. Sauf que, même à la Maison des tableaux, Mrs. Agnetti n'aurait convaincu personne.

« Ils ont été heureux, autrefois, reprit Kitty. Peut-être qu'ils le seront de nouveau un jour. Si elle se montre un peu plus gentille, s'il essaie de lui parler correctement. Les choses s'arrangeront sans doute quand… » Elle plaça sa main en arrondi sur son ventre.

« Quand un bébé n'est pas malade, il hurle ! s'écria Lucy. Depuis quand ça a été une solution miracle pour réparer un mariage ? »

Pamela fronça les sourcils. Mrs. Agnetti attendait-elle un enfant ? Si c'était le cas, qui était le père ?

33

« Vous auriez pu vous faire tuer ! » s'exclama Child.

Caro observa son visage horrifié. « Eh bien, il n'en est rien. J'ai seulement quelques contusions. »

Elle avait dissimulé l'éraflure de sa joue sous du blanc de céruse, et Emelie, sa femme de chambre, avait pansé son entaille à la jambe. Les cahots du carrosse qui roulait dans Oxford Street secouaient ses os endoloris, mais, tout compte fait, elle avait eu de la chance. Hésitante, elle raconta à Child qu'on avait voulu attenter à sa vie.

« Mon valet, Miles, m'a ramassée dans la rue, et je l'ai envoyé poursuivre le médecin de la peste, lequel n'était plus dans la ruelle et a dû retourner à Carlisle House. Miles s'est renseigné à l'intérieur, mais personne ne l'avait aperçu. Il a probablement retiré son costume, comme il l'a fait aux jardins du Vauxhall.

— Il a de l'audace. Je lui reconnais ça », commenta Child.

Mordechai, qui avait été mis au courant, était arrivé chez elle à dix heures et l'avait embarquée à Bow Street, où il s'en était pris vertement au magistrat.

« C'est inconcevable ! s'était-il écrié. J'exige que vous en fassiez davantage ! Nous ne parlons plus d'une catin morte, là ! Un homme qui voudrait tuer ma sœur pourrait tuer n'importe qui ! »

Ce jour-là, sir Amos s'était montré beaucoup moins prévenant. « Mais n'avait-il pas une raison de s'en prendre à vous, Mrs. Corsham ? J'ai appris par lord March que vous aviez chargé un attrape-voleurs d'enquêter sur le meurtre du Vauxhall. »

Mordechai l'avait regardée d'un air incrédule.

« Oui, c'est exact. Je veux qu'on arrête le tueur de Lucy.

— Comme nous le voulons tous, avait rétorqué sir Amos. J'espère que ce qui s'est passé ce soir vous fera prendre conscience de la folie de vos actes ! Laissez cette affaire là où elle doit l'être, madame, entre mes mains. »

En repensant aux documents disparus et à la proximité du magistrat avec Nicholas Cavill-Lawrence, Caro ne croyait plus un mot de ce qu'il disait. L'attaque subie la veille l'avait effrayée, mais elle l'avait également mise en colère, ce qui ne faisait qu'accroître sa résolution.

Pendant tout le trajet du retour, Mordechai l'avait sermonnée, à la fois sur l'article scandaleux paru dans le *London Hermes* et sur le fait qu'on l'ait agressée. Caro ne s'était pas donné la peine de discuter. Comment aurait-il pu comprendre ? Mordechai n'avait jamais ressenti la force du désir. La chaleur du corps d'un amant. Le plaisir de regarder les dés rouler et tomber au jeu de hasard. Ou le besoin de savoir qui avait tué une femme morte dans vos bras.

« Renvoie cet attrape-voleurs, lui avait ordonné son frère avant de partir. Et fais-le sur-le-champ ! »

« Avez-vous remarqué quelque chose à propos de votre assaillant ? demanda Child. Sa taille ? Son poids ?

— Il n'était pas petit, mais je lui tournais le dos la majeure partie du temps. Il était assez fort pour m'obliger à avancer dans la ruelle.

— Vous avez une taille de guêpe, madame. Quatre-vingt-dix-neuf pour cent des hommes pourraient en faire autant. »

Le carrosse venait de s'arrêter dans Oxford Street, coincé au milieu d'un flot continu de diligences, de chaises à porteurs, de cabriolets et de phaétons. Des gens de la campagne en visite à Londres admiraient d'un œil émerveillé les vitrines où étaient exposés des éventails peints à la main, des assiettes en porcelaine, des pyramides de prunes au sucre et de fruits exotiques.

« Nos quatre suspects étaient là, dit Caro. Jonathan Stone m'a menacée peu de temps avant que ne survienne cet incident. Et, quelques minutes plus tôt, lord March et le lieutenant Dodd-Bellingham se trouvaient dans cette ruelle.

— Auraient-ils eu le temps d'aller changer de costume ?

— Oui, tout juste.

— Pourquoi vous pousser sous les roues d'un carrosse ? Pourquoi ne pas vous poignarder – pardonnez-moi, madame –, comme il l'a fait avec Lucy ?

— Si ma mort avait été le fait d'un meurtrier, mon frère n'en serait pas resté là. Tandis que, ainsi, ce serait passé pour un accident. » Elle respira profondément. « Nous l'avons poussé à réagir, Mr. Child ! Ce qui laisse penser que nous avons mis le doigt sur quelque chose.

— Oh, nous progressons, c'est certain ! » Il lui raconta sa visite à la Maison des tableaux et sa conversation avec l'amie de Pamela, Cecily. « On peut raisonnablement supposer que les frères Dodd-Bellingham ont emmené les filles chez Stone ce soir-là, et que lord March était invité à la mascarade. Ni lui ni le lieutenant ne l'ont mentionné et, bien qu'ils n'aient pas précisément menti, c'est tout de même une sacrée omission ! D'après ce que je sais, personne n'a revu Pamela depuis. Cecily partageait l'impression de Lucy sur le fait qu'une chose grave était arrivée là-bas. J'aurais tendance à être d'accord avec elle.

— Moi aussi. » Caro se rembrunit. « Et elle vous a parlé d'un cinquième suspect ? Au lieu de se simplifier, cette enquête semble de plus en plus complexe !

— À mon avis, il doit s'agir d'Agnetti. » Child lui parla du couteau ramassé dans les jardins du Vauxhall, puis de la scène dont il avait été témoin entre le peintre et son assistante. « Il connaissait Lucy et Pamela, il s'énerve facilement, et il n'hésite pas à le faire avec les femmes. En outre, il aurait eu les moyens et l'occasion de tuer Lucy. L'arme du crime lui appartenait.

— Quelqu'un n'aurait-il pas pu prendre le couteau au milieu de ses outils ? J'en ai vu plusieurs l'autre jour à la Rotonde.

— C'est possible. Agnetti était-il à Carlisle House, hier soir ?

— Oui, il était là. Et il m'a dit être allé une fois au Club Priapus. Peut-être qu'il parlait de cette soirée avec Pamela.

— Il y a mieux, dit Child. Ce matin, je suis allé au bureau du journal *Public Advertiser*, où j'ai lu un article sur notre ami Agnetti. Vous voulez connaître un détail intéressant ? Theresa Agnetti a disparu le 1er mars, le jour même où Pamela est allée à la mascarade.

— Vous pensez qu'il y a un lien ?

— Une coïncidence me paraît peu probable. Deux femmes, qui vraisemblablement se connaissaient, disparaissent le même jour... D'après le journal, Mrs. Agnetti est sortie ce soir-là de chez elle sans emporter ni argent ni vêtements. Et elle n'a laissé aucune lettre, aucune explication. Elle s'est tout simplement volatilisée.

— Vous voulez dire qu'Agnetti aurait pu la tuer, elle aussi ?

— Il ne serait pas le premier mari à se débarrasser d'une épouse dont il ne veut plus ! Les journaux disent que le couple était malheureux.

— Oui, je crois. » Caro réfléchit un instant. « Je me rappelle qu'Agnetti a embauché un attrape-voleurs pour retrouver sa femme. Ma belle-sœur Louisa a répondu à ses questions. S'il l'avait tuée, pour quelle raison aurait-il agi ainsi ?

— Pour que l'on croie qu'il ne l'a pas tuée. Votre belle-sœur connaissait-elle bien son épouse ?

— Louisa a été plus patiente avec Theresa que n'importe qui. Elle n'était pas toujours d'une compagnie facile.

— Pourriez-vous lui parler ? Admettez que le fait qu'elle ait disparu à ce moment-là est étrange.

— D'accord, j'irai la voir. Mais, pour le cinquième suspect, il existe d'autres possibilités. À commencer par Nicholas Cavill-Lawrence. Le ministère de l'Intérieur ne doit pas s'intéresser au meurtre de Lucy sans raison.

— Cette raison pourrait-elle être lord March ? Pamela a raconté à Cecily qu'il s'était pris d'un béguin pour elle.

Son père, le comte d'Amberley, pourrait très bien tirer les ficelles au ministère.

— Oui, il pourrait. » Caro avait perdu toute envie de défendre lord March. Il avait courtisé Clemency Howard dans son dos, fréquenté des prostituées chez Jonathan Stone, couru après une fille vierge de quinze ans.

Elle montra à Child le collier qu'elle avait récupéré dans la ruelle. « Lord March et le lieutenant se disputaient à cause de ce bijou. Je me suis demandé s'il aurait pu appartenir à Pamela ou à Lucy. »

Child examina le pendentif. « Je le montrerai à Cecily. Si elle ne le reconnaît pas, j'irai interroger le logeur de Lucy.

— Cette petite main et ces perles ont un côté exotique. Est-ce que ce serait un bijou ancien, comme ceux de la collection de Stone ?

— Je poserai la question à Solomon Loredo. Il saura, répondit Child en fourrant le collier dans sa poche. Assurément, le lieutenant nous doit quelques explications… Le patron du restaurant qu'il a donné comme alibi dit qu'il n'était pas là le soir du meurtre, et il ne se rappelle pas non plus avoir vu Simon. Mais l'allumeur de lanternes, Von Siegel, se souvient d'avoir aperçu un gentilhomme qui correspond à la description du lieutenant vers les charmilles à l'heure du crime. » Il lui exposa son hypothèse selon laquelle la femme que Von Siegel avait vue avec lui, celle repartie des charmilles en pleurs, était l'assistante d'Agnetti. « Cecily m'a dit que Pamela s'était éprise du lieutenant, mais qu'elle avait une rivale. J'ai pensé que ce devait être Miss Willoughby, seulement, d'après les journaux, elle n'est arrivée à Londres qu'au printemps dernier.

— En effet, confirma Caro, qui se souvenait de tout ce qu'elle avait lu ou entendu sur les scandales liés à Agnetti. La jeune fille a fait une fugue amoureuse qui a tourné court. Son amant l'a abandonnée. Elle n'était pas à Londres depuis longtemps quand Agnetti l'a installée chez lui.

— Par conséquent, la rivale de Pamela devait être une autre femme… Vous avez dit que le lieutenant était un débauché. Avez-vous parlé de la bague à Agnetti ?

— Oui. Il a confirmé son histoire, à savoir que Lucy la lui avait volée. Mais si, comme vous le soupçonnez, Agnetti est impliqué, il pourrait mentir lui aussi… Pourquoi Lucy aurait-elle volé la bague ? Dans quel but ?

— Je n'en vois aucun. Au fait, Von Siegel a bien vu une lettre sous la charmille. On peut raisonnablement présumer qu'elle est entre les mains du ministère de l'Intérieur. Et mes appartements ont été fouillés l'autre soir. Ils doivent continuer à chercher ce deuxième document, quel qu'il soit. »

Le carrosse s'immobilisa dans Broad St. Giles, bloqué derrière un troupeau de moutons couverts de suie en route vers l'abattoir. Alors que les animaux se pressaient contre le carrosse, l'odeur sauvage de leur toison ne fit qu'aggraver la nausée qu'éprouvait Caro. Elle ferma la fenêtre et suça un morceau de gingembre confit.

« Je pense qu'ils savent tous les quatre ce qui est arrivé à Pamela, reprit Child. Stone, les frères Dodd-Bellingham et lord March. Il est possible qu'ils soient tous impliqués… ou que les trois autres aient peur de Stone. D'après Loredo, il aimait bien connaître les petits secrets de ses débiteurs.

— Je préfère ne pas imaginer ce qu'ils auraient pu faire ! Quant à Stone, il a beau être désinvolte en ce qui concerne sa réputation, même lui se passerait bien du meurtre d'une prostituée de quinze ans perpétré dans sa propriété !

— Certes, il ne manque pas d'ennemis qui seraient ravis de le voir humilié. Loredo m'a raconté que des échevins de la City avaient récemment réclamé une enquête sur des prêts illégaux qu'il aurait consentis, mais le ministère de l'Intérieur s'y est opposé de façon catégorique. Je me demande si Cavill-Lawrence n'y était pas pour quelque chose.

— Stone a fait publier un article épouvantable sur moi dans un journal, et il m'a menacée de continuer. » Caro l'avait dit avec plus de légèreté qu'elle n'en ressentait. « Et j'ai reçu ceci par la poste. » Elle lui tendit la salière en papier.

Child la déplia, puis regarda les dessins et le message inscrit à l'intérieur. « Ce pourrait être l'œuvre d'Agnetti ?

— Celui qui a peint ces illustrations a du talent, mais pourquoi m'aurait-il envoyé ça ? C'est lui qu'on soupçonne immédiatement ! »

Child reconnut en grommelant qu'elle avait raison. « Ma foi, ce ne sont pas des menaces en l'air… Je vous prie encore une fois de me laisser faire, madame. Laissez-moi parler tout seul à Mr. Dodd-Bellingham.

— Nous en avons déjà discuté, Mr. Child. Je connais ces hommes, et leur manière de raisonner. Qui plus est, le tueur sait déjà que vous travaillez pour moi.

— Promettez-moi au moins de ne pas vous remettre en danger. Je ne veux pas que vous parliez toute seule à l'un ou l'autre de nos suspects. Une situation comme celle d'hier soir ne doit plus se reproduire.

— Très bien. Je garderai mon valet près de moi. »

Ils arrivèrent à Bloomsbury Square, où le carrosse s'arrêta devant la résidence des Dodd-Bellingham. Child ouvrit la portière, sauta à terre, puis tendit une main à Caro pour l'aider à descendre.

Elle leva les yeux vers la maison. « Je n'arrive pas à croire qu'ils aient pu faire une telle chose… Acheter et vendre une enfant de quinze ans aux enchères ! De la part de Stone ou du lieutenant, la chose ne me surprend pas, en revanche, j'avais une meilleure opinion de Simon et de lord March. »

À voir l'expression de Child, il n'avait pas les mêmes réserves à leur égard. « Je me demande lequel d'entre eux a défloré Pamela. Le lieutenant ? En tout cas, c'est lui qui l'a achetée. »

Caro rétorqua d'une voix à la fois dure et posée : « C'est ce que nous allons découvrir. »

34

Grimmond, le vieux serviteur des Dodd-Bellingham, les fit entrer par la sellerie. La cour des écuries entourée de hauts murs couverts de lichens était jonchée de paille. Devant une remise à carrosse délabrée dont les portes étaient grandes ouvertes, un jeune homme d'environ vingt-cinq ans, que Child présuma être Simon, était en train d'appliquer une sorte de pâte sur une statue en marbre. Une femme nue qui pointait le lointain du doigt, son bras tendu entouré d'un appareil de serrage.

Il se redressa en les voyant. « Mrs. Corsham, mon Dieu… À quoi pensez-vous, Grimmond ? Cet endroit n'est pas fait pour recevoir une dame…

— N'en veuillez pas à ce pauvre Grimmond, l'interrompit Caro. C'est moi qui ai insisté. »

Elle fit les présentations. Simon regarda Child d'un air inquiet. Avec ses lunettes en écaille et ses vilaines dents, le jeune homme avait tout d'un spécimen désolant comparé à son frère. Child se rappela que Mrs. Corsham lui avait parlé de sa mère comme d'une beauté reconnue. On ne voyait rien de tel chez son fils.

« Je suis soulagé de voir que vous allez bien, madame, dit Simon. J'ai appris qu'il y avait eu un incident à Carlisle House, hier soir.

— Merci de vous en inquiéter mais, comme vous le constatez, j'en suis sortie indemne. Elle est belle, dit-elle en observant la statue. Qui est-ce ? »

Simon sourit, mal à l'aise. « Perséphone, ma plus vieille femme… Elle a environ deux mille ans. Un de mes agents à Athènes l'a exhumée à Delphes. La nouvelle fontaine de Mr. Stone dans sa propriété du Berskshire lui conviendra à merveille.

— Le bras était cassé ?

— C'est arrivé pendant le transport. Les porteurs grecs sont de véritables vandales… Mais je l'ai réparé en y mettant une broche. Une fois que j'aurai comblé les failles et sablé le marbre, on n'y verra que du feu !

— Nous aussi, nous cherchons à combler des failles, rétorqua Mrs. Corsham. Si vous permettez, nous aimerions vous parler de Lucy Loveless. »

Simon, le visage luisant de sueur, les regarda tour à tour. Mrs. Corsham n'avait pas menti à propos de sa nervosité.

« Je sais par mon frère que vous êtes venue le voir l'autre jour. Je crains de ne pouvoir ajouter grand-chose à ce qu'il vous a raconté… Je suis resté à la Rotonde jusqu'à neuf heures, après quoi Neddy et moi sommes allés dîner au Prince of Wales, à Covent Garden. »

Mrs. Corsham lui jeta un regard impassible. « Lucy Loveless pensait qu'une fille de quinze ans dénommée Pamela avait été tuée il y a environ six mois. Elle avait plusieurs suspects en tête, et vous étiez l'un d'eux. Nous savons que, le 1er mars, vous et votre frère êtes allés chercher Pamela à la Maison des tableaux de Soho pour l'emmener à une mascarade chez Mr. Stone. Depuis, personne ne l'a revue. Quant au patron du Prince of Wales, il ne se souvient pas de vous avoir vu le soir où Lucy a été tuée, et il est certain que votre frère n'était pas là. En d'autres termes, vous nous avez déjà menti une fois. Si vous voulez que l'on croie que vous n'êtes pour rien dans cette histoire, Mr. Dodd-Bellingham, je vous suggère de dire la vérité ! »

Child lui lança un regard admiratif. C'était comme avoir Torquemada dans son équipe.

Simon papillonna des yeux, l'air accablé. « Vous feriez mieux de me suivre à l'intérieur… »

Les murs de la remise étaient tapissés d'étagères accueillant un fouillis de pots de peinture, de flacons en verre et de bocaux de poudres colorées. D'autres ustensiles remplissaient l'espace : des ciseaux, des brosses et des couteaux ; des métrages de corde et des bobines de ficelle ; un tonneau rempli de clous, un autre de sciure ; et divers appareils de serrage. Sur plusieurs tables éparpillées ici et là gisaient des fragments de statue : des bras, des pieds et des têtes désarticulés, ainsi que des morceaux de mosaïque et de poteries brisées. Un bureau ployait sous le poids de papiers et de volumes reliés de cuir. L'endroit sentait fort la peinture – un répit que Child jugea bienvenu après les gingembres confits de Mrs. Corsham, qui lui rappelaient trop douloureusement sa défunte femme. Au milieu du sol poussiéreux trônait une grande urne en terre.

« N'y touchez pas ! s'exclama Simon en voyant Child s'en approcher. La peinture n'est pas encore sèche. »

L'urne était décorée d'une frise de silhouettes d'un noir brillant. Un homme s'apprêtait à pénétrer une femme qui se pressait contre les fesses d'un autre homme, lequel s'apprêtait à son tour à prendre par-derrière un troisième homme en train d'embrasser une femme entre ses cuisses ouvertes.

Child sourit. « Sacrée partouze !

— Toutes mes excuses, Mrs. Corsham, murmura Simon en fermant les yeux. Les Athéniens pouvaient se comporter de façon assez inconvenante.

— Destinez-vous cette pièce à Mr. Stone ? demanda-t-elle. Elle correspond à son goût.

— Oui, j'espère la lui vendre après l'avoir restaurée. De telles pièces sont très recherchées, et leur prix est en conséquence. »

Simon tira une chaise, la seule dans l'atelier, à l'intention de Mrs. Corsham. Elle s'assit en disposant ses jupes avec soin.

« Commençons par Lucy Loveless, proposa Child. Vous la connaissiez ? »

Le regard de Simon voleta de l'un à l'autre. « Mon frère dit que j'ai dû la croiser chez Agnetti, ce dont je n'ai aucun souvenir. J'ai pour règle de ne pas fréquenter ses modèles… Mais je l'ai rencontrée en mai. Elle est venue me voir.

— Pour vous interroger sur la disparition de Pamela ?

— Oui. Je lui ai répondu que je ne savais rien de fâcheux, ce qui est la stricte vérité.

— Niez-vous que votre frère a acheté Pamela lors d'une vente aux enchères et que vous étiez avec lui le jour où il est allé la chercher à la Maison des tableaux ?

— Non, pourquoi le nierais-je ? Nous n'avons rien fait de mal !

— Une fille de quinze ans vendue aux enchères comme de la viande de cheval ! » lui rappela Mrs. Corsham.

La voix de Simon s'enroua. « Se vendre était son choix. L'âge de consentement est fixé à douze ans…

— Ça ne devrait pas !

— Votre frère et lord March n'en ont pas parlé quand nous les avons interrogés l'autre jour, intervint Child. Pourquoi, d'après vous, si vous n'avez rien fait de mal ?

— Pour la même raison que je n'ai pas parlé de Lucy le jour où j'ai vu Mrs. Corsham chez Mr. Stone. Je n'avais aucune envie de revenir là-dessus… Lucy, comme vous le dites, s'était fait certaines idées à notre sujet. Elle nous accusait, nous traitait d'assassins… sans qu'il y ait une once de vérité dans tout cela !

— Et où est Pamela ?

— Aucune idée. Mon frère a déposé les filles à Soho le lendemain matin de la mascarade. D'après lui, Pamela avait l'air très contente et impatiente d'empocher son argent. Vous n'avez qu'à le lui demander.

— Je préférerais le demander aux filles.

— Elles vous diront exactement ce qu'elles ont dit à Lucy… Neddy les a ramenées à Londres sans incident. Il ne s'est rien passé.

— Qui d'autre était présent à cette soirée chez Stone, à part vous, votre frère et les filles ?

— Seulement Mr. Stone et lord March.

— Et le cinquième homme ? »

La pomme d'Adam de Simon tressauta. « Quel cinquième homme ?

— Cinq filles pour cinq hommes. C'est ce qu'a dit Lucy.

— Elle se sera trompée... Nous n'étions que tous les quatre. Pardonnez-moi, madame, mais Stone se satisfait rarement d'une seule fille ! »

L'ennui avec les gens nerveux, c'était qu'ils avaient l'air aussi coupables quand ils disaient vrai que lorsqu'ils mentaient. Juger de leur bonne foi s'avérait de ce fait difficile. Child regarda le jeune homme transpirer tout en rassemblant ses pensées. « Le club ne compte-t-il pas une dizaine de membres ? Pourquoi étiez-vous si peu nombreux, ce soir-là ?

— Cette réunion était réservée aux fondateurs. Nous devions discuter de choses administratives qui auraient ennuyé les autres membres du club, après quoi nous avons dîné avec les filles.

— Aviez-vous déjà rencontré Pamela, avant cette soirée ?

— Oui, une fois chez Mrs. Havilland, et plusieurs fois ensuite chez Agnetti. Elle ne manquait pas d'audace, pour son âge ! Étant donné qu'elle m'arrêtait tout le temps pour me parler, je ne pouvais pas vraiment l'éviter.

— Où votre frère s'est-il procuré de quoi acheter sa virginité ? Il lui en a coûté deux cent cinquante guinées. Auprès de Stone ?

— Sans doute. Neddy lui amène tout le temps des filles... Quand on doit de l'argent à Stone que l'on n'est pas en mesure de lui rembourser, il trouve un moyen de vous utiliser.

— Vous lui fournissez des antiquités. Votre frère lui fournit des filles. Et lord March, que lui fournit-il ?

— Plus rien. Son père a réglé ses dettes quand il s'est fiancé. Mais, auparavant, il présentait à Stone de nombreux gentilshommes, des nobles comme lui qui voulaient emprunter de l'argent, ou des hommes qui pourraient se révéler intéressants pour les affaires de Stone. Le nom d'Amberley ouvre d'innombrables portes.

— Ces gentilshommes viennent-ils au Club Priapus ?

— Certains en sont membres, oui. Mais, je vous l'ai dit, ce soir-là, nous n'étions que quatre.

— En effet. Parlez-nous de ce club, je vous prie. Que signifie Priapus ? »

L'air très réticent, Simon attrapa une boîte sur une étagère et en sortit une figurine en bronze qu'il posa sur le bureau. Un petit homme barbu au visage affreux et lubrique, tenant dans ses mains un énorme pénis en érection.

« Priape était un dieu de la fertilité chez les Grecs et les Romains de l'Antiquité. Comme il était le fils d'Aphrodite, Héra l'a maudit pour se venger après que sa mère a eu la pomme d'or. Méprisé par la société ordinaire, il se joignait à Pan et aux satyres lors de bacchanales.

— Des satyres comme celui sur les cartes d'invitation de Stone ? Celles que votre frère distribue aux filles ?

— C'est exact.

— Les satyres sont des violeurs.

Simon secoua la tête. « Il existe toutes sortes de mythes, qui souvent se contredisent. Mais si vous entendez par là faire allusion à notre club, vous vous trompez complètement. Les femmes qui participent à nos mascarades viennent toutes de leur plein gré. Elles sont plus des muses que des prostituées.

— À ce que je sais, elles sont bien payées. Ce qui en fait plus des prostituées.

— Oui, les filles sont payées, mais Stone tient à ce qu'elles soient traitées avec respect. L'égalité entre les sexes est l'un des principes fondamentaux du club.

— Votre frère a évoqué la philosophie du club. Vous pouvez m'en dire plus ?

— Nous révérons l'état naturel, répondit Simon. L'homme tel que Dieu l'a conçu : tolérant, libre, assouvissant librement ses désirs. J'ai longuement étudié le culte de Priape à partir d'éléments retrouvés sur les sites de Pompéi et d'Isernia, or ils indiquent que ces croyances étaient très répandues dans la Rome ancienne. En tant que membres du club, nous nous efforçons d'appliquer ces mêmes principes dans notre existence quotidienne.

— En forniquant avec des putains comme on le voit sur cette urne ? » s'enquit Child.

Simon ôta ses lunettes et les essuya sur la manche de sa chemise. « Il y a une dimension physique dans les convictions du club, je ne dis pas le contraire… C'est ce que nous appelons le principe générateur.

— Je pourrais lui donner d'autres noms ! rétorqua Child.

— La plupart des grands hommes d'Athènes allaient voir les prostituées du temple. On disait des femmes qu'elles apportaient l'illumination à travers l'extase. Socrate lui-même est connu pour avoir fréquenté les bordels.

— Que signifie le geste que fait Stone avec sa main sur le tableau du Club Priapus ? » demanda Mrs. Corsham.

Simon baissa la tête. « Je vous en prie, madame, ne m'obligez pas à le dire devant vous…

— Je pensais que vous croyiez à l'égalité des sexes ? »

Le jeune homme plissa les yeux, l'air pitoyable. « Ce geste est censé représenter les parties intimes d'une dame. Stone pense que les femmes à l'état naturel, libérées des chaînes du mariage, ont le même appétit pour le plaisir que les hommes. L'Église, qui a toujours eu peur du désir féminin, en a fait une honte pour la gent féminine.

— Et Mr. Stone sera notre libérateur ? railla sèchement Mrs. Corsham. Mon sexe a en effet de la chance d'avoir un tel défenseur !

— Pamela avait certainement des désirs, reprit Child. Pour votre frère, nous a-t-on dit. Est-ce Neddy qui l'a déflorée, ce soir-là ? »

Simon soupira. « Je ne sais pas… Je n'étais pas là. »

Child fronça les sourcils. « Vous venez de dire le contraire.

— J'étais là au début mais, au moment où la débauche a commencé, je suis parti faire un tour. » Son regard s'arrêta sur la statuette de Priape. « Le désir est une chose étrange… Les hommes virils que nous sommes sont censés vouloir toutes les femmes… et plus elles sont jeunes, mieux c'est ! Mais je me demande souvent si se comporter ainsi ne tient pas en partie à la peur d'avoir l'air ridicule devant ses amis.

— Vous n'aimez pas les femmes ?

— Je les aime beaucoup. Celles qui sont gentilles, vertueuses, pas les prostituées avec leur impudeur et leurs ruses grivoises… Pendant les mascarades, je touche rarement les filles, et je n'ai en tout cas jamais touché Pamela. En plus, si vous voulez le savoir, je la trouvais trop jeune. Quand je suis sorti, je me suis promené dans la propriété de Stone en attendant que tout le monde soit endormi. Et à l'heure où je suis rentré, la maison était plongée dans l'obscurité, mais j'ai réveillé un domestique et suis monté me coucher. À mon réveil, Neddy et les filles étaient déjà partis.

— D'après ce que vous nous avez expliqué, l'aspect physique du club est un point important. Si cela vous déplaît tant, pourquoi ne pas en être parti ?

— Parce que je dois de l'argent à Stone que je ne peux pas lui rembourser et que je n'ai aucune envie de finir mes jours à la prison de la Fleet. Tant que je lui suis utile, je vaux quelque chose. J'installe des antiquités dans ses maisons, je cherche des écrits qui viennent étayer sa philosophie, j'assiste aux réunions de son club et, à ma grande honte, il m'arrive de m'avilir en compagnie de ses catins. Le moment venu, peut-être m'acquitterai-je enfin de cette maudite dette… En attendant, je vais partout où Stone me dit d'aller.

— Donc, vous ne croyez pas à la philosophie du club ?

— Je crois à la tolérance et à la différence. Compte tenu de mon histoire, comment n'y croirais-je pas ? Je m'intéresse à l'étude des cultes de la fertilité et aux religions primitives, mais cela ne signifie pas que nous devrions adopter leurs pratiques. L'Église peut se montrer dogmatique, c'est certain, cependant, le mariage, lorsqu'il est fondé sur une estime mutuelle, est la plus haute expression de l'amour divin. » Il les regarda, l'incarnation même de la sincérité angoissée.

« Il n'y avait qu'assez peu d'estime dans le mariage des Agnetti, observa Child. Theresa Agnetti a disparu le même jour que Pamela. Savez-vous quelque chose à ce propos ? »

Simon parut surpris par le changement de sujet. « Non, je connaissais à peine l'épouse d'Agnetti.

— Connaissait-elle Pamela ?

— Sans doute... Pamela posait pour Agnetti, et sa maison est assez libérale. Je crois que son épouse passait pas mal de temps avec ses modèles.

— Avez-vous entendu dire où elle aurait pu aller ?

— Rien de plus que les rumeurs malveillantes habituelles... Des amants, et ainsi de suite. Toute sa vie, ma mère a fait l'objet de commérages, aussi je ne leur accorde pas grande attention. »

Child grommela. « Ce mensonge que vous avez fait, en prétendant que vous étiez au restaurant avec votre frère le soir du meurtre commis au Vauxhall, visait-il à vous protéger, ou à le protéger lui ?

— Nous avons menti, mais nos intentions étaient on ne peut plus honorables. Ce soir-là, Neddy était au Vauxhall avec une dame, dont il ne voulait pas compromettre la réputation, et, à cause de son histoire avec Lucy, ne pas avoir d'alibi l'inquiétait.

— Et il avait raison !

— Écoutez, Neddy est parfois impulsif, c'est vrai. Il aime les femmes, autant que les aimait notre père, et il lui arrive de se comporter comme un imbécile quand il a trop bu, mais il a bon cœur, il n'a rien d'un assassin !

— Savez-vous qui était la dame qui l'accompagnait ?

— Non, il ne me l'a pas dit, et je ne le lui ai pas demandé.

— Alors, où étiez-vous ce soir-là, puisque vous n'étiez pas avec votre frère ?

— Au Prince of Wales, où j'ai dîné seul. Je n'y peux rien si on ne se souvient pas de moi ! dit-il avec un sourire piteux. J'ai un visage qu'on oublie facilement. »

L'érudit sérieux et binoclard. S'il jouait la comédie, il était convaincant. Toutefois, en se tournant vers Mrs. Corsham, Child devina qu'ils en étaient arrivés à la même conclusion : Simon Dodd-Bellingham continuait à leur mentir comme un arracheur de dents.

35

Leur enquête se transformait en une hydre à plusieurs têtes qui se tordaient dans tous les sens, et à la multiplicité dangereuse. Cet après-midi-là, lorsqu'elle rentra chez elle à Mayfair, Caro éprouva le besoin de mettre de l'ordre dans ses pensées. La nausée était passée, mais son dos lui faisait un mal de chien. Au lieu de s'asseoir devant son secrétaire, elle prit son carnet et son encrier et alla s'installer sur la bergère dans le bureau de Harry. Une petite pièce carrée, tapissée de boiseries en noyer et de panneaux peints. Les odeurs de cuir et de cire lui rappelaient son mari.

Qu'aurait-il dit s'il l'avait vue à cet instant ? Elle était mêlée à un meurtre sensationnel, elle qui avait réagi avec tant de colère l'an dernier quand lui-même s'était embarqué dans une enquête criminelle à Deptford. Son ami, Tad, avait été assassiné, et Harry avait refusé de rester sans rien faire. Par souci de justice, ou par vengeance. À présent, Caro le comprenait un peu mieux.

Alors qu'elle songeait à son époux et au passé, les vieux ressentiments revinrent s'immiscer telles des aiguilles. Tous les mensonges. Tous les souvenirs de cette confiance absurde qu'elle lui avait accordée.

À défaut de pardonner, Ambrose lui aurait conseillé d'oublier. *Tu es une Craven. Rappelle-toi qu'on s'en fiche.* Et Dieu sait si elle avait essayé, mais la colère l'avait emporté sur la raison. Et maintenant, il lui fallait être une nouvelle Caro, humble et contrite. Harry parviendrait-il à oublier ? À l'absoudre ?

La terreur que lui inspirait sa situation menaçant une fois de plus de lui ronger l'âme, Caro s'obligea à se concentrer sur l'enquête. Elle prit la carte du Magdalen que Child avait trouvée dans la chambre de Lucy et examina les mots énigmatiques notés au verso : *50-60 ananas, 2g 1f.*

Elle partageait l'avis de Child qu'il ne s'agissait pas d'un reçu – pas à ce prix. Une référence extraite d'un registre ? Une note prise au cours d'une conversation ? Une sorte de code ? Puisque c'était écrit sur une carte du Magdalen, y avait-il un lien avec l'hospice ? À moins que cela n'ait rien à voir du tout avec leur enquête.

Ne trouvant aucune réponse, Caro mit la carte de côté et prit la salière en papier. Là, aucune ambiguïté. Elle observa de nouveau les illustrations : le couple en rut, le médecin de la peste, le corps ensanglanté de Lucy. Puis elle relut la menace inscrite à l'intérieur en réprimant un frisson.

Après avoir ouvert son carnet et trempé sa plume dans l'encrier, elle fit une liste de toutes les personnes liées à l'affaire dont elle savait qu'elles pratiquaient la peinture. Jacob Agnetti était le premier qui venait à l'esprit, bien qu'elle jugeât toujours peu crédible qu'il se fût impliqué de cette façon. Et puis, il y avait Simon Dodd-Bellingham – elle se rappelait les figures en train de copuler sur l'urne qu'il restaurait dans son atelier. Lord March avait tâté en dilettante à tous les domaines artistiques – de même que Kitty Carefree, dont la notice dans la *Harris's List* faisait l'éloge de ses talents pour l'aquarelle. Et elle n'avait aucune idée de ce qu'il en était de ceux de Jonathan Stone, ou du lieutenant Dodd-Bellingham, bien que ce dernier lui semblât peu probable.

Pomfret frappa à la porte avant d'entrer dans le bureau. « Une certaine Miss Willoughby demande à vous voir, madame. Au sujet d'un contrat et d'un tableau. Oh… et Mr. Cavill-Lawrence est passé tout à l'heure. Il a attendu un moment mais, quand il a vu à deux heures que vous n'étiez toujours pas revenue, il a dû s'en aller. »

Que lui voulait Cavill-Lawrence ? Lui faire la leçon une fois de plus ? L'interroger sur son enquête ? Avait-il profité de sa visite pour fouiller dans ses affaires, comme ses agents l'avaient fait chez Mr. Child en cherchant le mystérieux document disparu ?

Pourquoi le ministère de l'Intérieur protégeait-il le meurtrier d'une prostituée ? Pourquoi Jonathan Stone inquiétait-il tant Cavill-Lawrence ? Était-ce lui le cinquième homme présent à Muswell Rise le soir de la mascarade ? Ou protégeait-il simplement des amis influents ?

Tout en ressassant ces questions, Caro alla dans le salon, où elle trouva Miles penché au-dessus de Miss Willoughby. Tous deux étaient en train de discuter, mais ils se turent dès qu'ils l'aperçurent. La jeune fille se leva et s'approcha. Elles se serrèrent la main.

« Asseyez-vous, Miss Willoughby. Voudriez-vous une tasse de thé ? Non ? Miles, soyez gentil d'attendre dans le vestibule. »

Très grande, la poitrine plate et les cheveux coupés court, Cassandra Willoughby avait une allure de jeune garçon. Son teint de porcelaine mettait en valeur ses yeux bleus. Une ceinture couleur canari égayait sa robe en mousseline, sous laquelle dépassaient des chaussures jaunes. Elle sortit des papiers d'une sacoche en cuir de veau.

« Mr. Agnetti m'a priée de vous dire qu'il lui tarde de commencer à travailler sur votre portrait. Il vous suffit de signer ce document et de le rapporter, en même temps que l'acompte de quarante guinées.

— Je vais soumettre le contrat à mon avocat et, si tout est en ordre, j'apporterai l'acompte à Leicester Fields demain. Toutefois, si cela ne vous dérange pas, j'aurais d'abord une ou deux questions... Mr. Agnetti m'a assurée que vous saviez tout ce qui concerne son travail.

— Il me flatte ! dit la jeune fille en souriant. Mais je vais tâcher de vous répondre.

— L'assistez-vous dans sa peinture comme vous le faites auprès de ses clients ?

— Je prépare ses toiles, et il m'arrive de travailler sur les drapés et les paysages. Mais Mr. Agnetti effectue lui-même tout le travail figuratif.

— Où avez-vous appris à peindre ?
— J'ai eu un professeur de dessin. Il a remarqué que j'avais des aptitudes… tout comme l'a remarqué Mr. Agnetti.
— J'en suis ravie. Une femme devrait pouvoir exercer ses talents. » Caro se tut une seconde. « Miss Willoughby, j'aimerais m'entretenir avec vous d'un sujet délicat. Vous avez dû entendre parler de la femme qui a été tuée aux jardins du Vauxhall. C'est moi qui ai découvert le corps, et je voudrais qu'on attrape le meurtrier, comme le veulent, je l'espère, tous les gens sensés. Puis-je vous demander si ce soir-là vous vous êtes absentée de la Rotonde ?
— Au vu du contexte, c'est une question très étrange…
— Étrange, mais importante. Une femme correspondant à votre description a été vue près des charmilles peu de temps avant le meurtre, accompagnée d'un gentleman en uniforme rouge d'officier. Mon enquêteur et moi pensons qu'il s'agit du lieutenant Dodd-Bellingham. Vous le connaissez pour l'avoir croisé chez Agnetti, n'est-ce pas ? »

Miss Willoughby s'empourpra. « Je n'ai pas quitté la Rotonde un seul instant. »

Caro s'exprima avec plus de douceur. « En temps normal, je ne me mêle pas des affaires privées, sachez-le. Cependant, rares étaient les femmes présentes à cette soirée au Vauxhall dont la description corresponde de façon aussi frappante. Le témoin qui vous a vue dit que vous êtes sortie des charmilles en ayant l'air bouleversée. »

Comme avait l'air de l'être à cette seconde la jeune fille qui triturait les plis de sa robe.

« Avez-vous eu peur que Mr. Agnetti ne l'apprenne ? Vous avez ma parole qu'il n'en saura rien. Je vous demande juste de me faire confiance… D'autres vies pourraient en dépendre. »

Bien que Miss Willoughby n'eût guère plus d'une vingtaine d'années, assise là, toute raide et tendue, elle paraissait plus jeune. « Vous croyez qu'on pourrait s'en prendre à d'autres personnes ?
— Oui, c'est possible. Nous pensons que Lucy n'est pas la seule victime du tueur. »

Caro prit une brève inspiration.

« Est-ce vous que mon témoin a vue avec le lieutenant Dodd-Bellingham ? » insista-t-elle.

La jeune fille acquiesça en baissant les yeux et, quand elle reprit la parole, sa voix se réduisit à un murmure. « Vous devez savoir dans quelles circonstances je suis arrivée à Londres, après avoir été dupée par un homme que je croyais aimer. Si Mr. Agnetti ne m'avait pas hébergée et proposé un emploi, j'ignore dans quels abîmes j'aurais pu sombrer... Par ce geste de générosité, il m'a donné une raison de reprendre confiance, ce qui m'a amenée à commettre une erreur presque aussi grave que la première... Cette erreur, comme vous l'avez supposé, a pour nom le lieutenant Dodd-Bellingham. »

Caro sourit avec compassion. « Dois-je comprendre que lui aussi vous a déçue ?

— Peut-être me suis-je déçue moi-même... » La jeune fille se mordit la lèvre. « Le lieutenant vient souvent à Leicester Fields pour les affaires de Mr. Stone, qui est un mécène important de mon maître. Au cours de ces trois derniers mois, j'ai traité de nombreuses fois avec lui concernant des commandes de Mr. Stone. J'avoue que, au début, je l'ai trouvé charmant. Il restait là pour me parler après que nous en avions fini avec les choses d'ordre professionnel, attentif dans la conversation, toujours prêt à rire de lui-même... En résumé, nous nous sommes rapprochés. Compte tenu de ses dettes et de la situation qui est la mienne, je n'étais pas assez naïve pour imaginer que le lieutenant agirait conformément à ses sentiments... En revanche, je n'avais aucun doute quant à la sincérité de ces sentiments...

« Le soir de l'inauguration de l'exposition, il est venu dans l'arrière-salle de la Rotonde où je travaillais et m'a proposé d'aller faire un tour avec lui dans les jardins. J'aurais dû refuser, mais j'ai peu d'amis à Londres et, comme je vous l'ai dit, j'appréciais beaucoup sa compagnie. » Elle prit une longue inspiration, puis ses mots jaillirent soudain avec colère. « Nous nous sommes promenés et nous avons discuté, jusqu'au moment où je me suis retrouvée dans une partie des jardins que je ne connaissais pas. Là, après m'avoir entraînée sous une charmille, il a essayé de m'embrasser et, lorsque je l'ai giflé, il s'est énervé. Ses attentions se sont faites plus pressantes, mais j'ai réussi à le repousser et, comme il était ivre, il a trébuché, ce dont j'ai profité pour repartir en courant à la Rotonde ! Je ne l'ai pas revu ni ne lui ai reparlé depuis. »

Caro partageait le courroux de la jeune fille. Elle posa sa main doucement sur son bras. Une tentative de viol expliquerait pourquoi le lieutenant avait demandé à son frère de mentir sur ce qu'il avait fait le soir du meurtre. D'autant que l'incident avait eu lieu sous les charmilles, où il était seul, furieux et le sang échauffé, au moment précis où Lucy avait été tuée. S'il était coutumier de ce genre d'agression, il aurait eu un mobile pour tuer Pamela. Celle-ci aurait pu s'éprendre de lui, néanmoins, une femme pouvait changer d'avis. Et même quand la femme était consentante, il arrivait à certains hommes de devenir violents.

« Je suis désolée, dit Caro. Ce que vous a fait le lieutenant est impardonnable. Je me demande de quoi d'autre il est capable… Quand vous êtes partie en courant, avez-vous croisé quelqu'un qui aurait eu un comportement suspect ? Un homme avec un masque de médecin de la peste ?

— Non, pas que je me souvienne.

— Avez-vous déjà vu le lieutenant porter un tel costume ?

— Non, jamais.

— Vous rappelez-vous s'il avait un sac avec lui ?

— Non. Je suis désolée.

— Mr. Agnetti était-il dans la Rotonde au moment où vous y êtes revenue ?

— Oui, j'en suis certaine.

— Et Mr. Stone ?

— Je ne me rappelle pas.

— Ce soir-là, dans quel état d'esprit était Mr. Agnetti ?

— L'exposition le préoccupait… Il s'inquiétait de savoir comment serait reçu son travail… » Miss Willoughby sourit derrière ses larmes. « Pourtant, il n'avait pas à s'inquiéter... Ces peintures sont les plus belles qu'il ait jamais réalisées !

— Vous l'admirez ? » *Assez pour mentir afin de le protéger ?*

« Oui, bien sûr, c'est un très grand artiste.

— Hier, l'homme que j'ai chargé d'enquêter sur le meurtre l'a entendu vous parler vertement au Vauxhall. Là encore, vous étiez bouleversée.

— Oh, ça... » La jeune fille baissa les yeux. « Quelqu'un qui nous avait vus le lieutenant et moi marcher dans les jardins ce soir-là l'a rapporté à Agnetti. Il était hors de lui, ce qui m'a fait de la peine. Normalement, il s'adresse à moi avec courtoisie.

— Mr. Agnetti ne m'a pourtant jamais paru être un moralisateur. Plutôt l'inverse.

— C'est pour cette raison que j'étais bouleversée... Je ne comprenais pas sa fureur. S'il apprenait que nous sommes allés sous les charmilles, il me renverrait !

— En tout cas, ce n'est pas par moi qu'il l'apprendra. Vous croyez possible que Mr. Agnetti ait été jaloux ?

— Du lieutenant ? Pourquoi le serait-il ? »

Fallait-il lui faire un dessin ? « Le fait que vous résidiez dans sa maison a donné lieu à certaines spéculations. »

Le regard de la jeune fille s'embrasa. « D'abord, vous me demandez si je suis la putain du lieutenant, et maintenant, vous me demandez si je suis celle d'Agnetti ? Vous me déshonorez, madame... et vous le déshonorez avec vos questions ! Depuis que je le connais, il ne m'a offert que de la gentillesse ! »

Caro observa son visage enflammé avec un mélange de curiosité et de pitié. D'aucuns l'auraient traitée de sotte crédule – mais certains hommes aimaient à prendre pour proies des femmes tristes et esseulées. Elle sentait qu'il y avait cette tristesse chez la jeune fille. Et aussi beaucoup de colère – envers Caro, envers le lieutenant, envers le monde entier, à l'exception d'Agnetti.

« Je voulais seulement dire que Mr. Agnetti pourrait avoir des sentiments que lui-même ignore. Si ma question vous a paru indélicate, veuillez m'en excuser. Je cherche uniquement à découvrir la vérité sur ce meurtre.

— Eh bien, vous vous adressez à la mauvaise personne ! Je ne sais rien qui soit susceptible de vous éclairer, sinon que Mr. Agnetti est un homme honorable… et que le lieutenant Dodd-Bellingham n'est qu'un menteur et une brute ! »

*

Miles raccompagna Miss Willoughby. Cette fois encore, Caro les entendit discuter tous les deux dans le vestibule. Quand il revint, elle lui jeta un regard interrogateur. « Cette demoiselle et vous semblez avoir des tas de choses à vous dire ! »

Le valet haussa ses sourcils roux. « L'autre jour, pendant que vous étiez là-haut dans l'atelier, elle a voulu savoir ce que je pensais des peintures d'Agnetti. Et elle m'a montré une des siennes. Je lui demandais juste si elle l'avait terminée.

— Pourquoi voulait-elle savoir ce que vous pensiez de sa peinture ?

— J'ai des yeux, madame ! répondit Miles en souriant. Mais ce n'était qu'une ruse destinée à me faire parler. Elle voulait se renseigner sur vous.

— Sur moi ?

— Pour savoir si vous pourriez commander d'autres peintures et si vous faisiez appel à d'autres artistes. J'imagine qu'elle veille sur les affaires d'Agnetti.

— Je ne veux pas que vous lui parliez de ma vie privée.

— Jamais je ne ferais une telle chose, madame ! s'exclama le valet d'un air offensé. Elle m'a également interrogé sur moi. C'est rare que quelqu'un le fasse !

— Y a-t-il quelque chose sur vous que vous souhaitez me dire, Miles ?

— Pas vraiment… Ma mère a été malade. Mais c'est agréable de voir que quelqu'un s'en soucie.

— Si vous avez besoin d'un congé pour aller lui rendre visite ou d'une avance sur vos gages, parlez-en à Pomfret. »

Caro ferma les yeux, envahie soudain de lassitude. Miles comprit le message.

Un peu plus tard, lorsqu'elle se sentit reposée, elle retourna dans le bureau de Harry. En relisant sa liste, elle envisagea d'y ajouter Cassandra Willoughby, puis elle se ravisa. Au moment de la disparition de Pamela, la jeune fille n'était pas encore à Londres, et son lien avec le meurtre de Lucy semblait tout à fait secondaire.

Jacob Agnetti
Simon Dodd-Bellingham
Lord March
Kitty Carefree

Elle ajouta les noms de Jonathan Stone et du lieutenant Dodd-Bellingham, résolue à découvrir si l'un ou l'autre avait un talent pour la peinture.

Une longue liste. Trop longue. Et trop de gens dont les mobiles demeuraient opaques. Des mensonges et des confusions dissimulaient la vérité, comme les plis de la salière en papier.

36

Ceylan Sally, une des quatre filles sur la liste que Cecily avait remise à Child, était la jolie Indienne qui avait dit du mal de Lucy au Club des prostituées. Une petite gagneuse d'environ dix-huit ans au regard dur, et au caractère endurci. Elle fit tinter les bracelets en argent sur ses poignets pour faire comprendre à Child que ses questions l'agaçaient. Il s'était déjà entretenu avec deux des autres filles de la liste, Rosy Sims et Becky Greengrass, qu'il avait retrouvées respectivement à Soho et à Covent Garden en se servant de la *Harris's List* comme guide. Les réponses de Ceylan Sally se révélaient d'une familiarité déprimante.

« Pamela ? dit-elle dans un anglais teinté d'un délicieux accent. Je me souviens d'elle. Elle est venue avec nous à une mascarade. Une fille vierge. » Elle laissa courir son doigt sur un des graffitis gravés sur la table de la taverne. Autour d'eux, des jeunes gens jouaient aux dés, buvaient et chantaient des chansons paillardes.

« Lucy Loveless est-elle venue vous interroger sur cette soirée ?

— Trois fois, répondit Ceylan Sally en bâillant. Des questions sans intérêt sur un sujet sans intérêt… » Ses yeux noirs s'embrasèrent. « Ça doit être contagieux !

— Vous savez donc que personne n'a revu Pamela depuis. Savez-vous ce qui lui est arrivé là-bas ?

— Elle a perdu sa cerise. Elle l'avait vendue pour deux cent cinquante guinées. Et elle a dormi avec le sourire de

Vénus aux lèvres, comme nous toutes ! Un des messieurs nous a ramenées à Soho le lendemain matin. La dernière fois que j'ai vu Pamela, elle allait chercher son argent. Elle est sûrement dans les bras d'un bel amant en train de boire le meilleur thé des Açores face à la mer !

— Vous êtes sûre qu'il ne s'est rien passé d'autre ? »

Nouveau tintement agacé de bracelets. « Oui, sûre.

— Je sais que le lieutenant et son frère sont venus vous chercher à Soho et que la mascarade a eu lieu chez Mr. Stone. Lord March était présent lui aussi. Lequel d'entre eux a dépucelé Pamela ?

— Je ne me souviens plus. Il y avait du vin, du haschich... Si on veut être réinvitée, on s'occupe bien de l'homme avec qui on est.

— Et avec qui étiez-vous ? »

Elle haussa les épaules. « Je ne me rappelle plus. »

Child soupira. « Parlez-moi du cinquième homme. Est-ce lui qui était avec Pamela ? »

Le regard de la jeune femme était indéchiffrable, et ses pupilles dilatées – sans doute avait-elle pris du laudanum. « Quel cinquième homme ? »

Les autres filles lui avaient plus ou moins servi la même histoire, dont il ne croyait pas un mot. Et elles ne lui avaient pas réclamé d'argent avant de répondre à ses questions – ce en quoi il avait perçu le premier signe qu'elles mentaient. En outre, leurs versions des faits étaient trop similaires, parfois au mot près. D'après lui, on les avait payées. Soit c'était ça, soit elles avaient peur. Ou les deux.

Pourtant, il tenait toujours à retrouver Kitty Carefree, la quatrième fille de la liste. Encore quelques mois plus tôt, elle avait été la meilleure amie de Lucy. Même si on l'avait payée elle aussi en échange de son silence, le meurtre de Lucy suffirait peut-être à éveiller sa conscience.

Child passa les heures suivantes à faire le tour des lieux de perdition de Covent Garden, à offrir à boire et à parler à des putains et à leurs clients. Et pendant tout ce temps, toujours aussi dérouté que Finn Daley ne lui ait pas encore rendu visite, pas une seconde il ne cessa de se demander où il était. Était-ce trop espérer qu'il se soit écroulé raide mort ?

En passant d'une taverne à l'autre, Child s'aperçut que Kitty était aussi connue qu'appréciée ; elle avait été la coqueluche du café Bedford dans sa jeunesse, son passé était une longue succession de nobles gentilshommes et de marchands fortunés qui l'avaient aimée puis rejetée après s'être lassés. Personne ne put le renseigner sur son protecteur actuel. Il apprit simplement qu'on ne l'avait plus revue depuis le printemps, époque à laquelle le portier du bordel de Soho avait précisé qu'elle était partie.

« Kitty Carefree ? dit un jeune gentilhomme en levant la tête de sa chope juste le temps de loucher. La chatte de cette fille ressemble à une figue fendue ! »

Ce qui, malheureusement, n'allait pas aider Child à la retrouver.

Pamela : disparue, présumée morte. Kitty Carefree : disparue, présumée en vie. Theresa Agnetti : disparue, présumée en vie, tuée ou suicidée – tout dépendait de qui présumait.

Trop de femmes disparues au goût de Child. Elles s'étaient toutes connues les unes les autres, et toutes avaient passé du temps chez Agnetti, comme Lucy Loveless. Il était convaincu que le sort de ces quatre femmes était lié.

Au crépuscule, alors qu'il passait devant un salon de thé dans Maiden Lane, il aperçut un visage familier derrière la vitre. Il entra et se faufila jusqu'au comptoir, sur lequel des blancs-mangers et des gelées brillaient tels des bijoux à la lueur des chandelles.

« Vous vous souvenez de moi ? »

Hector lui sourit. « Comment pourrais-je vous oublier ? » Le ton provocateur allait mal avec les joues duveteuses, les yeux vifs et les cheveux blonds en bataille. Le garçon plongea sa cuillère dans son verre rempli d'une spirale de gelées multicolores et la lécha de manière suggestive.

Child déclina l'invitation. « C'est vous qui avez mis cette carte dans ma poche ?

— Vous voir aussi maladroit m'a fait de la peine… Vous feriez pitié à un enfant ! »

Child s'assit à la table et parla plus bas. « Lucy pensait qu'une fille, Pamela, avait été tuée, et que Jonathan Stone et ses amis auraient pu être les coupables. Est-ce pour cette raison que le Club des prostituées refuse de m'aider ? Parce que les filles risquent de perdre l'argent que leur rapportent ses mascarades ?

— Je vois que vous avez avancé ! » Hector fit semblant d'applaudir.

« Savez-vous quelque chose de l'enquête que menait Lucy ? Vous avez travaillé un temps pour Kitty. »

Hector reprit une cuillerée de gelée. « C'est possible.

— Vous n'avez pas mis cette carte dans ma poche par devoir civil, j'imagine ?

— Puisque vous en parlez, monsieur, j'aime bien les cadeaux. Une noix muscade en argent, une poire en or…

— Et pourquoi pas la fille du roi d'Espagne ?

— Je préférerais le roi !

— Je vous donnerai cinq shillings, mais uniquement si j'estime que l'information les vaut.

— Oh, je les vaux toujours ! Je prendrai une guinée en or à la place de la poire en or.

— Une demi-guinée. C'est à prendre ou à laisser.

— Quel radin ! s'exclama Hector avec un grand sourire. Retrouvez-moi à l'entrée de King's Mews dans une demi-heure.

— Pourquoi ne peut-on pas parler ici ?

— Parce que je n'ai pas très envie de me faire éventrer dans les jardins du Vauxhall. On ne sait jamais qui vous surveille. » Brusquement, Hector recula sa chaise et s'écria : « Non, je ne veux pas vous parler, espèce de vieux bouc… Et cessez de me tripoter ! »

Les gens dans le salon de thé se retournèrent. « Sale pédéraste ! » lança quelqu'un.

Devenant rouge écarlate, Child se tourna d'un air indigné vers Hector, mais il était déjà sorti d'un pas dansant dans un éclat de rire.

37

Quelle est votre définition du purgatoire ? Pour Caro, c'était le temps passé en compagnie de sa belle-sœur Louisa et de ses amies.

La soirée étant particulièrement belle, leur hôtesse, la duchesse du Shropshire, avait annoncé qu'on ne jouerait pas aux cartes mais au badminton. Les valets avaient tendu un filet dans le jardin d'une demi-acre situé à l'arrière de la demeure de Piccadilly et installé des fauteuils, des sofas et des tables sur la pelouse. Caro, étendue sur une méridienne Chippendale, regardait Clemency Howard et une autre jeune fille se renvoyer le volant dans la lumière dorée.

Autour d'elle, la duchesse, Louisa et cinq ou six autres dames buvaient du punch à la bergamote en grignotant des petits choux au fromage et des pâtisseries. Dès que Caro était arrivée, elles l'avaient assaillie de questions, chacune voulant en savoir plus sur la soirée où elle avait frôlé la mort devant Carlisle House. Les dames se bercèrent de l'illusion qu'elle avait échappé de peu à un épouvantable accident, ce en quoi Caro ne chercha pas à les détromper. Seule Louisa, à qui Mordechai avait dû raconter la véritable histoire, levait un sourcil dubitatif de temps à autre. Mais elles finirent par se lasser, et la conversation glissa vers le sujet des domestiques indolents et des maris indifférents.

« Je fais peindre mon portrait par Jacob Agnetti, dit Caro pendant une pause bienvenue au milieu de ces discussions.

— Compte tenu des circonstances, est-ce bien raisonnable ? »

Les dames, qui toutes avaient dû lire le *London Hermes*, échangèrent des regards. « Je pensais aux scandales liés aux Agnetti », s'empressa de préciser Louisa.

De nouveau enceinte, sa belle-sœur, rose et placide, trônait fièrement dans une robe ample boutonnée sur le devant assortie à un chapeau bleu pâle. Caro allait devoir manœuvrer avec habileté si elle ne voulait pas que la discussion revienne aux oreilles de Mordechai. Louisa était l'une de ces épouses paisibles et sensées qui ne contredisaient que rarement leurs maris, mais derrière ses yeux ronds très bleus se devinait un esprit aussi vif qu'une pendule d'Antide Janvier.

« Agnetti est un amour ! déclara la duchesse sous son immense chapeau de paille. Oh, il est un peu farouche au début, je vous l'accorde, mais quand vous poserez pour lui, vous vous rendrez compte qu'il est tout à fait charmant ! Il s'ouvre à lui-même et voit la personne telle qu'elle est. Il dit qu'un bon artiste se doit de pénétrer l'esprit de son modèle. Il m'a représentée en Aphrodite. Nous avons mis le tableau dans la salle à manger rouge. Et nous ferons de nouveau appel à lui pour peindre les plafonds à Stoneland. »

La duchesse avait de fausses dents en jaspe marbré qui s'entrechoquaient quand elle parlait, ainsi qu'une prédilection désuète pour les perruques françaises blanches et un faible pour les abeilles. De temps à autre, l'une d'elles s'éloignait des ruches installées au fond du jardin, et tout le monde faisait comme si de rien n'était.

« Avez-vous déjà rencontré son assistante ? » demanda Lottie Heneker.

Caro s'était doutée que quelqu'un poserait la question, et elle aurait pu deviner que ce quelqu'un serait Lottie. On pouvait toujours compter sur l'épouse du procureur général, une créature stupide et replète, pour tricher aux cartes et répandre des ragots.

« Miss Willoughby m'a apporté le contrat ce matin. Je ne suis pas sûre qu'il y ait le moindre fondement aux rumeurs qu'on colporte. »

Sally Carmichael eut un sourire cynique. « Pourquoi Agnetti se prêterait-il au scandale s'il n'en tirait pas un certain bénéfice ? Un homme n'installe pas chez lui une femme de la moitié de son âge à moins de désirer une seule et unique chose ! »

Sally, une cousine désargentée de la duchesse, reportait souvent sur les autres avec une brutalité grossière le ressentiment que lui valait sa situation. *Si j'étais obligée de me traîner en jouant la dame de compagnie, condamnée à lire des romans à voix haute et à récolter du miel en tenue de paysanne, je ferais comme elle*, songea Caro.

« Cette jeune fille l'assiste dans son travail, dit-elle. Elle peint même les décors de ses portraits.

— Ce n'est pas parce qu'elle est douée avec un pinceau qu'elle ne possède pas d'autres talents ! rétorqua Lottie.

— Je suis d'accord avec Caro, dit la duchesse. D'ailleurs, je n'ai jamais accordé aucun crédit à ces histoires sur Agnetti et ses modèles. Il aimait sa femme, elle lui manque terriblement et… » Elle s'interrompit pour applaudir. « Oh, bien joué, Clemency !

— Evelina Missingham a rencontré quelqu'un qui connaît les Willoughby, reprit Sally. Ils font partie de la vieille noblesse terrienne du Northumberland. Il paraît que la mère est morte et que le père adorait sa fille, peut-être trop. La folle enfant aurait dû attendre d'être mariée. Au lieu de quoi, elle s'est enfuie avec le secrétaire de son père ! »

Elles avaient toutes entendu des versions diverses de cette histoire. « Après qu'ils se sont mariés, ils se sont vite retrouvés à court d'argent, enchaîna Lottie. Le secrétaire l'a abandonnée, et il s'est avéré qu'ils n'étaient pas vraiment mariés – il avait demandé à un de ses amis de s'habiller en prêtre ! J'ai entendu dire que Miss Willoughby avait vécu pendant un temps dans une pension à Paddington et qu'elle avait gagné de l'argent grâce à sa peinture – ce que personne ne croit ! Agnetti l'a vue sur la place de Leicester Fields et a admiré son travail.

— Il a admiré quelque chose, ça c'est sûr ! commenta sèchement Sally.

— Peut-être qu'Agnetti se sentait seul, suggéra Louisa. Sans Theresa, sans enfants, tout seul dans cette grande maison… Il paraît qu'il espère encore que sa femme lui reviendra. »

La duchesse s'empourpra. « Si elle revient, il devrait la cravacher ! Je n'ai jamais aimé cette femme, dès le début. Il y avait chez elle quelque chose de sombre, de froid, de secret…

— Quand elle le voulait, elle savait se montrer très chaleureuse ! observa sournoisement Sally. Vous rappelez-vous la fois où vous l'avez surprise en train de flirter avec Sa Majesté ?

— Je me suis laissé dire qu'il lui arrivait de faire davantage que flirter ! » Lottie arqua un sourcil en souriant.

Toutes les dames se tournèrent vers elle en même temps. « Quoi ? Racontez ! »

Savourant cette attention soudaine, Lottie prit tout son temps. « Christopher Whitaker raconte une histoire qui s'est passée l'année dernière à un bal chez les Spencer. Il cherchait le vestiaire et est entré par mégarde dans la salle de billard, laquelle était déjà occupée… par Theresa et un certain gentilhomme que nous connaissons. Et il ne lui apprenait pas à mettre les boules dans les trous !

— Dieu du Ciel !

— Qui était-ce ?

— Vous en avez trop dit ou pas assez !

— Le lieutenant Edward Dodd-Bellingham », lâcha Lottie avec une moue satisfaite.

Eh bien, même pour le lieutenant, ça n'avait pas traîné, songea Caro au milieu des murmures. D'abord, il avait séduit la femme d'Agnetti et, dès que celle-ci avait disparu, il était passé à son assistante. Elle se demanda si le peintre était au courant des rumeurs qui circulaient sur son épouse et le lieutenant, ce qui aurait expliqué qu'il ait été furieux contre Miss Willoughby. Et sans doute Theresa avait-elle été la rivale dont Pamela avait parlé à son amie Cecily.

« Après les badinages d'Agnetti avec ses modèles, c'est une belle revanche ! commenta Sally.

— Theresa m'a confié qu'elle ne croyait pas à ces ragots sur les modèles d'Agnetti, dit Louisa d'un air peiné. Et j'ai toujours pensé que, par-delà les flirts, elle aimait beaucoup son mari.

— Allons, Louisa, vous pensez toujours le plus grand bien de tout le monde, vous le savez parfaitement ! » rétorqua la duchesse d'un ton sévère.

Louisa soupira. « Theresa voulait un enfant, c'était une évidence. J'ai vu comment elle regardait les miens... Et vous vous souvenez de la fois où Imogen Chandos-Murray a annoncé qu'elle était enceinte et que Theresa l'a fait pleurer ? À mon avis, c'était la cause de ce malheur qu'il y avait entre elle et Mr. Agnetti. Peut-être que Theresa avait l'impression de ne pas être responsable de la stérilité de leur union... Dans de telles situations, on a déjà vu des femmes recourir à des mesures désespérées ! C'est la seule explication qui me paraisse plausible.

— Jamais elle n'aurait pu faire un bébé de cette façon... » Lottie jeta un coup d'œil vers les jeunes filles qui jouaient au badminton et baissa la voix. « D'après Christopher, Theresa était à genoux et avait le membre du lieutenant *dans sa bouche* ! »

Sally hoqueta. Louisa blêmit. « Vous ne devriez pas dire de telles choses, Lottie !

— Je ne fais que répéter ce qu'on m'a raconté. Christopher jure que c'est vrai.

— Vous croyez que le lieutenant pourrait entretenir Theresa dans une maison je ne sais où ? lança Caro.

— Certainement pas, répondit Sally. Pour commencer, il n'a pas un sou. Pendant un moment, il a tourné autour d'Emily Chandos-Murray, jusqu'à ce qu'Imogen lui fasse savoir qu'elle n'était pas une jeune fille pour lui. »

Un soupir général s'éleva tandis que les dames ruminaient sur le drame des hommes sans le sou et aussi beaux que le lieutenant Dodd-Bellingham.

« Pauvre Neddy ! s'exclama Lottie. Il revient des colonies en héros et trouve un coucou peu attrayant dans le nid familial ! Après avoir vu Simon, je me demande s'il est bien le fils du colonel… Il n'a absolument rien de ce cher vieil homme.

— Que pensez-vous de Simon Dodd-Bellingham ? s'enquit Caro.

— D'après Mordechai, c'est un grand érudit, répondit Louisa. Il envisage de lui demander de venir voir notre bibliothèque.

— Si j'étais vous, je m'en garderais bien ! dit la duchesse.

— Pour quelle raison ?

— Je comptais moi aussi le faire venir, pour qu'il aide Freddy à commencer une collection de pierres gravées ou de fossiles. Maintenant qu'il a renoncé à la politique, il lui faut bien occuper ses soirées. J'ai donc prié notre majordome de se renseigner sur lui, et il a eu vent d'une rumeur troublante à propos de mains baladeuses… Et pas sous les jupes des dames comme son père, mais dans les poches de ses clients !

— Bonté divine ! s'exclama Louisa. C'est révoltant ! »

Mr. Child avait rapporté que Stone aimait connaître les secrets de ses clients, se rappela Caro. Aurait-il pu faire chanter Simon ? Cependant, si la duchesse était au courant, en quoi était-ce un secret ?

« Simon ne m'a jamais semblé être un garçon malhonnête, dit-elle. Qui est-il censé avoir volé ?

— Ansell Ward, l'échevin de la City. Vous savez comme les marchands aiment se constituer une bibliothèque d'ouvrages en latin… Il a donc engagé Simon pour qu'il établisse le catalogue de ses livres. Et, apparemment, Ward est convaincu qu'il a dérobé des objets. Il ne disposait pas d'une preuve suffisante pour le faire arrêter, mais il l'a renvoyé sans préavis. Freddy a jugé qu'il valait mieux ne pas prendre de risque. » Elle cria soudain à tue-tête : « Bien joué, Clemency ! »

Les dames applaudirent les joueuses qui venaient les rejoindre. Miss Howard, le visage tout rouge, arborait une expression radieuse. « J'adore gagner ! dit-elle. Je sais que je ne devrais pas. »

Caro se décala pour lui faire de la place. Clemency la remercia d'un sourire. « Vous allez jouer au badminton, Mrs. Corsham ?

— Non, pas aujourd'hui. Je n'aime pas trop courir dans tous les sens... Quelqu'un a-t-il entendu dire que la disparition de Theresa ne serait pas aussi volontaire qu'on le pensait ? »

Lottie leva les yeux, le regard brillant. « Un acte délictueux ?

— Pourquoi pas ? Ce ne serait pas le premier mariage malheureux qui se termine de cette manière.

— Une telle supposition est insultante ! s'indigna la duchesse. Agnetti a embauché les meilleurs attrape-voleurs du royaume pour retrouver sa femme.

— Et pas seulement en Angleterre, renchérit Louisa. Mordechai dit qu'il a un agent à Naples qui la cherche en ce moment même, et qu'il a écrit en Inde afin d'engager quelqu'un sur place. Quelles que soient ses déficiences en tant que mari, on ne peut rien reprocher à Agnetti de ce côté-là !

— D'ailleurs, quel intérêt aurait-il eu à la tuer ? s'étonna Sally Carmichael. S'il voulait se débarrasser d'elle, il pouvait l'envoyer à la campagne, il est suffisamment riche. Tant que son épouse n'est pas enterrée, il lui est impossible de se remarier. Par conséquent, qu'aurait-il à y gagner ?

— Qui a dit qu'il s'agissait d'un acte prémédité ? interrogea Caro. Il paraît qu'il a mauvais caractère. Peut-être qu'il a découvert la liaison de Theresa avec le lieutenant.

— Je ne l'ai jamais entendu s'adresser méchamment à sa femme, même quand son comportement l'aurait justifié, dit la duchesse. Il a toujours été doux et gentil et, d'après Freddy, il la défend avec ardeur.

— Le lieutenant, alors ?

— Neddy Dodd-Bellingham tuerait plus volontiers pour un bifteck que par amour ! lança Lottie. Je doute que son *amour* pour Theresa ait à voir avec les sentiments. Pour sa part, en tout cas.

— Un suicide ?

— Oh, Caro ! Certainement pas…

— Mais alors, où est-elle ? »

Sa question resta sans réponse. Faisant comprendre qu'elle était lasse de cette discussion, la duchesse complimenta Clemency sur sa robe. Ce qui déclencha un vif débat sur les mérites du coton indien comparés à ceux du linon, une seule voix osant s'élever en faveur de la mousseline brodée au tambour.

Theresa Agnetti avait-elle un quelconque rapport avec leur enquête ? Caro ne pouvait s'empêcher de le penser. Mr. Child avait raison. Sa disparition, si proche de celle de Pamela, soulevait des questions troublantes, surtout si les deux femmes avaient été rivales face au lieutenant Dodd-Bellingham. Fallait-il en conclure que l'enquête s'était encore compliquée, que non pas deux mais trois meurtres avaient été commis ? Ou que Theresa Agnetti avait joué un rôle plus sombre, plus déterminant, dans cette étrange histoire ?

38

Child retrouva Hector adossé à la grille, en train de zieuter les officiers de cavalerie qui entraient et sortaient de King's Mews. Les lumières s'entrecroisaient dans la nuit autour de Charing Cross : des valets portaient des torches devant des chaises à porteurs ; des lanternes de carrosses tressautaient à la cadence des chevaux ; des pages escortaient des prostituées d'un client à un autre. Hector tenait une torche devant lui d'une façon suggestive qui rappela à Child la statuette de Priape vue chez Simon.

« Ce n'était pas drôle, tout à l'heure…

— Si, un peu… Suivez-moi, et on discutera. D'accord ? »

Child, toujours obnubilé par Finn Daley, jeta un regard inquiet alentour. Le garçon pourrait l'entraîner dans un piège. « Où va-t-on ?

— Il faut jouer le jeu, monsieur ! Si on nous voit ensemble, je voudrais pas qu'on s'imagine que ce sont des renseignements que vous m'achetez ! »

Child le suivit à contrecœur dans Cockspur Street. « Lucy a trouvé ça bizarre dès le départ, murmura Hector. En général, les filles invitées au Club Priapus sont jeunes et belles, mais expérimentées. Ce soir-là, il leur fallait une fille vierge, et Lucy tenait à savoir pourquoi. Qu'ils se réunissent comme ça juste à quelques-uns n'était pas fréquent. La plupart du temps, les mascarades ont lieu à la pleine lune, avec une dizaine ou plus de gentilshommes et une vingtaine de prostituées. Ce fameux soir, Lucy les soupçonnait de manigancer quelque chose qu'ils ne voulaient pas que voient les autres membres du club.

— Quelque chose qui impliquait Pamela », dit Child d'un air sombre.

Hector confirma d'un signe de tête. « D'après Lucy, Stone faisait confiance aux Dodd-Bellingham et à lord March parce qu'ils lui devaient de l'argent, et qu'il connaissait leurs secrets.

— Un cinquième homme aurait été présent. Savez-vous quoi que ce soit sur lui ?

— Lucy m'a posé la même question. Elle cherchait à découvrir qui il était.

— Quand vous en a-t-elle parlé ?

— Peu après le départ de Kitty.

— Et que lui avez-vous dit ?

— Que, le lendemain de la mascarade, les filles ont évoqué ce cinquième homme.

— Poursuivez.

— Le lieutenant a déposé les filles devant chez Kitty vers neuf heures du matin, plus tôt que je m'y attendais, et j'étais pas couché depuis très longtemps. Comme Kitty s'était tordu la cheville, les autres l'ont aidée à monter l'escalier. Elles se comportaient d'une façon bizarre et, pendant que je leur préparais du thé, je les ai entendues discuter. Une des filles, il me semble que c'était Rosy Sims, a interrogé les autres sur ce cinquième homme, “celui avec Pamela”. Et là, elles se sont mises en colère. Ceylan Sally a dit à Rosy qu'elle devait plus jamais en parler. C'est à ce moment-là que Kitty s'est aperçue que je les écoutais et m'a envoyé acheter du thé, alors qu'il y en avait dans le placard. À mon retour, les filles étaient parties. Kitty m'a serré dans ses bras en pleurnichant et m'a promis qu'elle m'achèterait un cadeau pour avoir été aussi gentil, mais elle l'a jamais fait. »

Le cinquième homme. Celui avec Pamela.

« Cette Pamela n'était pas avec les filles, vous en êtes sûr ? » insista Child en lui montrant son portrait.

Hector secoua la tête. « C'est elle ? Parfois, quand Kitty revenait de chez Agnetti, elle parlait de Pamela. Elle l'aimait bien, mais il faut dire qu'elle aimait tout le monde.

— Auriez-vous entendu quoi que ce soit à propos d'un document, de papiers ou d'une lettre, de Kitty, de Lucy ou de quelqu'un d'autre ? »

Hector se retourna. Ses yeux brillèrent dans la lueur de la torche. « Ils m'ont demandé la même chose. Je leur ai répondu que je n'en savais rien.

— Qui ça, "ils" ?

— Deux types qui sont passés me voir la semaine dernière et m'ont posé des questions sur Kitty. Grands. Bien habillés. Au courant de la loi. »

Du genre officiel. Comme les hommes venus chercher Kitty dans ses appartements. Comme feu Richmond Baird, l'agent du ministère de l'Intérieur.

« Vous leur avez dit la vérité ?

— Vous allez pas commencer ! J'ai mis un temps fou à les convaincre. Même qu'ils ont menacé de me couper les couilles avec un couteau... Il y avait des mois que je m'étais pas autant amusé ! » Derrière la bravade, Child comprit que l'épisode avait secoué le jeune homme.

Ils coupèrent par un chemin qui les amena à la lisière de St. James's Park. Devant eux s'étendait le Mall, une large allée de gravier éclairée par quelques lanternes, où des racoleuses et leurs clients butinaient dans les coins sombres telles des chauves-souris. Hector s'éloigna des lumières et se dirigea vers le terrain de parade de la garde montée. L'air de la nuit était transpercé par le hurlement des sauvagines qui survolaient l'étang.

« Parlez-moi de la dispute entre Lucy et Kitty. Était-ce à cause de Pamela ?

— Évidemment. Kitty a tenté de dissuader Lucy de faire ce qu'elle faisait, et elle lui a assuré que Pamela avait quitté Londres et qu'elle allait très bien. Lucy l'a pas crue un instant. Dernièrement, Kitty avait touché de l'argent et, quand Lucy a voulu savoir d'où il lui venait, elle a raconté que son duc le lui avait donné en souvenir du passé, mais Lucy l'a traitée de menteuse et Kitty a fondu en larmes.

— Vous étiez dans la pièce au moment où elles se sont disputées ?

— Non, mais les murs ont des oreilles ! Après ça, elles se sont plus parlé. Kitty était très embêtée. Elles étaient amies depuis des années. Je crois que c'est ce qui a précipité son départ. Elle m'a pas dit où elle allait, sans doute de peur que je le répète à Lucy. D'ailleurs, après son départ, Lucy est revenue pour la voir.

— Est-ce que ce qu'on raconte est vrai ? Kitty aurait trouvé un nouveau protecteur ?

— Je lui en ai vu aucun. Elle fréquentait uniquement ses clients réguliers.

— Où pourrait-elle être partie ?

— Il lui arrivait d'aller prendre les eaux. Elle disait qu'elle avait besoin de se reposer de tous ces hommes... Étant donné son comportement les derniers temps, c'est ce que j'ai supposé.

— Comment se comportait-elle ?

— Elle était angoissée, distraite, contrariée à cause de Lucy... Une fois que les hommes rentraient chez eux, Kitty avait toujours été du genre à pleurer, mais, là, c'était pire... Elle priait beaucoup. Ça aussi, elle l'avait toujours fait, sauf que, depuis quelque temps, elle le faisait davantage, elle allait même à l'église, à Saint-Andrew-by-the-Wardrobe.

— Est-ce qu'elle vous avait déjà congédié, quand elle s'absentait ?

— Non, mais elle partait en général que pour une semaine. »

Quatre mois, c'était long, pour du repos. Et Kitty avait été angoissée, avait prié. Peut-être s'était-elle sentie coupable de ce qui était arrivé à Pamela.

« Kitty parlait-elle d'abandonner la prostitution ?

— Parfois. Mais je la prenais pas au sérieux. Qu'est-ce qu'elle aurait fait d'autre ? Elle serait allée où ? »

S'en remettre à la charité de l'hospice Magdalen pour les prostituées repentantes ? Child repensa à la carte de visite trouvée chez Lucy. Celle-ci avait-elle deviné que Kitty, sans doute poussée par le remords, avait décidé de changer de vie ? Était-elle allée la chercher au Magdalen ? Cela aurait expliqué que personne ne l'ait revue en ville.

Ils venaient d'atteindre le bout du parc, où la masse sombre de l'abbaye dominait les vieilles demeures. Le Bird Walk, une allée obscure bordée d'arbres, s'étendait sur la droite. Des garçons en guenilles de l'âge d'Hector rassemblés en petits groupes attendaient devant les fourrés, parlant et fumant la pipe. Un homme s'approcha, de l'argent fut échangé, puis l'un des garçons l'emmena derrière les buissons.

« Oh, non… bon sang, pas ça ! » Child empoigna Hector par le col.

Le jeune homme sourit. « On ne sait jamais, vous pourriez découvrir que ça vous plaît, monsieur !

— On peut être pendu pour ce qu'ils font là ! » Child, furieux de s'être laissé distraire, s'efforçait de réfléchir. « Quand Ceylan Sally a dit au Club des prostituées que Lucy avait déjà eu assez de chance, à quoi faisait-elle allusion ?

— Environ un mois avant de la mettre dehors pour de bon, elles avaient déjà essayé une fois de l'évincer.

— Qui ça, “elles” ?

— Sally, Rosy et Becky. Kitty avait déjà déménagé.

— Elles s'en sont prises à Lucy à cause de son enquête ?

— Sans doute.

— Vous ne le savez pas ?

— C'était avant qu'elles m'embauchent comme secrétaire. » Hector lui lança un regard en coin. « Mais je pourrais me renseigner, jeter un œil sur les minutes du club… En échange d'une certaine somme.

— Je vous donnerai une autre demi-guinée, mais je voudrais que vous fassiez autre chose. Renseignez-vous au Club des prostituées pour savoir si un de mes suspects apprécie les très jeunes filles. » Il lui donna la liste des noms qu'il avait établie au salon de thé. « Je voudrais par ailleurs savoir si l'un d'eux a la réputation d'être violent. Sur cette liste, vous verrez le nom d'Agnetti. Je veux savoir ce qu'il fait avec ses modèles et avec Cassandra Willoughby, ou s'il a fait quoi que ce soit avec Pamela, Kitty ou Lucy. Et aussi tout ce dont les filles auraient été témoins entre lui et sa femme, disputes, coups, ce genre de choses.

— Vous m'en demandez beaucoup ! rétorqua Hector, qui néanmoins empocha la liste. Ça va me prendre plusieurs jours… Vous connaissez St. Bennet, au bord de la Tamise ? Retrouvez-moi là-bas après-demain, à minuit. »

Child lui remit une première demi-guinée. L'éclat de l'or attira l'attention des garçons près des fourrés. L'un d'eux s'avança, mais Child l'en dissuada d'un simple regard.

« J'aimais bien Lucy, reprit Hector, éprouvant sans doute le besoin de justifier sa récompense. Le jour où le club l'a mise dehors, je devais lui apporter les nouvelles. Elle avait presque tout perdu : son travail de modèle pour Agnetti, la plupart de ses clients… Elle disait que le lieutenant avait chargé l'homme d'affaires de Jonathan Stone de fouiller son passé. C'est comme ça qu'ils ont appris qu'elle avait fait un séjour à Bridewell. Quand j'ai voulu savoir comment elle comptait survivre, elle m'a répondu : “Comme toujours, Hector. Je suis Lucy !” Sauf que, cette fois, elle a pas réussi.

— Elle jouait un jeu dangereux, observa Child en regardant vers Covent Garden, au-delà du parc.

— Je lui avais dit d'arrêter son enquête, que le Club des prostituées pourrait la reprendre, faire une exception… Je lui ai demandé comment elle allait faire, même si elle découvrait pas la vérité. Ces gentilshommes étaient des gens importants, puissants, protégés… Elle a souri, comme si elle savait quelque chose que j'ignorais, et elle m'a répondu : “C'est ce qu'ils croient, mais leur plus grande force est aussi leur plus grande faiblesse.” Ce qu'elle a voulu dire par là, j'en ai aucune idée. »

PAMELA

28-30 janvier 1782

Les jours suivants, Pamela découvrit nombre d'autres secrets. Elle apprit par exemple que le lieutenant Dodd-Bellingham avait un ennemi, dont elle-même le délivra.

Accompagnée, comme toujours, de son chaperon, elle traversait la place de Leicester Fields pour se rendre chez Agnetti. Dans ses bottines usées et rapiécées, elle avait les orteils trempés à cause de la neige. Les marchands ambulants qui vendaient du petit bois et des marrons tapaient des pieds pour se réchauffer. Ils sifflèrent Pamela. « Montrez-nous vos nichons, mademoiselle ! On vous mordra pas ! »

Alors qu'elle se retournait pour leur dire ce qu'elle en pensait, les mots moururent sur sa langue, car elle venait d'apercevoir le lieutenant qui traversait la place à grandes enjambées, magnifique dans son uniforme rouge. Brusquement, un homme le rattrapa. Petit, mais solidement bâti, il avait de longs cheveux noirs, une barbe noire broussailleuse, des habits crasseux et déchirés. Dès que le lieutenant le vit, il s'arrêta, et Pamela ralentit le pas. Le vent emporta ce qu'ils se dirent, mais ils n'avaient pas l'air en bons termes. Dodd-Bellingham repoussa l'inconnu en lui donnant un coup à l'épaule.

Pamela était suffisamment proche pour voir l'homme découvrir des dents noircies. Le lieutenant s'éloigna, mais l'autre lui courut après et lui sauta sur le dos. Tous deux roulèrent dans la neige, et l'individu le bourra de coups de poing. Prenant son gardien par surprise, Pamela accourut et agrippa l'homme par le col. Les marchands l'applaudirent et la sifflèrent de plus belle. À l'instant où l'inconnu repoussa Pamela en la frappant au bras, le lieutenant en profita pour flanquer un coup dans le ventre de son assaillant.

Le souffle coupé, celui-ci tomba à la renverse. « Sale traînée ! »

Son chaperon avait rejoint Pamela et envoya une gerbe de neige à l'homme d'un coup de pied.

Ce dernier le regarda, puis regarda le lieutenant. Comprenant qu'il n'avait aucune chance, il partit en titubant, tandis que le lieutenant se relevait péniblement et époussetait la neige sur son manteau. Un vilain bleu s'étalait sur sa joue. « Ma sauveuse ! s'exclama-t-il en faisant une courbette à Pamela qui la fit rougir. La prochaine fois que vous monterez à l'assaut, il faudra porter mes couleurs sur votre manche ! »

Il lui proposa son bras. Elle mourait d'envie de le prendre, mais son surveillant fronça les sourcils. Tous trois se dirigèrent vers la maison d'Agnetti.

« T'es qu'un minable, Dodd-Bellingham ! s'écria le barbu. Mais je finirai par t'avoir, espèce d'ordure ! »

Pamela leva un regard inquiet vers le lieutenant, lequel se contenta de lui sourire, de cette façon qui la faisait fondre de plaisir.

« C'était qui ? demanda-t-elle.

— Oh, juste quelqu'un que j'ai connu autrefois... Oubliez-le. Moi, je l'ai déjà oublié. »

*

Puis il y eut lord March, qui passa voir Agnetti deux jours plus tard. Pamela était allongée sur l'autel, où sa position bizarre lui permit d'observer le nouveau venu tout à loisir. Le peintre posa son fusain et alla lui serrer la main en s'adressant à lui avec déférence.

« Je suis venu avec Neddy, dit lord March. Il vous a apporté une lettre de Stone. Comme je souhaitais vous parler, j'ai proposé de vous la remettre. »

Une bonne partie de leur conversation demeura un mystère – Pamela ne perçut que des bribes d'une langue qu'elle supposa être du latin, des noms étranges, des titres de livres. En revanche, elle comprit très bien ce que signifiaient les regards que lord March n'arrêtait pas de lancer sur sa poitrine dénudée. Cecily lui avait dit que le lieutenant était ami avec le fils d'un comte, l'héritier d'un immense domaine. Et bien que ce lord March n'arrivât pas à la cheville du lieutenant, il avait le visage fin et de beaux yeux sombres. Elle lui sourit en s'efforçant de ne pas penser à ce que le lieutenant et Theresa étaient en train de fricoter en bas.

Lord March reporta son attention sur Agnetti. « Je voulais savoir si je pourrais vous emprunter ce volume de Dracontius que nous avons évoqué l'autre jour.

— Volontiers. Si vous m'attendez ici une minute, je vais vous le chercher. Pamela, vous pouvez faire une pause. »

Elle prit le temps de se redresser et de rabattre sa robe sur sa poitrine tout en savourant l'effet qu'elle avait sur le jeune noble.

« Alors, c'est vous son Iphigénie, dit celui-ci en s'approchant. Neddy m'a beaucoup parlé de vous. »

Elle le regarda effrontément. « Vous promettez de ne pas me sacrifier aux dieux ? »

Il éclata de rire. « Connaissez-vous la suite de l'histoire ? Venez, je vais vous la raconter. »

Pamela le suivit devant l'une des immenses toiles d'Agnetti, celle sur laquelle il travaillait avec Lucy et Peter Jakes, ainsi que Julietta, une fille du Club des prostituées, et un séduisant ténor de l'opéra royal. Sur le tableau presque terminé, Julietta agonisait sur un lit, tuée par le ténor qui, d'après Lucy, était aussi flatulent qu'un taurillon. Peter Jakes rampait sur le sol en laissant des traces de sang sur le carrelage en mosaïque, tandis que Lucy, debout au-dessus de lui, brandissait une hache.

Lord March tendit son doigt vers le tableau en lui effleurant le bras au passage. « Le meurtre d'Iphigénie a déclenché un enchaînement de récriminations et de massacres qui a secoué le monde hellénique. Ici, on voit le meurtre d'Agamemnon, le père d'Iphigénie, rentré victorieux de la conquête de Troie. La fille qui se meurt est sa concubine troyenne, Cassandre. Sa femme, Clytemnestre, furieuse du meurtre d'Iphigénie, a demandé à son amant, Égisthe, de les tuer tous les deux.

— Ce type avait sacrifié sa fille… Il le méritait !

— Ce n'était pas l'avis de leur fils, Oreste. Dans la troisième scène que va peindre Agnetti, il se venge en tuant sa mère et son amant. Et dans le dernier tableau, Oreste est rendu fou par les Furies, des démones ailées qui réclament justice pour ses crimes.

— Il aimait son père, bien qu'il ait tué sa propre sœur ?

— Il faut croire que oui. »

Pamela médita là-dessus un instant. « Je ne me donnerais pas autant de mal pour mon père, même si quelqu'un menaçait de le tuer d'un coup de hache ! »

Lord March sourit. « Je pense parfois la même chose du mien.

— Mais je pourrais tuer par amour, comme lui sur ce tableau, ajouta Pamela en montrant le ténor, l'amant de Clytemnestre. Je serais capable de tuer une rivale, ou quelqu'un qui lui aurait fait du mal. » Elle pensa à l'homme tombé à terre sur la place de Leicester Fields.

Lord March désigna Lucy en Clytemnestre. « Là aussi, l'amour a dû jouer un rôle… L'amour pour son mari, je veux dire. Si elle voulait se venger parce qu'il avait tué sa fille, pourquoi tuer également Cassandre ?

— La jalousie peut pousser à ça, répondit Pamela. On est tellement chamboulé à l'intérieur qu'on ne sait plus ce qu'on fait. »

Il la regarda dans les yeux et récita d'une voix douce :

Je te hais et je t'aime.
Et si tu me demandes pourquoi,
Je ne le sais pas.
C'est ce que je ressens,
Et qui me déchire en deux.

« Oui. L'amour et la haine, c'est exactement ça, approuva Pamela. C'est vous qui l'avez écrit ? » Cecily lui avait dit que lord March était également poète.

« Non, c'est de Catulle, un Romain qui a vécu il y a mille huit cents ans. Mais ses vers, comme les sentiments sur lesquels il écrit, sont éternels. » Il se tut un instant. « Je pourrais vous lire d'autres poèmes, si vous voulez. J'ai des appartements dans Duke Street. Viendriez-vous m'y rejoindre demain après-midi ? » Il lui passa la main dans le dos.

« Je ne pourrai pas, dit Pamela, la gorge sèche. Il va y avoir une vente aux enchères.

— Oui, je sais. Neddy m'en a parlé. Je ne ferai rien qui risquerait de mettre votre argent en péril, rien qui vous déplaira… Vous avez ma parole de gentilhomme ! »

Elle se demanda si c'était une mise à l'épreuve – de sa chasteté, de sa vertu. Le lieutenant aurait pu envoyer son ami pour qu'il tente de la séduire. Comment devait-elle réagir ? Elle ne voulait pas l'offenser. Lord March était un pair du royaume, un protecteur potentiel. Et son cœur avait beau appartenir au lieutenant, une fille ne pouvait pas vivre que de sentiments. *Reste ouverte à tout*, disait toujours Lucy.

« Je ne peux pas échapper à mon chaperon. Mais vous pourriez faire une offre à la vente aux enchères… Ou après, une fois que je serai vendue, vous n'aurez qu'à m'inviter dans vos appartements. »

Lord March s'écarta en souriant. « Je le ferai certainement. »

Pamela ne comprenait pas pourquoi il avait des appartements où il recevait des femmes étant donné qu'il pouvait aller dans n'importe quelle maison close. Avait-il une maîtresse ? Une dame de qualité, bien née, qui avait besoin d'un lieu discret où le retrouver en privé ? En tout cas, ça n'avait pas empêché lord March de la désirer ! Elle était à la hauteur de n'importe quelle dame et, bientôt, tout Londres le saurait.

*

Quand Agnetti rapporta le livre, il pria Pamela d'attendre au rez-de-chaussée, parce qu'il devait discuter d'une affaire personnelle avec lord March. Alors qu'elle descendait l'escalier, la porte du petit salon s'ouvrit et le lieutenant Dodd-Bellingham en sortit. Lorsqu'elle aperçut derrière lui Mrs. Agnetti, assise sur le sofa, son sang ne fit qu'un tour. Il referma la porte et l'aperçut.

« J'espérais vous voir, dit le lieutenant. J'ai quelque chose pour vous. »

Tout sourire, Pamela alla le rejoindre. Il sortit de sa poche un petit bouquet blanc et mauve attaché avec un ruban. « Pour vous remercier d'avoir volé à mon secours l'autre jour. »

Elle respira les fleurs d'un air ravi. « Votre pauvre visage… » Émerveillée par sa propre audace, elle caressa la vilaine entaille. Il tourna la tête et effleura son doigt du bout des lèvres.

« Mon Dieu ! s'exclama-t-il en s'écartant. Si Jonathan Stone me voyait, il me ferait frire le cœur, le foie et les poumons dans un poêlon ! »

Pamela se souvint que Lucy et Kitty avaient parlé de cet homme qui organisait des mascarades à la campagne. « Que vient faire ici Mr. Stone ?

— Je lui dois de l'argent, ce qui signifie que je suis obligé de faire ce qu'il me dit.

— Pourquoi ne voudrait-il pas que vous me parliez ?

— Oh, croyez-moi sur parole ! » Il sembla pris d'un léger malaise, ce qui ne lui ressemblait pas.

« Votre frère aussi, il lui doit de l'argent.

— Il nous tient tous les deux, complètement. Vous n'auriez pas trois mille livres en trop ? »

Pamela secoua la tête. Le lieutenant sourit. « Dommage ! J'aurais pu vous épouser. Vous êtes plus aimable à l'œil que n'importe quelle héritière ! »

Elle le dévisagea. « Vous avez l'intention de vous marier ?

— Si Dieu le veut. Après que l'ordre de Bath aura été annoncé. Mon frère dit que, dès lors, les héritières pleuvront et que je pourrai enfin me libérer de Stone. »

Le pli s'accentua sur le front de Pamela tandis qu'elle enregistrait l'information et gravait ce nom dans sa mémoire : Jonathan Stone.

39

À midi, la Tamise scintillait sous le soleil tel un sou neuf. Exsudant par tous les pores de sa peau l'alcool qu'il avait bu la veille, Peregrine Child marchait péniblement dans les rues crasseuses de Southwark. Après tout ce que lui avait raconté Hector, il était convaincu que retrouver l'amie de Lucie, Kitty, serait la clef qui déverrouillerait cette conspiration du silence. Il fallait la traquer, en appeler à sa conscience torturée, découvrir lequel de ces queutards au sang bleu avait tué Pamela. Dès lors, ils se mettraient tous à parler pour tenter de se sauver – comme le faisaient tous les gentilshommes lorsqu'ils sentaient se rapprocher la corde du bourreau.

À l'angle de St. George Fields, Child s'arrêta pour reprendre son souffle. Dans cette immense étendue de lande et de marécage située dans les faubourgs sud de la ville, il venait souvent à l'occasion d'une foire, ou surveiller une émeute. Ce jour-là, la seule attraction se réduisait à une bande de vendeurs de chevaux itinérants en train de présenter un poney fringant à une foule intéressée. *Caveat emptor*, songea-t-il. Acheteur, sois vigilant. Lui-même connaissait toutes les ruses. Il suffisait d'enfoncer une anguille vivante ou un morceau de gingembre dans le derrière d'un cheval pour que n'importe quel vieux canasson ait l'air frétillant. Il fit un large détour en coupant à travers les herbes et arriva devant les grilles de l'hospice Magdalen pour les prostituées repentantes.

Pas très différent de la prison de Bridewell, le Magdalen

se composait de quatre bâtiments en brique disposés en carré, avec un quadrilatère au milieu. Cependant, le principe qui prévalait ici était la compassion, pas la condamnation : les pensionnaires y entraient de leur plein gré, les hauts murs d'enceinte permettant de maintenir les éléments indésirables à distance. Child observa quelques-uns de ces indésirables qui attendaient devant les grilles : des maquereaux et des maquerelles espérant apercevoir leurs anciennes obligées afin de les convaincre de revenir sur le trottoir, ou de les y contraindre.

Les portiers d'un gabarit impressionnant examinèrent Child d'un œil perplexe, le prenant probablement pour un souteneur. Devinant que les soudoyer les laisserait de marbre, il leur présenta sa carte en précisant qu'il enquêtait sur le meurtre de Lucy Loveless.

« La pauvre fille ! se lamenta l'un des portiers avec une certaine émotion.

— Je pense qu'elle aurait pu venir ici récemment. » Child lui montra son portrait.

Le portier hocha lentement la tête. « Oui, je me souviens d'elle… Quel homme l'oublierait ? Elle est passée il y a environ un mois. Je ne sais plus quel nom elle a donné, mais ce n'était pas Lucy Loveless. Et elle avait tout l'air d'une dame respectable… Elle a parlé à Mrs. Rainwood, notre matrone.

— Puis-je parler à Mrs. Rainwood ? Je suis certain qu'elle voudra voir condamner cet animal. »

Le portier acquiesça. « Moi aussi ! »

Child attendit dans le hall. Quand le portier revint, il l'invita à le suivre. Ils sortirent dans la cour, où plusieurs femmes faisaient de l'exercice en se promenant bras dessus bras dessous autour d'un bassin. Elles portaient des robes en laine bleu ciel et des petits chapeaux qui masquaient leurs visages, et elles parlaient tout bas en baissant les yeux d'un air modeste. Child aperçut d'autres femmes dans les bâtiments alentour, occupées à coudre ou à faire la lessive, des tâches qui leur permettraient de vivre comme des domestiques respectables. Ils passèrent devant une grande chapelle octogonale, franchirent une porte, puis montèrent un escalier. Sur le palier, le portier frappa à un battant, derrière lequel une voix douce l'invita à entrer.

Assise à un bureau, une femme replète et souriante d'une trentaine d'années se leva pour l'accueillir et lui tendit sa main gantée. « Je suis Hester Rainwood, la matrone du Magdalen. Je vous en prie, Mr. Child, asseyez-vous. »

Elle avait un style châtié, et un visage rond plâtré de blanc de céruse, avec deux petits cercles de rouge sur les pommettes. À en juger par la sobriété de sa mise, une robe grise à col montant fermé par un camée et un bonnet blanc crème, elle n'avait rien d'une femme qui cherchait à attirer l'attention. Il supposa que sa peau devait être ravagée de cicatrices dues à des pustules ou à la vérole.

La pièce, bien que petite, était meublée avec confort : des rideaux en dentelle, une bibliothèque et un tableau représentant une scène biblique au-dessus de la cheminée : Marie-Madeleine lavant les pieds du Christ. Une théière et un cake étaient posés sur le bureau. « Je crains que vous ne me surpreniez à une heure coupable, monsieur… Voulez-vous une tranche de gâteau ? »

Child refusa, mais accepta une tasse de thé. Pendant qu'elle le servait, il répéta la raison de sa visite.

« Comme mon portier vous l'a expliqué, cette femme est venue il y a environ un mois, dit Mrs. Rainwood en regardant le portrait qu'il avait mis sur le bureau. Mais elle se faisait appeler Mrs. Pearson, pas Lucy Loveless. » Elle laissa échapper un soupir. Ses lèvres s'affaissèrent d'un air peiné. « J'ai lu dans les journaux comment elle était morte… C'est épouvantable !

— Lucy cherchait-elle une prostituée du nom de Kitty Carefree ?

— Oui, en effet… Comment le savez-vous ?

— J'ai trouvé chez elle une de vos cartes, répondit Child en montrant un petit tas d'exemplaires identiques sur le bureau. Kitty avait parlé de changer de métier, et elle avait embrassé depuis peu la religion. Comme je savais que Lucy la cherchait, il m'a suffi d'additionner deux et deux.

— Mrs. Pearson a prétendu être à la recherche de sa sœur, laquelle avait fui la maison familiale. Leur père était mort depuis peu, et elle espérait se réconcilier avec Kitty. Et ce d'autant plus qu'on lui avait dit que celle-ci s'était de nouveau tournée vers la prostitution. Je lui ai répondu que je n'avais aucune pensionnaire enregistrée sous ce nom ou qui correspondait à sa description. En réalité, je n'aurais pas dû donner ce renseignement à Mrs. Pearson, mais elle s'est montrée très convaincante dans sa détresse.

— Elle ne vous a pas trompée sans raison. Lucy pensait que Kitty détenait des informations sur un autre meurtre, celui d'une jeune prostituée de quinze ans. Maintenant que Lucy est morte, je crains que Kitty ne subisse le même sort. »

Mrs. Rainwood écarquilla les yeux avec inquiétude. « Qu'est-ce qui vous fait dire cela ?

— Des gens sont à sa recherche et, à mon avis, ils ne lui veulent pas du bien. Mais je vais continuer à enquêter de mon côté en espérant être le premier à la retrouver. Puis-je vous poser une autre question ?

— Je vous en prie.

— Ça va vous paraître ridicule, mais ces mots et ces chiffres signifient-ils pour vous quelque chose ? "50-60 ananas, 2g 1f." C'est ce qui est écrit au verso de la carte du Magdalen qu'avait Lucy. Je me demandais si ça pouvait avoir un lien avec sa visite ici. »

Mrs. Rainwood sembla perplexe. « Non, je regrette, monsieur, ça ne me dit rien.

— Tant pis ! » conclut Child, un peu déçu. Il avait espéré trouver Kitty, or il était de nouveau dans une impasse. « Je suis désolé d'avoir abusé inutilement de votre temps. » Il se leva et lui tendit la main, mais elle ne bougea pas.

« S'il vous plaît, monsieur, asseyez-vous. J'ai autre chose à vous dire. »

Intrigué, Child obtempéra. « Madame ?

— Me donnez-vous votre parole que vous ne ferez rien qui risquerait d'aggraver le danger qui pèse sur Kitty Carefree ?

— Bien entendu. Si je la retrouve, je tâcherai de l'aider. »

Mrs. Rainwood but une gorgée de thé et reposa sa tasse, qui trembla dans la soucoupe. « Quand j'ai fait savoir à Mrs. Pearson – j'ai encore du mal à l'appeler Lucy Loveless – que sa sœur n'était pas chez nous, elle m'a demandé si j'accepterais de parler aux filles qui sont là, afin de savoir si l'une ou l'autre connaissait Kitty ou avait une idée de l'endroit où elle aurait pu partir. J'ai hésité, car nous ne sommes pas censés rappeler aux pensionnaires leur vie d'avant… L'attrait de Mammon, de la boisson et de la chair est encore trop présent dans leur esprit. Nous leur donnons des conseils, nous les sevrons de l'alcool, mais la moindre chose qui vient troubler leur sérénité peut les faire replonger. Cependant, la compassion et la détermination de Mrs. Pearson m'ont émue… » Elle le regarda avec gravité. « Je ne vous en ai pas parlé tout de suite parce que je ne suis à ce poste que depuis quelques mois, et je crains que mes actes ne puissent m'attirer des ennuis avec les gouverneurs… Néanmoins, étant donné ce que vous m'avez dit du danger qui pourrait menacer cette pauvre fille, en toute bonne conscience, il m'est impossible de garder le silence sur le peu que j'ai appris.

— Tout ce que vous me direz restera confidentiel, lui assura Child. Je vous promets que les gouverneurs n'en sauront rien. »

Mrs. Rainwood baissa la tête. « Apparemment, certaines des filles connaissaient Kitty, mais aucune ne savait où elle vivait désormais. J'ai écrit à Mrs. Pearson pour l'en informer, en précisant que je ne renonçais pas. Comme vous devez vous en douter, elle m'avait fait une forte impression… J'ai interrogé toutes les nouvelles pensionnaires à leur arrivée, sans grand succès, jusqu'à la semaine dernière où l'une d'elles m'a affirmé avoir vu Kitty très récemment, dans un beau carrosse sur le Strand, en compagnie d'un gentilhomme plus âgé qu'elle. D'après la fille, le couple s'embrassait. »

Child fronça les sourcils. « Lucy s'était donc trompée ? Kitty ne s'est jamais amendée ?

— Elle a peut-être essayé. Mais il est très difficile de changer… La pauvreté est écrasante, et la tentation est partout. La pensionnaire n'avait pas bien vu le monsieur, mais elle m'a décrit le carrosse. Un modèle singulier, selon elle, avec des losanges rouges, blancs et bleus, comme sur un habit d'Arlequin, ou une carte à jouer. J'ai pensé que si Mrs. Pearson parvenait à identifier le propriétaire de ce carrosse, il serait susceptible de lui donner des informations qui l'aideraient à retrouver sa sœur. Mais elle n'a jamais répondu à ma lettre, et je comprends maintenant pourquoi… Quand mon message est arrivé, Lucy Loveless était sans doute déjà morte. »

Kitty était-elle toujours à Londres, où elle s'adonnait à son ancien métier ? Auquel cas, que personne parmi ses amies ou ses relations ne l'ait vue semblait étrange. Peut-être que, comme le suggérait Mrs. Rainwood, elle avait fui Soho dans l'intention de changer de vie, mais qu'un gentilhomme qu'elle avait rencontré lui avait fait une proposition séduisante. Si son nouveau protecteur était un homme jaloux, qui n'appréciait pas que sa maîtresse aille batifoler dans les tavernes, cela expliquait qu'on ne l'ait aperçue nulle part. Child décida de se renseigner à Soho et à Covent Garden, au cas où quelqu'un aurait remarqué ce carrosse. Puisque l'homme en question était certainement un fornicateur, il devait se rendre régulièrement dans ces quartiers.

« Je vous remercie, Mrs. Rainwood.

— Je prie pour que vous la retrouviez. » Elle fit le tour de son bureau et lui serra la main. « Si vous y parvenez, et si Kitty n'a pas entièrement renoncé à l'idée de se réformer, veuillez lui faire savoir que je l'accueillerai volontiers au Magdalen. Vous avez dit qu'elle était croyante ?

— D'après son serviteur, elle priait. Et elle allait à l'église de Saint-Andrew-by-the-Wardrobe.

— Le prêtre de cette paroisse est un grand évangéliste. Savez-vous ce qu'on dit ? Une personne peut être lavée de ses péchés… et renaître ! »

Child esquissa un sourire en coin. « J'aimerais le croire ! » Il s'arrêta un instant devant la fenêtre et regarda les femmes en bas dans la cour. L'odeur de sa propre sueur qui empestait le cognac lui agressa les narines. « Comment faites-vous pour les sevrer de l'alcool ?

— Tout dépend. Pour certaines filles, la bouteille est un plaisir hédoniste, et leur procurer une nouvelle occupation suffit. Mais pour d'autres, celles qui ont souffert de cruautés souvent indicibles, ou qui se consument de culpabilité à cause de tout ce qu'elles ont fait, la boisson sert à amortir la douleur de leur existence. Avant de renoncer à l'amour de la liqueur, il faut qu'elles s'aiment elles-mêmes. »

Child grimaça. « Vous dites cela comme si c'était facile…

— Je leur conseille d'imaginer que leur vie est celle de quelqu'un d'autre. Écouteraient-elles le récit des péchés de cette personne, décideraient-elles de la condamner, ou de lui pardonner ? Très souvent, nous avons plus de bienveillance envers un inconnu qu'envers nous-mêmes.

— Et si, après avoir écouté les péchés de cette personne, elles continuent à vouloir la condamner, que se passe-t-il ? »

Mrs. Rainwood lui sourit avec tristesse. « J'aimerais bien le savoir. »

40

Dans les bons jours, la nausée était moins prononcée, la fatigue s'éloignait quelque peu, et l'énergie lui revenait. Profitant d'une de ces journées, Caro avait passé la matinée à régler des problèmes domestiques qui ne pouvaient attendre, puis elle avait emmené Gabriel au parc. Après le déjeuner, elle alla voir son avocat, lequel lui confirma que le contrat de Mr. Agnetti était conforme, puis elle passa à la banque Craven retirer l'avance de quarante guinées. Sam la conduisit ensuite chez le peintre à Leicester Fields. Elle espérait que cette visite lui permettrait de lui reparler, mais le domestique l'informa que son maître et Miss Willoughby étaient aux jardins du Vauxhall.

« Veuillez lui dire que j'attends notre première séance de pose prévue demain avec impatience. »

Agacée par ce contretemps, Caro chercha sur quoi d'autre enquêter et repensa aux allégations entendues à l'encontre de Simon Dodd-Bellingham à la garden-party de la duchesse. Un vol était à mille lieues d'un meurtre, néanmoins agir ainsi disait quelque chose de Simon, lui laissant penser qu'il n'était pas aussi innocent qu'il en avait l'air.

D'autres possibilités se présentèrent à son esprit. La duchesse avait dit qu'Ansell Ward, la prétendue victime de Simon, n'avait pas eu de preuves suffisantes pour l'accuser d'un quelconque délit. Aussi Caro n'écartait-elle pas l'hypothèse que Simon fût innocent. En revanche, s'il était coupable de ce vol, il était possible que Jonathan Stone ait fini par découvrir une preuve de sa culpabilité – une preuve susceptible de l'envoyer à la potence ? Simon avait peut-être été menacé, comme elle-même l'avait été par Stone l'autre soir, et obligé de garder le silence sur le meurtre de Pamela. Comprendre les liens qui unissaient leurs suspects lui paraissait capital s'ils voulaient les dénouer.

Par chance, Ansell Ward était à la fois un client de la banque Craven et un vieil ami de son défunt père. « Lyme Street », ordonna Caro à Sam. Dès que le cocher lança les chevaux au trot, elle s'abandonna au rythme cahotant du carrosse.

Les rues de la City grouillaient d'agents de change, de clercs et d'employés de la Compagnie des Indes orientales. Autrefois, le grand-père de Caro avait tenu une épicerie dans Lyme Street, et son père avait ouvert sa première officine de comptable à un jet de pierre de là. « Des gens de la City », c'était ce qu'avait dit avec condescendance la mère de Louisa le jour où Mordechai était venu présenter ses hommages et demander la main de sa fille. Toutefois, comme son père l'avait prévu, elle avait fini par leur accorder sa bénédiction. À Londres, de plus en plus, l'argent primait.

Ansell Ward vivait dans une vaste maison à colombages avec des fenêtres à vitraux qui avait survécu au grand incendie. Les étages empilés les uns sur les autres, chacun plus large que celui d'en dessous, donnaient à la demeure l'allure d'un navire marchand géant, un peu comme ceux qui transportaient les pendules et les montres de Ward vers la Chine et le Japon. Caro fut accueillie par un grand valet emperruqué aux larges narines évasées et au sourire insolent. Elle attendit dans le vestibule qu'il transmette sa requête, puis il revint et l'accompagna voir son maître.

À l'intérieur, la maison était pleine de coins et recoins, les plafonds bas, les sols irréguliers, et les planchers craquaient. Caro fut conduite dans le bureau de Ward, où les images étaient si nombreuses sur les murs que l'on distinguait à peine un centimètre des boiseries en chêne : des cartes du monde et des colonies américaines ; des plans de champs de bataille découpés dans des magazines ; deux peintures à l'huile représentant des scènes patriotiques – la mort du major Peirson et les Espagnols repoussés par les Anglais à Gibraltar. Des bustes en faïence de l'amiral Keppel et du général Clinton flanquaient une pendule automate sur la cheminée.

L'air rayonnant, Ansell Ward se leva pour lui serrer la main. « Je me souviens de cette soirée où votre père vous a amenée à Mansion House pour le dîner d'adieu… Quand était-ce ? En 68 ? 69 ? Vous nous avez déclaré que vous siégeriez un jour au Parlement ! » Il pouffa.

Compte tenu de sa passion pour la guerre, il était difficile d'imaginer homme moins martial que Ward. Petit, mou et souriant, le visage blanc grêlé, il portait un costume bleu pâle qui le faisait ressembler à un petit garçon habillé pour aller à l'église. Caro esquiva ses questions sur Ambrose avec habileté, et quand il lui demanda comment allait Mordechai, elle sauta sur l'occasion.

« Il se trouve que je viens vous voir de sa part. Mon frère souhaite étoffer sa bibliothèque et pense engager Simon Dodd-Bellingham pour lui en confier la tâche. Je crois savoir qu'il a travaillé à constituer votre propre bibliothèque ? »

Immédiatement, Caro perçut sa gêne. D'une main il tambourina du bout des doigts sur la table, l'autre se faufila entre son double menton et sa cravate. « Dodd-Bellingham, oui… Je vous le déconseille. »

Caro papillonna des cils, comme si cette réponse la surprenait. « Puis-je vous demander pourquoi ?

— Naturellement, mais sachez que l'histoire n'a rien de plaisant… Il y a dix-huit mois environ, j'ai acquis dans une vente aux enchères un lot important de livres rares dont il fallait établir le catalogue. J'ai embauché Dodd-Bellingham et, pendant trois mois, il a rempli ses devoirs de façon satisfaisante. C'est alors que j'ai découvert que deux figurines en jade avaient disparu de ma bibliothèque. J'ai tout de suite compris qui était le coupable.

— Pas Mr. Dodd-Bellingham… ? Dieu du Ciel !

— Je n'étais pas en mesure de le prouver, sans quoi je l'aurais poursuivi en justice. Néanmoins, je sais que c'était lui. Lui seul en aurait eu la possibilité, en dehors d'un domestique qui est à mon service depuis de longues années. Et chacun sait que ce garçon a des dettes. Ma femme était convaincue de sa culpabilité, or elle a beaucoup de discernement. Qui plus est, nous pensons qu'il s'était copieusement servi de la carafe de sherry !

— Je dois avouer que vous m'étonnez… Simon m'a toujours fait l'effet d'être un garçon digne de confiance, voire un peu benêt. Et il est vraiment passionné dans son travail.

— Oh, il donne le change, mais ce n'est qu'une façade destinée à tromper les imprudents ! Du reste, ce n'est guère surprenant… Sa mère valait à peine mieux qu'une vulgaire prostituée ! Le vol et l'ivrognerie doivent couler dans ses veines… » Il secoua la tête. « Je reconnais cependant que, sur le moment, ça m'a pas mal secoué. C'est que, voyez-vous, j'ai beaucoup d'admiration pour le nom des Dodd-Bellingham. C'est d'ailleurs pour cette raison que j'avais fait appel à Simon. Son père, le défunt colonel, s'est battu aux côtés de Clive à Plassey. Quant à son frère, Edward, il pare plus encore l'arbre généalogique. Savez-vous que le roi va lui remettre l'ordre de Bath ? »

Caro sourit aimablement. « Le lieutenant a sauvé un campement de soldats qui mouraient de faim, c'est bien cela ?

— Pendant l'hiver 76-77, quelques mois après la reprise de New York. » Ward se leva d'un bond pour montrer une de ses cartes. « Le général Howe avait établi une série d'avant-postes dans le New Jersey, entre l'Hudson, ici, et le Delaware, là. Dodd-Bellingham était en poste avec trois cents soldats britanniques dans un trou paumé qui s'appelle Van der Linden's Mill. Tout autour s'étendait un terrain neutre et, à l'arrivée d'un rude hiver, les milices rebelles se sont mises à parcourir la campagne à la recherche de réserves de fourrage à piller. Étant donné que nos troupes souffraient énormément, Howe a ordonné aux avant-postes du nord de se replier vers l'Hudson. Mais Van der Linden's

Mill, coupé du monde par la neige, s'est retrouvé dans une situation épouvantable.

« Durant tout le mois de janvier et jusqu'en février, ces braves soldats ont résisté, harcelés par les milices ennemies dès qu'ils s'aventuraient plus loin. Les réserves de nourriture diminuaient, la maladie proliférait, des hommes mouraient dans leur lit ou à leur poste… Mais leur commandant refusait de se rendre, car ce serait revenu à abandonner six canons précieux au profit de l'ennemi. Ils tiendraient bon, ou ils périraient en tentant de le faire, tels des lions anglais ! L'issue semblait certaine lorsque le lieutenant Dodd-Bellingham a décidé d'agir. Avec six de ses hommes les plus forts et les plus courageux, ils se sont faufilés à travers les lignes adverses sous le couvert de la nuit. Et, contre toute attente, ils ont appréhendé un train de ravitaillement qu'ils ont ramené, déguisés en miliciens rebelles. Les victuailles ont maintenu la compagnie en vie jusqu'au dégel. On dit que Sa Majesté elle-même aime à raconter cette histoire. »

Tout comme aimait à le faire, apparemment, Ansell Ward. Il se ressaisit. Un sourire creusa ses joues. « Pardonnez-moi, Mrs. Corsham… Ma femme dit toujours que je préfère une bataille à un pudding ! » Il soupira. « Et à présent, les fruits de ce sacrifice vont être troqués et vendus à Versailles comme le sont tant de perles de verre… Minorque contre Grenade, et ainsi de suite… Oh, je ne reproche rien aux hommes comme votre mari ! Ils ne font que réparer les dégâts dont s'est rendu responsable le Cabinet. Ces gentilshommes n'arrivent pas à la cheville du capitaine Corsham ou du lieutenant Dodd-Bellingham ! »

Caro s'inclina pour le remercier du compliment. « Je voulais vous demander une autre chose, monsieur. À propos de Jonathan Stone. J'ai entendu dire que des échevins de la City avaient réclamé une inspection concernant des prêts illégaux, mais que le ministère de l'Intérieur s'y était opposé. Est-ce vrai ? Je vous pose la question parce que le capitaine Corsham a lui-même des doutes au sujet de Stone depuis quelque temps. Je voudrais lui écrire ce qu'il en est. »

Elle n'avait rien trouvé de mieux mais, heureusement, Ansell Ward n'était pas un homme soupçonneux. « Il est réconfortant de savoir que nous avons des alliés au Parlement, même s'ils sont trop peu nombreux. Les choses vont trop loin !

— Quelles choses, monsieur ?

— La corruption, la complicité du ministère, les lois qui ne valent rien, les autorités qui détournent les yeux, les pots-de-vin… C'est grâce à tout cela que Stone a gagné de l'argent. J'ai élucidé ce petit mystère. Encore une histoire navrante !

— Je croyais, comme tant d'autres, qu'il avait fait fortune en Inde.

— C'est ce qu'il aime à laisser croire… Oh, je ne nie pas qu'il est revenu en Angleterre en ayant modérément réussi, mais guère plus. Et, très vite, il a prêté de fortes sommes avec intérêts. Des dizaines de milliers de livres… Une rançon de nabab ! Qu'est-ce que vous en dites ? »

Caro émit les bruits d'étonnement appropriés qu'il semblait attendre.

« Stone n'était qu'un simple courtier ! s'emporta Ward. Un intermédiaire auprès des banques. C'est ce qu'il était à l'époque, et peu de choses ont changé. Ne faites pas cette tête-là, madame… Tous les financiers ne sont pas aussi respectables que les Craven. Certains de vos concurrents n'hésitent pas à enfreindre la loi… L'usure ne paie pas, vous savez, du moins quand on applique le taux d'intérêt légal de cinq pour cent ! Mais c'est là que Jonathan Stone entre en jeu. Il négocie l'emprunt, la banque prête l'argent à cinq pour cent, seulement, comme le taux réel est de douze, la banque et Stone se partagent la différence. Le rôle de Stone consiste à s'assurer que les débiteurs paient au taux le plus fort, ce qu'ils font avec une régularité qui devrait alarmer tout homme vertueux ! Ainsi que vous l'avez dit, un groupe d'échevins était déterminé à mettre un terme à ces pratiques, à aller dans les banques consulter les livres de comptes, identifier les parties coupables et exiger des explications. Mais le ministère de l'Intérieur a clairement fait comprendre où était son intérêt. Je suppose que trop de messieurs puissants sont endettés jusqu'au cou... » Il la dévisagea. « Mrs. Corsham, vous vous sentez bien ? »

Caro revoyait les visages tendus de Mordechai et de Cavill-Lawrence, repensait à l'impression qu'elle avait eue que Stone était important à leurs yeux. Ils avaient voulu savoir s'il lui avait posé des questions sur la politique. Ou sur la banque.

Et elle n'avait pas oublié la mise en garde glaciale de Stone à propos d'Ambrose. Elle avait cru qu'il faisait allusion à sa syphilis, or, à présent, elle s'interrogeait. *Avez-vous parlé à votre frère Ambrose, comme je vous l'avais suggéré ?*

Mais les souvenirs de guerre de Ward en réveillèrent d'autres : ces jours épouvantables du printemps dernier pendant lesquels ses frères s'étaient querellés au sujet de la banque ; le désespoir silencieux d'Ambrose, la fureur de Mordechai, leur refus à tous les deux de répondre à ses questions sur ce qui se passait ; et ensuite, quand le comité avait voté et installé Mordechai dans le fauteuil de président, Ambrose qui s'était alité et avait cessé de parler.

En regardant le visage inquiet de Ward, Caro marmonna quelques mots sur le fait que tout cela était une honte, et qu'elle était persuadée que Harry voudrait que l'on prît des mesures. Rayonnant de plaisir, Ward lui saisit la main dans sa patte mollassonne.

« Si seulement tous les parlementaires étaient aussi loyaux que votre mari... et toutes les banques aussi honnêtes que celle des Craven ! Mais la vertu prévaudra, je n'ai là-dessus aucun doute. En attendant, dit-il en levant le poing, *à la bataille*[1] ! »

1. En français dans le texte original. (*Toutes les notes sont de la traductrice.*)

41

Child passa les heures suivantes à arpenter les rues de Covent Garden, s'arrêtant ici et là pour interroger des portiers à l'entrée des tavernes ou des palefreniers dans des écuries. Personne n'avait le souvenir du carrosse au motif arlequin dans lequel avait été aperçue Kitty. Il se renseigna également auprès des prostituées, mais aucune ne se rappelait un client possédant une telle voiture.

À huit heures, revigoré après avoir mangé des coques et bu un quart de gin, Child s'en alla poursuivre son enquête à Soho. Il fit d'abord un crochet par Compton Street, où il guetta les filles qui venaient travailler à la Maison des tableaux. Dès qu'il repéra Cecily, il traversa la rue en courant et l'interpella.

« Que voulez-vous ? La dernière fois que je me suis absentée, j'ai eu des problèmes…

— Ce ne sera pas long. Je n'en ai que pour une minute. »

Dans le café où il l'emmena, Cecily abaissa son capuchon tandis qu'il lui montrait le collier.

« C'est celui de Pamela, déclara-t-elle au bout d'un moment. Son père l'avait offert à sa mère. C'était la seule chose qui lui restait de ses parents. Jamais elle ne s'en serait séparée… Où l'avez-vous trouvé ?

— Deux messieurs se sont disputés à cause de ce bijou. L'un d'eux l'a jeté par terre. Ma cliente les observait.

— L'un d'eux était-il ce soldat qui est venu la chercher ? »

Child acquiesça.

« Pamela ne représentait rien pour lui. Vous pensez qu'il l'a tuée ?

— C'est fort possible. » Child examina les perles en turquoise autour de la petite main en argent. Comme Mrs. Corsham l'avait dit, elles avaient un côté exotique. « Pamela vous a-t-elle raconté autre chose sur ses parents ?

— Juste qu'on l'avait déposée à l'orphelinat quand elle était bébé. Un mot de sa mère était épinglé sur la couverture, avec ce collier. Elle lui expliquait que son père les avait abandonnées et qu'elle n'avait plus les moyens de les faire vivre toutes les deux. Un drame banal… Remarquez, ça n'empêchait pas Pamela de se raconter des histoires sur ses parents, comme la plupart des orphelins.

— Quel genre d'histoires ?

— Elle disait que, quand elle était en promenade au parc avec les filles de l'orphelinat, un gentilhomme venait l'observer depuis son carrosse. Cette imbécile s'était mis en tête que c'était son père, alors que ce type devait simplement s'astiquer en reluquant les filles ! » Cecily eut un sourire peiné. « Pamela s'inventait tout le temps des choses pour se rendre plus intéressante qu'elle n'était… Je l'ai dit à Lucy, le jour où elle m'a posé des questions.

— Sur les parents de Pamela ?

— Non, sur une autre bêtise qu'elle racontait. Elle prétendait connaître un secret qui la rendrait riche. Vous voyez, elle inventait tout le temps des histoires… Et pour l'avenir, elle avait de grands projets : elle allait épouser son beau soldat et deviendrait la prochaine Lavinia Fenton. Je lui ai rappelé que, riche, elle l'était déjà, avec ses cent vingt-cinq guinées ! Mais elle m'a répondu que c'était rien comparé à ce que lui rapporterait son secret. »

Child fronça les sourcils. « Elle n'a jamais révélé de quoi il s'agissait ?

— Bien sûr que non ! Je vous l'ai dit, c'était qu'une de ses inventions parmi d'autres. »

*

Soho s'animait, les lampes brillaient derrière les fenêtres des auberges et des bordels, les tavernes se remplissaient, et les rires fusaient. Child décida de se renseigner sur le carrosse au Golden Pear Tree, de l'autre côté de la rue. Il avait d'ailleurs quelques questions à poser au portier au sujet du lieutenant et de lord March.

Alors qu'il se frayait un chemin au milieu des noceurs, il dut s'écarter pour éviter d'être bousculé par un homme très gros, et probablement très ivre. Il se retourna pour lancer une remarque sardonique, qui mourut sur ses lèvres quand il vit l'homme revenir se planter devant lui, pas ivre du tout et parfaitement alerte. Puis quelqu'un l'empoigna par-derrière, et le gros lui flanqua un coup de poing dans l'estomac. Plié en deux, le souffle coupé, Child vomit sur les chaussures de son assaillant.

« Salopard ! » éructa ce dernier en le frappant de nouveau.

Des passants les regardaient, mais personne n'intervint lorsque les deux hommes l'entraînèrent vers un carrosse. Child cria et se débattit en vain. L'inconnu le délesta de son pistolet, après quoi ils le poussèrent à l'intérieur de la voiture, où le gros se laissa tomber sur lui de tout son poids. Aussitôt la portière claqua, et le carrosse démarra.

Et merde, songea Child. *Finn Daley*.

TROISIÈME PARTIE

9-12 septembre 1782

Mieux vaudrait connaître la vérité avant de laisser éclater sa rage.

Eschyle, l'*Orestie*, 458 av. J.-C.

42

Ambrose était dans sa chaise à porteurs. Une cagoule protégeait ses yeux de la lumière de la lampe qui se reflétait sur son nez en argent. Caro tenait sa main bandée dans la sienne.

Des pas résonnèrent dans le couloir, puis Mordechai entra, arraché à un dîner par le mot que Caro lui avait fait porter.

« Suis-moi dans le bureau, lui ordonna-t-il.

— Non, je veux qu'on parle ici. » Elle le fusilla du regard tout en cherchant par quelle question commencer. « Réponds-moi franchement. Pendant qu'Ambrose présidait la banque, a-t-il autorisé des prêts négociés par Jonathan Stone ? »

Mordechai leva les yeux vers un des tableaux – Cronos castrant son père d'un coup de faux. « Depuis l'époque de notre père, la banque a toujours fait appel à des hommes comme Stone. Tu imagines qu'il est passé d'épicier à banquier en respectant les règles ? »

Caro ferma les yeux. « Il a enfreint la loi…

— Tout le monde le fait. Toute personne un peu sensée le fait.

— Recourt-on actuellement aux services de Stone ? Est-ce pour cette raison que tu paraissais si embêté l'autre jour quand tu m'as confrontée à Cavill-Lawrence ?

— Oui, on fait appel à lui, entre autres. Et je ne m'en excuserai pas. Les lois sur l'usure ne sont que des vœux pieux ! Puisque le Parlement ne peut pas les abroger sans contrarier l'Église, on les ignore, et tout le monde regarde ailleurs.

— Alors pourquoi as-tu obligé Ambrose à quitter la banque ? »

Mordechai lui lança un regard noir. « Chaque jour, je prends des décisions en vue de servir au mieux les intérêts de notre famille. Et bien que je ne réclame aucune gratitude en échange, j'attends qu'on m'obéisse ! Je t'ai demandé de renvoyer ton attrape-voleurs. L'as-tu fait ?

— Non, et je n'ai aucunement l'intention de le faire tant que je n'aurai pas obtenu des réponses ! »

Des pas retentirent dans le hall. Derrière le valet qui ouvrit la porte apparut Cavill-Lawrence, lequel se figea en apercevant Ambrose. « Doux Seigneur ! C'est aussi effroyable que ça !

— Que fait-il ici ? demanda Caro.

— Je l'ai prié de venir dès que j'ai reçu ton mot. Lui aussi est concerné. Les dégâts qu'a provoqués notre frère s'étendent très au-delà de notre famille, je suis au regret de te le dire. »

Caro attendit que le domestique se fût retiré et eût refermé la porte. « Quels dégâts ? » Elle les regarda tour à tour. « Si tout le monde accorde des prêts illégaux, pourquoi le ministère de l'Intérieur s'intéresse-t-il à Stone ? Pourquoi la banque ? »

Cavill-Lawrence alla ouvrir la fenêtre en grand – sans doute faisait-il partie de ces hommes qui ne supportaient pas la proximité de la maladie. Puis il sortit une boîte de tabac à priser de la poche de son gilet, en prit une pincée et fit un signe à Mordechai. « Vous feriez mieux de lui dire. »

Son frère fronça les sourcils. « Vous êtes sûr ?

— Que voulez-vous qu'elle fasse ? Qu'elle coule la banque de sa famille ? Savoir lui fera peut-être entendre raison ! »

Le regard aussi dur que la voix, Mordechai s'adressa non pas à sa sœur mais à Ambrose. « Il n'a jamais été taillé pour le siège de président, les responsabilités, le temps à y consacrer… Je le savais, le comité le savait… tout le monde le savait, à part toi et notre père. » Il leva les yeux. « Ce maudit tableau...

— Venez-en au fait, le rabroua Cavill-Lawrence. Chacun ici connaît l'histoire des Craven. »

Mordechai se tourna cette fois vers sa sœur. « En novembre dernier, alors qu'Ambrose effectuait ses derniers mois en tant que président, il a autorisé un nouveau prêt qu'avait négocié Jonathan Stone. Pas loin de cent mille livres, plus que nous n'avions jamais consenti ! Dès que je l'ai su, j'ai eu des doutes sur le montant, comme n'importe qui en aurait eu. Qui pouvait se permettre d'emprunter autant ? Je voulais le savoir. Car quelles garanties avions-nous que l'argent serait remboursé ? Ce que m'a répondu Ambrose était encore pire que ce que j'avais imaginé...

— Le Club Priapus, enchaîna Cavill-Lawrence. C'est là que votre frère et Stone ont fait des affaires ensemble jusqu'à il y a encore un an, lorsque Ambrose a été contraint de se retirer de la société. Et ensuite, Stone s'est chargé tout seul de séduire des jeunes gens de bonne famille en les poussant à la débauche et à l'endettement. Des mascarades, de la boisson, des femmes... Dieu sait quoi d'autre ! Stone se servait de lord March pour faire ses présentations. Il négociait les prêts, Ambrose arrivait avec l'argent. Tout le monde était content, excepté les pères, mais les pères finissent par mourir... Ambrose, comme votre père, avait toujours un œil sur l'avenir. Et ces jeunes gens devaient hériter de certains des plus grands domaines du royaume. "S'ils mordent à l'hameçon étant jeunes, on les tient à vie !" disait Ambrose. Et un jour, l'an dernier, Jonathan a débarqué chez lui à l'Adelphi pour lui annoncer qu'il avait ferré le plus gros des poissons. »

Comprenant aussitôt, Caro le fixa. « Mon Dieu, vous voulez dire... Prinny ! »

Le prince George Augustus Frederick. Dix-neuf ans et en mal de plaisirs, mais les cordons de sa bourse serrés par son moraliste de père, qui avait interdit aux banques de lui prêter le moindre sou. Caro voyait bien comment les choses avaient dû se passer. Il aurait suffi à lord March de faire miroiter au jeune prince ce qui l'attendait : l'argent de Stone, son club, ses filles… Prinny avait dû trouver tout cela aussi tentant que la pomme dans le jardin d'Éden. Le futur roi d'Angleterre dans la poche de Jonathan Stone… et de la banque Craven.

Ambrose émit un bruit entre soupir et gémissement. Tous se tournèrent vers l'homme émacié dans la chaise à porteurs. Caro secoua la tête. « Si le roi apprenait que nous avons prêté de l'argent à son fils de façon illégale…

— Ambrose et moi irions en prison, compléta Mordechai. Voire pis !

— C'est insensé… Ambrose a toujours eu de l'audace, mais jamais il n'a été imprudent !

— Il perdait l'esprit… Stone en aura profité. Ambrose aurait dû renoncer à la présidence beaucoup plus tôt !

— Mais, à ce moment-là, il avait encore toute sa tête… Il était diminué physiquement, et il lui arrivait d'oublier certaines choses, mais son état ne s'est dégradé que plus tard… » Caro dévisagea Mordechai et Cavill-Lawrence en se demandant s'ils ne lui cachaient pas autre chose. « Ces documents que cherchent vos agents, ont-ils quoi que ce soit à voir avec le prince ?

— Il s'agit du récit d'un témoin du Club Priapus, répondit Cavill-Lawrence. Une histoire en abrégé, si vous voulez, avec des noms, des dates et toutes sortes de dépravations décrites en détail. Ce témoignage était en possession de Lucy, mais nous ne l'avons pas retrouvé.

— Comment le savez-vous ?

— Parce qu'elle avait pris le temps d'écrire au ministre pour l'en informer. La lettre a été récupérée près de son corps. Un agent l'a transmise à sir Amos Fox, qui a agi comme il le devait en prévenant mon bureau. Dans cette lettre, Lucy prétendait détenir un dossier qui apportait la preuve du meurtre d'une jeune prostituée dénommée Pamela. Ces papiers comprennent le témoignage que je viens de mentionner, un document qui pourrait causer un immense embarras à nombre de grandes familles, pas seulement à la maison de Hanovre. Lucy exigeait que le ministère de l'Intérieur ouvre une enquête sur ce prétendu meurtre et qu'il arrête les coupables. À défaut de quoi, elle enverrait son dossier aux journaux. Le public, elle en était persuadée, exigerait que justice soit rendue. Une présomption qu'on ne peut qu'admirer ! »

Placé entre de mauvaises mains, un secret est une arme. Oh, Lucy, tu as joué avec le feu !

« Elle ajoutait dans la lettre que ce dossier était chez une amie, poursuivit Cavill-Lawrence. Elle craignait pour sa sécurité… ce que l'on a toutes les raisons de craindre quand on exerce un chantage sur le ministère de l'Intérieur ! Et elle précisait que, s'il lui arrivait quelque chose, cette amie ferait en sorte que les journaux prennent connaissance du dossier. Nous ne l'avons pas tuée, nous ne savions rien de tout cela avant d'avoir lu la lettre… Néanmoins, je ne vois pas comment cette personne est censée être au courant. Depuis le meurtre de Lucy, nous nous attendons chaque jour à voir ce dossier paraître dans la presse. Son amie n'était peut-être pas aussi fiable qu'elle le pensait… Ou bien c'était de l'esbroufe, il n'y a jamais eu de dossier. Toutefois, s'il existe, nous devons mettre la main dessus. À présent, je vous demande, en tant que sujet fidèle à Sa Majesté, si vous ou votre attrape-voleurs savez où il est.

— Si c'était le cas, je ne serais pas ici en train de poser des questions ! » s'exclama Caro.

Cavill-Lawrence reprit une pincée de tabac et éternua de frustration. Mordechai fit les cent pas dans la pièce. Ambrose avait relevé la tête comme pour regarder sa sœur, mais il semblait fixer un point au-delà.

« Lucy avait cinq suspects pour le meurtre de Pamela, reprit-elle. Jonathan Stone, les frères Dodd-Bellingham, lord March, et un cinquième homme. Prinny était-il à Muswell Rise ce soir-là ? »

Cavill-Lawrence la foudroya du regard, de ce regard qui avait fait sa réputation à Whitehall : celle d'être quelqu'un qu'il ne fallait surtout pas contrarier. « Je vais faire comme si vous n'aviez jamais prononcé cette phrase… Prinny a passé tout le mois de mars à chasser dans le Northamptonshire, ce dont nous ne pouvons que nous réjouir. »

Sauf que le Northamptonshire n'était pas très loin de Muswell Rise.

« Quoi qu'il en soit, cela ne change rien, reprit Cavill-Lawrence. L'héritier royal, les nuits de débauche, les putains, les masques et tout le reste… Sans parler d'une fille vierge de quinze ans ! Les journaux se ficheront éperdument de savoir qui était où et quand… N'importe quel scandale touchant le Club Priapus éclabousserait Prinny.

— Donc, le meurtrier pourra s'en sortir libre ? Voire tuer encore ?

— Quel meurtrier ? Nous n'avons aucune preuve que cette Pamela est morte, uniquement les divagations d'une prostituée en proie à une obsession.

— Et qui est morte elle aussi. Là, vous en avez la preuve !

— Sir Amos Fox m'a informé qu'il avait arrêté un suspect, hier soir. Un allumeur de lanternes, un certain Ezra Von Siegel. »

Caro le dévisagea d'un œil ébahi. « Ezra Von Siegel n'a pas tué Lucy !

— Détrompez-vous. Il semblerait que l'homme ait avoué.

— Sous la contrainte ? »

Le regard de Cavill-Lawrence ne la quitta pas une seconde. « Il y a moins de quarante ans, une bataille sanglante s'est déroulée sur le sol britannique et sur l'eau en vue d'accaparer la couronne de notre royaume. Les prétendants de la maison Stuart observaient et attendaient. Ce n'est que grâce à la fermeté du roi, son sens du devoir et sa moralité personnelle que leur cause a fini par s'éteindre. D'autres ennemis complotent de l'intérieur : des papistes, des espions ennemis, tous ceux qui voudraient que l'on suive l'exemple américain. Un scandale qui viendrait ébranler la maison de Hanovre en menaçant le lien entre le roi et son héritier reviendrait à offrir le trône sur un plateau à ces ennemis. Je serais prêt à faire n'importe quoi pour empêcher une telle ignominie !

— Notre père se prêtait à ton jeu, tout comme Ambrose et ton mari, dit Mordechai. Mais moi, je ne le ferai pas plus longtemps. En attendant le retour de Harry, je te supprime ta rente – j'en ai parlé aux autres actionnaires, tout est en ordre. Si tu as des factures à régler, tu peux venir nous voir Louisa ou moi. Et ne va surtout pas imaginer que nous subventionnerons des attrape-voleurs… pas plus que les soirées où tu donnes des rendez-vous galants dans les jardins du Vauxhall !

— Si cette histoire au sujet du prince éclate au grand jour, la chute de la banque Craven ne tardera pas à suivre, conclut Cavill-Lawrence. Pensez plutôt à ce que signifierait pour vous le fait d'être destituée. »

43

Ils ne l'avaient pas tué. Child ne comprenait pas pourquoi.

Il était assis dans une petite salle à manger au décor raffiné qu'éclairaient plusieurs lampes. Le brouhaha des conversations et le cliquetis des couverts lui parvenaient. Il devait être dans le salon privé d'un restaurant, quelque part près de Covent Garden, s'il en jugeait par la courte distance qu'ils avaient parcourue. Peut-être même était-il au Prince of Wales. Ses assaillants l'avaient sorti du carrosse et emmené dans une cour sombre, après quoi ils avaient franchi une porte, monté un étage et suivi un couloir décoré dans le même style que la salle où il se trouvait à l'instant. Ils l'avaient poussé dans ce fauteuil, puis le gros l'avait menacé du doigt en disant : « On sera là-dehors. Si tu cherches des ennuis, je te démolis ! »

Child procéda à un inventaire de la pièce. Sur le mur, un portrait du roi. Sur le manteau de la cheminée, une pendule. Sur la table, un plat de figues, des noix dans une coupe, une bouteille d'un excellent bordeaux et trois verres. La bouteille lui servirait d'arme. Cependant, s'ils voulaient le voir mort, pourquoi ne l'avaient-ils pas déjà tué ? Child était partagé entre l'inquiétude et la perplexité. Cette façon de procéder ne ressemblait pas à Finn Daley. L'Irlandais ne régalait pas ses débiteurs en retard, il leur plantait une lame entre les omoplates et les balançait dans la Tamise.

Des voix s'élevèrent dans le couloir. Child se redressa en grimaçant de douleur. La porte s'ouvrit sur un gentilhomme très mince à l'allure de lutin sympathique, suivi d'un homme au long visage blanc et au nez cassé. À leur mise et à leurs manières, Child devina que le premier était le chef, lequel avait à peu près son âge mais le portait nettement mieux. Sur son index brillait une bague rouge sang, comme celle ramassée par Mrs. Corsham sous la charmille.

« Bonsoir, Mr. Child. Je m'appelle Jonathan Stone. Et voici mon homme d'affaires, Érasme Knox. »

Les deux hommes s'assirent en face de lui. « Du vin ? » proposa Stone.

Conscient que cette offre ne présageait rien de bon, Child les regarda tour à tour. « Volontiers ! »

Pendant que Nez cassé remplissait les verres, Stone sortit une liasse de papiers d'une serviette en cuir et en poussa un sous les yeux de Child.

« Quatre-vingt-trois guinées, huit shillings et quatre pence, soit le montant total de vos dettes, Mr. Child. Vos créanciers n'ont été que trop heureux d'en être débarrassés. Dorénavant, c'est à moi que vous devez cette somme dans son intégralité. Nous sommes ici pour discuter des conditions du remboursement. »

Ne doutant pas une seconde qu'il disait vrai, Child les dévisagea d'un air horrifié. Voilà qui expliquait pourquoi Finn Daley n'était pas revenu le harceler. Il but une longue lampée de vin en s'efforçant de lutter contre la nausée. « Laissez-moi deviner… Vous voulez que je me retire de l'enquête de Mrs. Corsham ?

— En fait, non… du moins, pas pour le moment. Mrs. Corsham est une femme obstinée. Si vous renonciez, elle engagerait un de vos confrères, qui se montrerait peut-être plus efficace. Non, je veux que vous restiez à son service, mais que vous me remettiez des rapports réguliers sur vos avancées. »

Child réfléchit à toute vitesse. S'il refusait, Stone le ferait incarcérer à la prison de la Fleet. Dans cet enfer humide, des hommes mouraient. Cependant, face à des circonstances aussi épouvantables, des amis l'aideraient. Sophie Hardcastle, s'il parvenait à lui transmettre discrètement un message. Quant à Orin, en dépit de leur désaccord actuel, il ferait ce qu'il pourrait. Et puis, il y aurait toujours Mrs. Corsham. Pour elle, quatre-vingt-trois guinées représentaient une somme insignifiante et, s'il lui parlait de Jonathan Stone, peut-être même paierait-elle la totalité uniquement pour le contrarier.

« Non, dit-il. Je refuse. »

Stone le regarda d'un œil placide en joignant le bout de ses doigts. « Je craignais que ce ne soit votre réponse… » Il fit un signe à son factotum. « À vous, Mr. Knox ! »

Nez cassé faisait rouler une noix d'une main à l'autre sur la table. Sous le regard anxieux de Child, il sortit un sceau en cuivre de la poche de son gilet et l'abattit sur la noix d'un coup sec. Puis il ramassa les morceaux épars qu'il mastiqua avant de les avaler.

« Récemment, j'ai eu l'infortune de passer quelques jours à Deptford, dit Knox avec un accent de Birmingham. J'y ai fait la connaissance d'un certain Andrew Drake, le frère de votre défunte femme, Elizabeth. »

Child vida son verre, espérant que la veine qui battait sur sa gorge n'allait pas trahir son affolement. « Comment va-t-il ? Je pourrais vous en raconter de belles sur lui !

— Et réciproquement. » Stone esquissa un sourire.

« À l'époque où vous avez épousé sa sœur, Andrew n'était qu'un enfant, reprit Knox. Mais son frère aîné, feu Frank Drake, était l'un de vos proches amis.

— Ce n'est pas ce que je dirais, observa Child avec prudence. Il était de la famille de Liz. Les Drake sont très liés, ils l'ont toujours été.

— Et plongés jusqu'au cou dans toutes sortes d'histoires très louches ! À commencer par la contrefaçon. Frank était à la tête de l'entreprise. Un cousin des Drake, graveur sur bois de son état, fabriquait des moules à partir des os de seiche que Frank rapportait de ses voyages négriers. Il paraît qu'il leur donnait un aspect extrêmement délicat. Un autre cousin, forgeron, découpait des pièces de monnaie qu'il mélangeait à des détritus avant de les faire fondre pour en fabriquer de nouvelles. Quant au jeune Andrew, tout juste assez grand pour comprendre ce qu'il faisait, sa tâche consistait à mélanger ces nouvelles pièces toutes brillantes dans un tonneau rempli de clous, puis de galoper sur un poney à la queue duquel était attaché le tonneau. Une fois les pièces suffisamment éraflées, elles pouvaient être mises en circulation. Ce genre de pratique constitue un crime majeur, mais l'ancien magistrat que vous êtes le sait certainement.

— C'est vrai, Frank était loin d'être irréprochable... Raison pour laquelle nous n'étions pas très proches, justement.

— Assez toutefois pour que vous lui ayez rendu des visites régulières dans cette forge au bord du fleuve. Andrew a tout vu. Le brandy espagnol que vous buviez avec Frank, les flammes de la forge qui flambaient derrière vous... Cet Andrew semble ne pas vous aimer beaucoup. Nous ne nous attarderons pas ici à chercher pourquoi. Sachez simplement que, en échange d'une juste compensation, il est prêt à témoigner contre vous. Je me suis laissé dire que le nouveau maire ne vous appréciait guère, lui non plus. Il suffirait de peu pour le convaincre de vous poursuivre en justice. Et le nouveau magistrat en place est à sa botte, je crois. »

Auquel cas, même Mrs. Corsham ne pourrait rien pour lui. Child scruta ses interlocuteurs en réfléchissant à une réponse bravache qui ne lui vint pas. Il avait appris à respecter Mrs. Corsham. Et il voulait attraper le salopard qui avait tué Lucy et, sans doute, Pamela. Mais pas en le payant de sa vie !

« Alors, Mr. Child ? reprit Stone en le tirant de ces mornes pensées. Marché conclu ? »

Tout en se haïssant, Child se resservit du vin. « Que voulez-vous savoir ?

— Tout », répondit Stone avec un grand sourire.

Child s'exprima au début avec lenteur, puis plus vite, les phrases jaillissant de sa bouche telles des pièces d'argent. Il raconta à Stone tout ce qu'ils avaient appris, en omettant seulement Cecily et Hector. Il en avait déjà assez sur la conscience ; inutile de se sentir responsable de morts supplémentaires.

« Eh bien, vous voyez, ce n'était pas si compliqué ! se félicita Stone lorsqu'il eut terminé. Et ce sera encore plus facile la prochaine fois, ça l'est toujours. » Il inclina la tête d'un air songeur. « Dites-moi, que faisait Mrs. Corsham sous les charmilles, le soir où elle a découvert le corps de Lucy ?

— Comment le saurais-je ? Ça n'a rien à voir avec mon enquête.

— Dorénavant, si. Vous avez bien dû vous demander qui elle venait retrouver là. Faites-nous part de votre hypothèse. »

Child soupira. « Je me suis demandé s'il n'y avait pas quelque chose entre elle et lord March… Il était vers les charmilles ce soir-là, et un témoin l'a entendu appeler Mrs. Corsham par son prénom.

— Lord March jure qu'il n'en est rien. » De nouveau, Stone joignit l'extrémité de ses doigts. « Si Mrs. Corsham a pris un nouvel amant, je veux savoir qui. Que disait votre homonyme à propos du mensonge, cher Érasme ? »

Nez cassé fixa Child d'un œil glacial. « Que l'esprit de l'homme est ainsi fait que le mensonge a cent fois plus de prise sur lui que la vérité.

— Pas le mien, dit Stone. Je suis très doué pour reconnaître les mensonges, mais plus encore la vérité. Et je veux connaître la vérité sur Caroline Corsham. Non pas le visage qu'elle présente au monde, mais celui qu'elle dissimule. Observez-la, Mr. Child. Et venez me faire votre rapport. »

PAMELA

2-7 février 1782

D'autres secrets de cette maison se révélèrent plus difficiles à percer. Trois jours plus tard, le lieutenant revint parler des affaires de Stone avec le peintre, après quoi il descendit voir Mrs. Agnetti. Dès la séance de pose terminée, Pamela fila le chercher. Mais il avait déjà dû repartir, car elle trouva seulement Lucy et Mrs. Agnetti en train de parler avec véhémence dans le petit salon. À la façon qu'elles eurent de se taire et de la dévisager, elle comprit qu'elle venait d'interrompre une conversation d'ordre privé. Et bien qu'elle se fût habituée aux regards hostiles de Mrs. Agnetti, celui de Lucy la blessa.

Ce même soir, Cecily fut mise aux enchères, et sa virginité vendue pour cent guinées. La somme la déçut tout autant que Mrs. Havilland, contrairement au vieil avocat obèse qui semblait satisfait de son acquisition. Les filles compatirent avec leur amie. Pamela la serra dans ses bras, avant que Mrs. Havilland ordonne à Cecily de se dépêcher et la pousse dans le carrosse du gentilhomme qui attendait.

Le lendemain, quand Cecily vint récupérer son argent et ses affaires, elle refusa d'en parler et dit simplement : « C'est plus facile que certaines te le diront, mais plus difficile que ce que d'autres prétendent. Suis les instructions de Mrs. Havilland, et tout ira bien. »

Alors que Pamela regardait s'éloigner la voiture de louage, son humeur s'assombrit. Kitty la rassurait toujours à propos de ce qu'il fallait que fasse une fille pour faire son chemin dans le monde, aussi décida-t-elle de lui parler chez Mr. Agnetti.

Mais lorsqu'elle entra dans le salon plus tard ce jour-là, elle trouva Kitty en grande conversation avec Lucy. Une discussion à laquelle son arrivée, cette fois encore, mit aussitôt fin. Kitty se tamponnait les yeux avec un mouchoir en dentelle.

« De quoi parliez-vous ? demanda Pamela.

— De prendre la fuite ! répondit Kitty. D'une nouvelle vie !

— Pourquoi le voudrais-tu ? Ta vie à Londres te plaît, non ? »

Kitty se contenta de se lever du sofa et sortit du salon en claquant la porte.

« Ce n'est pas à cause de toi, dit Lucy à Pamela. Ne le prends pas personnellement. Viens t'asseoir là et raconte-moi ta journée. »

Des secrets qu'elle ne comprenait pas – voilà qui ne plaisait pas à Pamela.

Les jours suivants, elle maintint une présence discrète dans la maison. Écouter aux portes était un talent que, comme la plupart des domestiques, elle avait perfectionné en travaillant comme bonne à Cheapside. Néanmoins, ses tentatives demeurèrent stériles. Tout le monde parlait à voix basse et se déplaçait sans bruit.

Seul le couple Agnetti était dénué de mystère. À entendre Mrs. Agnetti s'extasier sur le génie de son époux, ou sur la façon dont ils étaient tombés amoureux, ou encore sur le mari dévoué qu'il était quand il acceptait de s'éloigner de son atelier, on aurait pu la croire aussi innocente qu'un agneau ! Mais elle s'empressait d'aller rejoindre le lieutenant dès qu'Agnetti avait le dos tourné, ou opposait à celui-ci un silence glacial, ou s'en prenait à une domestique, ou lançait à Pamela un de ses regards hostiles. Jamais elle ne regardait de cette manière Lucy ou Kitty, qui semblaient se laisser prendre à ses ruses. Tout comme le lieutenant.

Il passait souvent à la maison, prétendument pour les affaires de Mr. Stone. Mais Pamela savait bien que c'était surtout pour Mrs. Agnetti. Chaque fois qu'il était là, la transformation de cette dernière sautait aux yeux. Si elle savait qu'il allait venir, elle était nerveuse, mais, dès qu'il franchissait la porte, elle l'accueillait avec un sourire tendre et timide de gamine. Et lui, il buvait ça comme du petit-lait ! « Elle fait semblant, aurait voulu le mettre en garde Pamela. Cette femme est calculatrice, froide, méchante. »

Et en plus, elle représentait un obstacle à son plan.

Un jour, Kitty lui avait expliqué que, une fois qu'elle aurait perdu sa virginité, elle devrait au plus vite se trouver un protecteur. Or, s'il lui fallait être avec un seul homme, elle voulait que ce soit lui. Ses dettes constituaient un autre obstacle, cependant, si le lieutenant épousait une héritière, les choses s'arrangeraient.

Le matin du 7 février, à l'instant où Pamela arriva à la maison, elle entendit un grand bruit. Affolée, elle passa la tête dans le salon. Mrs. Agnetti regardait son mari d'un air furieux. À ses pieds gisaient des morceaux de porcelaine brisée.

« C'était un de tes préférés, dit-il tout bas. En agissant de cette façon, c'est à toi que tu fais du mal... » Il s'approcha de sa femme et voulut la prendre dans ses bras.

À la seconde où Mrs. Agnetti – elle ne l'appelait jamais Theresa par-devers elle – aperçut Pamela, son visage se tordit de rage. « Partez ! » lui hurla-t-elle.

Pamela monta en vitesse à l'étage. Lorsque le peintre la rejoignit un peu plus tard, il lui parla pour la première fois de son mariage.

« Je suis navré que vous ayez assisté à cette scène... Theresa a toujours été tourmentée mais, depuis que nous sommes en Angleterre, son malheur lui pèse... Parfois, je pense que nous n'aurions jamais dû venir à Londres, bien que j'aie connu ici un succès dont je n'aurais jamais pu rêver à Naples.

— Vous n'avez pas à vous expliquer. Je suis désolée. »

Il paraissait dévasté de chagrin. « Je me dis que c'est comme une maladie, que seuls guériront la patience et l'amour. Seulement, il m'arrive de manquer de la première…

— Vous êtes un bon mari, Mr. Agnetti. Ne vous rabaissez pas comme ça.

— Les choses seront différentes quand le bébé sera là. Être mère la rendra de nouveau heureuse. C'est une bénédiction du Ciel ! »

Tu te berces d'illusions, mon vieux, songea Pamela. On voyait bien la joie qui l'animait dès qu'il parlait de l'enfant. Apollon, si c'était un garçon. Junon, si c'était une fille. Il lui précisa qu'ils avaient choisi ces prénoms ensemble.

Elle aurait voulu lui dire que n'était pas une bénédiction du Ciel mais du lieutenant Dodd-Bellingham. Sauf que, si elle le faisait, il risquait de provoquer le lieutenant en duel. Et comme il allait de soi que celui-ci gagnerait, une fois son mari mort, Mrs. Agnetti serait riche et libre de se remarier. Non, mieux valait ne rien dire. Bientôt, le lieutenant se lasserait de la cruauté de cette femme.

Comment aurait-il pu en être autrement ?

44

Nemo malus felix. L'homme coupable ne connaît pas la paix. À moins de boire pour oublier.

Le soleil éblouissait Child, les gens parlaient trop fort d'une voix joyeuse dans les rues noires de monde. En guise de petit déjeuner, il s'arrêta devant un *Puss and Mew*[1] dans Carnaby Street. Le chat en pierre sculpté sur l'un des volets clos tendait sa patte en bois. « Minou, tu es là ? » interrogea Child.

Un silence. Puis quelque chose remua derrière la fenêtre. « Miaou, répondit-on. Miaou, miaou, miaou. »

Le volet demeura fermé – une précaution nécessaire compte tenu de la législation sur le gin. De cette manière, l'acheteur ignorait qui était le vendeur, ce dont, hormis les magistrats, tout le monde se félicitait. Child glissa deux pennies dans la fente au fond de la gueule ouverte du chat. Puis il sortit le gobelet en cuir qu'il avait toujours dans la poche et le plaça sous la patte. Le gin s'écoula de l'orifice caché en gargouillant.

Le goût infect de l'alcool s'accordait parfaitement à son humeur. Les distilleries illégales comme celle-ci coupaient le gin en y ajoutant du vitriol et de l'essence de térébenthine. En boire une pinte pouvait vous tuer. Une perspective qui, ce jour-là, lui paraissait plutôt séduisante.

1. L'un des premiers distributeurs automatiques de gin. L'acheteur s'approchait du chat en pierre en murmurant « *puss* » (minou) et le vendeur répondait « *mew* » (miaou). On mettait alors de l'argent dans la bouche du chat et on recevait en retour une petite bouteille de gin.

Il avait trahi sa cliente au profit de leur ennemi commun. Et il serait obligé de le refaire, de fournir des renseignements à Stone qui risquaient de nuire à Mrs. Corsham. À moins de la dissuader de poursuivre l'enquête.

Cependant, un peu plus tard, lorsque Child se retrouva face à elle dans son salon, elle refusa tout net.

« Renoncer ? Comment le pourrais-je ? Le magistrat vient d'arrêter ce pauvre Mr. Von Siegel qui n'a commis aucun crime, sinon d'être juif et de s'être trouvé au mauvais endroit au mauvais moment. Asseyez-vous, Mr. Child... J'ai des tas de choses à vous raconter. »

L'air sombre, il l'écouta lui résumer la conversation qu'elle avait eue avec son frère et Cavill-Lawrence. De temps à autre, elle était interrompue par son fils, en train de manger salement un bol de soupe à une table autour de laquelle auraient pu prendre place vingt convives. Mrs. Corsham, elle, n'avait pas touché à son assiette. Son valet roux veillait, observait Child du coin de l'œil comme s'il s'apprêtait à filer avec l'argenterie. Voir Mrs. Corsham et son enfant dans un cadre domestique ne fit qu'accroître son sentiment de culpabilité, au point qu'il comprenait à peine ce qu'elle lui expliquait.

Le prince de Galles avait un lien avec Jonathan Stone et ses bals masqués... Pas étonnant que le ministère de l'Intérieur soit furieux !

Sa cliente semblait plus s'inquiéter de la mise en cause de la banque de sa famille que de celle de l'héritier du trône. Son amant avait été mêlé à cette histoire, et ensuite ses frères. Mais c'était toujours le problème, avec les gens de la bonne société. Ils formaient un cercle exclusif et fermé – du reste, c'était ce qui leur plaisait. Ils mariaient leurs sœurs à des cousins, gardaient près d'eux leur argent. Pourtant, si on jetait un homme tel que Stone au milieu de tout ce beau monde, la pourriture avait tôt fait de se propager.

« Mrs. Corsham, je vous supplie d'entendre raison, essaya-t-il encore une fois lorsqu'elle eut terminé. Le prince de Galles pourrait être le cinquième homme présent à la mascarade !

— J'espère que non. Mais il aurait très bien pu venir à Muswell Rise depuis le Northamptonshire… Ce n'est qu'à deux jours de chevauchée, voire un seul au galop.

— Et s'il avait tué Pamela ?

— C'est impossible. Le prince n'est qu'un enfant !

— Il a dix-neuf ans. J'ai déjà vu des meurtriers plus jeunes. Je me vois mal aller au palais de St. James arrêter l'héritier du trône ! Et même si le prince est innocent, le ministère de l'Intérieur ne permettra jamais que ces crimes soient jugés… Pas si la maison de Hanovre risque d'être impliquée.

— Nous trouverons un moyen de l'y obliger, contra Mrs. Corsham avec obstination. Lucy l'a fait. Si elle n'avait pas été tuée, sa lettre au ministre aurait eu des conséquences. Nous pouvons épargner le prince et la banque Craven, j'en suis sûre. Mais je ne les laisserai pas pendre le pauvre Mr. Von Siegel pour un crime qu'il n'a pas commis… pas plus que je ne laisserai quiconque me réduire au silence ! »

Child se demanda s'il n'y avait pas un autre moyen de se sortir de ce pétrin, un moyen de confondre Stone avant qu'il eût pu nuire à Mrs. Corsham. Quoi qu'il se fût passé à Muswell Rise au cours de cette soirée avec Pamela, Stone y était mêlé jusqu'au cou – et il n'était pas impossible qu'il fût coupable de meurtre. S'il découvrait la vérité, et vite, peut-être aurait-il les moyens de se battre contre Stone. Ce plan n'était pas idéal, néanmoins il n'en avait pas d'autres.

« Lucy a dit à Hector que la plus grande force du Club Priapus était aussi sa plus grande faiblesse, reprit Child. Elle faisait sans doute allusion au prince. »

Mrs. Corsham hocha la tête. « À mon avis, mon frère et Cavill-Lawrence ne m'ont pas tout dit. Il y a autre chose, mais je ne sais pas encore quoi. »

L'enfant leva la tête de son bol et pointa son doigt vers Child. « Le monstre, maman… le monstre !

— Allons, tais-toi ! le réprimanda-t-elle avec un sourire plein de tendresse. C'est Mr. Child, un monsieur très malin qui attrape les méchants. »

Repensant à Jonathan Stone et à sa trahison, Child décida que le petit garçon n'avait pas tort.

« Avez-vous des enfants, Mr. Child ? J'en sais si peu sur vous…

— J'ai eu un fils autrefois. Il est mort. »

Elle le regarda d'un air atterré. « Je suis désolée… Ma question était maladroite… »

Il balaya sa remarque d'un geste. « C'était il y a longtemps. »

Impatiente de combler le silence embarrassé qui plana entre eux, Mrs. Corsham revint à leur enquête. « Une amie de ma belle-sœur m'a appris une chose intéressante… Avant de disparaître, Theresa Agnetti avait pris un amant, le lieutenant Dodd-Bellingham. »

Child haussa les sourcils. « Miss Willoughby, Theresa Agnetti, Pamela… Y a-t-il une femme dans la maison d'Agnetti que le lieutenant n'a pas tenté de séduire ?

— Il est fait ainsi, exactement comme son père. Et il est séduisant, plutôt charmant quand il le veut… et extrêmement persévérant ! Si une femme sur dix lui dit non, comme Miss Willoughby, au moins une lui dit oui, comme Mrs. Agnetti.

— Peut-être qu'il n'aime pas qu'on lui dise non. Et si elles sont pauvres et sans proches, comme Miss Willoughby, ça ne change rien. Peut-être qu'il a tenté de violer Pamela et qu'elle a résisté ? »

Mrs. Corsham jeta un regard à son fils, semblant soudain inquiète qu'il entendît de tels propos, mais il était joyeusement occupé à racler le fond de son bol.

« Lucy pensait que Stone voulait que Pamela participe à ce bal masqué pour une raison précise, enchaîna Child. Et qu'il faisait confiance à ces hommes pour ne rien dire parce qu'il connaissait leurs secrets. Si Simon est un voleur, et son frère un violeur, il se peut que Stone ait des preuves de leurs forfaits… Avez-vous entendu dire quelque chose d'inconvenant au sujet de lord March ?

— Non, mais il n'aurait jamais présenté le prince à Stone de son plein gré, j'en suis certaine. Il était très fier du rôle de mentor qu'il jouait auprès de Prinny – sa poésie mise à part, c'est probablement la seule chose qu'il ait jamais prise au sérieux ! » Elle secoua la tête. « Je n'aime pas imaginer Pamela là-bas à Muswell Rise au milieu de la nuit, sans personne pour lui venir en aide…

— Kitty était là. » Child lui parla de ce qu'il avait découvert depuis leur dernière entrevue. « Elle doit se sentir coupable de ce qui est arrivé à Pamela. Je me demande même si le témoignage que le ministère de l'Intérieur tient tant à récupérer n'est pas le sien… Nous savons que Lucy cherchait Kitty. Peut-être l'a-t-elle trouvée.

— Il ne nous reste plus qu'à en faire autant. »

Le petit garçon sauta au bas de sa chaise. « Maman, je peux aller chasser la souris ?

— Depuis qu'il en a repéré une avant-hier dans la nurserie, c'est devenu une obsession ! expliqua Mrs. Corsham. Oui, tu peux aller chasser la souris, mon chéri, à condition que Mrs. Graves soit d'accord. Miles, vous voulez bien l'accompagner là-haut ? »

Elle se retourna vers Child. « Vous croyez que Kitty est l'amie dont a parlé Lucy ? Celle qui était supposée remettre le dossier aux journaux mais ne l'a jamais fait ?

— C'est possible. » Il repensa au visage défoncé de Nelly Diver. « Si nous avons raison, j'espère que nous retrouverons Kitty avant les agents du ministère de l'Intérieur… s'ils ne l'ont pas déjà trouvée !

— Cet après-midi, j'ai ma première séance de pose avec Mr. Agnetti. Je l'interrogerai au sujet de Kitty. Et j'essaierai d'en savoir plus sur ce qui s'est passé chez lui durant les semaines qui ont précédé la disparition de Pamela. Je pense comme vous que Theresa Agnetti a un lien avec tout ça, d'une manière ou d'une autre.

— Vous m'aviez promis de ne pas voir nos quatre suspects toute seule, objecta Child. Agnetti pourrait très bien être le cinquième homme.

— Miles m'attendra au rez-de-chaussée. Agnetti ne tentera rien s'il sait qu'il est là.

— Lucy était entourée de six mille personnes… et ça ne l'a en rien sauvée. »

Mrs Corsham sourit de le voir s'inquiéter. « Vous êtes un fidèle serviteur, Mr. Child. »

45

Agnetti proposa à Caro de la peindre debout devant un temple en ruine au milieu d'une clairière. Elle aurait des fleurs dans les cheveux, d'autres pousseraient à ses pieds. Des fleurs d'oranger pour son statut d'épouse ; des lys pour la richesse ; des quintefeuilles pour la maternité.

Il la fit monter sur l'estrade, à côté d'une colonne brisée, et corrigea plusieurs fois sa posture d'une façon qu'elle jugea quelque peu impertinente, lui tournant l'épaule et lui redressant le menton comme si elle n'était qu'une poupée. La lumière entrait à flots par les fenêtres ouvertes sur la place d'où s'élevaient les cris des vendeurs de rue.

« Je vais d'abord effectuer quelques esquisses, pendant deux ou trois séances, après quoi je commencerai à peindre. Il m'est impossible de dire à quelle date j'en aurai terminé, mais la plupart des commandes prennent entre trois et six mois. »

Privée de sa rente, Caro n'aurait pas assez d'argent pour payer le montant faramineux du portrait. Mais Harry serait certainement rentré à ce moment-là, de sorte que la facture de Mr. Agnetti serait réglée d'une manière ou d'une autre. Tout comme le serait le contentieux avec son mari. Prise d'un frisson, elle se refusa à penser à l'enfant qu'elle portait et à tout ce que cela entraînerait.

La commission de Child posait un autre problème, sans parler de l'argent dont elle aurait besoin pour elle-même – il était hors de question qu'elle laissât Mordechai l'enfermer chez elle comme une enfant prise en faute ! Plus tôt dans la matinée, elle avait envoyé Pomfret en mission discrète chez un prêteur sur gages de Marylebone afin qu'il y déposât un collier de perles qui ne lui avait jamais plu. Il était revenu avec trente livres. Une somme négligeable, mais dont il lui faudrait se contenter pour l'instant. Si nécessaire, elle pourrait toujours mettre en gage la miniature peinte par Nicholas Hilliard.

Agnetti dessina non pas sur le chevalet mais sur le bureau ; sa main se déplaçait avec rapidité sur le papier, tantôt avec une craie, tantôt avec un fusain. Caro observa la toile gigantesque appuyée contre le mur, sur laquelle il avait retravaillé depuis sa dernière visite. Les visages des Furies étaient mieux définis, les lumières et les ombres plus contrastées.

« S'il vous plaît, madame, regardez-moi ! » aboya Agnetti. Docilement, Caro se tourna vers lui. En songeant à la mise en garde de Mr. Child, elle réprima un frisson. Ces grandes mains, qui savaient si bien donner vie à une toile, avaient-elles été l'instrument de la mort dans les jardins du Vauxhall ? L'avaient-elles poussée sous les roues du carrosse devant Carlisle House ?

« J'ai repensé à Lucy Loveless, dit-elle. Et à Pamela, votre Iphigénie. Est-ce qu'elles se connaissaient ?

— Je me demandais si vous alliez aborder le sujet... Lord March m'a dit que vous aviez engagé quelqu'un pour enquêter sur le meurtre. Dois-je y voir un lien avec la soudaine admiration que vous portez à ma peinture ? »

Prise de court, Caro hésita, décidant finalement qu'il valait mieux l'admettre.

« Je me suis dit que ce serait une bonne occasion d'en apprendre davantage sur Lucy.

— Je vois... L'autre jour, il s'est passé quelque chose d'étrange. Je me suis rendu compte qu'un dessin, un portrait de Lucy, avait disparu de l'un de mes carnets, lequel se trouvait dans la Rotonde le jour où vous êtes passée me voir. Est-ce vous qui me l'avez volé ? »

Son regard sévère la fit rougir. « Disons, emprunté. »

Agnetti lança son fusain sur le bureau. « L'idée ne vous est pas venue de me le demander ? Ou de me poser vos questions en toute franchise ? »

Miles étant en bas, d'où il l'entendrait si jamais elle criait, Caro répondit avec effronterie : « Je n'étais pas sûre de pouvoir me fier à vos réponses... Mon attrape-voleurs a découvert l'arme du crime dans des buissons au Vauxhall. Un de vos couteaux, avec une ficelle rouge sur le manche.

— *Madre di Dio !* s'exclama Agnetti en fermant les yeux. Il y avait des couteaux, des cadres et toutes sortes d'outils dans la réserve... N'importe qui aurait pu se faufiler là pour prendre un couteau !

— Étiez-vous dans la Rotonde entre neuf heures et demie et dix heures ?

— De nombreuses personnes peuvent en témoigner.

— Vous venez pourtant de dire que vous alliez souvent dans la réserve.

— Oui, mais seulement quelques minutes. »

Quelques minutes suffisaient pour aller de la Rotonde aux charmilles et revenir. Personne n'aurait remarqué son absence. Cependant, la même chose valait pour tout le monde.

« Si je vous pose franchement mes questions, y répondrez-vous de la même façon ?

— Naturellement. Quels qu'aient pu être mes déboires avec Lucy, je veux qu'on arrête son meurtrier. Moi aussi, l'ambivalence du magistrat me met en colère. Mais je vais vous rendre votre avance... » Il froissa en boule la feuille de papier et la jeta derrière son épaule. « Le travail d'Agnetti n'est pas fait pour décorer les murs des faux admirateurs ! »

Loin de se montrer impressionnée, Caro passa à l'offensive. « Nous avons appris que vos disputes avec Lucy avaient été antérieures au vol des dessins. Et que vous vous étiez querellé avec elle au moment où elle a été molestée.

— Je n'appellerais pas cela une querelle... Je cherchais ma femme et je pensais que Lucy saurait où elle était.

— Vous vous êtes mis en colère ?

— C'est possible. J'étais inquiet pour Theresa, je me suis laissé déborder par mes émotions… Lucy avait une opinion très tranchée sur le mariage et sur les hommes. Je me suis dit qu'elle aurait pu aider Theresa à partir, sans se rendre compte à quel point elle avait l'esprit troublé. Lucy m'a affirmé que non.

— Est-ce vous qui l'avez frappée ?

— Bien sûr que non ! s'exclama-t-il d'un air las. Si je l'avais fait, elle n'aurait pas continué à poser pour moi.

— Elle aurait pu. Lucy voulait voler ces dessins. »

Agnetti leva les bras au ciel. « Je voulais juste savoir où était Theresa… Mais cette histoire remonte à six mois. Je n'ai pas tué Lucy.

— Saviez-vous qu'elle enquêtait sur la disparition de Pamela ?

— Oui, elle me l'a dit après que je l'ai confrontée au vol des dessins.

— Le soir où elle a disparu, Pamela avait participé à une mascarade organisée dans la maison de campagne de Stone. Les quatre gentilshommes représentés sur les portraits qu'on vous a volés étaient présents, ainsi qu'un cinquième homme. Était-ce vous ?

— Lucy m'a posé la même question. Non, je n'y étais pas.

— Vous avez pourtant dit être déjà allé au Club Priapus.

— En janvier, deux mois avant que Pamela ne disparaisse. Et ce n'était pas ce à quoi je m'attendais… Mr. Stone a beau être un bon client, en tant qu'homme marié, son club m'a déplu. »

Caro le regarda d'un œil sceptique. « Pouvez-vous me donner le nom des autres membres, ceux qui ne figurent pas sur votre tableau ?

— Je crains que non. Tout le monde portait des masques. Et quand j'ai vu ce qu'était réellement ce club, je suis parti en vitesse.

— Qu'avez-vous fait après que Lucy vous a exprimé ses inquiétudes ?

— J'étais préoccupé par autre chose, à savoir la disparition de ma femme. Mais j'ai interrogé Kitty, un de mes modèles, sur ce qu'était devenue Pamela, et elle m'a assuré qu'elle s'était trouvé un riche protecteur.

— L'idée ne vous a pas traversé l'esprit qu'elle aurait pu vous mentir ? »

Agnetti soupira. « On croirait entendre Lucy... Non, rien ne me l'a laissé penser. Si certains de mes modèles me disaient que l'herbe est verte, j'aurais du mal à les croire, mais Kitty était une fille sans complications, une romantique... Elle est bien la dernière personne que je soupçonnerais d'être complice d'un meurtre ! »

Caro contempla l'Aphrodite rousse de son *Jugement de Pâris*. « C'est Kitty ?

— Oui, c'est elle.

— Savez-vous où elle se trouve ? Mon attrape-voleurs la cherche.

— Son logeur m'a dit qu'elle aussi avait trouvé un protecteur. Kitty a toujours eu ce mode de vie. Elle passait un an ou deux en étant la propriété d'un gentilhomme fortuné et, quand il se lassait de sa compagnie, elle revenait faire des séjours dans les bordels de Soho ou de St. James.

— Étiez-vous au courant que Pamela n'était jamais revenue récupérer son argent à la Maison des tableaux ? Elle a renoncé à cent vingt-cinq guinées.

Agnetti fronça les sourcils. « Non, je l'ignorais.

— Je sais que Pamela a rencontré les frères Dodd-Bellingham et lord March chez vous. Est-ce également ici qu'elle a rencontré Mr. Stone ?

— Je ne crois pas. Il est rare qu'il vienne à l'atelier. Il préfère m'envoyer le lieutenant.

— Vous a-t-elle jamais parlé de lui ?

— Elle m'a posé des questions sur lui, une fois ou deux, oui. Mes modèles n'aiment rien tant que bavasser à propos de gentilshommes riches et importants !

— Pamela a-t-elle mentionné que l'un ou l'autre de ces messieurs s'était mal comporté, qu'il lui avait manifesté un intérêt dont elle ne voulait pas ou fait des avances insistantes ?

— Si elle s'était plainte auprès de moi, j'aurais agi en conséquence. Pamela était mon modèle, et sous ma protection.

— Vous avez dit que votre femme était amie avec Lucy. L'était-elle également avec Pamela ? »

Le froncement de sourcils s'accentua. « Que vient faire Theresa dans cette histoire ?

— Elles ont disparu le même jour. Cela ne vous a pas semblé étrange ?

— Je dois avouer que je n'ai pas remarqué l'absence de Pamela immédiatement… J'étais trop occupé à chercher Theresa. Quand je l'ai fait, je vous l'ai dit, on m'a expliqué qu'elle s'était trouvé un protecteur. Je n'avais aucune raison d'établir un lien. Mais, pour répondre à votre question, non, elles n'étaient pas amies. À la vérité, leurs rapports étaient tendus.

— Ah ?

— Je n'ai jamais vraiment compris pourquoi… Peut-être Theresa n'appréciait-elle pas le temps que je passais à peindre Iphigénie… Parfois, elle désirait être avec moi alors que ça ne m'était pas possible. Et souvent, quand je pouvais, elle ne voulait pas.

— Theresa aurait-elle pu être jalouse ? »

Agnetti lui jeta un regard glacial. « Quoi que puissent raconter les journaux ou croire les gens, renoncer aux autres femmes n'est pas un engagement que j'ai pris à la légère ! Qui plus est, Pamela était une enfant.

— Voyez-vous une autre raison à leur antipathie ?

— Non, mais Theresa pouvait être… difficile. Elle mettait du temps à accorder sa confiance et, quelquefois, son attitude froissait les gens.

— Mon enquêteur a parlé à une amie de Pamela qui affirme que celle-ci avait un fort béguin pour le lieutenant Dodd-Bellingham. Auriez-vous été témoin de marques d'affection entre eux ?

— Non. D'ailleurs, Pamela n'aurait jamais permis que les choses aillent très loin. Elle mettait sa virginité aux enchères pour une grosse somme, et je ne pense pas qu'elle aurait pris le risque de la perdre, quels qu'aient pu être ses sentiments. Elle a beau être jeune, elle n'est pas idiote et, surtout, elle veut une vie meilleure. Si je possédais aussi peu qu'elle, c'est ce que je voudrais moi aussi... » Il se tut une seconde. « Elle a réellement laissé son argent à la Maison des tableaux ?

— C'est ce qu'on m'a dit. »

Les sourcils broussailleux se rapprochèrent une nouvelle fois. Caro observa son air troublé avec méfiance.

« Si je vous ai posé cette question à propos du lieutenant, c'est parce que je me demande s'il n'aurait pas joué un rôle dans la tension qu'il y avait entre Pamela et Theresa. »

Agnetti détourna vivement la tête. Caro vit que sa remarque l'avait blessé. « C'est ce que l'on raconte ?

— La rumeur circule. Est-elle vraie ?

— Je ne souhaite pas en parler. Theresa n'a rien à voir avec tout ça. De cela, au moins, je suis sûr.

— Mais, Mr. Agnetti...

— Non. Si vous avez d'autres questions concernant Lucy ou Pamela, revenez quand vous voulez. Mais les problèmes auxquels Theresa et moi faisons face en tant que mari et femme sont une affaire privée. »

46

Du sang gicla devant les yeux de Child. Les lutteurs tournèrent en rond sur le ring en gardant leurs distances. Trois cents voix rugirent à l'unisson à la seconde où ils s'empoignèrent de nouveau.

Les doubles mixtes attiraient toujours les foules, et ce jour-là d'autant plus que le combat était un match de revanche. L'année précédente, les Mascarenhas, un couple originaire de Lisbonne, avaient vaincu Mr. Wheatacre, un débardeur, et sa partenaire, Mrs. Johnson. Le sang appartenait à cette dernière, dont la chemise ajustée et le caleçon étaient déjà tout éclaboussés.

Child avait rejoint Solomon Loredo dans une taverne d'Old Street à deux heures. Tous les spectateurs s'étant rassemblés là, les rues alentour étaient noires de monde. Les organisateurs avaient encerclé la multitude, à l'affût d'éventuels informateurs, sachant que les magistrats londoniens montraient un zèle particulier quand il était question de combats. Puis l'un d'eux avait crié que le match aurait lieu à Blackheath, et tout le monde s'était entassé dans des carrosses, formant une longue file d'attelages roulant vers le sud.

« Que vous ayez payé mon billet me gêne, dit Loredo, sans quitter les combattants de ses petits yeux sombres. Car je n'ai rien pour vous. Je me suis renseigné partout en ville, j'ai parlé à des marchands d'antiquités, à des joailliers, mais aucun d'eux n'avait du mal à dire de Simon Dodd-Bellingham. Pas de rumeur concernant des femmes ou des actes violents, pas de visite dans les bordels... Je suis même passé dans plusieurs interroger des maquerelles et des filles.

— Quelle épreuve ça a dû être...

— Que voulez-vous, je suis un homme diligent, Mr. Child !

— Dodd-Bellingham prétend qu'il n'aime pas les putains, seulement les femmes respectables.

— Ça correspond à ce qu'on m'a dit. Pour un célibataire, ce n'est pas fréquent !

— Peut-être a-t-il des goûts particuliers... Il existe des bordels d'un autre genre, qui proposent des hommes et des petits garçons... ou des petites filles. »

Loredo parut troublé. « Pas Dodd-Bellingham. Il est venu chez moi, il a rencontré ma femme et mes filles, et je n'ai jamais rien constaté qui aurait pu m'inquiéter.

— Souvent, les plus débauchés ne font que parler, ce sont les hommes intègres et paisibles qu'il faut surveiller. À Deptford, j'ai connu un marchand qui allait à l'église tous les dimanches et qui, avant qu'on ne l'ait attrapé, avait étranglé trois prostituées ! » Child sortit le portrait de Pamela de sa poche. « C'est elle dont on pense qu'elle a été tuée en mars. Elle était plus âgée qu'elle ne le paraissait, quoique pas de beaucoup. »

Loredo détourna les yeux du combat et fronça les sourcils, visiblement ému par la jeunesse de la fille. « J'espère que vous vous trompez au sujet de Dodd-Bellingham. Je continue à le croire. »

La foule bondit au moment où Mascarenhas balança un puissant crochet au menton à Wheatacre qui l'envoya au sol. Le Portugais, conformément aux règles viriles propres à la lutte, monta sur l'homme à terre et lui piétina la poitrine, une pratique que l'on appelait le « ronronnement », jusqu'à ce que l'autre roule sur le côté et se relève. Cet épisode déclencha une avalanche de paris sur le Portugais, tandis que quelqu'un annonçait les nouvelles cotes en vue d'allécher les partisans de l'Anglais.

« Avez-vous eu vent d'une rumeur selon laquelle Dodd-Bellingham aurait volé un de ses clients, un dénommé Ansell Ward ?

— Oui, j'en ai entendu parler.

— Vous ne comptiez pas m'en informer ?

— Non, car je suis arrivé à la conclusion que c'était une fausse allégation. La première fois que j'ai eu affaire à Dodd-Bellingham, je me suis renseigné sur son compte, sachant bien qu'un homme qui volerait ses clients n'hésiterait pas à duper un marchand. Dès le début, certains aspects de cette histoire m'ont néanmoins semblé étranges... Dodd-Bellingham essayait de monter son entreprise, de se faire un nom auprès d'une clientèle, et il avait de grandes ambitions. C'est du reste pour cette raison qu'il s'est endetté.

— Avoir des dettes constitue un bon mobile pour voler.

— Il gagnait largement plus d'argent avec la commande de Ward que ne lui en auraient rapporté deux figurines en jade, et sans avoir à mettre en jeu sa réputation. Quant au fait qu'il buvait pendant le travail... Ce garçon vous donne-t-il l'impression d'être un buveur ? »

Child dut admettre que non. Les buveurs, il savait les reconnaître, il en voyait un dans le miroir tous les matins.

« Ses autres clients n'auraient pas pu être plus satisfaits de son travail, reprit Loredo. On le dit honnête. C'est pourquoi cette histoire m'a paru fantasque.

— Lui en avez-vous parlé ?

— Naturellement. Il m'a expliqué qu'il s'agissait d'un malentendu. Oh, le vol a bien eu lieu... Dodd-Bellingham soupçonnait le coupable d'être l'un des valets de Ward. Au départ, c'est d'ailleurs lui qu'on a suspecté. Mais l'épouse de Ward n'aimait pas Simon – parce qu'il est un enfant illégitime, d'après lui –, et l'a accusé. Vous savez comment peuvent être les femmes, quand elles ont un homme dans le nez ! Et comme Ward est un mari en extase devant la sienne, elle l'a convaincu.

— Et vous avez cru Simon sur parole ?

— Non, je me suis renseigné auprès de connaissances, des attrape-voleurs comme vous. Aucun revendeur d'objets volés n'avait le souvenir que Dodd-Bellingham avait essayé de vendre des figurines en jade. Dans cette histoire, rien ne tenait debout... Ce garçon n'est pas un voleur, Child, je serais prêt à parier ma maison. » Loredo lâcha un juron. « Regardez ! Sa prise d'étranglement est incroyable ! »

La *senhora* Mascarenhas venait de mettre à genoux Mrs. Johnson, qu'elle était en train d'étrangler. La situation de cette dernière paraissait si désespérée que la foule, à en juger par les paris, supposa que c'en était fini. Mais l'Anglaise réussit à se libérer en plantant son coude dans l'entrejambe de son adversaire. Leurs partenaires masculins étaient eux aussi en sang, épuisés, et l'œil de Mascarenhas salement amoché.

Child sortit le collier de Pamela. « Vous pouvez m'en dire quelque chose ? »

Loredo le prit dans son énorme poing en fronçant les sourcils. « Ce collier a un rapport avec les meurtres ?

— Oui, il appartenait à la fille sur le dessin. »

Le joaillier l'examina, tout en levant les yeux par instants pour suivre le combat. « On voit parfois des lascars vendre des colifichets semblables, sur les quais... La petite main est un porte-bonheur. Les marins les achètent pour quelques shillings et les offrent à leurs chéries.

— Il n'est pas ancien et n'a pas de valeur ?

— Difficile de le dater avec certitude... Les orfèvres de Calcutta ne poinçonnent jamais leurs bijoux. À mon avis, ce collier est moins vieux que vous ou moi ! » Il se tourna vers Child. « Jonathan Stone a vécu en Inde. Aurait-il pu le lui donner ?

— On m'a raconté que le père de Pamela l'avait offert à sa mère. La fille a grandi dans un orphelinat.

— C'est assez courant, dit Loredo. Une fille se laisse emmener au lit par un marin en croyant qu'ils vont se marier et, dès que le prochain bateau met les voiles, il la laisse en plan. Elle se retrouve déshonorée, et souvent, enceinte. La plupart finissent par se prostituer. »

Child rempocha le pendentif. Il grimaça en voyant Mrs. Johnson enfoncer ses pouces dans les yeux de son adversaire, tout en lui bourrant la poitrine à coups de genou pour faire bonne mesure. Aveuglée par le sang, la *senhora* bascula en arrière, ce dont Mrs. Johnson profita en lui envoyant un uppercut qui la mit K.-O. La foule exulta au moment où le duo anglais entoura le *senhor* Mascarenhas et le ballotta sans ménagement.

« *Basta !* » implora le malheureux. Mais la foule avait soif de sang. Comprenant que les deux autres ne feraient pas de quartiers, le Portugais sauta d'un bond hors du ring. Wheatacre et Johnson levèrent les bras en signe de victoire tandis que l'assistance entonnait *Rule, Britannia !*

Loredo, qui détestait les Portugais parce qu'ils avaient persécuté ses ancêtres à Lisbonne, serra Child dans ses bras. « Et voilà ! Vous m'avez porté chance, mon ami… Dîner ce soir avec moi, ça vous dit ? »

47

Au Green Park, la chaleur était étouffante. Assise sur une couverture au milieu de la pelouse, Caro regardait Gabriel et Miles tirer les chevaux en bois à roulettes en courant. De temps à autre, l'enfant s'arrêtait pour regarder sa mère avec un sourire radieux, attendant qu'elle et Mrs. Grave l'applaudissent.

Des dames protégées du soleil par des ombrelles se promenaient, des messieurs balançaient leurs cannes en rotin de Malacca. Des valets transportaient en petites processions des paniers en osier, des coussins, des glacières en argent et du vin depuis les demeures grandioses situées en bordure du parc. Parfois, des gentilshommes saluaient Caro en soulevant leur chapeau, ou une dame s'arrêtait pour lui parler. Mais la plupart des gens qu'elle connaissait passaient en accélérant le pas. À présent, tout le monde dans son milieu avait lu le *London Hermes.*

« Quand j'aurai quatre ans, j'aurai un vrai cheval, hein, maman ? »

Bien que Caro ne se rappelât pas le lui en avoir promis, c'était devenu une certitude pour Gabriel. *Serai-je encore là pour assister à ton anniversaire ? Me détesteras-tu lorsque tu sauras ce que j'ai fait ? Une autre femme prendra-t-elle ma place et sera-t-elle ta mère ?*

La nuit précédente, elle avait fait un cauchemar : le ventre énorme, elle était presque à terme, et l'enfant qu'elle avait voulu tuer se tortillait en elle, tel un Oreste vengeur qui la griffait en cherchant à s'échapper. Le *London Hermes* ne l'aiderait en rien à convaincre Harry. Elle n'arrêtait pas d'imaginer la conversation qu'ils ne manqueraient pas d'avoir, d'entendre les supplications et les serments qu'elle lui ferait être contrés par un discours sur l'honneur et les principes, et tout ce que les hommes invoquaient quand l'orgueil les poussait à faire des choses absurdes.

« Regardez, voici Miss Willoughby », dit Miles.

L'assistante d'Agnetti, un chapeau blanc orné de fleurs rose pâle protégeant son visage, se dirigeait vers eux en traversant la pelouse. Elle sourit à Caro avec une certaine nervosité et lui tendit sa main gantée de blanc.

Les gens se retournèrent pour les regarder. *Il ne manquait plus que ça !* se dit Caro. *Que l'on me voie en compagnie d'une paria suscitant le scandale !* Elle se leva néanmoins et la salua.

« Je suis passée chez vous, où on m'a informée que vous étiez au parc, expliqua la jeune femme.

— Je vous en prie, asseyez-vous », l'invita Caro. Miles s'empressa de déplacer le panier et le parasol, puis se redressa en souriant. *Miss Willoughby a fait une conquête*, songea Caro.

Gabriel, l'air médusé, regardait un enfant plus grand en train de courir derrière un cerceau.

« C'est un beau petit garçon », dit Miss Willoughby.

Caro sourit. « Il grandit trop vite… »

La jeune femme lui tendit un billet de banque plié en deux. « Mr. Agnetti m'a priée de vous rapporter votre avance.

— Vous n'étiez pas obligée de venir jusqu'ici, vous auriez pu le laisser chez moi », rétorqua Caro en rangeant le billet sous ses jupons. Toutefois, compte tenu de la décision de Mordechai, elle n'était pas mécontente de récupérer un peu de liquidités. « Mr. Agnetti vous a raconté que je l'avais trompé, j'imagine ?

— Oui. » Miss Willoughby fronça les sourcils. « C'est d'ailleurs pour cette raison que j'ai proposé d'aller vous voir plutôt que d'envoyer un domestique. Je voulais vous parler au sujet de votre enquête.

— Ah ?

— Lucy Loveless a cessé de poser pour Mr. Agnetti plusieurs semaines avant mon arrivée à Londres. Mais cet après-midi, quand nous avons parlé de votre visite, il m'a montré son tableau des Furies, et je me suis aperçue que j'avais déjà vu cette femme. »

L'enfant au cerceau était parti. Gabriel accourut vers Caro. « Bateau, maman ? »

Elle lui jeta un regard distrait. « D'accord, mon chéri. Je te rejoindrai dans un moment... Allez-y avec lui, Miles. »

L'air plus que contrarié, le valet prit le voilier en bois de Gabriel en lançant un dernier regard appuyé à Miss Willoughby. Puis il s'éloigna vers le bassin de la Reine, suivi du petit garçon et de sa nourrice qui le tenait par la main.

« Poursuivez, Miss Willoughby.

— C'était quelques jours avant le meurtre de Lucy. Mr. Agnetti m'avait demandé d'aller chercher de la peinture et des huiles dans une boutique de Marylebone et, en sortant, j'ai croisé le lieutenant sur la place de Leicester Fields. Il m'a proposé de m'accompagner. » Elle rougit et baissa les yeux. « C'est que, à ce moment-là, je ne pensais pas encore du mal de lui, vous comprenez... Nous marchions dans Baker Street quand une femme est sortie d'une maison, et dès que le lieutenant et elle se sont vus, ils ont échangé des mots désagréables. Je sais maintenant que cette femme était Lucy Loveless. »

Il devait s'agir de la conversation que la voisine de Lucy avait rapportée à Mr. Child. « Avez-vous entendu ce qu'ils se sont dit ?

— Lucy a accusé le lieutenant de ruiner sa vie, et la façon qu'il a eue d'éclater de rire n'a fait que la mettre encore plus en colère. Mais elle a ajouté autre chose qui aussitôt lui a fait passer toute envie de sourire. "Maintenant que j'ai tellement de temps libre, je vais peut-être aller voir Somerset." Étant donné la nature de leur échange, j'ai trouvé sa remarque étrange, d'autant qu'elle paraissait certaine que le lieutenant comprendrait l'allusion. Et, apparemment, c'était le cas, car il l'a repoussée violemment.

Après quoi il est parti, fou de rage, en m'obligeant à courir pour le rattraper. »

Caro fronça les sourcils. « Le lieutenant a-t-il reparlé de Somerset ?

— Pas que je me souvienne… Mais il était évident que ça lui évoquait quelque chose. » La jeune fille soupira. « Cet incident aurait dû me faire comprendre tout ce que j'avais besoin de savoir sur cet homme, seulement, comme il m'a raconté avoir été la victime innocente d'un vol, je me suis dit qu'il avait le droit d'être furieux. Nous ne voyons que ce que nous voulons voir. »

Caro se demanda si la menace de Lucy avait eu un lien avec le secret du lieutenant. Un autre viol, commis au Somerset ?

« Dites-moi, le lieutenant aime-t-il peindre ? »

La question parut la surprendre. « Il n'a jamais rien évoqué de tel, en revanche, il m'a complimentée sur mon travail. J'ai compris par la suite que son intérêt était feint, comme tant d'autres choses…

— Et Mr. Stone ?

— Mr. Agnetti lui a donné des cours particuliers et dit que Mr. Stone a du talent mais, comme c'est un bon client, sans doute est-ce ce que l'on dirait de tous les bons clients ! »

Caro lui sourit. « Merci. Je transmettrai cette information à mon attrape-voleurs. En retour, je vais vous confier quelque chose, à propos d'un mystère que je crois avoir résolu, et qui peut-être vous aidera à comprendre pourquoi Mr. Agnetti était mécontent que vous soyez allée vous promener avec le lieutenant. On dit que celui-ci était l'amant de Mrs. Agnetti. »

Miss Willoughby écarquilla les yeux et demeura quelques secondes bouche bée. « Je me sens encore plus idiote, murmura-t-elle.

— Mr. Agnetti a seulement voulu vous protéger, j'en suis sûre. Compte tenu des circonstances, sa réaction est compréhensible.

— Oui, le pauvre… convint Miss Willoughby en se mordant la lèvre.

— Ce n'était pas votre faute, reprit Caro en la regardant avec sympathie. Pas plus d'avoir fait confiance au lieutenant que ce qui s'est passé sous les charmilles. »

La jeune femme ravala ses larmes. « C'est pourtant l'impression que j'ai… Que tout est ma faute. »

Caro se demanda si elle pensait au secrétaire de son père, l'homme qui l'avait abandonnée, ou à un autre événement survenu dans son passé. Evelina avait dit que le père adorait sa fille. Peut-être trop.

« Endosser la responsabilité des méfaits des hommes est notre drame à nous, les femmes, dit Caro. Or je pense que nous devrions être plus bienveillantes, aussi bien les unes envers les autres qu'envers nous-mêmes. Si jamais vous avez besoin d'une amie, venez me voir. »

Miss Willoughby esquissa un sourire. « Merci, Mrs. Corsham, mais mes obligations me laissent peu le temps de sortir. »

Elles se serrèrent la main, puis Caro la regarda s'en aller, un peu vexée que la jeune femme ait refusé son offre d'amitié. Elle observa pendant un moment les enfants qui jouaient en repensant à ce que Miss Willoughby venait de lui raconter. L'idée que son adorable petit garçon se retrouve un jour entraîné dans ce monde de plaisirs obscurs lui faisait horreur. Acheter des femmes, ou les séduire, et les rejeter après qu'elles avaient succombé. *Et si je ne suis pas là, comment pourrai-je l'éduquer différemment ?*

Quelqu'un l'interpella. Caro leva vivement la tête et aperçut Miles qui revenait en courant.

Soudain, elle se couvrit de sueur. « Qu'y a-t-il ? Où est Gabriel ?

— Il n'est pas avec vous ? » Miles scruta les alentours. D'un coup, Caro sentit le sol se dérober sous ses pieds.

« Pourquoi serait-il avec moi ? Vous étiez censé le surveiller… » Elle balaya la foule du regard. « Gabriel !

— Il y avait du monde, haleta Miles. Il courait autour du bassin, mais je ne l'ai pas quitté des yeux plus d'une seconde, et Mrs. Graves… »

Mais déjà Caro ne l'écoutait plus. Elle courait vers le bassin de la Reine. Les gens la dévisageaient. Le temps était comme suspendu. *Est-ce vraiment en train d'arriver ? Oui.* Son ventre se noua tandis que toutes sortes de sombres pensées lui traversaient l'esprit. *Il s'est noyé dans le bassin… Quelqu'un l'a enlevé et va exiger une rançon pour des raisons indicibles… Non, il s'est simplement caché, ce n'est qu'un jeu… Non, on est en train de lui faire du mal, et toi, tu ne fais rien !*

Elle tourna dans une allée et faillit heurter un couple qui se promenait. « Avez-vous vu un petit garçon aux cheveux bruns en costume rose ? »

Ils se contentèrent de la fixer d'un air hagard. Pourquoi personne ne l'aidait ? Elle repartit à toutes jambes. Mais… et si elle courait dans la mauvaise direction ? De nouveau, elle cria le nom de Gabriel ; ses mains tremblaient, sa vision se réduisait à un tunnel. Elle passa devant les charmilles qui ombrageaient le bassin de Tyburn.

« Mrs. Corsham… il est là ! » s'écria alors Miles.

Caro se retourna et aperçut son fils accroupi au bord de l'eau, en train de pousser son bateau. Elle se précipita vers lui et le serra si fort dans ses bras qu'elle craignit de lui briser les os. En larmes, elle l'embrassa, encore et encore.

« Maman, la dame m'a donné ça pour toi, l'entendit-elle dire.

— Quelle dame ? »

L'enfant tenait quelque chose à la main. À l'instant où Caro le lui prit, un flot de bile lui monta dans la gorge. C'était une autre salière – sur celle-là étaient peints deux masques, un noir et un blanc. Les doigts tremblants, elle la déplia.

D'autres illustrations étaient peintes à l'intérieur : une dame, habillée d'une robe de satin gris comme celle qu'elle avait portée à Carlisle House ; la même dame que tenait fermement le médecin de la peste ; la dame écrasée et en sang sous les roues d'un carrosse ; et un petit garçon en larmes, qui sans doute pleurait sa mère.

Caro déplia complètement la salière pour lire le message écrit au centre :

D'ABORD VOUS. ENSUITE LUI.

PAMELA

8-14 février 1782

Pendant sa grossesse, Mrs. Agnetti ne s'était en rien épanouie. On aurait dit qu'un démon la dévorait de l'intérieur. Elle avait le visage pincé et creusé, les yeux enfoncés et cernés, le ventre distendu sur son corps frêle, tel un hérisson affamé. Parfois, Mr. Agnetti demandait à Pamela de prendre le thé avec son épouse, qui restait là, le regard sombre, à piquer dans sa broderie, lui rappelant plus que jamais Miriam la folle, à l'orphelinat.

Pamela ne comprenait pas ce qu'elle avait fait pour s'attirer l'inimitié de cette femme plus vieille qu'elle, mais elle supposait que ça devait avoir un rapport avec le lieutenant Dodd-Bellingham. Mrs. Agnetti avait-elle senti décliner son affection ? Ou remarqué l'attention qu'il portait à Pamela chaque fois qu'il la voyait ? En présence de son mari, Mrs. Agnetti s'obligeait à être polie mais, souvent, son masque tombait, et elle rétorquait ou parlait avec froideur, les mains crispées comme des griffes de rat. Pamela en avait assez que Lucy et Kitty lui trouvent sans cesse des excuses. *Elle est inquiète à cause du bébé. Ne le prends pas personnellement. Theresa ne veut pas être méchante. C'est juste sa façon d'être.*

À l'orphelinat, Mrs. Rosell avait dit des choses similaires dès que Miriam la folle se mettait à crier, à pleurer ou à jurer. Et puis un jour, Miriam avait sorti un pigeon de sous sa robe et lui avait crevé les yeux avec une aiguille devant toutes les filles qui hurlaient.

Un après-midi de la mi-février, Mr. Agnetti décida de terminer la séance de pose plus tôt que d'habitude et l'invita à descendre boire un verre de madère avec lui et sa femme. Il parla à Pamela avec gentillesse, pendant que, sans rien dire, Mrs. Agnetti tournait les pages de son livre trop vite pour être en train de le lire.

« Vous posez très bien, dit le peintre. Il faudra recommencer à le faire pour moi. Quand vous serez un peu plus vieille, vous ferez une magnifique déesse ! » Il se leva en venant lui redresser le menton et lui tourner la tête vers la lumière déclinante. « Qu'en penses-tu, Theresa ? Avec sa beauté et ses superbes yeux noirs, elle pourrait être mon Andromède. »

Mrs. Agnetti leva les yeux, juste assez longtemps pour embrocher Pamela du regard. « Je crains qu'elle n'ait du mal à passer pour une princesse. »

Sale vieille sorcière. Pamela se redressa de toute sa hauteur en tenant le menton d'un air altier.

Agnetti sourit. « Voilà… Son attitude est parfaite !

— Que lisez-vous, Theresa ? demanda doucement Pamela, savourant l'instant.

— Le théâtre d'Euripide.

— Un tragédien grec, précisa Agnetti. Une de ses pièces a pour sujet Iphigénie. Vous devriez la lire. Tu n'es pas de mon avis, ma chérie ? »

Mrs. Agnetti répondit avec raideur, sans même se donner la peine de faire semblant. « Oui, Jacob. Je suis certaine que Pamela appréciera beaucoup Euripide. »

*

« Connais ton ennemi. » C'était l'une des phrases préférées du lieutenant. Il aimait lui raconter ses exploits sur le champ de bataille. D'ailleurs, c'était ce que cette maison était désormais : un champ de bataille, inavoué mais bien réel. Mrs. Agnetti le savait. Tout comme Pamela.

En fin d'après-midi, lord March passa rapporter le volume de Dracontius qu'il avait emprunté à Agnetti. « J'aimerais vous en dire un mot, si cela vous intéresse.

— Absolument. Pamela, nous en avons terminé pour aujourd'hui. Vous n'aurez qu'à attendre le valet de Mrs. Havilland dans le petit salon. »

Elle se laissa glisser de l'autel en savourant le regard brûlant de lord March. Il était tellement prévisible… Elle se couvrit la poitrine et lui sourit.

Dans le petit salon au rez-de-chaussée, elle ne trouva personne. Le couple s'était disputé plus tôt dans la journée. Mrs. Agnetti voulait aller souper et jouer aux cartes chez les Craven, mais son mari le lui avait interdit. Pamela se demandait si elle y était en ce moment, en train de rire avec le lieutenant. Elle était tellement sournoise, tellement froide… Une femme comme ça aurait pu cacher elle aussi des secrets.

Revenant dans le vestibule, Pamela vérifia s'il y avait des domestiques et n'entendit qu'un murmure lointain en provenance des cuisines. Après avoir pris une chandelle sur une console, elle remonta l'escalier à pas de loup, passa devant la porte de l'atelier et monta encore un étage. Arrivée sur le palier, elle s'immobilisa.

D'après les domestiques, les Agnetti faisaient chambre à part. Celle du peintre se trouvait à l'avant de la maison, l'autre devait être celle de son épouse. L'oreille collée à la porte, elle écouta mais ne perçut aucun bruit. Tout doucement, elle tourna la poignée, entra et referma derrière elle.

Les rideaux étaient tirés sur un ciel gris sombre, la pièce plongée dans la pénombre. Pamela distingua un lit à baldaquin, une armoire et une coiffeuse, sur laquelle elle posa la chandelle. Alors qu'elle examinait les coffrets à bijoux, les flacons de parfum, les pots en argent et les brosses, elle se demanda pourquoi une femme aussi quelconque avait besoin d'articles de toilette aussi extravagants, puis décida que la réponse allait de soi. Elle ouvrit un des coffrets d'où elle sortit une broche en diamants. Du bel ouvrage, ces pierres de taille coussin. Elles devaient valoir environ cinquante guinées. Un cadeau de Mr. Agnetti ? Ou bien de *lui* ?

« Reposez ça ! »

Sa stupeur fut telle que Pamela faillit lâcher la broche. En se retournant, elle aperçut une silhouette assise sur un tabouret dans un coin sombre de la chambre. Theresa Agnetti. Que faisait-elle ici dans le noir ? L'avait-elle guettée ?

Le cœur battant, Pamela chercha une excuse et saisit la première qui lui vint à l'esprit. « Pardonnez-moi, Theresa… Je cherchais une épingle à cheveux. Je croyais que vous étiez sortie. »

Mrs. Agnetti se leva et s'avança dans la lumière de la chandelle. Une paire de ciseaux scintilla dans sa main. « Vous espionnez pour le compte de mon mari ou pour le vôtre ? »

Pamela rit avec nervosité. « De quoi parlez-vous, Theresa ?

— Vous le voulez, c'est ça ? Est-ce qu'il vous tripote, quand vous êtes seuls tous les deux ?

— Votre mari ? Jamais de la vie ! »

La voix de Mrs. Agnetti monta dans les aigus. « Vous savez très bien de qui je veux parler ! »

Cette fois, on y était. Inutile de prétendre le contraire. Les lignes de front étaient tracées.

Pamela prit une grande inspiration, et les mensonges jaillirent spontanément. « Oui, chaque fois qu'il en a l'occasion ! Quand il se sera lassé de vous, nous serons ensemble tous les deux. Parfois, lorsque nous sommes seuls, il se moque de vous ! »

Les ciseaux scintillèrent, le métal froid se pressa sur le cou de Pamela. « Si tu essaies de me le prendre, je te tue ! »

48

Sa colère était à son comble, aussi incandescente que les feux d'artifice dans les jardins du Vauxhall. Indifférente à la foule, aux pétarades et au grésillement de la poudre, Caro revivait sans cesse la terreur de perdre Gabriel.

Son fils semblait être sorti indemne de sa mésaventure. Elle avait demandé à Gaston de lui faire griller un petit steak, qu'il avait englouti avec joie. Et quand elle l'avait interrogé sur ce qui s'était passé, il lui avait répondu qu'une dame lui avait donné la salière en papier. Quelle dame ? Quelle femme ferait une telle chose à une mère ? Juste avant que Gabriel ait été enlevé, Miss Willoughby avait été là dans le parc, et elle aurait eu le talent pour peindre une telle salière. Mais dans quel but ? Était-elle de mèche avec le tueur ? Avec Agnetti ? Et pourquoi deux artistes se seraient-ils impliqués de cette manière ?

Le plus vraisemblable était que le tueur avait payé une inconnue. Son cœur se serra à l'idée que son fils innocent pût être en danger, sa vie menacée. *Je te trouverai*, se jura Caro. *Et le jour où tu seras pendu, je me réjouirai.*

La nuit était plus fraîche, et la saison qui touchait à sa fin semblait contaminer les foules ; les tentes sous lesquelles on buvait du vin étaient plus bruyantes, les femmes plus intrépides, les hommes plus effrontés. Les masques de carnaval zieutaient la foule, les rires fusaient avec nervosité, les hommes se lançaient des remarques grivoises dans les allées de tilleuls.

Ayant donné pour instructions à Miles de repérer les Dodd-Bellingham et lord March, ils arpentèrent la Grande Allée du Sud en observant les files sinueuses qui s'étiraient devant les pavillons. D'innombrables yeux la fixaient, les gens murmuraient sans même se cacher. Caro salua plusieurs connaissances en ignorant leurs rictus sournois.

Apercevant Simon Dodd-Bellingham tout seul sous un arbre, elle s'efforça de contenir sa colère. *Ils pensent avoir gagné. Parce que Ezra Von Siegel a été arrêté. Mais je tournerai à mon avantage leur assurance déplacée.*

Simon l'aperçut et lui sourit. « Mrs. Corsham, je suppose que vous avez appris la nouvelle ? »

Ce soir, il ne bégayait pas, il ne transpirait pas.

« Au sujet de Mr. Von Siegel ? Oui, en effet.

— À ce qu'il paraît, il a tout avoué. Vous devez être soulagée. »

Caro le regarda posément. « Autant que vous devez l'être !

— De savoir qu'il y a un meurtrier en moins dans les rues, qui ne le serait pas ? »

Elle promena son regard sur la foule. « Je croyais que les gentilshommes chassaient en meute. Et pourtant, vous êtes là, comme une créature solitaire. Lord March et votre frère ne sont-ils pas au Vauxhall, ce soir ?

— Lord March a emmené Miss Howard à une réception au palais. Et Neddy est quelque part par là, avec ses amis.

— Je suis ravie de l'entendre, car je voulais lui demander son avis. Toute cette aventure s'est révélée pesante, et j'envisage d'aller voir une tante dans le comté de Somerset. Je crois savoir que le lieutenant connaît bien la région. »

Immédiatement, elle perçut de la méfiance chez Simon. Il passa sa langue rose sur ses lèvres. « Le Somerset ? Pourquoi dites-vous cela ?

— Ne s'est-il pas rendu là-bas avant la guerre ? C'est ce qu'il m'avait semblé comprendre.

— Je ne saurais vous répondre, rétorqua lentement le jeune homme, semblant choisir ses mots avec précaution. Comme vous le savez, je vivais alors avec ma mère. À la vérité, ça me paraît toutefois peu probable. Pour commencer, Neddy ne supporte pas la campagne – il souffre du rhume des foins. Il aime à répéter que la meilleure décision jamais prise par notre père a été de vendre ses propriétés à la campagne ! » Fier de sa réplique, il sourit d'un air piteux. « Mais il est vrai que Neddy aime toujours faire bonne figure !

— Oh, c'est certain ! Peut-être a-t-il supporté les inconvénients de la campagne pour travailler sur ses aquarelles ?

— Des aquarelles ? Neddy ? » Simon éclata de rire.

Sa réaction paraissait sincère, en revanche, le nom de « Somerset » lui avait évoqué quelque chose, une raison de se montrer prudent. Une faille. Un secret. Celui de son frère plutôt que le sien.

« Eh bien, je vais chercher le lieutenant pour lui poser la question. Passez une bonne soirée, Mr. Dodd-Bellingham ! Je suis sûre que nos chemins se recroiseront bientôt. »

Simon la salua. Caro sentit son regard la suivre lorsqu'elle s'éloigna.

Elle continua à chercher le lieutenant avec Miles et finit par l'apercevoir devant les étals de nourriture, près du théâtre des funambules. Il était en compagnie d'une bande d'officiers en uniforme rouge et de dames, au milieu d'une foule agglutinée autour d'une échoppe. L'objet de leur curiosité était un homme obèse en train de s'empiffrer de tourtes empilées sur un immense plateau, tandis qu'un autre prenait les paris quant au temps qui s'écoulerait avant qu'il ne vomisse.

Repensant à la tentative de viol du lieutenant que lui avait racontée Miss Willoughby, et songeant de nouveau à Gabriel, Caro sentit sa colère flamber de plus belle. Mais, ce soir, il lui fallait être subtile.

« Au cœur de l'action, lieutenant, comme toujours ! » s'exclama-t-elle en le rejoignant.

Il la regarda sans sourire. « Tiens, tiens, Mrs. Corsham… Où est votre ami le gros ? En train de lécher ses plaies ? S'il avait passé moins de temps à harceler ses supérieurs et davantage à interroger ce juif assassin, il profiterait en ce moment d'une belle récompense !

— Nous sommes tous reconnaissants des efforts du magistrat. Vous serez également heureux d'apprendre que Mr. Child a parlé aux filles qui ont participé à votre mascarade du 1er mars, et qu'elles ont confirmé tout ce que nous a raconté votre frère.

— Vous voyez… Simon vous l'avait dit. »

Caro soupira. « Mais je continue à m'inquiéter pour cette fille, Pamela… Où est-elle ? Pourquoi ne l'a-t-on pas revue en ville ? Je pense charger Mr. Child de la retrouver.

— Vous seriez bien sotte de gaspiller de l'argent ainsi ! Je vous l'ai dit, ces filles aiment vagabonder, aller là où leur cœur les mène.

— Il n'empêche que Mr. Child m'a incitée à réfléchir. Saviez-vous que Pamela a disparu le même jour que Theresa Agnetti ? D'après Mr. Child, il se pourrait qu'il y ait un lien.

— Avec Theresa ? Votre attrape-voleurs cherche simplement à vous soutirer plus d'argent ! Où que soit Pamela, elle rirait de savoir que vous vous donnez autant de peine pour elle !

— J'aimerais croire que vous avez raison. Puis-je vous poser quelques questions au sujet de Theresa ? Je sais que vous étiez proches, tous les deux… Cela m'aidera à prendre une décision concernant Mr. Child. »

Le lieutenant hésita – la suspicion se lisait clairement sur son visage. Caro l'entendait quasiment réfléchir à ce qui serait préférable pour lui.

« Quel mal y aurait-il à cela, puisque vous êtes persuadé que Pamela va bien ? » insista-t-elle.

Caro comptait sur l'arrogance du lieutenant, sur sa certitude qu'il pouvait séduire n'importe quelle femme et lui faire croire ce qu'il voulait.

La foule avait cessé de s'exclamer et murmurait. Le mangeur de tourtes obèse émit un rot sonore, puis se pencha en avant tandis qu'une gerbe de vomi jaillissait de sa bouche.

Des gens se précipitèrent en criant vers l'homme qui avait noté les paris.

Le lieutenant froissa son ticket. « Eh bien, d'accord. Mais étant donné que je viens de perdre ma dernière couronne, c'est vous qui m'invitez à dîner. »

49

Dans le fiacre qui les ramenait à Londres, Child mit fin aux remontrances de Loredo sur son penchant pour la boisson en acceptant de dîner avec lui le surlendemain. Le joaillier le déposa sur la rive nord du London Bridge et garda la voiture pour rentrer chez lui à Saint-Mary-le-Bow.

Après s'être installé dans une taverne au bord de la Tamise, Child médita sur sa fâcheuse situation tout en cherchant en vain un moyen de s'en sortir. S'il n'obéissait pas à Stone, il devrait affronter un procès et, comme le jury aurait été acheté, il serait au minimum déporté, et plus probablement pendu. S'il se pliait à ce que Stone exigeait, Mrs. Corsham en paierait le prix. Il termina sa chope de porto et en commanda une deuxième. Tout en la buvant, il écrivit une lettre à Mrs. Corsham afin d'annuler leur rendez-vous prévu le lendemain après-midi. L'idée de la revoir si tôt lui était insupportable.

Il repensa aux propos que lui avait tenus Mrs. Rainwood à l'hospice Magdalen. S'aimer soi-même. Le dire était facile à cette femme douce et aimable, qui n'avait jamais dû commettre un péché plus grave que de lâcher un pet à l'église. Tous ceux et celles qu'aimait Peregrine Child finissaient malheureux, ou morts. Si les choses devaient se passer ainsi, autant que ce ne soit pas le gosier sec.

Un peu avant minuit, il se leva. Continuer. Il n'avait pas d'autre choix.

*

Hector l'attendait dans l'ombre humide de l'église Saint-Bennet. La lueur vacillante de sa torche se reflétait sur les briques couvertes de lichen et dans les flaques.

« Mr. C., vous venez à l'intérieur ? cria-t-il. Pour six shillings, je vous laisserai toucher le divin ! »

Child lui lança un regard las. « *Me vexat pede*. Ça signifie : tenez-vous correctement, sinon je vous balance dans le fleuve ! »

Ils remontèrent Thames Street, où passèrent plusieurs chariots de charbon, ainsi qu'une charrette nauséabonde transportant des matières de vidange.

« J'ai jeté un coup d'œil aux minutes du Club des prostituées, comme vous le vouliez, commença Hector. Apparemment, en juin dernier, peu après que Kitty a déménagé, Lucy a volé une bague au lieutenant Dodd-Bellingham.

— C'est ce qu'il nous a raconté. » Le lieutenant avait au moins dit la vérité sur un point. « Poursuivez.

— Lucy s'est servie de cette bague pour piéger une prostituée, une certaine Moll Silversleeves, en lui faisant croire que le lieutenant avait perdu la bague chez elle et qu'il essayait de la persuader de venir au Club Priapus. Moll était jeune et débutante, le vin coulait à flots, la bague l'a convaincue, du coup, elle a parlé.

— Au sujet de Pamela ? » Child fronça les sourcils. Aucune « Moll » n'avait figuré sur la liste de Cecily.

« Non, Moll était pas à cette soirée, elle savait rien sur Pamela. Mais elle avait participé à d'autres mascarades chez Stone. Lucy lui a demandé si le Club Priapus valait la peine. Et là, Moll a éclaté de rire en répondant que les membres étaient riches, que la plupart des putains donneraient un bras et une jambe pour y être invitées. Et quand Lucy s'est moquée d'elle, Moll s'est mise à énumérer des noms. Les filles sont pas censées savoir qui sont ces messieurs, raison pour laquelle tout le monde est masqué. Mais les masques tombent, ou ne cachent pas tout, alors les filles s'amusent à deviner qui est qui.

— Lucy cherchait toujours le cinquième homme.
— C'est ce qu'on dirait, monsieur ! »

Ils tournèrent dans une ruelle qui descendait vers la Tamise. Les pavés étaient couverts d'excréments pestilentiels. Au clair de lune, les grues installées sur les toits des entrepôts ressemblaient à des gibets.

« Quand Moll a compris qu'elle avait été bernée, toutes les filles ont perdu la tête, reprit Hector. Rosy, Becky et Sally ont mené l'offensive. Et Lucy a remporté le vote organisé contre elle, mais de justesse. Les autres ont estimé qu'elle ne s'était pas comportée selon l'esprit du club, qu'elle avait mis en péril les revenus que leur rapportent les mascarades en s'obstinant dans son étrange croisade… Peu de temps après, on a reçu le mot anonyme disant qu'elle avait fait un séjour à Bridewell, et ça a été la fin. »

Child se demanda si c'était grâce à la ruse de la bague que Lucy avait appris ce qu'il en était du prince, et décidé de faire chanter le ministre de l'Intérieur.

Ils se turent un instant lorsqu'ils passèrent devant une taverne bondée de marins et d'allumeurs de réverbères avec leurs putains. Des filles se tenaient dans l'ombre près de la porte, espérant entraîner les clients dans des plaisirs singuliers : une vieille femme édentée vendait du lait de pavot ; une jeune fille boutonneuse proposait des gravures obscènes ; deux jeunes débardeurs musclés – qu'on appelait ici des rats d'eau – flânaient devant l'entrepôt d'en face et firent de l'œil à Child.

« Savez-vous où je peux trouver Moll Silversleeves ?

Hector soupira. « Je suis pas sûr qu'elle vous aurait parlé, mais, de toute façon, elle pourra plus…
— Que voulez-vous dire ?
— On l'a retrouvée pendue dans sa chambre il y a trois jours. Ça arrive de temps en temps, pourtant les filles ont été surprises. Moll avait toujours eu l'air très joyeuse. »

Ils échangèrent un regard. Il aurait pu s'agir d'une coïncidence – toutefois, Child en doutait. Peut-être que le tueur, ou un des amis de Richmond Baird au ministère, avait rendu visite à Moll.

« Avez-vous trouvé quelque chose d'intéressant sur mes suspects ?

— Un peu. Les filles disent que Mr. Stone n'est pas un homme violent, bien au contraire. Il se vante d'être hautement compétent dans l'art de l'amour. Et les filles jouent le jeu. Plus elles crient de plaisir, plus il les paie. Votre lieutenant est tout l'inverse. Seul son plaisir compte. Il est pas violent, mais tellement brutal que c'en est pas loin. C'est le problème des hommes séduisants… Ils ont jamais à faire aucun effort.

— Pas de rumeurs de viol ?

— Il aurait pas besoin d'en arriver là. Les filles se refuseraient jamais à lui. Il leur ouvre l'accès aux mascarades de Mr. Stone. »

Ils venaient d'atteindre les quais, un fatras d'échelles, de pontons, de grues, de mâts et de planches de bois. Les lumières des bordels de Bankside, sur la berge opposée, se reflétaient sur l'eau. Les barques des pêcheurs d'huîtres et d'anguilles oscillaient au gré du courant. Hector l'emmena au bas d'un escalier délabré, puis sur une étroite plage boueuse, où un gamin des rues solitaire cherchait un trésor dans la vase. Ils s'arrêtèrent sous une jetée en bois, protégée par les quais au-dessus, un endroit où les rats d'eau venaient s'adonner à leurs petites affaires.

« Et sur Agnetti ? demanda Child.

— Les journaux se trompent. Il ne touche pas aux filles. Il paraît qu'il se languit de sa femme, que les filles à qui j'ai parlé n'aimaient pas du tout. D'après elles, c'était une vraie garce ! Mais j'ai entendu une bonne histoire sur Agnetti. Vous voulez l'entendre ?

— C'est pour ça que je vous paie.

— Son père, le comte, était un don Juan notoire. On le surnommait l'*Ariete dorato*, le bélier d'or. Sa mère est entrée au couvent quand Agnetti avait seulement cinq ans, et il a été élevé dans une maison remplie des prostituées que fréquentait son père. Il savait jamais qui il allait croiser, son père ou ses amis, il y avait des filles dans tous les coins… Ça devait être amusant, non ?

— Pas vraiment. D'où tenez-vous ça ?

— D'une des filles qui a posé pour Agnetti, à qui il l'a raconté lui-même, en disant que les femmes de son père avaient plus été une mère pour lui que la sienne.

— Avez-vous appris autre chose sur les relations entre Agnetti et sa femme ?

— Non, mais je peux continuer à me renseigner.

— Et sur les autres, lord March et Simon Dodd-Bellingham ? »

Hector lança une coquille d'huître au ras de l'eau. Les ricochets ponctuèrent ses paroles. « J'ai pas eu le temps. Quelque chose m'en a empêché. »

Le ton sur lequel il l'avait dit intrigua Child. « Ah ? »

Le jeune homme haussa les épaules. « Hier soir, quelqu'un m'a cherché à Birdcage Walk, un gentilhomme. Comme j'ai pensé que c'était peut-être un des hommes qui m'ont déjà menacé, j'ai passé la journée à Moorfields, hors de vue.

— J'ai changé d'avis, décida brusquement Child. Oubliez ce dont nous étions convenus. Je ne veux pas que vous vous mettiez en danger. »

Hector éleva la voix. « Est-ce que j'ai l'air d'avoir peur ? S'ils m'attrapent, je saurai les convaincre que je ne sais rien, comme la dernière fois. Allez, monsieur, rendez-moi service ! Je veux à tout prix la petite jaune que vous avez dans la poche ! »

Child hésita. Les informations que lui avait apportées le garçon s'étaient révélées jusque-là utiles, et rares étaient ceux qui seraient prêts à l'aider. « Je voudrais que vous retrouviez un carrosse dans lequel on a aperçu Kitty », dit-il. Il lui décrivit le motif arlequin. « Trouvez-le, continuez à vous renseigner sur mes suspects, et vous aurez le double de la somme que je vous avais promise. Mais, pour l'amour du Ciel, surveillez vos arrières, compris ?

— J'ignorais que cette partie de moi vous intéressait, monsieur… Sachez que j'en suis touché ! »

Child entendit les bruits que firent les pas du jeune homme dans la boue tandis qu'il remontait sur les quais. Attendant un petit moment, il lança des coquilles d'huîtres à son tour et repensa à ce que lui avait appris Hector. Le lieutenant, un peu brutal. Mrs. Agnetti, une garce glaciale. *Moll, toujours très joyeuse*.

50

La bande du lieutenant dîna au Grove, une grande pelouse au milieu des jardins du Vauxhall. Les salles où l'on soupait, fermées sur trois côtés telles des loges de théâtre, avaient vue sur le pavillon hexagonal où jouait l'orchestre et sur le parquet de danse. Pendant les pauses entre les morceaux de musique, les salons bruissaient du brouhaha des conversations, du tintement de l'argenterie et du cristal. Un bouchon sauta, suivi d'applaudissements.

Les amis de Dodd-Bellingham, des officiers portant eux aussi la tunique rouge, s'appelaient Cartwright et Hennessy. Un trio de dames les accompagnait, que l'on présenta à Caro comme étant les sœurs de Hennessy venues du Dorset visiter Londres. Outre qu'elle ne leur trouva aucune ressemblance avec le soldat, les regards que celui-ci leur lançait étaient loin d'être fraternels. Elle se demanda si Lucy avait déjà dîné ici en se faisant passer pour la sœur ou la nièce d'un gentilhomme.

Miles, le seul valet présent, se tenait adossé au mur, peint d'une fresque inspirée du *Songe d'une nuit d'été*. Des domestiques en livrée servaient du vin ou apportaient de la viande rôtie, du pain, du beurre, des olives et des salades sur des plateaux. Le lieutenant s'étant installé avec Caro à l'écart des autres, leur intimité eut tôt fait d'attirer l'attention. *De quoi donner du grain à moudre aux mauvaises langues*, se désola Caro en soupirant.

Dodd-Bellingham mastiqua une copieuse bouchée de poulet qu'il fit passer en buvant du vin jaune. « Theresa assistait son mari en s'occupant des relations avec ses clients, comme le fait aujourd'hui Miss Willoughby, dit-il. Elle me consultait au sujet des esquisses de son mari, ou de chicaneries autour des contrats… Nous voulions tous que Mr. Stone soit content. Parfois, quand nous en avions fini de parler affaires, Theresa me proposait de prendre le thé, et nous discutions d'autres choses.

— Je me suis laissé dire qu'elle vous proposait bien plus que du thé ! » Caro imagina Theresa à genoux devant le lieutenant dans la salle de billard des Spencer.

Il sourit. « Nous partagions des moments personnels, je ne le nie pas. Theresa est une fille adorable, qui méritait mieux qu'Agnetti ! Faire défiler ses putains comme ça devant elle… Un gentilhomme devrait au moins tâcher d'être discret. Qu'elle soit venue me chercher n'a rien d'étonnant, c'est la seule chose que je peux dire.

— Mr. Agnetti affirme qu'il ne touche jamais à ses modèles.

— Quand il est là-haut tout seul avec des catins à moitié nues ? Si vous croyez ça, vous seriez prête à croire n'importe quoi ! Ce qui n'était pas le cas de Theresa. » Perdant le fil un instant, le lieutenant regarda passer deux filles escortées de leurs chaperons. « Quelle que soit la vérité, Theresa était malheureuse. Agnetti a quinze ans de plus qu'elle. Arrive un moment où une femme cesse d'avoir besoin d'un père, si vous comprenez ce que je veux dire. »

Caro repensa à toutes ces soirées où elle avait croisé les Agnetti à des dîners ou des bals : la façon embarrassante qu'avait Theresa de flirter, son mari qui la surveillait d'un œil noir. « On dit qu'elle cherchait à le rendre jaloux.

— C'est possible… Mais, avec moi, c'était autre chose. »

Caro se fit la réflexion qu'ils formaient un couple mal assorti. Bien que Theresa n'eût rien d'une femme ordinaire, elle n'était pas une beauté non plus, pas le genre de dame qu'elle imaginait intéresser le lieutenant très longtemps. Et étant donné son intérêt pour le grec, l'art et la philosophie, elle voyait mal de quoi ils pouvaient discuter ensemble.

« Pour vous avouer la vérité, au début, je ne pensais pas grand-chose de Theresa… À mes yeux, elle n'était que l'épouse d'Agnetti, les affaires de Stone, pas mon plaisir. Elle avait cependant cette rare capacité de savoir écouter un homme… Peu après la mort de mon père, à ma grande surprise, je me suis retrouvé un jour à me confier à elle… À lui parler de la maladie de ma mère, de cette femme qu'il a épousée alors que maman était à peine refroidie, de Simon, que je voulais haïr, avant de m'apercevoir que nous nous entendions bien… Je me suis senti terriblement déloyal. »

Caro se demanda si c'était une histoire qu'il racontait souvent aux dames, s'il leur laissait entrevoir le petit garçon derrière le fanfaron, chacune se sentant flattée en croyant être la première avec qui il s'épanchait.

« Flirtait-elle avec vous ?

— De temps en temps. Elle rougissait, détournait le regard… Je sentais bien ce qu'elle voulait, de quoi elle avait besoin… Un jour où Agnetti était sorti, je me suis dit : vas-y, tente ta chance ! Je m'attendais vaguement à recevoir une gifle, mais elle a réagi comme une… Disons simplement qu'elle a réagi. À partir de là, nous nous sommes retrouvés en privé, à l'occasion d'un bal ou ici au Vauxhall, parfois chez elle. Agnetti était tellement obnubilé par ses foutues peintures qu'il n'a rien remarqué !

— Theresa vous a-t-elle fait des confidences sur son couple ?

— Quelques-unes… Je vous l'ai dit, elle n'était pas heureuse. Mais ça, tout le monde le voyait !

— Quelque chose laissait-il penser qu'Agnetti était violent ?

— Elle n'a rien dit de tel. Et je n'ai jamais vu sur elle des traces de coups.

— L'avez-vous vu être méchant avec Theresa ? »

Le lieutenant réfléchit un instant. « Quand elle avait trop bu, il lui arrivait d'être brusque. Vers la fin, je pense qu'il a compris. Il a commencé à la soupçonner d'être amoureuse de quelqu'un d'autre.

— Theresa vous a dit qu'elle était amoureuse de vous ?

— Non, pas de façon explicite, mais on finit par repérer les signes… Elle m'écrivait des lettres, m'offrait des petits cadeaux, peignait mon portrait en miniature…

— Theresa peignait ?

— Elle m'a raconté que, au début de leur relation, Agnetti lui avait donné des cours. Elle était d'ailleurs assez douée. »

Cartwright, Hennessy et les filles s'étaient levés pour applaudir un saltimbanque qui jonglait avec des souris vivantes et des bâtons enflammés. Le lieutenant en fit autant pour regarder. Caro attendit avec impatience qu'il se rassoie.

« Si Theresa était amoureuse de vous, pourquoi est-elle partie ? »

Dodd-Bellingham se concentra sur son assiette, semblant pour une fois hésiter à répondre. « Si vous tenez à le savoir, elle était devenue trop autoritaire… Toujours en train de me prier de venir, d'exiger qu'on se retrouve quelque part… Chaque fois qu'on se quittait, elle était tantôt tout sourire, tantôt au bord des larmes… Et si je l'interrogeais sur ce qui n'allait pas, elle me répondait que j'étais son seul bonheur. Ce n'est pas le genre de propos qu'a envie d'entendre un gentilhomme…

— Vous vous étiez lassé d'elle ?

— Inutile de me faire passer pour un sans-cœur ! Je ne lui ai jamais fait croire que notre relation était autre chose qu'une distraction. Je pensais arrêter depuis un moment, mais elle était tendre, désireuse… et toujours disponible ! Et après qu'Agnetti a découvert notre liaison, j'ai décidé qu'il était temps d'y mettre un terme.

— Agnetti savait ? » s'étonna Caro.

Le lieutenant eut la grâce de paraître un peu gêné. « Je n'avais pas l'intention de remuer le couteau dans la plaie, pourtant, c'est arrivé. Un soir où nous étions au bal des Amberley, Theresa a faussé compagnie à son mari pour me rejoindre dans le jardin. Une chose en a entraîné une autre… Et au moment où j'ai levé les yeux, Agnetti était là, en train de nous regarder du haut de la terrasse.

— Vous êtes certain qu'il vous a vus ?

— Il m'a fixé droit dans les yeux… et il n'avait pas l'air content du tout ! J'ai cru qu'il allait m'interpeller, mais il était trop lâche et s'est contenté de rentrer dans la salle.

— Et vous avez rompu avec Theresa.

— Je n'avais plus vraiment le choix ! Si Agnetti avait décidé de divorcer, il aurait pu me traîner en justice pour adultère. Je me serais retrouvé à pourrir en prison, redevable de milliers de livres… Il me fallait tout faire pour éviter ça !

— Comment l'a pris Theresa ? »

Il se trémoussa sur sa chaise. « Je ne sais pas. J'ai chargé Simon de lui porter un mot. Écoutez, je n'en suis pas fier, mais vous ne pouvez pas tout me reprocher… J'ai parlé à des gens qui connaissaient la famille de Theresa en Italie et, d'après eux, elle avait toujours été une fille étrange, solitaire… Et si elle était mélancolique, c'est sûrement la faute de son mari.

— Vous pensez qu'elle s'est suicidée parce qu'elle ne pouvait pas vivre sans vous ?

— N'allez pas croire que ça me laisse insensible… J'ai allumé un cierge pour elle à Pâques. »

Caro se rembrunit. « L'idée ne vous a jamais traversé que, après ce qui s'était passé, son mari aurait pu s'en prendre à elle ?

— Il n'en aurait pas le cran… De plus, Agnetti a lancé des centaines d'enquêteurs sur ses traces. Il a même exigé de savoir si j'étais son protecteur, ce qui a dû entamer son orgueil. Je lui ai répondu que j'avais déjà à peine de quoi vivre… Les choses ont été tendues entre nous pendant un temps, mais elles ont fini par s'arranger. Ni lui ni moi n'avions envie de contrarier Stone. »

Son histoire paraissait sincère, cependant, Caro n'oubliait pas tous ses autres mensonges.

La disparition de Theresa n'avait-elle finalement rien à voir avec le meurtre de Lucy ? Une mort tragique, dont personne n'était coupable, sinon un mari imparfait et un amant cruel ?

« Saviez-vous que Pamela et Theresa se détestaient ?

— Rien de plus qu'une petite chamaillerie entre femmes ! répondit le lieutenant en agitant la main. Theresa disait avoir surpris Pamela en train de fouiner dans sa chambre. Elle n'était pas contente. Et Pamela prétendait que Theresa lui avait envoyé un mot malveillant.

— Étiez-vous la cause de leur animosité ?

— Aucune des deux ne l'a jamais formulé, mais ça ne m'étonnerait pas. Vous les femmes et votre instinct de possession… Je préférerais encore affronter une centaine de mercenaires !

— Par conséquent, vous saviez que Pamela vous aimait bien ?

— Elle me l'a clairement fait comprendre, mais je ne l'ai jamais touchée. Stone comptait faire une offre pour sa virginité. Il aurait été furieux !

— Pamela était destinée à Stone ? »

Le lieutenant enfourna une dernière fourchetée de salade, puis repoussa son assiette en lâchant un rot. « Qui d'autre ? Je n'avais pas les moyens de me l'offrir !

— Lucy pensait qu'un cinquième homme était présent à la mascarade, et que Pamela lui était réservée. »

Semblant ne pas s'être préparé à la question, Dodd-Bellingham se passa une main dans les cheveux en bâillant. « Quel cinquième homme ? »

Caro mourait d'envie de le confronter à ses mensonges, à son agression contre Miss Willoughby, de le menacer en prononçant le mot « Somerset », comme l'avait fait Lucy. Toutefois, pour l'heure, qu'il s'imaginât l'avoir bernée lui convenait.

« Vous voyez, plus de mystères pour votre gros attrape-voleurs, reprit-il. Et plus de meurtres ! » Il but une longue rasade de vin et s'essuya la bouche. « Trouver le corps de Lucy a été pour vous un choc, qui a laissé des traces, on le voit bien… Et maintenant, votre cher limier vous envoie poursuivre des chimères… Vous devriez vous trouver une nouvelle distraction, quelque chose qui vous empêche de vous ennuyer pendant que Harry est absent… » Il attrapa la bouteille et lui effleura les doigts au passage. « Je connais un petit endroit pour souper où nous pourrions louer un salon privé. »

Cartwright et Hennessy les observaient d'un œil goguenard. Dans l'allée, une femme que Caro connaissait les aperçut et poussa son mari du coude.

Elle se leva en faisant un signe à Miles, qui s'empressa de lui tendre sa pèlerine. « Pardonnez-moi, lieutenant, mais je me sens un peu patraque… Je crois qu'il est préférable que je rentre chez moi. »

PAMELA

17 février 1782

Quand Mr. Agnetti n'était pas là, et que Kitty et Lucy n'avaient pas une de leurs conversations en tête à tête, Pamela adorait passer du temps en leur compagnie. Au début, elle avait eu une préférence pour la plus belle, plus célèbre et plus ambitieuse Kitty. Lucy avait cependant davantage de pondération, moins tendance à entretenir de folles lubies. Souvent, en dépit de son expérience, Kitty lui paraissait naïve.

Parfois, Lucy la prenait dans ses bras, non pas à la va-vite, mais en l'embrassant avec affection. D'autres fois, elle la regardait d'un air distant mais, sans doute consciente que les murmures que toutes deux échangeaient blotties l'une contre l'autre lui donnaient le sentiment d'être exclue, Lucy faisait tout pour inclure Pamela dans leurs discussions.

« Mon baronnet est encore passé hier soir, dit Kitty en égrenant quelques notes mélodieuses sur sa harpe. Mais j'ai chargé Hector de se renseigner, et il ne touche que trois cents livres de rente annuelle. » Elle jeta un regard à Lucy. « Tu peux répéter que je te l'ai dit, tu sais ! »

Lucy se contenta de sourire.

« Et Jonathan Stone ? demanda Pamela. Parlez-moi de ses affaires.

— Oh, Stone vaut des milliers de livres ! répondit Kitty. Les journaux le surnomment “le Midas de Muswell Rise”. C'est l'endroit où se trouve sa maison de campagne.

— A-t-il hérité de son argent ?

— Non, il a fait fortune en Inde. C'est là qu'il a rencontré Mrs. Agnetti. Stone était un ami de son père.

— Et maintenant, il prête de l'argent à d'autres messieurs, comme au lieutenant et à son frère ?

— C'est ça. »

Lucy posa son livre. « Cette pièce de théâtre est très étrange… Un homme en convainc un autre de manger ses fils dans une tourte. S'ils ne tuent pas, ils sont tués… ou ils réapparaissent en fantômes ! Quand je serai morte, je te hanterai, Kitty… Je reviendrai te réprimander sur tes mauvais choix !

— Oh, arrête, Boleyn ! »

Lucy regarda Pamela, qui était en train de repenser à Mrs. Agnetti et à ses ciseaux. Elle ne l'avait pas revue depuis ce jour, s'était tenue à bonne distance.

« Il faut qu'on donne un nom à Pamela, décréta Lucy. Celui d'une autre femme d'Henri ?

— La jeune et jolie ? suggéra Kitty. Elle s'appelait Catherine, non ?

— Catherine Howard. Imbécile… elle a fini la tête tranchée !

— Ou Jeanne Seymour, celle qui a su gagner le cœur du roi ?

— Personnellement, j'ai toujours préféré Catherine Parr. Elle a survécu à ce vieux salaud et a gardé son argent. Alors ce sera quoi, Pamela, la fortune ou l'amour ? »

La question était absurde. Les deux – la réponse tombait sous le sens. Mais elles attendaient sa réponse avec impatience, et Pamela ne voulait pas les décevoir. « Je choisis Jeanne Seymour ! » Kitty lança un regard triomphant à Lucy.

*

Plus tard dans l'après-midi, lorsque Mr. Agnetti voulut prendre une nouvelle pause, au lieu de descendre au petit salon où Lucy et Kitty bavardaient, Pamela se faufila à l'étage supérieur. Cette fois, Mrs. Agnetti était sortie, elle en était sûre. Elle l'avait vue monter dans son carrosse depuis la fenêtre de l'atelier.

Elle rôda dans la chambre, ouvrit les tiroirs, les coffrets à bijoux et la boîte de peinture en laque noire. Dans une armoire près du lit, elle trouva un sachet de prunes au sucre, mais rien d'autre d'intéressant. Après en avoir mis une dans sa bouche, elle réfléchit en promenant son regard alentour.

Où Mrs. Agnetti rangerait-elle les lettres du lieutenant ? Pamela savait qu'elles existaient – elle les avait surpris en train de se glisser des petits mots, parfois juste sous le nez de Mr. Agnetti.

Elle passa ses mains sous le matelas, sous les oreillers, puis tâta le plancher pour vérifier si une latte bougeait. Elle regarda ensuite sous le lit, où elle aperçut un panier rond en osier, rempli de linges menstruels souillés. Elle contempla la chose avec dégoût. Si l'on voulait échapper à l'œil indiscret d'un mari ou des domestiques, ce n'était pas une mauvaise cachette. Pamela ne croyait pas aux histoires qui prétendaient qu'une femme risquait de faire une fausse couche, ou un homme de perdre l'esprit, pour avoir touché du sang menstruel. Néanmoins, beaucoup de gens y croyaient. Tout en grimaçant, elle plongea sa main jusqu'au coude dans les vieux linges et tâtonna au fond du panier. Quelque chose était là, quelque chose de petit, froid et dur… Une fiole en verre.

Ne voyant dessus aucune étiquette, Pamela se demanda si c'était du laudanum. Mais dès qu'elle ôta le bouchon et renifla le contenu, elle reconnut la légère odeur mentholée. À la Maison des tableaux, quand les filles n'avaient pas leurs règles, il leur arrivait de prendre de la menthe pouliot. Et Hannah, la gouvernante de Cheapside, en avait bu après s'être livrée à des culbutes à un moment où il ne fallait pas avec David, le second valet.

Pourtant, Mrs. Agnetti désirait plus que tout avoir un enfant. Elle en parlait à Kitty et à Lucy durant des heures, souvent au point d'être ennuyeuse. Elle ne prévoyait tout de même pas de se débarrasser de son bébé ? Quant à

Mr. Agnetti, il ne parlait quasiment que de sa joie d'être bientôt père. Que ce soit lui qui ait fourni la fiole semblait peu probable. Et d'un seul coup, Pamela comprit. Le lieutenant devait croire que le bébé était de lui et avait donné la menthe pouliot à Mrs. Agnetti, mais celle-ci refusait de la prendre. Le savoir fit plaisir à Pamela. Elle avait eu raison. Il n'aimait pas cette femme.

Elle entendit Kitty l'appeler du rez-de-chaussée. « Seymour ? »

Pamela s'empressa de remettre la fiole en place, entassa les linges par-dessus, puis se faufila hors de la chambre en refermant la porte derrière elle.

51

Quelque chose n'allait pas avec Mr. Child, Caro l'avait senti. La veille, lors de leur entrevue, il avait eu l'air mal à l'aise, ce que, à en juger par son odeur, elle avait mis sur le compte du gin et du manque de sommeil. Et là, elle venait de recevoir une lettre dans laquelle il annulait leur rendez-vous, sous le prétexte qu'il voulait continuer à chercher Kitty Carefree. Bien que Caro ne remît pas en cause l'idée que celle-ci était la clef de leur enquête, elle ne parvenait pas à se débarrasser de l'impression que Mr. Child l'évitait. Peut-être était-il embarrassé par son absence de résultat, une réaction compréhensible, et même justifiée, mais frustrante. Elle aurait voulu lui parler de la mystérieuse allusion au Somerset qu'avait faite Lucy.

Dans sa lettre, Child lui faisait un compte rendu de sa conversation avec Solomon Loredo, qui l'intrigua. Simon avait affirmé au joaillier que l'épouse d'Ansell Ward avait retourné son mari contre lui parce qu'il était un bâtard. Pourtant, Elspeth Ward avait la réputation d'être une femme raisonnable, bienveillante et philanthrope, pas du tout du genre à promettre enfer et damnation. Qu'elle en ait voulu à un homme à cause des péchés de son père paraissait peu crédible. Caro se demanda si Simon n'était pas finalement coupable de ce vol.

Elle ne put se résoudre à s'éloigner de Gabriel avant qu'il aille faire sa sieste du matin mais, dès qu'il s'endormit, elle fit atteler le carrosse. Une heure plus tard, elle se retrouva une fois de plus dans l'agitation de Lyme Street, puis frappa une fois de plus à la porte des Ward et demanda au valet au regard insolent si sa maîtresse était chez elle.

« Mrs. Ward est partie chez sa sœur à Cambridge, l'informa-t-il en écartant ses immenses narines. Elle sera de retour dans un mois. »

C'était ennuyeux, néanmoins, Caro repensa à ce qu'avait dit Simon – le voleur n'était autre qu'un valet –, et un nouveau plan se forma dans son esprit.

« Votre maître est-il là ?

— Oui, madame.

— Veuillez demander à Mr. Ward s'il veut bien me recevoir. »

Pendant qu'ils attendaient dans le vestibule, Caro eut une conversation à voix basse avec Miles, que très vite interrompirent un bruit de pas précipités et des éclats de rire. Un instant plus tard, une porte s'ouvrit à la volée, et une jeune fille déboula dans l'entrée, poursuivie par un garçon. Elle tenait un livre en l'air, et il essayait de sauter pour l'attraper. À la seconde où elle aperçut Caro, elle baissa le bras et laissa l'enfant le prendre.

« Pardonnez-nous ! dit-elle en reprenant péniblement son souffle. Nous ne savions pas que papa avait de la visite. »

La ressemblance était saisissante : petits et un peu gros, les deux enfants avaient le visage farineux et les fossettes de leur père. La fille devait avoir dix-sept ans, son frère était plus jeune.

Caro lui sourit. « Je suis Mrs. Corsham.

— Julia Ward, se présenta la jeune fille en lui faisant une révérence pataude. Et voici Sebastian… qui a promis de ne pas lire Mr. Henry Fielding avant de connaître par cœur ses verbes latins !

— C'était moins une promesse qu'une déclaration d'intention ! se défendit le garçon, essoufflé lui aussi. Phèdre ne dit-elle pas que l'esprit doit parfois se divertir afin de mieux réfléchir ensuite ?

— Et Ovide dit que les petites choses plaisent aux petits esprits ! rétorqua sa sœur. Tu ne pourras pas me tenir responsable quand ta femme pleurera parce qu'elle aura épousé un lourdaud ! »

Des pas annoncèrent l'arrivée d'Ansell Ward, suivi de son valet. Il sourit à ses enfants mais, à l'instant où il salua Caro, son amabilité naturelle laissa place à une expression plus circonspecte. Elle se demanda s'il avait lu le *London Hermes*.

« Mrs. Corsham, quel plaisir inattendu de vous revoir…

— Je suis embêtante, je sais, cependant, un nouveau problème a été soulevé à la table de mon frère, qui, par hasard, concerne également les Dodd-Bellingham. Comme je lui ai dit que vous saviez tout au sujet de cette famille, il m'a envoyée me renseigner. »

Caro ne put que remarquer l'effet qu'eut le nom de Dodd-Bellingham sur les enfants Ward. Ils se dévisagèrent d'un air consterné, et le garçon agrippa la main de sa sœur, devenue aussi rouge qu'une pivoine.

Ward regarda sa montre en fronçant les sourcils. « Très bien, mais je ne dispose pas de beaucoup de temps. J'ai un rendez-vous à trois heures. »

Après avoir lancé un dernier regard intrigué aux enfants, Caro le suivit dans son bureau.

« Je sais que je peux vous parler en toute liberté, monsieur, et en toute confidence, commença-t-elle en prenant une mine préoccupée. Ma visite concerne un ami de mon frère, ou, plus exactement, sa fille, à laquelle le lieutenant Dodd-Bellingham fait une cour assidue depuis peu. Et son père a beau n'y voir aucune objection, il a eu vent d'une rumeur troublante sur la réputation du lieutenant. »

Ward tambourina des doigts sur le bureau. « Vous faites allusion aux femmes, je suppose ? J'ai entendu certaines histoires, moi aussi… Bien que ce ne soit pas précisément louable, n'est-ce pas compréhensible de la part d'un militaire ? Faire face à la mort, *carpe diem* et tout ça… Une fois marié, je suis persuadé qu'il mettra autant de dévouement face à cette heureuse situation qu'il en a fait preuve sur le champ de bataille ! »

Caro se pencha et parla plus bas. « Cette rumeur est d'un caractère plus grave, monsieur... Il s'agit d'une allégation à propos du Somerset qui a valu une profonde inquiétude à l'ami de mon frère. Comme vous connaissez bien la famille, je me demandais si vous étiez au courant de cette histoire. »

Ward, le front plissé, la regarda intensément. « Oui, en effet, madame, car j'ai des amis au Bureau de la guerre, qui seront consternés d'apprendre que des propos diffamatoires aient circulé ainsi... Veuillez assurer à votre frère que ces accusations ont été examinées avec le plus grand sérieux et se sont révélées sans aucun fondement ! »

Le Bureau de la guerre ? Caro fronça les sourcils. « J'ai cru comprendre qu'un doute subsistait, dit-elle de façon vague, espérant qu'il lui en apprendrait davantage.

— Pas le moins du monde ! Toute cette histoire n'était qu'un vil mensonge, du début à la fin !

— Auriez-vous l'amabilité de m'en dire plus sur cette enquête ? Je pourrais ainsi rassurer un père inquiet. »

Ward secoua vivement la tête. « Non, madame, je ne peux pas. Ce sont des affaires d'État, pas des ragots de salon ! Et plus les gens parlent, plus d'autres penseront qu'il n'y a pas de fumée sans feu, alors que la seule chose qui brûle est la réputation d'un homme honorable ! Pardonnez-moi si je m'emporte, mais... c'est une question qui me tient à cœur. »

C'était très intéressant. Si le Bureau de la guerre avait enquêté sur ce qui s'était passé au Somerset, il devait s'agir d'une chose que le lieutenant avait faite pendant qu'il servait sous les drapeaux. Pourtant, Caro savait qu'il n'avait jamais été en poste au Somerset, étant donné qu'il avait embarqué directement après s'être engagé pour combattre dans les colonies. Son regard tomba sur les cartes et les plans de bataille de Ward. Elle se demanda s'il existait un endroit appelé Somerset en Amérique.

« Je comprends, dit-elle. Et votre certitude me réconforte grandement. Je rassurerai l'ami de mon frère d'une manière générale... et je le persuaderai de ne pas prêter attention à des rumeurs malveillantes.

— Je suis ravi de l'entendre, madame. Les réputations sont des choses fragiles… Une fois démolies, il est impossible de les réparer. »

Homme peu subtil, Ward lui lança un long regard appuyé. Elle devina que l'article paru dans le *London Hermes* l'avait profondément offensé. Ce gros imbécile moralisateur !

Il la raccompagna dans le vestibule, où attendaient son valet et Miles. Les enfants avaient disparu. Caro échangea les politesses d'usage avec Ward et, dès que la porte se referma derrière eux, elle se tourna vers Miles. « C'est fait ? »

Il acquiesça. « Vous pouvez compter sur moi, madame.

— Je sais, dit Caro en lui souriant. Je vous remercie. »

Ils passèrent devant le carrosse et se dirigèrent plus loin sur la place, où un petit portail entre deux maisons donnait accès à un jardin public – un bout de terrain qui avait échappé aux attentions des spéculateurs immobiliers. En dehors d'une vieille dame en train de nourrir les sansonnets, l'endroit était désert. Ils firent le tour des allées sous le doux soleil de septembre. Au bout de quelques instants, Miles montra le portail d'un signe de tête. « Il est là. »

Le valet de Ward s'avança sur la pelouse et s'inclina devant Caro. « Vous souhaitiez me parler, madame ?

— Oui. Comment vous appelez-vous ?

— Bob Carruthers.

— J'aimerais vous poser quelques questions au sujet d'un gentilhomme, Simon Dodd-Bellingham, qui a travaillé pendant un temps chez votre maître.

— Oui, je me souviens de lui. » Carruthers jeta un regard à Miles. « Mais il m'a dit qu'il y aurait une récompense…

— Dix shillings, si votre réponse les vaut. »

Le valet fit la moue. « L'autre m'en a donné quinze…

— Quel autre ?

— Le type au nez cassé qui m'a coincé au Blackbird l'an dernier. Lui aussi voulait se renseigner sur Simon Dodd-Bellingham. »

Érasme Knox. Caro se souvenait de son regard perçant et de ses doigts maculés d'encre.

« Très bien, si vous me répétez précisément ce que vous lui avez raconté, je vous paierai la même somme. »

Paraissant satisfait, Carruthers hocha la tête, puis ils se remirent en marche. « Dodd-Bellingham travaillait dans la bibliothèque de Mr. Ward, où je lui apportais des boissons de temps en temps. Un drôle de bonhomme… dans les livres et la poussière jusqu'aux oreilles ! Mais les Ward s'étaient entichés de lui. Et il avait beau être un bâtard, il dînait à la table familiale.

— Je crois savoir que Mrs. Ward ne l'aimait pas…

— Qui vous a dit ça ? C'était son chouchou ! Elle parlait tout le temps de l'absence de perspectives d'avenir de ce jeune homme… Elle a même suggéré à Mr. Ward de lui faire donner des cours de latin aux enfants pour compléter ses revenus. »

Caro tressaillit. L'histoire était très différente de celle que Simon avait racontée à Solomon Loredo.

« Les enfants l'appréciaient-ils ? demanda-t-elle en repensant à la réaction étrange qu'ils avaient eue dans le vestibule.

— Aucune idée. Ils sont plutôt du genre à avoir le nez plongé dans les bouquins !

— Parlez-moi de ce vol.

— C'est Mrs. Ward qui s'en est aperçue. Deux figurines en jade, des pièces très chères importées de Chine, avaient disparu de la bibliothèque. Comme aucun visiteur n'était venu ce jour-là, Mrs. Ward a rassemblé les domestiques pour les interroger. Puis elle s'est rappelé avoir vu les figurines ce matin-là, après que les bonnes avaient fait le ménage. Du coup, ça m'a mis dans la mouise, car j'étais le seul à être entré dans la bibliothèque, quand j'avais apporté son thé à Mr. Dodd-Bellingham. J'ai protesté de mon innocence en faisant remarquer que personne n'aurait été mieux placé que lui pour les voler. Mais Mr. Ward a refusé de penser du mal d'un gentilhomme en qui il avait confiance…

« Et juste au moment où ça s'annonçait mal pour moi, Mrs. Ward s'est fait entendre : “Ansell, ce garçon a des dettes !” J'en ai profité pour ajouter que Dodd-Bellingham s'était servi du sherry – ça, c'était moi, mais je ne pensais qu'à sauver ma peau ! Elle a secoué la tête, les larmes aux yeux, et a dit : "Je crains qu'on n'ait profité de nous, mon cher !" Là, j'ai compris que j'étais hors de danger. En général, Ward écoute sa femme, et c'est ce qu'il a fait. Ils m'ont prié de sortir pour discuter en privé et, juste après, bien que Dodd-Bellingham ait continué à clamer son innocence, ils l'ont congédié. »

Caro se fit la réflexion que rien dans cette histoire n'allait… Pourquoi Mrs. Ward avait-elle changé d'avis sur Simon de façon aussi radicale ?

« Est-ce vous qui avez pris ces figurines ? Je n'engagerai pas de poursuites, mais j'ai besoin de le savoir.

— Non, madame, je ne les ai pas prises.

— Vous pensez que Simon les a volées ? »

Carruthers se fendit d'un grand sourire qui élargit plus encore ses narines. « Oh non, Dodd-Bellingham était aussi innocent que moi ! Je le sais.

— Continuez, je vous prie, cessez de me tenir en haleine !

— Environ un mois plus tard, après que les choses se sont calmées, Mrs. Ward m'a chargé d'apporter un carton de vieux vêtements à l'œuvre de bienfaisance de Fenchurch Street pour les dames en détresse. Elle et Miss Ward donnent souvent des affaires dont elles ne veulent plus mais, comme elles ne vérifient pas toujours les poches, il m'arrive de récupérer des pièces de monnaie, ou un ruban qui pourrait plaire à une fille. Et cette fois, devinez ce que j'ai trouvé ? » Il sourit de plus belle, l'air content de lui. « Au fond du carton, enveloppées dans un châle, les deux figurines ! »

52

Chaque coup ramenait Child à sa trahison. Il avait le visage enfoui dans l'oreiller, de la bave lui coulait sur le menton. *Bam, bam, bam.* La lumière du jour lui arracha une grimace alors qu'il cherchait sa montre. Bon sang… midi ! *Bam, bam, bam, bam…* Il lui fallut encore quelques secondes avant de comprendre qu'on frappait à la porte.

Roulant sur le flanc, il enfila un caleçon dans lequel il rentra les pans de sa chemise de nuit, puis alla en titubant à la porte en s'essuyant le visage. *Bam, bam, bam.* Il tira les verrous et ouvrit.

« Hé ! s'exclama Child, qui perdit son sourire en voyant l'expression d'Orin.

— On m'a envoyé te chercher. »

Orin, l'air furieux, fit les cent pas dans le salon pendant qu'il s'habillait, puis l'emmena dans un carrosse qui attendait devant la porte. Le visage fermé, visiblement ennuyé à cause de leur dernière rencontre, il refusa de répondre aux questions de Child. Comme si celui-ci avait besoin de ça pour se sentir mal !

Les cahots de la voiture qui filait dans les rues de Holborn où éclataient les ombrelles colorées lui donnèrent mal au cœur. Incapable de soutirer le moindre mot à Orin, Child regarda par la fenêtre en s'efforçant de comprendre ce qui se passait. Il supposa qu'ils allaient à Bow Street mais, arrivé à l'angle du Strand, l'attelage poursuivit sa route et traversa Charing Cross en direction de Westminster. Le ministère de l'Intérieur ? Avaient-ils retrouvé Richmond

Baird, l'agent qu'il avait tué ? Personne ne pouvait prouver que c'était lui, à moins qu'ils n'eussent coincé Nelly Diver et qu'elle n'eût tout avoué.

Ils passèrent devant le ministère, puis devant le Privy Garden, le Parlement et ses flèches, traversèrent le parvis de l'abbaye et s'arrêtèrent dans Petty France, une rue paisible dans un quartier résidentiel situé à la lisière des marécages de Pimlico. Orin ouvrit la portière, et ils descendirent du carrosse. Child le suivit dans une ruelle qui débouchait dans St. James's Park, à une centaine de mètres de Birdcage Walk.

Orin tourna à gauche en longeant le mur arrière des jardins de Petty France et entra dans un terrain clos plus grand adjacent au parc. Un Coureur de Bow Street posté devant la grille s'écarta pour les laisser passer. Child sentit son dos le picoter, et un écœurement qui n'était pas seulement dû à ce qu'il avait bu la veille.

Derrière la grille, entre les rangées d'une vigne, des guêpes s'affairaient autour de grosses grappes de raisin. Repérant d'autres Coureurs de Bow Street penchés au-dessus de quelque chose sur le sol, Child perçut un bourdonnement strident dans ses oreilles, sans savoir s'il provenait des guêpes ou s'il n'était que dans sa tête.

Il se précipita en avant et se figea en voyant le cadavre d'Hector. La chemise du garçon, raidie de sang séché, était déchirée à l'endroit où un couteau l'avait transpercé à plusieurs reprises. Son visage blême ressemblait à celui d'un ange étonné, ses yeux bleus vitreux avaient perdu toute espièglerie.

La gorge de Child enfla alors que montait en lui la rage – contre le monde, sa dureté et sa misère, contre les hommes qui avaient acheté et vendu Hector, contre le tueur qui l'avait attiré ici et massacré, comme il avait massacré Lucy. Mais aussi contre lui-même. Ce cauchemar, il l'avait pressenti, or il avait fait semblant du contraire pour la seule raison qu'il avait voulu les informations du garçon. Comme n'importe quel autre client qui ne pensait qu'à satisfaire ses besoins.

« Ta carte de visite était dans sa poche, dit Orin. Ils ont estimé que tu devais voir ça. »

« Ils ». Child leva les yeux et aperçut deux messieurs corpulents en train de se diriger vers lui. Vêtus de redingotes noires austères trop chaudes pour la saison, ils arboraient une expression lugubre sous leur perruque châtaine poudrée. Deux hommes *du genre officiel.*

« Je suis désolé, reprit Orin, qui déjà s'éloignait. Ils ne m'ont pas laissé le choix. »

Au moment où les hommes saisirent Child par les aisselles et l'entraînèrent au bout de la vigne, il résista à peine. L'un des deux le plaqua contre le mur.

« Vous l'avez ?

— Quoi ?

— Vous le savez bien !

— Le témoignage de Kitty ? Non, je ne l'ai pas. » Il nota dans un coin de sa tête qu'ils ne mettaient pas en doute sa réponse.

« C'est elle qui l'a ?

— Qui ça ?

— Mrs. Corsham.

— Non. »

Ils échangèrent un regard. « Nous sommes à la recherche d'un ami, dit l'autre homme. Il s'appelle Richmond Baird. Vous l'avez vu ?

— Non.

— Vous en êtes sûr ? »

Child nia encore une fois, mais l'un des deux hommes perdit patience et lui balança son poing dans la figure. Sa tête heurta le mur, et il glissa par terre. Ils ne le ménagèrent pas, le bourrèrent de coups au visage, dans les côtes et dans le ventre. Child l'accepta comme une sorte de pénitence, pour Hector, pour avoir trahi Mrs. Corsham, pour Liz, leur enfant et tout le reste.

Lorsqu'ils finirent par le lâcher, il resta là à reprendre son souffle tant bien que mal, chaque inspiration lui arrachant une grimace de douleur.

« Dites-lui que vous démissionnez. Plus de Lucy Loveless, plus de poursuite de filles disparues, plus de Club Priapus. Compris ? »

« Comment pourrais-je démissionner ? faillit rétorquer Child. Jonathan Stone ne me le permettra pas. »

Non que le savoir les eût intéressés. Soit ils prirent son silence pour un consentement, soit la question n'était que de pure forme, car aussitôt ils s'en allèrent en le laissant affalé sur le sol.

PAMELA

22 février 1782

Pamela observa le tableau. Elle avait l'impression de se contempler dans un miroir. Son corps et l'autel se limitaient à de simples traits dessinés au fusain et à la craie, mais son visage était bien vivant, et ses yeux brillants de peur. Que tous ces minuscules coups de pinceau puissent reproduire autant de douceur, comme si c'était de la vraie peau, lui paraissait incroyable. Du vermillon et du blanc de plomb pour elle, une touche de carmin pour le visage rubicond de Peter Jakes.

« Maintenant que j'ai commencé à peindre, je n'aurai plus besoin que d'une ou deux séances d'esquisse, dit Agnetti. Mais j'aimerais vous employer encore... Quand vous aurez un nouveau logement, il faudra me donner votre adresse. »

Pamela sourit. « Avec plaisir, Mr. Agnetti !

— Tenez, j'ai un cadeau pour vous. » Il lui tendit un paquet enveloppé dans du papier bleu marbré entouré d'un ruban jaune. « C'est pour vous remercier d'avoir été un modèle si patient. »

Elle déballa le paquet avec empressement. Un livre.

« Euripide, dit Agnetti. C'est sa pièce sur Iphigénie que mon épouse lisait l'autre jour. »

Bien que déçue, Pamela se força à sourire. C'était gentil de sa part, et le volume relié en beau cuir vert foncé, comme celui de Mrs. Agnetti, devait coûter très cher. Lorsqu'elle tourna les pages en prenant un air enthousiaste, un papier voleta sur le sol. Elle le ramassa et sursauta.

« Qu'y a-t-il ? » demanda Agnetti en détournant les yeux du tableau.

Elle se hâta de fourrer le mot dans sa poche. « Theresa sait-elle que vous alliez me donner ce livre ?

— Oui. Elle l'a emballé elle-même à votre intention. »

Pamela hocha la tête, prenant cet excès d'amabilité pour ce qu'il était. « Eh bien, je ne manquerai pas de la remercier la prochaine fois que je la verrai. »

*

Mrs. Agnetti croyait-elle qu'elle allait rester là sans réagir ? D'abord, la menace de la tuer, et maintenant, ce mot malveillant. Une telle hostilité exigeait une réponse.

Lord March passa en fin d'après-midi. Comme il venait en général avec le lieutenant Dodd-Bellingham, Pamela supposa que celui-ci était en bas avec Mrs. Agnetti. En temps normal, elle aurait apprécié les regards que lui adressait lord March, mais pas ce jour-là.

Dès que Mr. Agnetti la libéra, elle remonta discrètement à l'étage. Dans la chambre, elle prit la fiole dans le panier de linges, la mit dans sa poche, puis redescendit. Arrivée dans le vestibule, elle écouta derrière la porte du salon. Le lieutenant respirait lourdement. Un doux gémissement s'échappait des lèvres de Mrs. Agnetti.

UNE PUTAIN. En fin de compte, c'était plutôt ironique !

Le petit salon était désert. Ni Kitty ni Lucy n'était là aujourd'hui. Un verre de madère à moitié bu était posé sur le guéridon. Quand Mrs. Agnetti reviendrait de son rendez-vous galant avec le lieutenant, elle le terminerait certainement.

C'est par gentillesse, se dit Pamela. *Surtout pour Mr. Agnetti. Elle n'espère tout de même pas qu'il va élever l'enfant d'un autre ?* Et s'il découvrait qu'elle l'avait trompé et qu'il divorçait, sans doute que le lieutenant, un homme honorable, l'épouserait par devoir.

Après avoir débouché la fiole, elle hésita. Une des filles avait dit que cette herbe pouvait rendre malade. Mais si autant de femmes en prenaient, ça ne devait pas être si grave. Avant d'avoir eu le temps de changer d'avis, Pamela versa la potion dans le verre. Pour vivre le grand amour, il fallait être prête à tuer.

53

Crispin, le portier du Shakespeare's Head, regarda Child de travers. « Vous cherchez quoi ? À compléter votre collection de bleus ?

— Hector est mort. » Prononcer cette phrase lui était pénible. « Il a été tué hier soir, par le même homme qui a tué Lucy Loveless. »

Le sourire narquois de Crispin laissa place à un regard tempétueux. Il désigna l'escalier d'un signe de tête. « Montez ! Elle voudra le savoir… et je n'ai pas envie d'être celui qui doit lui annoncer ! »

Child hissa sa carcasse douloureuse à l'étage, où il fut accueilli par les volutes familières des parfums et de la fumée de haschich. Le Club des prostituées tenait séance. Il poussa les filles agglutinées sur le palier en esquivant les coups d'éventail et les chignons bouclés.

Amy Infamy, la présidente, le foudroya du regard. « Comment se fait-il que Crispin vous ait laissé passer ? Que quelqu'un l'appelle ! » Elle envoya une de ses tresses derrière son épaule et faillit faire tomber son écureuil perché là, en train de grignoter un abricot.

Child montra le siège vide à côté d'elle. « Hector est mort. »

Tout autour de lui, les beaux visages s'effondrèrent. Il prit la parole dans le silence abasourdi et leur raconta ce qu'il avait vu dans la vigne.

« C'est votre faute ! déclara la présidente quand il eut terminé.

— En partie, mais c'est aussi la vôtre. Si dès le début vous m'aviez aidé, Hector n'aurait pas décidé de venir me chercher. Il voulait que je retrouve le salaud qui a tué Lucy. Et il en a payé le prix… Allez-vous enfin m'écouter ? »

Un murmure parcourut l'assistance. Becky Greengrass, une des filles qui étaient allées au Club Priapus avec Pamela, souleva ses jupes en pointant son entrejambe. « Va donc prendre une bonne cuite, vieux gros queutard ! »

Ceylan Sally manifesta son approbation. « Hector aurait pas dû s'en mêler… Alors qu'il connaissait la décision du club, il a agi dans notre dos !

— Et si l'histoire de Lucy était vraie ? lança quelqu'un. Et si ces hommes avaient vraiment tué cette jeune prostituée à Muswell Rise ?

— En quoi ça te regarde ?

— On est nombreuses à aller à ces mascarades… Qui sait si le tueur va pas recommencer ?

— On a eu tort de la mettre dehors, je l'ai toujours dit ! s'écria une autre fille. Lucy est morte en croyant qu'on la détestait, et maintenant, Hector aussi… » Elle fondit en larmes.

« Je vous l'ai dit, il s'est rien passé à cette soirée, enchaîna Rosy Sims. Pour ce qui est du meurtre de Lucy, ils ont arrêté un allumeur de lanternes. Et Hector a sûrement été tué par un pédéraste… Vous venez pas de dire qu'il était parti de Birdcage Walk en compagnie d'un gentilhomme ? »

Child s'était rendu là-bas un peu plus tôt pour interroger les garçons qui traînaient devant les fourrés, mais aucun n'avait pu lui décrire à quoi ressemblait cet homme. Le meurtre d'Hector les avait secoués et, à l'évidence, ils crevaient tous de trouille. Il se demanda si les agents du ministère de l'Intérieur étaient venus les questionner.

« Depuis deux ou trois jours, quelqu'un cherchait Hector, répondit Child. Le tueur a dû apprendre qu'il se renseignait sur les meurtres. C'est pour cette raison qu'on l'a assassiné. »

La présidente embrassa la salle d'un geste avec sa pipe. « Nos membres sont clairement en désaccord. Le Club des prostituées se doit de rester neutre. Nous ne pouvons rien pour vous.

— Vous pourriez voter, suggéra Child. À bulletin secret.

— Vous vous prenez pour qui ? s'exclama Rosy Sims. J'ai déjà vu des taches sur mes draps qui avaient meilleure allure que vous ! » Elle se tourna vers les autres. « Sérieusement, vous allez quand même pas écouter ce gros chimpanzé ? »

Pourtant, elles l'écoutaient. Child le comprit à leurs mines renfrognées, à leurs larmes et à leurs poings crispés.

« Moi, je suis pour qu'on vote ! s'exclama une autre voix. Pour ce qui est de Lucy, j'étais d'accord avec vous mais, là, c'est différent… On peut pas rester sans rien faire ! »

Rosy Sims commença à hurler, d'autres l'imitèrent. La présidente agita sa cloche pour réclamer le silence. Peu à peu, les disputes se réduisirent à des chuchotements injurieux. Elle dirigea sa pipe vers Child. « Le club va en discuter. Vous attendrez en bas. »

Child se rendit au bar, où il sirota un gin qui coûtait un shilling et avait un goût de térébenthine. À l'étage, le ton montait. Au bout d'une demi-heure, Rosy Sims, Becky Greengrass et Ceylan Sally descendirent l'escalier d'un pas martial et le fusillèrent des yeux au passage, puis sortirent de la taverne avec un air de dignité outragée. Une petite fille brune arriva derrière elles. « Vous pouvez monter », dit-elle à Child.

La présidente le fixa d'un regard qui signifiait qu'il était tout juste toléré. « Le club a voté et a décidé, si l'on peut, de vous aider. Trois de nos membres ont choisi de ne pas le faire, ce qui est leur droit. Vous pouvez poser vos questions, monsieur. »

Child rassembla ses pensées tout en observant les mines expectatives. « L'une d'entre vous aurait-elle entendu quelqu'un parler de la disparition de Pamela ? Ou saurait-elle quelque chose au sujet d'un cinquième homme présent à Muswell Rise ce soir-là ? »

Un long silence accueillit sa question.

« Tout ce qu'on sait, c'est que Lucy pensait qu'une fille avait été tuée, répondit la présidente. Mais Becky et les autres jurent que ce n'est pas vrai. D'après elles, Lucy était devenue folle. C'était souvent l'impression qu'elle donnait…

— Et sur le meurtre de Lucy, avez-vous entendu des rumeurs ? » Child contempla l'océan de visages impassibles qui lui faisaient face.

« Rien de plus que ce qu'en ont dit les journaux. » La présidente fit la moue. « Ils n'auraient pas dû parler d'elle de cette manière… Ce n'était pas correct.

— Quelqu'un sait-il ce qu'est devenue Kitty Carefree ? »

Plusieurs filles se mirent à parler en même temps, mais elles ne firent que répéter la même histoire à propos d'un riche protecteur inconnu.

« Il y a environ deux semaines, Kitty a été aperçue dans le carrosse d'un gentleman sur le Strand, enchaîna Child. Si elle a trouvé un protecteur, il est probable que ce soit lui. Le carrosse était différent de la plupart des autres. » Il leur décrivit le motif arlequin.

« Je l'ai vu ! » La fille avec une peau de bébé et un immense chignon qui venait d'intervenir avait l'air d'avoir quinze ans. « J'ai vu ce carrosse devant la taverne du Devil, dans Fleet Street, il y a environ deux semaines. C'était sans doute le même jour. Un gentilhomme en est descendu et une femme était à l'intérieur, mais je n'ai pas aperçu son visage.

— Cet homme, vous pourriez le décrire ?

— Bien habillé, la cinquantaine ou un peu plus… Ce soir-là, une guilde organisait un dîner dans un salon à l'étage. Des tas de riches marchands allaient et venaient. Je l'ai interpellé, mais il est entré sans s'arrêter. »

Au moins, il tenait quelque chose – enfin. Le Devil se trouvait juste au bout de la rue.

« Ai-je raison d'imaginer que certaines d'entre vous posent pour Jacob Agnetti ? »

Plusieurs mains se levèrent.

« L'une d'entre vous a-t-elle déjà croisé Pamela chez lui ? » Child leur montra le portrait.

« Oui, moi ! »

Il pivota dans la direction d'où provenait la voix. La fille avait des cheveux bruns bouclés, un visage aux traits forts, avec d'épais sourcils noirs et un nez romain.

« Je m'appelle Julietta. J'ai été la Cassandre d'Agnetti. Je ne parle pas de son assistante, mais de celle sur son tableau, précisa-t-elle en enroulant une de ses boucles autour de son doigt. Et comme le tableau de Pamela faisait partie de la même série que le mien, on a bavardé un peu.

— Que pensait-elle d'Agnetti ?

— Elle aimait bien poser pour lui, d'ailleurs, elle voulait le refaire. Il lui avait dit qu'il ferait peut-être d'elle son Andromède, mais je sais qu'il avait en tête au moins trois autres filles.

— Et la femme d'Agnetti, Pamela en pensait quoi ?

— Elles s'entendaient pas. Je sais pas pourquoi. Theresa pouvait parfois être méchante, s'en prendre à une fille sans aucune raison… Pourtant, ça aurait dû être un moment heureux. Les Agnetti voulaient avoir un bébé depuis si longtemps… Mais Theresa se promenait en ayant l'air de mauvaise humeur, et elle réservait le pire à Pamela.

— Theresa était enceinte ? » C'était une nouvelle, pour Child.

« Oui, mais elle a perdu le bébé et a failli en mourir. Les médecins sont venus trois jours et trois nuits de suite. Avec Lucy et Kitty, on s'est relayées à son chevet. La pauvre était toute jaune et ratatinée, elle arrêtait pas de transpirer et de trembler… Et elle délirait en racontant toutes sortes de choses épouvantables !

— Par exemple ?

— Que Pamela avait tenté de la tuer, qu'elle avait assassiné son bébé…

— Était-elle sérieuse ?

— Je vous l'ai dit, elle délirait à cause de la fièvre. La fois suivante où je l'ai vue, elle allait un peu mieux et grignotait de la bouillie. Elle pleurait toujours son bébé, mais elle a jamais reparlé de Pamela. »

Peut-être que Theresa Agnetti continuait à la croire coupable, songea Child. Ce qui aurait constitué un solide mobile de meurtre. Il ne pensait pas qu'elle ait tué Pamela de ses propres mains, néanmoins, voilà qui le confortait dans sa conviction que cette femme avait joué un rôle, d'une façon ou d'une autre.

Il énuméra les noms de ses quatre principaux suspects. « Pamela a-t-elle dit quelque chose à propos de l'un de ces messieurs ?

— Elle avait le béguin pour le lieutenant, répondit Julietta. Il est beau, je lui ai dit, mais il ne vaut pas la peine que tu te brises le cœur ! Une fille doit songer à ce qu'un homme va mettre dans son porte-monnaie, pas dans sa chatte ! Mais elle avait des sentiments embrouillés. À cet âge, c'est souvent comme ça… » Elle réfléchit une seconde. « Elle a aussi parlé de Mr. Stone, m'a posé des tas de questions sur lui. »

Child s'adressa à la salle. « Auriez-vous eu vent d'une rencontre violente avec l'un de ces hommes, ou d'une rumeur qui irait dans ce sens ? »

Les filles se mirent à répondre toutes en même temps. La présidente agita sa cloche et, dès que l'ordre fut rétabli, elle énuméra leur nom tour à tour. Ceux du lieutenant Dodd-Bellingham et de Jonathan Stone ne suscitèrent que le silence. Child se dit que la plupart des filles profitaient des mascarades et ne voulaient pas courir le risque de ne plus y être conviées.

« Lord March », annonça ensuite la présidente.

Une main se leva aussitôt.

« Il m'a culbutée plusieurs fois quand je travaillais au Couvent, près de St. James ! »

Child savait que les prostituées qui officiaient là parlaient le français et jouaient de la harpe, et qu'un homme devait débourser pas loin de vingt-cinq guinées. Si lord March était un client régulier de cette maison close, qu'il eût des dettes n'avait rien de surprenant !

« Est-ce qu'il était brutal avec vous ?

— Pas vraiment… Il aimait bien le brandy, mais il le supportait mal. Parfois, il buvait au point de se retrouver dans un état d'hébétude et, le lendemain matin, il se rappelait plus rien de ce qu'il avait dit ou fait. Un soir, il avait pris une sacrée cuite. Quand il avait un verre dans le nez, le bichonner devenait vraiment pénible ! J'ai fini par le faire bander, mais ça a pas été facile. Comme il était satisfait, il m'a donné un pourboire de cinq guinées. Sauf que, quand il s'est réveillé le matin et a constaté que sa bourse était vide, il a prétendu que je l'avais volé ! Il m'a agrippée pour me fouiller et a trouvé mes guinées. J'ai bien cru qu'il allait me frapper, du coup j'ai hurlé pour appeler les gardes. Après qu'ils l'ont calmé, je leur ai raconté ce qui s'était passé, seulement, ni lui ni eux ont voulu me croire. Et ces abrutis m'ont flanquée dehors ! » À ce souvenir, elle se hérissa d'indignation.

« Une autre fois, il a déclenché une bagarre avec ses amis, enchaîna la fille. Ils ont tout cassé, brisé un miroir, arraché les rideaux… Les gardes l'ont enfermé dans un placard le temps qu'il dessoûle. Au matin, quand ils lui ont montré les dégâts, il se souvenait plus de rien. Un homme comme ça, qui sait de quoi il serait capable ? »

Et il avait voulu Pamela, se rappela Child. Lord March s'était-il enivré ce soir-là ? Avait-il perdu la tête ? Les propos d'Orin lui revinrent en mémoire : *un dingue ou un pervers*.

La présidente lança le dernier nom : « Simon Dodd-Bellingham. »

Plusieurs prostituées échangèrent des regards. L'une d'elles fit une affreuse grimace.

« Qu'y a-t-il ? » lui demanda Child.

La fille qui lui répondit avait un long visage d'aristocrate et des boucles d'oreilles en argent. « Je l'ai jamais vu dans les bordels, mais on l'a toutes croisé aux mascarades. Il parle à ses vieux pots et à ses statues… et il barbe tout le monde ! Les autres viennent pour les filles, mais pas lui. On est plusieurs à se demander s'il serait pas un inverti… sauf qu'un inverti nous regarderait pas comme lui !

— Continuez, dit Child, de plus en plus intéressé.

— C'est comme s'il nous désirait et nous détestait en même temps, et qu'il s'en voulait de nous désirer. Une fois, il s'est contenté de rester là à me regarder. Stone s'en est aperçu et m'a ordonné de m'occuper de lui. Je voulais pas, mais on discute pas, sans quoi on est plus jamais invitée. Et après, il m'a traitée avec la plus grande froideur.

— Le dédain n'est pas un crime », observa Child, repensant à la répulsion qu'avait manifestée Simon en parlant des prostituées l'autre jour dans son atelier.

La fille haussa les épaules. « Je dis pas qu'il a tué qui que ce soit, juste qu'on l'aime pas… Avec les taiseux comme ça, on apprend à être prudente. Les passionnés et les colériques peuvent vous casser le nez, mais ce sont les froids et les distants qui vous tuent… Et qui ensuite se servent de vos cheveux pour essuyer le sang sur leurs souliers ! »

*

D'un pas claudicant, Child partit vers l'est de Fleet Street en repensant à lord March et à Simon Dodd-Bellingham. L'un avait tendance à être exalté, violent, et à trop boire ; l'autre était froid, sans doute animé d'une haine pour les prostituées. Quant à Pamela et Mrs. Agnetti, leur différend au sujet du lieutenant Dodd-Bellingham ressemblait moins à de la banale jalousie qu'à une querelle sans merci. Cette rivalité avait-elle un rapport avec ce qui s'était passé au cours de la soirée à Muswell Rise ?

Le Devil était situé juste au-delà de Temple Bar. Child baissa la tête en passant sous le linteau de la vieille porte en bois. Dans la taverne, connue pour être fréquentée par des hommes de lettres, des gentilshommes en écoutaient un autre déclamer de la poésie. Il commanda une bière et en paya une au serveur. Ils restèrent un instant dans un silence agréable, puis Child l'interrogea sur le carrosse arlequin.

« Non, je ne l'ai jamais vu, mais, remarquez, j'aurais eu du mal étant donné que je suis coincé là derrière mon comptoir !

— Apparemment, une guilde dînait ce soir-là chez vous, il y a environ deux semaines.

— Oui, ça devait être le 30 août. La Vénérable Compagnie des fruitiers avait réservé une salle à l'étage. »

Des fruitiers. Le regard dans le vague, Child réfléchit à ce que lui évoquait cette réponse. Et d'un seul coup, il sourit. « Des ananas ! »

54

Les nouvelles lampes françaises installées depuis peu au Théâtre royal de Drury Lane brillaient d'un tel éclat qu'elles baignaient de lumière non seulement la scène mais la salle entière. Ce qui ne dérangeait en rien l'assistance. On venait ici pour s'observer, pas pour regarder la pièce.

Les galeries étaient noires de monde. Dans la loge royale, entouré d'amis et de sycophantes, le prince de Galles, tellement poudré qu'il paraissait plâtré, accusait déjà un certain embonpoint. Caro le fixa derrière ses jumelles en se demandant si c'était lui le cinquième homme. *Celui avec Pamela.*

Sur la scène, les acteurs transpiraient si fort à cause de la chaleur que le maquillage blanc fondait sur le visage de celui qui jouait sir Oliver Surface. Pointant ses jumelles en bas vers l'orchestre, Caro aperçut Jacob Agnetti, les bras croisés, le visage fermé. Les frères Dodd-Bellingham étaient assis à côté de lui : Simon riait, le lieutenant scrutait les loges aux jumelles pour reluquer les dames.

Plus tôt dans la journée, Caro avait consulté l'atlas de Harry et découvert qu'il existait trois Somerset dans les colonies américaines : un dans le New Jersey, un dans le Massachusetts et un dans le Maryland. Elle en parlerait le lendemain à Mr. Child.

Par ailleurs, elle avait réfléchi à l'histoire qu'avait racontée le valet sur Simon. Pourquoi Mrs. Ward avait-elle tant tenu à mettre le jeune homme dehors, allant jusqu'à inventer un vol et à manipuler son mari pour qu'il le congédie ? Caro avait une hypothèse, dont elle ferait également part à Mr. Child.

Dirigeant ses jumelles sur la loge des Amberley, elle vit le comte et la comtesse, laquelle souriait avec bienveillance à son fils et à Clemency Howard. La porte s'ouvrit, et un valet portant la livrée du bleu des Amberley tendit un billet à lord March. Après l'avoir lu, ce dernier balaya la salle du regard et croisa celui de Caro. Il fronça les sourcils, puis murmura quelque chose à sa mère et à Miss Howard avant de quitter la loge.

Une minute plus tard, il entra dans celle de Caro. Elle fit un signe à Miles, qui sortit monter la garde derrière la porte.

« Qu'est-ce que cela signifie ? » demanda tout bas lord March en s'asseyant près d'elle. Il brandit le mot, sur lequel elle avait écrit le seul message dont elle avait été certaine qu'il le déciderait à la rejoindre en courant :

JE SAIS CE QUE VOUS AVEZ FAIT.

« Le médecin de la peste a tenté de me tuer devant Carlisle House, dit Caro. Et quelqu'un a enlevé Gabriel au parc, en lui remettant une menace de mort.

— Vous pensez que *je* ferais une telle chose… que je m'en prendrais à un enfant ? »

Des jumelles se braquèrent sur eux. En temps normal, la chose n'aurait choqué personne – un gentilhomme pouvait aller voir une dame dans sa loge sans que nul ne s'en offusque. Mais étant donné que Caro était le scandale du moment, chacun de ses faits et gestes était désormais épié. Estimant que lord March était en partie responsable de cette fâcheuse situation, elle laissa éclater sa colère.

« Je ne sais plus très bien ce que vous feriez ou ne feriez pas ! Jamais je n'aurais imaginé que vous mettriez Prinny en danger ! »

Était-ce du soulagement qu'elle venait de percevoir dans ses yeux ? « C'était à lui que votre message faisait allusion… à Prinny ? »

« *À quoi d'autre ?* » faillit-elle rétorquer. Mais elle connaissait la réponse : à une froide soirée d'hiver lors d'une mascarade à Muswell Rise, à laquelle participait une fille dénommée Pamela.

En observant lord March, Caro se demanda si les rides de lassitude et la tension de son visage étaient dues à autre chose qu'à quelques nuits de fête en compagnie de Neddy Dodd-Bellingham. Quoi qu'il se fût passé à la mascarade, cette soirée lui avait-elle coûté cher ? Ce souvenir rongeait-il son cœur de poète et sa conscience de fainéant ?

« Que le roi ait confiance en vous était ce qui comptait le plus à vos yeux, répondit-elle. Vous étiez censé tenir Prinny à l'écart d'hommes tels que Stone !

— Vous dites cela comme si j'avais eu le choix, répliqua lord March d'un ton las. Après que mon père a décidé de me couper les vivres, je n'ai plus eu de quoi rembourser Stone, et il saigne à blanc ses débiteurs.

— Parce qu'il connaît leurs secrets. Que savait-il à votre sujet ? Vous feriez mieux de me le dire. Nous en partageons quelques-uns, non ? »

Il fixa les acteurs sur la scène : Joseph Surface flirtait avec lady Teazle quand soudain son mari frappa à la porte. Prestement, elle se cacha derrière un paravent.

« Stone s'est procuré un recueil de mes vers, dit lord March. Des poèmes sur des dames de ma connaissance qui faisaient partie de ma collection personnelle. Il a dû soudoyer un de mes domestiques pour qu'il le vole et m'a menacé de le faire imprimer sous la forme d'une brochure : *Le Lord libidineux*. Chaque poème a pour titre les initiales d'une dame. Des femmes qui m'ont fait confiance auraient été exposées au ridicule… Je ne pouvais pas le laisser faire !

— Quelle charmante attention de votre part… Dites-moi, avez-vous pris des précautions quand vous couchiez avec la moitié de Londres ?

— Naturellement. Et ne me regardez pas comme ça ! Je vous rappelle que vous êtes mariée, et pas vraiment en position de me juger ! »

Ils avaient dépassé depuis longtemps ce genre de querelles. « Inutile de faire comme si vous vous préoccupiez du sort de qui que ce soit en dehors du vôtre ! s'emporta Caro.

Votre père vous avait déjà menacé de ne plus subvenir à vos besoins. J'imagine que vous avez eu peur qu'il ne le fasse si un tel scandale éclatait ! Et c'est maintenant Prinny qui paie le prix de vos mésaventures ! »

Lord March prit un ton revêche, empreint de culpabilité. « Son Altesse n'a contracté qu'une petite dette…

— Cent mille livres ? Vous appelez ça une petite dette ? Prinny… dans les griffes d'un homme tel que Stone ? »

Ses lèvres blêmirent quand il murmura : « Étant donné la raison de ce prêt, vous aimeriez autant que je n'en parle pas. »

Ils se tournèrent vers la scène en faisant semblant de s'intéresser à la pièce. « Étais-je dans ce recueil ? s'enquit Caro.

— Je suis désolé, dit-il en prenant soin de ne pas croiser son regard. Je n'aurais pas dû faire ça.

— Par conséquent, Stone est au courant de notre liaison ? » L'apprendre affola Caro. « Vous a-t-il rendu le recueil après que votre père a réglé vos dettes ? »

Lord March acquiesça. « Il ne se servira pas de moi contre vous. Il ne le peut pas. »

Elle arqua un sourcil. « Parce que vous êtes tous impliqués ?

— Parce que Stone tient toujours parole. Ses affaires en dépendent. En revanche, il demandera à Érasme Knox de fouiller votre vie, et s'il apprend que vous attendez un enfant…

— Il ne l'apprendra pas. À moins que vous ne l'en informiez… Et vous savez alors ce que je ferais ! »

Mal à l'aise, lord March jeta un coup d'œil vers Clemency. « Je vous l'ai dit, je n'en dirai pas un mot. »

Parce que son héritage était en jeu.

« Quand Stone vous a menacé de publier ce recueil, pourquoi ne pas être allé voir votre père ? Prinny ne valait-il pas la peine que vous ravaliez votre fierté ?

— Vous savez très bien pourquoi. Mon père m'aurait obligé à épouser Clemency. Je ne voulais pas.

— Mais maintenant que vous êtes tristement fiancé, je me demande bien ce qui a changé ! Que s'est-il passé pour que vous teniez tant à prendre vos distances avec Stone, au point d'être prêt à épouser une femme que vous n'aimez pas dans le seul but de lui échapper ? »

Il la dévisagea sans répondre. En bas à l'orchestre, les frères Dodd-Bellingham et Agnetti les observaient. Le prince leur lança un regard depuis sa loge. Seul manquait au tableau Jonathan Stone.

« Ignorez-vous que le magistrat a arrêté un innocent en l'accusant du meurtre de Lucy ? enchaîna Caro. Allez-vous les laisser le pendre ? Vous savez qui l'a tuée, tout comme Pamela.

— Personne n'a tué Pamela. Simon vous l'a dit, Neddy l'a déposée à Soho le lendemain matin, lui rappela-t-il, d'une voix qui manquait toutefois de conviction.

— Je ne vous crois pas. Je pense que vous avez participé ce soir-là à quelque chose de terrible. Et c'est pour cette raison que vous avez fait la paix avec votre père et accepté d'épouser Clemency Howard, parce que vous êtes perdu et cherchez une issue. Mais vous n'en trouverez aucune à moins de me dire la vérité. Faites-moi confiance, Octave… Ensemble, nous pourrons affronter Jonathan Stone. »

Miss Howard elle aussi les regardait, tout comme le comte et la comtesse, d'un air préoccupé. Sur la scène, Charles Surface tira le paravent derrière lequel se cachait lady Teazle.

« Que vous ne soyez pas resté à mes côtés m'a mise en colère, reprit Caro. J'ai essayé de me convaincre que vous pourriez être coupable de meurtre. Cependant, je ne crois pas que vous ayez voulu me tuer alors que vous savez que je porte votre enfant… Est-ce Neddy que vous protégez, ou Prinny ? Si c'était lui le cinquième homme présent à la mascarade, vous devez me le dire ! »

Alors qu'elle s'attendait à ce qu'il rétorque « Quel cinquième homme ? », il se leva et boutonna son manteau.

« Était-ce à lui que Pamela était destinée ? insista Caro. Ou bien à Stone ou à quelqu'un d'autre ? Elle a dit à une amie que vous la regardiez, que vous la désiriez… »

Lord March se tourna vivement vers elle. « Elle avait la moitié de mon âge ! Je ne la désirais pas du tout ! »

Menteur, songea Caro. Se méprenait-elle sur son innocence ? Aurait-il pu tenter de la tuer malgré l'enfant qu'elle portait dans son ventre ?

Il la regarda, le visage rempli d'émotion. « Pamela va bien. Lucy a été tuée par un inconnu de passage, ou par ce Von Siegel, je n'en sais rien... Il faut me croire, Caro, sans quoi vous le regretterez. Stone trouvera un moyen de vous le faire payer. Il finit toujours par en trouver un. »

*

Caro quitta le théâtre entre le quatrième et le cinquième acte. Drury Lane était encombrée d'attelages, la rue grouillait de ceux qui partaient tôt et de ceux qui arrivaient tard. Aux abords de la foule, des journalistes attendaient de voir sortir le prince. Des figurantes et autres courtisanes se disputaient l'attention des gentilshommes qui s'en allaient.

Une main l'agrippa par le bras. Elle se retourna et tomba sur le lieutenant Dodd-Bellingham. Il avait dû la suivre en la voyant partir.

« Vous ne voulez pas me parler, à moi aussi ? Je commençais à m'habituer à nos petites conversations... à cette façon que vous avez de toujours revenir, comme le typhus ! »

Son sourire indolent de la veille avait disparu, ses yeux bleus exprimaient une parfaite froideur. *Simon a dû lui dire que je l'avais interrogé sur le Somerset*, songea-t-elle. *Et il l'a pris pour une menace, exactement comme il l'a fait avec Lucy.*

Plusieurs de ses amis officiers le rattrapèrent. Caro reconnut Hennessy et Cartwright.

Le lieutenant éleva la voix. « Vous voyez ces plumitifs, là-bas ? » Il désigna les journalistes qui faisaient le pied de grue en les observant avec intérêt. « Vous vous souvenez de ces listes qu'ils aiment à compiler pour classer les dames en fonction de leur teint, de leur grâce, etc. ? Fut un temps où vous figuriez en haut de plusieurs de ces listes, Mrs. Corsham !

— Neddy, cette remarque n'a rien de très chevaleresque ! le réprimanda Cartwright.

— Nous vieillissons tous, lieutenant ! rétorqua Caro. Mais nous ne devenons pas tous plus sages pour autant.

— Touché ! » s'exclama l'un des autres officiers avec une tiède galanterie.

Le lieutenant sourit. « Hennessy, ici présent, affirme que pas une seule dame sur ces listes n'arrive à la hauteur d'une vulgaire putain de Covent Garden. Cartwright, lui, prétend que l'éducation saute aux yeux. Vous voulez connaître mon opinion ? Certaines dames se comportent de telle manière qu'il est impossible de faire la différence ! »

Des éclats de rire étonnés parcoururent les officiers. Les journalistes s'empressèrent de noter dans leur carnet. Caro rougit de se voir ainsi scruter.

Hennessy tendit le bras. « Regardez, voici justement Agnetti ! Laissons-le en être juge. Il a passé suffisamment de temps à les étudier. Des dames, des prostituées, il les a toutes peintes… Hé, *signor* Agnetti, par ici ! »

L'artiste, qui venait de sortir du théâtre, s'approcha en fronçant les sourcils.

« Vous voulez bien trancher un débat, Agnetti ? Qui est la plus belle femme que vous ayez jamais peinte ? »

Il étudia leurs visages rosis d'excitation. « La mienne. »

Les officiers échangèrent des œillades amusées. « Et après elle ? » insista Hennessy.

Agnetti promena son regard sur le groupe et, semblant comprendre en partie la situation, s'arrêta sur Caro. « Je n'avilirais jamais mes modèles en les soumettant à un concours d'apparence. La mythologie nous enseigne que ce genre de présomption a tendance à mal se terminer… Cela dit, Mrs. Corsham est une Aphrodite convaincante à tout œil masculin. » Il s'inclina devant elle avec raideur avant de s'éclipser.

« Jouer les galants ne ressemble pas à Agnetti, dit Cartwright. Vous voyez bien, Hennessy, l'éducation se remarque !

— On ne peut pas se fier à son jugement, protesta ce dernier, oubliant qu'il l'avait lui-même sollicité. Vous l'avez entendu ? Sa femme n'était en rien une beauté.

— Peut-être en était-elle une à ses yeux », répliqua calmement Caro.

Les tuniques rouges s'éloignèrent en continuant à se quereller. « Vous ne pouvez pas compter cette femme parmi celles qui ont de l'éducation, entendit-elle dire Hennessy. C'est une Craven ! L'argent de la City ne compte pas.

— Ne vous mêlez pas de mes affaires ! lança le lieutenant à Caro, le regard toujours aussi glacial.

— Sinon quoi ? Je serai tuée comme Lucy et Pamela ? Ou vous tenterez de me violer comme la pauvre Miss Willoughby ? »

Il éclata de rire. « Violer ? C'est ainsi qu'elle appelle ça ?

— Oui, et je la crois. Un témoin l'a vue sortir des charmilles dans le plus grand désarroi.

— Cet allumeur de lanternes, sans doute… mais qui voudra l'écouter ? Et qui voudra écouter Miss Willoughby ? Elle traîne une mauvaise réputation et m'a accompagné sous les charmilles de son plein gré. Que croyait-elle qu'il se passerait là ? Une réunion de prières ? Les filles dépourvues de morale passent leur temps à crier au viol. Aucun tribunal dans ce pays ne me déclarerait coupable… et vous le savez ! »

PAMELA

25 février 1782

Les soirs d'enchères, la Maison des tableaux était toujours pleine à craquer. La concurrence que se livraient les enchérisseurs constituait à elle seule un spectacle. Dans les coulisses, Pamela tripota son collier en argent avec nervosité tout en observant l'impatience qui régnait dans la salle. Sept filles quasi nues tenaient un arbre en carton auquel étaient suspendues des pommes dorées.

« Et voici le Héros, Héraclès ! » cria George.

Peter Jakes, vêtu d'un simple pagne, pinça les fesses de Pamela avant de faire son entrée sur la scène.

Elle avait passé la journée avec Mrs. Havilland à se préparer, à tout revoir sans rien laisser au hasard. Pas d'erreurs, pas de désagréments, sans quoi, pas d'argent.

« Avec moi, vous n'avez pas à vous inquiéter, lui avait dit Pamela.

— Veille à ce que je n'aie pas à le faire ! »

À présent, elle n'était plus aussi calme, ses mains s'agitaient, elle avait la peau moite. Bouleversée d'être sur ce seuil étrange de son existence, elle s'appliqua à respirer profondément. Une nouvelle vie l'attendait. Plus de sols à récurer. Plus de larmes pendant les longues nuits glacées. Plus de garce avec un grattoir en argent pour s'interposer entre elle et son lieutenant.

George la poussa doucement. « Vas-y, ma jolie ! »

Ils applaudirent lorsqu'elle s'immobilisa sur la scène en

papillonnant des yeux sous les lampes. Des hommes étaient debout dans les allées, sur les côtés, serrés entre les tables. Pour sa dernière représentation, elle se donna pleinement. Avant de rabattre le tissu déchiré, elle leur laissa voir ses seins quelques secondes de plus que d'habitude.

À la fin du spectacle, on emporta l'estrade, puis un grand gentilhomme flamboyant s'avança. Dans la journée, il travaillait à la maison de vente aux enchères Christie's de Pall Mall et, quand les offres retombaient, il aimait agiter ses sourcils d'un air encourageant. Mais il n'y avait aucun risque qu'une telle chose se produise ce soir.

« Messieurs, maintenant que vous avez eu l'occasion d'admirer ce bien de première qualité, je vais ouvrir les enchères à cent guinées ! » Dès qu'il abattit son marteau, plusieurs gentilshommes se levèrent en lançant une offre. Tout en écoutant les sommes grimper – « Cent vingt ! Cent cinquante ! » –, Pamela étudia leurs visages avec inquiétude.

Soudain, un éclair rouge attira son œil, la faisant sursauter. « Cent soixante-quinze ! » cria le lieutenant Dodd-Bellingham.

Leurs regards se croisèrent. Il lui sourit. Finalement, il s'était débrouillé pour trouver l'argent. Son cœur se mit à chanter, comme un magnifique chœur d'anges.

Mais allait-il pouvoir continuer à enchérir ? La somme ne cessait de grimper. Elle espéra de toutes ses forces tandis que, un à un, les enchérisseurs renonçaient. Deux cents guinées… Le lieutenant aurait déjà dû se retirer. Se serait-il encore endetté, rien que pour elle ?

« Deux cent dix guinées ? Vous, monsieur ? Non ? Allons, messieurs, c'est une somme insignifiante ! »

Le lieutenant leva de nouveau le bras, un autre enchérisseur brandit les deux mains. Il n'en restait plus qu'un contre lui : un vieux monsieur qui était venu voir Pamela en privé à deux reprises. Il avait un œil de verre et du chaume gris sur ses joues creusées. À sa grande consternation, il agita son mouchoir. « Deux cent vingt !

— Quelqu'un à deux cent trente ? » relança le commissaire-priseur.

Le lieutenant leva encore la main. Pamela pria Artémis, Hestia et toutes les déesses vierges. *Je n'ai jamais demandé grand-chose jusqu'à ce jour, mais faites que ce soit lui !*

Œil de verre proposa deux cent quarante guinées. Un murmure parcourut la salle. Tout le monde se tourna vers le lieutenant, lequel ne bougea pas. Avec un sourire de regret, il montra ses paumes nues à Pamela. Le regard de celle-ci s'embua en voyant Œil de verre félicité par son entourage.

« Continuez-vous, monsieur ? Non ? » Le commissaire-priseur brandit son marteau. « Vous en êtes sûr ? »

Son beau soldat ne la regardait même plus. Il fixait quelqu'un à l'autre bout de la salle, un gentilhomme au long visage blême avec un nez cassé. À la seconde où ce dernier hocha la tête, le lieutenant leva la main. « Deux cent cinquante guinées ! » cria-t-il.

Œil de verre tapa du poing sur la table, de frustration, mais il fit signe au commissaire-priseur qu'il s'arrêtait là. Pamela entendit à peine ce que dit celui-ci par-delà le chant des anges. « Non ? Monsieur abandonne… Le soldat l'emporte ! » Le marteau retomba, et les applaudissements se déchaînèrent.

Puis Mrs. Havilland poussa Pamela dans les coulisses. Elle se tourna vers le lieutenant, mais il était entouré d'hommes qui le congratulaient en lui tapant dans le dos. Mrs. Havilland la pria d'attendre, les filles vinrent lui souhaiter bonne chance, envieuses de son séduisant soldat. Pamela n'arrêtait pas de sourire.

Un des chaperons l'accompagna dans le salon des entretiens. Surprise d'apercevoir le lieutenant tout seul devant la porte, elle s'avança vers lui avec soudain plus d'assurance. « J'espérais tellement que ce soit vous !

— Hélas… votre prix était bien au-delà de mes moyens ! »

Le sourire de Pamela s'évanouit. « Que voulez-vous dire ? »

Son chaperon lui tapota le bras. « Il est à l'intérieur », lui dit-il.

Furieuse, Pamela s'écarta. Qui était là ? Le lieutenant avait-il enchéri à la place de quelqu'un d'autre ? Son ami, lord March ?

« Ce n'est pas ce que je voulais, trésor, mais ça ne sera pas si mal, dit alors le lieutenant.

— Et après, une fois que… qu'il m'aura eue, on passera du temps ensemble ? »

Il posa sur elle un regard étrange, presque tendre. Le cœur de Pamela se gonfla. « Oui, répondit-il, un peu distant. Certainement. »

Le chaperon la poussa de nouveau. Elle entra avec colère dans la petite pièce rouge, où l'attendaient Mrs. Havilland et un gentilhomme qu'elle ne reconnut pas. Il avait un petit visage de lutin, la peau luisante et sans aucune ride, de sorte qu'elle n'aurait su dire s'il avait trente ou soixante ans. Il portait un costume impeccable en velours de soie gris, une perruque argentée et une épingle de cravate en diamant. Elle avait vu pire.

« Bonsoir. Je m'appelle Jonathan Stone. »

La curiosité l'emportant sur la déception, Pamela l'observa avec intérêt. Ces dernières semaines, elle avait appris des quantités de choses sur ce Mr. Stone. Le peintre et les filles qui posaient pour lui avaient répondu à toutes ses questions. Sur l'Inde. Sur son argent. Sur sa grande maison à Muswell Rise. Sur ses antiquités. Sur ses mascarades. Sur ses tableaux.

Mrs. Havilland lui donna un coup de grattoir dans le dos. *Souris.*

Mr. Stone s'adressa à elle avec gentillesse. « Êtes-vous ici de votre plein gré, Pamela ? Personne ne vous a forcée ?

— Non, personne ne m'a forcée.

— Pour une fois, le lieutenant a bien fait les choses, dit-il, satisfait. Tout comme vous, madame… » Il se leva, baisa la main de Mrs. Havilland, puis celle de Pamela. « J'enverrai quelqu'un vous chercher dans quelques jours.

— Vous ne m'emmenez pas ce soir ?

— Bientôt. Mrs. Havilland m'a assuré que vous pouviez rester ici en attendant. »

Lorsqu'il lui jeta un dernier regard plein de respect, Pamela éprouva une soudaine sensation de pouvoir. *Je connais un secret sur toi*, songea-t-elle. *Un que tu ne connais même pas.*

55

Child se rendit auprès de deux guildes de métier situées à proximité, où il apprit que la Vénérable Compagnie des fruitiers ne possédait pas de lieu à elle, raison pour laquelle ils organisaient leurs réunions et leurs dîners dans des tavernes comme le Devil. En revanche, ils louaient des bureaux dans les locaux de la Vénérable Compagnie des clercs paroissiaux mais, le temps qu'il traverse la ville en boitillant jusqu'à Silver Street, ceux-ci avaient déjà fermé pour la nuit. Frustré, migraineux, Child repartit chez lui d'un pas traînant.

Une lettre de Mrs. Corsham l'attendait, exigeant qu'il vînt au plus tôt le lendemain lui faire part de ses progrès. Comprenant à son ton comminatoire qu'il ne pourrait pas l'éviter plus longtemps, Child écrivit à la hâte une réponse qu'il fit porter par le messager de son logeur avant de mettre au lit sa carcasse douloureuse.

Le lendemain matin, le corps parsemé de bleus violacés, incapable de s'imaginer aller à pied, il prit un fiacre pour se rendre à Mayfair. Dès qu'il entra dans le petit salon, le reproche qu'il lut dans le regard de Mrs. Corsham laissa place à de l'inquiétude. « Mr. Child, vous êtes blessé… Que vous est-il arrivé ? »

Les traits tirés, elle l'écouta lui raconter la mort d'Hector et la suite.

« Le malheureux garçon… » Elle agrippa son collier d'une main et jeta un coup d'œil anxieux vers son fils en train de jouer à la toupie sur le parquet.

« Il est mort par ma faute, conclut Child. À cause de notre enquête.

— Non. Nous ne pouvons pas nous en vouloir. La faute incombe à un seul homme. Réservons-lui notre colère. »

Bien que d'humeur sombre, ils parlèrent de ce qu'ils avaient découvert depuis leur dernière entrevue. « Si j'ai raison, dit Child, si ce que Lucy a noté sur les ananas se réfère bien au gentilhomme aperçu dans cet attelage avec Kitty, il est très possible que ce soit lui son protecteur. Peut-être qu'il a conduit Lucy jusqu'à elle…

— Et qu'il nous y conduira également ! compléta Mrs. Corsham en souriant. Espérons que votre hypothèse soit la bonne ! »

Sa cliente insista pour l'accompagner chez les fruitiers. Loin d'être emballé, Child craignait qu'elle ne laisse échapper un quelconque secret que Jonathan Stone pourrait lui arracher par la suite, mais il ne parvint pas à l'en dissuader.

Toutefois, sa compagnie ne présentait pas que des inconvénients. Traverser Londres dans le confort de son carrosse se révéla nettement plus doux pour ses os endoloris que dans une voiture de louage. Et lorsqu'ils se retrouvèrent un peu plus tard confrontés au formalisme et au regard impavide du secrétaire en chef de la guilde des fruitiers, force lui fut d'avouer que, quand elle usait de son ton le plus impérieux, Mrs. Corsham obtenait des résultats.

« Comment cela, vos registres sont confidentiels ? Nous parlons d'un crime, monsieur, d'une affaire de meurtre ! »

Le secrétaire, dont le visage avait la couleur et la texture d'une vieille huître, blêmit. Le petit bureau, chichement éclairé, sentait l'encre et le tabac ; sur un panneau en chêne était peint le blason des fruitiers. Plutôt que d'accabler le clerc en lui assenant la désolante vérité – l'un de ses membres était un probable fornicateur qui frayait avec une putain notoire –, ils lui décrivirent l'homme qu'ils cherchaient comme étant un témoin potentiel.

« Pardonnez-moi, madame, mais nos membres…

— Sont des gentilshommes respectueux de la loi qui seraient consternés d'apprendre que leur secrétaire nous a refusé son aide… Préférez-vous que je revienne accompagnée de notre maire, monsieur ? Il a un compte dans la banque de ma famille depuis de longues années, tout comme en ont le shérif de Londres, le chambellan et l'avocat nommé à la fonction de juge. »

Elle cita encore cinq ou six noms de gentilshommes importants de la City, jusqu'à ce que le secrétaire, totalement affolé, finît par capituler.

« Je serais ravi de vous aider, madame, cependant, plus de cinquante fruitiers assistaient à ce dîner… J'ignore qui est venu dans quelle voiture.

— Nous pensons que ce gentilhomme cultive des ananas.

— Un métier qui nécessite de hautes compétences. Seulement une dizaine de nos membres s'y sont essayés, je crois.

— Eh bien, c'est un début ! rétorqua Mrs. Corsham. Veuillez nous indiquer leurs noms, monsieur. »

Le secrétaire, pas du tout enchanté, alla chercher un registre dans une armoire et revint le feuilleter sur son bureau, s'arrêtant de temps à autre pour écrire un nom sur une feuille de papier. Finalement, il leur donna la liste. Quatorze noms et adresses, la plupart résidant à la campagne autour de Londres, dans des domaines entourés de vergers et de potagers.

Mrs. Corsham jeta un regard inquiet à Child. « Les visiter tous nous prendra une bonne partie de la semaine…

— L'homme a la cinquantaine, ou un peu plus, précisa Child.

— Voilà qui réduit les possibilités… Si vous voulez bien me rendre la liste, madame… »

Le secrétaire raya plusieurs noms. Il en restait huit.

Child sortit la carte de visite du Magdalen trouvée dans la chambre de Lucy.

« Combien d'ananas un fruitier peut-il produire chaque année ? demanda-t-il. Cinquante ? Cent ?

— Cent ? s'esclaffa le secrétaire. Il faut trois ans avant qu'un fruit ne parvienne à maturité et, pour un qui résiste, le producteur en perd plusieurs. Même un jardinier très expérimenté s'estimerait heureux de produire plus d'une dizaine de spécimens chaque année ! »

Child relut la carte. *50-60.* Or ils cherchaient un homme âgé d'environ cinquante ans. Si ces chiffres ne faisaient pas référence aux ananas mais au gentilhomme, peut-être était-ce le cas du reste également. *2g 1f.*

« Qui parmi ces messieurs a des enfants ? s'enquit-il, pris d'une soudaine inspiration. À mon avis, celui que nous cherchons a deux garçons et une fille. »

Mrs. Corsham jeta un coup d'œil sur la carte et aboutit à la même déduction. « Oh, excellent, Mr. Child ! »

Le secrétaire biffa d'autres noms sur la liste. « Je ne connais pas leur histoire à chacun, mais je sais que deux de ces messieurs sont célibataires et que Mr. Collins a perdu son fils unique dans la guerre en Amérique. Pour ce qui est des autres, je ne saurais vous dire. »

Il ne restait plus que cinq noms :

Mr. James Adams, résident de Camberwell
Sir Andrew Bagnall, résident de Chiswick
Sir Joshua Blacker, résident de Wanstead
Mr. Humphrey Sillerton, résident de Clapham
Mr. Matthew Henley, résident de Merton

Ils remercièrent le secrétaire et s'en allèrent.

« Ça ne fait pas tant d'endroits à visiter, mais il nous faudra au moins deux jours, voire trois ! soupira Mrs. Corsham. Pensez-vous que Kitty voulait sincèrement se repentir ?

— C'est ce que Lucy a dû croire, sinon pourquoi serait-elle allée la chercher au Magdalen ? D'après Mrs. Rainwood, la matrone de l'hospice, il est difficile pour ces filles de changer. La plupart de celles qui ont essayé ont été tentées de reprendre leur ancien mode de vie. » Il s'immobilisa, les sourcils froncés, entrevoyant soudain un nouveau lien.

« Qu'y a-t-il, Mr. Child ?

— Selon Hector, Kitty allait souvent à l'église de Saint-Andrew-by-the-Wardrobe, près de Blackfriars. Ce n'était pourtant pas sa paroisse, c'est même assez loin de Soho.

— Je ne vois pas en quoi cela nous aide…

— Écoutez-moi. Mrs. Rainwood m'a dit que cette église était connue pour son prêtre évangélique. Saviez-vous que, d'après eux, les pécheurs peuvent renaître ? Si Kitty était sincère dans son désir de se réformer et avait l'intention de prendre un nouveau départ, peut-être s'est-elle éloignée de Londres et de ses tentations. Auquel cas, elle aurait pu décider de vivre quelque part où il y a une église évangélique. »

Mrs. Corsham relut la liste. « Vous pensez à Clapham ?

— L'endroit n'est réputé pour rien d'autre que ses marchands évangéliques et l'église qu'ils y ont bâtie. Ce Humphrey Sillerton pourrait être l'un d'entre eux… Il ne serait pas le premier croyant hypocrite ! Peut-être que Kitty était à court d'argent, ou qu'il lui a fait une proposition qu'elle n'a pas pu refuser.

— C'est une logique qui m'échappe mais qui me plaît assez… Allons donc d'abord à Clapham. »

*

Après qu'ils eurent traversé le London Bridge, la circulation devint moins dense, et le cocher de Mrs. Corsham fit passer les chevaux au trot. Dans les faubourgs de Londres, au-delà de la taverne Elephant and Castle, les maisons se faisaient plus rares. Ils accélérèrent l'allure. D'immenses champs de lavande bordaient la route qui filait vers le nord. Child aperçut au loin le petit village de pêcheurs de Battersea, au bord de la Tamise.

« Croyez-vous que Sillerton garde Kitty à Clapham ? demanda Mrs. Corsham.

— C'est possible, mais il est sans doute marié, et Clapham est tout petit. Il n'a probablement pas envie qu'elle loge trop près. Peut-être habite-t-elle dans un des villages à proximité, à Brixton ou à Balham.

— Étant donné l'évangélisme qui prévaut à Clapham, il ne nous parlera pas de ses incartades, il niera même avoir jamais croisé Kitty…

— Sa foi évangélique est précisément ce qui l'incitera à nous parler. Comme je le disais, il est sûrement marié. »

Mrs. Corsham fit la moue. « Vous voulez dire… si on exerce sur lui un chantage ?

— Vous souhaitez retrouver Kitty, oui ou non ?

— Oui. »

Quelques minutes plus tard, ils entrèrent dans le bourg aux jolies maisons en brique où les tavernes présentaient une allure respectable. Ils passèrent devant un presbytère, un collège et les vestiges d'une vieille église. La nouvelle, un bel édifice avec un portique à colonnes doriques et un clocher, se dressait à l'angle de la place principale, entourée d'immenses villas, construites par les marchands évangélistes qui avaient bâti l'église.

Le salut et le péché. Kitty avait-elle cherché l'un et trouvé l'autre ici à Clapham ? Child espérait de tout cœur ne pas se tromper.

56

Les vergers et le domaine d'Humphrey Sillerton se trouvaient à quatre cents mètres de la place. Le portier leur fit signe de franchir la grille, puis ils s'engagèrent dans une longue allée de part et d'autre de laquelle s'étendaient des hectares de pêchers, de poiriers, de pruniers et de pommiers. Sur l'aire de gravier devant le manoir en brique, un palefrenier attelait un carrosse laqué de losanges rouges, bleus et blancs. Child se tourna vers Mrs. Corsham. Celle-ci lui sourit. Sillerton était bien leur homme.

Au valet venu les accueillir, Mrs. Corsham demanda à voir Mr. Sillerton. La prenant manifestement pour une riche cliente, il expliqua que son maître prenait le thé avec son épouse dans l'une des serres et qu'il se ferait un plaisir de les accompagner. Ils le suivirent à travers des parterres et un jardin clos, où des ouvriers agricoles taillaient, arrosaient et ratissaient les allées.

Les serres, des structures en verre et en acier, étaient magnifiques. Derrière les vitres, Child aperçut des figues, des oranges, des citrons et des grenades. Celle réservée à la culture des ananas était la plus splendide de toutes : haute comme une église avec, au-dessus de l'entrée, un portique en pierre en forme d'ananas. À l'intérieur, l'atmosphère était aussi humide que dans une maison de bains. Des allées en gravillons couraient entre de grands lits de terre recouverts de copeaux d'écorce. Sur chacun se dressait une grosse plante aux feuilles épineuses au milieu desquelles poussait un ananas.

Le valet les emmena jusqu'à un espace circulaire situé au centre de la serre. Là, sur une table en marbre, un gentilhomme et une dame prenaient le thé. Quand l'homme se leva pour les saluer, son domestique l'informa que Mrs. Corsham souhaitait discuter affaires.

« Soyez la bienvenue, madame ! » dit Humphrey Sillerton en lui serrant la main. Bourru et chaleureux, Sillerton était habillé sobrement et avait un aimable visage rond qui n'exprimait ni une grande intelligence ni la moindre ruse. D'après l'expérience de Child, ce type de physionomie correspondait à deux catégories d'hommes : ceux qui accordaient une réelle importance à l'honneur personnel et à la confiance, et ceux qui en étaient totalement dépourvus. Compte tenu des circonstances qui les avaient amenés ici et de la présence de l'épouse de Sillerton, Child présuma que ce dernier appartenait à la seconde catégorie.

Lorsque Mrs. Corsham présenta Child comme son homme d'affaires, le fruitier observa ses diverses ecchymoses d'un œil intrigué.

« Une chute de cheval », précisa Child.

Sillerton murmura quelques formules de réconfort, puis leur présenta sa femme. Jolie, beaucoup plus jeune que lui, elle portait une robe à rayures beiges et jaunes et un chaste bonnet blanc. Child remarqua une grosse bague en diamant à son doigt. Apparemment, Humphrey Sillerton n'avait pas de soucis d'argent, ce dont il faisait profiter aussi généreusement son épouse que ses maîtresses.

Mrs. Corsham s'excusa d'arriver à l'improviste. « Nous avons décidé de venir sur une sorte de coup de tête. Je souhaiterais trouver un fournisseur d'ananas pour ma table.

— Alors, vous êtes au bon endroit, madame ! Si vous et votre homme d'affaires voulez bien m'accompagner, je vais vous faire faire le tour de la serre. »

À la consternation de Child, la femme vint elle aussi, ce qui allait leur compliquer la tâche.

« *Ananas comosus* », annonça Sillerton en attirant leur attention sur les fruits. Certains étaient d'un jaune verdâtre, d'autres plus sombres, d'un or ambré. « Je cultive deux variétés : le Jamaican Queen et le Black Prince. On les plante dans des lits d'écorce de tanneur, et la chaleur est produite par des fours. Vous voyez ces urnes grecques ? Elles dissimulent les cheminées. »

Child jeta un regard à sa cliente, laquelle lui fit un signe qui voulait dire : « Patience ! »

« Chaque fruit coûte quatre-vingts livres. C'est une somme, je sais, mais imaginez un ananas sur un plateau en argent au centre de votre table ! Vos invités sauront aussitôt que vous êtes une femme au goût exquis et aux moyens abondants. »

Mrs. Corsham sourit. « J'avoue que les questions d'argent me donnent le tournis… En l'absence de mon mari, je préfère laisser ces discussions à Mr. Child. Peut-être votre épouse pourrait-elle me montrer le reste de vos installations pendant que vous discutez entre gentilshommes ?

— Mais oui, très volontiers, madame… » Sillerton adressa un sourire attendri à sa femme. « Tu n'y vois pas d'objection, ma chérie ?

— Bien sûr que non, répondit celle-ci en souriant à Caro. Venez ! »

Sillerton les regarda s'éloigner, l'air follement épris de son épouse. Child songea un instant qu'il s'était peut-être trompé. Pourtant, le carrosse correspondait à la description, et Sillerton ne serait pas le premier homme amoureux de son épouse à coucher avec une prostituée de temps à autre. En réalité, les sentiments qu'il éprouvait manifestement pour sa femme pourraient même faciliter sa coopération.

« Si quatre-vingts livres vous semblent un prix trop élevé, je loue également des ananas pour une guinée par jour, reprit Sillerton. Naturellement, il me faut dans ce cas une caution. Les invités de Mrs. Corsham n'auront jamais à savoir que l'ananas n'est pas le sien, en revanche, jamais ils n'en oublieront le parfum extraordinaire ! Et si une guinée est encore trop, je recommande un homme qui sculpte des ananas dans du bois. Sous une bonne lumière, personne ne devinerait que ce ne sont pas des vrais ! Mais Mrs. Corsham mérite le meilleur, j'en suis sûr…

— Mr. Sillerton, nous ne sommes pas venus vous parler d'ananas. »

Les traits de l'homme se troublèrent. « Je ne comprends pas…

— Je suis un attrape-voleurs au service de Mrs. Corsham. Nous souhaitons vous parler d'une jeune femme que vous connaissez, Kitty Carefree, une prostituée qui officiait auparavant à Soho, à Londres.

— Une prostituée ? Je n'ai jamais frayé sciemment avec ce genre de personnes !

— Allons, monsieur, on l'a aperçue dans votre carrosse, et on vous a vu l'embrasser. » Child baissa la voix, un peu étonné que Sillerton n'en ait pas fait autant. « Si vous me parlez en toute franchise, il est inutile que votre épouse l'apprenne. »

Sillerton était devenu aussi rouge que ses prunes. « Comment osez-vous venir chez moi en avançant de telles allégations, monsieur ? »

Les deux femmes revenaient vers eux. Child les regarda d'un air affolé. À quoi donc pensait Mrs. Corsham ? Il commençait tout juste à mettre la pression à Sillerton !

« Mr. Child ! l'interpella-t-elle joyeusement en s'approchant. Maintenant que j'ai examiné les ananas de plus près, je crois qu'ils n'iront pas avec le papier peint de ma salle à manger. Je vous ai traîné ici sur un caprice, mais je crains d'avoir commis une erreur… » Elle lui lança un regard appuyé.

Child ne comprit pas. À l'évidence, elle pensait qu'ils faisaient fausse route. Elle avait pourtant vu le carrosse devant la maison.

Humphrey Sillerton trembla de colère. « En effet, monsieur, vous avez commis une erreur ! »

Mrs. Sillerton posa un regard anxieux sur son mari. Mrs. Corsham lui tendit sa main, qu'il serra sans enthousiasme. Les femmes se saluèrent d'une révérence mais, au moment où Child s'inclina devant lui, Sillerton demeura immobile. D'un claquement de doigts, il appela son valet qui les raccompagna.

« Qu'est-ce qui vous a pris ? s'emporta Child dès qu'ils furent dehors.

— Chut ! Ce n'était pas ce qu'on croyait.

— Comment pouvez-vous en être si sûre ? Le carrosse me paraît être le bon…

— Oh, c'est bien Humphrey Sillerton que la fille du Club des prostituées a vu entrer au Devil, tout comme c'est bien Kitty Carefree qu'on a vue l'embrasser sur le Strand ! En revanche, je ne crois pas qu'il ait su qu'il frayait avec une prostituée.

— Comment ça… il ne savait pas ? Elle ne l'embrassait pas pour qu'il lui fasse faire le tour des monuments !

— Observez bien la femme… »

Child se retourna. Derrière la vitre, Mrs. Sillerton parlait avec sollicitude à son mari. Une boucle de cheveux roux s'était échappée de son bonnet.

« C'est elle, reprit Mrs. Corsham. C'est Kitty Carefree. »

PAMELA

26 février 1782

Le plan s'était imposé de lui-même à Pamela, d'une conception parfaite, aussi étincelant qu'un diamant taille rose sous la lentille grossissante d'un joaillier. Les secrets. Lucy avait dit que c'était une monnaie d'échange. Et une monnaie que, à en croire la rumeur, Mr. Stone lui-même utilisait. La symétrie était plaisante, songea Pamela.

Il lui tardait de mettre son plan à exécution, toutefois, la présence constante de son chaperon compliquait les choses. Après la vente aux enchères, elle avait espéré être maîtresse de son propre destin, pouvoir aller et venir à sa guise. Mais, à cause de la réticence étrange de Mr. Stone à vouloir prendre sa virginité, elle était toujours cloîtrée à la Maison des tableaux, et ce contretemps l'agaçait.

Plus tard dans la matinée, Lucy passa la voir. Vêtue d'une robe ample en soie turquoise, elle entra en trombe dans la chambre et referma la porte au nez de la trop curieuse Cecily. Elle paraissait fatiguée, et tendue.

« La pauvre Theresa a perdu son bébé… Elle a failli mourir ! »

Pamela la dévisagea d'un air hagard – elle n'avait jamais voulu cela ! « Est-elle hors de danger ?

— Le médecin dit qu'elle vivra. » Lucy se mordit la

lèvre. « Mais elle est toute jaune, elle a des tremblements et… » Elle prit son visage entre ses mains.

Consumée de culpabilité, Pamela l'enlaça par l'épaule tandis qu'elle sanglotait.

« Pardonne-moi, Seymour… J'ai passé la moitié de la nuit debout. Mr. Agnetti m'a priée de te prévenir de ne pas venir aujourd'hui.

— Est-ce qu'il est très triste ?

— Il pleure », répondit succinctement Lucy, qui ne manifestait jamais beaucoup de compassion à l'égard des gentilshommes.

Pamela se consola avec l'idée qu'ils finiraient tous par être plus heureux. Lorsque le lieutenant laisserait tomber Mrs. Agnetti et que celle-ci pourrait donner l'amour qu'il méritait à son mari.

« Écoute, on m'a raconté ta vente aux enchères, reprit Lucy. Il faut que je te parle. »

Elles s'assirent sur le lit côte à côte. Lucy lui attrapa les mains. « Kitty m'a dit que Mr. Stone t'avait achetée, et qu'il va y avoir une mascarade. Elle ne sait pas pourquoi ils veulent une fille vierge… Ce n'est pas normal. Tu ferais mieux de ne pas y aller. »

Ne pas y aller ? Ses cent vingt-cinq guinées en dépendaient. Et si elle n'y allait pas, elle devrait une jolie somme à Mrs. Havilland pour le gîte et le couvert. Elle risquerait de se retrouver à croupir dans la prison de la Fleet.

« Kitty pense qu'ils préparent quelque chose. Ça ne me plaît pas. »

Pamela fronça les sourcils. « Qui prépare quelque chose ?

— Mr. Stone, le lieutenant, leurs amis…

— Quelque chose qui me concerne ?

— Je crois, oui. »

Le froncement s'accentua. « Kitty dit que Mr. Stone traite bien ses putains.

— Kitty se trompe sur bien des plans, notamment sur les hommes ! »

Pamela, qui n'appréciait pas la façon de parler de Lucy, s'énerva un peu. « Alors, peut-être qu'elle se trompe sur le fait qu'ils préparent quelque chose !

— Je t'en prie, écoute-moi, insista Lucy, le regard implorant. Je ne veux pas que tu ailles là-bas. »

57

Dans l'église glaciale de la Sainte-Trinité, les vitraux déversaient des flots de lumière. Child prit place à côté de Mrs. Corsham sur un banc près de l'orgue. À part une vieille femme qui balayait en haut dans une galerie en fredonnant *Soldats du Christ, levez-vous*, l'édifice était désert. Ils se retournèrent en entendant la porte grincer. Mrs. Sillerton, anciennement connue sous le nom de Kitty Carefree, s'avança dans l'allée.

Elle s'assit un rang derrière eux et ôta son capuchon, le visage très pâle, d'une beauté luminescente, ses boucles rousses relevées en chignon. « Je me suis mariée dans cette église il y a huit semaines, leur dit-elle. J'avais rencontré Mr. Sillerton seulement six semaines auparavant. Il était veuf depuis un an, et il a trois enfants adultes qui eux-mêmes sont mariés. Je crois qu'il se sentait aussi seul et perdu que je l'étais… Il dit que je suis un cadeau du Ciel ! Je l'ai interprété comme le signe que j'avais été pardonnée… Et pourtant, si cela faisait partie des plans du Seigneur, pourquoi me tourmente-t-Il ainsi ?

— Parce qu'une fille a disparu et qu'une femme est morte. » Child n'avait pas besoin de proférer des menaces. La présence de Kitty confirmait qu'elle le comprenait. À Clapham, un homme avait beau croire qu'une prostituée pouvait renaître en étant lavée de tout péché, approuver son envie de se réformer n'était pas la même chose que l'épouser.

« Vous savez sans doute ce qui est arrivé à Lucy », dit Mrs. Corsham.

Kitty pressa un carré de dentelle sur ses yeux. « Je l'ai lu dans les journaux. Ma pauvre et si chère amie... Si seulement elle m'avait écoutée... Mais elle ne voulait pas !

— Lucy est venue vous voir à Clapham ?

— Deux fois en deux jours. La dernière fois, le jour même où elle a été tuée. Je ne voulais pas d'elle ici, je voulais qu'elle s'en aille et, maintenant, je ferais n'importe quoi pour la ramener...

— Nous avons besoin de savoir tout ce que vous lui avez raconté », dit Child.

Kitty prit une inspiration. « J'étais ici à l'église avec Mr. Sillerton et, d'un seul coup, elle était là, assise de l'autre côté de l'allée, en train de me regarder. À Saint-Andrew-by-the-Wardrobe, le prédicateur m'a assuré que j'étais absoute de mes péchés, que j'avais reçu la grâce de Dieu... J'avais même commencé à le croire, à me persuader que j'étais vraiment Katherine Sillerton... Mais Lucy, la seule personne de mon ancienne vie qui me manquait, est venue me chercher... » Ses larmes coulaient plus librement. Elle continua à se tamponner les yeux avec son mouchoir de dentelle.

« Après la messe, je l'ai revue dans le cimetière. J'ai inventé une excuse auprès de Mr. Sillerton, qui est rentré tout seul à la maison. “Ton mari a l'air heureux, m'a dit Lucy alors que nous marchions entre les tombes. Est-ce qu'il est gentil avec toi ?” Je lui ai répondu qu'il était le meilleur des gentilshommes, et elle m'a dit qu'elle en était ravie.

— Comment vous avait-elle retrouvée ?

— J'ai commis une terrible erreur... » Kitty éleva la voix, toujours aussi en colère contre elle-même. « Après m'être mariée, au début du mois d'août, j'ai écrit une lettre à mon ancienne gouvernante dans le Hampshire. J'avais coupé toute communication avec elle depuis que je m'étais installée à Londres, parce que j'avais honte de ma vie de pécheresse. Mais cette femme était la plus adorable qui soit, et je savais qu'elle avait dû s'inquiéter pour moi pendant des années… Là, enfin, j'avais des nouvelles honorables à lui transmettre. Malgré cela, j'ai pris des précautions. Je n'ai pas indiqué mon adresse et ne lui ai donné que de rares détails sur ma nouvelle vie. Lucy, je ne sais comment, a retrouvé cette femme et l'a persuadée de la laisser lire ma lettre. Les quelques détails que celle-ci contenait lui ont suffi à me retrouver… Elle m'a dit que Dieu m'avait peut-être absoute, mais pas Lucy Loveless ! Et elle a ajouté qu'elle venait entendre ma confession.

— Nous aussi, nous devons l'entendre, dit doucement Mrs. Corsham. Il faut absolument que vous nous parliez de Pamela. »

Kitty tritura son mouchoir. « Elle était un des modèles d'Agnetti, un peu plus jeune que la plupart des autres, mais déjà très effrontée. Lucy et moi nous sommes attachées à elle. On lui donnait des conseils sur toutes ces choses dont j'aurais tant aimé que quelqu'un me parle quand j'ai débuté ! Mr. Stone a acheté sa virginité aux enchères, et tout allait se passer au cours d'une de ses mascarades. Pamela était contente de savoir que je serais là. Je trouvais un peu étrange que Mr. Stone veuille une vierge… Il n'est pas du genre de ceux qu'excitent de profiter d'une fille douce et passive, il préfère les prostituées qui s'y connaissent et ont de l'expérience. L'idée ne plaisait pas à Lucy non plus. Elle s'était prise d'une réelle affection pour Pamela – je crois qu'elle voyait en elle la fille qu'elle avait perdue. Nous aurions dû l'écouter, seulement Pamela aurait été folle de passer à côté d'une telle somme d'argent, et puis, tout le monde doit perdre sa virginité un jour… C'est le discours que je lui ai tenu, et je le regrette. Je lui ai dit que Mr. Stone traitait correctement ses putains. Jusque-là, il l'avait toujours fait… » Kitty se remit à pleurer.

« Parlez-nous de cette mascarade, dit Child.

— Nous étions quatre filles du Club des prostituées : moi, Becky, Rosy et Sally. Le lieutenant est venu nous chercher chez moi dans une voiture de louage, après quoi nous sommes passés prendre Pamela à la Maison des tableaux. Pendant qu'on roulait vers Muswell Rise, chacune a donné des petits conseils à Pamela. Elle paraissait un peu nerveuse, mais qui ne l'aurait pas été ? Le jour de ma première fois, j'ai versé des torrents de larmes… Une fois là-bas, le lieutenant nous a emmenées dans une chambre pour nous changer. Mr. Stone tient à ce que les filles portent des tuniques blanches et des sandales, comme dans les tableaux d'Agnetti. Et il en avait prévu une spéciale pour Pamela, brodée d'un fil d'argent. Nous sommes descendues rejoindre les autres, quatre gentilshommes, dont Mr. Stone, qui tous étaient masqués.

— Seulement quatre ?

— Oui, en tout cas, au début. Mr. Stone, les frères Dodd-Bellingham et lord March. Celui-ci avait toujours un masque, de peur que son père ne le surprenne dans une histoire à scandale. Mais on savait toujours que c'était lui étant donné que le blason des Amberley est gravé sur ses boutons. Dehors, les domestiques ont remis des torches aux messieurs, et nous avons tous traversé le parc en contournant le bois pour rejoindre le lac. Quand j'ai aperçu des torches sur l'autre rive devant la maison de bains, j'ai supposé que c'était là que nous allions.

— Au petit temple blanc, au bord du lac ? » demanda Mrs. Corsham.

Kitty acquiesça. « Devant, il y a un bassin en pierre, qui est rempli de l'eau du lac en été. Parfois, durant les mascarades, nous nous y baignions. Mais comme on était en plein hiver, le lac était à moitié gelé. Le bassin étant vide, je ne comprenais pas pourquoi Mr. Stone nous emmenait là… Je me dis maintenant qu'il ne voulait pas que les domestiques assistent à ce qui allait se passer. Il a frappé à la maison de bains, et un autre gentilhomme a ouvert la porte. Un masque lui couvrait la tête, un bouc avec des cornes. »

Le cinquième homme. Child échangea un regard inquiet avec Mrs. Corsham.

« Je sentais bien que quelque chose n'allait pas, poursuivit Kitty. Les messieurs restaient très silencieux, alors que, d'habitude, ils rient et font des plaisanteries. J'avais peur pour Pamela. Je voulais que ça s'arrête, mais que pouvais-je faire ? Je crois qu'elle aussi avait peur, parce que, au moment où Mr. Stone lui a demandé d'aller rejoindre cet homme, elle a reculé. Mais l'un des autres l'a poussée, et elle s'est avancée vers lui. L'homme au masque de bouc l'a toisée de la tête aux pieds, puis ils sont rentrés dans la maison de bains. Mr. Stone nous a ordonné à tous de retourner vers sa demeure.

— Saviez-vous qui était ce cinquième homme ? »

Kitty secoua la tête. « Non, pas à ce moment-là. Comme toujours, un banquet était préparé dans la salle à manger, mais personne n'avait le cœur à festoyer… Les messieurs ont retiré leurs masques, même lord March, et Mr. Stone a essayé de remonter le moral à tout le monde. Il a réclamé du vin et a pris Becky sur ses genoux. Le lieutenant m'a embrassée, Sally a embrassé lord March. Simon était assis là, et Mr. Stone a prié Rosy de s'occuper de lui, ce à quoi Simon a rétorqué qu'il n'était pas d'humeur. En temps normal, il aurait eu droit à une réprimande mais, ce soir-là, Mr. Stone l'a laissé partir sans discuter. Alors Rosy s'est déshabillée et a rejoint Becky et Mr. Stone.

« Nous n'étions pas là depuis très longtemps quand j'ai entendu Pamela m'appeler de l'extérieur. Un domestique est venu murmurer quelque chose à l'oreille de Mr. Stone, qui a immédiatement quitté la pièce. Le lieutenant nous a dit de rester là et est allé le rejoindre avec lord March. Comme on n'entendait plus crier, on s'est inquiétées pour Pamela et, pour finir, Becky et moi on s'est rhabillées et on est sorties. »

Kitty se remit à pleurer. Ils attendirent avec impatience qu'elle se soit ressaisie. « Ils étaient tous dans la cour, en train de se disputer… Lord March tenait Pamela, qui se débattait comme une hystérique et qu'il essayait de calmer. Le lieutenant en a eu assez et l'a giflée, ce qui n'a servi qu'à la faire hurler encore plus fort. Je lui ai demandé ce qui se passait, mais Stone nous a ordonné de rentrer. C'est à ce moment-là qu'on a compris… » Elle serra les poings. « Le cinquième homme, celui qui était dans la maison de bains, s'est avancé dans la lumière… Il devait s'appuyer sur une canne pour marcher. Il avait retiré son masque, et son visage… oh, son visage était rongé d'horribles plaies… il n'y avait plus qu'un trou noir béant à la place de son nez... Ces monstres avaient livré Pamela à un homme qui se mourait de la vérole ! »

58

Épouvantée, Caro dévisagea Kitty. Ça ne pouvait pas être vrai. En mars dernier, Ambrose avait été si mal en point qu'il était à peine capable de marcher. Et il lui avait promis, la main sur le cœur, qu'il avait renoncé aux femmes, faisant même des plaisanteries lugubres sur le fait qu'il en avait perdu toute envie. Pourquoi aurait-il demandé à Stone de lui procurer une fille vierge ?

Kitty sembla deviner son incompréhension. « Ces histoires ont toujours existé. On prétend que coucher avec une fille vierge guérit de la syphilis. C'est pour cette raison qu'on voit dans la rue des gamines au visage rongé... » Elle frissonna. « C'est faux, bien sûr, n'importe qui d'un peu sensé le sait, mais quand un homme est au seuil de la mort, il est tellement désespéré qu'il est prêt à tout tenter ! »

Caro repensa au défilé de médecins et de charlatans dans les appartements d'Ambrose à l'Adelphi. Du mercure, de l'arsenic, des fumigations... Des cataplasmes de pensée sauvage et de racines chinoises... Il avait même essayé de contracter la malaria, après qu'un charlatan lui avait affirmé qu'une forte fièvre le guérirait. Son désespoir s'était accentué à mesure que s'aggravait la maladie. Et sa terreur de mourir.

« Je pense que les autres gentilshommes ne voulaient pas ça, enchaîna Kitty. Becky a entendu le lieutenant dire à lord March que l'homme vérolé en savait trop long sur les affaires de Stone... et que, comme il aurait eu du mal dans son état à trouver une fille vierge, il avait chargé Stone de le faire.

— Pourquoi impliquer les autres ? l'interrogea Child, le visage impassible mais les poings serrés. Et pourquoi amener d'autres filles ? Pourquoi s'encombrer de témoins ?

— Pour que Pamela se sente plus à l'aise, qu'elle soit moins suspicieuse… Elle n'était pas censée savoir. L'homme avait l'intention de la culbuter sans retirer son masque. Mais elle a tout découvert, je ne sais comment, et tout a dérapé…

— Que s'est-il passé ensuite ?

— Pamela hurlait, elle les insultait, lord March la tenait toujours en s'efforçant de la calmer… Quand le lieutenant lui a donné une seconde gifle, je lui ai crié d'arrêter. Pamela a dû avoir si peur qu'elle a mordu lord March à la main et, à la seconde où il l'a lâchée, elle s'est enfuie vers le bois. Elle n'a pas dû réfléchir… Où espérait-elle aller ?

— Ils lui ont couru après ?

— Pas tout de suite. Mr. Stone semblait davantage se soucier de l'homme vérolé que de Pamela. Il l'a suivi jusqu'à son carrosse en se confondant en excuses. Mais l'autre était furieux, et il est parti.

— Il est parti, répéta tout bas Caro. Vous en êtes sûre ?

— Oui, je l'ai vu s'éloigner dans l'allée. Les autres étaient fous de rage. C'est ce que la culpabilité fait à un homme… Mr. Stone s'inquiétait de la réaction de l'inconnu. La main de lord March saignait, il avait l'air furieux, et le lieutenant marmonnait je ne sais quoi au sujet de Pamela en la traitant de salope. Ce lâche avait peur d'avoir fait capoter ce qu'avait prévu Mr. Stone…

— Et son frère ?

— Simon était toujours en train de se promener. Mr. Stone a décidé qu'ils allaient se séparer pour chercher Pamela chacun de leur côté. Le lieutenant nous a ordonné de rentrer mais, après ce qu'ils avaient fait, nous aussi, on était en colère ! Ils sont partis vers le bois et, dès qu'ils ont été hors de vue, Becky et moi les avons suivis. On est allées jusqu'au lac, mais je me suis tordu la cheville dans l'obscurité, et Becky m'a aidée à retourner à la maison, où on est restées debout toute la nuit à attendre que Pamela revienne. Seulement, elle n'est jamais revenue… Ni les gentilshommes. Uniquement Simon Dodd-Bellingham. On lui a demandé s'il avait vu Pamela, mais il a répondu que non. Les autres ne sont réapparus qu'après le lever de l'aube. Ils ne l'avaient pas trouvée et ont pensé qu'elle avait dû se débrouiller pour regagner Londres.

— Dans quel état étaient-ils ?

— Ils étaient pâles, mutiques… Mais ils avaient passé toute la nuit dehors, et il faisait très froid. Comme lord March avait perdu sa redingote, il frissonnait. Lui et le lieutenant avaient de la boue rouge et de la paille sur leurs bottes, et le lieutenant avait renversé quelque chose de blanc sur son manteau. Mr. Stone nous a donné deux cents guinées à chacune en nous recommandant de ne jamais parler de cette nuit, que sans quoi c'en serait fini des mascarades et que personne ne nous en remercierait… » Elle se tut un instant. « Comment aurions-nous pu dire quoi que ce soit ? Quatre prostituées contre des gentilshommes comme eux… Ils nous auraient traitées de menteuses, auraient détruit nos vies comme ils ont détruit celle de Lucy !

— Vous avez accepté l'argent ? »

Kitty hocha la tête et ferma les yeux. « Lucy l'appelait l'argent du sang… Mais on n'était sûres de rien…

— Vous ne vous êtes pas interrogée, quand vous n'avez plus revu Pamela ?

— Si, bien sûr… Mais pourquoi ils l'auraient tuée ? Si diaboliques qu'aient pu être leurs intentions, ces hommes n'avaient enfreint aucune loi ! Et, contre leur parole, personne n'aurait cru Pamela… » Kitty, ses boucles rousses encadrant son visage très pâle, regarda la croix sur l'autel – telle une repentie du Magdalen.

Caro avait encore du mal à tout comprendre. Comment Ambrose, son frère si gentil et aimable, avait-il pu faire une chose pareille ?

Mr. Child la tira de ses réflexions. « Voilà qui donne un nouvel aspect à notre enquête… Pour commencer, on peut écarter le mobile charnel concernant le meurtre de Pamela. Aucun de ces hommes n'aurait voulu d'une fille qui venait de se faire culbuter par un homme atteint de la vérole !

— Pas forcément, murmura Caro, s'efforçant de rassembler ses pensées. Nous n'avons aucune certitude que les choses soient allées entre eux aussi loin… Pamela aurait pu découvrir qu'il avait la syphilis avant qu'il ait eu le temps de la déflorer. »

S'accrochait-elle à un faux espoir ? Voulait-elle croire à tout prix que, quoi qu'il fût arrivé à Pamela cette nuit-là, les choses ne s'étaient pas passées ainsi ?

« Si ce n'était pas charnel, quel autre mobile auraient-ils eu pour la tuer ? » demanda-t-elle.

Mr. Child se tourna vers Kitty. « Pamela a confié à son amie Cecily qu'elle connaissait un secret qui la rendrait riche. Cecily l'a pris pour une invention, mais si Pamela avait eu connaissance d'un secret sur l'un de ces hommes, peut-être qu'elle le faisait chanter… et qu'il a profité d'être dans ce bois pour la faire taire à jamais. »

Kitty renifla. « Chez Mr. Agnetti, Pamela fouinait tout le temps partout. Un jour, Theresa l'a surprise dans sa chambre. Et une fois, j'ai été persuadée qu'elle avait écouté derrière la porte.

— Mrs. Agnetti a dit à une autre fille qui posait pour son mari que Pamela avait tué son bébé. »

Kitty écarquilla les yeux. « Certainement pas !

— La vérité compte sans doute moins que le fait que Theresa l'ait cru. Elle a disparu le même jour que Pamela. Est-ce qu'il pourrait y avoir un rapport ?

— Avec Theresa ? Non, je ne vois pas comment…

— On nous a raconté qu'il y avait une rivalité entre elles, à cause du lieutenant Dodd-Bellingham.

— Theresa et Pamela ne s'aimaient pas, c'était évident. Je suppose que le lieutenant aurait pu en être la cause. Pamela s'était prise d'un béguin pour lui… comme pas mal d'autres filles !

— Étiez-vous au courant de la liaison qu'il entretenait avec Theresa ?

— Lucy et moi l'avions deviné… Parfois, si Mr. Agnetti se montrait suspicieux, on lui fournissait même des excuses.

— Quand l'avez-vous vue la dernière fois ?

— Le matin du jour où elle a disparu.

— De quoi avait-elle l'air ?

— Theresa avait été mal en point. Elle souffrait de la jaunisse, avait de la fièvre… Je lui ai déconseillé de sortir. Mais elle m'a dit qu'elle devait apporter des esquisses à Jonathan Stone. Quelles que soient les tensions entre elle et son mari, elle était toujours attentive à son travail. »

Caro se tourna vers Mr. Child. « Theresa Agnetti est allée chez Stone le 1er mars, quelques heures seulement avant que n'arrive Pamela. Je me demande de quoi elle et Stone ont discuté…

— J'ai lu dans les journaux qu'elle était sortie ce jour-là faire des courses, sans qu'il soit précisé où, dit-il. Theresa est rentrée chez elle à cinq heures. Son mari était absent, mais les domestiques l'ont vue. Et entre sept heures et neuf heures du soir, elle est partie de la maison et n'est jamais revenue.

— Savez-vous où pourrait être Theresa ? demanda Caro à Kitty. Personne ne l'a revue ni n'a eu de ses nouvelles depuis plus de six mois.

— J'ai cru pendant longtemps qu'elle était morte, qu'elle avait dû se noyer ou sauter d'une falaise… Je ne vois pas comment elle aurait eu quelque chose à voir avec ce qui est arrivé à Pamela… Ce sont ces quatre gentilshommes que vous devez interroger, pas les Agnetti ! » Kitty avait élevé la voix. La vieille femme leur jeta un regard du haut de la galerie.

« Eh bien, nous savons au moins que Mr. Agnetti n'est pas un tueur, observa Child.

— Mr. Agnetti ? Bien sûr que non ! Il a toujours traité Pamela correctement, comme tous ses modèles.

— Le lieutenant a laissé entendre que, en mars dernier, il avait frappé Lucy. D'après ce que vous dites, je présume que ce n'est pas vrai.

— Seigneur, non… pas Mr. Agnetti !

— Alors qui ?

— Je ne sais pas. Les choses étaient déjà tendues entre Lucy et moi. Le jour où j'ai vu ses bleus, je lui ai demandé ce qui lui était arrivé, mais elle n'a pas voulu me répondre.

— Peut-être que c'était le tueur, suggéra Child. Ou qu'un des autres cherchait à lui faire peur. Car, dans cette sombre histoire, ils sont tous complices !

— Après que vous avez tout raconté à Lucy, que s'est-il passé ? demanda Caro.

— Elle m'a dit qu'il fallait que je rentre chez moi pour mettre par écrit ce que je savais. Pas seulement sur Pamela, mais sur tous les messieurs qui venaient au Club Priapus, et que je note tous les noms que je connaissais, y compris celui du prince de Galles, surtout lui. Elle m'a prévenue qu'elle reviendrait le prendre le lendemain. Je n'avais pas le choix… On s'est retrouvées à l'église, où je lui ai remis mon témoignage. Quand je lui ai demandé ce qu'elle allait en faire, elle m'a répondu qu'elle savait qui avait tué Pamela, qu'elle en avait la preuve. Elle comptait se servir de mon témoignage pour obliger les autorités à agir.

— "Il sait." Ce sont les derniers mots qu'a prononcés Lucy, dit Caro. Le tueur a dû découvrir qu'elle était sur le point de le démasquer et décider de la tuer.

— Je l'ai suppliée de n'en rien faire ! répliqua Kitty. Elle nous mettait en danger toutes les deux, mais Lucy n'a rien voulu entendre… Elle m'a dit qu'elle connaissait une femme qui pourrait lui être utile, une dame importante qui fréquentait des gens puissants. La veille, elle était allée à Carlisle House, où elle avait parlé à cette dame, et elle devait la revoir ce soir-là aux jardins du Vauxhall, où elle lui demanderait de l'aide. Cette femme était la sœur de l'homme atteint de la vérole. Il avait été un des clients de Lucy avant de tomber malade. Elle avait déjà rencontré cette sœur, qui, selon elle, agirait par souci de conscience. Et comme elle avait rendu un service à cette dame, elle espérait que celle-ci l'aiderait en retour… »

Kitty regarda Caro droit dans les yeux. « C'était vous, n'est-ce pas ? »

Des images se bousculèrent dans la tête de Caro. Lucia scrutant la foule à Carlisle House, la conversation qu'elles avaient eue à voix basse dans le vestiaire… *Lucy est venue là pour me voir. Elle voulait me parler en privé, mais j'ai été prise de nausées.*

Si Lucy n'était pas morte dans mes bras, l'aurais-je aidée ? Si elle m'avait raconté cette histoire sur Ambrose, aurais-je accepté ? Ou aurais-je resserré les rangs comme le fait Mordechai dans le but de préserver le nom de notre famille ? Lucy aurait alors dû chercher un autre moyen. Car elle n'abandonnait jamais. « Je suis Lucy. »

« Lucy a écrit une lettre au ministre de l'Intérieur dans laquelle elle prétendait avoir remis votre témoignage à une amie, dit Child. S'il lui arrivait quelque chose, cette amie le transmettrait aux journaux. Je suppose que ce n'était pas vous ? »

Kitty le dévisagea d'un regard incrédule. « Jamais elle ne m'aurait laissée le garder… Je l'aurais brûlé ! Mon témoignage représente une menace… pour le prince, pour le tueur, et plus encore pour moi ! Je me doutais que ça amènerait des gens comme vous jusqu'à ma porte… Tous les matins, je me réveille en ayant peur que Mr. Sillerton n'apprenne ce qu'a été mon passé…

— Où est ce témoignage ? demanda doucement Child. Vous voulez bien réfléchir ?

— Je n'en sais rien… Lucy a peut-être menti… Elle n'avait plus beaucoup d'amies… » Kitty ferma les yeux. Des larmes coulèrent sur ses joues. « Maintenant que je vous ai tout dit, laissez-moi en paix, je vous en supplie ! J'ai gardé le silence sur Pamela, c'est vrai, et je vivrai en me sentant coupable le restant de mes jours… Mais à Clapham, ici à l'église, je peux me racheter. Même si vous ne croyez pas que je mérite d'être heureuse, ce cher Mr. Sillerton le croit. L'amour que j'ai pour lui est sincère. Nous espérons avoir des enfants. »

Mr. Child, qui n'avait pas oublié sa promesse à Mrs. Rainwood – il ne compliquerait pas la vie à Kitty –, se tourna vers sa cliente.

« Ce que ces gentilshommes ont fait cette nuit-là a détruit la vie de suffisamment de femmes, dit Caro. Et j'espère que nous aurons bientôt tous les témoignages qu'il nous faut. »

QUATRIÈME PARTIE

12-18 septembre 1782

Clytemnestre : Qu'y a-t-il ? Pourquoi ces cris dans le palais ?
Le serviteur : Je te le dis, les morts tuent les vivants.

Eschyle, l'*Orestie*, 458 av. J.-C.

59

Sa peau luisait de transpiration. Brusquement, elle passa son ombrelle par la fenêtre en tapant frénétiquement sur le toit du carrosse. À la seconde où l'attelage s'immobilisa, elle ouvrit la portière. Child, inquiet, la regarda courir vers un arbre au bord de la route, suivie par son valet anxieux. Il détourna les yeux quand elle se mit à vomir. Pourquoi Mrs. Corsham aurait-elle accepté d'aller retrouver Lucy sous les charmilles ? Quel service celle-ci avait-elle pu lui rendre ? Une idée commença à germer dans son esprit.

Ne tenant pas à s'appesantir là-dessus, il pensa à Kitty et aux autres filles. Oui, elles avaient menti, et empoché l'argent du sang, mais uniquement parce qu'elles avaient eu peur pour leur vie si elles s'opposaient à des hommes riches et puissants capables de les anéantir.

Alors qu'il se remémorait cette conversation avec Kitty, quelque chose le tourmentait. Une incohérence dans son récit ? Un détail qui ne collait pas avec un élément dont on lui avait fait part ? Il ne parvenait pas à trouver quoi et continua à chercher en attendant que Mrs. Corsham revînt.

« Pardonnez-moi, dit-elle. J'ai dû manger quelque chose que je n'ai pas digéré.

— Je suis navré pour votre frère.

— Ce qu'il a fait est inadmissible, déclara-t-elle sans ambages. Quelle que soit la vérité concernant la mort de Pamela, je l'en tiens pour responsable. » Elle regarda droit devant elle. Child sentit que s'exprimer ainsi ne lui était pas facile. « Après le mois de mars, l'état d'Ambrose n'a fait qu'empirer… Il est maintenant emprisonné dans sa tête, ce qu'il avait toujours redouté le plus… Mais, en dépit de tout ce que nous avons entendu aujourd'hui, je continue à avoir pitié de lui.

— C'est votre frère, dit Child en songeant à sa femme, Liz, qui avait adoré son frère, Frank. Si Pamela a été tuée dans ce bois, les autres pourraient avoir contribué à dissimuler le crime… et enterré son cadavre quelque part dans la propriété de Stone. Ce qui expliquerait la boue et la paille sur les bottes du lieutenant et de lord March.

— Si on parvenait à retrouver le corps de Pamela, les autorités ne seraient-elles pas obligées d'agir ? »

Child pensa au ministère de l'Intérieur. « Je ne compterais pas trop là-dessus… D'autant que le domaine de Stone est immense. Par où commencerait-on ? »

Mrs. Corsham soupira. « Eh bien, à nous d'obliger l'un d'entre eux à avouer. J'avais espéré que lord March me parlerait – je crois qu'il a la conscience aussi troublée que celle de Kitty –, mais il a refusé.

— Il a peut-être une bonne raison de se taire. Hector m'a dit qu'il se perdait souvent dans la boisson et avait de violentes crises de rage. Par ailleurs, je me demande pourquoi il s'est disputé avec le lieutenant au sujet du collier de Pamela… À ce propos, d'après Loredo, c'est un bijou indien. Une babiole moderne. »

Mrs. Corsham regarda les champs, vers le repaire de contrebandiers de Stockwell. « Je n'arrête pas de penser à Simon… Pourquoi Mrs. Ward a-t-elle changé d'avis ? Pourquoi tenait-elle tant à le chasser de chez elle ? Pourquoi n'a-t-elle pas simplement dit la vérité à son mari ? Je crois que Simon lui a gravement fait du tort… ou, plus probablement, qu'il en a fait à sa fille. » Elle lui fit part de la réaction qu'avaient eue les enfants à la mention du nom de Dodd-Bellingham.

« Un genre de tort qui briserait le cœur d'un père ? Ou qui réduirait à néant les projets de mariage de sa fille ? »

Mrs. Corsham hocha la tête. « Simon a donné des cours de latin aux enfants Ward. Et, il y a dix-huit mois, la fille ne devait pas être beaucoup plus âgée que Pamela. Nous devrions retourner voir Simon. Si l'un d'eux est susceptible de nous parler, c'est lui. »

Child en convint. « D'après Kitty, il est revenu tout seul ce soir-là et est allé se coucher. Mais il aurait pu croiser Pamela au cours de sa promenade... Peut-être qu'elle a voulu le faire chanter à cause de ce qui s'est passé chez les Ward...

— Ou qu'Ambrose ne l'a jamais déflorée et que Simon la voulait...

— Il n'était pas le seul ! Lord March, le lieutenant... ils la voulaient tous ! Tout ce désir réprimé, cette impossibilité de la toucher à cause de sa mise aux enchères et de Mr. Stone... Ils se sont lâchés en la cherchant chacun de leur côté dans ce bois.

— Simon sait quelque chose au sujet du lieutenant et du Somerset, dit Mrs. Corsham. Il a prétendu que Neddy n'était jamais allé dans ce comté. Et c'est peut-être vrai. » Elle lui exposa son hypothèse sur les trois endroits qui avaient pour nom Somerset en Amérique. « D'après Ansell Ward, ça aurait un rapport avec une affaire militaire.

— Un autre viol ? Un *crime de guerre* ? Je pourrais me renseigner dans les tavernes à soldats.

— Voyons d'abord ce que nous dira Simon », trancha Caro d'un ton autoritaire. Puis elle fit la moue. « Je crois que je dois des excuses à Mr. Agnetti... J'aurais mieux fait d'être franche avec lui dès le départ. Si je lui fais part de nos soupçons, il me parlera peut-être plus ouvertement de son couple.

— À supposer qu'il puisse nous apprendre quoi que ce soit d'utile, rétorqua Child. Après tout ce que nous avons entendu, un fait paraît frappant : Mr. Agnetti ignorait des tas de choses sur sa femme. »

PAMELA

1er mars 1782

Mr. Agnetti avait une mine affreuse, les yeux gonflés, les traits alourdis. Il pleurait la perte de son enfant. Pamela aurait voulu le réconforter, mais tout ce qu'elle aurait pu lui dire aurait sonné creux. Aussi resta-t-elle allongée sur l'autel en songeant au lieutenant et à son plan. De temps à autre, elle pensait à Mrs. Agnetti alitée là-haut dans sa chambre. Rien qu'à cette idée, elle était mal à l'aise.

Mr. Agnetti ne lui faisait pas la conversation, pas plus qu'il n'était absorbé, comme souvent, dans son travail. Ses gestes avec la craie et le fusain étaient lents, pesants. À un moment donné, il s'assoupit en fixant un point au loin.

« Mr. Agnetti ? »

Il se leva brusquement. « Il faut que j'aille voir comment va Theresa. »

Elle l'entendit monter l'escalier et frapper à la porte de la chambre, puis essayer d'ouvrir avant de frapper une deuxième fois. « Theresa ! » appela-t-il d'une voix forte. Au bout de quelques minutes, il redescendit et se remit à peindre.

Simon Dodd-Bellingham passa à onze heures. Mr. Agnetti envoya Pamela en bas, où Kitty faisait ses gammes sur la harpe.

« Mrs. Agnetti a refusé de lui ouvrir, lui dit Pamela.

— Theresa est sans doute endormie… Ils sont allés à un bal, hier soir. »

Pamela leva vivement les yeux. « Elle va mieux ?

— Pas suffisamment pour sortir. J'avais conseillé à Agnetti de ne pas l'emmener, mais il a dit qu'elle avait insisté. »

Le lieutenant avait dû être présent à ce bal, se dit Pamela. Par conséquent, pas de remords. Rien ne montrait que Theresa avait l'intention de changer ses manières de faire. À cette pensée, Pamela se sentit un peu mieux.

Quelques instants plus tard, Simon Dodd-Bellingham passa la tête dans l'embrasure de la porte. En les voyant, il sourit et leur donna à chacune une boîte noire entourée d'un ruban rose. « Mon frère m'a chargé de vous remettre ça. »

Pamela dénoua le ruban. Des macarons aux pétales de rose, accompagnés d'une de ces cartes : l'homme doré à la tête de bouc.

« Quand ? demanda Kitty.

— Ce soir.

— Ça ne nous laisse pas beaucoup de temps…

— Mr. Stone s'est décidé aujourd'hui. Nous viendrons vous chercher avec les autres filles à neuf heures. » Il se tourna vers Pamela. « Nous passerons ensuite vous prendre chez Mrs. Havilland. Ne soyez pas en retard ! »

Pamela était si agitée qu'elle ne pensa à plus rien d'autre. Cependant, une fois qu'elle aurait ses cent vingt-cinq guinées, elle serait libérée de son chaperon et pourrait mettre son plan à exécution. Peut-être même commencerait-elle à le faire dès ce soir.

« S'il vous plaît, Pamela, puis-je vous dire un mot ? » s'enquit Simon.

Kitty les regarda d'un air intrigué lorsqu'ils sortirent dans le vestibule. Dans la mesure où il n'avait jamais essayé de la voir en tête à tête, Pamela s'étonna qu'il l'emmène dans le grand salon et referme la porte derrière eux. En dépit des meubles élégants, elle n'aimait pas cette pièce – sa rivale y organisait ses rendez-vous galants. Et elle n'aimait pas non plus l'imposant tableau au-dessus de la cheminée, où l'on voyait une fille s'accouplant avec un taureau.

« Me permettez-vous de vous demander quelque chose en toute confidence ? Pourriez-vous transmettre cette lettre à Mrs. Agnetti ? De façon discrète, si possible… Mr. Agnetti ne doit pas être au courant. Si vous acceptez, vous aurez une demi-couronne. »

Sur l'enveloppe qu'il tenait à la main, Pamela reconnut l'écriture ample du lieutenant.

« Pourquoi votre frère ne la lui apporte-t-il pas lui-même ?

— Il a pensé que ce serait mieux si c'était moi qui la lui remettais, mais elle est alitée. »

Le lieutenant rompait avec Mrs. Agnetti. Pamela sourit. Elle n'aurait pas à la voir, il lui suffirait de glisser la lettre sous sa porte.

« D'accord. » Elle empocha la pièce. « Est-ce que je serai en sécurité, ce soir ? »

Simon s'empourpra. « Pourquoi ne le seriez-vous pas ?

— Lucy m'a dit que je pourrais ne pas l'être.

— Qui est Lucy ?

— Un des modèles de Mr. Agnetti. Alors ?

— Naturellement, vous serez en sécurité, je vous en donne ma parole ! » Il lui sourit en découvrant ses dents jaunies.

60

Grimmond les fit entrer dans la résidence des Dodd-Bellingham et les informa que Simon était en haut en train de se changer, après avoir passé la matinée dans son atelier.

« Attendre ne nous dérange pas, dit Mrs. Corsham. Veuillez le prévenir que nous sommes là. »

Ils patientèrent au salon, qui avait dû autrefois être grandiose avec ses immenses fenêtres donnant sur Bloomsbury Square et son haut plafond peint, à présent parcouru de fissures. Les meubles étaient aussi usés que le tapis indien. Des portraits couverts de suie des ancêtres Dodd-Bellingham, posant dans des décors autrement plus salubres, ajoutaient à la légende d'une illustre lignée décatie.

Une caisse était posée sur le guéridon. Child y jeta un coup d'œil. Encore des antiquités de Simon : des fragments de poterie ; ce qui ressemblait à une lampe à huile ; et des vieilles pièces de monnaie dans une bourse en tissu. Child en sortit quelques-unes, à la surface éraflée et usée, le bord entaillé par d'anciens faussaires. Certaines choses ne changeaient jamais.

Entre les fenêtres, Child avisa un vieux bureau vermoulu. « Surveillez la porte », dit-il à Mrs. Corsham.

Il crut qu'elle allait protester mais, manifestement, ce que leur avait appris Kitty Carefree avait eu raison de ses principes concernant ce qui se faisait ou non chez les autres.

Child ouvrit le rabat du secrétaire, dont l'intérieur se composait de casiers et de tiroirs, et prit une liasse de correspondance. Plusieurs lettres adressées au lieutenant par des femmes qu'il supposa être des matrones de la bonne société l'informant du moment où il pourrait venir voir leurs filles. Une autre lettre, envoyée apparemment par un agent, évoquait la situation financière de plusieurs gentilshommes importants. Child présuma que cela faisait partie des tentatives du lieutenant de se trouver une épouse fortunée.

Au hasard, il ouvrit un tiroir qui contenait tout un bric-à-brac. Des écussons commémorant des campagnes militaires ; une guirlande de pâquerettes fanées ; un gant de dame ; et deux portraits en miniature attachés avec un ruban bleu – l'un représentait le lieutenant Dodd-Bellingham, l'autre une femme au fin visage blanc, coiffée d'un étrange turban bleu. Dans un coin figuraient les initiales de l'artiste : *T. A.* « Theresa Agnetti, c'est elle ? demanda Child à Mrs. Corsham.

— Oui, confirma celle-ci en regardant le portrait. C'est sûrement la miniature dont a parlé le lieutenant. Donc, il a dit vrai. Elle était amoureuse de lui. La malheureuse… »

Après avoir remis les portraits en place, Child passa au tiroir suivant. Encore de la correspondance, adressée cette fois à Simon :

Farthingale Hall
Farthingale
Wiltshire

Le 4 septembre 1782

Cher Monsieur,

J'ai grand plaisir à vous écrire pour vous informer que les statues ainsi que les autres objets ont été préparés conformément aux exigences de votre client et attendent votre inspection.

En outre, les tentures et les tapisseries destinées à la chambre de la dame sont arrivées sans avoir subi de dommages. Je les ai entreposées avec les vêtements et les articles que vous avez bien voulu me confier en attendant que la maison soit prête à être habitée. Je suis certain que Farthingale Hall enchantera votre client et son épouse à tous les égards.

Votre humble serviteur
John Denning

Il y avait plusieurs autres lettres de ce John Denning, datées du mois d'avril précédent, époque à laquelle le client de Simon semblait avoir acquis Farthingale Hall. À côté se trouvait un rouleau de reçus, noué par un cordon : des achats effectués chez des passementiers, des ébénistes, et dans une mercerie de Newport Alley, la Maison Bertin.

« Il arrive ! » murmura Mrs. Corsham. Child remit le tout dans le tiroir.

Simon Dodd-Bellingham les salua en arborant son habituel sourire inquiet. « Mrs. Corsham… Mr. Child… Je crains que ce ne soit pas le bon moment… J'ai un rendez-vous au musée.

— Nous marcherons avec vous », répliqua Mrs. Corsham.

Le jeune homme lui sourit de toutes ses dents. « Comme vous voudrez. »

Ils sortirent sur la place et tournèrent dans Russell Street. Simon portait sa caisse à deux mains. Dans la rue se dressait l'imposante Bedford House. Child aperçut des valets en livrée en train d'aller et venir derrière les grilles, et des palefreniers mener de superbes étalons aux écuries.

« Un témoin auquel nous avons parlé a totalement contredit l'histoire que vous nous avez racontée. » Le ton sur lequel l'avait dit Mrs. Corsham trahissait sa colère. « Ce témoin certifie que vous et vos amis avez livré Pamela à mon frère, Ambrose, qui est atteint de la syphilis. Pamela a découvert que vous l'aviez trompée, et une dispute a éclaté. Nous pensons que l'un de vous l'a tuée ce même soir.

— Ce sont des mensonges que… que je réfute ! » bégaya Simon.

Il s'apprêta à dire autre chose, mais Child lui coupa la parole. « Si vous refusez de nous aider, nous nous demanderons pourquoi vous vous obstinez à mentir. Et nous serons obligés de nous intéresser à certains événements de votre passé. »

Indigné, Simon se tourna vers lui. « Quels événements de mon passé ? Soyez clair, monsieur… ou taisez-vous !

— J'ai eu la chance récemment de rendre visite deux fois à Ansell Ward, reprit Mrs. Corsham. Nous avons longuement discuté de la période que vous avez passée chez lui. »

Le rire de Simon parut un peu forcé. « Vous parlez de cette vieille histoire de figurines ? C'est un tissu de mensonges ! Mais Ward s'est mis en tête que j'étais coupable, et il n'en démordra jamais… Résultat, j'ai perdu quelques clients mais, fort heureusement, la plupart des gens ne se contentent pas de simples allégations et jugent sur preuve… Essayez toujours, Mrs. Corsham, je m'en remettrai !

— Nous savons que vous êtes innocent de ce vol. C'était une mise en scène… de Mrs. Ward, croyons-nous. »

Simon la regarda, bouche bée. Sa stupéfaction semblait sincère.

Child prit le relais. « Quand une femme ou une jeune fille a été victime d'un crime à caractère intime, il n'est pas rare qu'elle le cache à l'homme qui l'aime le plus. Vous avez été le tuteur de la fille de Mrs. Ward, Julia, n'est-ce pas ? »

Simon était devenu tout blême. « Comment osez-vous ? Retirez cette accusation immédiatement, monsieur ! »

Il serra les poings et fit un pas en direction de Child, lequel se prépara à encaisser un coup. Nonobstant le nombre d'années qui les séparaient, il pensait pouvoir étaler Simon Dodd-Bellingham sans grande difficulté – du reste, après tout ce qu'ils avaient découvert, il se ferait un plaisir de le faire ! Le jeune homme, qui sans doute le sentit, recula. « Je n'ai aucune envie de poursuivre cette discussion avec vous, monsieur… Pas plus qu'avec vous, madame… Laissez-moi en paix !

— J'ai l'intention d'aller parler à Mrs. Ward, rétorqua Mrs. Corsham. Ainsi qu'à sa fille. Quand elles sauront quels crimes vous et vos amis avez commis, je ne doute pas qu'elles me diront ce que vous maniganciez dans cette maison. » Elle les énuméra sur ses doigts. « Offrir une jeune fille vierge à un syphilitique… La tuer ensuite… La possibilité que d'autres filles qui participent à ces mascarades soient en danger… »

Simon s'était figé. Il se retourna. « Vous ne pouvez rien raconter de tout cela à Miss Ward… Il ne faut pas… Ce n'est pas juste…

— Oh, si, je peux, monsieur, et je vais le faire ! »

Simon soupira en suant à grosses gouttes. « Ce n'est pas du tout ce que vous imaginez… Je n'ai jamais molesté Miss Ward. Nous nous aimons et nous espérons nous marier un jour. »

La surprise qu'afficha Mrs. Corsham n'eut d'égale que celle de Child.

61

Montagu House avait été vendue aux actionnaires du British Museum à l'époque où le duc de Montagu, comme tant d'autres nobles, était parti s'installer plus à l'ouest dans le quartier de Mayfair. Désormais, la demeure abritait des livres, des fossiles et divers artefacts historiques que des collectionneurs avaient légués à la nation reconnaissante. Quand ils en traversèrent la cour, Caro, dubitative, écouta Simon leur parler de son amour pour Julia Ward.

« Je l'ai admirée dès notre première rencontre… Miss Ward a la passion d'apprendre, le cœur joyeux, un caractère aimable… Elle n'est pas du tout comme les filles qui intéressent mon frère – et c'est tant mieux ! Durant ses leçons, nous discutions d'histoire, de philosophie, on riait ensemble… J'ai commencé à caresser l'idée qu'elle pourrait avoir pour moi des sentiments plus affectueux. Le jour où je lui ai déclaré ma flamme, jamais je ne m'étais senti aussi nerveux… ni aussi heureux de découvrir que mes désirs étaient réciproques !

— *Amor magnus doctor est* », ironisa Child.

Simon lui jeta un regard noir. « J'avais beau être son professeur, il n'y avait là rien d'inconvenant ! Nous nous sommes embrassés une seule fois, avant que le destin ne vienne nous séparer. Même s'il n'y avait pas eu ce vol, sans doute l'aurions-nous été, à cause de mes dettes et du passé de ma mère… Mais Miss Ward pensait possible que son père se laisse convaincre. Il admirait ma famille et, quoi qu'on en dise, je suis un gentilhomme ! Nous avons décidé d'attendre le bon moment pour lui parler.

— Il y a fort à parier que Mrs. Ward ait eu vent de votre petite romance, observa Caro.

— Mais la mère de Julia m'aimait bien ! s'exclama le jeune homme. J'ai cru que ce vol n'était qu'un épouvantable coup du sort… Pourquoi Mrs. Ward aurait-elle fait une telle chose ?

— Accepter un homme par charité et l'accueillir dans sa famille en tant que futur gendre sont deux choses différentes. »

Caro voyait bien ce qui avait dû se passer. Mrs. Ward, comme toutes les épouses de la City, avait voulu marier ses enfants à des partis avantageux. Compte tenu de la richesse et des relations de son mari, sa fille pouvait assurément prétendre à mieux qu'à Simon Dodd-Bellingham. Sûrement avait-elle jugé que sa fille parviendrait à convaincre son mari – comme Caro avait convaincu son père lorsqu'elle avait voulu épouser le magnifique mais complètement fauché capitaine Corsham.

Ils entrèrent dans le hall central décoré de fresques françaises. La plupart des salles du rez-de-chaussée étaient dévolues à la bibliothèque, dans laquelle Caro aperçut plusieurs gentilshommes érudits au travail. Ils montèrent le majestueux escalier jusqu'au premier étage, où étaient exposés les antiquités et les spécimens d'histoire naturelle.

« L'amour de Miss Ward n'a jamais vacillé, pas plus que sa conviction quant à mon innocence, dit Simon. Nous nous écrivons en secret. Son frère nous sert de messager. Grâce au petit héritage d'une tante, je lui ai acheté une bague en diamant, qu'elle porte sur un ruban sous ses robes. Elle m'a reproché d'avoir dépensé mon argent de façon inconsidérée… » Il esquissa un sourire. « Comme beaucoup de jeunes filles de la City, Miss Ward a l'esprit pragmatique. Elle refuse de consentir à s'enfuir avec moi tant que je n'aurai pas des bases plus solides. Cependant, avec mes dettes… » Il soupira de frustration. « J'ai bien essayé de renégocier mon taux d'intérêt, mais Mr. Stone s'est contenté de m'envoyer son homme d'affaires, Érasme Knox, lequel, je ne sais comment, était au courant, pour Julia et moi.

— Et il vous a menacé de révéler au père de Julia que vous la courtisiez en douce ?

— Mr. Ward supporte à peine d'entendre prononcer mon nom ! se désespéra Simon. Il croit que j'ai trahi sa confiance, or il n'existe pas de plus grand crime à ses yeux. S'il connaissait nos intentions, il marierait Julia immédiatement… Vous voyez, madame, il ne s'agit pas d'une histoire de débauche, mais d'amour partagé. »

Child pencha la tête. « Je comprends que vous ne vouliez pas que Miss Ward découvre ce que vous allez faire chez Stone. Les mascarades, les filles… C'est assez éloigné de *Roméo et Juliette* !

— Je vous l'ai dit la dernière fois, je suis obligé de m'y rendre, je n'ai pas le choix. Mais je n'y prends aucun plaisir.

— Je doute que Miss Ward voie les choses ainsi ! observa Caro. Notre silence à ce sujet dépendra de votre loquacité concernant les meurtres de Pamela et de Lucy Loveless. »

Simon montra un homme qui attendait au bout du couloir. « Mon rendez-vous…

— Nous attendrons », dit Child.

Le jeune homme soupira. « Si jamais Mr. Stone apprend que je vous ai parlé, il ira tout raconter à Mr. Ward…

— C'est un risque que vous allez devoir prendre, rétorqua Child. Mais Stone ne l'apprendra pas par nous… Pas si vous nous dites la vérité. »

L'air malheureux, Simon regarda la caisse d'antiquités dans ses mains. « Alors, je n'ai pas le choix. »

*

En l'attendant, ils se promenèrent dans les salles consacrées aux mers du Sud, où ils admirèrent les sculptures en bois sculpté et les peintures sur rouleaux de cuir. Lorsque

Simon les rejoignit, il avait toujours sa caisse avec lui. « Ils ne m'ont pris que deux poteries, aucune pièce de monnaie… Mes plus beaux objets vont à Mr. Stone… et à des prix avantageux ! Il déduit tous mes bénéfices de mes dettes. Dans de telles conditions, il me faudra des années pour le rembourser… »

Caro n'était pas d'humeur à compatir. « Vous saviez ce que Stone prévoyait de faire avec Pamela, qu'il avait l'intention de la donner à mon frère ?

— J'ai trouvé cela choquant. C'est ce que nous avons tous pensé, même Neddy. Mais… que pouvions-nous faire ?

— Lui conseiller de ne pas venir ?

— Stone aurait exigé qu'on lui règle nos dettes, il nous aurait fait enfermer à la prison de la Fleet. J'aurais perdu Miss Ward. Mais Pamela pourrait ne pas avoir été contaminée. J'en ai parlé à un médecin et, d'après lui, c'est peu probable. »

Ne voyant aucune absolution dans le regard de Caro, il se remit en marche. « Je vous ai dit la vérité, la dernière fois. Je ne sais rien sur aucun meurtre. Je suis vraiment sorti me promener. Les filles m'ont raconté ce qui s'était passé avec votre frère au moment où je suis revenu à la maison, après quoi je suis monté me coucher. Et quand je me suis réveillé le lendemain matin, Neddy et les filles étaient déjà partis.

— Vous voulez nous faire croire que vous ne savez rien ?

— C'est la vérité… Je le jure sur la tête de Miss Ward !

— Parlez-nous de ce matin-là, dit Child. Sans rien oublier. »

Ils allèrent dans un salon de thé, où il y avait un jardin et un terrain de jeu de quilles, depuis lequel on apercevait des champs et, au loin, le village de Highgate. Bien qu'il ne fît pas très chaud, ils s'installèrent dehors. Le vent refroidit leur thé.

« La seule chose que je peux vous dire, c'est que, au petit déjeuner, Mr. Stone n'était pas comme d'habitude, pas plus que lord March. J'ai pensé que, comme moi, ils se sentaient coupables par rapport à Pamela et à votre frère… D'après ce que je savais, elle était retournée à Londres avec Neddy et les autres filles. En rentrant chez moi, je l'ai interrogé au sujet de Pamela, mais il n'avait pas envie d'en parler. Moi non plus, d'ailleurs… Je voulais oublier le rôle que j'avais joué dans cette histoire. Bien plus tard, après que Lucy est venue me voir, j'ai réabordé le sujet avec Neddy et j'ai exigé de savoir si c'était vrai que Pamela était morte. Il m'a affirmé que non, qu'elle avait trouvé un riche protecteur. J'ai cru mon frère.

— À Carlisle House, j'ai vu le lieutenant et lord March se disputer à cause d'un collier en argent, dit Caro. Il appartenait à Pamela. »

Simon secoua la tête. « Pourquoi l'auraient-ils tuée ? Ça n'a aucun sens ! »

Mr. Child observa le jeune homme avec calme. « Ce même jour, Theresa Agnetti s'est rendue chez Stone. Savez-vous quelque chose à ce propos ?

— Oui, j'étais là, je lui avais apporté de nouvelles pièces pour sa collection.

— Avez-vous entendu de quoi ils ont discuté ?

— Non, Mrs. Agnetti a demandé à s'entretenir avec lui en privé. Ils sont allés en bas dans son bureau.

— Était-ce fréquent ?

— Non. En principe, quand elle venait pour les affaires de son mari, ils en parlaient devant moi. Mr. Stone appréciait sa compagnie. Ils s'étaient connus à l'époque où ils vivaient en Inde.

— Comment était Theresa, la dernière fois où vous l'avez vue ?

— Sereine. J'en ai été soulagé…

— Pourquoi ?

— Ce matin-là, je lui avais apporté une lettre de mon frère. Ils avaient eu une liaison dans le dos de Mr. Agnetti, et Neddy voulait y mettre un terme.

— Comment a-t-elle réagi ?

— Je n'en sais rien. Elle était alitée dans sa chambre. J'ai donc chargé Pamela de la lui transmettre. »

À l'expression de Child, Caro comprit qu'il pensait comme elle. Qu'aurait ressenti Theresa en voyant sa rivale lui remettre la lettre de rupture de l'homme qu'elle aimait ?

« Savez-vous où est Theresa Agnetti ?

— Non, je vous l'ai dit, je la connaissais à peine.

— Cette maison dans le Wiltshire, Farthingale Hall, appartient-elle à Mr. Stone ? » Child nota le regard étonné de Simon. « J'ai lu un courrier dans votre bureau.

— Ce sont des papiers personnels ! protesta Simon en devenant rouge écrevisse. Un gentilhomme ne lit pas la correspondance d'autrui !

— Vous n'avez pas de chance car, comme votre frère a tenu à me le rappeler, je ne suis en rien un gentilhomme. Cette maison a été achetée en avril, peu de temps après ces événements. Mr. Stone pourrait-il y héberger Mrs. Agnetti ?

— Mrs. Agnetti ? Qu'est-ce qui vous le fait penser ?

— Elle est partie de chez elle sans rien emporter, et vous avez acheté et envoyé là-bas des vêtements de dame, entre autres choses.

— C'était une commande que Stone m'avait prié de passer prendre. La maison est destinée à l'une de ses maîtresses.

— L'avez-vous rencontrée ? Cette femme pourrait-elle être Theresa Agnetti ? »

Simon secoua la tête avec vigueur. « Mr. Denning, le régisseur de Farthingale Hall, a vu la dame qui doit s'installer là le jour où Stone lui a fait visiter l'endroit, et il a décrit une femme très différente de Theresa Agnetti. Jeune, des formes généreuses, très belle… Même un homme charitable ne parlerait pas en ces termes de Mrs. Agnetti ! »

Caro avait l'impression que tout cela n'était qu'une diversion. Mrs. Agnetti avait aimé le lieutenant, lequel lui avait brisé le cœur. Qu'elle se fût engagée dans une liaison avec Mr. Stone semblait peu probable. D'autant que Theresa ne correspondait sans doute pas au genre de femme qui lui aurait plu, quand bien même il avait apprécié sa compagnie.

« D'après notre témoin, quand votre frère et lord March sont revenus dans la maison de Stone, ils avaient de la boue rouge et de la paille sur leurs bottes. Vous connaissez bien le domaine. D'où cela aurait-il pu provenir ?

— Des écuries ?

— Ils sont partis dans le bois, loin de la maison.

— Je n'en ai aucune idée.

— Faites un effort », dit Child.

Simon plissa les yeux. « Il y a une ferme abandonnée au nord de la propriété, derrière le bois. Je l'ai aperçue depuis le haut de la colline. Une ferme avec une cour et plusieurs bâtiments. Le sol de la cour était tout rouge, comme une blessure dans le paysage. »

Caro se tourna vers Child. « Une ferme abandonnée serait un endroit parfait pour cacher un cadavre », dit-elle.

Simon secoua la tête, comme s'il refusait toujours de croire que Pamela ait été tuée.

« Le jour où je vous ai interrogé sur votre frère et le Somerset, vous m'avez menti, reprit Caro. Maintenant, je veux la vérité. »

Les épaules de Simon s'affaissèrent. Il ôta ses lunettes et se frotta les yeux. Manifestement, trahir son frère lui coûtait.

« L'an dernier, peu après qu'il est revenu des colonies, il s'est passé quelque chose. On lui a livré un cadeau, que Neddy a ouvert devant moi en pensant qu'il venait d'une de ses femmes. Dans le paquet, il y avait une plume blanche. J'ai pensé qu'il s'agissait d'une sorte de blague, mais Neddy l'a très mal pris et l'a balancée au feu. Et, plus tard ce même jour, un enseigne qui avait servi avec lui est passé à la maison. Alors qu'ils allaient dans le salon, j'ai entendu mon frère lui dire : "Ce matin, j'ai reçu un paquet de Somerset." Voilà, c'est tout ce que je sais », conclut Simon.

Caro réfléchit à toute vitesse. Une plume blanche – le symbole de la lâcheté chez les militaires.

« Le soir où Lucy a été tuée, êtes-vous vraiment allé dîner au Prince of Wales ? » demanda Mr. Child.

Simon secoua la tête en rougissant. « Je suis allé dans Lyme Street, devant la maison des Ward. Parfois, Julia vient devant la fenêtre de sa chambre, et nous nous regardons.

— L'a-t-elle fait ce soir-là ?

— Non, mais le simple fait d'être près d'elle m'a été d'un grand réconfort.

— Certains hommes seraient prêts à aller très loin pour ne pas perdre la femme qu'ils aiment, observa Mrs. Corsham. Certains sont même prêts à tuer… Pamela a raconté à une amie qu'elle détenait un secret susceptible de faire d'elle une femme riche. Une des possibilités que nous avons envisagées est que ce secret concerne l'un d'entre vous. Peut-être même est-ce à cause de ce secret qu'on l'a tuée.

— J'aimerais me croire capable de tuer pour Miss Ward, mais comment pourrais-je faire d'elle une femme riche ? Je n'ai pas d'argent… et Neddy non plus. À cause de Mr. Stone.

— Vous n'avez jamais entendu Pamela parler d'un secret ?

— Non. Mais je l'ai seulement vue quelques fois… Ce dernier matin, au moment où je l'ai chargée de remettre la lettre de mon frère, elle m'a demandé si elle ne risquait rien à la mascarade, et je lui ai assuré que non. » Simon baissa les yeux. « N'allez pas croire que je sois insensible… Je pense souvent à elle, à ce que nous avons fait… Mais j'en veux surtout à Mr. Stone. »

62

Le carrosse de Mrs. Corsham remonta King's Street en bringuebalant, puis tourna vers l'ouest dans High Holborn. Cette partie de la rue concentrait un grand nombre de boutiques où les clients pouvaient remporter des lots : des barbiers proposant de gagner dix livres pour un rasage ; des cireurs de chez qui on pouvait repartir avec une guinée ; des échoppes où trois pence vous achetaient une douzaine d'huîtres et la possibilité de remporter un quart de jambon. Child repensa à Jonathan Stone – et au fait qu'il avait peu de chances de sortir indemne de ce pétrin.

« Il faut retrouver le corps de Pamela, décida Mrs. Corsham. Vous devez aller voir cette ferme abandonnée.

— Vous avez dit vous-même que la propriété grouillait de gardiens et de garde-chasse… Jamais ils ne me laisseront m'en approcher !

— Demain, ce sera la pleine lune, et il y aura une mascarade. Tous les invités seront masqués.

— Non, c'est trop dangereux…

— On n'aura qu'à vous habiller en gentilhomme. Et on a une des invitations du lieutenant.

— Pas question ! Où que soit enterrée Pamela, je n'ai aucune envie de finir six pieds sous terre à ses côtés ! »

Ils se turent un instant, absorbés qu'ils étaient dans leurs pensées. À la moitié de Fleet Street, Mrs. Corsham se tourna vers Child, les yeux brillants d'excitation. « Après avoir reçu cette plume blanche, le lieutenant a dit que le paquet venait de Somerset. Et quand Lucy l'a menacé, elle lui a dit qu'elle comptait aller voir Somerset.

— Et alors ?

— Ce n'était pas un endroit… mais une personne ! »

Un sourire éclaira le visage de Child. « Si vous avez raison, ce Somerset doit être connu à la fois du lieutenant et de l'enseigne. Et puisqu'il aurait sûrement dit "Mrs. Somerset" s'il s'agissait d'une femme, ce doit être un homme… Un soldat ?

— S'il a servi avec le lieutenant, c'est probablement un officier. Je me souviens qu'il a précisé que son régiment avait été redéployé en Jamaïque, et que seuls quelques officiers blessés avaient été autorisés à rentrer en Angleterre. Le lieutenant s'est vu accorder une permission pour les accompagner parce que le roi voulait le rencontrer. Il faudrait vous renseigner afin de savoir si l'un d'eux s'appelait Somerset. »

Child acquiesça. « Déposez-moi à Charing Cross. Je vais m'en occuper tout de suite. »

*

La plupart des soldats stationnés à Londres étaient cantonnés dans des tavernes à proximité des palais royaux, car les Anglais se méfiaient des hommes qui vivaient en permanence dans des casernes. Child erra dans les brasseries de Whitehall, où il chercha à repérer des soldats qui semblaient apprécier la boisson et faire un brin de causette. La prodigalité en pièces de monnaie dont il fit preuve attira l'attention de plusieurs filles cadavériques aux cheveux emmêlés et aux habits souillés, très différentes de celles du Club des prostituées. Il leur fit signe de s'écarter.

Un soldat éméché lui apprit que les sous-officiers – des hommes de troupe montés en grade, pas des gentilshommes comme le lieutenant – aimaient aller boire au Griffin, dans Villiers Street. S'y rendre ne lui prit que quelques minutes.

La taverne ne différait pas vraiment de celle qu'il venait de quitter. On trouvait là de l'alcool, des dés, des cartes, des filles d'une classe légèrement supérieure et des chansons paillardes. Child traîna autour d'un groupe s'adonnant à un jeu de hasard en montrant de temps à autre ses pièces, jusqu'à ce qu'un joueur l'invite à s'asseoir. Comme les dés étaient visiblement truqués, il paria avec précaution, de manière à limiter ses pertes, et attendit un temps suffisant avant de lâcher le nom de façon naturelle.

« L'un de vous aurait-il croisé un officier dénommé Somerset ? Il a servi dans les colonies, je crois.

— Jack Somerset ? De la compagnie d'infanterie de sir Douglas ? Le sous-officier qui s'est pris une balle à Bound Brook ? »

La compagnie d'infanterie de sir Douglas était précisément l'ancien régiment du lieutenant.

« Oui, c'est bien lui. J'ai entendu dire qu'il était revenu à Londres. »

L'homme qui venait de parler avait un nez fin et busqué. Les autres joueurs l'appelaient Pitt, parce qu'il ressemblait, disait-on, au jeune chancelier de l'Échiquier. « C'est exact. Vous savez que l'armée l'a fichu dehors ?

— Non, je ne savais pas.

— C'est qu'il aimait un peu trop picoler ! expliqua Pitt en levant son verre. Mais on est tous pareils, pas vrai ? »

Child lança les dés. « Vous avez une idée de l'endroit où je pourrais le trouver ? Un de mes amis qui lui doit six shillings voudrait le rembourser.

— La dernière fois qu'on m'a parlé de lui, il vivait près de la foire aux chiffonniers. C'est vous dire dans quelle situation pitoyable il est... Vos six shillings lui feront le plus grand plaisir ! »

Child le remercia, puis s'excusa au bout de quelques minutes et partit. Il devait dîner à huit heures chez Solomon Loredo, et les plaisanteries moqueuses de plusieurs soldats lui avaient fait prendre conscience de l'allure peu engageante qui devait être la sienne. Son manteau était taché de sang depuis la bagarre de l'autre jour, son menton hérissé de poils. Comme ses appartements se trouvaient sur le chemin de la maison de Loredo à Saint-Mary-le-Bow, il décida de repasser chez lui pour se laver et se raser. Tandis qu'il traversait la ville, il repensa à ce que leur avait raconté Kitty Carefree, cherchant une fois de plus à retrouver ce qui lui avait paru contradictoire dans son récit. Arrivé à Holborn, il n'avait toujours pas la réponse. *Continue à réfléchir*, se dit-il. *Ça te viendra*.

Un carrosse stationnait devant l'entrée de la ruelle. Au moment où Child passa à côté, la portière s'ouvrit, et le plus grand des deux hommes qui l'avaient accosté à Soho descendit. Child fit demi-tour pour partir en courant, mais l'autre, à peine moins grand, était déjà derrière lui et lui adressa un sourire édenté en lui faisant signe d'entrer dans la voiture.

« Montez. Mr. Stone veut vous dire un mot. »

63

Caro s'était demandé si Mr. Agnetti serait à l'exposition au Vauxhall. Mais lorsqu'elle arriva sur la place de Leicester Fields, elle aperçut de la lumière derrière les fenêtres de l'atelier et du salon. Miles attendit dans le vestibule pendant que le valet l'accompagnait à l'étage, où le peintre était en train de travailler à la chandelle.

Il posa son pinceau et s'inclina. « Mrs. Corsham...

— Pardonnez mon intrusion à une heure aussi tardive, mais j'ai besoin de m'entretenir avec vous en toute confidence. Mon attrape-voleurs a retrouvé Kitty Carefree, à laquelle j'ai parlé. »

Agnetti fit signe à son valet. « Laissez-nous, je vous prie. »

Il enleva les dessins qui encombraient un sofa, puis l'invita à s'asseoir et approcha une chaise. « Je vous écoute, madame. Vous avez donc parlé à Kitty... Elle va bien, j'espère ?

— Tout d'abord, je tiens à m'excuser de vous avoir soupçonné d'être impliqué dans le meurtre de Lucy... Kitty nous a révélé qui était le cinquième homme. Mon frère Ambrose.

— Je suis navré. L'apprendre a dû vous être pénible...

— Ambrose ne l'a pas tuée, j'en suis certaine, mais le rôle qu'il a joué dans cette entreprise abjecte n'en est pas moins abominable ! » Caro lui raconta toute l'histoire, persuadée que seule la franchise lui vaudrait sa confiance.

« C'est effroyable, murmura Agnetti, l'air dégoûté et peiné. Comment ont-ils pu infliger une telle horreur à une enfant ? » Il se leva et se mit à faire les cent pas dans l'atelier. « Vous croyez vraiment que Pamela est morte, qu'elle a été assassinée par le même animal qui a tué Lucy ?

— Oui. Nous pensons qu'elle a été enterrée sur le domaine de Stone. » Caro marqua volontairement une pause. « Si je suis venue vous voir, c'est parce qu'il est possible que Theresa soit mêlée à cette histoire. Vous avez évoqué des tensions entre votre épouse et Pamela or, à notre avis, il s'agissait de bien plus que cela. Quelqu'un nous a appris que Theresa disait que Pamela avait tué son bébé. »

Agnetti revint s'asseoir en se laissant tomber de tout son poids et se passa une main sur le visage. « Comment serait-ce possible ? Il faut que vous sachiez que, ces derniers temps, Theresa ne se comportait pas toujours de façon rationnelle... Par moments, je redoutais qu'elle ne soit en train de perdre l'esprit. »

Caro lutta contre une soudaine nausée. « Mais si Theresa le croyait et si elle ne se comportait pas de façon rationnelle, n'aurait-elle pas eu un mobile pour s'en prendre à Pamela ? Je ne prétends pas qu'elle l'a tuée, pas un seul instant, néanmoins, juste avant de disparaître, elle s'est rendue chez Stone, le matin même du jour où Pamela a participé à la mascarade.

— Je l'avais chargée de lui apporter un contrat et quelques esquisses.

— Si elle avait déjà décidé de partir, qu'elle se soit ainsi occupée de vos affaires paraît étrange...

— Je vous l'ai dit, Theresa n'agissait pas toujours avec logique. Elle a dû prendre sa décision sur un coup de tête... Sinon pourquoi n'aurait-elle emporté ni argent ni vêtements ?

— Pourriez-vous me parler de ces derniers jours ? Que s'est-il passé entre vous deux ? Je ne vous poserais pas la question si je ne pensais pas que c'est important. »

Chaque ride du visage fatigué d'Agnetti exprimait qu'il n'en avait aucune envie, mais il acquiesça. « Si vous croyez sincèrement que cela aidera votre attrape-voleurs à arrêter cette ordure… Mais avant, permettez-moi d'aller me rafraîchir et nous chercher du vin. »

Il s'absenta un moment. Caro se promena dans l'atelier en regardant les tableaux. Agnetti avait avancé sur sa Clytemnestre. Le visage de Lucy semblait fait de chair et de sang, comme ramené à la vie par son pinceau. « On progresse », lui dit-elle tout bas.

Quand Agnetti revint, il lui tendit un verre de vin qu'elle goûta du bout des lèvres. Reprenant sa chaise, il approcha une lampe.

« Pour comprendre le comportement de ma femme, vous devez savoir ce qu'a été notre couple depuis le début. » Agnetti parla avec lenteur, sa voix mélodieuse s'élevant et retombant au gré de la tension de son récit. « J'ai rencontré Theresa la première fois dans la maison de son père, qui occupait le poste de consul britannique au royaume de Naples. Sa famille vivait dans les faubourgs, et j'ai séjourné chez eux pendant que je peignais le portrait de son père. Comme mon travail lui a plu, il m'a demandé de faire celui de sa fille. J'ai tout de suite vu que Theresa était une jeune fille au tempérament fragile… Au cours de nos premières séances, elle prononçait à peine un mot, restait muette de timidité, s'agitait avec nervosité… Mais, par la suite, à mesure qu'elle a commencé à me faire confiance, j'ai découvert la véritable Theresa : une jeune fille cultivée, dotée d'une grande curiosité d'esprit, que passionnaient l'art, la philosophie et les langues… Néanmoins, je percevais au fond d'elle une immense tristesse… »

Il but un peu de vin en grimaçant, bien que Caro l'eût trouvé excellent. « Theresa avait alors vingt et un ans et, depuis cinq ans qu'elle avait posé le pied sur le sol napolitain, pas une seule fois elle ne s'était aventurée dans la société. Je trouvais curieux que cette jeune fille cultivée reste enfermée dans la villa, avec pour seule compagnie ses parents, les domestiques et ses livres… Plus tard, j'ai compris pourquoi. Avant de quitter l'Inde, elle avait alors quinze ans, Theresa était tombée amoureuse d'un gentilhomme dont les sentiments n'étaient pas réciproques. Désespérée d'avoir été rejetée, elle avait tenté de mettre fin à ses jours en s'ouvrant les veines… C'est pour cette raison que son père avait emmené la famille à Naples, afin de fuir le scandale et pour qu'elle se remette. À l'époque, je ne savais encore rien de tout cela. Je ne voyais en elle qu'une jeune fille timide, qui avait commencé à me fasciner. »

Il montra une de ses peintures. « Connaissez-vous l'histoire de Philomène ? Elle a été violée par son beau-frère, qui lui a coupé la langue pour qu'elle ne le raconte à personne. Mais les dieux l'ont transformée en rossignol de manière qu'elle puisse chanter… » Il esquissa un sourire. « Durant nos séances de pose, c'était comme ça, avec Theresa. Je la regardais prendre de l'assurance, j'apprenais à la faire sourire… Elle éclatait de rire, puis cessait aussitôt, surprise de ce qu'elle venait de faire. Au bout de quelques semaines, nous sommes tombés amoureux. Ses parents avaient plus ou moins abandonné l'espoir qu'elle se marie, si bien que, le jour où je leur ai demandé sa main, ils étaient presque aussi joyeux que moi ! »

Il tourna la tête, le visage perdu dans l'ombre. La chandelle donnait à son vin un éclat rubis.

« Cependant, Theresa n'était jamais vraiment heureuse. Et elle avait beau le cacher, je le voyais. Les bons moments que nous passions ensemble, ils étaient nombreux, ne parvenaient jamais à chasser totalement les démons qui la tourmentaient… Et quand nous avons eu du mal à concevoir un enfant, ses troubles n'ont fait que s'accentuer. Elle s'est mise à boire davantage, au point que cela devint un sujet de commérages dans la société napolitaine. Lorsque nous sommes venus vivre en Angleterre, son pays d'origine, j'ai espéré que son état s'améliore, mais elle ne s'est pas plus adaptée à la société londonienne… Les dames, en particulier, n'étaient pas toujours gentilles. »

Cette condamnation agaça Caro. « Theresa n'était pas non plus une compagne facile.

— Non, concéda Agnetti. Elle avait en elle une colère que je n'ai jamais vraiment comprise. J'en étais parfois la cible mais, souvent, sa rage était dirigée contre elle-même. Les seules personnes avec lesquelles elle semblait se sentir bien étaient Lucy et Kitty, sans doute parce que, avec elles, elle n'avait jamais l'impression d'être jugée. Je l'encourageais à les fréquenter, car je voulais plus que tout le bonheur de Theresa. Entre elle et moi, les relations n'ont fait qu'empirer… »

Agnetti reprit une gorgée de vin en contemplant ses peintures. « Nous nous disputions à cause de ses sautes d'humeur, ou elle se fâchait et cassait des choses… Quelquefois, je me mettais moi aussi en colère – je ne voulais pas vivre de cette façon. J'essayais de lui donner l'amour dont elle avait besoin, mais je n'arrivais pas à l'atteindre. À la fin, affligé, honteux, je me suis réfugié dans mon travail. Il nous arrivait de passer plusieurs jours sans nous parler. J'ai consulté plusieurs médecins, même un spécialiste des fous, ce qui l'a rendue furieuse ! Je vous raconte tout cela parce qu'il est important que vous compreniez le caractère de Theresa. Elle m'aimait, je crois, mais elle redoutait de perdre mon amour, comme elle avait perdu celui de cet homme dont elle s'était éprise en Inde. Alors elle me repoussait avant que la même chose ne puisse arriver… »

Agnetti se pencha en avant. « Vous m'avez interrogé l'autre jour au sujet du lieutenant Dodd-Bellingham. Au début, je me suis dit que ce n'était qu'un des flirts de Theresa. Il lui arrivait souvent de faire la coquette en public – vous avez dû vous-même le constater. Sans doute cherchait-elle à provoquer une réaction de ma part, à avoir la preuve que je tenais toujours autant à elle… Et je tenais beaucoup à elle, cependant je ne souhaitais pas encourager un tel comportement en réagissant. Et puis, je suis un de ces hommes qui ont du mal à trouver les mots justes… Je pensais que, si je lui laissais du temps et de l'air pour respirer, elle finirait par trouver la sérénité qu'elle cherchait. Au lieu de quoi, je l'ai poussée dans les bras de Dodd-Bellingham… »

Sa voix se fit plus dure. « Je l'ai toujours considéré comme un rustre, un grossier personnage… Il venait fréquemment à la maison pour les affaires de Stone, et Theresa s'occupait d'une grande partie de mon administration, comme le fait désormais Miss Willoughby. Ça aussi, ça a été une erreur de ma part… Le lieutenant me semble être le genre d'homme qui cherche la vulnérabilité chez une femme.

— Quand avez-vous commencé à soupçonner qu'il y avait quelque chose entre lui et Theresa ?

— Pendant les dernières semaines où elle a habité dans cette maison. Mais je me suis dit qu'elle m'aimait, que jamais elle ne me ferait du mal comme ça… Et puis il y a eu ce bal chez les Amberley. Theresa venait de perdre le bébé, j'étais très préoccupé par sa santé. Elle souffrait d'un ictère, elle frissonnait et transpirait, mais elle a exigé de sortir et, pour finir, je n'ai pas eu la volonté de l'en empêcher. Au bal, je l'ai perdue dans la foule. Je suis allé la chercher et suis sorti sur la terrasse. C'est là que je les ai aperçus, en bas, dans le jardin privé. Le lieutenant tenait ma femme penchée au-dessus d'un muret en l'humiliant de la plus vile des façons… » Il frémit. « À l'instant où il a levé les yeux et a vu que je les regardais, il a souri.

— Je suis désolée », dit Caro, sachant ce que devait lui coûter de raconter une telle chose.

La voix d'Agnetti se fit plus rauque. « J'étais fou de rage, contre lui, contre Theresa, contre moi-même… Mais, surtout, de voir que deux êtres qui s'étaient aimés, et qui s'aimaient *encore*, avaient pu en arriver là ! Pendant une semaine, j'avais pleuré la mort de notre enfant et, d'un seul coup, je ne savais même plus s'il était de moi… Mais je n'ai pas crié, je ne l'ai pas frappée, je n'ai pas pris de mesures en vue de divorcer. Je n'ai pas convoqué le lieutenant, pas plus que je ne lui ai intenté un procès pour adultère. Je n'ai rien fait du tout. Et je crois que Theresa l'a pris comme la pire des trahisons, la preuve que je ne l'aimais plus, qu'elle m'était devenue indifférente… Tout s'est résumé à cette unique peur qui était la sienne. »

La peine que ressentait Agnetti se devinait dans sa posture voûtée, les commissures de ses lèvres affaissées. Caro se demanda s'il croyait réellement à la fiction qu'il s'était inventée pour se consoler. Elle hésita à lui parler des peintures de sa femme – ces miniatures étaient le signe que Theresa avait eu des sentiments plus profonds pour le lieutenant. Peut-être que le savoir allégerait le fardeau d'Agnetti, l'aiderait à oublier sa femme et sa douleur... Ou le ferait souffrir plus encore.

« Vous supposez que Pamela et Theresa étaient en rivalité pour gagner l'affection du lieutenant, reprit Agnetti. Il est possible que vous ayez raison, que leur antipathie mutuelle ait été plus forte que je ne le supposais. Pour autant, je ne peux pas croire que Theresa ait été mêlée à un meurtre. Mon épouse était une femme douce, gentille... pas une tueuse ! En perdant son bébé, c'est comme si elle avait perdu une partie d'elle-même... J'espère que, lorsqu'elle l'aura retrouvée, elle reviendra. »

En dépit des illusions qu'il se faisait sur son couple, Caro se demanda si c'était vrai. La perte de son enfant, l'indifférence prêtée à son mari, le rejet de son amant, son esprit tourmenté, tout cela aurait pu contribuer à convaincre Theresa qu'elle n'avait plus de raison de rester. Toutefois, Caro aurait voulu en être certaine.

« Vous accepteriez de la reprendre, après tout ce qu'elle a fait ? » s'enquit-elle en songeant à Harry et au jour où il la jugerait.

Agnetti sourit avec tristesse. « Mes amis me disent de l'oublier, que, le moment venu, je me remarierai. Mais Theresa est toujours ma femme. Quoi qu'elle ait fait, je porte une part de responsabilité, et je refuse de la trahir de nouveau en perdant sa confiance. » D'un geste du bras, il montra son bureau sur lequel s'entassait une pile de lettres. « J'ai écrit à tous les hôpitaux et asiles du royaume. Mes agents la cherchent en Angleterre et à l'étranger. Pour l'instant, ils n'ont trouvé aucune trace, mais ils la retrouveront un jour... Elle est là, quelque part, je le sais. » Ses yeux sombres se plantèrent dans ceux de Caro. « J'ai été franc avec vous, Mrs. Corsham, et j'ai moi aussi une question à vous poser. Au cours de votre enquête, avez-vous trouvé un indice de l'endroit où pourrait être Theresa ? Si c'est le cas, je vous supplie de me le dire ! Je ne serai pas tranquille tant que je ne la saurai pas hors de danger. Je n'imposerai aucune contrainte légale à son retour. Je voudrais seulement tenter de la persuader que les choses seront différentes.

— Je suis navrée. Nous n'avons rien trouvé. »

Voyant sa déception, Caro choisit ses mots avec précaution. « Kitty pense que Theresa a choisi de mettre fin à ses souffrances…

— Non, elle est en vie ! Si elle ne l'était pas, je le sentirais, là ! » s'exclama Agnetti avec véhémence, la main sur le cœur.

64

Dans le salon privé du restaurant, Jonathan Stone était attablé devant un plateau d'huîtres, Child assis en face de lui, Érasme Knox debout devant la cheminée.

Child venait de résumer ce qu'il avait fait ces trois derniers jours, censurant certaines choses, brodant sur d'autres. Les conversations stériles avec des putains et des taverniers. Sa rencontre avec Hector – maintenant que le garçon était mort, plus rien ne lui ferait de mal. Son passage à tabac au ministère de l'Intérieur. Mrs. Corsham affolée à la suite de l'incident survenu au parc avec son fils. « Laissez-lui quelques jours, et je suis sûr qu'elle se lassera. »

Stone sourit. « Vous ne me mentiriez pas, Mr. Child ? Je vous l'ai expliqué, je suis très doué pour ce qui est de deviner la vérité. »

Child s'efforça de donner le change. « Vous savez quoi, je me fiche que vous me croyiez ou pas ! Faites ce que vous voulez à Deptford. Je tenterai ma chance au tribunal. » Après tout ce qu'ils avaient traversé ensemble, Mrs. Corsham pourrait peut-être acheter le juge, ou son mari intervenir. Stone n'était pas le seul à avoir du pouvoir et des relations.

Le prêteur d'argent le regarda d'un œil placide. « Dans ces circonstances, et je le regrette, Mr. Knox ici présent sera obligé de rendre visite à Samuel Hardcastle. Vous connaissez sa femme Sophie, je crois ? Je n'ai aucune envie de détruire le bonheur de cet homme ou celui de son épouse et de ses enfants… Que je sois prêt néanmoins à le faire devrait vous éclairer sur ma détermination. »

La défiance de Child s'écroula comme un château de cartes soufflé par un courant d'air. D'un côté, Mrs. Corsham, qui lui avait accordé sa confiance. De l'autre, Sophie, son sourire joyeux et son cœur solitaire. On la jetterait à la rue. Ses enfants seraient reniés et sans logis. À cause de lui.

Stone se tourna vers Knox. « Où est Sophie, en ce moment ?

— Au théâtre de Drury Lane, avec son mari. Une voisine garde les enfants.

— Sophie n'a rien à voir avec tout ça ! protesta Child. Je vous en prie… Je vous ai tout dit.

— Je ne vous crois pas. »

Knox prit la parole : « Nous avons plusieurs témoignages de voisins et de taverniers qui vous ont vus ensemble vous et Sophie. Des baisers… De tendres étreintes… Elle qui se faufile hors de chez vous à des heures indues… Dans ce genre de cas, je préfère les lettres, mais un témoignage oral peut être tout aussi convaincant. »

Stone observa le visage angoissé de Child. « L'humilité est la vérité. Le moment est venu d'être humble, Mr. Child. »

Ce dernier le dévisagea sans répondre.

« Votre entêtement me surprend. Surtout compte tenu de votre expérience : une épouse défunte, un fils mort… »

Les larmes aux yeux, Child le foudroya du regard, pris soudain de vertiges. « Ne les mêlez pas à ça, je vous l'interdis ! »

Il sentit Knox s'agiter près de la cheminée, comme s'il percevait la tension dans la pièce.

« Votre petit garçon est né simplet, n'est-ce pas ? » Stone poussa un soupir. « À ce qu'on raconte, votre femme s'est battue. Et vous aussi. La boisson, les disputes, les nuits passées dehors… Et puis un jour, votre femme est allée à la rivière, a rempli ses poches de pierres et en a attaché une plus grosse autour du cou de votre petit garçon. Leurs corps n'ont été retrouvés que trois jours plus tard...

— Arrêtez ! Assez !

— Et pendant ce temps-là, où étiez-vous ? Au bordel. Je me demande si ce n'est pas ce qui a décidé votre femme à en finir. »

D'un bond, Child se jeta sur lui. Lorsqu'il rouvrit les yeux quelques instants plus tard, il était étendu à terre, la botte d'Érasme Knox en travers de la gorge. Ce dernier le releva, redressa la chaise et le fit rasseoir avec poigne. Stone esquissa un sourire.

« Au vu de tout cela, je m'étonne que vous vous montriez aussi désinvolte concernant l'avenir de Sophie... Décidément, vos femmes n'ont pas de chance ! »

Child imagina Sophie obligée de satisfaire des soldats pour s'acheter à manger, comme ces femmes désespérées qu'il avait vues dans les tavernes à soldats au début de la soirée. Et brusquement, il entendit s'élever une voix qui ressemblait à la sienne, et tout raconter sur Simon et Julia Ward, sur le Club des prostituées, sur les salières en papier, sur Miss Willoughby et Somerset. Sur absolument tout.

Stone semblait en savoir déjà une grande partie, mais il fronça les sourcils de temps à autre. Quand Child en arriva à Kitty Carefree, qui vivait désormais à Clapham sous le nom de Katherine Sillerton, il sourit. « Très bien, Mr. Child. Venons-en enfin à Mrs. Corsham. Avez-vous découvert ce qu'elle faisait du côté des charmilles ? »

Child déglutit. « Elle avait rendez-vous avec *elle*... avec Lucy Loveless », répondit-il, désespéré.

Stone parut surpris. « Vous en êtes sûr ?

— Mrs. Corsham me l'a avoué. Elle prenait Lucy pour une comtesse italienne, si vous vous souvenez.

— Cela n'explique pas qu'elles se soient retrouvées sous les charmilles. »

Child fixa la table. « Lucy ne voulait pas qu'on la voie, pas plus que ne le voulait Mrs. Corsham. Lucy lui avait proposé de l'aider à régler un problème personnel. »

Stone se pencha en avant. « Quelle sorte de problème personnel ? »

Le rugissement dans sa tête était si fort que Child entendit à peine la question. « Je crois qu'elle est enceinte. »

Cette fois, Stone se fendit d'un sourire jusqu'aux oreilles. « Et, d'un seul coup, la vérité vient de vous libérer ! »

PAMELA

1er mars 1782

Pamela n'était jamais montée dans un carrosse. Et elle n'était encore jamais allée à la campagne. Non que dans l'obscurité on pût distinguer grand-chose – des champs noirs de chaque côté de la route, des haies, la courbe argentée d'une rivière.

Dans la voiture se trouvaient cinq filles, ainsi que le lieutenant et son frère à la tête de grenouille. Pamela était coincée contre la portière à côté de Kitty, dont les plumes lui chatouillaient le nez. Le lieutenant, plongé dans ses pensées, ne souriait pas beaucoup. Elle s'imagina avec lui dans un carrosse semblable à celui-ci, elle habillée comme une dame avec des bijoux et des fourrures, lui élégant et magnifique dans sa tunique rouge.

Penser à cela l'aidait à oublier tout ce qu'elle allait devoir faire avec Mr. Stone. Cecily et les filles de la Maison des tableaux lui avaient prodigué toutes sortes de conseils – des trucs pour le rendre heureux, pour le distraire pendant la chose. Mrs. Havilland l'avait convoquée dans le salon où elle lui avait longuement fait la leçon sur ce qu'il faudrait faire, et à quel moment. Pamela avait levé les yeux au ciel, ce qui lui avait valu une vive réprimande. « C'est mon gagne-pain, ma fille ! Je ne laisserai pas une petite garce comme toi ruiner ma réputation ! »

À présent, l'inquiétude la gagnait. « N'y pense pas avant de le faire, lui avait recommandé Cecily. Sinon tu risques de paniquer. »

Pamela sourit à Kitty, laquelle, percevant sans doute son appréhension, lui tapota la main. « Demain, quand tu auras ton argent, tu devrais prendre des appartements à Marylebone ou à Soho. Je t'accompagnerai, si tu veux. Et dès que tu auras quelques clients, on te fera inscrire sur la *Harris's List*. On connaît les gens qu'il faut ! »

Une des filles lui sourit, mais les autres se montraient moins amicales. Pamela essaya de se rappeler leurs noms : Becky, Sally… Non que ça eût la moindre importance.

« Et une fois que tu seras sur cette liste, je pourrai te proposer au Club des prostituées, ajouta Kitty.

— Merci. Mais, après cette soirée, je ne ferai plus ça très longtemps. »

La brune aux cheveux bouclés, Rosy, arqua un sourcil. « Tu n'iras pas très loin à Londres avec cent vingt-cinq guinées ! »

Rosy était jalouse qu'elle ait gagné une telle somme, elle le sentait. Et elle ignorait tout du reste !

Pamela jeta un coup d'œil au lieutenant, qui regardait par la fenêtre. « J'ai l'intention d'épouser un gentilhomme, déclara-t-elle.

— Rien que ça ? » Kitty lui sourit.

Sally fit tinter ses bracelets. « Tu crois que les hommes seront tellement dingues de ton minou qu'ils se bousculeront pour te demander en mariage ? Les gentilshommes n'épousent pas les putains. C'est un mythe !

— Si, ça arrive, objecta Kitty. Souviens-toi de Lavinia Fenton. Seulement, ça prend du temps, Pamela… D'abord, ils doivent t'entretenir, ensuite, il faut qu'ils tombent amoureux. Mais ce n'est pas juste un amour normal, il doit être assez fort pour surmonter tous les obstacles : la famille, les amis, la honte publique. »

Pamela se contenta de sourire. Un jour, peut-être qu'on citerait son nom dans le même souffle que celui de Lavinia Fenton. *Si, ça arrive. Souviens-toi de Pamela Dodd-Bellingham.* Sauf que, après cette soirée, elle ne serait plus Pamela. Et comme son véritable prénom ne conviendrait pas non plus, elle en choisirait un autre, digne de l'épouse d'un gentilhomme. À Londres, une fille avait toujours la possibilité de se réinventer.

Elle ne savait pas très bien comment se déroulaient les mascarades, ni si elle aurait l'occasion ce soir d'être seule avec lui. Auquel cas, elle comptait mettre son plan à exécution sans tarder. Ou sinon, le lendemain, une fois libérée de son chaperon. Elle irait chez lui et lui ferait part de sa proposition. Et il accepterait tout, parce qu'il n'aurait pas d'autre choix.

65

Le lendemain matin, on livra un paquet. Caro l'ouvrit en s'attendant plus ou moins à découvrir une nouvelle salière. Elle vit cependant qu'il contenait des portraits de Pamela et de Lucy faits par Agnetti, le collier de Pamela et une invitation sur laquelle était gravé un satyre.

De plus en plus inquiète, elle lut la lettre qu'avait jointe Mr. Child. Il était tombé malade et n'était plus en mesure de travailler sur son enquête, mais il lui retournerait l'avance qu'elle lui avait versée dès qu'il le pourrait. Quelques brèves lignes parlaient de sa découverte, à savoir que le lieutenant Dodd-Bellingham avait servi autrefois avec un officier dénommé Jack Somerset – une information qu'elle transmettrait, espérait-il, à son successeur. Pour finir, il avait griffonné des excuses à la hâte. Rien de plus.

Furieuse, Caro relut la lettre. Ne croyant pas une seconde à cette mystérieuse maladie, elle se demanda si Mr. Child avait pris peur à cause du meurtre d'Hector et de la raclée qu'il avait subie. La veille, il lui avait semblé aller plutôt bien, un peu distrait, peut-être, mais motivé par les progrès qu'ils avaient faits. Stone l'avait-il acheté ? Ou l'un des autres ?

Elle ordonna qu'on préparât le carrosse.

*

Arrivée chez Mr. Child, Caro tambourina à la porte. Puis elle pria Miles de frapper plus fort, au cas où il dormirait encore. Pas de réponse. Elle demeura là un instant sans trop savoir quoi faire. Maintenant qu'ils étaient allés ensemble jusque-là, elle ne voulait pas engager un autre attrape-voleurs. Elle voulait Mr. Child. *Je repasserai ce soir*, se dit-elle. *Et je lui ferai entendre raison.*

*

En remontant dans le carrosse, Caro pria Sam de la conduire à la foire aux chiffonniers – d'après Mr. Child, c'était la dernière adresse connue de ce soldat, Jack Somerset. Le cocher la regarda d'un air effaré mais se garda bien de discuter. Ils traversèrent la City en direction du sud, passèrent devant la Tour de Londres et s'arrêtèrent un peu plus loin dans l'ombre des murs d'enceinte de Little Tower Hill. Connaissant la réputation de ce quartier, Caro décida d'attendre dans la voiture et envoya un Miles très réticent se renseigner sur ce Jack Somerset.

Alentour, elle ne voyait que des foules compactes et une misère noire. Des boutiques et des échoppes vendaient de vieux meubles, des marmites et des casseroles, des miches de pain à un sou, et d'innombrables chiffonniers bradaient des vêtements de deuxième ou troisième main. Un homme portant un long bâton sur lequel étaient accrochés des chapeaux pressa son visage couvert de verrues contre la vitre. Caro se recula prestement. Il lui décocha un sourire édenté. « Bicornes, tricornes, bicornes français ! » beugla-t-il avant que Sam ne le chasse d'un coup de fouet qui le fit battre en retraite en proférant des injures.

Trente minutes plus tard, Miles revint, de méchante humeur. « La seule personne du nom de Somerset qui semble connue dans le coin est une femme, rapporta-t-il. Mais on m'a dit qu'elle avait un frère qui a vécu pendant un temps avec elle. Par ici, c'est rude, madame ! » Il montra ses chaussures et ses bas maculés de boue et d'excréments. « Ne serait-il pas plus sage d'attendre Mr. Child ?

— Non, dépliez le marchepied, je vous prie ! Aidez-moi à descendre. »

Miles et Sam échangèrent un regard catastrophé. Caro se demanda s'ils pensaient qu'elle devenait folle.

Dans Rosemary Lane, des vendeurs ambulants de tissus et de rubans étaient assis en tailleur dans la fange, leurs articles exposés devant eux sur des couvertures, de sorte que la rue se réduisait à un étroit passage où se pressait la foule. Les gens badinaient, marchandaient et se querellaient dans une cacophonie d'accents londoniens et irlandais. Ils se retournèrent sur Caro et son valet emperruqué en les voyant passer d'un bon pas.

Ils empruntèrent une succession de ruelles crasseuses et de cours couvertes jusqu'au marché de Glass House Yard. Dans la cour noire de monde, des cordes tendues ployaient sous le poids des manteaux, des culottes, des chemises, des gilets, des jupes, des jupons et des vestes. Des gamins en haillons assis par terre essayaient des chaussures et des bottes dont les reprises et les trous étaient dissimulés sous des couches de cirage. Quelques marchands vendaient des habits plus anciens : des pourpoints et des collerettes de l'époque Tudor. Un petit groupe d'hommes élégants était en train de les essayer en se déclamant du Shakespeare.

Ils tournèrent dans une ruelle où s'alignaient de vieilles habitations. Une femme sur le seuil de sa porte buvait du gin au goulot d'une bouteille, pendant que son bébé au visage écarlate hurlait dans une caisse posée à même le sol. Tout empestait, notamment les chats : des créatures faméliques qui erraient sur des monticules de détritus à la recherche de miettes. Miles s'arrêta devant l'entrée d'une petite cour coincée entre une taverne et une boucherie, puis consulta le papier qu'il tenait. « Je crois que c'est ici. »

Aussi sordide que les environs, la cour était tapissée de crottes et de paille moisie. En les voyant approcher, deux chiens galeux enchaînés à un poteau se mirent à aboyer d'un air féroce.

« Arrêtez ce raffut… ou je vous écorche tout vifs ! » s'écria une femme.

Accroupie par terre, elle portait une robe bleue déchirée et rapiécée. Dans ses cheveux emmêlés étaient attachés des rubans et des bouts de fourrure. Elle avait une plaie sur la lèvre et un couteau sanguinolent à la main.

« Vous voulez des sourcils ? leur demanda-t-elle avant de se tourner vers les chiens. Rag, Ribbon, taisez-vous ! »

Sur un chiffon imbibé de sang gisait une souris morte qu'elle était en train d'écorcher. Juste à côté, un panier contenait une trentaine d'autres petits cadavres. La femme marmonna entre ses dents en effectuant quelques entailles d'une main experte, puis elle sépara le corps de la peau et le lança aux chiens qui le dévorèrent aussitôt.

« Voilà, comme ça, on va pouvoir s'entendre parler ! dit-elle en leur souriant. Du même châtain foncé que vos cheveux, madame… ou quelque chose de plus audacieux ? Roux, noir, ou même blanc ? Les blonds sont plus rares, et donc plus chers, mais, avec votre teint, ça irait pas ! »

Sur une planche appuyée contre un mur étaient clouées des rangées de faux sourcils de couleurs diverses, fabriqués manifestement en poils de souris. Réprimant un haut-le-cœur, Caro se félicita d'être dans l'un de ses bons jours.

« Je cherche un dénommé Jack Somerset, dit-elle.

— C'était mon frère. Il est mort il y a trois mois.

— Je suis désolée… » Le dépit l'envahit. « Puis-je vous parler de lui ?

— Achetez-moi mes sourcils, et vous pouvez me demander ce que vous voulez !

— Et si je vous donnais l'argent qu'ils coûtent et que vous les gardiez ? »

La femme plissa les yeux d'un air méfiant. « Pourquoi vous feriez ça ? »

Caro esquissa un sourire. « Traitez-moi d'excentrique !

— Bon, d'accord, s'empressa de dire la femme, comme si elle craignait qu'elle ne change d'avis. Ça fera deux shillings. »

Caro fit signe à Miles, qui s'avança et donna les pièces à la femme.

« Hé, le laquais, pas la peine de faire cette tête ! s'exclama celle-ci lorsqu'elle vit son air dédaigneux. Suzy Somerset », se présenta-t-elle en tendant une main à Caro.

Un peu hésitante, celle-ci la lui serra. « Jack vous a-t-il parlé d'un certain Edward Dodd-Bellingham ? Il était officier, lieutenant, dans l'ancien régiment de votre frère.

— Il arrêtait pas de m'en parler ! Il a dû mourir en le maudissant...

— Ils ne s'aimaient pas ?

— Jack le détestait. Il disait que c'était un sale fils de pute de merde ! » Elle sourit. « Remarquez, il avait pas toujours été comme ça... Autrefois, au début de la guerre, Jack croyait qu'il suffisait de regarder dans le derrière de cet homme pour voir le soleil ! Il m'écrivait des lettres d'Amérique que me lisait le tavernier d'à côté. Il racontait que Dodd-Bellingham buvait avec ses hommes, que les dames l'adoraient, qu'il avait ses préférés parmi les soldats... et Jack en faisait partie. Il lui avait promis qu'il ferait de lui son régisseur quand il aurait récupéré son domaine familial à la campagne. »

Suzy alla s'asseoir près des chiens, auxquels elle tendit ses doigts couverts de sang à lécher, et continua à parler en levant les yeux vers Caro. « Jack avait voulu voir l'Amérique, mettre la pâtée à ces salauds de Yankees... Mais la guerre s'est pas passée comme prévu et, à l'hiver 76, ils se sont retrouvés dans un fort dans le trou du cul du monde, coupés des lignes de ravitaillement et entourés de racailles de rebelles...

— Van der Linden's Mill, dit Caro en se souvenant de l'histoire d'Ansell Ward.

— Dans le camp, ils étaient gelés, épuisés, les hommes crevaient de faim... Ils vivaient de soupe aux tripes, de gâteaux de farine et de chevaux morts. Jack disait que des gars avaient même mangé leurs godillots ! Ils ont été contents de voir la neige arriver, parce qu'ils pourraient au moins la faire fondre pour la boire. Mais leurs couvertures étaient pas assez épaisses, ni leurs manteaux ni leurs gants. Des doigts et des orteils devenaient tout noirs, des gars mouraient de maladie dans leur propre merde ou tombaient raides morts dans la neige. »

En l'écoutant parler, avec des mots dont elle était certaine qu'ils étaient ceux de son frère, Caro se demanda combien de fois elle l'avait écouté raconter son histoire.

« Jack pensait qu'ils allaient tous crever là-bas, loin de tout. Dodd-Bellingham était d'accord avec lui et a essayé de convaincre leur commandant de se rendre, seulement ce cinglé voulait pas. Et comme il neigeait de plus en plus fort, les fourrageurs devaient aller de plus en plus loin… Ils étaient à la portée des fusils ennemis, comme des canards sur une mare. Alors, un soir, Dodd-Bellingham a fait venir Jack et cinq autres soldats dans sa tente pour leur exposer son plan. À la tombée de la nuit, ils partiraient du camp avec les meilleurs chevaux et profiteraient de l'obscurité pour filer vers le sud, où ils attendraient la fin de l'hiver avant de remonter sur New York. Étant donné que tout le monde dans le camp serait mort, personne viendrait démentir le bobard qu'ils inventeraient…

— Ils prévoyaient de déserter ? On m'a raconté que le lieutenant avait pris la tête d'un raid qui avait permis de sauver le camp. »

Suzy sourit. « Cette nuit-là, ils sont tombés par hasard sur un convoi de ravitaillement ennemi. Ils ont aperçu leurs feux de loin et ont attaché les chevaux. Il y avait là vingt soldats yankees endormis et seulement deux sentinelles, une à moitié assoupie, l'autre en train de se soûler. Le lieutenant a sorti le gars du chariot et lui a tranché la gorge. Et ensuite, avec ses hommes, ils ont massacré tous les autres dans leur sommeil, comme des bébés dans leur berceau. »

Caro la regarda d'un air atterré. Ces hommes n'étaient pas des lions anglais mais des loups dévastateurs, avaient enfreint les règles et la morale qui prévalaient au combat.

« Avec un convoi rempli de victuailles, les perspectives au fort seraient nettement meilleures, enchaîna Suzy. Ils sont repartis avec, et leur compagnie les a accueillis comme des sauveurs. Quand le dégel est arrivé, Dodd-Bellingham a été fêté à New York. Mon Jack était plus le seul à croire que ses pets étaient des rayons de soleil ! Le lieutenant pensait son secret à l'abri. Si jamais l'un ou l'autre de ses hommes parlaient, ils feraient que se dénoncer eux-mêmes. D'ailleurs, pourquoi ils auraient voulu le faire ? Ils l'adoraient tous ! Jusqu'à ce qu'ils reviennent en Angleterre... Là, Jack et lui se sont disputés.

— Poursuivez.

— Jack s'était pris une balle de mousquet à Bound Brook. Mais comme ces pantins du Bureau de la guerre refusaient de lui verser une pension, ils l'ont viré de l'armée sous prétexte qu'il picolait pendant le service. Il a demandé à Dodd-Bellingham d'intervenir, et peut-être qu'il a essayé, sauf que, au bout du compte, Jack a toujours pas obtenu de pension. Alors il lui a demandé une petite somme, de quoi voir venir, mais le lieutenant lui a répondu qu'il avait pas un sou. Là, Jack est devenu fou ! Il l'a menacé de raconter l'histoire du convoi de ravitaillement au Bureau de la guerre, en disant qu'il était prêt à prendre le risque d'être pendu pourvu que Dodd-Bellingham se balance au bout de la corde avec lui ! Le lieutenant lui a dit d'aller au diable. Du coup, Jack est allé à Whitehall.

— Le Bureau de la guerre a ouvert une enquête, dit Caro.

— Et décidé que mon Jack mentait comme un arracheur de dents ! Ils ont prétendu qu'il était amer, qu'il reportait ses ressentiments sur un officier décoré... Jack était fou de rage, mais il a pas abandonné. Il a dit que, dès que la guerre serait terminée, il écrirait en Amérique. Les rebelles avaient dû trouver les corps des hommes qu'il avait tués. Entre-temps, il a tenu à faire savoir à Dodd-Bellingham qu'il avait pas oublié. Régulièrement, Jack l'accostait dans la rue, lui envoyait des plumes blanches par courrier, ou s'asseyait en face de lui dans des tavernes et le dévisageait. Et puis, il y a trois mois, je l'ai découvert mort dans son lit... Le cœur, qu'ils ont dit ! » Elle cracha sur le sol.

« Quelqu'un d'autre est-il venu parler à Jack de Dodd-Bellingham ? »

Suzy acquiesça. « Un type tout pâlot avec un nez cassé. Il a dit à Jack qu'il était du Bureau de la guerre mais, moi, je l'ai pas cru. Mon frère a pensé qu'ils prenaient enfin son histoire au sérieux. Seulement, il en est rien sorti. »

L'homme en question correspondait à la description d'Érasme Knox, le factotum de Jonathan Stone. Ce dernier, malgré la guerre, aurait sûrement eu la possibilité d'envoyer des lettres en Amérique.

« Une dame est venue aussi, reprit Suzy. Il y a quelques semaines. »

Caro lui montra le portrait de Lucy. « C'est elle ?

Suzy confirma. « Elle m'a promis qu'elle veillerait à ce que Dodd-Bellingham paie pour ses crimes. Je lui ai répondu que c'était pas mon combat, mais que Jack aurait apprécié. » Elle renifla.

Et peu de temps après cette visite, Lucy avait été tuée, songea Caro. Par le lieutenant, pour protéger son secret après qu'elle l'avait menacé ? Pamela, si obsédée par le soldat, l'avait-elle découvert elle aussi ? Aurait-elle pu exiger davantage qu'il n'était prêt à lui donner en échange de son silence ? Être sa maîtresse ? Ou sa femme ? L'avait-il tué pour trouver une issue ?

Suzy enleva une puce sur un des chiens. « Dodd-Bellingham est pas seulement un lâche. D'après Jack, il est en plus monstrueux. Aucun des hommes a aimé ce qu'ils ont fait cette nuit-là, zigouiller ces pauvres gars dans leur sommeil… Mais, à la lueur du feu, Jack a bien vu l'expression du lieutenant au moment où il a planté sa baïonnette… Il souriait, comme s'il y prenait plaisir. »

66

Caro avait été incapable de se résoudre à venir plus tôt. Ambrose fixait les objets étalés sur la table. Sa montre à gousset préférée. *La Richesse des nations* d'Adam Smith. Le sac de billes avec lesquelles il avait joué étant petit. Diverses choses qu'il demandait aux valets de poser là tous les jours pour se rappeler qui il était.

Mais cet homme, qui était-il ? Le généreux et rieur Ambrose, prêt à pardonner la faute d'un membre de la famille ou d'un ami ? Mordechai l'avait toujours traité d'égoïste, tandis que Caro l'avait défendu avec ferveur. Mais quel acte était plus égoïste que de mettre en péril la vie d'une jeune fille pour se sauver soi-même ?

Elle essayait de se convaincre que le cerveau de son frère ne fonctionnait plus vraiment. L'Ambrose qu'elle aimait n'aurait jamais fait une chose aussi ignoble. Mais peut-être y avait-il toujours eu un autre Ambrose. Cette facette que les mères, les sœurs et les épouses ne voient jamais.

Mordechai entra, un exemplaire du *London Hermes* à la main. Sans un mot, il le lui tendit. Le ventre noué, Caro lut l'article.

Revenons-en aux aventures de l'intrépide Mrs. Wiltshire. Nous sommes au regret de rapporter que, au cours d'une de ses excursions nocturnes au Vauxhall, Mrs. Wiltshire a fait une chute. Depuis cette culbute, la pauvre dame souffre de ballonnements. Mrs. Wiltshire étant rarement en manque d'admirateurs, tous les regards cherchent désormais le maladroit gentilhomme responsable de cet inconvénient. Assurément, ce ne saurait être le capitaine Wiltshire, innocent à tous égards puisqu'il s'est absenté et a séjourné en France ces trois derniers mois. Sa femme étant dorénavant hors d'usage, Vauxhall va se révéler un endroit beaucoup plus ennuyeux.

Les mots se brouillèrent devant ses yeux. Il ne faisait aucun doute pour Caro que ces lignes étaient l'œuvre de Stone. Mais comment avait-il deviné ? Lord March l'aurait-il mis au courant ? Prise d'un vertige, elle porta une main à son front.

« À voir ta tête, inutile que je te demande si c'est vrai ! s'exclama Mordechai. Harry voudra divorcer. Quel autre choix aura-t-il ? Son orgueil l'exigera ! Tu vas devoir partir à la campagne… et n'essaie même pas de me faire changer d'avis ! »

Ses pires cauchemars s'étaient concrétisés. Harry serait la risée de Londres. Un voyage discret en Allemagne ne serait maintenant plus possible. Les gens diraient que divorcer relevait de son devoir – envers Gabriel, son fils –, tout comme de le soustraire à une mère qui méritait à peine ce nom. Caro se mordit le poing.

Mordechai continuait à parler, mais elle n'avait pas entendu un mot de ce qu'il disait.

« Pamela, la fille vierge qui a disparu, dit-elle soudain en lui coupant la parole. Stone l'avait amenée pour Ambrose. C'était lui, le cinquième homme à Muswell Rise. Il croyait que coucher avec elle le guérirait de sa syphilis. Tu le savais ?

— Bien sûr que non ! » tonna Mordechai, la bouche tordue de dégoût.

Caro l'observa d'un air incrédule. « Mais il y a autre chose que tu ne m'as pas dit, la dernière fois que nous nous sommes vus ici avec Cavill-Lawrence. C'était quoi ? »

Il garda le silence un long moment en la regardant d'un œil méfiant. « Un devoir, des obligations… Certains en ont, d'autres pas, ou ils en ont eu autrefois mais les ont oubliés, comme Sa Majesté le roi.

— Comment peux-tu dire une chose pareille ? Le devoir est son maître mot !

— Ça ne l'est plus. Sa Majesté a toujours été d'humeur mélancolique, le monde entier le sait. Mais, depuis la défaite de nos armées à Yorktown, il a sombré dans un profond malaise. Et ces pourparlers de paix n'ont fait qu'aggraver les choses. Il les considère comme une humiliation personnelle. En privé, il parle d'abdiquer. Cavill-Lawrence est persuadé que je ne le sais pas, mais je le sais !

— Se retirer ? Mais il ne le peut pas !

— La reine a tenté, en vain, de l'en dissuader. Je crois savoir que les lettres d'abdication sont déjà rédigées et, d'un jour à l'autre, il peut se réveiller en décidant de le faire. Ses ministres prient le Ciel pour qu'il change d'avis… Ils lui dissimulent toutes les mauvaises nouvelles, de peur que la moindre contrariété ne suffise…

— Et si c'est le cas, Prinny deviendra roi », conclut Caro.

Pas étonnant que Cavill-Lawrence s'inquiète tant au sujet du Club Priapus et de ces meurtres ! Voir accéder au trône un roi-enfant mêlé à un pareil scandale…

« Ambrose le savait-il, quand il a accordé ce prêt ? Était-il au courant de l'abdication ? Stone l'était-il ?

— J'imagine que c'est pour cette raison qu'ils ont guetté une occasion de piéger le prince… Mais aucune récompense ne valait de prendre ce risque ! »

Ambrose aurait vu les choses autrement, songea Caro. Un petit-fils d'épicier, banquier du roi d'Angleterre. De nouveaux clients, les aristocrates propriétaires des plus grands domaines, auraient suivi la Couronne. Et ils auraient été en mesure de décider qui ils laissaient franchir les portes de la banque Craven.

Quant à Stone, Caro devinait le genre de récompense qu'il convoitait. Un titre de chevalier ? Un siège au Parlement ? Être adoubé pair du royaume ? Et si le prince – un jeune homme au caractère instable, comme son père – oubliait ses obligations envers ceux qui lui avaient prêté de l'argent alors que personne d'autre n'avait accepté, nul doute que Jonathan Stone lui rappellerait certaines des scènes auxquelles il avait assisté durant les visites nocturnes du prince au Club Priapus.

Se forçant à regarder Ambrose, Caro prit conscience d'une terrible vérité. Si son frère avait été sain d'esprit au moment où il avait consenti ce prêt, il l'avait été également quand il avait demandé à Stone de lui procurer une fille vierge. Si toutefois on pouvait employer les termes « sain d'esprit » dans ce cas ! Elle avait de la peine à imaginer quelque chose de pire.

« Arrête de cacher qu'il a la syphilis, dit-elle. Parce que, si jamais le roi change d'avis et découvre l'existence de ce prêt, c'est *lui* que tu devras accuser. » Elle lança un regard noir à l'homme assis dans la chaise à porteurs. « Dis qu'il perdait la tête… et que Jonathan Stone en a profité. »

Mordechai demeura impassible. « Après tout ce que tu as fait, je m'étonne que tu te permettes de donner un conseil que personne ne t'a demandé ! Rentre chez toi t'occuper de ton fils pendant que tu le peux encore. »

Lorsque Caro descendit l'escalier de sa maison d'enfance, elle n'éprouva aucun sentiment de perte. Il ne restait plus rien pour elle ici. Dans le vestibule, elle aperçut Louisa en train de pleurer.

« Oh, Caro, pourquoi être une mère et une épouse ne t'a-t-il jamais suffi ? »

« Pourquoi est-ce que ça t'a toujours suffi à toi ? » eut-elle envie de lui rétorquer. Mais, comme elle n'avait aucune animosité envers sa belle-sœur, elle laissa celle-ci la serrer dans ses bras. Après quoi elle réclama sa pèlerine et ses gants, et rejoignit son carrosse.

Pendant le trajet qui la ramenait à Mayfair, Caro regarda Londres défiler derrière la vitre en songeant : *Jonathan Stone a fini par commettre une erreur. C'est avec ça qu'il aurait dû me menacer, et non chercher à me punir – car si je dois faire une dernière chose avant que tout ne s'effondre autour de moi, ce sera celle-là.*

67

La voiture de louage empestait la sueur et le tabac. Caro abaissa la vitre pour laisser s'engouffrer l'air frais de la nuit. Elle n'avait jamais emprunté ce genre de voiture, et ce n'était pas une expérience qu'elle souhaitait renouveler. Les ressorts de la banquette étaient en si piteux état que la moindre bosse ou le moindre nid-de-poule sur la route lui meurtrissait le dos.

Après avoir quitté la maison de son frère, elle était rentrée faire la lecture à Gabriel jusqu'à ce qu'il s'endorme. Puis elle s'était changée pour aller à Carlisle House. Sa robe en soie à rayures noires et violettes était très ajustée et profondément décolletée. Harry l'appelait sa « robe de catin » – encore une plaisanterie qui n'en était pas une. Elle avait mis un peu plus de rouge à joues que d'habitude, et des plumes d'autruche dans son chignon. À Carlisle House, on l'avait dévisagée mais, après l'article paru dans le *London Hermes*, tout le monde de toute façon l'aurait fait.

Elle avait chargé un valet de Carlisle House de remettre un message à son cocher, Sam, l'informant que les Heneker avaient proposé de la raccompagner dans leur carrosse. Puis elle était sortie de Carlisle House par la ruelle où le médecin de la peste l'avait attaquée et s'était dirigée vers la file de voitures de louage stationnées plus loin dans la rue.

Le fiacre venait d'atteindre les faubourgs de Londres, au-delà de l'hospice des enfants trouvés. Caro repensa à Pamela et à son collier. La voiture poursuivit sa route vers le nord en direction de Highgate et de Muswell Hill.

Le masque vénitien qui lui couvrirait entièrement le visage était rangé dans un sac à ses pieds. Elle avait glissé des bougies et un briquet à amadou sous ses jupons. Et elle tenait à la main l'invitation avec le satyre qui lui permettrait d'être admise au Club Priapus.

*

Des torches flambaient à l'entrée du domaine de Stone. En l'absence d'un valet pour l'aider, Caro descendit comme elle le put et atterrit dans la boue. Elle paya le cocher, auquel elle proposa une guinée s'il l'attendait dans une taverne devant laquelle ils étaient passés, à environ quatre cents mètres de la propriété. Puis elle mit son masque et s'approcha de la grille.

Un portier surgit du pavillon de garde. Derrière la grille, elle aperçut deux gardiens transportant une pièce de gibier. Elle tendit son invitation au portier, qui la regarda de la tête aux pieds.

« Pourquoi vous n'êtes pas arrivée avec les autres ? »

Se rappelant les propos de sir Amos sur les catins imitant les manières des dames, elle répondit du ton hautain qui était le sien. « J'avais oublié mon invitation. J'ai dû retourner la chercher. »

Le portier ouvrit en soupirant. « Emmène-la à la maison de bains, dit-il à l'un des gardiens. Et vérifie bien que quelqu'un se porte garant. »

Dès qu'elle serait invisible depuis l'entrée, Caro avait prévu de filer vers le bois. Mais le gardien, semblant ravi de sa compagnie, resta tout près d'elle. Plus loin, devant la demeure aux lumières flamboyantes, stationnaient d'innombrables carrosses. D'autres lumières brillaient sur la rive opposée du lac, des voix et des rires lui parvenaient de la maison de bains. Le clair de lune brillait sur l'eau où se reflétaient les étoiles.

Une silhouette qui venait de la maison principale marchait vers eux. Un gentilhomme bien habillé, avec un masque de

Pantalon au long nez crochu et aux yeux étirés. Il tenait une bouteille de brandy dans sa main boudinée.

« Seriez-vous en retard vous aussi, ma chère ? demanda-t-il d'une voix qui lui était inconnue avec un fort accent écossais.

— Les meilleurs invités le sont toujours ! » Caro lui fit une gracieuse révérence.

Il s'immobilisa en la toisant. « Je ne vous aurais jamais prise pour une catin… J'aimerais que ma fille ait ne serait-ce que la moitié de vos manières !

— Non, je ne crois pas que vous aimeriez ! » rétorqua-t-elle avec effronterie.

Enchanté, l'homme éclata de rire et lui offrit son bras. « Permettez-moi de vous accompagner, madame.

— Vous vous portez garant pour elle, monsieur ? lui demanda le gardien.

— Nous nous sommes déjà croisés, très cher. Je suis déjà venue ici une autre fois.

— C'est bien ce que je pensais, répliqua l'Écossais, ce qui la désola. Voulez-vous me rappeler votre nom, ma chère ?

— Clara.

— Oui, c'est ça… Clara ! » Il l'enlaça et posa sa main sur ses reins, obligeant Caro à se contorsionner pour se dégager, puis il s'adressa au gardien d'un ton péremptoire : « Je me charge de l'emmener ! »

Le gardien s'inclina et repartit vers la grille.

Les voix et les rires résonnèrent plus fort tandis qu'ils traversaient le bois. La brise ridait la surface du lac, les arbres murmuraient. L'Écossais la tenait fermement par la taille.

Ils sortirent des frondaisons, à quelques mètres de la maison. De chaque côté du chemin se dressaient deux statues en pierre représentant des satyres s'accouplant avec des boucs. Dans le bassin qu'avait décrit Kitty, des filles nues s'éclaboussaient, sous le regard de messieurs de la banque portant des masques. Les filles se tournèrent vers Caro, visiblement intriguées de savoir qui elle était. Voyant les gentilshommes l'observer avec plus d'intensité, elle se demanda si elle les connaissait.

Tu portes un masque, se rassura-t-elle. *Il n'y a aucune raison qu'ils te reconnaissent. Il faut simplement garder ton sang-froid, et trouver une occasion de t'éclipser.*

À l'entrée de la maison de bains, des volutes de fumée doucereuse les accueillirent. D'innombrables lampes étaient allumées à l'intérieur, et il y faisait bon. Des messieurs et des catins s'entrelaçaient sur des méridiennes, la plupart masqués, certains habillés, d'autres pas. La lumière des chandelles vacillait sur les fresques murales où l'on voyait des silhouettes noires copuler, comme sur l'urne de Simon. Jonathan Stone était en train de faire une sorte de discours.

« Ceux qui cherchent la véritable connaissance devraient oublier les doctrines de la Bible. Tout ce que ces pages contiennent de précieux a été volé aux Anciens… et toutes les contraintes imposées à la liberté de l'homme l'ont été par l'Église dans le seul but d'accroître son pouvoir. Dans l'Antiquité, les hommes jouissaient en amour d'une totale liberté, et ils vénéraient Priape, le dieu de la génération et de la destruction. Les plus grands hommes de la Grèce antique rendaient visite aux courtisanes du temple, les hétaïres. Avoir des rapports sexuels élevait leur esprit à des sommets de noble pensée et de création artistique. »

Les hommes murmurèrent leur approbation en caressant la joue ou d'autres parties du corps de leurs compagnes. Son Écossais conduisit Caro à un valet qui servait du vin sur un plateau en argent. À l'instant où il prit deux verres, elle dut résister à l'envie de partir en courant. La fumée lui tournait la tête et, sous le masque, il faisait très chaud. Avisant une méridienne inoccupée, l'Écossais lui fit signe de le suivre et la prit sur ses genoux.

Simon Dodd-Bellingham, adossé tout seul contre un mur, croisa le regard de Caro, laquelle s'empressa de tourner la tête et se retrouva les yeux plongés dans ceux du lieutenant Dodd-Bellingham. Vêtu seulement de sa culotte, assis entre deux femmes nues masquées, il lui sourit. L'espace d'une seconde, elle crut qu'il l'avait reconnue, mais il se tourna vers l'une de ses compagnes qu'il embrassa longuement et fougueusement avec la langue. Les chandelles qui éclairaient le visage de Stone par-dessous lui donnaient un éclat saturnin.

« La vie du libertin est une vie de sainteté, poursuivit-il. Les relations intimes sont l'acte par lequel la vie se transmet entre les générations. Le mélange des fluides vitaux est le véritable élixir de l'immortalité. C'est ainsi que l'homme crée la vie et devient semblable aux dieux. »

L'Écossais attrapa Caro par le menton et approcha son visage du sien. « Tiens ! » dit-il en lui fourrant son pouce dans la bouche. Révoltée, elle dut prendre sur elle pour ne pas vomir. Quand il enfonça son doigt plus loin, elle résista, de plus en plus affolée.

Il retira son pouce qu'il remplaça presque aussitôt par une longue pipe en argent. Elle voulut refuser, mais il se renfrogna et la lui mit de force entre les lèvres. Une fumée âcre brûlante lui remplit la gorge. Ses poumons s'enflammèrent. La salle se mit à trembler et à tanguer, et sa nausée atteignit son pic. Prise d'une quinte de toux et d'un haut-le-corps, elle sortit en vitesse et bouscula un valet au moment où celui-ci franchissait la porte. Dehors, elle souleva son masque pour vomir.

Les messieurs près du bassin éclatèrent de rire. Les filles la huèrent en se moquant d'elle. Caro s'essuya la bouche sur sa manche et s'empressa de remettre son masque.

« Ta putain a la gerbe, Cromby ! » railla un des noceurs. Elle vit soudain avec horreur que l'Écossais l'avait suivie dehors. « Dès qu'elles te voient approcher, elles ne peuvent pas s'en empêcher… ça les déborde ! » Les rires fusèrent de plus belle.

La peau moite de sueur, Caro sentit son cœur s'emballer dans sa poitrine. L'Écossais la rejoignit. « Allez, retourne à l'intérieur ! » dit-il d'un ton un peu fâché.

Elle recula en jetant un coup d'œil vers le bois. « Vous avez déjà joué à cache-cache ?

— Oui, quand j'étais gamin. »

Les bras écartés, Caro se mit à tournoyer dans l'herbe en se rapprochant de plus en plus du bois. « Alors, comptez jusqu'à dix et venez me chercher !

— Et ensuite, qu'est-ce que je te ferai ? » lui lança-t-il d'un air amusé.

Caro se caressa les seins. « Tout ce que vous voudrez ! »

Dans un grand éclat de rire, elle se précipita vers les arbres. Ses chaussures glissaient sur le sol couvert de paillis, les branches s'accrochaient à ses jupes… Le souffle de plus en plus court, elle courut à toutes jambes, impatiente de mettre de la distance entre elle et l'Écossais. L'exercice lui éclaircit les idées. Elle jeta des regards alentour en essayant de se repérer. Simon avait dit que la ferme abandonnée était au nord de la propriété, de l'autre côté du bois.

« Attention, Clara… J'arrive ! » entendit-elle crier l'Écossais.

Caro ôta son masque et continua à courir sans regarder en arrière. Les arbres étaient immenses, noirs et denses. Elle avait du mal à distinguer par où passer. Ses jupes se prirent dans une branche, et elle dérapa en se tordant la cheville. Le clair de lune pénétrait à peine la canopée. Dans d'autres circonstances, elle aurait été effrayée, mais trop d'autres dangers la préoccupaient : les pièges d'un braconnier, les gardiens armés de Stone, les hommes de la maison de bains…

Peu à peu, les arbres se firent moins denses, et elle aperçut de nouveau les étoiles. En sortant du bois, elle se retrouva en haut d'une pente qui descendait vers un pâturage. Au loin, elle aperçut la ferme, beaucoup plus grande qu'elle ne l'avait imaginée – cinq ou six bâtiments disposés autour d'une cour. Combien de temps lui faudrait-il pour les fouiller tous ?

Caro jeta un regard derrière elle. Ne percevant aucun bruit indiquant qu'on la poursuivait, elle se précipita vers la pâture. La ferme, comme Simon l'avait dit, était une vaste étendue de boue rouge, avec un abreuvoir, une porcherie et un puits à moitié en ruine. Elle examina les alentours : une vieille ferme, à moitié effondrée ; une grange dans le même état ; une étable ; deux dépendances ; et une sorte de remise, sans doute un four.

D'abord la grange, décida-t-elle. Sur la porte fermée de l'extérieur, elle eut de la peine à soulever la barre de fer rouillée, qui finit par céder en grinçant. Elle dut donner des coups de pied dans le battant avant que celui-ci ne s'ouvre dans un craquement. Ses mains tremblaient si fort qu'elle mit un long moment à allumer une de ses bougies.

L'intérieur était humide et glacial, le toit très haut. Entre les chevrons voletaient des oiseaux dont les déjections couvraient le sol. Lentement, elle fit le tour en cherchant où on aurait déplacé de la terre et un endroit où on aurait pu cacher un corps.

Caro fouilla la grange pendant un bon quart d'heure sans rien remarquer de suspect. De retour dans la cour, elle se dirigea vers la ferme. Le toit s'était effondré en emportant une partie d'un mur. Les pierres en équilibre instable pouvaient se révéler dangereuses – auraient-ils choisi d'entrer dans un bâtiment aussi délabré ? Toujours aussi vigilante, elle jeta un regard vers la pâture et le bois quand autre chose attira son attention. Un mot barbouillé à la peinture blanche d'un côté du puits, directement sur les briques et la mousse : *POISON*. Kitty n'avait-elle pas dit que, le lendemain de la disparition de Pamela, le manteau du lieutenant était éclaboussé par quelque chose qui ressemblait à de la peinture blanche ?

Elle s'approcha du puits. La peinture semblait récente. Sur le couvercle en bois recouvert d'une bâche étaient posées plusieurs grosses pierres. Afin de décourager qui que ce soit de regarder ce qu'il y avait au fond ? Ou pour avertir que le puits était empoisonné ?

Caro essaya d'enlever une des pierres, mais celle-ci était trop lourde. Après l'avoir poussée jusqu'au bord centimètre par centimètre, elle la fit tomber et bondit en arrière pour ne pas se faire écraser les orteils. Puis elle répéta l'opération avec la suivante. Un filet de sueur lui coulait sur la poitrine, comme un insecte, et le goût de vomi qu'elle avait dans la bouche lui donnait de nouveaux haut-le-cœur.

La deuxième pierre tomba. Caro avait mal partout et, en plus, elle s'était cassé un ongle. Elle procéda de la même façon avec la troisième pierre, puis avec la quatrième. Le couvercle en bois, fissuré, se repliait au centre. Non sans difficulté, elle le souleva et le rabattit avant de regarder au fond. Brusquement, elle recula quand elle sentit s'élever une puanteur insoutenable.

Quelque chose pourrissait dans ce puits. Quelque chose de mort. Les doigts tremblants, Caro alluma une autre bougie. Puis elle se boucha le nez et se pencha encore.

Environ cinq mètres plus bas, elle distingua une forme accrochée à un seau suspendu à une chaîne rouillée. Elle posa sa bougie et actionna la manivelle, qui n'arrêtait pas de sauter, néanmoins, à force de la tourner, le seau finit par remonter. Caro aperçut un gros morceau de tissu, un bout de vêtement sans doute, tout trempé et moisi. Du satin bleu, constata-t-elle en plissant les yeux. Brodé d'or.

Alors qu'elle se penchait pour l'attraper, des craquements retentirent à la lisière du bois. Un animal ? Un garde-chasse ? L'Écossais ?

L'oreille aux aguets, Caro scruta les ténèbres. C'est alors qu'elle entendit quelqu'un rire et se retourna.

Le lieutenant Dodd-Bellingham se tenait là, son manteau rouge bien visible dans l'obscurité.

Il lui sourit. « Je savais que c'était vous ! »

PAMELA

1er mars 1782

Les arbres étaient encore plus nombreux qu'à Hyde Park. À Londres, la neige avait fondu, mais ici, elle s'accrochait par paquets aux branches nues comme du sucre sur des doigts humides.

Pamela ne sentait plus ses pieds – ils auraient aussi bien pu être ceux d'une autre. Porter des sandales et une tunique en hiver était de la folie, mais Mr. Stone y tenait. Les hommes avaient tous des masques, non pas comme ceux qu'ils avaient en général pendant les mascarades, mais des masques étranges – des visages de vieillards, avec des trous à la place des yeux et du nez. À part elle, toutes les filles étaient affublées de masques similaires : des visages de femme, avec de vrais cheveux collés sur les côtés, ce qui était ridicule sur Kitty avec ses cheveux roux qui pendaient derrière. Les masques des filles arboraient une expression de tristesse, la bouche grande ouverte sur un cri d'angoisse. Pamela frissonna malgré elle en claquant des dents.

Elles s'étaient changées dans la maison de Mr. Stone, une maison plus immense que toutes celles où elle avait vécu mises bout à bout. Voir cela lui avait remonté le moral. Mais là, dehors dans ce bois, elle ne ressentait plus que de l'impatience. Tout ce cirque avec les tenues et les masques était vraiment étrange… Pourquoi Stone ne l'emmenait-il pas pour la culbuter dans une chambre, et qu'on en finisse ?

Ce n'est jamais qu'une autre représentation théâtrale, se dit Pamela, *et qui vaut cent vingt-cinq guinées*. Une somme à ne pas dédaigner, même comparée à celle qu'elle exigerait plus tard. Depuis qu'elle avait vu la demeure de Stone, elle avait envisagé de lui réclamer davantage. Mais elle n'était pas cupide et ne voulait pas trop tirer sur la corde. Trois mille livres. Pas plus, pas moins.

En levant les yeux, elle surprit le lieutenant en train de la regarder derrière son masque. Elle lui adressa un petit sourire timide, comme il aimait. Lord March l'observait lui aussi. Elle savait que c'était lui parce qu'elle avait reconnu les boutons sur son manteau. Mr. Stone, en tête de la procession, tenait une torche allumée et un drôle de bâton – on aurait dit un bâton de bedeau. Le frère du lieutenant fermait la marche. Les messieurs avaient gardé leurs propres habits. « Évidemment, aurait dit Lucy, pourquoi viendraient-ils ici se geler les couilles ? »

Des flammes vacillaient derrière les arbres. Ils sortirent du bois et arrivèrent près d'un lac devant lequel se dressait un pavillon à colonnes, comme dans les tableaux d'Agnetti. Des torches flambaient de chaque côté de la porte. De part et d'autre du chemin était installée une statue : un horrible homme-bouc, comme sur le carton d'invitation, qui copulait avec une chèvre en la prenant par-derrière.

Devant la maison de bains, il y avait un grand bassin en pierre d'environ trois mètres sur quatre et profond de trois mètres. Pamela supposa qu'en été on devait le remplir de l'eau du lac mais, à cette saison, il était vide, le fond tapissé de brindilles, de cailloux et de monticules de neige.

« Diable, il fait froid ! » dit le lieutenant.

Pamela ne l'aimait pas avec ce masque, qui n'allait pas du tout avec son manteau rouge. Elle essaya de croiser son regard pour lui faire comprendre que, quoi qu'il se passe ce soir ici, elle était toujours à lui. Mais elle n'était même pas sûre qu'il l'ait remarqué.

Deux des filles chuchotaient. Lord March leur intima l'ordre de se taire. Puis Stone frappa plusieurs coups à la porte avec son bâton. Là encore, c'était comme au théâtre.

Lentement, la porte s'ouvrit dans un grincement. Pamela aperçut un homme, habillé comme un gentilhomme, avec un masque à tête de bouc. Sans doute un autre ami de Mr. Stone.

L'inconnu s'avança dans la lumière. Grand, mais tout voûté, il marchait avec une canne et flottait dans ses habits.

Mr. Stone fit signe à Pamela d'approcher. « Avancez-vous pour qu'il vous voie. »

Elle fronça les sourcils. « Qui est-ce ?

— Faites ce que je vous dis. Et occupez-vous bien de lui. Il a payé pour vous une grosse somme. »

Était-ce cet homme qui allait la déflorer ? Elle n'avait pas le souvenir d'avoir rencontré un gentilhomme avec une canne, ni à la Maison des tableaux ni chez Mr. Agnetti. Elle l'entendait respirer derrière son masque, un bruit rauque et laborieux. *Un vieux*, songea-t-elle, le cœur lourd.

« Alors ? demanda Stone en s'adressant à l'inconnu.

— Vous avez bien travaillé », répondit celui-ci d'une voix sifflante. Il se retourna et rentra dans la maison en se déplaçant avec difficulté.

« Suivez-le », dit le lieutenant d'une voix épaisse qui l'intrigua.

Pamela regarda les autres pour voir leur réaction. Mais tous les visages étaient dissimulés par ces horribles masques.

Quelqu'un – le lieutenant ? – la poussa doucement dans le dos. *C'est juste un travail, comme vider un pot de chambre.* À pas lents, elle avança, et frissonna légèrement à l'instant où la porte se referma derrière elle.

*

La maison de bains, faiblement éclairée, était chauffée par un brasero. Des fresques lubriques décoraient les murs. Au centre de la pièce trônait un grand lit, avec des draps en soie et des tas d'oreillers. L'homme masqué se laissa tomber dessus lourdement.

« Verrouillez la porte », maugréa-t-il.

À la seconde où Pamela le fit, elle repensa à ce qu'avait dit Lucy. *Personne pour te voir. Personne pour t'entendre hurler.*

Cet homme ne donnait cependant pas l'impression de pouvoir lui faire du mal. En fait, un rien semblait l'épuiser. Il s'allongea sur le lit en l'observant, toujours derrière son masque.

« Comment vous appelez-vous ?

— Pamela. Et vous ?

— Je veux vous voir, Pamela… Déshabillez-vous.

— Je veux vous voir d'abord. Enlevez votre masque !

— Ce n'est pas à vous de donner des ordres. Voulez-vous que je rappelle Mr. Stone ? »

Repensant aux instructions rigoureuses de Mrs. Havilland – ne pas poser de problème, ne pas discuter –, Pamela dénoua le cordon qui lui ceignait la taille et laissa tomber sa tunique sur le sol. En bas et jarretières, elle pivota sur elle-même. L'homme-bouc inspira brusquement et plongea sa main gantée dans sa culotte.

Cent vingt-cinq guinées, se répéta Pamela. *Pour une rapide culbute.* Sauf que ce ne serait pas rapide, comprit-elle avec effroi. Le gentilhomme essayait de s'exciter et, comme il n'y parvenait pas, il se tripotait comme un fou. Kitty l'avait prévenue que, quand ce genre de chose arrivait, une fille devait faire attention, car l'homme pouvait se mettre en colère – comme si le monde allait s'écrouler parce qu'un gentilhomme n'arrivait pas à avoir une érection !

« Je peux vous aider, si vous voulez », proposa-t-elle.

L'homme redressa vivement la tête. « Comment sauriez-vous ce qu'il faut faire ? »

Elle lui sourit d'un air docile. « Vous n'aurez qu'à me montrer, monsieur…

— Non. Restez où vous êtes. »

Les minutes s'écoulèrent. Pamela resta plantée devant lui comme une imbécile. Quel genre d'homme payait deux cent vingt-cinq guinées pour ça ?

Finalement, Dieu soit loué, elle vit quelque chose bouger dans sa culotte. « Viens ! souffla-t-il. Vite… Ici ! »

Pamela se précipita vers le lit, soulagée à l'idée que tout serait bientôt fini. Il la poussa sur le dos avec impatience, déboutonna sa culotte, sans y parvenir tout de suite étant donné qu'il avait gardé ses fichus gants, puis il lui toucha les cuisses et l'entrejambe.

« Attendez, laissez-moi faire », dit-elle, de crainte qu'il ne la sente. Mrs. Havilland l'avait avertie, il ne fallait surtout pas qu'elle la sorte avant qu'il ne soit prêt mais, dès qu'il le serait, elle devrait se dépêcher de la cacher sous l'oreiller. Le reste pourrait se faire pendant qu'il récupérerait après avoir fait l'amour.

Pamela se redressa légèrement et passa sa main derrière sa cuisse. La fiole était coincée dans sa jarretière. Délicatement, elle la tira.

« Arrête de gigoter ! » râla l'homme en lui saisissant le poignet.

La fiole lui échappa de la main et tomba par terre sans se casser, mais roula sur le sol dans un bruit de verre.

Aussitôt, l'inconnu se redressa. « C'était quoi ?

— Juste un flacon de parfum... Venez, monsieur, ne nous laissons pas distraire pour si peu ! »

Mais il s'était déjà relevé en s'appuyant au montant du lit. Seigneur, il cherchait la fiole ! Mrs. Havilland allait la tuer !

Pamela se leva et attrapa sa tunique. Mais le gentilhomme se tenait entre elle et la porte. De toute façon, où irait-elle ? Toute seule, là, au milieu de ces bois obscurs ?

Il se pencha, ramassa le flacon dans sa main gantée et retira son masque pour mieux l'examiner. Il lui tournait le dos. Elle vit qu'il était presque chauve, que seules quelques rares touffes brunes s'accrochaient encore à son cuir chevelu. Au moment où il brandit le flacon vers la lumière, elle entendit sa respiration s'accélérer.

Puis il se retourna et, soudain, elle hurla.

68

Child n'avait pas quitté ses appartements depuis la veille. En temps normal, le gin l'emmenait dans des sphères où n'existait plus que l'instant présent. Et un Peregrine Child qui n'avait ni passé ni péchés. Ni une femme et un fils morts. Ni souvenirs – à part la conscience de sombrer lentement dans le néant. Mais, ce soir-là, le présent était aussi abominable que le passé, et le gin n'arrangeait rien.

Mrs. Corsham était venue deux fois dans la journée. Solomon Loredo était passé également, sans doute pour savoir pour quelle raison il lui avait fait faux bond au dîner. Mais Child avait ignoré les coups frappés à la porte, les voix de plus en plus fortes, et avait continué à boire en attendant qu'ils s'en aillent. Il ne supportait pas de penser à ce que Stone faisait des informations qu'il lui avait transmises. Pas plus que de penser à Mrs. Corsham et à son petit garçon.

Child versa ce qui restait au fond de la bouteille dans son verre et but sa dernière goutte de gin. Tant bien que mal, il se leva en cherchant son manteau et l'aperçut par terre. Après l'avoir enfilé, il sortit sur le palier obscur, où il faillit bousculer un homme qui montait l'escalier.

« Mr. Child ? J'ai besoin de vous parler. »

Une voix de gentilhomme, bourrue, un peu tendue. Plissant les yeux dans la pénombre, Child distingua une perruque, un manteau en velours et un froufrou de dentelle blanc crème.

« Mr. Sillerton ? » Le marchand de Clapham. Les ananas. Le mari de Kitty.

« Ma femme, Katherine, s'est enfuie... à Londres, je suppose. Il faut que je la retrouve. Vous lui avez parlé, n'est-ce pas ? En rentrant chez nous, elle avait l'air extrêmement troublée.

— Je ne peux rien pour vous. » Child voulut passer devant lui, mais Sillerton le retint par la manche.

« Une lettre anonyme arrivée ce matin m'a informé que Katherine, ma Katherine, était une prostituée se faisant appeler Kitty Carefree. C'est le nom de la femme que vous cherchiez... Est-ce vous qui avez envoyé cette lettre ?

— Non », répondit Child, qui n'avait aucune envie qu'on lui attribue ce péché en plus de tous les autres. Sauf que c'était probablement sa faute. Il avait parlé de Kitty à Stone, lequel avait dû envoyer cette lettre dans l'intention de la débusquer.

Sillerton, le visage rosi, semblait perdu. Le bonheur qu'il croyait avoir trouvé lui était brutalement arraché. Son nouvel univers s'effondrait.

« Je l'ai interrogée, et elle l'a reconnu, reprit le marchand en faisant tourner son chapeau entre ses mains. Nous avons eu des mots... j'ai dit des choses que je ne pourrai jamais effacer... Je vous en prie, il faut que vous m'aidiez ! Je dois absolument la retrouver. »

Child hésita. Il n'avait qu'une envie : courir acheter de l'alcool. Mais la pitié l'emporta. Il rentra dans ses appartements. « Venez. »

Ils s'assirent autour de la table parsemée de bouteilles de gin vides. Sillerton était dans une telle agitation qu'il ne sembla pas le remarquer.

« Après notre dispute, Katherine est montée dans sa chambre. J'aurais dû aller lui parler, mais j'étais très en colère, je me sentais trahi... Au bout de quelques heures, je me suis calmé et je suis allé la voir. Mais elle était partie en me laissant cette lettre... » Il sortit plusieurs feuilles de la poche de son manteau. « Elle l'appelle sa confession, de toutes les choses qu'elle a vues et faites... » Il secoua la tête. « Des mascarades, d'innombrables gentilshommes... Elle parle même d'un meurtre. Je ne comprends pas...

Katherine n'aimait pas les distractions en ville. Pendant les mois où je l'ai connue, elle ne s'est rendue qu'une seule fois à Londres.

— Si cela peut changer quoi que ce soit, je pense qu'elle vous aime sincèrement », lui dit Child.

Sillerton demeura coi un instant. « Dans sa lettre, elle dit qu'elle a commis des péchés trop graves… que c'est pour cette raison que Dieu l'a punie en lui reprenant son bonheur. Mais elle se trompe… Dieu est miséricordieux, et s'Il peut pardonner, je le peux moi aussi. Je regrette plus que tout ce que j'ai dit à Katherine. Ces derniers mois ont été une bénédiction ! Nous essayons de faire un bébé. L'idée de la perdre m'est insupportable… Peu m'importe ce qu'elle a été auparavant, je veux juste qu'elle revienne à la maison.

— Qu'est-ce qui vous fait supposer qu'elle est retournée à Londres ?

— Elle dit dans sa lettre qu'elle est allée à la grande Gomorrhe, que c'est là qu'elle mérite d'être. On dirait qu'elle n'a plus toute sa tête… Je redoute ce qu'elle pourrait faire. »

Child le redoutait également – une inquiétude qu'il s'abstint de partager avec Mr. Sillerton. Les hommes du ministère de l'Intérieur étaient toujours aux trousses de Kitty, et il préférait ne pas imaginer ce qu'ils feraient s'ils la trouvaient. C'était probablement là-dessus que comptait Stone, et ce pour quoi il avait décidé d'envoyer cette lettre.

« Je vous en supplie, Mr. Child, aidez-moi ! »

Il chercha les mots pour dire « non » à Sillerton, qu'il en avait terminé avec cette enquête, qu'il ne pouvait pas prendre le risque de déclencher la colère de Stone. Cependant, rien ne lui vint. Il ne pensait qu'à cette pauvre Kitty effrayée à l'église.

Prenant le malheureux marchand par l'épaule, Child lui murmura des paroles rassurantes et le raccompagna à la porte. Après quoi il revint amorcer son pistolet à silex, puis partit dans la nuit à la recherche de Kitty Carefree.

69

D'un pas nonchalant, le lieutenant s'avança vers Caro.

« Savez-vous comment j'ai deviné ? Vous vous rappelez ces listes que compilent les journaux ? Le teint, la grâce, etc. Eh bien, nous, les hommes, avons nos propres listes. Les seins, les jambes, les fesses… Pour ce qui est de ces dernières, vous gagnez chaque fois ! Les fesses de Caroline Corsham sont un des plus réjouissants spectacles de Londres ! Jouer la putain vous a-t-il plu ? Ça vous va plutôt bien ! »

Elle reculait dans la cour de la ferme, mais il continua à avancer, ravi de la voir apeurée.

« Qu'allez-vous faire ? Me violer, comme vous avez tenté de violer Miss Willoughby ? »

Il éclata de rire. « Elle a apprécié chaque seconde. Vous pourriez également !

— Et Pamela, elle a apprécié ? Pas trop, je pense ! Est-ce pour cette raison qu'elle gît au fond de ce puits ? Parce qu'elle a dit non ? »

Le lieutenant pencha la tête. « Pauvre sotte ! Vous croyez tout savoir, hein ? Mais j'ai bien l'intention de vous y jeter vous aussi ! »

Caro l'observa, espérant que ce soit de l'esbroufe. Son regard bleu glacial l'affola. Il retroussa la lèvre supérieure d'un air amusé. Elle repensa à ce que Jack Somerset avait dit à sa sœur, au plaisir que le lieutenant avait semblé prendre quand il avait tué les soldats endormis à coups de baïonnette.

« Je suis allée voir Somerset, dit-elle. Ou, plus exactement, sa sœur. Je sais ce qui s'est passé à Van der Linden's Mill… et ce que vous avez fait à ces soldats yankees dans le convoi de ravitaillement. »

Il sourit. « Somerset était un vieil ivrogne aigri. Ses histoires avaient pour seul but de me discréditer.

— Elles n'en étaient pas moins vraies ! Et Lucy le savait. Pamela le savait-elle ? Est-ce pour cette raison que vous l'avez tuée ? »

Le lieutenant se passa la langue sur les lèvres. « Lucy n'aurait rien pu contre moi. Le Bureau de la guerre m'a exonéré de toute faute.

— Moi, en revanche, je peux ! Lucy aurait eu du mal à faire parvenir une lettre en Amérique, mais Harry est en ce moment même à Philadelphie et, s'il m'arrive quoi que ce soit ce soir, Mr. Child lui écrira pour lui raconter l'histoire de Somerset.

— Stone tient votre Mr. Child sous sa coupe, il me l'a dit. Et après les articles parus dans le *London Hermes*, ce vieil Harry sera soulagé d'être débarrassé de vous ! »

Caro se plaqua au mur de la ferme. Cherchant une arme alentour, elle ramassa la plus grosse pierre qu'elle aperçut.

Le lieutenant rit de nouveau. « Que comptez-vous faire avec ça ? »

Elle la lança de toutes ses forces en le visant au visage et, alors qu'il jurait en se tenant la mâchoire, elle s'enfuit. Mais il la rattrapa aussitôt et lui enserra les poignets d'une main tout en essuyant de l'autre le sang sur sa bouche. « Vous me le paierez !

— Goujat ! s'écria une voix au fort accent écossais. Sale butor ! Lâchez cette catin… et tout de suite ! »

Le lieutenant se retourna en faisant pivoter Caro contre lui. Cromby, toujours agrippé à sa bouteille, s'approcha en titubant. Comme il avait retiré son masque, Caro vit qu'il était plus jeune qu'elle ne l'avait imaginé, avec un long visage courroucé, de hautes pommettes et des dents protubérantes.

« Mademoiselle, vous m'avez fait mener une joyeuse danse, dans ce bois ! » Il lança un regard noir au lieutenant. « C'est moi qui l'ai repérée le premier !

— Il s'agit d'une affaire privée, Abercrombie… Ne venez pas vous en mêler.

— Et comment, que je vais le faire ! Premier à réclamer, premier servi ! Ce sont les règles de Stone. »

L'Écossais saisit Caro par le bras, mais Dodd-Bellingham la retint fermement. « Fichez le camp… avant que je ne fasse quelque chose que je pourrais regretter ! »

Abercrombie, presque aussi grand que le lieutenant, était plus mou, mais plus corpulent. Il avança encore d'un pas et lui balança sa bouteille à la tête. Le lieutenant lâcha Caro en levant le bras pour se protéger, cependant il ne fut pas assez rapide. Le verre se brisa sur son crâne, du sang jaillit d'une vilaine entaille. Il flanqua un coup de poing dans la mâchoire d'Abercrombie, qui bascula en arrière avant de revenir à la charge.

Caro avait déjà parcouru plusieurs mètres. S'arrêtant près du puits, elle y plongea la main pour récupérer le morceau de satin puant. En jetant un coup d'œil en arrière, elle vit que le lieutenant avait enlevé son manteau pour en recouvrir son bras. Abercrombie bondit une nouvelle fois sur lui en brandissant le goulot de la bouteille brisée. Il feinta, le lieutenant reçut le coup sur son bras enveloppé, puis lui envoya son coude dans la figure. Tous deux tombèrent en luttant dans la boue.

Caro s'enfuit vers le nord, à l'opposé du bois, et se dirigea vers des arbres qui se dressaient au loin. Elle esquiva les branches, trébucha sur des racines, mais elle ne s'arrêta pas avant d'avoir atteint le mur en pierre qui entourait la propriété. Elle le longea en courant, jusqu'à ce qu'elle aperçût un arbre sur lequel elle pensait pouvoir grimper.

Le tissu putride coincé sous un bras, elle se hissa au sommet du mur par-dessus lequel elle passa les jambes. Elle se laissa glisser de l'autre côté et atterrit maladroitement en lâchant son paquet. Le cœur battant, elle le ramassa en cherchant de l'aide sur la route. Tout était paisible et silencieux, à l'exception d'un chien qui aboyait quelque part dans la propriété.

Il fallait qu'elle s'éloigne de la route. Courant aussi vite que possible, elle arriva devant une barrière, qu'elle escalada, et se retrouva dans un champ fraîchement labouré, bordé d'une haute haie la mettant à l'abri des regards. Elle traversa le champ, franchit d'autres haies, escalada d'autres barrières. Au bout d'un moment, elle distingua des lumières au loin. Le village de Hornsey, où le cocher du fiacre l'attendait.

70

Child se rendit d'abord à l'ancienne adresse de Kitty à Soho, où le valet africain ne mâcha pas ses mots. « Je vous l'ai dit. Elle est partie depuis des mois… Vous êtes simplet ou quoi ? »

Lorsqu'il passa au Club des prostituées, il trouva la salle de réunion déserte, à l'exception de deux catins en train de faire une partie de piquet. Toutes deux lui affirmèrent ne pas avoir vu Kitty et, à son avis, elles ne mentaient pas.

Il alla ensuite à Covent Garden, en posant la même question dans toutes les tavernes et les cafés. Les propriétaires levèrent les yeux au ciel, indifférents à sa requête.

« Ce soir, tout le monde veut cette Kitty ! lui dit une serveuse.

— Qui ça ?

— Deux messieurs. Je connais pas leurs noms.

— Du genre officiel, avec des perruques châtaines, et pas très souriants ? »

Elle hocha la tête. « Vous les connaissez ? »

En effet, Child les connaissait.

Un peu après deux heures du matin, dans un tripot proche de Charing Cross, il interrogea un groupe de gentilshommes qui jouaient aux cartes. « Kitty Carefree ? Je me disais bien que c'était elle que j'avais aperçue ! Elle est de retour en ville ?

— Vous l'avez vue ? Ce soir ?

— Je n'en étais pas certain, mais ces cheveux roux… Il faudra que j'aille la voir ! »

Child résista à l'envie de le secouer comme un prunier. « Où était-elle ? C'est important.

— À St. James. Il y a environ deux heures. Elle est passée près de moi dans Charles Street. »

Child prit un fiacre pour traverser la ville et se fit déposer à Piccadilly. Il arpenta les rues de St. James, arrêtant tous les passants pour leur demander s'ils n'avaient pas vu une belle rousse. Il frappa même à la porte d'une des somptueuses maisons de passe de St. James's Square, mais les valets en livrée refusèrent de répondre à ses questions. Avec ses yeux fous et son allure débraillée, sans doute le prirent-ils pour un père en colère. Ses peurs ne faisant que s'accentuer, Child entra dans le parc.

Les filles de joie étaient là en nombre. Décharnées, pouilleuses, vêtues de robes en lambeaux qui semblaient venir de la foire aux chiffonniers, elles l'entourèrent en lui susurrant des compliments grivois – pour un shilling, elles lui feraient tout ce qu'il voudrait.

Child répéta sa description de Kitty en sortant des pièces de ses poches.

Les yeux rivés sur son argent, une fille hocha la tête. « Elle se vendait ici et nous piquait nos clients… Poll lui a griffé les yeux en lui disant d'aller se faire voir à Soho !

— C'était quand ? » demanda Child à la fille que l'autre lui indiqua être Poll.

Cette dernière haussa les épaules en fixant ses ongles noirs de crasse. « Il y a un quart d'heure. Elle est partie par là. »

Vers Westminster. Child leur donna de l'argent et fila aussitôt.

Il emprunta les ruelles brumeuses entre les bureaux du gouvernement et arriva à Whitehall. Là, il interrogea un employé à la mine fatiguée qui rentrait chez lui. « Oui, je l'ai vue. Une vraie beauté ! Elle se dirigeait vers le pont… » Il regarda Child d'un air désolé, comme s'il s'apprêtait à lui annoncer une mauvaise nouvelle. « Mais… elle était avec un autre monsieur. »

Le cœur battant à tout rompre, Child courut en regrettant la vigueur de sa jeunesse. Devant lui se dressaient les maisons du Parlement, dont les flèches brillaient d'un éclat argenté sous le clair de lune. Quand il tourna dans Bridge Street, le brouillard s'épaissit à mesure qu'il se rapprochait de la Tamise. Les lampes à huile alignées sur le parapet du pont noyées dans la brume semblaient former un chemin menant vers un royaume mystérieux. Child s'arrêta devant chaque alcôve du pont. Dans la journée, des petits garçons venaient y pêcher, remplacés la nuit par des marchandes d'amour. En voyant un couple s'embrasser, il tira la femme par l'épaule afin de voir son visage.

« Hé ! » protesta son compagnon, indigné. Sa culotte était déboutonnée, et une de ses mains disparaissait sous les jupons de la femme. Ce n'était pas Kitty.

Apercevant plus loin un autre couple, Child repartit à toutes jambes. La femme était en train de s'écarter de l'homme, ils se battaient. Derrière eux, il aperçut les lanternes d'un carrosse.

« Kitty ! » cria-t-il, sa voix portant sur le fleuve qui rugissait en contrebas.

L'homme se retourna et, de sa main libre, sortit un pistolet et tira. Dans l'éclair que provoqua la détonation, Child distingua le visage stupéfait de Kitty. L'air siffla à ses oreilles au moment où la balle passa près de lui. Il pointa son pistolet à son tour, mais l'inconnu plaça Kitty devant lui en se servant d'elle comme d'un bouclier.

La portière du carrosse s'ouvrit. Un autre homme en descendit. Certain qu'il s'agissait des deux types qui l'avaient roué de coups dans la vigne, Child fit feu et entendit un craquement de bois éclaté. L'homme replongea à l'intérieur du carrosse.

Kitty s'était libérée de son assaillant, mais Child devait recharger son pistolet. Pariant sur le fait que son adversaire devrait en faire autant, il se précipita vers lui. Quelque part, une femme hurla : « À l'assassin ! » Ayant sans doute vu la détermination dans le regard brûlant de Child, l'homme relâcha Kitty et fonça vers le carrosse.

Fou de rage, Child le poursuivit et l'attrapa à l'instant où il arrivait devant la portière. L'homme déjà à l'intérieur tira son comparse, mais Child agrippa celui-ci par la jambe. Alors que le carrosse démarrait, l'inconnu lui donna des coups de pied dans la figure de sa jambe libre. Child tomba en roulant sur les pavés. La portière claqua, et il regarda la voiture s'éloigner.

Après avoir retiré sa perruque, il se releva, hors d'haleine. Tandis qu'il cherchait Kitty alentour, la femme derrière lui poussa de nouveau un cri. Revenant en vitesse à l'endroit où il l'avait vue la dernière fois, il se figea de stupeur.

Kitty avait enjambé le parapet et contemplait les eaux noires qui roulaient dix mètres plus bas.

« Non, je vous en supplie... ne faites pas ça ! C'est Mr. Sillerton qui m'envoie... Il veut que vous reveniez...

— Cet homme vient de me dire que je ne méritais pas de vivre, que j'étais une grande pécheresse, et c'est la vérité... Le dernier péché que j'ai commis est trop grave...

— Ne l'écoutez pas ! Vous êtes une bonne personne, Kitty ! » Child n'était plus qu'à quelques centimètres, prêt à l'agripper. « Mr. Sillerton vous aime... Il se fiche pas mal de vos péchés...

— Dites-lui que je regrette ! » Et sur ces mots, elle fit un pas dans le vide.

Réagissant plus rapidement que jamais, Child la saisit par le poignet et se retrouva plaqué contre le parapet. En bas, le fleuve tourbillonnait, les courants étaient traîtres et violents. Son bras manquant de se déboîter, il lutta pour ne pas lâcher. Les embruns lui trempaient le visage. À moitié couché sur le parapet, il redoutait que le poids de Kitty ne l'entraînât lorsque quelqu'un sur le pont le saisit par les jambes.

« Il faut que vous teniez bon, dit-il à Kitty. Prenez mon autre main. » Il cria aux gens rassemblés derrière lui : « Tirez-moi, bon sang ! »

Elle le regarda d'un air désespéré. Ces grands yeux bleus...

« Je vous en supplie ! l'implora Child. Je ne vais pas pouvoir tenir très longtemps… »

Derrière lui, des mains le tiraient, centimètre par centimètre. « Essayez, Kitty ! » hurla-t-il, sentant qu'il commençait à lâcher prise.

Lentement, timidement, elle leva son autre main. « C'est ça ! l'encouragea Child. Il vous suffit de m'attraper ! »

Soudain, en voyant les doigts de la jeune femme s'agiter, il réalisa avec horreur qu'elle était en train de déboutonner son gant. La chair et la soie se séparèrent dans un bruissement et, comme dans un mauvais rêve, elle lui échappa.

Derrière ses larmes, Child ne vit même pas son corps fendre la surface de l'eau.

PAMELA

1er mars 1782

L'homme monstrueux la tirait sur le chemin. Chaque fois qu'elle le regardait, elle se retenait de hurler. Il avait des plaies sur tout le visage, et son nez était encore pire, presque entièrement rongé, comme celui des mendiants syphilitiques à l'agonie qu'elle avait vus à Cheapside. Il se déplaçait avec lenteur, et elle voyait bien à ses grimaces que marcher lui était pénible. Sa canne dans une main, il lui agrippait le bras de l'autre. Étant donné son état, elle n'aurait eu aucune difficulté à le pousser pour partir en courant, mais où serait-elle allée ? Elle voulait rejoindre les autres filles à la maison. Kitty ne les laisserait pas lui faire du mal.

Sa fureur augmenta. Ces salopards avaient voulu qu'elle se laisse baiser par ce sale fils de pute vérolé mourant ! Pour qu'il guérisse, sans doute – seulement, ce n'étaient que des balivernes, toute personne possédant une moitié de cervelle le savait ! Pamela se consola en se disant que ce queutard puant serait bientôt mort. Puis elle aperçut la maison entre les arbres. De nouveau, sa colère laissa place à la peur.

Il la tira jusque devant la porte sur laquelle il frappa à coups de canne. Le valet qui ouvrit faillit tomber à la renverse. « Dieu du Ciel !

— Kitty ! s'écria Pamela. Aide-moi, je t'en supplie !

— Allez chercher votre maître ! ordonna le monstre de sa voix sifflante. Dites-lui qu'Ambrose Craven exige une explication ! »

Ils attendirent dans le vestibule, sous l'œil horrifié d'autres serviteurs. Stone arriva de l'une des pièces et, à la seconde où il les vit, écarquilla les yeux en leur faisant signe de ressortir. Le lieutenant et lord March les suivirent sur le perron.

Stone prit la parole d'un ton badin. « Vous voulez bien remettre votre nez, Craven ? Vous faites peur aux domestiques.

— Pour qui me prenez-vous, espèce d'escroc ? Nous avions un accord !

— De quoi parlez-vous, mon vieux ? »

Pamela les observait. Elle voulait voir leur réaction face à ce monstre, mais aucun ne semblait surpris ou choqué par son apparence. Ils avaient su, elle le comprit. Tous, même le lieutenant. En dépit de l'air glacé, elle sentit son sang s'échauffer, ses pensées pétiller et éclater, sa colère bouillonner.

Craven lança la petite fiole à Stone, qui la brandit dans la lumière et plissa les yeux.

« Je ne savais rien, je vous le jure ! Vous nous devez une explication », ajouta-t-il à l'intention de Dodd-Bellingham.

Celui-ci s'empara de la fiole. « La sale petite menteuse !

— Qu'y a-t-il ? » demanda lord March.

Le lieutenant lui tendit le flacon de sang.

« Cette fille n'est pas vierge », dit Stone.

Soudain, ils la dévisagèrent tous avec fureur. Comment osaient-ils être en colère, après ce qu'ils avaient fait ? D'autant que ça n'avait rien d'un gros mensonge. Une rapide culbute avec David, le second valet, ne comptait pas vraiment. La plupart des filles de Mrs. Havilland n'étaient pas tout à fait vierges. D'ailleurs, certaines avaient vendu plusieurs fois leur virginité. Quelques herbes du charlatan pour les resserrer, quelques gouttes de sang sur le drap, et qui avait besoin de savoir ?

En comparaison, le mensonge de ces hommes, leur trahison, était d'une telle monstruosité qu'elle avait de la peine à l'imaginer. Débordée par sa colère, elle cria à Stone :

« Vous n'êtes qu'un menteur et un salopard ! Vous auriez pu me tuer ! »

Stone sembla ne pas l'entendre et se précipita derrière l'homme vérolé qui réclamait son carrosse.

Lord March prit Pamela par les épaules pour essayer de la calmer. Elle se dégagea. Il l'agrippa plus fort, sans difficulté, mais elle se débattit.

Pamela tourna la tête et foudroya le lieutenant du regard. « Espèce de fils de pute ! Ordure ! » Elle le verrait mort dans sa tombe avant de se promener dans son carrosse. Avec le plus grand calme, il lui donna une gifle. Réduite un instant au silence, elle pressa sa main contre sa joue.

Kitty et Becky étaient sorties de la maison. Kitty interpella Pamela. Stone, toujours en train de parler avec le salopard vérolé, pointa un doigt vers elles. « Rentrez à l'intérieur !

— Vermines, crapules, sales crevures ! hurla Pamela à la cantonade. Vous n'êtes que des baiseurs minables ! » Alors que tout le monde se mettait à vociférer, le lieutenant lui flanqua une seconde gifle. Pamela enfonça ses dents dans la main de lord March et le mordit au sang. Dès qu'il la relâcha en poussant un cri, elle prit ses jambes à son cou.

71

Child n'arrêtait pas de piquer du nez. Chaque fois qu'il s'assoupissait, il revoyait Kitty Carefree lui échapper et se réveillait dans un sursaut fébrile. Il se demandait s'il en irait ainsi désormais, s'il rejoindrait sa femme et son fils dans ses cauchemars.

Assis dans un fauteuil, il attendait dans le salon de Mrs. Corsham. Il était un peu moins de six heures du matin. Il entendait les domestiques parler de leur maîtresse dans le vestibule, spéculant sur l'article paru dans le *London Hermes*. Ils étaient inquiets de perdre leur place, imaginaient la famille voler en éclats lorsque le capitaine Corsham déciderait de divorcer. Encore des vies détruites à cause de Peregrine Child…

Il revoyait sans cesse le visage de Kitty. *Le dernier péché que j'ai commis est trop grave.*

Entre sa culpabilité et son chagrin, toutes sortes de pensées décousues le traversaient. Kitty et sa volonté farouche de protéger sa nouvelle vie, sa seule chance de bonheur. Un bonheur que la volonté de Lucy de poursuivre le meurtrier de Pamela avait risqué d'anéantir. Et Kitty avait su que Lucy serait au Vauxhall ce soir-là, qu'elle détenait une preuve susceptible de démasquer le tueur.

Humphrey Sillerton lui avait dit que Kitty ne s'était rendue qu'une seule fois à Londres depuis leur rencontre – sans doute le jour où il avait assisté au dîner organisé au Devil, le 30 août, quand Kitty avait été aperçue dans son carrosse sur le Strand. Le 30 août, soit le jour où Lucy avait été tuée. Où était allée Kitty pendant que son mari participait à ce dîner ? Aux jardins du Vauxhall ? Avertir le tueur ?

Si seulement il parvenait à retrouver ce qui le troublait dans ce qu'elle leur avait raconté à l'église, peut-être aurait-il enfin des réponses. Mais cette chose continuait à se dérober, pourtant elle était là, enfouie dans un recoin de sa mémoire, inaccessible.

Les premières lueurs de l'aube apparurent à travers les fissures des volets. Child entendit un carrosse s'arrêter devant la maison, puis des voix résonner dans le vestibule. Mrs. Corsham entra dans le salon, la robe déchirée, l'air de se sentir presque aussi mal en point que lui. Le ballot de tissu qu'elle tenait à la main dégageait une odeur nauséabonde.

« Que s'est-il passé ? demanda Child en se levant. Où êtes-vous allée ?

— En votre absence, je n'ai pas vraiment eu le choix ! Je pense avoir trouvé Pamela. Je crois que son corps gît au fond d'un puits dans cette ferme abandonnée. » Elle se laissa tomber dans un fauteuil.

« Je suis désolé… J'aurais dû être là.

— En effet, vous auriez dû ! »

Child ferma les yeux. « Kitty Carefree est morte. »

Tandis qu'il lui racontait ce qui s'était passé, Mrs. Corsham l'écouta avec attention.

« C'est une tragédie. La pauvre Kitty devait être désespérée, pour faire une telle chose… » Elle se tut un instant, puis fronça les sourcils. « Hier, Mr. Stone a fait paraître un nouvel article sur moi dans les journaux. Un article qui insinue que j'attends un enfant dont le père n'est pas le capitaine Corsham. Or, c'est la triste vérité. J'ai cru que lord March m'avait trahie et avait parlé à Stone, mais je n'en suis plus aussi certaine. Quelqu'un a dû révéler à Stone où était Kitty, quelqu'un qui est proche de notre enquête…

— Madame…

— Ces dernières semaines, Miles, mon valet, a été plus près de moi que quiconque. Il a dû deviner que j'étais enceinte. Et il était à Clapham avec nous. Il l'aura sans doute rapporté à Stone, peut-être à son insu... Cassandra Willoughby flirte avec lui. Cela m'a paru étrange mais, si elle est l'espionne de Stone, je comprends mieux...

— Madame, s'il vous plaît ! l'interrompit Child en élevant la voix. L'espion n'est pas votre valet. Et Miss Willoughby n'a rien à voir dans tout ça... C'est moi qui vous ai trahie. J'ai parlé à Stone. »

Elle le regarda, ébahie. « Vous, Mr. Child ?

— Je n'ai pas eu le choix. Enfin, si, mais ce n'est pas vous que j'ai choisie. » Il lui avoua tout : le chantage de Stone, la bande de faussaires de Deptford et Sophie Hardcastle.

« Comment avez-vous deviné que j'attendais un enfant ? s'étonna Mrs. Corsham.

— Depuis que je vous ai rencontrée, vous n'aviez pas l'air dans votre assiette. Et ces satanés gingembres confits... Ma femme en prenait constamment quand elle était enceinte de notre garçon... Je me suis interrogé sur le service que Lucy aurait pu vous rendre pour que vous alliez la retrouver en secret sous les charmilles... Et le jour où vous avez été malade devant moi, tout s'est éclairé.

— Dans ce cas, pourquoi êtes-vous ici ?

— Kitty Carefree a laissé une lettre à son mari, dans laquelle elle explique que c'est sa confession. » Il la lui tendit. « Tout est là. Tout ce qu'elle nous a raconté... et bien plus encore. »

Mrs. Corsham lut la lettre.

« Kitty a été manipulée, déclara-t-elle en la reposant. Et pas seulement à la fin. » Elle lui montra le ballot de tissu putride. « Regardez ça. »

Child le déballa sur la table en fronçant le nez à cause de l'odeur. C'était un morceau du manteau en satin bleu d'un gentilhomme, brodé d'un fil doré, tout raidi d'humidité et de moisissure, et parsemé de taches plus sombres.

« On dirait du sang. Et ce blason est celui des Amberley, reprit Mrs. Corsham en désignant un des boutons dorés. Je me souviens de ce manteau. Il appartient à lord March. » Elle se leva. « Dès que je me serai lavée et changée, j'irai chez les Amberley. La seule question qui reste est la suivante : êtes-vous avec moi, Mr. Child ? »

72

L'unique moment où le silence s'abattait sur le Strand correspondait à l'accalmie entre le départ des noceurs noctambules de Covent Garden et l'arrivée des acheteurs du matin. À cette heure, la rue semblait retenir son souffle. Caro prit le temps de rassembler son courage et ses pensées avant de descendre du carrosse en y laissant Mr. Child. La conversation qu'elle s'apprêtait à avoir était de celles qu'elle préférait mener seule.

Devant la grille d'Amberley House, les valets en livrée écoutèrent sa requête, puis l'invitèrent à patienter à l'intérieur pendant qu'ils apportaient son mot à lord March. L'un d'eux l'accompagna dans le vestibule. La demeure, un mélange déroutant de styles et de pierres dont les ailes irrégulières formaient des saillies aux angles, se composait de pièces à la fois anciennes et nouvelles, de plusieurs jardins et d'une chapelle avec des vitraux.

Ils traversèrent une salle seigneuriale où étaient exposées les armoiries des Amberley, gagnées par les ancêtres de lord March à Azincourt, Naseby et Bosworth Field. Leurs portraits toisaient Caro du haut des murs en pierre. « Une intruse, les imagina-t-elle murmurer. Des gens de la City. »

Le valet qui avait transmis son message revint au bout de quelques minutes. « Lord March va vous recevoir, madame. »

Il l'escorta dans un couloir jusqu'à une petite pièce donnant sur un jardin privé – celui-là même où Agnetti avait vu le lieutenant Dodd-Bellingham séduire sa femme.

Lord March était assis dans un fauteuil en bois sculpté, son visage blême adouci par la lumière aqueuse. Une odeur d'herbe pénétrait par la fenêtre ouverte, ainsi que les cris des portiers qui s'affairaient autour du ponton privé sur la Tamise.

Caro attendit que le domestique se fût retiré. « J'ai vu le puits de mes yeux. J'y ai trouvé votre manteau, couvert du sang de Pamela.

— Stone est protégé, rétorqua lord March d'une voix rauque. Nous aussi. Quoi que vous pensiez pouvoir prouver, vous n'y parviendrez pas.

— Prinny est protégé. Mais si le prix de sa protection nécessite de vous jeter aux loups tous les quatre, ils le feront sans hésiter ni perdre le sommeil ! J'ai les moyens de les obliger à le faire. Je suis en possession du témoignage de Kitty Carefree.

— Vous croyez que la parole d'une putain morte l'emportera sur la mienne ou celle de Neddy ? Regardez donc autour de vous… Je suis un Amberley ! C'est un nom qui compte encore !

— Et moi, je suis une Craven. La City n'est pas dépourvue de pouvoir… et Stone y a quelques ennemis. Je bénéficierai du soutien d'hommes tels que Ansell Ward. »

Il la fixa un long moment. « Que voulez-vous ?

— Tout d'abord, savoir ce qui s'est passé. Je sais qu'Ambrose était le cinquième homme. Vous lui avez offert une fille vierge de quinze ans, un sacrifice humain… Comment avez-vous pu, Octave ? »

Il eut un rire amer. « La fille n'était pas vierge. La chose ne manque pas d'ironie, n'est-ce pas ? C'est à cause de cela que tout a dérapé… Elle cachait sur elle une fiole de sang que votre frère a trouvée. »

D'où leur fureur, songea Caro. *Ils s'étaient laissé duper par une gamine. Toute cette culpabilité vis-à-vis de ce qu'ils faisaient… et pour rien !*

« Est-ce que mon frère a… a couché avec elle ?

— Stone affirme que non. Dès qu'Ambrose a découvert la fiole, il a ramené la fille à la maison.

— Stone lui a-t-il procuré une autre fille ? » À cet instant, il importait par-dessus tout à Caro d'en avoir le cœur net.

« Il devait le faire, mais Ambrose s'est alité et a cessé de parler. Stone m'a confié par la suite que, selon lui, cette soirée l'avait achevé. »

À cause de son sentiment de culpabilité et de honte, de sa haine de ce qu'il était devenu.

« Racontez-moi ce qui s'est passé après que Pamela s'est enfuie. »

Lord March jeta un regard vers le fleuve. Une péniche transportait du charbon, des oiseaux volaient au ras de l'eau. « Stone nous a demandé de la retrouver et d'acheter son silence. Nous devions lui assurer qu'il ne se plaindrait pas auprès de Mrs. Havilland. Elle pourrait même garder l'argent si elle se taisait. Bien que nous n'eussions enfreint aucune loi, ça n'aurait pas fait bonne impression, et il ne voulait pas que la fille nous attire des ennuis. Stone m'a dit d'aller à la maison de bains, au cas où elle y serait retournée. »

Il se tut un instant en se remémorant cette soirée. « J'avais passé la journée à boire… J'imagine que je ne voulais pas affronter tout ça… La fille… Votre frère… Ça n'allait pas. Sauf que je n'avais pas le choix ! dit-il en élevant la voix. Vous devez le comprendre, Caro… Stone nous tenait tous dans un étau. Ce n'était pas notre faute !

— Poursuivez, dit-elle d'une voix glaciale.

— Quand je suis arrivé à la maison de bains, j'avais la tête qui tournait. Ma main, qu'elle m'avait sauvagement mordue, m'élançait et saignait un peu. Il faisait un tel froid que je voulais me reposer et, après m'être allongé sur le lit, je me suis endormi… Je ne me souviens de rien d'autre jusqu'au lendemain matin. »

Il soupira en frissonnant. « C'est la première chose que j'aie sentie… Le sang, beaucoup de sang. Sur mon manteau, sur mes mains… Bien trop pour qu'il provînt de ma blessure. J'ai d'abord cru que je saignais du nez, mais il n'y avait pas de sang sur mon visage. Et j'avais dans la main un collier, que j'ai reconnu comme étant celui de la fille.

Quand je suis sorti devant le lac, l'aube se levait. C'est à ce moment-là que je l'ai vue. »

Il fixa la tapisserie sur le mur – une licorne et une jeune fille. « Le bassin avait été vidé pour l'hiver. Elle gisait toute nue au fond, le visage complètement... » Il se tut une seconde. « Elle qui avait été si belle... Mais il y avait tellement de sang qu'elle était méconnaissable. J'ignore combien de temps je suis resté là à la regarder... Puis Stone et Neddy sont arrivés et m'ont demandé ce que j'avais fait. Je n'avais aucune réponse à leur donner, je n'en ai toujours pas. Je ne me souviens de rien... » Il avait les larmes aux yeux, ses mains tremblaient. « Je la désirais, vous comprenez... Elle avait cette façon de regarder un homme...

— Alors vous l'avez violée et ensuite tuée ? »

Lord March secoua la tête. « Ça ne me ressemble pas... Mais il m'arrive de faire des choses et de ne plus m'en souvenir.

— Stone vous a ordonné à vous et à Neddy de vous débarrasser du corps.

— Il a dit que personne ne pourrait jamais savoir ce que j'avais fait, que ses ennemis lui feraient payer mon crime, que je serais pendu... Neddy a beau être un ami fidèle, il n'était pas en mesure de contrarier Stone ! Et je... je ne pouvais accepter l'idée de finir au bout d'une corde.

— Pourquoi vous êtes-vous disputé avec Neddy au sujet du collier ?

— Votre enquête nous inquiétait. Neddy voulait qu'on se serve de ce pendentif pour impliquer Agnetti dans les meurtres. Il ne l'a jamais aimé. J'ignore pourquoi. Mais j'ai refusé. »

Caro posa ses mains sur l'enfant qu'elle portait dans son ventre en s'efforçant de réfléchir.

« Je vous épouserai, dit brusquement lord March en la tirant de ses pensées. C'est ce que vous vouliez que je vous dise, quand vous m'avez parlé du bébé ?

— Et vous avez refusé.

— Je ne refuse plus. » Il la regarda dans les yeux. « Mon père me déshéritera. Une Craven dans la maison des Amberley… Mais votre enfant aura un père, et le mien ne peut pas me priver de mon titre. Même Mordechai pardonnera un scandale en échange d'un titre de comte dans sa famille. Nous ne mourrons pas de faim. »

Le prix du silence. Épouser un meurtrier. La sécurité garantie à son enfant. La survie. La société absoudrait une comtesse mariée à un Amberley.

« À quel moment Stone vous a-t-il dit qu'Ambrose n'avait pas touché à Pamela ? »

Lord March papillonna des yeux. « On revient encore là-dessus ? Le lendemain, au petit déjeuner.

— Donc, ce soir-là, au moment où vous l'avez violée, vous n'en saviez rien ? »

Il fronça les sourcils. « Non. Je me rappelle que je craignais que la fille n'attrape sa maladie…

— Dans ce cas, pourquoi l'auriez-vous violée ? Si vous pensiez qu'elle venait d'être contaminée par la vérole, vous vous seriez mis en danger.

— Je ne sais pas… Sans doute n'avais-je plus toute ma tête… »

Caro réfléchit un instant. « Est-ce vous qui m'avez attaquée dans la ruelle à Carlisle House ?

— Non, je vous l'ai dit, jamais je ne pourrais vous faire du mal… Et je n'ai pas enlevé Gabriel.

— Avez-vous tué Lucy ?

— Non. J'espérais que son meurtre n'ait rien à voir avec tout ça. Plus tard, je me suis demandé si ce n'était pas Neddy ou Stone qui l'avait tuée pour nous protéger.

— Qu'est devenue la fiole de sang que Pamela… que mon frère a trouvée ?

— Neddy me l'a donnée. Je l'ai mise dans ma poche. »

Il ne l'a pas tuée, songea Caro. *Mais le tueur veut que tout le monde soit convaincu du contraire.*

Elle essaya de comprendre ce que cela impliquait. Mais avant, elle devait prendre une décision. Épouser un innocent qui se croyait coupable ou épouser un meurtrier étaient deux choses très différentes.

Pendant quelques secondes, Caro oscilla entre deux vies possibles. Laisser le véritable assassin s'en sortir indemne pour, en retour, s'en tirer elle-même dignement. L'idée était tentante… Mais elle repensa soudain aux salières, à la menace qui pesait sur Gabriel. À la dureté du fer des sabots du cheval devant Carlisle House. À Pamela, à Lucy, à Hector. À tout ce qu'avait fait le tueur… Sa colère l'emporta, éclatante comme un diamant, aussi froide qu'une lame.

73

De retour dans le carrosse, Caro résuma ce qui s'était passé dans la maison de bains à Mr. Child.

Pamela au fond du bassin, nue, le visage réduit en bouillie. Lord March à l'intérieur de la demeure, maculé de sang, le collier dans la main.

« Quand je suis allée à la mascarade, j'ai vu le bassin, dit-elle. Il est très profond. Il aurait été difficile, voire impossible, au tueur d'en sortir la fille tout seul sans être couvert de sang. Et encore plus difficile de l'enterrer au milieu de la nuit sans avoir une pelle. L'assassin a sans doute pensé que les autres préviendraient les autorités... Ou il avait une autre raison de vouloir que tout le monde croie que c'était lord March qui l'avait tuée. Si c'était Stone le coupable, les autres se seraient certainement empressés d'aller le dénoncer. Ils le haïssaient tous ! En revanche, les Dodd-Bellingham auraient protégé lord March. Il était leur ami.

— Par conséquent, le tueur a imaginé une mise en scène, conclut Child. Appelons-la *Le Lord assassin*.

— C'est ce que je pense. Il s'est servi de la fiole de sang que Pamela avait sur elle pour souiller les mains et le manteau de lord March. » Caro n'avait pas pris la peine d'expliquer son raisonnement à ce dernier. Qu'il vive donc encore un peu avec sa culpabilité ! Avant de le quitter, elle lui avait simplement dit qu'elle réfléchirait à sa proposition.

« Dois-je comprendre que, d'après vous, Pamela n'a pas été violée ?

— Je n'en suis pas sûre. Elle était très en colère, et à juste titre ! Elle les a injuriés, menacés… Et si elle avait rencontré l'un d'eux dans le bois et avait réitéré ses menaces ?

— Vous voulez dire, son secret ? Aurait-elle pu parler du massacre perpétré par le lieutenant ? Ou de Simon et de Julia Ward ?

— Sauf qu'aucun des deux frères ne possède le moindre sou. Je ne vois pas comment ces secrets auraient pu l'enrichir…

— Peut-être savait-elle des choses au sujet de Stone.

— Mais quoi ? J'ai le sentiment que nous passons à côté de quelque chose. »

Child en convint. « Nous ne disposons pas encore de preuves suffisantes pour arrêter le coupable, mais nous pouvons au moins faire sortir un innocent de prison. »

*

Deux heures plus tard, ils étaient dans le bureau de sir Amos Fox, assis de part et d'autre de Nicholas Cavill-Lawrence. Sur le bureau du magistrat étaient posés le collier de Pamela, les salières en papier, le couteau que Child avait trouvé au Vauxhall, et les portraits de Pamela et Lucy.

Plus tôt dans la journée, ils avaient fait un saut au ministère de l'Intérieur où, pendant que Mrs. Corsham était allée parler à Cavill-Lawrence, Child avait attendu dans une antichambre, surveillé par un gentilhomme au visage sinistre et à l'œil soupçonneux. Il y avait là d'autres messieurs « du genre officiel », comme ceux responsables des agressions que Nelly Diver et lui-même avaient subies, et qui étaient également responsables de la mort de Kitty Carefree, tout comme, probablement, de celle de Moll Silversleeves. Toutefois, certains combats nous dépassaient – Mrs. Corsham l'en avait convaincu. Child se consola en fixant l'homme du même regard noir.

Bien qu'il ignorât ce que Mrs. Corsham avait dit à Cavill-Lawrence, il l'imaginait : « Nous avons la confession signée de Kitty Carefree, morte sur le pont de Westminster après que deux de vos agents ont tenté de l'enlever. Tout est consigné dans son témoignage : les mascarades, Prinny, la jeune fille vierge assassinée, un banquier syphilitique, un prêt illégal… Établir les liens entre ces divers éléments n'est pas très compliqué. Vous souhaitez protéger Prinny. Je souhaite que le meurtrier soit puni. Trouvons un moyen d'obtenir chacun ce que nous voulons. »

Quoi qu'elle eût pu lui dire, le résultat ne s'était guère fait attendre. Cavill-Lawrence était en train de donner ses instructions à sir Amos.

« Je veux qu'on relâche Von Siegel. Il est innocent de tout crime. »

Sir Amos gratta une plaque rouge sur son cou. « Mais vous m'avez dit que…

— Je sais. Et à présent, je vous dis ça. »

En bon agent servile, sir Amos sortit du bureau, sans doute pour s'entretenir avec l'un de ses Coureurs.

Quand il revint, Cavill-Lawrence résuma la situation : « Vous allez emmener un détachement de Coureurs de Bow Street à Muswell Rise. S'ils ne l'ont pas déplacé, vous trouverez là le cadavre d'une prostituée au fond d'un puits. Lord March a confirmé à Mrs. Corsham que la fille avait été tuée. Vous interrogerez Jonathan Stone et les frères Dodd-Bellingham. S'ils risquent la pendaison, l'un d'eux parlera.

— L'assassin est peut-être le seul à savoir qu'il a tué, observa Child. S'ils nient tous, qu'adviendra-t-il ?

— Ces hommes ont fait obstruction à la justice, fit valoir Mrs. Corsham. Ce qui en soi constitue un crime.

— Vous voulez que je les pende tous ? » demanda sir Amos.

Child avait eu des idées bien pires.

Quelques instants plus tard, Orin Black arriva avec Ezra Von Siegel, qui avait le visage contusionné et se tenait d'une façon étrange. Dieu seul savait par quels moyens ils lui avaient arraché des aveux ! Child lança un regard furieux à Orin.

Le magistrat brandit le portrait de Pamela. « On nous a informés que le meurtrier de Lucy Loveless avait également tué cette jeune fille. Je suppose que, le 1er mars, vous n'étiez pas invité chez Jonathan Stone ? »

Von Siegel avait l'air perdu. « S'il vous plaît, qui est Jonathan Stone ?

— Nous devons par conséquent en conclure que vous n'avez pas pu tuer Lucy Loveless. Black, remettez-lui ses effets. »

Von Siegel les regarda d'un air stupéfait. « Vous laissez partir moi ?

— C'est ce que je viens de dire, non ? » Sir Amos écrivit quelque chose sur une feuille et signa en bas d'un geste agacé.

Réprimant ses larmes, Von Siegel observa le portrait de Lucy, et ensuite le collier. « Je ne savais pas, murmura-t-il en fermant les yeux. *Aleha hashalom*…

— De quelle sorcellerie s'agit-il ? s'enquit Cavill-Lawrence. Est-ce une malédiction juive ?

— Une prière pour jeune fille juive morte », répondit Von Siegel avec solennité.

Child le dévisagea. « C'est un bijou juif ?

— C'est une *khamsa* pour porter bonheur, protéger du mauvais œil. Mais pas elle…

— Le collier n'appartenait pas à Lucy mais à cette fille, Pamela, dit Child en lui montrant son portrait. D'après elle, son père l'avait offert à sa mère. »

Tandis que Child observait le pendentif, ses pensées commencèrent à s'éclaircir. Le secret dont Pamela était persuadée qu'il la rendrait riche… Le tableau avec lord March… *Lucy disait qu'elle savait qui avait tué Pamela et qu'elle en avait la preuve.*

Il releva la tête et croisa le regard de Mrs. Corsham. « Je sais qui les a tuées. »

*

Mrs. Corsham partit avec Cavill-Lawrence dans le carrosse du magistrat. Child se retrouva relégué dans une seconde voiture avec un contingent de Coureurs de Bow Street. Bien qu'ils ne se fussent toujours pas adressé la parole, Orin lui jetait un regard de temps en temps, mal à l'aise. Avant de quitter Bow Street, sir Amos avait pris Orin à part dans le hall, où tous deux avaient eu une conversation à voix basse. Child se demandait de quoi ils avaient bien pu parler.

Les voitures prirent de la vitesse, et ils arrivèrent bientôt à Muswell Rise. Les gardiens armés de Stone n'étaient pas préparés à discuter avec sir Amos, qui agita un mandat de perquisition d'un geste autoritaire. Le portier ouvrit les grilles. Ils s'engagèrent dans l'allée. Lorsque le majordome de Stone vint à leur rencontre, sir Amos l'écarta sans ménagement.

« Où est votre maître ?

— En haut, dans sa galerie… Monsieur, je vous prie d'attendre… »

Mais le magistrat, toujours désireux de s'assurer la faveur du ministère, fonça vers l'escalier. Child et Mrs. Corsham montèrent derrière lui. Ils déboulèrent dans la galerie de Stone, suivis de Nicholas Cavill-Lawrence et des agents de Bow Street.

Les frères Dodd-Bellingham étaient en train d'installer une statue de femme nue sur un socle. Le lieutenant avait une entaille sous l'œil gauche et la lèvre enflée. Stone et Érasme Knox discutaient devant une fenêtre. Tous les quatre se retournèrent en même temps.

« Que signifie ceci ? » s'indigna Stone.

Child le désigna du doigt. « Eh bien, qu'est-ce que vous attendez, les gars ? Arrêtez-le ! »

PAMELA

1er mars 1782

Pamela s'enfuit à travers bois.

Les branches s'accrochaient à sa robe, lui égratignaient les mains et, comme elle avait perdu une de ses sandales, les cailloux lui entaillaient le pied. Il fallait qu'elle fuie au plus vite cet endroit, qu'elle fuie ces salopards… Dès qu'elle apercevrait un mur, elle l'escaladerait. Et elle marcherait jusqu'à Londres.

Elle s'arrêta pour reprendre son souffle et tendit l'oreille. Le vent gémissait dans les arbres. Le froid la fit frissonner. Ses yeux pleuraient, son nez coulait… Elle ne tiendrait pas le coup toute une nuit ici, c'était certain.

En prendre conscience lui redonna le courage de continuer à courir. Ses pieds volaient au-dessus du sol. Sa colère était si intense qu'elle l'empêchait de réfléchir. À la sortie d'une courbe sur le sentier, elle se retrouva nez à nez avec Simon.

« Pamela ? Que faites-vous ici toute seule ? » Le sourire rassurant qu'il lui adressa ne fit que décupler sa rage.

« Vous saviez ! Vous saviez pour l'homme qui a la vérole, le jour où vous m'avez promis que je ne risquais rien ! Vous saviez !

— Je ne pouvais rien dire à cause de Stone… Aucun de nous ne le pouvait, ni ne voulait rien avoir à voir là-dedans, mais nous devons de l'argent à Stone et… »

Tandis que Pamela écoutait ses excuses, la colère sembla s'emparer de tous ses sens : un nuage noir devant ses yeux, un rugissement dans ses oreilles, et sa fureur qui la brûlait tel un feu ; elle en percevait le goût dans sa bouche.

« Menteur ! » Après la peur qu'elle avait eue, elle voulait qu'il la ressente lui aussi. « Je vais aller raconter à Mr. Stone ce que vous avez fait ! »

Simon fronça les sourcils. « De quoi parlez-vous ?

— Je vous avais déjà vu... À ce moment-là, je travaillais comme domestique à la maison de Cheapside, près de Saint-Mary-le-Bow, où vous veniez souvent voir mon maître. Je vous ai reconnu le jour où je vous ai vu acheter des vêtements à la Maison Bertin. Vous ne portiez pas vos lunettes. » Elle sourit. « J'écoutais aux portes. Je vous ai entendu comploter avec mon vieux maître. Et maintenant, je vais tout dire à Mr. Stone ! »

Elle vit son expression changer, la peur s'insinuer dans son âme. « Pamela... Non, je vous en prie, attendez...

— Vous pensez qu'il fera quoi, une fois qu'il saura ? J'espère qu'on vous pendra !

— Je vous en prie ! répéta Simon en jetant des regards anxieux alentour. Calmez-vous... et discutons tous les deux. »

Pamela parla plus fort pour couvrir le bruit du vent. « Simon Dodd-Bellingham est un menteur ! Un traître, un voleur et un menteur ! » Elle éclata de rire en percevant la stridence de sa voix.

Au milieu des supplications de Simon, le coup la prit par surprise, non pas une gifle comme lui en avait donné son frère, mais un coup de poing qui la fit tomber à terre. Elle toucha son nez et s'aperçut qu'elle saignait. Le salaud ! Elle n'avait pas cru qu'il oserait la frapper.

Simon la regarda en pressant sa main meurtrie. La peur la reprit, et elle se releva tant bien que mal en courant vers la maison. Elle entendit qu'il la suivait. Son pas était lourd, pas aussi agile que celui de son frère. Mais elle était à bout de forces. Dès qu'elle aperçut le lac entre les arbres, elle bifurqua et fila vers la maison de bains, où un verrou fermait la porte de l'intérieur. Elle se terrerait là en attendant que Kitty, Stone ou l'un des autres vienne la chercher.

Sous le ciel très noir, le lac paraissait aussi lisse que du verre. Pamela accéléra l'allure en entendant les pas de Simon et le son rauque de sa respiration. La maison de bains n'était plus qu'à quelques mètres. Elle glissa sur l'herbe... puis plongea dans le néant.

Elle chuta trois mètres plus bas où elle atterrit sur la pierre dans un craquement. Une douleur fulgurante lui élança l'épaule. Elle était tombée dans le bassin de Stone. Serrant son bras contre elle tout en pleurnichant, elle leva les yeux et vit Simon debout sur le bord.

Entre des hoquets de douleur, elle lui dit à toute vitesse qu'elle plaisantait, qu'elle ne raconterait rien à Stone ni à personne. Elle avait seulement voulu lui soutirer un peu d'argent, trois mille livres, juste de quoi régler les dettes du lieutenant. Mais il pouvait le garder, car elle ne voulait plus épouser son frère !

Simon sauta au fond du bassin. Pamela pleurait maintenant à chaudes larmes en le suppliant, or il ne l'écoutait plus. Elle toucha son collier – le seul cadeau que, en dehors d'un enfant non désiré, son père avait jamais fait à sa mère –, cette khamsa censée la protéger.

Simon cherchait des yeux quelque chose alentour. Il se pencha et, au moment où il se redressa, il tenait une grosse pierre dans la main. Il avança vers elle.

« *Elohim ya'azor-li* », murmura Pamela, s'efforçant de se remémorer les prières qu'elle avait apprises à l'orphelinat adjacent à la synagogue et tenté d'oublier.

Les mots moururent sur ses lèvres à l'instant où elle vit s'abattre la pierre.

74

Sir Amos sortit son pistolet et tira. Simon plongea derrière un socle tandis que la balle arrachait la tête de l'une des statues. Child se planta devant le magistrat. « Rangez ça ! On le veut vivant ! »

Les Coureurs de Bow Street avaient eux aussi dégainé leur arme. Child repensa à la conversation que sir Amos avait eue avec Orin Black dans le hall. *Ils ne veulent pas d'un procès, ni rien qui puisse nuire à Prinny*, songea-t-il. *Ils veulent Simon mort.*

« Simon ? » s'écria son frère, déconcerté.

Simon était en train de filer vers la porte. Un des Coureurs leva son pistolet mais, au moment où il fit feu, Child le bouscula, de sorte que la balle partit en l'air. Simon franchit la porte en renversant une immense urne dans sa hâte. Se précipitant derrière lui, Child aperçut le visage angoissé de Stone. Simon essayait de tirer un verrou derrière la porte qu'il venait de refermer, mais Child enfonça celle-ci d'un coup de pied et faillit tomber à la renverse dans la bibliothèque. Près de la cheminée, Simon s'empara d'un tisonnier qu'il brandit, obligeant Child à battre en retraite, puis s'enfuit par une autre porte. Child le poursuivit dans la galerie qui surplombait le hall et l'escalier.

Postés en haut des marches, Orin et un autre Coureur de Bow Street coupèrent la route à Simon, qui aussitôt courut dans l'autre sens, bousculant au passage une bonne stupéfaite qui portait une pile de draps. Il ouvrit une porte, observa à l'intérieur, puis se précipita vers la suivante et l'ouvrit. Child, sur ses talons, supposa qu'il cherchait l'escalier de service. Une nouvelle détonation retentit, suivie d'une autre. Les Coureurs de Bow Street tiraient de l'autre côté du palier. Child baissa la tête alors que les balles faisaient voler en éclats les belles moulures en plâtre.

Simon essaya d'ouvrir la dernière porte, mais celle-ci était fermée à clef, et il eut beau la bourrer de coups de pied, elle refusa de céder. N'ayant plus nulle part où s'échapper, il se retourna face à Child.

« Rendez-vous à moi, sans quoi ils vont vous abattre ! » lui cria ce dernier. Il avait quelques questions à lui poser. Notamment sur ces parties de l'énigme qui ne collaient pas.

Il entendit Orin Black faire des remontrances à ses Coureurs et leur ordonner de cesser leurs tirs, craignant sans doute qu'ils ne le touchent. *Deptford, à la vie, à la mort !* songea Child avec amertume.

« Ne leur donnez pas ce qu'ils veulent, dit-il à Simon. S'il y a un procès, vous aurez la possibilité de faire tomber Stone avec vous. »

Simon tourna la tête de tous côtés en cherchant un moyen de s'enfuir. « On accusera mon frère… Il s'est débarrassé du corps de Pamela !

— Vous vous inquiétez pour lui ? Vous feriez mieux de vous rendre, mon vieux, vous n'avez plus nulle part où aller ! »

Brusquement, Simon le poussa, prit appui d'une main sur la balustrade et sauta dans le vide. Il atterrit à plat ventre à l'étage au-dessous, dans le hall. Ses lunettes glissèrent plus loin sur le sol.

Au moment où il se redressa, Orin leva son pistolet. La détonation noya le cri que lâcha Child. Simon fit encore quelques pas en titubant avant de s'écrouler, tandis qu'une flaque de sang s'étalait sous lui sur les dalles en marbre.

75

Le lieutenant Dodd-Bellingham, en pleurs, s'agenouilla près de son frère. Child jeta un regard furieux à Orin que ses hommes étaient en train de féliciter. Mrs. Corsham accourut et lui toucha le bras. « Dieu soit loué, vous n'êtes pas blessé ! »

Cavill-Lawrence apparut en haut de la galerie et se pencha en regardant Simon. Comprenant qu'il n'y avait plus rien à faire, il marmonna dans sa barbe d'un air satisfait. Child et Mrs. Corsham le rejoignirent. Jonathan Stone, la mine dévastée, était à genoux en train de ramasser les morceaux de l'une de ses précieuses poteries.

En les voyant entrer, il leva la tête. « Simon a tué Pamela ? » Il paraissait abasourdi. « Je croyais que c'était lord March…

— Simon a fait en sorte qu'on le croie, expliqua Child. Il ne voulait pas que quelqu'un, à commencer par vous, se demande pourquoi il aurait pu la tuer.

— Je vous le demande maintenant. Quelle raison avait-il ? »

Tout le monde se tourna vers Child avec curiosité. Les autres avaient eu droit à une explication confuse dans le bureau du magistrat mais, manifestement, ils voulaient en savoir plus.

« Passez-moi votre bague, dit Child à Stone.

— Pardon ?

— Votre bague. »

Stone la fit glisser sur son doigt. Child s'approcha de la

fenêtre et la brandit dans la lumière. Il examina le grenat sur lequel, d'un côté, était gravée une tête de femme, de l'autre, une tête de bouc. La monture en or – cette fois, il le constata – avait un léger éclat cuivré. Ce que l'on ne remarquait pas à moins de l'examiner de près.

« C'est du similor sur du cuivre, reprit-il. D'après le lieutenant, vous avez payé chacune de ces bagues quarante guinées, et beaucoup plus pour celle-ci, l'originale. Mais, à mon avis, toutes ces bagues sont des faux. Lucy a dû s'en rendre compte après avoir volé celle du lieutenant dans l'intention de berner Moll Silversleeves. Elle était habituée à ce genre d'escroqueries. »

Il imagina Nelly et Lucy à la taverne du Sun, dans Milk Street, de longues années auparavant. *On avait une bague en or à quarante guinées que j'avais chipée à un client, et on cherchait des messieurs d'un certain genre, des petits rusés prêts à profiter d'une dame qui leur faisait confiance. Lucy prétendait ne pas connaître la valeur de la bague et proposait de la vendre dix guinées. Elle se chargeait de tout le bla-bla, moi de l'échange. Et quand le gentilhomme rentrait chez lui, tout fier de sa bonne affaire, il s'apercevait qu'il avait déboursé dix guinées pour de la camelote...*

« Lucy disait savoir qui était le tueur, et qu'elle détenait la preuve de sa culpabilité, enchaîna Child. Je pense qu'elle parlait de cette bague. C'est pour cette raison qu'elle l'avait emportée sous la charmille, pour la montrer à Mrs. Corsham. »

Stone secoua la tête. « Vous voulez dire que Simon m'a vendu un faux en sachant que c'en était un ? »

Du bout de sa botte, Child était en train de pousser les éclats de porcelaine d'une lampe brisée, laquelle avait été décorée de scènes orgiaques, comme l'urne dans l'atelier de Simon. Ce dernier, il s'en souvenait, avait précisé que Stone payait grassement ce genre de pièces. Il ramassa le pied de la lampe, passa son pouce dessus et sentit une trace de colle. Il la montra à Stone.

« La base provenait sans doute d'une lampe plus ancienne, sur laquelle Simon a placé et peint un élément plus récent. C'était ainsi qu'il transformait une pièce authentique achetée quelques shillings en un objet beaucoup plus précieux qui correspondrait à vos goûts. »

Une grosse boule de papier était coincée dans le pied de la lampe, probablement pour l'équilibrer d'un côté. Child la retira, puis lissa les papiers sur la table. Des billets de loterie, datés de 1781.

« À mon avis, la totalité des pièces de votre collection ou presque sont des faux. Des statues cassées que Simon a recollées, comme il était en train de le faire dans la cour le jour où Mrs. Corsham et moi lui avons parlé la première fois. Des bijoux en similor, des pièces de monnaie contrefaites… J'aurais dû le deviner quand j'ai vu le tonneau rempli de clous dans son atelier. Mr. Stone le sait, il s'agit d'une vieille ruse qu'utilisent les faussaires. Simon ne semblait pas à l'aise de nous voir là, mais j'ai cru que c'était à cause des meurtres. La preuve de Lucy est là, partout autour de nous. »

Stone contempla les billets de loterie d'un air consterné.

« Mais… ma collection vaut plus de cinquante mille livres !

— J'imagine qu'une bonne partie de cette somme est passée dans la poche de Simon. Vous pensiez le saigner en lui achetant des pièces à bon prix, parce qu'il vous devait de l'argent qu'il était incapable de vous rembourser. Mais, à la vérité, ce n'était pas lui votre créature, c'est vous qui étiez la sienne ! Il devait mettre de l'argent de côté en secret, en vue du jour où il toucherait un mystérieux héritage avec lequel il réglerait ses dettes. Dites-moi, n'avez-vous pas acquis une nouvelle maison dans le Wiltshire, Farthingale Hall ? »

Stone secoua la tête.

« Simon m'a affirmé qu'elle vous appartenait. J'ai même envisagé la possibilité que vous y hébergiez Theresa Agnetti. Mais je pense que c'est Simon qui a acheté ce manoir, et qu'il le destinait à une tout autre dame, Julia Ward. Elle lui avait dit qu'elle accepterait de s'enfuir avec lui et de l'épouser à la seule condition que sa situation financière s'améliore.

— Mais j'ai étudié l'Antiquité ! se lamenta Stone en promenant le regard sur sa galerie. Ce n'est pas possible !

— Je n'ai compris qu'après avoir découvert que Pamela était juive, reprit Child. Son collier a été la clef de tout. Pamela avait raconté à une amie que son père l'avait offert à sa mère. Je suppose qu'il était pauvre et qu'il l'a abandonnée quand elle est tombée enceinte… Mais Solomon Loredo, qui lui-même est juif, m'avait assuré que le collier était d'origine indienne. J'ai dû alors me demander pourquoi il aurait menti. »

Solomon Loredo, qui s'était donné un mal fou pour insister sur l'honnêteté de Simon. Il avait dissimulé à Child l'histoire concernant Ansell Ward et les figurines, sans doute parce que le vol inventé paraissait un peu trop crédible à ses yeux.

« Je pense que Loredo a fabriqué cette bague, le prétendu modèle original de Stone, de même que la plupart des bijoux exposés ici. Comme Simon, il avait dû de l'argent à Stone autrefois – il m'a parlé de cette période comme de la pire de sa vie ! Ça aura été leur façon à eux de se venger… Loredo m'a raconté que Simon était venu chez lui à Cheapside, près de Saint-Mary-le-Bow, où ils ont probablement comploté toute leur entreprise. C'est sûrement là que Pamela l'a vu la première fois. »

Dans le carrosse, Child avait longuement réfléchi. « Pamela a grandi dans un orphelinat juif, où, comme leurs homologues chrétiens, on forme les filles à être des domestiques. Loredo m'a expliqué qu'il avait de la peine à garder une bonne, parce qu'elles se laissaient attirer par la prostitution, et que même les braves jeunes filles juives se laissaient tenter. Je pense que Pamela a été l'une de ses bonnes. On sait qu'elle avait l'habitude d'écouter aux portes. Elle a dû reconnaître Simon, se renseigner ici et là, et comprendre que l'homme qu'ils escroquaient était Stone. À moins qu'elle ne l'ait menacé de tout révéler à celui-ci parce qu'elle était furieuse à cause d'Ambrose Craven et de sa syphilis… Quoi qu'il en soit, comme Simon ne pouvait pas courir le risque que Stone l'apprenne, il l'a tuée.

— La pauvre enfant, empêtrée dans toutes les tromperies de ces hommes ! murmura Mrs. Corsham. Elle méritait de connaître une meilleure vie… Et, Dieu sait, une meilleure mort ! »

76

Ils se réunirent dans la salle à manger de Stone, sous une toile géante d'Agnetti représentant le cheval de bois devant Troie. Caro prit place à côté de Mr. Child, en face du magistrat et de Cavill-Lawrence. Jonathan Stone ne fut pas convié à cette partie de la réunion.

« C'est difficile à croire, dit Caro. Que Simon Dodd-Bellingham ait eu le cran de tuer Lucy sous la charmille… Qu'il m'ait attaquée à Carlisle House… Qu'il ait payé une femme pour enlever mon fils… Qu'il ait tué le pauvre Hector.

— Je sais. Je voulais l'interroger sur tout cela », rétorqua Child. Il jeta un regard glacial à Cavill-Lawrence, qui n'avait pas du tout l'air repentant.

« Le désespoir conduit parfois à des extrêmes, reprit Caro. Simon aurait pu être pendu pour ses crimes, et il a tué pour se protéger. Il a dû comprendre que Lucy le tenait et décider de la faire taire.

— Je continue à me demander si c'est Kitty qui le lui a dit, observa Child. Je voulais aussi l'interroger là-dessus.

— Ma foi, Simon a fait face à l'ultime justice, commenta Cavill-Lawrence. Pouvons-nous tomber d'accord pour considérer que l'affaire est close ?

— Jonathan Stone a dissimulé un meurtre ! protesta Caro. Comme l'ont fait le lieutenant et lord March !

— Tenez-vous vraiment à aller devant un tribunal déballer tout votre linge sale en famille ? s'étonna Cavill-Lawrence. Ambrose, les prêts illégaux… Stone fera plonger tout le monde, je vous l'assure ! »

Caro réfléchit un instant. Elle ne voulait pas que Prinny soit éclaboussé par un scandale, encore moins si cela déchaînait la colère du roi contre la banque Craven. Son frère serait poursuivi en justice, Louisa et ses enfants se retrouveraient à l'hospice pour les pauvres...

« Je ne veux pas que Stone s'en sorte indemne.

— Oh, il finira par obtenir ce qu'il mérite, je vous le promets ! » Cavill-Lawrence eut beau le dire avec froideur, elle savait qu'il pensait à son prince.

« Les rumeurs sur le lieutenant Dodd-Bellingham, les allégations de Somerset, le massacre à Van der Linden's Mill, tout est vrai, lui rappela-t-elle. Je veux que soit menée une enquête sérieuse.

— Naturellement, tout est vrai ! maugréa Cavill-Lawrence. Le Bureau de la guerre s'est intéressé de près au problème. Et l'enquête a confirmé en tout point les dires de Somerset.

— Dans ce cas, pourquoi va-t-on récompenser le lieutenant de l'ordre de Bath ? »

Le silence qui s'ensuivit lui apporta la réponse. Parce que le roi aime raconter l'histoire. Parce qu'on lui cache toutes les mauvaises nouvelles, et qu'ils redoutent que la moindre déception ne le pousse à abdiquer. Or, exposer son brave lion anglais comme étant un lâche et un tueur pourrait suffire à l'y inciter.

« Bien, reprit Cavill-Lawrence. Sommes-nous d'accord ?

— Je ne veux pas que Solomon Loredo soit puni, dit Child. Il a simplement cherché à se venger de Stone. Je ne crois pas qu'il savait que Simon avait tué Pamela. Mais il avait peur que l'on ne découvre leurs contrefaçons.

— On aurait du mal à juger Loredo sans que tout le reste éclate au grand jour, observa Cavill-Lawrence.

— Je suis plus inquiet du fait que Stone cherche à se venger, et pas seulement de Loredo. De moi, de mes amis... » *Ou de Sophie.*

« Je lui ferai comprendre qu'il n'aura rien à y gagner, dit Cavill-Lawrence. Compte tenu des circonstances, ce ne sera pas cher payé ! »

Child opina du chef, puis se tourna vers Caro. « Vous êtes la cliente, madame…

— Très bien, dit-elle, quoique sans enthousiasme. Mais à une condition. Je souhaite poser une question à Mr. Stone, à laquelle j'exige que vous l'obligiez à répondre. »

Cavill-Lawrence fit un signe à sir Amos. « Faites-le entrer. »

*

Jonathan Stone s'assit au bout de la table et, pour une fois, il ne souriait pas.

« Le 1er mars, le jour où Pamela est morte, Theresa Agnetti est venue vous voir, dit Caro. Vous lui avez parlé en tête à tête. J'aimerais savoir de quoi vous avez discuté. »

Stone parut un peu surpris par la question. « Elle m'a expliqué qu'elle désirait quitter son mari, que leur mariage était malheureux et qu'elle souhaitait recommencer, sous un autre nom. Elle m'a demandé de lui prêter cinq cents livres. Ce que j'ai accepté. »

Caro le dévisagea d'un air sceptique. « Un tel prêt serait inopposable. Toute dette au nom de Theresa aurait été la responsabilité de son mari. Mais, une fois qu'elle l'aurait quitté, il aurait cessé d'être responsable sur le plan juridique. Et si elle partait ailleurs, ou si elle changeait de nom, et n'avait pas tenu sa parole concernant le remboursement, comment l'auriez-vous retrouvée ?

— Je lui ai fait confiance, répondit Stone. Theresa Agnetti était mon amie.

— Votre *amie* ! répéta Caro d'un ton sarcastique.

— Vous ne croyez pas qu'un homme et une femme puissent être amis ? Mrs. Agnetti est une femme intelligente, dont la conversation est intéressante. J'appréciais sa compagnie, beaucoup plus que celle de son mari. Et la difficulté de sa situation m'inspirait une certaine sympathie. Comme vous le savez, je suis un grand défenseur de la liberté des femmes. Je ne pensais pas que Theresa devait être condamnée à une vie de malheur à cause d'une simple erreur de jeunesse !

— Vous a-t-elle parlé de Pamela ? demanda Child.

— Non. Pourquoi l'aurait-elle fait ?

— Elles ne s'entendaient pas. Mais peu importe... C'était juste une hypothèse.

— Et depuis, avez-vous eu des nouvelles de Mrs. Agnetti ? enchaîna Caro.

— Je reçois chaque mois un remboursement par la poste. Elle est bien plus heureuse aujourd'hui, c'est du moins ce qu'elle m'écrit.

— Pouvez-vous nous dire où elle est ?

— Hélas, non. Elle ne me l'a jamais dit. » Caro échangea un regard contrit avec Child. Tout ce temps perdu à s'interroger sur les Agnetti... Devait-elle faire savoir au peintre que sa femme était en vie et qu'elle allait bien ? Son fardeau serait-il dès lors plus facile à supporter... ou plus difficile ?

« Ce sera tout ? » s'enquit Stone.

En regardant l'homme qui avait ruiné sa réputation, et qui laisserait son fils privé de sa mère, la voix de Caro se serra. « Votre philosophie n'est qu'une tartufferie, monsieur ! La liberté des femmes, l'égalité dans le plaisir... Si ces filles étaient riches, viendraient-elles à vos mascarades se soumettre aux caprices de vos amis et aux vôtres ?

— Peut-être. Je vous assure qu'elles s'amusent, Mrs. Corsham !

— Vraiment ? Et si elles aussi vous trompaient ? D'après ce que j'ai vu, vous êtes un homme extrêmement crédule, Mr. Stone ! »

*

Dehors, devant le carrosse du magistrat, Caro sourit à Mr. Child. « Rentrerez-vous avec moi ? Nous devons discuter du règlement de vos honoraires.

— Je m'étonne qu'il y ait quoi que ce soit à discuter. Je vous ai trahie, madame.

— Vous y avez été obligé. Et d'ailleurs, vous n'avez fait ainsi que précipiter le scandale, lequel aurait fini par éclater de toute façon. L'orgueil du capitaine Corsham aurait fait obstacle à n'importe quelle solution. Je vous en prie, Mr. Child, j'insiste. »

Il inclina la tête. « Cela peut-il attendre demain ?

— Vous semblez très pressé de refuser mon argent !

— Je voudrais aller chercher le corps de Kitty. Et puis, il faut que quelqu'un prévienne Humphrey Sillerton que sa femme est morte. »

Elle voyait bien que le suicide de la jeune femme l'avait profondément ébranlé.

Child fronça les sourcils.

« Qu'y a-t-il ? demanda Caro.

— Oh, juste une chose qui m'a troublé ces derniers jours… Quelque chose que Kitty a dit le jour où nous l'avons vue à l'église et qui ne tenait pas debout. Mais je n'arrive pas à retrouver quoi… » Il secoua la tête. « Ça finira bien par me revenir. »

Dans le carrosse, Cavill-Lawrence s'impatientait. Caro prit congé de Mr. Child, puis un valet l'aida à monter dans la voiture. Sir Amos parlait à l'un de ses agents sur le perron. Deux autres étaient en train de transporter le corps de Simon Dodd-Bellingham hors de la maison.

« Vous avez quelque chose pour moi, je crois », dit Cavill-Lawrence.

Caro sortit la lettre de Kitty de ses jupons et la lui donna. Alors qu'il allait la ranger dans sa redingote, elle lui retint la main.

« Cessez de cacher des choses à Sa Majesté et de lui épargner les mauvaises nouvelles, dit-elle. Rappelez-lui ce que sont ses obligations, son devoir. Avant de détruire cette lettre, vous devriez la lui faire lire. Et lui dire que son fils a besoin de temps pour grandir. »

77

Et maintenant, il ne restait plus rien à faire que de rentrer à la maison.

Cet après-midi-là, Caro passa des heures à jouer avec Gabriel, à aligner des bataillons de soldats en plomb et à construire des forts avec des coussins. Il lui montra une des figurines : « Papa ! »

Elle lui sourit. « Il sera bientôt là. »

Mais pas trop vite, espéra-t-elle en le serrant dans ses bras. Elle se demanda s'ils lui prendraient aussi l'enfant qui grandissait dans son ventre. C'était probable. Elle ravala ses larmes.

Néanmoins, peut-être ne serait-ce pas définitif. Au bout de quelques années, une fois les cœurs apaisés et le scandale retombé, on avait vu des dames échapper à la disgrâce. Lady Sarah Bunbury, tombée enceinte de son amant, avait été exilée dans un cottage à la campagne pendant des années. À présent, on la voyait parfois se promener à Londres au bras de son nouveau mari.

Peut-être qu'un jour ils me laisseront revoir Gabriel. Ou peut-être qu'il me cherchera quand il sera devenu grand.

Ou peut-être qu'il me détestera.

« Maman, on peut aller attraper la souris ?

— Mais oui ! répondit-elle en le prenant par la main. Viens, on va poser des pièges ! »

Plus tard, lorsque Gabriel fut couché, Caro s'installa dans le salon. Comme elle n'avait toujours aucune envie de manger, elle essaya, en vain, de lire Eschyle. Ce soir, la société londonienne sortirait en force à l'occasion de la visite du prince aux jardins du Vauxhall. Ses ennemis se réjouiraient de sa chute. Ils devaient être en train de parler de Caroline Corsham, les ragots suscitant d'autres ragots. Bientôt, tous les hommes à qui elle avait adressé la parole une fois dans sa vie passeraient pour avoir été ses amants.

Des larmes lui brûlèrent les yeux. Elle s'agenouilla pour ramasser les soldats de plomb, qui lui rappelèrent Ansell Ward : *à la bataille !*

Quoi qu'ils me fassent désormais, Caroline Corsham ne se cachera pas. Elle appela Pomfret. « Faites atteler le carrosse, je vous prie ! »

Le majordome la regarda d'un œil inquiet. « Où allez-vous, madame ?

— Aux jardins du Vauxhall. »

*

Caro avait mis sa robe en satin bordeaux et piqué des plumes d'une couleur assortie dans son chignon. *Qu'ils me dévisagent,* se dit-elle. Mais quand elle franchit la grille des jardins, et vit les regards se tourner vers elle, le courage faillit lui manquer. Précédée de Miles, elle n'en continua pas moins à avancer en gardant la tête haute, comme si les rires lui étaient indifférents.

Dans la grande allée, elle rencontra les Heneker qui se promenaient sous les étoiles. Elle embrassa chaleureusement Lottie, faisant semblant de ne pas remarquer la façon que celle-ci eut de se raidir. « Je suis ravie de tomber sur vous, lui dit Caro. J'ai une histoire des plus étonnantes à vous raconter à propos du lieutenant Dodd-Bellingham !

— Que son frère est mort ? Qu'il était un voleur et un tueur ? Nous sommes au courant ! » répliqua Lottie.

À en juger par son intonation, le beau monde ne le pleurerait pas. Cependant, Simon n'avait jamais vraiment été l'un des leurs.

« Mais il y a autre chose, reprit Caro. Et je vous garantis que ça va vous plaire ! »

Son instinct avait beau souffler à Lottie de fuir sa compagnie, cette perspective suffit à la faire palpiter. « Vous devez m'en dire plus ! »

Caro la prit par le bras en décochant un sourire éclatant à son mari. « Laissez-moi vous relater ça en allant à la Rotonde… »

*

Une fois là, les Heneker l'abandonnèrent rapidement, et stratégiquement. Le beau monde s'était rassemblé autour de Prinny en cercles concentriques d'influence, le soleil au centre, dans une redingote d'un jaune éclatant couverte d'écussons et de médailles. À ses côtés se tenait lord March, Clemency Howard à son bras. Il adressa un sourire timide à Caro, qu'elle ne lui rendit pas. Prinny suivit son regard et, lorsqu'il la vit, il se rembrunit. Caro se demanda s'il avait eu vent de la confession de Kitty, si Cavill-Lawrence, suivant son conseil, l'avait fait lire à son père. *Là, je viens de me faire un ennemi*, songea-t-elle.

Partout alentour, elle entendait murmurer son nom. *On dirait un peloton d'exécution*, se dit-elle. *Sauf que je peux voir leurs visages, voir qui se réjouit, qui est triste et qui a peur d'être la prochaine cible.*

Le lieutenant Dodd-Bellingham, entouré de jeunes héritières empressées, arborait un brassard noir et semblait un peu soumis. Enfreignant toutes les règles de la bienséance, Caro s'avança directement vers lui. Les héritières lui jetèrent des regards outragés.

« Van der Linden's Mill, lui chuchota-t-elle à l'oreille. Nous n'avons jamais eu l'occasion de terminer notre conversation… »

Il s'écarta de ses admiratrices de quelques pas. « Vous n'êtes pas au courant ? Je vais être promu lieutenant-colonel ! Et le roi a confirmé l'ordre de Bath. Quelle que soit la preuve que vous espériez trouver, ils ne pourront plus rien contre moi ! »

Caro observa son visage arrogant, sa lèvre entaillée, sa cicatrice de duel. « Vous aurez beau porter votre maudite étoile et vous vautrer dans l'adulation des gentilshommes, les femmes sauront !

— De quoi parlez-vous ?

— De Van der Linden's Mill. Je viens de dévoiler la vérité à Lottie Heneker. » Elle jeta un coup d'œil au fond de la salle, où cette dernière parlait tout bas avec excitation à la duchesse du Shropshire. « Toutes les femmes qui entendront cette histoire y croiront... et pas seulement parce que nous avons toujours douté de votre héroïsme ! Vos héritières l'entendront certainement elles aussi. Et sans doute finirez-vous par persuader l'une ou l'autre de vous épouser, mais elle se réveillera chaque matin à vos côtés en se souvenant que son mari n'est qu'un lâche ! »

Furieux, le lieutenant lui tourna ostensiblement le dos, son geste déclenchant une nouvelle vague de murmures, et tous ceux qui l'entouraient en firent autant. Les larmes aux yeux, ayant l'impression de dériver sur une mer d'outrage, lâchée par des personnes qu'elle avait connues, et aimées, Caro fendit la foule et se dirigea vers la porte.

Une silhouette solitaire lui bloqua le passage. Jacob Agnetti. Elle attendit qu'il lui tourne le dos à son tour, au lieu de quoi il la salua en souriant et lui baisa la main.

Elle le gratifia d'un sourire reconnaissant. « Avoir le prince ici est un coup d'éclat, dit-elle. Vous devez être très fier ! »

Le peintre haussa les sourcils. « Sa Majesté ne regarde pas les tableaux, et la foule ne regarde que lui. Miss Willoughby espère qu'il commandera un portrait. Nous verrons... » Il prit un air plus sombre. « J'ai appris, pour Simon Dodd-Bellingham. C'est à peine croyable...

— Je vous raconterai tout une autre fois... Continuer à me parler ici nuirait à votre réputation. »

Il sourit de nouveau. « De nombreuses choses m'importent, mais ma réputation n'en a jamais fait partie. Je suis ravi de vous parler, Mrs. Corsham... et ce quel que soit le moment. »

Caro observa ses yeux fatigués, ses cheveux striés de gris comme la fourrure d'un vieux blaireau. « Je ne crois pas que je resterai encore très longtemps à Londres. Toutefois, je me demandais si je pourrais vous faire changer d'avis et si vous accepteriez de peindre mon portrait avant mon départ. »

Il s'inclina. « Ce serait pour moi un honneur.

— Dans ce cas, je passerai chez vous. Demain, peut-être. »

Agnetti regarda la salle, le beau monde qui les observait, Prinny et ses admirateurs. « Nous pourrions commencer dès ce soir, si vous préférez. Je suis las de cette compagnie. »

Caro éclata de rire. « Vous laisseriez tomber votre public et le prince ? Voilà qui risque de conforter la réputation que vous avez de briser les conventions !

— Et la vôtre de faire scandale… » Il lui offrit son bras. « Qu'en dites-vous ? »

Son audace fit sourire Caro, qui accepta son invitation. La foule s'ouvrit devant eux, son nom et celui d'Agnetti résonnant tel un écho. Ensemble, ils sortirent de la Rotonde et se retrouvèrent dans la nuit sous le clair de lune.

78

Child écuma les établissements du bord de la Tamise que fréquentaient les mariniers, demandant ici et là si quelqu'un avait entendu parler du cadavre d'une femme rousse repêché dans le fleuve. Les ruelles ruisselaient d'humidité, les tavernes étaient enfumées. Un vieux marinier barbu finit par acquiescer et lui conseilla d'aller voir à la morgue au sud du Strand.

Les quais empestaient le charbon et la merde mais, au moment où Child descendit l'escalier qui menait à la morgue, les effluves pestilentiels du fleuve se diluèrent dans une odeur plus âcre, plus écœurante. Il frappa à la porte en fronçant le nez, puis expliqua la raison de sa visite au bailli de service.

Dans la pièce d'environ cinq mètres carrés, des étagères en ardoise alignées le long des murs accueillaient des cadavres repêchés dans le fleuve. Le bailli approcha sa lanterne de l'un d'entre eux. Child contempla le visage livide de Kitty. Il avait espéré que, tous ses péchés lavés par les marées, elle aurait eu l'air en paix, mais ses grands yeux bleus semblaient fixer une vision d'horreur. Tout doucement, il lui ferma les paupières.

Il avait eu tant de questions à lui poser, tout comme à Simon Dodd-Bellingham. Ces questions le tourmentaient.

« Est-ce votre fille ? s'enquit le bailli avec une note de compassion.

— Non. Juste une jeune femme que je connaissais. »

Child ressortit en emportant l'odeur de la morgue et décida d'aller dans les tavernes du Strand. Il avait parcouru la moitié de Villiers Street lorsque, brusquement, la chose qui le troublait depuis des jours, depuis cette conversation qu'il avait eue avec Kitty, lui revint. Il fit aussitôt demi-tour et repartit vers la Tamise.

*

Le marinier qu'il chargea de lui faire traverser le fleuve à la rame le déposa au ponton de King's Arms, sur l'autre rive. De là, il se dirigea vers le sud, passa devant des prairies obscures et des vergers silencieux, puis arriva à St. George Fields et à l'hospice Magdalen.

Il dut tambouriner plusieurs fois avant qu'on vînt lui ouvrir. Le portier le toisa d'un air mécontent. « On est fermés ! »

Child implora une audience avec la matrone, Hester Rainwood. « C'est au sujet d'une prostituée pour laquelle elle se faisait du souci. Je suis sûr qu'elle voudra savoir. »

Le portier le pria d'attendre dehors et revint au bout de quelques minutes. « Elle m'a prié de vous conduire à elle. »

Child le suivit à l'intérieur du quadrilatère, où le calme et le silence régnaient une fois les pensionnaires endormies. Mrs. Rainwood le reçut dans son bureau. Manifestement, il l'avait interrompue dans sa lecture. Un livre était posé sur la table, à côté d'un gros cake et d'une théière. Il regarda le titre gravé sur le dos du volume : le théâtre de Sophocle.

Le front enduit de blanc de Mrs. Rainwood se plissa d'inquiétude. « M'apportez-vous des nouvelles de Kitty Carefree, Mr. Child ?

— Je suis au regret de vous apprendre qu'elle est morte. »

Le visage de son interlocutrice se décomposa. Child, qui n'était pas encore certain de ne pas se tromper, la scruta avec attention.

« Avant de mourir, Kitty a dit une chose qui m'a intrigué, à savoir que Stone les avait payées deux cents guinées elle et les autres filles en échange de leur silence. Lucy était au courant. Elle appelait ça l'argent du sang. Cette somme a suffi à Kitty pour s'installer confortablement à Clapham. Et puisque les femmes que vous accueillez au Magdalen sont pauvres et dépendent de la charité, je me suis demandé pourquoi Lucy serait venue la chercher ici. »

Mrs. Rainwood le regarda d'un air gêné. « Pardonnez-moi, mais… je ne vois pas où vous voulez en venir.

— Kitty m'a raconté que, au début du mois d'août, elle avait écrit à son ancienne gouvernante, et que Lucy avait réussi à convaincre cette femme de lui montrer sa lettre. Lucy a noté des détails relevés dans celle-ci sur une carte qu'elle avait prise chez vous. *50-60 ananas, 2g 1f.* Et, au début du mois d'août, elle est venue vous voir. »

Mrs. Rainwood reposa sa tasse d'une main tremblante.

« Je pense que ce n'est pas à son ancienne gouvernante que Kitty a écrit mais à vous, poursuivit Child. Et vous avez montré sa lettre à Lucy le jour où elle est venue vous voir. Et si elle est venue, c'est parce que vous étiez son amie, Theresa Agnetti. »

Il l'observa de nouveau en repensant aux portraits en miniature que Theresa avait peints d'elle et du lieutenant Dodd-Bellingham. À ses mains gantées. À son masque de blanc de céruse.

Les filles du Club des prostituées avaient précisé que, quand elle avait perdu le bébé, sa peau avait jauni. À ce moment-là, Theresa avait été très maigre, toutefois, au prix de quelques efforts – son œil s'attarda sur le cake –, une femme pouvait prendre pas mal de poids en six mois.

« S'il vous plaît… Je l'ai brûlée… Je vous le jure !

— Lucy vous a remis le témoignage de Kitty pour que vous le gardiez ? »

Theresa Agnetti hocha la tête en se mordant la lèvre.

« Et, si jamais il lui arrivait quelque chose, vous deviez envoyer ce témoignage aux journaux. Pourquoi ne l'avez-vous pas fait ?

— Parce que j'ai eu peur », murmura-t-elle.

Child sut qu'elle disait vrai – la peur qui émanait d'elle imprégnait toute la pièce. Il se fit la réflexion qu'elle était sans doute la personne la plus effrayée qu'il eût jamais vue.

« Simon ne vous aurait jamais trouvée ici… Et, une fois que les journaux auraient eu le témoignage de Kitty, vous n'auriez plus représenté une menace pour lui… Je ne comprends pas… Pourquoi avez-vous aussi peur ? »

Theresa Agnetti posa sa main sur l'autre pour l'empêcher de trembler. « Parce que j'ai épousé un monstre, Mr. Child ! »

79

Pendant qu'Agnetti la dessinait à la lueur des chandelles, Caro lui parla de Simon Dodd-Bellingham et du mobile qui l'avait poussé à commettre son crime.

« J'ai toujours pensé que Simon était le meilleur d'entre eux, dit-il quand elle eut terminé. Il est difficile de croire qu'il a tué Pamela... et Lucy !

— Et un jeune garçon dénommé Hector. » Caro soupira. « Simon aura mené une vie étrange... Fils de gentilhomme mais bâtard. Membre d'une grande famille sans en faire réellement partie. Évoluant au sein de la haute société mais pauvre comme Job.

— Vous dites qu'il aimait cette jeune fille, Julia Ward, et qu'il avait peur de la perdre ?

— Oui, je crois qu'il a fait tout ça pour elle. »

Agnetti acquiesça d'un air sombre. « L'amour et l'argent sont de puissants mobiles de meurtre. Et quand les deux se conjuguent...

— Enfin, tout cela est terminé. D'une certaine manière, justice a été faite.

— Mais à quel prix ! Notamment pour vous. Qu'avez-vous l'intention de faire ?

— Attendre le retour de mon mari. Affronter mon destin. »

Il leva les yeux de son esquisse. « Si vous cherchez un refuge dans la tempête, sachez que ma porte vous est ouverte. Puisque c'est déjà une maison scandaleuse, une pécheresse de plus ne changera rien ! »

Caro lui sourit. « Merci. C'est bon de savoir que j'ai un ami. »

Agnetti posa la craie, puis plia et déplia ses doigts engourdis. « J'ai besoin d'une pause... Voudriez-vous un verre de vin ? »

Elle accepta en souriant. Au moment de leur arrivée, les domestiques étaient déjà couchés, et le peintre n'avait pas jugé nécessaire de les réveiller. Caro supposa que Miss Willoughy dormait également.

« Trouver la clef de la cave risque de me prendre un peu de temps... Si vous voulez regarder les tableaux, ne vous gênez pas, je vous en prie. »

Elle l'entendit descendre l'escalier et s'approcha de la fenêtre. Sur la place de Leicester Fields, très animée, des bandes d'ivrognes passaient de taverne en taverne. Elle avait prié Miles de l'attendre avec Sam devant le carrosse, au cas où il y aurait un problème. Mais les fêtards semblaient d'humeur plutôt joyeuse et beuglaient des chansons paillardes.

Caro alla se poster devant la toile géante d'Agnetti, désormais presque terminée. On y voyait le visage fantomatique de Lucy, son hurlement accusateur. Oreste à genoux, la tête entre les mains, puni pour ses crimes par les Furies, les filles de la Nuit.

Elle se surprit à penser au sort qui était celui des mères et des enfants. Pamela, abandonnée par la sienne et élevée dans un orphelinat... Lucy, vendue au commerce du sexe dès l'âge de douze ans... Sa fille, Olivia, que sa nourrice avait laissée mourir de faim... Jacob Agnetti, élevé par les catins de son père...

Et Gabriel.

Je ne devrais pas être ici, songea Caro. *Je devrais être à la maison avec mon fils, au cas où il se réveillerait et aurait besoin de moi. Si je ne suis pas là pour lui maintenant, comment saura-t-il que je l'ai été ?*

Elle se précipita au rez-de-chaussée et chercha Agnetti. Il n'était pas dans le vestibule mais, apercevant une porte entrouverte derrière laquelle était allumée une lampe, elle la poussa et se retrouva dans la salle à manger. Deux verres de bordeaux étaient posés sur la table. Agnetti était sans doute au cabinet de toilette. Elle décida de l'attendre.

En s'approchant de la table, elle vit une aquarelle à moitié finie, à côté d'une boîte de couleurs, gravée des initiales de Cassandra Willoughby. La scène représentait Leicester Fields, la place remplie de camelots et d'artistes. Caro fronça les sourcils. Les personnages offraient une ressemblance saisissante avec ceux peints sur les salières en papier.

Troublée, elle leva les yeux et hésita. Au fond de la pièce, les portes d'une armoire à vaisselle étaient grandes ouvertes, et les étagères remplies d'argenterie et de verres, ainsi que l'on pouvait s'y attendre. Néanmoins, quelque chose attira son œil.

Caro alla devant l'armoire et passa son doigt dans le trou – un trou d'un diamètre d'environ deux centimètres découpé dans la paroi arrière, à hauteur des yeux. Le rai de lumière qui filtrait à travers était ce qui avait capté son attention. En s'approchant, elle se rendit compte qu'elle avait une vue parfaite sur le salon des Agnetti.

Cassandra Willoughby était assise sur le divan, la robe délacée, la poitrine dénudée. Miles, debout à côté d'elle, était en train de reboutonner ses culottes. Il se pencha pour lui caresser un sein et sourit.

« Je ferais mieux de retourner au carrosse, dit-il. Si Mrs. Corsham me surprend ici, ce sera l'enfer !

— Comme vous voulez », rétorqua Cassandra en le regardant à peine.

Caro, la bouche sèche, réfléchit à toute vitesse. Quelqu'un les avait-il espionnés ? Agnetti ?

Miss Willoughby raccompagna Miles à la porte. Il lui murmura quelque chose, elle secoua la tête, puis tous deux disparurent du champ de vision de Caro, qui entendit la porte se fermer dans le vestibule. Au moment où la jeune femme revint sur le divan, elle regarda droit dans sa direction, d'un air désespéré qui la troubla plus encore.

« Voilà, je l'ai fait, dit Miss Willoughby. Vous êtes satisfait ? » Puis elle prit sa tête entre ses mains et se mit à pleurer.

Aussitôt, les pensées se bousculèrent dans l'esprit de Caro. La détresse de la jeune femme qu'avait remarquée Ezra Von Siegel quand elle s'était s'enfuie de la charmille après son entrevue avec le lieutenant Dodd-Bellingham... Le déni de celui-ci qu'il avait tenté de la violer, et que Caro avait pris pour un mensonge... À présent, elle s'interrogeait. Agnetti aurait-il contraint son assistante à faire une telle chose ? L'idée était choquante, incompréhensible, pourtant elle ne pouvait nier l'évidence. Agnetti l'avait-il obligée à subir un viol similaire à l'instant, cette fois par Miles ? Si le lieutenant avait été aussi ignorant que ce dernier du rôle qu'il avait joué dans ce tableau obscène, voilà qui aurait expliqué son éclat de rire lorsqu'elle l'avait confronté aux allégations de Miss Willoughby.

Tétanisée, Caro regarda la jeune femme pleurer. Agnetti lui avait dit que le lieutenant recherchait la vulnérabilité chez une femme, et qu'il l'exploitait. Elle se demanda si, en réalité, ce n'était pas de lui-même qu'il parlait.

Il fallait qu'elle parte au plus vite pour aller parler à Mr. Child, afin de vérifier s'il y avait un lien entre la scène dont elle venait d'être témoin, les salières en papier et le meurtre de Lucy. Elle s'éloigna de l'armoire et se figea sur place en apercevant Agnetti sur le seuil.

Ce dernier prit la parole avec le plus grand calme. « Vous ne devriez pas être ici.

— Non, en effet, admit Caro avec un grand sourire, comme pour nier ce que tous deux savaient qu'elle avait vu. C'est justement ce que j'étais venue vous dire... Je m'en vais. »

Agnetti demeura immobile, lui bloquant la porte. Miss Willoughby, qui avait dû les entendre, apparut à ses côtés.

« Vite, courez chercher Miles ! lui cria Caro. Tout de suite ! Je ne le laisserai plus jamais vous infliger de telles choses ! »

La jeune femme se tourna vers Agnetti, qui l'enlaça par l'épaule et dit : « Je crois que nous allons devoir la tuer, ma chérie. »

80

La lampe projetait une lueur jaune sur la peau très blanche de Theresa Agnetti. Elle parlait tout bas, mais la peur ne l'avait pas quittée. Child la voyait dans ses yeux, la sentait sur elle et dans chaque recoin de la pièce.

« Pour comprendre ce qui s'est passé, vous devez d'abord savoir quelle enfant j'étais. Je n'ai jamais été forte comme Lucy, ni audacieuse comme Pamela, ni courageuse comme Kitty. Petite fille, je me perdais dans les livres, j'étais toujours angoissée lorsque les gens me parlaient, ce qui était rare. Mais, un jour, j'avais alors quinze ans et vivais encore en Inde, un ami de mon père, plus jeune que lui, s'est intéressé à moi. Séduisant, amusant, il connaissait des quantités de choses sur le monde… Un attachement s'est formé, et cet homme m'a amenée à croire qu'on se marierait. Quand il m'a annoncé qu'il était fiancé à une autre dame, j'ai tenté de me tuer… » Elle lui montra une ancienne cicatrice sur son poignet.

« Par peur du scandale si nous restions en Inde, mon père a emmené la famille à Naples. Là, j'ai vécu pendant plusieurs années une existence isolée, jusqu'au jour où Jacob Agnetti est venu peindre mon portrait. Au début, je ne l'aimais pas. Il m'a dit que, comme je n'étais pas assez belle pour incarner une des principales déesses, il me représenterait en Hestia, la déesse du foyer. Durant des semaines, j'ai posé pour lui, sans jamais entendre un mot aimable de sa part, et puis, un jour, il m'a fait des compliments sur mes yeux… » Elle esquissa un sourire. « Les femmes sont d'étranges créatures, Mr. Child… Si un homme gentil nous fait des compliments, on a peu d'estime pour lui, on se demande si l'on ne doit pas douter de son jugement. Mais si un homme peu disert en éloges nous donne l'impression de les avoir mérités, on en veut davantage, comme des miettes jetées à un chien affamé. Pendant qu'il peignait, Jacob et moi avons commencé à parler des mythes et de leur signification, des classiques et des philosophes… Il disait que j'étais la jeune femme la plus cultivée qu'il ait jamais rencontrée. Je me suis mise à attendre ses visites avec impatience. C'était comme si j'avais dormi pendant de longues années et que, d'un seul coup, je me réveillais ! Jamais je n'avais été aussi heureuse avant ni depuis le jour où il avait demandé ma main à mon père… »

Elle souriait encore à ce souvenir. Puis elle changea d'expression et replongea dans son passé.

« Jacob dit que, quand il vous peint, il voit votre âme. Tous vos espoirs, vos peurs, vos rêves… Et il a très bien vu comment profiter de moi ! Il savait que j'étais fracassée à l'intérieur, et c'était une femme comme ça qu'il voulait. Parce qu'il pensait que j'étais faible et que, quoi qu'il me fasse, contrairement à ce que sa mère avait fait, jamais je ne le quitterais. » Elle soupira en frissonnant. « Pendant les trois premiers mois, ça a été merveilleux. Jacob me couvrait de cadeaux en disant que j'étais tout pour lui. Quand il me souriait, c'était comme si je sortais sous le soleil napolitain… La première fois qu'il m'a parlé avec dureté, j'ai été très choquée. J'avais fait une remarque qu'il ne fallait pas à un client potentiel au cours d'un dîner, et il était furieux ! Je me suis excusée, j'ai pleuré… Il m'a dit qu'il me pardonnait. J'ai pensé que c'était une aberration, que ce n'était pas le Jacob que je connaissais… Mais j'ai vite découvert que ce Jacob-là n'avait jamais existé. »

De plus en plus horrifié, Child écouta Theresa lui décrire ce qu'était la vie avec Jacob Agnetti.

« En public, il se montrait toujours charmant et plein de sollicitude envers moi. Les gens qui nous connaissaient le voyaient comme le mari parfait. Mais, dès que la porte se refermait sur nous, rien de ce que je faisais ne lui convenait. Notre maison n'était pas assez bien tenue… Mes robes n'étaient pas à la mode… Je lui faisais honte… Il m'accusait de flirter avec d'autres hommes, alors que je n'avais d'yeux que pour lui ! Il se retirait dans son atelier, refusait de m'adresser la parole pendant des jours… Parfois, il cassait un de mes objets préférés – pour me punir, disait-il. Si j'essayais de lui parler de philosophie ou de classiques, il se moquait de mes idées et me traitait d'imbécile. D'autres fois, au milieu d'une tirade, il éteignait toutes les lampes dans la pièce en m'ordonnant de rester là jusqu'à son retour. Si je me faisais une amie, Jacob disait des choses cruelles à son sujet. Il me forçait à annuler des engagements à la dernière minute pour que les gens soient contrariés par mon attitude. J'ai perdu plus d'amies que je ne saurais en compter, au point que j'ai fini par cesser de chercher à m'en faire. Je lui trouvais tout le temps des excuses : son travail, mes défauts, le succès dont il rêvait et qui ne venait pas, mon incapacité à concevoir un enfant… Je me disais que, si seulement je parvenais à le rendre heureux comme j'avais su le faire auparavant, tout cela s'arrêterait…

« Pendant plusieurs années, nous avons vécu à Naples, jusqu'au jour où Jacob a décidé que l'Angleterre lui offrirait de meilleures opportunités professionnelles. Nous sommes partis loin de ma famille et des rares amies qui me restaient encore… J'ai cru que les choses pourraient s'améliorer, mais elles n'ont fait qu'empirer… Jacob a rempli la maison de prostituées, sachant que ce serait une humiliation pour moi dans la bonne société. Il ne tarissait pas d'éloges sur leur allure, les comparait à la mienne, à mon détriment… Et comme il me reprochait d'être trop grosse, j'ai perdu du poids, tellement que je pouvais à peine tenir debout sans défaillir… J'étais obligée de faire la conversation avec ses modèles en les traitant comme mes égales. Il me faisait leur servir du thé et du chocolat comme si j'étais leur servante. Et parfois, il leur offrait des cadeaux : mes livres favoris, ou des accessoires que j'adorais. Certaines se moquaient de moi. Je les entendais… Mais la plupart étaient gentilles. Et le plus ironique dans tout cela, c'est que Lucy et Kitty sont devenues les plus chères amies que j'aie jamais eues… »

Des larmes roulèrent sur ses joues en laissant des traces sur la pâte blanche. « Nous étions à Londres depuis six mois lorsque Jacob s'est mis en tête d'obtenir une commande du duc du Shropshire. Nous sommes allés à un dîner à Shropshire House, où il m'a recommandé de m'intéresser à Son Excellence, à rechercher ses faveurs… Et ensuite, comme je le craignais, il m'a accusée d'avoir flirté avec lui ! Nous avions déjà eu ce genre de disputes d'innombrables fois, mais là, il m'a dit que, puisque je me comportais comme une putain, autant aller jusqu'au bout, que, comme ça, au moins, on obtiendrait une commande. Je lui ai répondu que ce n'était ni gentil ni drôle, mais j'ai vite compris qu'il était sérieux. Il m'a rétorqué que, si je l'aimais, je le ferais. Ce vieillard grotesque… J'ai évidemment refusé ! Ce soir-là, Jacob m'a obligée à me mettre à genoux et m'a coupé les cheveux. »

Child n'avait jamais eu autant envie de boire un verre de sa vie. Il voulait sortir de cette pièce, penser à n'importe quoi plutôt qu'à cela, même à ses propres déficiences en tant que mari. Mais, maintenant qu'il avait poussé Mrs. Agnetti à ouvrir cette boîte de Pandore, il devait regarder ce qu'il y avait dedans.

« À la fin, je n'ai plus trouvé de moyens de dire non, reprit Theresa. Je me suis convaincue que, si j'acceptais, Jacob serait épouvanté par ce qu'il avait exigé de moi et que les choses changeraient. Comment pouvait-il vouloir que sa femme aille avec un autre homme ? Mais il n'a pas été du tout épouvanté, il a été ravi… Et bientôt, il y a eu une autre commande, un autre client potentiel auquel il voulait que je donne satisfaction. Parfois, ces hommes me rejetaient, et Jacob riait de me voir humiliée. Mais, la plupart du temps, ils n'étaient que trop contents de prendre ce qui leur était proposé – bien que ce ne soit pas tout. Jacob disait que je ne pouvais pas m'accoupler avec eux comme le font un mari et sa femme. Il était désespéré d'avoir un enfant. Si je tombais enceinte, il voulait être certain que ce soit de lui. Alors il me contraignait à faire des choses terriblement dégradantes, comme ses modèles en faisaient pour plaire à un homme… Et après, il laissait des petits mots dans mes livres ou sous mon oreiller en me traitant de catin… La seule façon que j'avais de lui plaire de nouveau était de lui raconter les choses que j'avais faites… et j'ai vite compris qu'il ne s'agissait en rien de ses peintures ou de ses projets ! Il y prenait simplement plaisir. Plus tard, il m'a obligée à le faire à la maison, pour qu'il puisse regarder.

— Ses modèles parlaient pourtant de lui en termes aimables, observa Child, qui ne comprenait toujours pas. Au Club des prostituées, les filles ne font que chanter ses louanges !

— Un homme peut être gentil avec les prostituées et en même temps tourmenter sa femme. » Theresa s'essuya les yeux, mais ses larmes n'arrêtaient pas de couler. « Dans les mains de Jacob, ma résistance était un bloc de marbre, et lui le sculpteur. Un jour, vous dites oui à une chose que vous ne voulez pas faire, parce que c'est votre mari et que vous voulez seulement le voir sourire. Mais il y a toujours une autre demande, un autre morceau de marbre à tailler, jusqu'au jour où vous devenez une statue vivante et où vous ne vous reconnaissez même plus… Jacob aimait bien que mes amants le considèrent comme un mari cocu, alors que, en secret, il était leur maître, capable de leur donner ou de leur reprendre cette chose qu'ils désiraient. Et, pour m'humilier davantage, il les sélectionnait avec soin. Des hommes affreux, cruels, des serviteurs, des marchands… Comme il savait que je méprisais le lieutenant Dodd-Bellingham, il m'a forcée à le séduire. La plupart du temps, je buvais. Parfois, je pensais que je devenais folle… Peut-être que je l'étais…

— Pourquoi ne l'avez-vous pas quitté plus tôt ?

— Vous croyez que c'est si simple ? Je n'avais pas d'argent à moi. Et Jacob m'a dit que, si je le quittais, il me pourchasserait et me tuerait. Pendant longtemps, en dépit de tout, j'ai continué à l'aimer… Parfois, les nuages s'éloignaient pendant une heure, il se montrait alors gentil, ou désolé, et le soleil se remettait à briller. Mais les nuages revenaient toujours… Et durant toutes ces années, la seule personne qui a deviné ce qui se passait était Lucy Loveless.

— Lucy savait. » Child sentait bien qu'il aurait dû franchir le pas.

« Elle m'a dit que Jacob n'avait pas d'ennuis assez graves pour justifier son comportement, et que je devais le quitter. Parfois, je pensais qu'elle avait raison. Seulement, je l'aimais toujours, du moins le croyais-je… Et puis, je ne savais pas ce que j'aurais fait, où je serais allée, mais, surtout, j'avais peur de lui. Alors je suis restée et, à ma grande surprise, je suis tombée enceinte. Jacob était si heureux… et moi aussi ! J'avais tellement désiré avoir un enfant… J'ai pensé que, si quelque chose le contenterait, ce serait de devenir père. Mais Lucy m'a prévenue que ça ne ferait que me lier à lui pour toujours, qu'il transmettrait sa noirceur à notre enfant… Elle m'a donné un flacon de menthe pouliot, que j'ai envisagé de boire d'innombrables fois, cependant, je ne pouvais pas me résoudre à tuer mon bébé… Je crois que je serais encore avec Jacob s'il n'y avait pas eu cette fille, Pamela.

— On m'a dit que vous vous détestiez.

— Je la haïssais. Jacob a tout fait pour. Tous les jours au petit déjeuner, il me répétait qu'elle était jeune et belle, me menaçait de m'envoyer à la campagne et de faire d'elle sa maîtresse… J'étais folle de jalousie ! Mais, depuis que je suis au Magdalen, les nuages ont disparu, je suis capable de réfléchir sereinement. Je ne crois pas que ses modèles l'intéressaient de cette manière. Ces femmes étaient leurs propres maîtres. Une transaction acceptée librement, à laquelle les deux parties auraient consenti, ne lui aurait guère paru attirante. Ce qui comptait pour lui, c'était l'amour, ce qu'il coûtait… Son cœur était si noir qu'il ne pouvait se croire aimé qu'en me souillant. Cependant, à ce moment-là, j'étais persuadée qu'il désirait Pamela, qu'ils étaient déjà amants. Je savais qu'elle aussi me détestait. Ces regards qu'elle me lançait…

— C'était le lieutenant Dodd-Bellingham qu'elle voulait, pas votre mari.

— Je le sais désormais. Lucy me l'a dit. Nous avons soupçonné Pamela d'avoir versé la menthe pouliot dans mon vin, parce qu'elle était convaincue que mon enfant était celui du lieutenant. J'ai fait une réaction très grave, au point que j'ai failli mourir. Jacob était furieux que j'aie perdu le bébé. Il m'a dit que c'était ma faute. Il m'a obligée à aller à un bal alors que j'étais encore très affaiblie par la fausse couche qu'a provoquée la menthe pouliot… Mais il s'en fichait, il voulait juste me punir ! Ce soir-là, il m'a obligée à m'avilir avec le lieutenant dans le jardin pendant qu'il regardait – jamais encore il ne m'avait fait faire quelque chose d'aussi ignoble ! J'ai compris qu'il fallait que je parte avant qu'il ne me tue… ou que je ne me tue ! Le lendemain, je suis allée chez Mr. Stone en prétextant des affaires de mon mari et je lui ai demandé de l'argent. Si je l'avais dû, j'aurais remis ma vie entre ses mains, je lui aurais tout raconté… Mais il lui a suffi de savoir que je voulais quitter mon mari. Les gens disent du mal de Jonathan Stone, et je comprends pourquoi, cependant, ce jour-là, il m'a sauvé la vie !

« Je suis partie le soir même, sans rien emporter d'autre que les vêtements que j'avais sur le dos, que j'ai brûlés par la suite. J'ai séjourné un temps dans une pension tranquille sous un nom d'emprunt, dans le village de Kensington, où je me suis fait passer pour Hester Rainwood, une ancienne gouvernante de bonne famille aux moyens limités. Mais j'aurais bientôt été à court d'argent, et il fallait que je trouve un travail. Quand j'ai vu l'annonce pour le poste au Magdalen, j'ai proposé ma candidature. Un des clients de Lucy a remis une lettre de recommandation à Hester Rainwood – Dieu sait ce qu'elle lui aura raconté ! Je pensais que je pourrais aider ces femmes, comme Lucy m'avait aidée. Jacob l'a frappée violemment pour qu'elle lui révèle où j'étais, mais elle lui a affirmé qu'elle l'ignorait, et il a fini par la croire. »

Theresa promena son regard dans la pièce, comme si elle n'en revenait pas du chemin qu'elle avait parcouru. « Je reste cloîtrée entre ces murs, de peur de croiser quelqu'un qui reconnaîtrait Theresa Agnetti. À cause du pouliot, j'ai la peau complètement jaune, que je cache sous ce masque blanc. Je mange et je lis ce qui me plaît, je suis satisfaite de mon sort. » Elle fronça les sourcils. « Mais une autre femme vit dans ma maison… et j'ai peur pour elle. »

Child repensa à Cassandra Willoughby : ses cheveux coupés court, sa fragilité, sa détresse après être allée sous les charmilles avec le lieutenant Dodd-Bellingham. La colère froide d'Agnetti envers la jeune femme l'autre jour à la Rotonde.

« Je pleure sincèrement Lucy, reprit Theresa. Je voulais faire ce qu'elle m'avait demandé – donner le témoignage de Kitty aux journaux, mais j'ai eu peur que, si je le faisais, Jacob ne me retrouve. Il continue à me chercher, vous savez, il emploie des agents, envoie des lettres partout… S'il remonte jusqu'ici, je n'ai aucun doute qu'il me tuera ! »

Child secoua la tête en s'efforçant d'y voir clair. « Comment Kitty a-t-elle su qu'il fallait vous envoyer la lettre au Magdalen ?

— Lucy s'est confiée à elle. La pauvre Kitty a été très peinée d'apprendre la vérité sur Jacob. Elle m'a écrit pour me faire savoir qu'elle s'était mariée et que je ne devais plus m'inquiéter à son sujet. Je n'aurais jamais dû montrer sa lettre à Lucy, seulement, je me sentais mal à cause de Pamela… Lucy m'avait convaincue qu'elle avait été tuée.

— Pourquoi m'avoir parlé de la singularité de son carrosse et de l'église évangéliste ? Vous vouliez que je la retrouve ?

— Vous avez dit qu'elle était en danger. Kitty est venue me voir dans ce carrosse le jour où Lucy a été tuée, seulement une heure après m'avoir apporté son témoignage. Si elles s'étaient croisées, si elles s'étaient parlé, les choses auraient pu être différentes… Kitty était furieuse que j'aie prévenu Lucy. J'ai essayé de la calmer, mais elle était très agitée, disait qu'on allait la chercher, qu'on l'obligerait à témoigner devant un tribunal.

— Et le reste ? demanda Child avec empressement. La menthe pouliot, le fait que Lucy vous l'ait donnée et qu'elle vous ait aidée à partir, Kitty le savait-elle ?

— Oui. Kitty était notre amie. Elle savait tout. »

Child repensa à la remarque d'Orin Black à propos de ce que les agents avaient vu sous la charmille. *Un dingue ou un pervers.* Et il se souvenait de ce que lui-même avait pensé au premier jour de l'enquête : *peut-être que le tueur venait d'apprendre quelque chose au sujet de Lucy qui ne lui a pas plu.*

Kitty n'était pas allée aux jardins du Vauxhall pour voir Simon Dodd-Bellingham mais Jacob Agnetti. Pour lui dire que Lucy Loveless avait aidé sa femme à tuer son enfant. *Il sait.*

Child se leva d'un bond. « Oh, mon Dieu ! »

81

Caro et Agnetti se dévisagèrent. Cassandra Willoughby le regarda sans rien dire. *C'était la même chose avec Theresa*, songea Caro en repensant à ses flirts incongrus. *Que faisait Agnetti à ses femmes pour les soumettre ainsi à son bon vouloir ?*

« Vous avez tué Lucy, dit-elle, toujours sans bien comprendre, mais convaincue de cela. Vous avez tué Hector. Et vous avez tenté de me tuer. »

Comme il avait dû être sûr de lui ! Quelle impudence de l'inviter sous son toit… De forcer Miss Willoughby à séduire son valet pour satisfaire son obsession vicieuse… Une célébration de sa fourberie pour commettre un meurtre et s'en sortir sans être inquiété.

Et puis, il y avait Cassandra elle-même. Dans l'Antiquité, son homonyme avait énoncé la vérité, et on ne l'avait pas crue, tandis que la femme qui était là devant elle, esclave de l'homme qu'elle aimait, avait menti et menti encore… « C'est vous qui avez peint ces salières en papier, lui dit Caro. Et qui avez enlevé mon fils dans le parc.

— Vous lui avez envoyé des peintures ? s'étonna Agnetti. Mais… pour quelle raison ?

— Je voulais l'effrayer… J'avais peur pour vous, Jacob. »

L'espace d'un instant, Agnetti fixa la jeune femme d'un œil noir – Caro entrevit la force de sa rage –, avant qu'il ne se ressaisît et ne revînt au problème du moment.

« Allez chercher un de mes couteaux. »

Miss Willoughby obtempéra. Le cœur de Caro battait à tout rompre, sa bouche se remplit de bile.

« Vous me tueriez alors que mon carrosse est devant chez vous et que vos domestiques dorment à l'étage ? Tout le monde m'a vue sortir du Vauxhall à votre bras. Comment expliquerez-vous ma disparition ? »

Miss Willoughby revint. Sans un mot, elle tendit le couteau à Agnetti – un couteau avec une ficelle rouge sur le manche, comme celui qui avait poignardé Lucy. Il passa son pouce sur le fil de la lame.

« Ce ne sera pas un meurtre, juste un suicide tragique, répondit-il. Tout Londres connaît votre honte, et le sort qui vous attend dès que votre époux reviendra... Vous épargnerez simplement à votre mari et à votre fils le déshonneur d'un divorce. Nous raconterons que j'étais en train de peindre votre portrait là-haut et que je suis descendu chercher du vin. Et que, comme vous n'étiez plus là à mon retour, j'ai supposé que vous étiez rentrée chez vous. Au moment où Miss Willoughby vous a découverte dans la salle à manger, les poignets tailladés, hélas... il était trop tard ! »

Caro hurla, espérant que les domestiques l'entendraient, ou que Miles arriverait de l'extérieur en courant. Mais elle ne put crier que quelques secondes avant que la main d'Agnetti ne se referme sur sa gorge et ne la plaque contre le mur. Il la serra plus fort et sourit, jouissant de voir sa détresse. Sa vision commençait à se brouiller quand, brusquement, il la relâcha. Caro s'effondra par terre.

« J'attends un enfant, dit-elle d'une petite voix. Vous tueriez aussi un bébé ?

— Un enfant conçu dans le péché... Faire la putain ne vous sauvera pas ! »

Agnetti s'accroupit, le couteau à la main. Caro lui donna un coup de pied dans la poitrine qui le fit basculer sur le côté, et elle essaya de se relever, mais Miss Willoughby l'en empêcha. Quand il la saisit de sa main libre, elle se débattit en le griffant au visage. *Si je dois mourir, il faut que je laisse une preuve qu'il y a eu lutte, qu'il s'agit d'un meurtre.*

Agnetti passa le couteau à Miss Willoughby en maugréant. « Je ne peux pas la tenir d'une seule main… C'est vous qui allez lui entailler les poignets.

— Cette façon dont il vous traite… Ces choses qu'il vous oblige à faire ! s'exclama Caro tandis qu'il lui clouait le bras au sol sous son genou. Ce n'est pas de l'amour, c'est de la cruauté, c'est inhumain, c'est mal ! »

Agnetti lui tordit l'autre bras. Miss Willoughby regarda le couteau en fronçant les sourcils.

« Pourquoi m'avoir envoyé ces salières ? demanda désespérément Caro. Elles étaient la preuve qu'un artiste était mêlé à ces crimes, une preuve qui aurait pu nous conduire jusqu'à cette maison… Je pense qu'une partie de vous voulait que tout cela s'arrête ! »

Miss Willoughby s'agenouilla et approcha le couteau. Caro eut beau se débattre, Agnetti était trop fort.

« Il faisait la même chose avec sa femme, reprit-elle. C'est pour cette raison que Theresa l'a quitté. Vous a-t-il dit qu'il continue à la chercher ? Il a des agents qui la pourchassent, il écrit des lettres partout… Il veut soit qu'elle revienne, soit la voir morte. Un tel homme est-il vraiment digne de votre amour ?

— C'est vrai, Jacob ? demanda la jeune femme.

— Elle ment ! Il n'y a que vous… Allez-y, coupez-lui les veines !

— Si vous faites ça, vous ne retrouverez jamais Theresa ! s'écria Caro. Je suis la seule à savoir où elle est… La vérité mourra avec moi ! »

Agnetti l'observa une seconde. « C'est faux !

— En êtes-vous certain ? »

La lame lui incisa la peau. Elle poussa un cri. Et soudain, d'un geste brusque, Agnetti repoussa Miss Willoughby.

Du sang coula sur le bras de Caro. Il l'attrapa par le menton. « Comment le savez-vous ? »

Malgré la douleur, elle sourit. « Kitty me l'a dit.

— Elle m'a juré qu'elle ne savait rien…

— Elle vous a menti. »

De nouveau, il lui serra la gorge. « Dites-moi où est Theresa !

— Non, jamais ! » s'exclama Caro en riant.

Agnetti la frappa au visage. L'explosion de douleur fut telle qu'elle la réduisit au silence. Il s'apprêta à la frapper une seconde fois, mais Miss Willoughby lui retint le bras. « Jacob, non ! Il y aura des marques. »

Il se tourna vers elle. « Vous parlerez quand je vous le demanderai ! » Il serra la gorge de Caro plus fort. « Où est Theresa ? Répondez-moi, et j'arrête. Sinon, on continuera jusqu'à ce que vous ayez parlé. »

Agnetti la gifla. Caro sentit du sang lui emplir la bouche. Il lui enserra la main. « Dites-moi où elle est, ou je vous brise les doigts ! »

Mais sa phrase se termina dans un hoquet étouffé. Il la lâcha, et Caro vit un filet de sang couler sur son menton. Miss Willoughby retira le couteau qu'elle venait de lui planter dans le dos et le contempla une seconde, puis elle le replongea.

Agnetti s'écroula sur le flanc. Son assistante s'agenouilla près de lui en plongeant la lame encore et encore, jusqu'à ce que Caro parvînt à ramper vers elle et le lui prît doucement des mains. Puis elle serra dans ses bras la jeune femme qui pleurait à chaudes larmes.

82

Le lendemain après-midi, Child passa chez Mrs. Corsham. Le valet rouquin, l'air quelque peu abattu, le conduisit au salon, où il la trouva assise dans un fauteuil, les pieds sur un tabouret, emmitouflée dans une couverture. Le soleil qui se déversait par les fenêtres ouvertes éclairait d'une lumière crue ses ecchymoses. Arrivé la veille chez Agnetti juste après le bain de sang, Child avait vu sa cliente user de son ton le plus impérieux après qu'un infortuné agent de Bow Street avait tenté d'arrêter Miss Willoughby.

« Ne faites pas cette tête-là, lui dit Mrs. Corsham. D'après le médecin, je n'ai rien de cassé… Je m'en remettrai ! »

Child se racla la gorge, mal à l'aise. « Et le bébé ?

— Oh, il va très bien, j'en suis sûre ! À la vérité, je crois que cet enfant survivra à tout ! Dites-moi, comment va Miss Willoughby ?

— Elle a été confiée à Mrs. Hester Rainwood, au Magdalen. » Il lui lança un regard appuyé.

« C'est sous ce nom que Theresa choisit de poursuivre sa vie ? Si elle se manifestait, elle hériterait des biens de son mari… Elle serait riche !

— Elle choisit de ne pas le faire. Si quelqu'un peut aider Miss Willoughby, c'est certainement elle.

— J'en suis heureuse. Quand je pense à tout ce qu'ont enduré ces pauvres femmes… Peut-être pourriez-vous lui transmettre une bonne nouvelle ? Mon frère et Nicholas Cavill-Lawrence sont passés tout à l'heure. Je leur ai fait savoir que, si des poursuites étaient engagées contre Miss

Willoughby pour avoir tué Agnetti, je témoignerai en sa faveur au tribunal. L'idée ne leur a pas plu. Dites-lui qu'il n'y aura pas de procès.

— Je vais de ce pas annoncer à Humphrey Sillerton la mort de son épouse. À mon avis, il va mal le vivre...

— Une triste affaire, admit Caro en soupirant. J'ai encore de la peine à imaginer que Kitty ait comploté en vue de tuer sa meilleure amie... Et que, compte tenu de tout ce qu'elle savait, elle se soit servie pour cela d'Agnetti.

— Elle était désespérée, prête à tout pour protéger sa nouvelle vie.

— Placé entre de mauvaises mains, un secret est une arme », murmura Mrs. Corsham. Puis elle montra la bourse posée sur la table. « Vos honoraires, Mr. Child... J'ai par ailleurs écrit à Mr. Stone et ai réglé la dette dont vous lui étiez redevable. Je ne voulais pas vous voir finir à la prison de la Fleet ! »

Child se sentit rougir. « Rien ne vous y obligeait, madame... Surtout après ce que j'ai fait. »

Elle le fit taire d'un geste de la main. « Vous allez avoir votre nom dans les journaux, à ce qu'on m'a dit. Deux assassins attrapés en une journée... Vos compétences d'attrape-voleurs vont être très recherchées ! »

Child soupesa la bourse, laquelle contenait tout ce qu'il avait espéré. Si seulement il avait eu l'impression de l'avoir mérité...

« Bien, dit-il en lui serrant la main. *Palmam qui meruit ferat.*

— Je crains de ne pas connaître cette locution, Mr. Child...

— Elle veut dire : on a eu ces salopards. »

Mrs. Corsham sourit en réprimant une grimace de douleur. « Oui, on les a eus ! »

*

Trois jours plus tard, Caro s'installa pour lire au salon. Elle venait de coucher Gabriel, la nuit tombait. Miles ferma les rideaux et alluma les lampes. Ses ecchymoses avaient pris une nuance violette mêlée de jaune, mais elle se sentait mieux et se dit qu'elle allait peut-être pouvoir manger. Alors qu'elle réfléchissait à ce que son estomac supporterait le mieux, elle entendit un carrosse s'arrêter devant la maison. On frappa, des voix résonnèrent dans l'entrée et, un instant plus tard, la porte du salon s'ouvrit. Caro dévisagea l'homme en tunique rouge qui apparut sur le seuil.

« Oh, Harry... » dit-elle tout bas.

Son mari avait un peu maigri – les voyages en mer avaient souvent cet effet. Il la scruta de son doux regard brun. « J'ai appris ce qui s'était passé. Dieu merci, ç'aurait pu être pire ! »

L'expression de ses yeux était néanmoins dépourvue de tendresse. Caro comprit qu'il connaissait le reste de l'histoire.

« Cavill-Lawrence m'a dit que tu étais en Amérique et que tu y resterais encore plusieurs mois.

— J'ai été reçu à Philadelphie avec davantage d'enthousiasme que nous ne l'avions escompté. Les choses se sont conclues plus rapidement que prévu.

— Nous allons signer la paix ?

— Je l'espère. »

Harry s'approcha de la console et se servit un verre de madère. Il le but debout en la dévisageant sans ciller – comme s'il regrettait le temps où il y avait eu entre eux un océan.

« Est-ce vrai ? finit-il par demander. Tu attends un enfant ?

— Oui... Je suis désolée.

— Qui est le père ? Le lieutenant Dodd-Bellingham ? Jacob Agnetti ?

— Ni l'un ni l'autre.

— Alors... qui ? Lord March ? »

Caro hésita, ne sachant pas ce qui la servirait au mieux de la vérité ou d'un mensonge. Cette question, elle se la posait sans cesse, en calculant les jours et les mois. En juillet dernier, il avait fait extrêmement chaud. Lord March était là sans l'être – il faisait la cour à Clemency Howard, Caro le savait désormais. Soir après soir, elle avait cherché à se distraire en allant à Carlisle House. Et un soir, elle avait rencontré un homme qui l'avait fait rire, un compositeur polonais à la barbiche en pointe et au sourire malicieux.

À présent, en ce jour du Jugement dernier, elle opta pour la vérité – non parce qu'elle pensait que celle-ci la sauverait, mais parce qu'elle se sentait trop lasse pour continuer à mentir.

« Je ne sais pas. »

Le dégoût qu'elle perçut dans le regard de Harry la blessa, comme lui seul avait toujours eu le pouvoir de la blesser. Il termina son verre et le reposa. « Nous en discuterons demain matin. Je suis fatigué. »

Caro l'écouta monter l'escalier, puis resta là un long moment. Finalement, elle alla se poster devant le miroir au-dessus de la console. Les bleus finiraient par s'estomper, en revanche, les rides ne feraient que se multiplier – et de cela, aucun journaliste ne parlait dans une liste ! Elle repensa à ce qu'avait prévu de faire Lucy lorsqu'elle prendrait sa retraite, à cette parcelle de terrain où elle voulait construire des maisons à Hampstead. Lucy, qui avait fait son chemin dans un monde hostile depuis l'âge de douze ans.

Il se présentera bien quelque chose, se dit-elle. *C'est juste que je n'y ai pas encore réfléchi. À chaque jour suffit sa peine... Je suis Caro !*

NOTES HISTORIQUES

Les lecteurs de mon premier roman, *Blood & Sugar*, connaissent déjà Caroline Corsham. J'aimais beaucoup le personnage de Caro, auquel j'aurais voulu offrir de plus nombreuses scènes que l'intrigue ne le justifiait. J'ai donc décidé de lui consacrer un livre.

Effectuer des recherches sur le Londres où vit Caro a été un immense plaisir. Les ouvrages de Jerry White, *London in the Eighteenth Century* (2012), d'Amanda Vickery, *The Gentleman's Daughter: Women's Lives in Georgian England* (2003), et de Hannah Grieg, *The Beau Monde: Fashionable Society in Georgian London* (2013), sont tous d'excellents livres pour ceux qui souhaiteraient en apprendre davantage. *The Beau Monde* comprend un chapitre sur ces dames qui transgressaient les limites de la bonne société en ayant des relations adultères ou des enfants illégitimes. Certaines, comme Georgiana, duchesse du Devonshire, réussirent à dissimuler leur grossesse avec l'aide de leur mari et partirent accoucher à l'étranger en secret. D'autres, comme lady Sarah Bunbury, Elizabeth, comtesse du Derby, ou encore l'inspiratrice de « Caro » au départ, lady Caroline Lamb, furent ostracisées et obligées de vivre une existence solitaire à la campagne ou dans un autre pays. D'autres encore, telle l'ancienne duchesse de Grafton, parvinrent à survivre au divorce en épousant un gentleman d'un statut social suffisant – dans son cas, le comte d'Upper Ossory, en Irlande – pour triompher de la désapprobation de la société.

Les articles sur Caro publiés dans le *London Hermes* s'appuient sur ceux qui paraissaient dans les journaux à scandale de l'époque, comme *The British Apollo*, *The Tatler* et *The Female Tatler*. Le livre de David Coke *Vauxhall Gardens: A History* (2011) est un guide pittoresque du célèbre jardin d'agrément. *Historical Fashion in Detail: The 17th and 18th Centuries* (1998) d'Avril Hart et Susan North, et *18th Century Fashion in Detail* (2018), de Susan North, présentent de belles photographies sur les modes qui prévalaient dans le beau monde.

Le commerce du sexe représentait une part considérable de l'économie géorgienne. D'après une estimation, une Londonienne sur cinq s'était adonnée à la prostitution à un moment donné de sa vie. *The Covent Garden Ladies* (2005), de Hallie Rubenhold, et *The Secret History of Georgian London* (2010), de Dan Cruickshank, m'ont largement inspirée à la fois pour les personnages et l'intrigue. Le Club des prostituées a réellement existé, tout comme les ventes aux enchères de jeunes filles vierges, les mises en scène de tableaux et la *Harris's List*. Les entrées fictionnelles concernant Lucy Loveless et Kitty Carefree dans la *Harris's List* reprennent certaines phrases et un poème que j'ai puisés dans des articles authentiques citant des prostituées mortes depuis longtemps.

Le Club Priapus est en grande partie inspiré de la Société des Dilettanti et des Medmenham Friars, ou Hell-Fire Club. Ces deux clubs, qui professaient un intérêt pour la Grèce et la Rome antiques, se servaient de leurs études pour justifier et intellectualiser les relations sexuelles avec des prostituées. *The Secret History of Georgian London* contient deux chapitres intéressants sur ces clubs, notamment des passages sur la passion qu'avait la société géorgienne pour l'architecture, le paysage et les jardins d'inspiration classique. D'autres livres m'ont été utiles comme ceux d'Evelyn Lord, *The Hell-Fire Clubs* (2008), et de Geoffrey Ashe, *The Hell-Fire Clubs* (1974).

Une fois que j'ai eu cerné cette partie de l'intrigue, le thème de la Grèce ancienne et du monde classique (un sujet de fascination que je partage depuis l'enfance avec les contemporains de la période géorgienne) a pris vie de lui-même. Collectionner des antiquités était une passion pour de nombreux gentilshommes de cette époque. Pour voir l'une de ces collections *in situ*, je recommande de visiter le merveilleux Sir John Soane's Museum à Londres. Aussi bien les amateurs enthousiastes que les antiquaires professionnels procédaient à des « restaurations » de leurs antiquités qui feraient bondir le lecteur d'aujourd'hui, et créaient ainsi un environnement propice à une exploitation par des escrocs. Le livre de Mark Jones, *Fake ? The Art of Deception* (1990), propose une histoire captivante des fraudes archéologiques qui remonte jusqu'au Moyen Âge. Les billets de loterie insérés dans la lampe à huile antique tout comme l'utilisation d'un tonneau de clous pour vieillir des pièces de contrefaçon sont des exemples bien réels d'escroqueries du XVIIIe siècle empruntés à ce livre.

Joshua Reynolds a peint deux portraits de la Société des Dilettanti, dont s'inspire le tableau du Club Priapus d'Agnetti. Reynolds a également peint la plupart des principales prostituées de son temps, ce qui a donné lieu à nombre de spéculations sur la nature exacte des relations qu'il entretenait avec ses « muses ». Là encore, *The Secret History of Georgian London* de Cruickshank offre un excellent chapitre explorant la passion qu'avait Reynolds de peindre ses clients et ses muses en les plaçant dans des scènes d'inspiration classique.

Le deuxième thème du livre, celui de l'artifice et de la dissimulation, est venu lui aussi très naturellement de l'intrigue, et m'a amenée à m'intéresser à de multiples aspects distrayants de la vie géorgienne : les arnaques comme le jeu de la bague auquel se livre Lucy ; les masques et les mascarades ; le *Puss and Mew* ; les combats de boxe clandestins ; les faux sourcils en poils de souris ; et les faux ananas. J'ai même passé un après-midi très agréable à fabriquer des salières en papier avec mes nièces.

D'autres éléments de l'intrigue se sont greffés sur ce thème : la vente aux enchères d'une jeune fille vierge, laquelle n'est plus tout à fait vierge ; un homme désespéré qui tente de cacher sa syphilis ; la mise en scène d'un vol, puis d'un meurtre. Jacob Agnetti est sans doute l'exemple ultime de dissimulation dans le livre : un homme capable à la fois d'un grand charme et d'une cruauté monstrueuse. Les relations abusives sont vieilles comme le monde, et trouver des exemples de mariages comme celui-ci au XVIIIe siècle n'est pas difficile. Une amie qui travaille auprès de victimes de violences domestiques m'a également recommandé *Coercive Control: Why Charming Men Make Dangerous Lovers* (2002), de Sandra Horley, lequel s'est révélé une lecture instructive et qui donne à réfléchir.

Le personnage du lieutenant Dodd-Bellingham est en partie basé sur le merveilleusement dénommé Banastre Tarleton, un ancien débauché devenu un héros de la guerre américaine. Un tableau de Reynolds le représentant en pleine action est accroché à la National Gallery. Lors de la bataille de Waxhaws, les troupes de Tarleton massacrèrent un grand nombre de soldats américains qui avaient voulu se rendre en brandissant un drapeau blanc. Pour les Américains, son nom est par la suite devenu synonyme de crimes de guerre et de boucherie. Le grand amour de Tarleton, l'actrice Mary Robinson (plus connue sous le nom de « Perdita »), avait précédemment été l'amante du prince de Galles, qui lui avait offert vingt mille livres pour faire d'elle sa maîtresse. Perdita a été portraiturée par la plupart des peintres majeurs de l'époque, notamment Reynolds, Gainsborough et Romney.

Jonathan Stone est plus ou moins inspiré par John King, un célèbre prêteur d'argent du XVIIIe siècle, qui accordait des prêts à ceux qui souhaitaient emprunter au-delà du taux d'intérêt légal fixé à cinq pour cent. Il devait pour cela s'infiltrer dans les cercles du beau monde, qu'il distrayait régulièrement tout en se renseignant minutieusement sur les antécédents de potentiels débiteurs parmi les aristocrates. On a dit de King qu'il était l'un des amants de Perdita, et qu'il aurait tenté de la faire chanter en menaçant de révéler des lettres compromettantes échangées entre elle et le prince de Galles.

Les appétits libidineux de « Prinny » – l'héritier du trône, qui deviendra le prince régent, puis le roi George IV – ont été décrits dans d'innombrables livres, films et émissions de télévision. Il était aussi connu pour aimer les femmes que pour mener une vie libertine, et pour les dettes qui en résultaient. En 1787, celles-ci avaient atteint des niveaux si astronomiques que le Parlement, contraint d'agir, vota pour débloquer la somme extraordinaire de cent soixante et un mille livres afin de payer les créanciers du prince – à la condition que ce dernier ne s'endette plus jamais. En 1795, sans que cela surprenne personne, les dettes de Prinny s'élevaient à six cent trente mille livres. Le livre de Saul David, *Prince of Pleasure* (1998), comporte plusieurs chapitres sur la jeunesse de Prinny.

La dépression dans laquelle sombra le roi George III à la suite de la perte de colonies américaines est également bien documentée. En mars 1782, juste avant que ne commencent les pourparlers de paix à Paris, il alla jusqu'à rédiger des lettres d'abdication adressées au Parlement et à son fils. Aucune hypothèse crédible n'a jamais été avancée pour expliquer pourquoi il a changé d'avis.

REMERCIEMENTS

Quand on est écrivain, beaucoup de choses dépendent de l'équipe qui vous accompagne, or j'ai la chance d'être soutenue par la meilleure qui soit. Je remercie tout d'abord Antony Topping, qui est tour à tour perspicace, calme, judicieux, imaginatif et drôle – tout ce qu'un écrivain attend d'un agent. Merci également à tous ceux de Greene & Heaton, notamment à Kate Rizzo.

Mon éditrice, Maria Rejt, est aussi sage que chaleureuse, je ne pourrais souhaiter meilleure défenseure de mes livres et de mes écrits. En fait, toute l'équipe de Mantle and Pan Macmillan est merveilleuse, à la fois parce qu'elle a la passion des livres et sait quoi en faire. Je remercie particulièrement Josie Humber, Alice Gray, Rosie Wilson, Kate Tolley, Ami Smithson (qui donne une si belle allure à mes livres) et Stuart Dwyer et son équipe, qui les fait apparaître dans les boutiques comme par magie.

Nombre de brillants experts dans leur domaine ont répondu à mes questions ennuyeuses pendant que j'écrivais ce livre… Hallie Rubenhold, qui sait tout ce qu'il y a à savoir sur le sexe au XVIIIe siècle ; la Dr Kate Adams, qui a répondu à d'innombrables questions sur la syphilis et la menthe pouliot ; Dan Fox et Alexander Goldberg, qui m'ont éclairée sur le judaïsme au XVIIIe siècle ; Robbie MacNiven et Stephen Brumwell, qui m'ont aidée à commettre un crime de guerre ; Jessica Asato, qui m'a conseillé des livres terrifiants sur le pouvoir de coercition ; et le collectif de mères sur Facebook qui ont décrit plus de symptômes de la grossesse que n'a jamais voulu en connaître l'auteure sans enfants que je suis. Il va sans dire que les erreurs qui subsisteraient dans le livre sont les miennes, et non les leurs.

Merci également à Glenn Parry pour les ananas, à Julia Bye pour l'allemand, à mon père pour le *Puss and Mew*, à Adrian pour les femmes du roi Henri, à Rebecca F. John pour les chiffons et les rubans, et à Imogen Robertson et Fay Young pour la nouvelle clinique.

L'amour et le soutien de la communauté des auteurs ont été pour moi une révélation, et j'ai la grande chance de m'y être fait de nombreux nouveaux amis. Merci tout spécialement à David Headley et à toute l'équipe de Goldsboro Books ; aux Ladykillers conquérantes qui assassinent sans sourciller, un Martini à la main ; et à Colin Scott, qui est toujours là pour dire OUAIS et OUBLIE. Prétendre que ce livre n'aurait pu être écrit sans eux serait mentir, néanmoins je me serais beaucoup moins amusée.

L'enthousiasme et le soutien que m'ont témoigné mes vieux amis et ma famille quand je me suis embarquée dans cette nouvelle carrière représentent bien davantage que je ne saurais le formuler avec des mots. En particulier, un affectueux merci à mon frère, Luke, notamment parce qu'il sera embêté si je ne le cite pas. La journée passée à fabriquer des salières en papier avec ma belle-sœur, Gemma, et mes nièces, Holly et Lyla, reste un moment fort au milieu des combats qu'aura nécessité l'écriture de ce livre.

Vies et mort de Lucy Loveless est dédié à mon père, conteur d'histoires et tueur de monstres. En 1982, j'avais alors six ans, il est parti pendant plusieurs mois en Grèce pour jouer dans le spectacle de l'*Orestie* que montait Peter Hall. Comme je ne voulais pas qu'il s'en aille, pour me réconforter, nous avons fait un album sur la pièce – un récit salutaire où il est question de sexe, de vengeance et de meurtre –, et je pense que c'est à partir de là qu'a germé en moi cette graine d'intérêt. Près de quarante plus tard, mon père est toujours là pour moi, même quand il se trouve à l'autre bout du monde. Je l'aime immensément.

Enfin, comme toujours, le plus grand merci va à mon mari, Adrian. Son amour et sa fierté sont ce qui compte le plus à mes yeux, tout comme le soutien qu'il m'apporte jour après jour. Je ne peux pas l'écrire ici, il faudrait pour cela remplir plusieurs volumes, mais j'ai vraiment épousé le meilleur des hommes.

FSC
www.fsc.org
MIXTE
Papier issu de sources responsables
FSC® C003309

L'éditeur de cet ouvrage s'engage dans une démarche de certification FSC® qui contribue à la préservation des forêts pour les générations futures.

Pour en savoir plus :
www.editis.com/engagement-rse/

10/18 – 92 avenue de France, 75013 PARIS

Imprimé en France par CPI

N° d'impression : 169327
X07787/01